CONGRESSO DE ESTUDOS QUEIROSIANOS
IV ENCONTRO INTERNACIONAL DE QUEIROSIANOS
ACTAS

CONGRESSO DE ESTUDOS QUEIROSIANOS
IV ENCONTRO INTERNACIONAL DE QUEIROSIANOS
ACTAS

VOL. II

Instituto de Língua e Literatura Portuguesas
Faculdade de Letras da Universidade de Coimbra
6 a 8 de Setembro de 2000

ALMEDINA

TÍTULO: ACTAS DO CONGRESSO DE ESTUDOS QUEIROSIANOS
IV ENCONTRO INTERNACIONAL DE QUEIROSIANOS

EDITOR: LIVRARIA ALMEDINA – COIMBRA
www.almedina.net

INSTITUTO DE LÍNGUA E LITERATURA PORTUGUESAS
DA FACULDADE DE LETRAS DA UNIVERSIDADE DE COIMBRA

LIVRARIAS: LIVRARIA ALMEDINA
ARCO DE ALMEDINA, 15
TELEF. 239851900
FAX 239851901
3004-509 COIMBRA – PORTUGAL
livraria@almedina.net

LIVRARIA ALMEDINA – PORTO
R. DE CEUTA, 79
TELEF. 222059773
FAX 222039497
4050-191 PORTO – PORTUGAL
porto@almedina.net

EDIÇÕES GLOBO, LDA.
R. S. FILIPE NERY, 37-A (AO RATO)
TELEF. 213857619
FAX 213844661
1250-225 LISBOA – PORTUGAL
globo@almedina.net

LIVRARIA ALMEDINA
ATRIUM SALDANHA
LOJAS 71 A 74
PRAÇA DUQUE DE SALDANHA, 1
TELEF. 213712690
atrium@almedina.net

LIVRARIA ALMEDINA – BRAGA
CAMPUS DE GUALTAR
UNIVERSIDADE DO MINHO
4700-320 BRAGA
TELEF. 253678822
braga@almedina.net

EXECUÇÃO GRÁFICA: G.C. – GRÁFICA DE COIMBRA, LDA.
PALHEIRA – ASSAFARGE
3001-453 COIMBRA
E-mail: producao@graficadecoimbra.pt

MAIO, 2002

DEPÓSITO LEGAL: 178610/02

CAPA: Atelier José Brandão

EÇA DE QUEIRÓS E OS AVATARES DO MELODRAMA

FERNANDO MATOS OLIVEIRA
Universidade de Coimbra

Nascido sob o signo da Revolução, o melodrama tem vivido uma ascensão crítica que deve tanto a essa inspiração democrática quanto ao célebre livro que Peter Brooks lhe dedicou. Deve dizer-se que esta foi uma ascensão que partiu lá muito de baixo, devido aos anticorpos que normalmente rodeiam os objectos conotados com o universo da cultura popular. Ora, nestas questões de genealogia e de reputação, o melodrama não só mantém ligações perigosas com o gosto das massas, como se relaciona ainda com linguagens fundamentalmente extraliterárias, casos do teatro e dos estudos fílmicos, para referir apenas dois exemplos. Por esta razão, num momento em que as leituras apologéticas do melodrama tiveram já o seu tempo, estabelecido que está o seu lugar no campo minado da terminologia crítica, o conceito tem-se revelado particularmente apto para cruzar os territórios da alta e da baixa cultura. Implicar um autor tão central quanto Eça de Queirós na argumentação melodramática não pode, pois, deixar de o obrigar a um diálogo com a escala dos méritos literários[1].

A crítica tem insistido numa formulação adjectiva, preferindo o *melodramático* ao *melodrama*. Não sendo esta exactamente uma distinção categorial, ela enuncia um vínculo *modal* que a universaliza como tradição escrita. Essa formulação abre ainda o melodramático às diversas

[1] O estigma da associação de um autor ao melodramático é assunto recorrente, tendo passado, por exemplo, das leituras de Eric Bentley para as de P. Brooks. Se para o primeiro a má reputação do *melodrama* era a pior coisa que poderia acontecer a uma palavra no mundo da literatura (Bentley,1982: 186), o segundo avança com uma leitura melodramática da obra de um autor tão significativo como Henry James e trata desde logo de antecipar a *perversidade* que tal associação poderia suscitar na mente do leitor comum: «Este aspecto tem de ser explicitado, pois a inclusão de James numa discussão da imaginação melodramática poderá parecer perversa aos olhos de muitos leitores» (1995: 155).

manifestações da cultura, privilegiando uma integração plural no complexo histórico que marcou a sua constituição. Aliás, as referências críticas a que recorrerei já de seguida, são devedoras dessa diversidade fundadora, oscilando elas entre a crítica literária de (P. Brooks), a teoria teatral (Eric Bentley) e as incursões de um filósofo pelo mundo de Hollywood (Stanley Cavell).

Uma vez que não é oportuno recordar aqui extensamente as coordenadas éticas e estéticas do melodramático, avanço desde já para um enunciado geral que se pretende implicar na ficção de Eça de Queirós. Esse enunciado, seguindo a particular estilização histórica que Brooks lhe confere, é o seguinte: o melodramático é o resultado de um tempo desprovido de transcendência, no qual as escolhas humanas se despediram já do referente sagrado. A virtude, a honra, o bem e o mal, o certo e o errado, traduzem, então, um vasto processo de secularização da moralidade. Sob a superfície desta escrita excessiva e dramatizada, habitaria o chamado «oculto moral», ou seja, a figuração de «deus absconditus» que justificaria aquilo que aos olhos do leitor poderia parecer mero decisionismo da mão autoral. Numa interpretação tão decididamente histórica como a apresentada, este complexo de crenças que está por detrás do texto melodramático não é tanto um «sistema metafísico, mas antes o repositório de fragmentos e de vestígios dessacralizados de um mito sagrado» anterior, que a modernidade já não podia validar (cf. Brooks, 1995: 1-24). O melodramático polariza precisamente esta nova realidade, originando uma estética expressionista, hiperbólica, frequentemente maniqueísta na percepção do bem e do mal. A retórica do sangue, da raça, da família e do carácter constituem-se como referentes de uma nova grelha de valores, servidos no contexto burguês e de intimidade doméstica.

Visto deste modo abrangente, o melodramático é capaz de definir, por si só, toda uma linhagem artística. Autores como Balzac (*Le Père Goriot*), Dickens (*Great Expectations*), Henry James (*The Portrait of a Lady*; *What Maisie Knew*) ou até o cinema de George Cukor (*Gaslight*), têm reescrito o melodramático ao longo de mais de um século. Se é certo que a obra de Eça decorre num momento histórico posterior ao período inaugurado pelos espectáculos virtuosos de Pixerécourt (*Coelina, ou l'Enfant du mystère*, 1800), se o tomarmos nos termos acima definidos, a universalidade do conceito manifesta-se apta para integrar quer a progressiva sofisticação da sensibilidade que por toda a Europa corre paralela ao capitalismo oitocentista, quer a ironia e a crítica social que eventualmente poderiam ilibar destas emoções fortes o autor português. Aparentemente, a célebre distância crítica do olhar de Eça é garantida pela nomeação exteriorizante de um objecto a descrever em termos realistas, como se depreende dos sub-títulos de obras como *O Crime do Padre Amaro, O Primo Basílio* ou até d'*Os Maias*. No entanto, essas cenas da vida «devota», «doméstica» ou «romântica» mais não fazem do que confirmar a relação oblíqua que o realismo manteve com o melodrama. Sobre este assunto escreveu já Eric Bentley algumas palavras decisivas, a propósito do pretenso cientifismo descritivo de E. Zola. Confrontando as críticas de Zola ao melodrama com a linguagem inflamada que o mesmo usa em inúmeros passos de *Térèse Raquin*, Bentley terminaria lapidarmente: «a ciência era naqueles tempos o supremo romantismo» (op. cit.: 198).

Não vejo melhor forma de convocar o melodramático para a obra de Eça do que recorrer aos interstícios da crítica que Machado de Assis fez publicar n'*O Cruzeiro*, no ano de 1878, e que tão fundo tocou no âmago da escrita do autor d'*Os Maias*. Nela, Eça surge como «aspérrimo discípulo do realismo propagado pelo autor do *Assomoir*» (in Rosa, s/d: 209). Mas diz-se aí também, literalmente, que se o Eça do *Crime* «esquecia as preocupações de escola», o d'*O Primo Basílio* «reincide», com «requinte de certos lances, que não destoaram do paladar público» (id.: 211). Como é sabido, a crítica assentava em dois pressupostos principais: Eça não teria conferido densidade psicológica suficiente às suas personagens e a «vocação sensual» que manifestou era uma «fatalidade» a corroer o pensamento social do livro, estendendo o autor numa espécie de «espectáculo dos ardores, exigências e perversões físicas» (id.: 215). Ora, vendo bem, esta argumentação está de acordo com os protocolos melodramáticos. A retórica melodramática não pede profundidade psicológica às suas personagens. Machado acusa Eça de apresentar Luiza como um «títere» e, de facto, é esta a abstracção moral que o melodrama tradicionalmente pratica, ao contrário da tragédia. A própria «vocação sensual» de Eça é consequência libidinal da abertura ao *pathos* melodramático, de que dá provas abundantes esta fase da sua obra. Este é ainda um modo de Eça responder ao drama histórico da sociabilização das paixões. Quando abdica do infanticídio de Amaro, não é tanto de um excesso sujo do Naturalismo que se despede, mas de um dos excessos mais típicos da artilharia melodramática. A primeira morte seria uma morte mais absoluta, mais legível no quadro do maniqueísmo moral do melodrama e, pela espectacularidade adicional, certamente mais conivente com o «paladar público» que Machado não se esquece de referir. Todo o processo de ascensão pública do escritor chamado Eça de Queirós ganharia em ser perspectivada no âmbito desta momentânea transacção melodramática. Mas Machado de Assis tinha também razão quando dizia que o culto eciano do «aroma de alcova» esbatia a verticalidade moral do livro. Neste ponto, as obras em causa são uma forma singular de apropriação histórica do melodramático, pois a preceptiva moral é perturbada pela lei de Eros que, diga-se, em Eça não sucumbe integralmente em hipotéticos exercícios de sublimação.

A verdade é que a repressão exercida pelos códigos de escola, isto numa fase em que Eça se importava com as escolas, não impede a presença do melodramático. Convém até lembrar que o naturalismo no teatro, como no *gestus* social, traduz um acréscimo de civilidade, ao contrário do melodramático, ele sim, mais natural e próximo da nossa sensibilidade moderna. Aliás, a filosofia moral do século XVIII, onde realmente se engendram as transformações culturais que o melodrama historicamente polariza, reconhece o relevo social da afectividade. Os exercícios de sociabilização pela lágrima que a literatura inglesa nos oferece tão precocemente são um sinal evidente da centralidade do sentimento. Contra o inorgânico pós-sagrado, pode ver-se aqui uma tentativa de ficcionar um social incorruptível, com base na igualdade e na fraternidade do sentimento. Mais ainda, sentimento e sensibilidade erguem-se com um tal poder agregador que se tornam a força moralizadora por excelência; uma força que o melodrama tratará de radicalizar através dos trabalhos da intriga. A democracia ética do melodrama assentava, portanto, numa efectiva sentimentalização da moralidade. A popularidade do melodrama deve-se a isto mesmo.

A tópica melodramática é, portanto, mais generosa neste Eça que introduz no pretendido reformismo programático das suas «Cenas da Vida Portuguesa» um vínculo ético muito claro. A esta coincidência junta-se uma série alargada de traços do género. Podemos encontrar na ficção deste período a tematização melodramática de laços psico-sociais primários, relacionados com as questões de família e de sangue. Jorge tanto mataria a heroína traidora do sr. Ledesma, porque era «um princípio de família» (s/d 2: 47), como prenuncia o momento do adultério através da confissão de um défice familiar: «Era uma tristeza secreta de Jorge – não ter um filho! Desejava-o tanto!» (id.: 51). Recorde-se ainda que Carlos da Maia nos oferece uma notável encenação da família, nos encontros com Maria Eduarda, cuja filha reencontra nele o «papá» perdido. O interlúdio da restauração moral pela ficção da família é breve, pois o que predomina é uma visão já agónica deste agregado, o elo comunitário com que o melodrama procurava combater os desmandos do capital, e que desde Pedro da Maia se esbatia inexoravelmente: ele «estragara o sangue da raça» (s/d 3: 45). Mas temos ainda diversamente nestes livros os tópicos da honra e da honestidade, do mal e do bem, legíveis sobretudo num quadro de produção social da moralidade. O Conselheiro di-lo a Luiza, quando enumera a lista dos atributos de um lar honesto: «com o seu Jorge, num bairro saudável, numa casa sem escândalos, sem questões de família, toda a virtude» (s/d 2: 311).

O Crime do Padre Amaro é talvez o que melhor explora a razão propriamente secular desta ansiedade moral. Num passo de antologia, diz o doutor Gouveia a João Eduardo:

> «Meu rapaz, tu podes ter socialmente todas as virtudes; mas, segundo a religião de nossos pais, todas as virtudes que não são católicas são inúteis e perniciosas. Ser trabalhador, casto, honesto, honrado, justo, verdadeiro, são grandes virtudes; mas para os padres e para a Igreja não contam» (2000: 585).

Há, portanto, duas ordens morais em confronto, a antiga e a moderna, a da fé e a do trabalho honesto. Aliás, a questão já se tinha apresentado, na mesma obra e ao mesmo destinatário, em termos de «substituição». A pergunta do director do jornal ao noivo enganado é sintomática: «Quando tiverem dado cabo da religião de nossos pais, que têm os senhores para a substituir?! Que têm?! Mostre lá!» (id.: 571). Com efeito, João Eduardo só tinha honra e paixão.

Na correspondência de Eça, o autor mesmo explicaria a perturbação de Luiza, «uma senhora sentimental» que só pode opor ao vazio a luxúria de um tempo sem espírito: «Cristianismo, já o não tem; sanção moral da justiça, não sabe o que isso é» (1983, I: 134). Fora do sagrado e num contexto moralmente débil, Luiza não podia resistir a Basílio. Aliás, a crise dos protagonistas do Eça melodramático passa pela crise das grandes instituições melodramáticas. O casamento «é uma fórmula administrativa» para o doutor Gouveia d'*O Crime* (id.: 909), como para o Julião, d'*O Primo Basílio* (op. cit.: 337), pois a natureza só pede concepção, nada mais. Como consequência, n'*O Crime*, ser padre começa a ser quase só profissão, ou melhor, «aquela profissão em que se fala baixo com as mulheres» (2000: 143).

O melodrama prossegue ainda nos pormenores usados na construção deste universo, nos detalhes mais ínfimos da retórica melodramática, incluindo, parentescos desconhecidos, cartas perdidas, peripécias e indícios de toda a espécie, a ocultação, a morte, o suicídio, os desmaios, as lágrimas. Mas também nas diversas figurações da inocência: no «bebé» de Maria Eduarda que fascina Carlos (s/d 3: 245) ou no «anjinho cheio de dignidade» que Sebastião via em Luiza (s/d 2: 14).

Vimos que nem todo o *pathos* melodramático se pode enquadrar simplesmente na crítica ao Romantismo, já que em Eça o melodramático tanto entra pela porta do objecto como pela porta do sujeito. N'*Os Maias*, é Eça que escolhe escrever de facto «episódios da vida romântica» e não tratados realistas sobre a vida proletária, como poderia ter feito se, no mesmo mestre, trocasse a sério *La Faute de l'Abbé Mouret* pelo *Germinal*. A linguagem, mesmo nos momentos em que não se pretende parodiar explicitamente o dramalhão romântico, é excessiva e revela um desejo tipicamente melodramático de intensificação do banal e do quotidiano: «sensações excepcionais», «escândalo medonho», «bafos de uma noite eléctrica», «excitação frenética». Ou na confissão sumamente melodramática de Maria Eduarda: «compaixão», «agonia», «mentira», «misericórdia», «confissão», «tentação», «digna», «honestamente», «maculada», «prostrada» (s/d 3: 498-499). São ainda personagens das «mais desgraçadas do mundo» ou «debulhadas em lágrimas» etc. etc.. Eça dramatiza e força os processos descritivos, abandonando-se àquelas idealizações que o Ega dizia serem a causa da decadência do Realismo, numa altura em que o Realismo jazia «cadáver num anfiteatro». É este voluntarismo estilístico que revela nele o melodramático[2].

Há ainda um outro argumento a favor de uma leitura melodramática de Eça. É uma declaração significativa, porque tem o estatuto da auto-interpretação, numa fase já madura da sua escrita. Trata-se de uma carta, datada de Maio de 1890, dirigida ao brasileiro Augusto Fabregas, que havia retirado um drama d'*O Crime do Padre Amaro*. Tenha-se agora também em conta que na escala dos géneros dramáticos, Eric Bentley definia o melodrama como a essência do dramático. Eça escreve aí o seguinte:

> «Nunca pensei nessa obra [refere-se a *O Crime*] como sendo susceptível de dramatização. O único dos meus livros que sempre se me afigurou próprio a dar um *drama patético*, de *fortes caracteres*, de *situações morais* altamente comoventes, é o meu romance 'Os Maias'» (s/d 1: 213, itálicos meus).

Independentemente do carácter defensivo da afirmação, temos aqui o reconhecimento explícito daquilo que há de mais importante no catálogo melodramático. O que Eça não diz é que o *patético* e o *comovente* não

[2] Neste aspecto, coincide com a admiração que Henry James nutria pelos actores da Comédie-Française: «eles resolvem triunfalmente o problema de se parecer a um tempo realista ao olhar e romântico à imaginação» (in Brooks, op.cit.: 160).

se limitam a essa história da família de Afonso da Maia. Podemos vê-lo na história de Luiza com igual nitidez, por exemplo. Vale a pena insistir nas referidas «situações morais altamente comoventes», pois elas são o âmago da questão. A expressão é feliz, já que sintetiza o suplemento sensível veiculado pelo melodramático. Ela surge em vários lugares da ficção deste período. N'*O Primo Basílio*, a acção desenrola-se na «casinha honesta», de uma «muito boa dona de casa» (s/d 2: 31). Passe a domesticação do melodrama, que lhe retira algo da abrangência cósmica do início de século, quando Luiza se agita entre os dois homens, como se neles tivesse a encarnação do bem e o mal, o narrador revela-nos uma personagem hesitando entre as razões da «honra» e do «sentimento». A dualidade como que antecipa a versão mais enfática dessa singular promessa literária chamada Ernestinho Ledesma, num drama justamente intitulado *Honra e Paixão*. Há, contudo, uma diferença significativa no devir desta dualidade. No vórtice da sua relação com Maria Eduarda, Carlos temporaliza os dois pólos num sentido geracional. Se o avô não aceitasse a amante, a sugestão é sua, passariam «a viver cada um para seu lado, fazendo ambos prevalecer a superioridade de duas coisas excelentes: o avô as tradições do sangue, eu os direitos do coração» (s/d 3: 517). Após esta declaração, as coisas não serão sempre assim tão claras na mente de Carlos. O melodramático obedece a um esquematismo estrutural que não contemplava compromissos morais. Mas a modernidade d'*Os Maias* passa pela dúvida existencial e epistemológica que se instala no protagonista. O drama é ele já não saber como escolher; é ele não ter sequer força anímica para escolher e decidir. Daí a oscilação entre o melodramático da escolha que urge fazer e o trágico do «destino irreparável» que Ega pressente ir abater-se sobre o amigo (s/d 3: 417). Note-se que o melodramático nasce historicamente reformista, assente nas virtudes expiatórias da confrontação heróica e temperamental. O melodrama decorre fundamentalmente numa base ética e pretende tomar posição perante um estado de coisas. O trágico, pelo contrário, apela a uma ordem superior e a uma ontologia transcendental, impotente para a acção pragmática. Foi sobre as ruínas desta ontologia que nasceu o melodrama. Numa visão hegeliana da História, o melodrama substituiria, portanto, o trágico. O regresso do trágico n'*Os Maias* é o prenúncio da crise finissecular que antecipa o cepticismo e os demais regressos que a obra posterior dará conta. Quando descobre o parentesco com Maria Eduarda, o «terror novo» que Carlos julgava só dos livros era agora um terror entre o secular melodramático e trágico de um «destino» sem sentido, sobretudo numa «sociedade burguesa, bem policiada, bem escriturada, garantida por tantas leis» (id.: 621).

Talvez seja de trazer aqui, para encerrar, a releitura do melodrama efectuada por Stanley Cavell. Para este filósofo americano, o «oculto moral» de Brooks não compensaria exactamente a perda de uma ordem sagrada anterior. A moralidade pode pré-existir em relação à esfera do religioso, como sugeriu Kant. Nesta perspectiva, para Cavell, o melodrama não responde apenas a um acontecimento histórico, ele próprio *é* um acontecimento histórico. Se o podemos tomar como filho da Revolução, então ele seria antes um grito enfático, no verso do qual apenas se encontra a inexpressividade e o mutismo a que os negócios da mesma Revolução nos teriam conduzido (Cavell, 1996: 41-43). Bem vistas as coisas, em ambas as hipóteses, a culpa foi ainda da dita Revolução, e o melodrama está naqueles dramas por que Eça passou – o Ega já tinha «furores melodramáticos» – ao pensar a sociedade da Regeneração ou a «Sociedade portuguesa tal qual a fez o Constitucionalismo de 1830», como diria na correspondência a Teófilo Braga (1983, I: 135).

Ora, esta persistência do melodramático em Eça é pelo menos tão ruidosa quanto a sobrevivência do Alencar n'*Os Maias*. Alencar, recorde-se, versejou o âmago histórico do melodrama, justamente como «poeta da Democracia», na definição exacta do narrador (s/d 3: 612). Entre o «martírio do coração» e o «espanto da consciência», o poeta mais castiço de Eça responde com a récita de «A Democracia» à interrogação do marquês: «Ouve lá, isso que tu vais recitar é política ou sentimento?» (id.: 604). O que Alencar estava a recitar era, na verdade, política *do* sentimento. O melodramático pertenceria certamente àquele mundo «português genuíno», justamente encarnado por Alencar. No final do romance, ele é o único a merecer um olhar redentor, e logo «com as proporções de um génio e de um justo» (id.: 706). O mesmo não sucederá com o espectro de «desilusão» e «poeira» que se insinua no final do livro, num país que de novo tinha apenas as obras inacabadas da modernidade. É perante esta última que o melodrama se coloca numa posição de resistência. Terminemos com Cavell: a gritaria do melodrama pode denunciar a incomunicabilidade transcendental, mas também pode responder à angústia do silêncio.

BIBLIOGRAFIA

Bently, Eric
(1982) *La Vida del Drama*, Barcelona, Ediciones Paidos.
Brooks, Peter
(1995) *The Melodramatic Imagination: Balzac, Henry James, Melodrama, and the*

Mode of Excess, New Haven and London, Yale University Press.

Cavell, Stanley

(1996) *Contesting Tears. The Hollywood Melodrama of the Unknown Women*, Chicago and London, The University of Chicago Press.

Eaglestone, Robert

(1997) *Ethical Criticism. Reading after Levinas*, Edinburgh, Edinburgh University Press.

Hadley, Elaine

(1995) *Melodramatic Tactics. Theatricalized Dissent in the English Marketplace, 1800-1885*, Stanford/California, Stanford University Press.

Hays, Michael; Nikolopoulou, Anastasia (eds.)

(1996) *Melodrama. The Cultural Emergence of a Genre*, London, Macmillan.

Morse, William

(1992) «Desire and the Limits of Melodrama», in *Redmond,* pp. 17-30.

Queirós, Eça de

(s/d 1) *Cartas e Outros Escritos*, Lisboa, Livros do Brasil.

(s/d 2) *O Primo Basílio*, Lisboa, Livros do Brasil.

(s/d 3) *Os Maias*, Lisboa, Livros do Brasil.

(1983) *Correspondência*, coord. de Guilherme de Castilho, Lisboa, IN-CM.

(2000) *O Crime do Padre Amaro*, ed. de Carlos Reis e Maria do Rosário Cunha, Lisboa, IN-CM.

Redmond, James (ed.)

(1992) *Melodrama*, Cambridge, Cambridge University Press.

Rosa, Alberto Machado

(s/d) *Eça, Discípulo de Machado?*, Lisboa, Editorial Presença.

POSSÍVEL DIÁLOGO ENTRE ALVES, JÓ JOAQUIM E ÁLVARO DE CAMPOS

FRANCISCA AMÉLIA DA SILVEIRA
Universidade de São Paulo

INTRODUÇÃO

Alves & Cia. é uma novela curta no conjunto da obra de Eça de Queirós da qual pouco se tem comentado. Pelo tamanho, corresponde ao falhado plano das "Cenas da Vida Real" ou "Cenas Portuguesas" – obra cíclica que o autor esteve interessado em realizar. Em carta a seu editor Chardron, datada de 5 de Outubro de 1877, o autor esclarece:

"Eu tenho uma idéia, que penso daria excelente resultado. É uma coleção de pequenos romances, não excedendo de 180 a 200 páginas, que fosse a pintura da vida contemporânea em Portugal: Lisboa, Porto, províncias; políticos, negociantes, fidalgos, jogadores, advogados, médicos – todas as classes, todos os costumes entrariam nesta galeria. A coisa poderia chamar-se "Cenas da Vida Real", ou qualquer outro título genérico mais pitoresco. Cada novela teria depois o seu título próprio. Como compreende, estas novelas devem ser curtas, condensadas, todas de efeito, e não devem exceder 12 volumes. Os personagens duma apareceriam nas outras, de sorte que a coleção formaria um todo... Seriam trabalhadas de modo, e com tanta pimenta, que fariam sensação – mesmo em Portugal. Eu tenho já o assunto de três novelas, e uma quase completa; numa pintam-se o jogo e os jogadores, noutra a prostituição, e a outra é um drama de incesto doméstico. Já vê que não vou com meias medidas e que ataco o touro pelos cornos, como dizem os franceses. O encanto destas novelas – que são mais difíceis de fazer que um romance – é que não há digressões, nem declamações, nem filosofia; tudo é interesse e drama, e rapidamente contado: lê-se, numa noite, e fica-se com a impressão para uma semana. A mim esta idéia das novelas encanta-me. Há uma grande quantidade de assuntos escabrosos que se não podem tratar num longo romance, e que se dão perfeitamente na novela... Em todo o caso uma das novelas está quase pronta – é só copiá-la: chama-se "O Desastre da Travessa do Caldas", ou talvez, não sei ainda: "O Caso Atroz da Genoveva". Trata-se dum incesto. Deve dar 200 páginas ou mais. Alguns amigos a quem comuniquei a idéia dela e parte da execução ficaram impressionados – ainda um pouco escandalizados. Não quer dizer que seja imoral ou indecente. É cruel. Que lhe parece este livrinho com 'd'étrennes' para o 1º de Janeiro?"

Não se pretende aqui fazer referência às razões da falha deste plano. Interessa esclarecer que das 12 novelas anunciadas ao editor, apenas duas chegaram a ser conhecidas: *O Conde de Abranhos* e *Alves & Cia.*

"Desenredo" é a narrativa literária o motivo primeiro da história. Há uma subversão, como sugere o título, da concepção de enredo. Há uma desorganização da lógica romanesca, prevalecendo uma verdade "inventada" por Jó Joaquim.

No "Poema em linha reta", Álvaro de Campos expõe toda a sua revolta contra os que nunca assumem uma fraqueza ou uma infâmia. São os semideuses, sem nenhuma vileza.

A HISTÓRIA DO ALVES E DO JÓ JOAQUIM

Se, em *O Primo Basílio,* Eça de Queirós criticara a educação da mulher portuguesa perante os moldes de organização do casamento, em *Alves & Cia.* aparece ainda o problema do adultério, mas sob o ângulo do marido.

É freqüente ouvir-se falar dos heróis dos romances e novelas, assim como dos tipos curiosos da extensa galeria eciana. De Alves, não. As suas qualidades comuns a toda a gente, a sua profunda humanidade, relegaram-no a um incomparável ostracismo. Segundo Gaspar Simões, "Alves representa, na obra do autor de *Os Maias,* uma criação psicológica excepcional e, em todos os homens, por mais complexa e delicada que seja a sua raça e a sua cultura, há um Alves, isto é, aquele homem enternecido e cobarde a quem não resta sequer a coragem do seu próprio egoísmo."

Godofredo da Conceição Alves fora educado pelos jesuítas e nunca tivera uma aventura. Sua mãe passara boa parte da vida a ler versos ou numa devoção maníaca ao Senhor dos Passos. Herdara da mãe o temperamento romântico. Ainda rapaz, entusiasmara-se pelos versos de Garrett e pelo Coração de Jesus. Depois de uma febre tifóide, acalmara-se. Quando teve que assumir a casa de comissões do tio, agiu com espírito prático.

Ficara-lhe, no entanto, na alma, um certo sentimentalismo que não queria acabar. Lia muitos romances; as grandes paixões atraíam-no e, por vezes, sentia-se capaz de um heroísmo. Isto tudo movia-se no fundo do coração. Era um homem puro que amava a sua mulher. As aventuras do amigo e sócio Machado, via-as com indulgência. Não poderia imaginar que os encontros do sócio fossem com a sua boa Lulu. Justamente no dia do quarto aniversário de seu casamento com Lulu, Alves vai encontrá-la nos braços do Machado. Expulsa a mulher de casa.

Jó Joaquim conheceu Livíria, Rivília ou Irlívia e por ela apaixonou-se. Era o amante. O marido encontrou a mulher com um terceiro. Assustou-a e matou-o. Jó Joaquim afastou-se. Morto o marido, casaram-se. Passado um tempo, quem surpreendeu a mulher com outro foi justamente o Jó Joaquim. Assim como o Alves, Jó Joaquim expulsou sua mulher. Só que esta foi para destino ignorado.

Enquanto Alves angustia-se, no meio de pensamentos confusos, com a idéia fixa de suicídio, Jó Joaquim calou-se. Apenas chorou. Dedicou-se a redimir a mulher. Tanto repetiu para si e para os outros que ela nunca tivera amantes, que acabou acreditando. Pacientemente, foi desenredando a mulher e criou nova realidade para si e para os outros.

Na trajetória de Alves, são os amigos que vão desenredar-lhe a mulher. Ao procurar o amigo Carvalho para um aconselhamento, este percebe que Godofredo busca uma testemunha e, no seu medo de comprometer-se, procura convencê-lo de que se trata apenas de uma brincadeira. O outro amigo, o Medeiros, encarrega-se de resolver a questão. Tanto o amigo faz que acaba convencendo o Alves de que não se trata de um caso grave. O duelo só serviria para comprometer a mulher, colocaria o Senhor Alves numa posição ridícula e prejudicaria a firma comercial. Aos poucos, acaba cedendo às razões apontadas pelos amigos e perdoando a mulher e o sócio. Enternecido com o sofrimento de Machado por ocasião de sua viuvez, acaba por recebê-lo novamente em sua casa. À indignação inicial, sucede uma profunda piedade para com a mulher infiel e o amigo desleal.

Alves começa a sentir falta de sua mulher. A casa está em completo abandono e as criadas fazem o que bem entendem. É criado todo um clima para que o personagem justifique a aceitação de sua mulher de volta. Até uma nova lua-de-mel justifica-se para o reencontro de Alves e Ludovina. Também reaproxima-se do sócio. A paz e a alegria voltam à vida de Alves.

Quanto a Jó Joaquim, Vilíria voltou cheia de dengos e puderam conviver "o verdadeiro e melhor de sua útil vida."

DIÁLOGO ENTRE OS TEXTOS

No "Poema em Linha Reta", Álvaro de Campos teria compreendido o drama dos covardes Alves e Jó Joaquim. Não do Alves de "vergonhas financeiras", já que a sua situação econômica é estável. Talvez do Alves que, ao sofrer enxovalhos, não se tenha calado e se tenha sentido "mais ridículo ainda". Quanto ao Jó Joaquim que, no primeiro momento, é o amante, e , depois, o marido traído, apenas se diz que sabe, nas duas situações, esperar com paciência.

Na história de Alves, o temor dos comentários alheios sobre a posição dele e de sua mulher é sempre um argumento favorável a que ele s e convença de que, verdadeiramente, não houve adultério propriamente. Principalmente um dos amigos encarrega-se de arrumar argumentos que o convencem da não existência do adultério. Na história de Jó Joaquim, ele próprio vai-se encarregar de desenredar a mulher e convencer-se, assim como todo o povo do lugarejo, de que ela nunca tivera amantes

O eu-lírico sente-se grotesco e ridículo. Nunca encontra outras pessoas que tenham passado por situações semelhantes à que ele viveu. É como se, no mundo, não houvesse lugar para ele. Não há, no mundo, covardes. Só há semideuses. Isto faz com que ele, no auge de seu desespero e da sua busca, pergunte: "Onde é que há gente no mundo?"

"Quem me dera ouvir de alguém a voz humana/ Que confessasse não um pecado, mas uma infâmia; / Que contasse, não uma violência, mas uma cobardia!" Álvaro de Campos parece traduzir os espíritos de Alves e de Jó Joaquim. Alves, personagem que Eça de Queirós soube tão bem retratar numa dimensão bastante humana e Jó Joaquim, que Guimarães Rosa conseguiu traduzir através do desenredo.

BIBLIOGRAFIA

BRAIT, Beth, *Guimarães Rosa. Literatura Comentada,* 2ª ed., São Paulo, Nova Cultural, 1988.

PESSOA, Fernando, *Obra Poética*, Rio de Janeiro, RJ, Editora Nova Aguilar, 1983.

QUEIRÓS, Eça de, *O Mandarim* e *Alves & Cia,* São Paulo, Editora Brasiliense, s/d.

A ORQUESTRA QUEIROSIANA
Um estudo da musicalidade em "Um poeta lírico" de Eça de Queirós

GABRIEL AUGUSTO COELHO MAGALHÃES
Universidade de Salamanca

A leitura de "Um poeta lírico" de Eça de Queirós impressiona-nos vivamente pela musicalidade do texto: muitas vezes podemos mesmo, lendo-o em voz alta, ter a sensação que escutamos o rumor de uma majestosa orquestra. Este trabalho procura estudar de forma rigorosa essa musicalidade do texto queirosiano: numa primeira parte, definirei os processos sonoros que se encontram neste conto; num segundo momento, tentarei determinar os efeitos estéticos obtidos através desses processos sonoros; finalmente concluirei propondo um sentido geral para esta difusa musicalidade – o que me conduzirá também a uma particular interpretação de alguns aspectos da obra queirosiana[1].

I – OS INSTRUMENTOS

O estudo dos processos sonoros usados no texto implica três advertências prévias. Em primeiro lugar, confrontei-me com um problema de

[1] Este texto nasce de um trabalho realizado na Faculdade de Letras da Universidade Clássica de Lisboa para a disciplina de Literatura Portuguesa III, disciplina essa leccionada pela Professora Paula Morão a quem agradeço toda a orientação dada ao longo desta pesquisa. De igual forma, quero agradecer algumas observações amigas do Professor Ángel Marcos de Dios – decisivas para a versão final deste trabalho. Finalmente, quero acrescentar que utilizarei na minha investigação a edição que Helena Cidade Moura fez de "Um poeta lírico": Eça de Queirós, *Contos*, Lisboa, Livros do Brasil, s. d., pp. 35-48. Esta edição fundamenta-se no texto publicado por Eça de Queirós na *Gazeta de Notícias*, em 1892.

terminologia: de facto, os retóricos que consultei – Lausberg[2], Morier[3] e Fontanier[4] – não apresentam um aparelho teórico capaz de dar conta das subtilezas fónicas de "Um poeta lírico"; em grande parte, isto deve-se ao facto de este texto – como espero provar – habitar quase uma terra de ninguém entre a prosa e a poesia – o que o torna retoricamente atípico. Perante esta situação, optei por criar uma terminologia própria – procurando, no entanto, sempre que possível, utilizar os termos dos manuais de retórica. A segunda advertência prende-se com a miúda rede de citações que terei de fazer ao longo deste estudo – isto obrigou-me a dividir o texto em parágrafos (considerando também como parágrafos as falas das personagens) para assim melhor se poderem localizar as citações feitas. Em terceiro lugar, enfim, gostaria de dizer que este estudo do som em "Um poeta lírico" partirá dos jogos sonoros mais evidentes para chegar, no fim, àqueles mais subtis – já praticamente inaudíveis para o leitor distraído; é como se se passasse de zonas onde o som é *mezzo forte* para outras onde ele se dilui num discreto *pianissimo*.

Ora, a forma mais evidente de criar um efeito sonoro esmagador é repetir uma palavra – é óbvio que esta repetição tem sobretudo uma dimensão semântica, mas o seu peso sonoro e musical é também indiscutível. Em "Um poeta lírico", este processo é raro – a musicalidade do texto é bem mais subtil –, mas também está presente: "...de olho triste e posto na neve triste." (par. 8) ou então "...pelo olhar. Que olhar! Um olhar doce..." (par. 10). Como se disse, o texto não privilegia esta sonoridade algo opressiva e centra-se em formas de musicalidade mais discretas. De entre elas, gostaria de começar por destacar aquilo a que chamarei *rima inicial*: trata-se de aproximar duas palavras que começam pelo mesmo som consonântico, fazendo, assim, que ambas se ecoem mutuamente. Esta *rima inicial* – que corresponde, em parte, ao que os retóricos designam por aliteração – é um recurso obsessivo do texto. Só alguns exemplos ao acaso: "...taciturna tristeza..." (par. 2), "...boa brasa.." (par. 2), "...os fogões flamejavam..." (par. 5). Os exemplos seriam inumeráveis sobretudo se se tiver em conta que esta *rima inicial* pode ser *contígua* – é o caso das referidas nos exemplos –, mas pode também ser *próxima*: por exemplo, na expressão do parágrafo 2 "...os olhos beatamente postos na boa brasa

---

[2] Heinrich Lausberg, *Elemente der Literarischen Rhetorik*, Munique, Max Hueber Verlag, 1967 (tr. port. de R. M. Rosado Fernandes, *Elementos de Retórica Literária*, Lisboa, Fundação Calouste Gulbenkian, 1982).

[3] Henri Morier, *Dictionnaire de Poétique et de Rhétorique*, Paris, PUF, 1989.

[4] Pierre Fontanier, *Les Figures du Discours*, Paris, Flammarion, 1971.

escarlate...", temos uma *rima inicial contígua* entre "boa" e "brasa" e uma *rima inicial próxima* entre "beatamente" e "boa". Um exemplo típico disto a que chamo *rima inicial próxima* é a expressão do parágrafo 49: "E as convivências, e a falta de conversação!". Esta distinção tem importância porque, enquanto a *rima inicial contígua* é facilmente identificável pelo leitor, a *rima inicial próxima* já é muito mais dúbia e permite criar a tal musicalidade difusa que percorre o texto. Com efeito, este conto é inumeravelmente atravessado por estes ecos iniciais; tomemos, por exemplo, a expressão do parágrafo 5 "...a calça curta torcia-se em torno da canela..." que nos permite apreciar a complexidade deste jogo: nela há uma *rima inicial contígua* – "calça" e "curta" – logo seguida de uma *rima inicial próxima* – "torcia-se" e "torno"; a palavra "canela", por seu lado, torna-se uma *rima inicial próxima* de "curta" e de "calça". É esta complexa rede de correspondências sonoras que atravessa o texto, tecendo a sua musicalidade única.

Em segundo lugar, ao lado destas *rimas iniciais*, temos as *rimas finais*: duas palavras podem estar relacionadas pelas suas terminações. Alguns exemplos: "...madrugada regelada..." (par. 1) ou então "...gelado e estremunhado..." (par. 2). Mais uma vez, tal como no caso das *rimas iniciais*, as *rimas finais* podem ser *contíguas* ou *próximas*. O número de *rimas finais próximas* é enorme – é a tal musicalidade difusa e imprecisa que atravessa o texto. Tentarei dar somente alguns exemplos: "Tinha eu chegado do continente, prostrado por duas horas de canal da Mancha..." (par. 1) ou "...de dedinho no ar, fazendo rebrilhar um diamante..." (par. 2) ou ainda "Eu via apenas as costas do homem; mas havia...". As *rimas finais* são mais complexas do que as iniciais porque se prestam a jogos mais subtis por parte do narrador. De facto, podem até existir *rimas finais* que – tal como na poesia – sejam só *rimas finais toantes*: é o caso de "...medalha safada..." (par. 2) ou "...casaca e gravata branca..." (par. 2). Esta *rima final toante*, seja ela *contígua* ou *próxima,* tem tendência a passar despercebida ao leitor mais distraído que, no entanto, a sente: quem, na expressão "...educação universitária clássica..." (par. 26), se apercebe logo da *rima final toante que* aqui se encontra presente em "universitária" e "clássica"? É com estratégias muito discretas deste tipo que o narrador vai construindo um texto de uma indizível sonoridade quase inaudível – mas, no entanto, presente e objectivável. Notemos, desde já, que o texto quer ser musical, mas quer sê-lo com alguma discrição, escondendo a musicalidade que ele próprio cria.

Este efeito de *musicalidade clandestina* é particularmente evidente naquilo a que chamarei *rimas internas*. Com efeito, as *rimas iniciais* e as *rimas finais* surgiam em lugares de evidência da palavra e a sua discrição tinha que ser construída através de uma distância que esbatia o seu ecoar. Com as *rimas internas*, o narrador tranquilamente pode edificar uma musicalidade oculta e discreta – visto que a relação sonora existe entre os segmentos *no interior* de dois vocábulos. E, quase sempre, a aproximação verifica-se *só entre alguns* segmentos no interior dessas palavras: quase que apeteceria chamar a esta rima *rima de contrabando* porque, de facto, ela é quase invisível, isto é, inaudível – mas existe. Por exemplo, vejam-se segmentos como "...plantado melancolicamente..." (par. 5) ou "... luneta na ponta..." (par. 7) ou "...figura esguia e longa..." (par. 2) ou ainda "...nariz judaico..." (par. 5); está-se aqui perante o apogeu dessa música subtilíssima – pura música de fundo – que acompanha o texto e que é, sem dúvida, um acto procurado pelo narrador, mas ao mesmo tempo um acto ocultado por ele. Uma variante interessantíssima da *rima interna* é a *rima da vogal tónica*: esta ocorre quando várias palavras numa frase se encontram ligadas pela mesma vogal tónica; por exemplo: "De todos os poetas líricos de que tenho notícia, é este certamente o mais infeliz" (par. 1) ou "...corri ao vasto fogão do peristilo, e ali..." (par. 2) ou ainda "...guardanapo no braço..." (par. 2) ou ainda "...evidente de desalento..." (par. 5). Com esta análise das *rimas internas*, conclui-se o percurso de alguns dos instrumentos sonoros de que se serve o narrador[5] de "Um

[5] A análise deste conto coloca o seguinte problema: devemos atribuir a intencionalidade literária mais funda deste texto ao "narrador" ou ao "autor" do texto? Como se sabe, a resposta a esta questão tem subjacente um dos mais labirínticos campos de investigação da teoria literária deste século – aquele que procura definir com precisão a instância produtora do texto literário.

A minha opção foi a seguinte: utilizo sistematicamente o termo "narrador". Faço-o porque o narrador deste texto se nos apresenta com uma aguda consciência literária: quer escrever um texto "sem frases e sem ornatos"; é poeta; lê Tennyson ao almoço; refere-se com ironia àquilo que se considera vulgarmente "boa literatura". Assim, não me repugna atribuir a este narrador a intenção literária mais profunda que habita este conto.

No entanto, ao utilizar o termo "narrador", não pretendo de forma alguma negar teoricamente a existência de um "autor implícito" do texto. Pelo contrário, parece-me que, neste caso, o narrador do conto está provavelmente muito perto desse tal autor implícito. Como me foi sugerido por Paula Morão, a quem devo muita da bibliografia com que trabalhei neste ponto, poder-se-ia mesmo falar talvez de um narrador-autor.

Para resolver esta questão, consultei os seguintes textos: Vítor Manuel de Aguiar e Silva, *Teoria da Literatura*, 8ª ed., Coimbra, Almedina, 1988, pp. 205-253; Manuel Gusmão, "Autor" in AAVV, *Biblos – Enciclopédia Verbo das Literaturas de Língua Portuguesa*, vol. 1, Lisboa, Verbo, 1995, pp. 483-490; Donald E. Pease, "Author" in Frank Lentricchia e Thomas McLaughlin (org), *Critical Terms for Literary Study*, Chicago/ /London, The University of Chicago Press, 1990, pp. 105-117; Carlos Reis e Ana Cristina

poeta lírico" – devendo ser notado, como conclusão provisória, que a musicalidade deste texto é ao mesmo tempo evidente e esbatida, procurada e ocultada, amada e desprezada, querida e indesejada.

II – EFEITOS ESTÉTICOS

Uma vez identificados os mecanismos sonoros de que o narrador se serve, é preciso saber o que faz ele com eles – em suma, é preciso saber para que é que lhe serve essa música que ele próprio foi dispersando pelo texto. Os efeitos que a sonoridade introduz no texto são cinco: em primeiro lugar, um *efeito de nitidez*; em segundo lugar, um *efeito de segregação*; em terceiro lugar, um *efeito de representação*; em quarto lugar, um *efeito de emoção*; em quinto lugar, *um efeito de imobilização*. Desta forma, tentarei mostrar que a musicalidade de que venho falando é profundamente funcional aos mais diversos níveis.

Em primeiro lugar, falei de *efeito de nitidez*. Para mostrar o que isto é, tomemos uma expressão como "...os fogões flamejavam..." (par. 5). Como vimos, esta expressão apresentava aquilo a que chamei *rima inicial contígua*; e esta rima – ou a *rima final* de que falei ou a *rima interna* – tem a seguinte consequência: uma relativa uniformização de dois vocábulos ao nível do seu significante. Ora, o que acontece nesta prosa queirosiana *é que essa uniformidade dos significantes tem tendência a deslizar para o significado, a contaminar o significado*. E, assim, eis que a coerência que as expressões possuem enquanto som se torna uma coerência do que, através desse som, mostram. O narrador poderia ter dito "...os fogões rebrilhavam..." ou "...os fogões resplandeciam...", mas estas expressões nunca seriam tão nítidas como "...os fogões flamejavam..." – porque a nitidez do seu conteúdo não seria sublinhada pela nitidez do corpo sonoro que rodeia esse mesmo conteúdo. De facto, pode-se dizer que este texto estabelece para si mesmo a seguinte regra: quanto mais límpido e uniforme for o significante, mais límpido e uniforme será o seu significado. De aí que esta seja uma prosa muitíssimo plástica, escultural como em geral é a prosa queirosiana – mas nunca esqueçamos que esse carácter plástico, essa esculturalidade é, em grande parte, consequência do corpo sonoro das palavras de que o narrador se serve. Quase se poderia dizer,

---

M. Lopes, *Dicionário de Narratologia*, Coimbra, Almedina, 1994, pp. 40-41, 257-259; Wayne C. Booth, *The Rhetoric of Fiction*, Chicago/London, The University of Chicago Press, 1961, pp. 70-75.

sem exagero, que este narrador esculpe com o som, trabalhando-o como se fosse o bloco de pedra do qual pode sair a forma. Ao dizer "taciturna tristeza" (par. 2) ou "treva tumultuosa" (par. 1), o narrador está a criar *uma nitidez de significante que se torna uma nitidez de significado*. Neste texto, os significantes fundem-se sonoramente para que os seus significados tenham o máximo de nitidez possível – corpos sonoros unívocos geram também significados límpidos, nítidos, esculturais.

Em segundo lugar, falei de *efeito de segregação*. Em parte, isto é uma consequência do ponto anterior: como cada expressão é – enquanto significante e significado – muito nítida, a consequência é que as várias expressões se distinguem muito bem umas das outras – *segregando-se assim mutuamente*. Pensemos num quadro renascentista, por exemplo, em que a limpidez – a *definição* – de cada objecto implica que este seja inevitavelmente distinto do resto do quadro. Esta prosa queirosiana é assim: nela cada coisa se distingue, se separa das outras. Essa nitidez recíproca dos vários objectos é obtida através de complexos jogos sonoros. Vejamos um exemplo: "Apenas entrei no hotel, gelado e estremunhado, corri ao vasto fogão do peristilo, e ali fiquei..." – diz o narrador no parágrafo 2; como já estamos habituados a ver, há aqui três rimas: uma dá-nos o *estado físico* do narrador – "...gelado e estremunhado..." –, outra dá-nos a sua *acção* – "entrei...fiquei" – e outra ainda dá-nos a sua *urgência* – "corri ao vasto fogão do peristilo, e ali...". Estas três sonoridades criam o quadro súbito da entrada do narrador no hotel. Para mostrar agora a paz que ele subitamente obtém junto a esse fogão, basta criar outras sonoridades *que contrastem com estas* e traduzam uma nova sensação, um novo quadro: "...(e ali fiquei) saturando-me daquela paz quente em que a sala estava adormecida, com os olhos beatamente postos na boa brasa escarlate". Um novo grupo de sonoridades – [s], [k] com [ε] ou [e] ou [∂], [b], [⊐] e [u] – cria uma nova atmosfera diferente da anterior, um súbito estado de paz *que se distingue sonoramente do momento anterior em que o narrador entrara*. Mas eis que há outra pessoa na sala – para que essa pessoa nos apareça como distinta, como *segregada dos momentos anteriores* basta criar uma *nova sonoridade que sinalize essa diferença*: "...figura esguia e longa, já de casaca e gravata branca, que do outro lado da chaminé, de pé, com a taciturna tristeza de uma cegonha que cisma, olhava também para os carvões ardentes, com um guardanapo no braço.". Repare-se: a nova personagem vai ser individualizada – *destacada* – por uma nova rima em [g]; depois, nela mesma, vão ser separados diversos aspectos: a sua roupa cuja brancura é dada pelos sons [a] e [α]; o seu estado psicológico inscrito nos sons [t] e [s]; o sítio onde está, sítio este marcado pelo som [ɛ]. Assim, também sonoramente, esta nova personagem fica distinta dos momentos anteriores do texto. Desta forma, a música deste conto instaura como vimos uma certa nitidez – e essa nitidez, por sua vez, instaura igualmente a mútua segregação dos objectos: este texto é um texto de coisas separadas pelos seus precisos contornos sonoros.

Em terceiro lugar, gostaria de me referir àquilo a que chamei *efeito de representação*. No fundo, trata-se daquele velho processo – já praticado por Homero – que consiste em *imitar com o significante aquilo que o significado diz*. Este fenómeno de *harmonia imitativa* – termo usado pelos retóricos – está presente em "Um poeta lírico" e é uma dimensão funcional mais que o som possui no texto. Um bom exemplo pode ser examinado no parágrafo 28: "Nessa noite aconteceu, ao recolher-me ao meu quarto, que me perdi... O hotel estava atulhado, e eu tinha sido alojado naqueles altos de Charing Cross, <u>numa complicação de corredores, escadas, recantos, ângulos</u>, onde é quase necessário roteiro e bússola."; o ritmo imposto pelas vírgulas e também as muitas consoantes oclusivas velares [k] e [g] e as vogais nasais acabam por reproduzir esse mundo estreito e labiríntico em que o narrador penetra e se perde. Um outro exemplo no parágrafo 5: "...e fora, no <u>silêncio</u> do domingo, nas ruas mudas, a neve caía <u>s</u>em <u>c</u>e<u>ss</u>ar de um <u>c</u>éu amarelento e ba<u>ç</u>o."; repare-se como a recorrência do som [s] vai pouco a pouco emudecendo o texto, materializando enfim esse silêncio que antes tinha sido referido. Obviamente este *efeito de representação* está ligado aos efeitos que atrás vimos – em algumas expressões um mesmo jogo sonoro reúne em si a virtualidade de produzir os três efeitos até aqui estudados. Digamos que este *efeito de representação* é uma hipérbole – um reforço – dos efeitos que atrás referi e que já tinham em si a preocupação de tornar mais íntima a relação entre significante e significado.

Aquilo a que chamei *efeito de emoção* é bem mais difícil de exemplificar. De facto, se ao dar exemplos do *efeito de representação,* tive que tentar reduzir ao máximo a minha subjectividade de leitor – ao falar do *efeito de emoção essa isenção, essa objectividade torna-se cada vez mais difícil*. Estamos, com efeito, em pleno reino do imponderável. O célebre soneto de Rimbaud – "Voyelles" – mostra até que ponto um som emociona, mas também até que ponto essa emoção é, em essência, diferente e específica em cada ser humano. Neste texto de Eça de Queirós, podemos encontrar muitas vezes uma vontade de *sublinhar com o significante a emoção implícita no significado*. É a isso que chamo *efeito de emoção*. No entanto, as interpretações desses sublinhados emotivos – dessas auréolas sentimentais criadas com o som das palavras – podem ser polémicas e discutíveis. Feito este aviso preambular, vejamos alguns exemplos: no parágrafo 26, ao referir-se aos gregos, o narrador diz-nos "...plebe torpe, parte pirata e parte lacaia, bando de rapina astuto e perverso"; parece evidente que a *rima inicial* em [p] – apoiada também numa recorrência da oclusiva dental [t] que não é tão audível porque se realiza sobretudo através de uma *rima interna*, o mesmo acontecendo com o som [r] – serve para fazer sentir a repugnância que o narrador experimenta relativamente aos gregos. É a isto que chamo *efeito de emoção*. Um outro exemplo prende-se com o uso do som [i] como sinal de disforia no texto. Já vimos aquela frase do parágrafo 1: "De todos os poetas líricos de que tenho notícia é este certamente o mais infeliz". Este uso entristecedor do [i] aparece em outras expressões: "tísico triste" (par. 60), "o indivíduo esguio e triste" (par. 5); no entanto, de forma alguma afirmo que o [i] representa neste conto a tristeza – digo só que, por vezes, em determinados contextos, é usado com esse implícito sentido, com esse eco afectivo. O mesmo se passa com as vogais nasais que servem muitas vezes para sublinhar uma certa melancolia, um indizível malestar: "gesto errante e dolente" (par. 7), "plantado melancolicamente" (par. 5), "expressão tão evidente de desalento" (par. 5). Este *efeito de emoção* opera no texto recorrendo em parte ao som – mas a forma como esse som funciona afectivamente não pode ser reduzida a regras, a princípios precisos semelhantes às leis da Física. Assim, contentemo-nos com assinalar algumas ocorrências sem as sistematizar.

O último efeito estético resultante do uso do som neste texto é o *efeito de imobilização*: à medida que a presença daquilo a que chamo rimas aumenta e se adensa, o texto "pára", isto é, torna-se essencialmente descritivo. Mais uma vez, este efeito não deve ser considerado como separado dos outros: o *efeito de nitidez* e o *efeito de representação* estão em certa medida ligados a este último efeito que agora estudo. Com efeito, *o uso do som neste conto parece estar muito associado ao desejo de dar a ver, de mostrar*. Este é basicamente um conto de quadros, de imagens que nos ficam nitidamente gravadas na retina – mas que nos entraram pelos ouvidos... As narrações, essas, embaraçam, atrapalham a voz que fala no texto: a história de Korriscosso "é tão triste, que a condenso" (par. 41), Bracolletti também não tem história, ou melhor, tem também ele uma história resumida e, finalmente, do narrador quase nada sabemos. No entanto, quando chega a hora de descrever, o narrador tem tempo para tudo – este é um texto de imagens e não de factos narrados, é um texto que mostra mais do que conta. Há, desta forma, uma imobilidade que se instala e que passa em grande parte por uma rede sonora que com essa imobilidade se articula. Um bom exemplo deste gosto por uma imobilidade descritiva associada ao som – e por um consequente desvalorizar da narração – é visível logo no primeiro parágrafo: os elementos narrativos são rapidamente postos de lado – "Tinha eu chegado do continente, prostrado por duas horas de canal da Mancha..." – para imediatamente se passar a um quadro, a uma descrição: "Ah! Que mar!". A partir daqui, os jogos sonoros adensam-se precisamente para se poder reconstituir a cena que se quer dar a ver: o som é a pedra onde se esculpem as coisas que o narrador pretende mostrar. Lendo este conto, é impossível não pensar que talvez todas as obras de Eça de Queirós sejam, no fundo, uma sucessão de quadros ligados pelo álibi de uma qualquer narração – tal como este conto é um esbatido movimento em torno da imobilidade irredutível e central do hotel de Charing Cross e do seu romântico criado.

III – SENTIDO GERAL

No entanto, a musicalidade que temos estado a analisar no nosso estudo está presente na globalidade do texto – mais densa nas descrições, mais atenuada nos momentos narrativos – e é, por isso, preciso encontrar uma justificação geral para este seu uso continuado: independentemente dos seus efeitos estéticos específicos, o que é que quer dizer esta harmonia musical que se ouve em cada frase, em cada palavra? Será só uma opção estilística convencional ou terá um sentido mais profundo? Poder-nos-á ela revelar a essência do conto? Será ela, tão obsessivamente presente, uma das chaves para entender este texto? Tentarei examinar estas questões nesta parte final.

A análise mais fulgurante de "Um poeta lírico" que eu conheço é da autoria de Maria Lúcia Lepecki – será desta análise que partirei embora talvez para chegar a outro porto[6]. No seu texto, Maria Lúcia Lepecki chama a atenção para três aspectos essenciais em "Um poeta lírico": em primeiro lugar, trata-se de um texto com três eixos, com três "centros de interesse" o que lhe dá "uma estrutura narrativa lassa"[7]. Esses três "centros de interesse" são Korriscosso, Bracolletti e o próprio narrador. Em segundo lugar, a autora detém-se miudamente no seguinte problema: o

---

[6] Cf. Maria Lúcia Lepecki, "Um poeta lírico" in A. Campos Matos (org), *Dicionário de Eça de Queirós*, 2ª ed., Lisboa, Caminho, 1993.

[7] Cf. *op. cit.*, p. 720.

narrador silencia as personagens, toma posse do discurso – é, por assim dizer, um narrador guloso de palavra, guardião zeloso do predomínio da sua própria voz. Finalmente, em terceiro lugar, Maria Lúcia Lepecki enuncia a sua leitura do conto: nele se cria "um discurso onde se funde o espírito da prosa com o espírito da poesia". E a autora avança a seguinte conclusão: "Esta fusão resolve, assim, em plataforma nova, a velha polémica dos Antigos e dos Modernos que Eça nesse conto reencenou."[8]. Partindo desta proposta de leitura – com a qual concordo em grande parte, mas da qual também discordo – procurarei avançar com a minha interpretação do texto que partiu da tal inicial sensação de musicalidade.

Em primeiro lugar, parece-me essencial precisar melhor o cenário do texto: Charing Cross é uma zona de Londres onde há uma grande estação de caminho-de-ferro, isto é, Charing Cross deve soar no texto como uma espécie de equivalente londrino de Santa Apolónia. Isto tem a maior importância porque nos mostra que *o texto se situa voluntariamente num cruzamento, num lugar de encruzilhada*. De aí que os seus protagonistas sejam viajantes – seres em devir. Por outro lado, não nos esqueçamos que o caminho-de-ferro não tinha, no século XIX, o travo nostálgico que possui hoje em dia: era, na época, o meio de transporte da modernidade – era o avião a jacto da altura. *Estamos, portanto, numa encruzilhada onde se faz a modernidade, onde se decide o futuro*. Esta consideração do cenário é da maior importância para entender o que este narrador nos quer dizer: ele quer claramente colocar-nos numa zona de confluência, num lugar de intersecção – é a partir deste ponto de encontro, é *por causa deste ponto de encontro,* que o texto acontece[9].

Estabelecido o cenário – uma encruzilhada moderna –, devemos definir quem nessa encruzilhada se acha. São, de facto, três as personagens que aí vão encontrar-se – o que confirma a teoria dos três "centros de interesse" de que fala Lepecki. Mas o que pode simbolizar cada uma delas? Korriscosso é nitidamente o poeta romântico – "estampa romântica", diz o texto – que tantas vezes é verberado ao longo da obra queirosiana: recorda irresistivelmente o protagonista de "A capital!", Artur Corvelo.

---

[8] Cf. *op. cit.*, p. 723.

[9] Ao lugar de Charing Cross subjaz também a romântica história dos amores de um rei inconsolável: Eduardo I, desgostoso com o falecimento de sua esposa, a rainha Eleanor, morta em 1290, ergueu uma série de 12 cruzes que marcavam as paragens do cortejo fúnebre em direcção à abadia de Westminster. Dessas cruzes foi sobrevivendo a última até 1647, data em que foi finalmente destruída. No entanto, em 1863, no átrio da estação de Charing Cross, foi erguida uma nova cruz que ainda hoje lá se mantém – e que Eça conhecia certamente.

Bracolletti, por seu lado, está ambiguamente ligado a uma postura mais realista: gordo, prudente, é, segundo o narrador, "um forte" – a sua única debilidade são rapariguinhas, "flores da lama de Londres", o que imediata e definitivamente o liga a Baudelaire e a toda uma nova arte que se fazia contra o primeiro romantismo. E o narrador? Pode afirmar-se que este habita uma terra de ninguém entre Korriscosso e Bracolletti – tal como Charing Cross é um lugar de cruzamento, o narrador é também um ponto de encontro daquilo que Bracolletti e Korriscosso representam. No narrador, vão cruzar-se, articular-se os mundos implícitos nas duas personagens – para as quais ele funciona como uma espécie de mediador.

Esta teoria – oposição entre romantismo e realismo no texto – não é contrária à tese de Lepecki: é, por assim dizer, *complementar* dela. De facto, o romantismo, sobretudo a poesia romântica, pode ser considerado como uma tentativa de manutenção de valores – *e não tanto de formas* – de matriz clássica que estavam a ser destruídos pela célebre "idade da prosa". De facto, a poesia romântica procurava desesperadamente conservar o sentido primordial do sagrado – essencial também no funcionamento da arte clássica. Assim, em certo sentido, o debate entre o romantismo e o realismo foi uma espécie de segundo *round* do que fora o debate entre os antigos e os modernos. Se prefiro os termos romântico e realista para caracterizar a oposição encenada no texto através de Korriscosso e Bracolletti, é porque vejo na ascendência grega de ambos muito mais uma metáfora irónica de Portugal e do Sul da Europa – do que uma vontade de aproximar o texto da tradição clássica. De facto, o narrador não retoma um debate para ele já antigo e talvez esquecido – mas sim a forma nova que esse debate no seu tempo adquirira e que era a célebre questão do romantismo e do realismo, questão esta que marcou toda uma geração.

Seja como for, o que interessa é que Bracolletti e Korriscosso *são discursos – um, o discurso realista; o outro, o discurso romântico*. Como vimos, o narrador é um mediador entre estas duas posições, entre estes dois discursos. *É precisamente por isso que ele não pode dar a palavra às suas personagens – isso seria, em certo sentido, tomar partido e sobre-tudo criar uma tensão discursiva irresolúvel*. O narrador conserva-as em silêncio para poder operar *no seu próprio discurso* a síntese do que essas personagens significam. Vejamos como é que o narrador faz essa síntese – como é que ele *partilha o seu discurso* entre Bracolletti e Korriscosso. Será aqui que reencontraremos a musicalidade que foi o tema deste trabalho.

Em primeiro lugar, o narrador impressiona-nos pela sua ambiguidade: afirma, no início, querer contar a história "sem frases e sem ornatos"

– mas, posteriormente, confessa a Korriscosso que também é poeta. No fundo, é como se ele tivesse uma dupla personalidade – como se houvesse neste narrador um Dr. Jekyll sensato e realista e um Mr. Hyde desbragadamente romântico. De facto, após uma leitura primeira do texto, sentimos que nele predominam o racionalismo, o sentido da realidade: Korriscosso é arrasado na história que nos é contada – é um ladrão, é um falhado, é "um grego de Atenas". A história final da sua humilhação amorosa reveste-se de requintes de sadismo em que o narrador parece comprazer-se. Quase que poderíamos dizer que, neste conto, assistimos ao sacrifício expiatório de Korriscosso e, com ele, de toda a poesia romântica. Talvez isto possa ser resumido desta forma: *o texto, quanto ao seu significado, é profundamente realista, está do lado daquilo que Bracolletti representa*. O narrador vê em Korriscosso um exemplar de uma espécie em vias de extinção: o poeta romântico. Enquanto os outros viajam e se afirmam, Korriscosso caracteriza-se no presente do conto por uma imobilidade que anuncia a sua cristalização, a sua fossilização.

No entanto, o texto, apesar desta postura realista, apresenta a tal musicalidade de que falei. Como procurei mostrar, trata-se de uma presença evidente – mas também voluntariamente oculta. Eu diria que a harmonia musical habita este texto *exactamente como Korriscosso habita o hotel de Charing Cross*. Com efeito, sente-se a presença de uma qualquer música no texto – *mas não se lhe presta atenção*. O significante foi, assim, a parte que coube a Korriscosso na partilha do discurso do narrador. O leitor moderno – tal como o frequentador do restaurante do hotel – pode não se aperceber desse poeta que mora no texto, dessa musicalidade que o atravessa: ela é, de facto, clandestina, discreta, subtil. Assim, "Um poeta lírico" é um discurso dividido entre uma evidência realista no seu significado – e uma subtileza poética e romântica no seu significante. É, assim, um discurso de conciliação, de harmonização – mas é também, por isso mesmo, um discurso ambíguo e um discurso irónico. Se pensarmos bem, esta ambiguidade espalha-se um pouco por toda a obra queirosiana: é o romance histórico de sabor medieval subjacente à superfície narrativa de *A ilustre casa de Ramires*; é a serra primitiva pela qual anseia o habitante da cidade; é o dicionário de rimas que Carlos da Maia descobre admirado no quarto de João da Ega... Tudo isto nos mostra que há na obra queirosiana uma superfície realista – mas, por baixo, envergonhado, reduzido ao papel de criado, sobrevive, vegeta um romantismo lírico que o autor não consegue rejeitar e que é uma espécie de pecado inevitável. Assim, "Um poeta lírico", com o seu realismo embebido de um musical romantismo, acaba por nos servir como um sinal da tensão essencial que atravessa toda o obra queirosiana – sendo também um dos momentos em que melhor essa tensão se resolve através de um pacto quase secreto entre lirismo romântico e realismo[10]. Desta forma, não nos deve surpreender que este pacto magistral, esta prosa queirosiana habitada pela música da poesia tenha persistido em obras posteriores da narrativa portuguesa tais como, por exemplo, *A Escola do Paraíso*, de José Rodrigues Miguéis, e, mais recentemente ainda, *Um deus passeando pela brisa da tarde*, de Mário de Carvalho.

---

[10] Parece-me de grande utilidade citar um diálogo de *Os Maias* que se liga nitidamente ao problema tratado em "Um poeta lírico":

" – Então, aqui trabalha-se, hem?

Carlos encolheu os ombros:

– Se é que se pode chamar a isto trabalhar... Olhe aí para o chão. Veja esses destroços... Enquanto se trata de tomar notas, coligir documentos, reunir materiais, bem, lá vou indo. Mas quando se trata de pôr as ideias, a observação, numa forma de gosto e de simetria, dar-lhe cor, dar-lhe relevo, então... Então foi-se!

– Preocupação peninsular, filho – disse Afonso, sentando-se ao pé da mesa, com o seu chapéu desabado na mão. – Desembaraça-te dela. É o que eu dizia noutro dia ao Craft, e ele concordava... O português nunca pode ser homem de ideias, por causa da paixão da forma. A sua mania é fazer belas frases, ver-lhes o brilho, sentir-lhes a música. Se for necessário falsear a ideia, deixá-la incompleta, exagerá-la, para a frase ganhar em beleza, o desgraçado não hesita... Vá-se pela água abaixo o pensamento, mas salve-se a bela frase.

– Questões de temperamento – disse Carlos. – Há seres inferiores para quem a sonoridade de um adjectivo é mais importante que a exactidão de um sistema... Eu sou desses monstros.

– Diabo! então és um retórico...

– Quem o não é? E resta saber por fim se o estilo não é uma disciplina de pensamento. Em verso, o avô sabe, é muitas vezes a necessidade de uma rima que produz a originalidade de uma imagem... E quantas vezes o esforço para completar bem a cadência de uma frase, não poderá trazer desenvolvimentos novos e inesperados de uma ideia... Viva a bela frase!" (*Os Maias*, cap. IX)

Como se vê, é esta também a questão subjacente a "Um poeta lírico" – texto onde se concretiza esteticamente a resposta teórica que Carlos esboça.

A FORTUNA ITALIANA DE EÇA DE QUEIRÓS

GUIA BONI
Instituto Oriental de Nápoles

Só em 1913 saiu a primeira tradução italiana de uma obra de Eça de Queirós: *A relíquia* publicada em Portugal 26 anos antes. O inventário das traduções italianas do autor português já foi redigido por Amina Di Munno e saiu nos números 7/8 da revista "Queirosiana"[1] com uma versão actualizada publicada no *Suplemento ao Dicionário de Eça de Queirós*[2]. Para facilitar a leitura deste texto, junto contudo, em apêndice, uma lista das traduções por mim organizada.

As datas

O público italiano teve a possibilidade de conhecer a obra Eça de Queirós em tradução a partir de 1913. Relativamente tarde se pensarmos

---

[1] Amina di Munno, "A fortuna de Eça de Queirós na Itália no decorrer de um século", in *Queirosiana*. Estudos sobre Eça de Queirós e a sua Geração, n. 7/8, Dezembro de 1994/Julho de 1995, pp. 23-29. Menos completa relativamente à obra de Eça de Queirós, mas muito útil para uma visão da fortuna da literatura portuguesa na Itália: Jaime Raposo Costa, *Autori portoghesi tradotti ed editi in Italia*. Narrativa Poesia Saggistica (1898--1998), Catalogo ragionato, Roma, Ambasciata del Portogallo, 1999, pp. 31-35. Veja-se também a bibliografia italiana presente no volume José Maria Eça de Queiroz, *Racconti*, introduzione, traduzione e note di Davide Conrieri e Maria Abreu Pinto, Milano, Rizzoli, "Biblioteca Universale Rizzoli", 2000, pp. 53-58.

[2] "Eça e a Itália (a fortuna de Eça em Itália no decorrer de um século)", in *Suplemento ao Dicionário de Eça de Queirós*, organização e coordenação de A. Campos Matos, Caminho, Lisboa, 2000, pp. 171-174. Lembramos também o verbete, não assinado, presente no *Dicionário de Eça de Queirós* organização e coordenação de A. Campos Matos, Lisboa, Caminho, 1993[2], intitulado "Eça e a Itália" que não menciona a fortuna do autor português na península, mas a ideia que ele tinha deste país.

na França, na Inglaterra[3] ou nos Estados Unidos, por exemplo, onde o *Primo Basílio* foi traduzido em 1886[4], nos países de língua espanhola onde em 1909 já estavam traduzidos todos os seus romances. Mas, apesar do indiscutível valor do autor e da obra, aqueles eram todos lugares onde Eça de Queirós vivera e trabalhara.

O êxito editorial do autor português na Itália, com um plano de traduções num conjunto organizado, começa verdadeiramente nos anos Cinquenta. Até aí foram publicados *A relíquia* (1913); o conto «O suave milagre» (com três reimpressões: 1919, 1929, 1935); *O Mandarim* (duas edições: 1922, 1944); *A cidade e as serras* (três edições: 1921, 1928, 1937); *O crime do Padre Amaro* (1935) e *O mistério da estrada de Sintra* (1944). O leitor de então tinha uma visão logicamente parcial da obra do autor português, mas contudo podia, apesar da desordem cronológica em que saíram os títulos, saborear os três períodos em que se costuma dividir a obra de Eça de Queirós: o primeiro com o *Mistério*, o segundo com *O crime* e o último com *A cidade e as serras*, além de *A relíquia* e *O mandarim*.

Na segunda metade do século XX foi traduzida praticamente toda a sua obra, excluindo *As farpas*, dirigidas unicamente ao público português, e *A correspondência de Fradique Mendes*, aparecida parcialmente em antologia em 1955[5].

Diacronicamente os anos mais ricos foram as décadas de Cinquenta e Sessenta e sobretudo a primeira. Cada ano – de 1951 a 1959, excluindo o 1958 – temos pelo menos uma obra de Eça de Queirós publicada. *O Primo Basílio* teve até duas edições em 1952, provavelmente por falta de comunicação entre os editores. No triénio 1952-1954 publicam-se duas edições do *Primo Basílio* e d'*O Mandarim* e, juntando os vários contos saídos singularmente ou em grupo, reconstituímos por inteiro a edição de 1902. E não devemos esquecer os grandes romances que foram publicados sem respeitar a cronologia autorial e editorial portuguesa: antes saiu *O crime do padre Amaro* (1875/1935, 1962), seguido de *A cidade e as serras* (1901/1921, 1928, 1937), *O primo Basílio* (1878/1952, s/d), *A ilustre casa de Ramires* (1900/1954, 1979), *Os Maias* (1888/1956, 1959).

---

[3] "O suave milagre ('Sweet miracle') teve de 1904 a 1932 nove edições na Inglaterra", Ernesto Guerra da Cal, *Língua e estilo de Eça de Queiroz*. Elementos básicos, Coimbra, Livraria Almedina, 1981, p. 43, n. 6.

[4] Frank F. Sousa, "Eça nos Estados Unidos", in *O Público*, 20/8/2000.

[5] "Lo studio delle lingue", in *Pagine della letteratura portoghese*, a cura di P. A. Jannini, Milano, Nuova Accademia, 1955.

De 1913 até 2000 temos 2 edições de *O mistério da estrada de Sintra*, 2 de *O crime de Padre Amaro*, 2 de *O primo Basílio*, 6 de *O Mandarim*, 4 de *A cidade e as serras*, uma única edição dos contos completos, mas 8 com os contos publicados singularmente ou variamente combinados, 2 de *Os Maias*, 2 de *A ilustre casa de Ramires* e 2 de *A capital*. No total 29 diferentes edições: um número importante, sobretudo não tendo em conta as várias reedições que continuaram a ser publicadas até aos anos Oitenta.

A fortuna editorial

A obra mais editada na Itália foi *O Mandarim*, com seis edições diferentes. Mas há também *A ilustre casa de Ramires* que teve duas edições e 4 reimpressões com diferentes editores e várias soluções editoriais. O exotismo do primeiro livro e o enredo histórico do segundo foram premiados pelos editores italianos e pelo público.

O período aúreo de Eça na Itália foi, com já dissemos, o dos anos Cinquenta e Sessenta, onde praticamente toda a sua obra foi publicada *ex novo* pelas mais importantes casas editoras. Naquela altura, o leitor italiano podia ler praticamente a obra completa do escritor português, coisa que hoje, como nas décadas de 80 e 90, já se tornou impossível porque, se excluirmos umas corajosas traduções e reedições, os grandes romances estão esgotados há tempo. Ao lado duma explicação sociológica – os anos Cinquenta e Sessenta, são os anos do após-guerra, do *boom* económico italiano e de uma política cultural, promovida pelas casas editoras, que prevê colecções económicas, mas extremamente cuidadas (como a Biblioteca Universale Rizzoli que ainda hoje existe e que em 2000 publicou a primeira recolha completa dos *Contos*) – há também uma explicação económica: em 1950 decaem os direitos sobre a obra do autor e portanto os seus livros se tornam mais interessantes para os editores estrangeiros. Mas a eclosão de Eça no após-guerra não é fenómeno tipicamente italiano. Ernesto Guerra da Cal nos lembra que o grande interesse para Eça de Queirós explodiu em 1945 quando da comemoração do centenário do nascimento do romancista[6]. Esta eclosão que abraça os dois lados do Atlântico poderia ter influenciado as escolhas editoriais italianas ou, mais simplesmente, numa colecção que abrange clássicos da literatura mundial Eça de Queirós não podia faltar.

[6] Ernesto Guerra da Cal, *op. cit.*, p. 42.

Na década de Setenta foi editada só *A ilustre casa de Ramires*. Nos dez anos seguintes *A cidade e as serras* (1981) e entre 1987 e 1988 duas novas edições de *O mandarim*, uma de *A relíquia*, a reedição de *A capital* e de *A ilustre casa de Ramires* e enfim em 1989 (reeditado nos anos seguintes) a segunda tradução de *O mistério da estrada de Sintra*. Chegamos assim aos anos Noventa com dois contos publicados separadamente: «O defunto» e «José Matias». E enfim à viragem do milénio, em coincidência com o aniversário da morte do autor, publicam-se, pela primeira vez, *Os contos* completos e uma recolha composta por «O senhor diabo» (tirado das *Prosas bárbaras*), «Frei Genebro», «Adão e Eva no Paraíso», «A perfeição» apresentados com texto original ao lado da tradução italiana. Uma iniciativa editorial para a prosa portuguesa que fora experimentada, sempre na mesma colecção Lusitana-italica, dirigida por Maria Luisa Cusati, pelo editor de Nápoles Liguori, com *O homem do país azul* de Manuel Alegre.

Este é o itinerário, mas quais as conclusões? Comparando estes resultados com outras realidades[7] apresentadas por Ernesto Guerra da Cal, reparamos que apesar de chegar tarde nas livrarias italianas, a obra de Eça foi quase inteiramente traduzida com várias edições e teve inúmeras reedições. Atrás dos países de língua espanhola que traduziram tudo e imediatamente, segue Itália que no decorrer de 90 anos se interessou pelo escritor com certa continuidade. Pode ser que a chegada tardia da obra queirosiana foi devida à cautela dos editores italianos que esperaram as traduções e o acolhimento pelo público dos outros países. Contudo Eça de Queirós não é um autor conhecido pelo grande público italiano, como hoje são conhecidos José Saramago ou Fernando Pessoa. Mas é um autor que foi sempre apresentado com grande cuidado. Desde as primeiras edições, de que falaremos mais amplamente depois, as traduções foram acompanhadas por prefácios, notas. Todos os que se debruçaram sobre Eça de Queirós – além de Luciana Stegagno Picchio, Amina Di Munno, Giuseppe Carlo Rossi e Ugo Serani que são especialistas de literatura portuguesa – deram-se conta da importância do autor e sempre quiseram fornecer ao leitor, que porventura, entrava pela primeira vez no universo queirosiano, informações que permitissem situar o escritor. Praticamente não existem traduções sem um prefácio, uma nota, mesmo de uma única página, de introdução ao autor, à época, ao país. Inevitáveis as comparações com autores mais conhecidos pelo público italiano como Flaubert, Dostojevski, Théophile Gautier,

[7] Baseio-me na obra ainda fundamental de Ernesto Guerra da Cal, *Lengua y estilo de Eça de Queiroz*. Apéndice. Bibliografia queirociana sistemática y anotada, t. 1, Coimbra, Acta Universitatis Conimbrigensis, 1975.

Turghenieff, mas tendo sempre bem presente a identidade do autor português. A partir dos anos Setenta a fortuna editorial de Eça de Queirós começa a esgotar-se. São anos revolucionários, o momento de uma cultura mais nova, jovem. A escolaridade prolonga-se; nasce um novo público que já tem os clássicos em casa e pretende coisas modernas. Eça fica de lado. Na década de Setenta o grande público italiano descobre Fernando Pessoa.

Os editores

Já falamos sumariamente dos editores que publicaram Eça de Queirós. Foram os mais importantes da península: Mondadori, Rizzoli e Einaudi. Mas não citamos o primeiro que em 1913 decidiu apostar sobre o autor português. Aposta que foi repetida, pelo mesmo editor, em 1922 com *O mandarim*. Trata-se de Rocco Carabba de Lanciano[8]. Um pequeno editor, fora do eixo editorial da Itália recém unida que era constituído pelas diferentes capitais que se tinham sucedido: Turim, Florença e Roma. Instalado na pequena cidade de Lanciano, na região dos Abruzzi, Carabba em 1878 começara a publicar textos destinados à escola, mas a partir de 1909 mudou rumo dando à luz algumas colecções que transformaram o panorama cultural italiano e em particular o da Itália do sul, onde um outro editor Laterza (que ainda hoje existe e publica obras de qualidade) movia os primeiros passos guiado pelo filósofo Benedetto Croce. Rocco Carabba não teve a sorte de contar com Croce, mas conseguiu entregar-se ao novo e prometedor autor Giovanni Papini. Papini tinha 22 anos quando começou a sua aventura editorial. Era de Florença e já colaborava com várias revistas, sobretudo "La Voce", revista a carácter político-cultural e que foi particularmente importante para a renovação da cultura italiana do princípio do século. Os colaboradores da revista (entre os quais houve Croce também) queriam ultrapassar o positivismo em filosofia, Carducci e D'Annunzio em literatura, abrir-se à Europa e ao mundo. Carabba e Papini tentaram conseguir estes objectivos através de novas colecções: "La cultura dellíanima" para a filosofia, "Scrittori nostri" para a literatura italiana; "Scrittori italiani e stranieri" e "Antichi e moderni" para se abrir ao mundo. Nesta última série, encontramos *A relíquia* de Eça de Queirós,

[8] Sobre este editor veja-se o livro de Carmela Pelleriti, *Le edizioni Carabba di Lanciano. Notizie e annali 1978-1950*, Manziana, Vecchiarelli, 1997 e também as *Actas* do Congresso a ele dedicado: *La casa editrice Carabba e la cultura italiana ed europea tra Otto e Novecento*, a cura di Gianni Oliva, Roma, Bulzoni, 1999.

ao lado de Novalis, Cecov, Puskin, Gogol, Cervantes e Baudelaire. Tratase sem dúvida de uma colecção prestigiosa, caracterizada, além das escolhas, também pela cuidadosa encadernação (encontrei os dois preciosíssimos volumes queirosianos na Biblioteca Alessandrina de Roma ainda em óptimo estado) e o preço acessível. Eça de Queirós é o único escritor de língua portuguesa presente na colecção "Antichi e moderni", mas na outra: "Scrittori italiani e stranieri" apareceram uma antologia lírica portuguesa e obras de Guerra Junqueiro, Eugénio de Castro, Fidelino de Figueiredo, José Maria Ferreira de Castro[9]. Eça fica insula portuguesa nos autores antigos e modernos de Rocco Carabba, único representante para o passado e o presente.

Uma incursão no paratexto

Os títulos

Sabemos todos que a editoria tem o hábito de mudar os títulos às obras com a intenção de as tornar mais interessantes para o público. A obra de Eça de Queirós sofreu pouquíssimas alterações na Itália, contrariamente a quanto aconteceu na França: *202, rue des Champs Elysées* (A cidade e as serras), ou na Inglaterra *Dragonís teeth* (O primo Basílio). Com efeito os títulos originais eram simples e imediatos e sobretudo os subtítulos dos grandes romances eram explicativos do conteúdo dos livros: *O crime de padre Amaro*: "cenas da vida devota"; *O primo Basílio*: "episódio doméstico"; *Os Maias* "episódios da vida romântica" ficaram os mesmos nas traduções italianas. O único título alterado é o do conto «O defunto», traduzido, quando da sua publicação individual, com *La buonanima*, ainda que em italiano exista o exacto correspondente do substantivo: "il defunto". íBuonanimaí, que nos dicionários é traduzido com ífalecidoí, é sinónimo de defunto e é também a fusão de duas palavras "buona" e "anima", ou seja, o adjectivo íboaí e o substantivo íalmaí e tem

[9] *Lirici portoghesi moderni*, scelti e tradotti da Luigi Battelli, Carabba, Lanciano, 1929; Guerra Junqueiro, *La morte di D. Giovanni*, traduzione e introduzione di F. Persona, 1918; Eugénio de Castro, *Costanza*, Poema, traduzione di G. Agenore Magno, 1930; id., *Salomé – Il re Galaor*, traduzione di A. Padula, 1930; Fidelino de Figueiredo, *Sotto le ceneri del tedio*. Romanzo díuna coscienza, traduzione di Clara Bartolomei, 1931; Eugénio de Castro, *Líanello di Policrate*, Poema drammatico, traduzione di A. Padula, 1934; José Maria Ferreira de Castro, *Emigranti*, Romanzo, traduzione di A. Radames Ferrarin, 1937. Todas estas informações são tiradas de Carmela Pelleriti, *Le edizioni Carabba di Lanciano*.

uma conotação familiar de carinho e respeito. Talvez o editor italiano, Einaudi, tentou uma operação editorial de exorcismo. Ainda mais fantasioso e sinistro o título que foi dado, sempre ao mesmo conto, pela editora Lindau em 1992: *Il colle degli impiccati*, "O morro dos enforcados". Uma outra mutação, mas esta facilmente compreensível refere-se ao título póstumo e genérico *Contos*. A última tradução deste ano guardou o título original – *Racconti* –, enquanto as duas precedentes edições, ambas de 1953, optaram para o título do conto que abria os volumes: *Stranezze di una ragazza bionda ed altri racconti* e *Una strana ragazza bionda*. A escolha é compreensível porque os dois volumes não apresentam todos os contos, no primeiro é excluído «José Matias» (que foi editado dois anos antes na tradução de Luciana Stegagno Picchio e que o organizador Camillo Berra considerou de "interesse puramente local") e pratica-se uma discutível operação editorial em «Um poeta lírico», onde foram suprimidas umas frases por causa "do seu realismo brutal". No segundo volume desde o título se eliminam as "singularidades" e do *corpus* original de 1902 ficam somente quatro contos («Singularidades de uma rapariga loura», «Civilização», «O defunto», «José Matias»). Escolha que o organizador, Mario Puccini, não explica.

As raízes das escolhas

Examinando o elenco das traduções italianas é lógico perguntar-nos por que o editor Carabba escolheu, entre tantos, dois títulos como *A relíquia* e *O mandarim* para introduzir o escritor português na Itália. Foi provavelmente uma questão de tamanho (para este primeiro título o editor teve que fazer dois volumes). As de Carabba eram, apesar do cuidado editorial, edições económicas e para o editor era difícil suportar as despesas necessárias para um romance mais comprido (*O primo Basílio* saiu na colecção BUR em 4 volumes). Mas, além dos motivos económicos, temos também a impressão que a escolha da *Relíquia* – com uma cuidadosíssima apresentação de Luigi Siciliani na qual o autor demonstra um saber pontual e profundo não só da obra de Eça, mas da cultura portuguesa da época[10] – tem a ver com o êxito internacional da obra: trata-se do livro de

[10] Sempre relativamente à *Relíquia* há um compridíssimo e doutíssimo artigo de Giuseppe Borgese, "*La reliquia* di Eça de Queiroz" in *Studi di letteratura moderna*, Milano, 1915. Borgese foi também director de várias colecções entre as quais "Antichi e moderni" que publicou *La reliquia* (1913) e *O mandarim* (1922) e "Biblioteca romantica" de Mondadori onde saiu *La colpa del prete Amaro*, 1935.

Eça de Queirós mais traduzido. E na verdade, *A relíquia* e *O mandarim* são os dois títulos mais internacionais, menos ligados ao mundo estritamente português, como «O suave milagre» que, não por acaso, se coloca entre os dois na lista das traduções italianas.

As traduções têm sempre destino próprio, independente da obra original. A descoberta *a posteriori* de um autor, a sua apresentação a um público estrangeiro é outro caminho, outra evolução, outra história. E apesar da boa vontade dos editores é difícil superar a inevitável entropia entre o original e a tradução.

Por isso quero concluir com a frase com que Luigi Siciliani acaba o seu prefácio à tradução italiana da *Relíquia*: "Desejo que a obra de Eça de Queirós e o seu nome sejam conhecidos na Itália. Estamos cansados, cansadíssimos de Paris e das monótonas capitais com seus bobos insensíveis! Vamos à província para nos fortalecer e descansar. Não é Portugal uma província do nosso mundo latino?"[11].

Não sei se Eça teria gostado deste final, ele que trabalhou a vida inteira para aproximar Portugal das "monótonas capitais" e afastá-lo da província.

***O mistério da estrada de Sintra*, 1870**

- *Il mistero della strada di Cintra*: romanzo, Firenze, Cianferoni, 1944;
- id., a cura di Amina Di Munno, Sellerio, "La memoria", 1989, 1990[2], 1991[3];

***O crime do Padre Amaro*, 1875**

- *La colpa del prete Amaro*, trad. di Giacomo Prampolini, Milano, Mondadori, "Biblioteca romantica", 1935, 1945[2], 1969[4];
- *La colpa di Don Amaro*, trad. di Laura Marchiori, Milano, Rizzoli, "Biblioteca Universale Rizzoli", 1962;

***O primo Basílio*, 1978**

- *Il cugino Basilio*, trad. di Bernardo Crippa, Milano, Rizzoli, "Biblioteca Universale Rizzoli", 419-422, 1952, 1955;

[11] "E per questo io desidero che sua opera e il suo nome siano noti in Italia. Siamo stufi, arcistufi, di Parigi e delle sue capitali monotone coi loro pagliacci insensibili e le smorfie dei loro buffoni! Andiamo in provincia per rinfrancarci e riposarci! Non é forse il Portogallo una provincia del nostro mondo latino", Luigi Siciliani, "Eça de Queiroz e la sua opera", in Eça de Queiroz, *La reliquia*, vol. I, Lanciano, Carabba, 1913, p. 17. A trad. portuguesa é minha.

– *id.*, introd. e trad. di Laura Marchiori, Milano, Mondadori, 1952;
– *Il cugino Basilio: romanzo*, trad. integrale e note di Laura Marchiori, Milano, Perinetti, s/d;

***O mandarim*, 1880**
– *Il mandarino*, introd. e trad di Giulio de Medici e G. Beccari, Lanciano, Carabba, "Antichi e moderni", 1922;
– *id.*, trad. di Silvio Ranioli, a cura di Salvatore De Carlo, Roma, De Carlo, "Biblioteca De Carlo", 1944;
– *id.*, trad. di Laura Marchiori, Milano, Rizzoli, "Biblioteca Universale Rizzoli", 1953;
– *Il mandarino cinese*, trad. di Anonimo[12], Firenze, Salani, 1954;
– *id.*, pref. e trad. di Amina Di Munno, Roma, Lucarini, "Classici del ridere", 1987;
– *Il mandarino, seguito da La buonanima* [+ «O defunto», tirado de *Contos*, 1902], a cura di Paolo Collo, Torino, Einaudi, "gli Struzzi", 1988, 1999[2];

***A relíquia*, 1887**
– *La reliquia*, trad. di Paolo Silenziario con una notizia di Luigi Siciliani, Lanciano, Carabba, "Antichi e moderni", 1913;
– *id.*, trad. e cura di Amina Di Munno, Roma, Lucarini, "Classici del ridere", 1988;

***Os Maias*, 1888**
– *I Maia*, a cura di Enrico Mandillo, "I grandi maestri", Roma, Casini, 1956; reed. Firenze-Roma, 1964; "I grandi classici della letteratura straniera", Milano, Fabbri, s/d; Milano, Fratelli Melita, 1987;
– *I Maia*. episodi della vita romantica, trad. di Laura Marchiori, Milano, Rizzoli, "Biblioteca Universale Rizzoli", 1959;

***A ilustre casa de Ramires*, 1900**
– *L'illustre casata Ramires – La capitale*, trad. rispettive di Enrico Mandillo e Laura Marchiori, Roma, Casini, "I grandi maestri", 1954, 1966; reed. Firenze-Roma, 1964; Milano, Fabbri, s/d; Milano, Fratelli Melita, 1987;

12 Escreve Ernesto Guerra da Cal: "sin nombre del traductor. Es obra del prof. G. Tavani" in *Lengua y estilo de Eça de Queiroz*, *op. cit.*

- *L'illustre casata Ramires*, trad. di Enrico Mandillo, Firenze, Sansoni, "Classici Sansoni", 1963; [reed da precedente sem introd.]
- *L'illustre casata Ramires*, trad. di Enrico Mandillo, introd. di G. C. Rossi, Roma, Casini, "I grandi maestri", 1966; [reed. da ed. de 1954]
- *L'illustre casata Ramires*, trad. di Giuliana Segre Giorgi, nota di Angela Bianchini, Roma, Curcio, "I classici della narrativa", 1979;
- *id.*, trad. di Enrico Mandillo, "Capolavori della narrativa", Novara, Istituto Geografico De Agostini, 1984;

***A cidade e as serras*, 1901**
- *La citt... e le montagne*, trad. di Giulio De Medici, Firenze, Battistelli, 1921;
- *id.*, trad. di Giulio De Medici, Venezia, La Nuova Italia, 1928;
- *id.*, a cura di Camillo Berra, Torino, Utet, "I grandi scrittori stranieri", 1937, 1944, 1952; reed. com introd. de Maria Helena Maria Esteves, 1981;
- *id.*, trad. di Nicoletta Vincenti, Verbania, Tarar..., 1999;

***Contos*, a cura di Luís de Magalhães, 1902**
- *Il soave miracolo* [«O suave milagre»], trad. di G. Maranca, Venezia, La Nuova Italia, "Lucciole", 1919, 1929, 1935;
- *Giuseppe Matias* [«José Matias»], in *Le piu belle novelle dellíOttocento*, vol. I, trad. di Luciana Stegagno Picchio, Roma, Casini, 1951, 1954, 1957, pp. 1175-1192;
- *Stranezze di una ragazza bionda e altri racconti* [sem "José Matias" e "Um poeta lírico"], a cura di Camillo Berra, Torino, Utet, "I grandi scrittori stranieri", 1953;
- *Una strana ragazza bionda* ["Singularidades de uma rapariga loira",; "Civilização", "O defunto", "José Matias"], a cura di Mario Puccini, Milano, Universale Economica, 1953;
- *Il mandarino, seguito da La buonanima* [*O mandarim*, 1880; "O defunto"], a cura di Paolo Collo, Torino, Einaudi, "gli Struzzi", 1988;
- *José Matias* [«José Matias»], trad. e pref. di Luciana Stegagno Picchio, Milano, Tranchida, "Il bosco di latte", 1992;
- *Il colle degli impiccati* [«O defunto»], a cura di Giuliana Segre Giorgi, Torino, Lindau, "La nuova letteratura", 1992;
- *Racconti* ["Singularidades de uma rapariga loira", 1874; "Um poeta lírico", 1880; "No moinho", 1980; "Outro amável milagre",

1885; "Civilização", 1892; "Tema para versos", 1893; "As histórias. O tesouro", 1894; "As histórias. Frei Genebro", 1894; "O defunto", 1895; "Adão e Eva no Paraíso", 1896; "A perfeição", 1897; "José Matias", 1897; "Um milagre", 1897; "O suave milagre!", 1898, em apêndice "Un altro amabile miracolo" e "Un miracolo"] introd, trad. e note di Davide Conrieri e Maria Pinto de Abreu, Milano, Rizzoli, "BUR Classici", 2000;
- *Racconti esemplari* ["O senhor diabo", "Frei Genebro", "Adão e Eva no Paraíso", "A perfeição"], a cura di Ugo Serani, Napoli, Liguori, 2000;

***A capital*, 1925**
- *La capitale*, [+ *L'illustre casata Ramires*] trad. di Laura Marchiori, introd. di G. C. Rossi, Roma, Casini, 1954, 1966, 1987;
- *id.*, trad. di Laura Marchiori, Milano, Rizzoli, "Biblioteca Universale Rizzoli", 1955.

O PRIMO BASÍLIO NO MUNDO ANGLO-SAXÓNICO

HELEN KELSH
Universidade de Bath

Em 1997 observou Onésimo T. Almeida:

> Se pesquisássemos aquele segmento minúsculo dos leitores anglo-americanos com algum conhecimento das letras portuguesas, facilmente poderíamos predizer que, em última análise, o mais valorizado seria a poesia, com dois nomes: Camões e Pessoa. A segunda categoria seria o romance, com Eça de Queirós, possivelmente seguido por José Saramago. E isso seria tudo.[1]

> If we were to survey that minuscule segment of the Anglo-American readership with some knowledge of Portuguese letters, we could easily predict that, in the final analysis, poetry would rank the highest with two names: Camões and Pessoa. The second category would be the novel, with Eça de Queirós, possibly followed by José Saramago. And that would be the end of it. (Almeida, 1997: 127)

Mas a minha experiência diz-me que a situação actual é ainda pior do que a descrita. Não tenho encontrado, nem nos EUA nem no RU ninguém, a não ser algum lusófilo, que conheça o nome de Eça de Queirós.

Foram os meus elogios aos romances de Eça que levaram uma amiga, apreciadora do romance realista nas literaturas inglesa, francesa e espanhola, à biblioteca municipal em busca de um romance queirosiano em inglês. Tendo encontrado um exemplar de *O Primo Basílio*, traduzido por Roy Campbell em 1953, começou a lê-lo. Não terminou a sua leitura

[1] Traduções de Helen Kelsh.

por achar o romance mal escrito e pouco interessante. O Eça que ela tinha lido decerto não era o Eça que eu conhecia. Senti não só curiosidade mas também uma necessidade absoluta de conhecer essa versão de *O Primo Basílio* para indagar o que é que tinha acontecido na tradução. Ao aprofundar o assunto, descobri que semelhante experiência tinha levado Alison Aiken a examinar esta e outras traduções inglesas de Eça. No seu artigo 'Eça in English Translation: some Treasures and Some Travesties' (1998), esta estudiosa ressalta alguns dos erros, omissões e inconsistências na tradução de Campbell. Há já um quarto de século, Ernesto Guerra da Cal considerou esta versão como uma tradução muito imperfeita, atribuindo tal deficiência aos poucos conhecimentos que o tradutor tinha da língua portuguesa (Guerra da Cal, 1975: 49).

Menos conhecida é uma outra versão inglesa de *O Primo Basílio*, publicada nos Estados Unidos em 1889, e à qual Eça fez referência numa carta a Oliveira Martins, escrita em 28 de Janeiro de 1890:

> O tradutor inglês do *Primo Basílio* cortou-lhe todas as cenas em que os amantes se encontraram e em geral suprimiu o adultério. Deu-lhe além disso o nome *Dragon's Teeth*!! E o livro teve na Inglaterra e na América *une bonne presse*. (1983, 2º Volume: 37)

Apesar de Eça falar no 'tradutor inglês' a tradução tinha sido realizada por uma tradutora: Mary Serrano. Alison Aiken não refere esta tradução. No entanto, Ernesto Guerra da Cal observa que a tradutora mutilou a obra de uma forma absurda (Guerra da Cal, 1975: 48).

À luz destas reacções tão negativas às duas versões inglesas da obra queirosiana, cabe perguntar: O que é que aconteceu ao *O Primo Basílio* durante os processos de tradução? Quais os objectivos dos dois tradutores? Até que ponto terão contribuído para a disseminação da obra de Eça no mundo anglo-saxónico? São estas as questões que vou desenvolver nesta comunicação.

Roy Campbell, poeta sul-africano, traduziu para inglês obras espanholas, francesas e portuguesas, inclusivamente dois romances de Eça: *O Primo Basílio* e *A Cidade e as Serras*. Tanto a sua própria poesia como as suas traduções poéticas (San Juan de la Cruz, Lorca, Baudelaire, Camões, Antero de Quental, Fernando Pessoa entre outros), são reconhecidas como de boa qualidade; às vezes, são excelentes. As suas traduções de prosa também receberam uma crítica mais ou menos favorável, e têm sido reeditadas. No entanto, foram, e continuam a ser, o alvo de duras críticas feitas por pessoas com conhecimento dos textos originais.

Por exemplo, um ano depois da publicação de *Cousin Bazilio*, o Professor Harold Livermore afirmou que, longe de apresentar ao leitor anglo-saxónico a obra de um dos melhores prosadores do século XIX, Campbell apenas oferece uma reprodução incompleta e, no seu conjunto, indigna (Livermore, 1954: 48). Quando Carcanet, com apoio da Fundação Gulbenkian, reeditou a mesma tradução em 1992, o Professor Alan Freeland assinalou as omissões, erros e a notável falta de sensibilidade ao estilo queirosiano que caracterizam, ou seja, deturpam esta versão (Freeland, 1992: 21). Apesar destes estudiosos terem chamado a atenção para os inúmeros pontos fracos, a tradução de Campbell saiu do prelo novamente em 1994, desta vez por responsabilidade da casa editora Quartet.

Às suas traduções de poesia, Campbell emprestou o seu talento de poeta e é provável que tenha traduzido muitas destas obras por amor à arte. Infelizmente, viu-se obrigado a escrever ou traduzir obras em prosa por motivos principalmente económicos. Quando completou a primeira das suas duas autobiografias, pela qual recebeu a quantia de cem libras, escreveu a um amigo:

> Estou contente, tão contente que até fiquei sem palavras, por ter acabado com toda esta prosa repugnante que, de qualquer modo, não sei escrever.
>
> I am glad unspeakably glad to have finished with all this filthy prose which I can't write anyway. (Alexander, 1982:133)

O seu biógrafo, Peter Alexander, alega que, quando trabalhava na tradução do romance:

> O seu português era ainda muito imperfeito, e tinha de recorrer constantemente ao dicionário. Enquanto trabalhava na tradução, deixou de beber durante vários meses e, como resultado, ficou de mau humor. Campbell estava tão obcecado pela obra que não podia falar noutra coisa; durante meses, as personagens do romance pareciam-lhe ter tanta vida como a sua própria família, e todos ficaram muito aliviados quando terminou a obra e esses fantasmas deixaram de os assombrar.
>
> His Portuguese was still very imperfect, and he had to use a dictionary constantly. While he worked at it, he gave up drink for several months, becoming bad-tempered as a result. The work so obsessed Campbell that he could talk of nothing else; for months the characters in the novel seemed as real as his own family, and they were all very relieved when he finished the work and these ghostly companions haunted them no more. (Alexander, 1982: 227)

No entanto, custa a acreditar que se tenha entregue tanto à obra. A sua versão narra simplesmente a história superficial, e um tanto salaz, de um caso de adultério e as consequências deste, privando as personagens da sua profundidade psicológica e enfraquecendo a dimensão naturalista e a crítica social inerentes ao romance de Eça. Se, de facto, foi tão sensível ao romance como indica o seu biógrafo, é de suspeitar que o modificou deliberadamente, com objectivos muito alheios aos do autor.

O tradutor parece ter pouca compaixão de Luísa, preferindo não transmitir a maioria dos seus pensamentos, sentimentos, sonhos e temores. Poucas vezes nos é permitido acompanhar o estado de espírito da heroína em momentos de crise ou de auto-análise. Também são arrancadas as últimas vinte páginas do capítulo IV e as primeiras seis do capítulo V, nas quais Eça nos conta os pormenores do processo de sedução, o comportamento moralmente duvidoso de Basílio e todas as emoções experimentadas por Luísa durante o processo. Na versão de Campbell, Luísa simplesmente deixa-se seduzir e sofre as consequências. As influências que actuam sobre ela são descartadas a tal ponto que se pode ler o romance como um ataque contra as mulheres débeis, em vez de uma denúncia à sociedade que as forma e que, até certo ponto, decide o seu destino.

Outros aspectos da crítica social do romance são também atenuados na tradução. Por exemplo, foi suprimida a descrição da 'burguesia domingueira' no Passeio, assim como grande parte dos mexericos dos vizinhos, as manobras de Julião para conseguir um bom posto de trabalho, a prolongada discussão de assuntos de política durante o jantar do Conselheiro Acácio, e também muitos *acacionismos*, como o seu necrológio para Luísa. Reduzidas da mesma maneira, são as descrições do rancor e do carácter vingativo de Juliana. O que Campbell não suprime nunca são os detalhes mais picantes do romance, como as cenas no "Paraíso" e as descrições sensuais de Luísa.

Ao contrário de Luísa, Basílio é poupado a uma parte da crítica que lhe é dirigida por Eça. Não se nos revela a sua satisfação consigo próprio ao considerar o seu primeiro encontro com Luísa, a sua comparação dela com uma amante que ele tem em Paris, nem a sua decisão de a seduzir. Também não se menciona o que Sebastião sabe da mocidade agitada de Basílio, nem nos é permitido ler apartes do narrador como "Fazia-se muito *parente*" aquando Basílio tenta convencer Luísa do caracter fraterno do seu amor.

Começa a parecer que o tradutor está a fortalecer a posição de Basílio enquanto enfraquece a de Luísa, mas se esta foi a intenção de Campbell, não a executou de uma forma constante. Lemos em *Cousin Bazilio* as conversas de Basílio com o seu amigo, o Visconde Reinaldo, sobre a sedução de Luísa, e também as últimas palavras de Basílio, depois de saber da morte de Luísa – "Que ferro! Podia ter trazido a Alphonsine!" – que deixam a leitora (quando não o tradutor) sem qualquer dúvida sobre o carácter de Basílio. Se o tradutor mutilou o romance com um propósito deliberado, talvez fosse simplesmente o de salientar o que contém de 'voyeurismo'.

A impressão final é, no entanto, a de uma tradução feita com pressa e à toa. No caso de algumas omissões, nem sequer adapta o texto circundante para as compensar. Por exemplo, depois de ter suprimido a cena em que Luísa sai à noite, é confundida com uma prostituta e regressa a casa toda nervosa e envergonhada, Campbell traduz de maneira literal "Mas na manhã seguinte acordou muito alegre" (258) ("But the next morning she rose feeling fairly happy"[141]). A palavra "mas" não tem sentido no contexto, já que, na versão de Campbell, o que a precede é o *lunch* que Luísa goza com Basílio no Paraíso e a promessa que ela lhe faz de estar lá ao meio dia do dia seguinte.

Campbell omite mais de uma quarta parte do romance, e na parte que traduz há outras distorções do texto original. Os seus poucos conhecimentos da língua portuguesa levam-no a cometer muitos erros notórios; alguns poderiam enganar o leitor, outros ainda resultam completamente absurdos no inglês. Por exemplo, "Casou no ar! Casou um bocado no ar!" (8) que é traduzido "He is marrying into the wind! He is marrying a mouthful out of the wind!" (8). Aqui se nos deparam dois problemas translatológicos que levantam graves dificuldades para Campbell: o português idiomático, que poucas vezes parece compreender, e os tempos verbais, que amiúde traduz mal. Outros exemplos do absurdo em *Cousin Bazilio* são "he spoke to her across his shoulder" (135) por "tratava-a por cima do ombro" (246); a exclamação de Ernestinho, "Sabe que lhe perdoei? (...) à condessa, à heroína!!" (244), traduzida "Do you know what I have lost? (...) Why, the countess! My heroine!" (134); e a discussão entre Jorge e Luísa sobre Juliana, que acaba quando Luísa diz, "Não. Tens razão. Tu verás. É preciso pôr um cobro..." (413) que é absurdamente traduzida "No, you're quite right. You'll see. We'll have to put on a table-cloth!..." (236).

Os factos parecem dizer que Campbell empreendeu a tradução de *O Primo Basílio*, e logo a de *A Cidade e as Serras,* puramente por dinheiro. No que diz respeito à sua atitude perante o romance, só podemos pressupor que não apreciou o génio de Eça, já que a sua tradução o disfarça tão bem. O Eça que se apresenta ao leitor anglo-saxónico por meio desta tradução é o autor de um romance que, como disse uma resenha da obra no *Times Literary Supplement*, "embora não seja um romance de primeira categoria, é um drama doméstico, bem-construído, de sedução e chantagem" (*TLS*, 20 November 1953). Do autor de *O Primo Basílio*, com a sua aguda penetração na mente das personagens, a incisiva ironia do seu tratamento da burguesia lisboeta, o imenso cuidado com que edifica a estrutura do romance, e a originalidade do seu estilo, só nos é permitido vislumbrar a sombra.

Passemos agora à outra versão de *O Primo Basílio* que existe em inglês, a de Mary Serrano. O primeiro traço que salta à vista é o título: *Dragon's Teeth (Dentes de Dragão)*, que é uma referência à expressão inglesa *to sow the dragon's teeth*, ou seja, fazer uma coisa que conduz a uma situação complicada, de que é difícil sair (semelhante à expressão *meter-se em maus lençóis*). A tradutora dividiu o romance em vinte-e--cinco capítulos, em vez dos dezasseis do original, e deu-lhes títulos reveladores tais como "Husband and Wife" ("Marido e Mulher"), "Playing with Fire" ("Brincar com o Fogo"), "The Shadow of a Sin" ("A Sombra dum Pecado") e "The Fate of the Scorpion" ("A Sorte do Escorpião"). Os títulos, tanto do romance como dos capítulos, constituem um claro indício da intenção moralizadora de Serrano. Embora ela também tenha suprimido grande parte do romance, mais ou menos uma sexta parte, a maneira como o realizou é totalmente diferente da de Campbell, e é também ligada à sua intenção moralizadora. Enquanto parece que Campbell suprimiu grandes partes do romance porque não se dava ao trabalho de as traduzir, ou porque não lhe interessavam, o método de Serrano é muito mais coerente e revela uma intenção clara. A sua manipulação do romance é deliberada e severa, e ela mesma a justifica no prefácio:

> Ao apresentar ao público americano este retrato gráfico da vida lisboeta, a tradutora assumiu a responsabilidade de suavizar aqui e ali, e às vezes até de apagar, uma linha demasiado aguda, uma luz ou uma sombra demasiado marcada para agradar a um gosto formado principalmente dentro dos modelos puritanos, (sem abordar a questão de até que ponto se pode levar uma falta de reserva literária sem violar os cânones da arte verdadeira), convicta de que, enquanto não se vir diminuido o próprio interesse da história, o propósito ético da obra irá ter desta forma um alcance muito mais amplo.

> In presenting this graphic picture of Lisbon life to the American public, the translator has assumed the responsibility of softening here and there, and even at times of effacing, a line too sharply drawn, a light or shadow too strongly marked to please a taste that has been largely formed on Puritanic models, convinced (without entering into the question of how far a

> want of literary reticence may be carried without violating the canons of true art) that while the interest of the story itself remains undiminished, the ethical purpose of the work will thereby be given wider scope. (Serrano, 1972: 5)

Evidentemente que Serrano construiu uma versão do romance aceitável ao público alvo, e não uma tradução adequada do texto original. O romance apresentado ao leitor anglo-americano no século dezanove foi, principalmente, uma obra com um "propósito ético".

Toda a referência sexual é suprimida. Quando Jorge propõe casamento, é omitida a imagem mental em que Luísa vê "o rosto barbado, com os olhos muito luzidios, sobre o mesmo travesseiro, ao pé do seu!" (18). Também não se corre o risco de encorajar o leitor a considerar o que Jorge e Luísa terão feito na noite do casamento: é suprimida a inocente linha, "Quando Jorge apagou a vela, com um sopro trémulo, *SS* luminosos faiscavam, corriam-lhe diante dos olhos" (18).

Não nos é permitido albergar a ideia de que a relação entre Jorge e Luísa possa ser sexual. A linha "depois das felicidades da noite, os seus almoços se prolongavam em tão suaves preguiças!" (6-7) é traduzida "after rising from happy dreams, the morning meal was prolonged in delightful abandon" (13), e há muitas omissões ou modificações deste tipo.

Em contraste com Campbell, Serrano não só suprimiu como também acrescentou partes do texto. No primeiro capítulo, estes acréscimos contribuem para a imagem de uma pura felicidade doméstica. Na primeira descrição de Luísa, acrescenta-se o detalhe de um anel de casamento (p.11), e numa descrição dos cabelos de Jorge aparece a informação adicional que os levava com a risca no meio em obediência a um capricho da sua mulher (p.17). Até quando Jorge beija Luísa sobre as pálpebras para pôr termo a uma diferença de opinião sobre Juliana, Serrano apressa-se a esclarecer a inocência dos beijos e a atitude submissa de Luísa, ao acrescentar que esta carícia tinha a virtude de sempre a pacificar. A tradutora também insere as seguintes linhas, que deixam patentes a sua intenção e a imagem que nos quer dar de um casal ideal:

> Ambos eram felizes. Mesmo os que não os conheciam diziam, – São um casal encantador; dá prazer só de olhar para eles.
>
> Both were happy. Even who did not know them said, 'They are a charming couple; it is a pleasure only to look at them!' (15).

Depois de um começo tão virginal, podemos perguntar-nos o que é que a tradutora vai fazer quando o romancista começa a expor a relaxada moralidade sexual da sociedade que está a retratar. Como se pode imaginar, suaviza o retrato de Leopoldina. Vimos a saber que ela tem ideias e comportamentos imorais, mas não se nos diz quais são: nunca se fala nos seus amantes, nem lhe é permitida expressar a sua hostilidade perante o papel tradicional da mulher. Aqui também, Serrano acrescenta uma pequena troca de ideias à conversa entre as duas amigas: Leopoldina pergunta a Luísa se ela nunca pensou em fugir sozinha, Luísa responde com horror à ideia de uma mulher sozinha no mundo, e Leopoldina acaba por concordar com ela (p.212). Nesta versão do romance está muito atenuada a influência que Leopoldina exerce sobre Luísa. Quando Leopoldina sai da casa de Luísa pouco antes da chegada fatal de Basílio, só sabemos que ela vai visitar "a friend" que, em inglês, pode ser amigo ou amiga.

A cena em que Luísa acaba por sucumbir a Basílio é também adaptada às sensibilidades puritanas, e nem sequer nos é permitido ler os pensamentos de auto-justificação de Luísa após o adultério. Enquanto o caso progride, Eça torna-se cada vez menos discreto e, portanto, Serrano suprime cada vez mais detalhes. "O Paraíso" não se menciona nunca. Sabemos que Luísa vai encontrar-se com Basílio em algum lugar, mas nunca estamos presentes durante estes encontros.

Como Campbell, Serrano opta por cortar trechos do texto original mas, ao contrário daquele, ela leva a cabo esta tarefa com habilidade, por forma a não perturbar o ritmo do inglês. Como nos avisa no seu prefácio, a tradutora norteamericana suaviza ou apaga pormenores que lhe parecem desagradáveis; suprime, inclusive, as descrições do quarto sujo de Julião e das ocupações suspeitas da Tia Vitória.

Deficiências comuns às duas traduções são a omissão de muitos *acacionismos*, assim como o abreviar do jantar em casa do Conselheiro. No caso de Serrano, pode ser que o porquê destas omissões resulte do pouco que contribuem para o propósito ético da tradutora, enquanto no caso de Campbell parecem ser resultado do pouco que adicionam ao picante da história. Ao contrário de Campbell, Serrano inclui o retrato psicológico de personagens como Luísa e Juliana, mas suprime uma grande parte das conversas entre Basílio e Reinaldo, por não serem muito edificantes.

O objectivo principal da obra de Mary Serrano parece ser o de exemplificar as consequências de ceder à tentação do adultério. Essa foi, sem dúvida, a sua leitura de *O Primo Basílio* e é provável que achasse perfeitamente honesta a sua tradução, tendo justificada no prefácio a sua 'técnica suavizadora'. No entanto, o leitor anglo-americano, ao ler esta obra, tem acesso a um texto muito diferente do original e ignora por conseguinte a dimensão da diferença. Como indica André Lefevere, uma tradução é, de facto, uma interpretação que projecta certa imagem de uma obra, ao serviço de certa ideologia, mas para os que não podem ler a obra original, a interpretação é a obra (Lefevere, 1992: 41). Toda a tradução é uma interpretação, mas a tradutora entra num terreno muito perigoso quando se permite suprimir ou acrescentar grandes partes do texto. Nas palavras de Oswald Crawfurd, que publicou uma resenha de *Dragon's Teeth* quando apareceu em 1889:

> Os tradutores empertigados devem lembrar-se de que a arquitectura da ficção é de uma construção muito delicada, de alvenaria suavemente equilibrada. Ao tirar-se-lhe uma única pedra é possível arruinar a estrutura inteira.
>
> It should be remembered by prim translators that the architecture of fiction is delicately built up, and that it is of masonry most lightly poised. It is possible to take away one single stone and bring ruin on the whole structure. (Crawfurd, 1889: 16)

Dado o contexto em que foi publicada a versão de Serrano, certa adaptação do texto podia ter sido uma inevitável forma de auto-censura. Num estudo do adultério feminino no romance do século dezanove, Bill Overton explica que este tema foi apenas marginal ao romance inglês por causa do rigor da lei. Em 1888 e 1889, Henry Vizetelly foi multado e depois encarcerado por ter publicado traduções de Flaubert, Zola e Maupassant (Overton, 1996: 6). Nessa época houve, de facto, tanto nos EUA como no RU, uma reação moralizadora contra o naturalismo na ficção (Tebbel, 1975: 620).

Mary Serrano, contudo, fez muito mais do que 'suavizar' o romance português para que fosse aceitável ao gosto americano. De facto, usou o romance de Eça para comunicar a sua própria ideologia. Serrano também traduziu, do original francês, o Diário da pintora russa, Marie Bashkirtseff. Kabi Hartman fez um estudo comparativo desta tradução, publicada nos EUA em 1889, com outra publicada na Grã Bretanha no ano seguinte. As observações de Hartman sobre esta tradução de Serrano são também pertinentes e aplicáveis à sua tradução de *O Primo Basílio*:

> A sua tradução do *Diário* de Bashkirtseff inscreve no texto uma atitude conservadora, um tanto egoísta, por meio de omissões selectivas e inflectidas de acordo com uma ideologia.

Her translation of Bashkirtseff's *Journal* inscribes the text with a not unselfish conservatism by selective – and ideologically inflected – omissions (Hartman, 1999: 68)

e:

houve um padrão muito coerente nas omissões efectuadas por Serrano

there was a consistent pattern to Serrano's deletions (Hartman, 1999: 72)

Da mesma forma como na sua tradução de Queirós, Serrano tentou justificar o seu método, explicando que omitira partes do diário que podiam parecer difusas ao leitor americano. Não obstante, como observa Hartman, as omissões fazem parte de uma estratégia global de tradução que apresenta uma versão deturpada da ideologia de Marie Bashkirtseff.

Estas traduções de Serrano são pouco compatíveis com as ideias translatológicas que ela expressou em 1897, quando defendeu que o tradutor tem obrigação de ser completamente fiel ao autor, e de espelhar até opinões que possam ser diametralmente opostas às suas, defeitos que possam escandalizar o seu sentido estético, e atitudes morais que lhe possam ser detestáveis (Serrano, 1897: 168).

A contradição entre a teoria e a prática de Serrano demonstra ou grande ingenuidade ou uma falta de honestidade, ou então uma transformação total das suas ideais sobre tradução durante os oito anos que separam as duas traduções da publicação sobre teoria da tradução. Entre 1891 e 1895, foram publicados oito romances espanhóis traduzidos para inglês por Mary Serrano. A leitura de duas destas traduções – *Doña Luz* (1891) de Valera e *Doña Perfecta* (1895) de Galdós – revela uma fidelidade ao texto original não patente nas suas traduções de Queirós e Bashkirtseff.

Não se pode afirmar, contudo, que houve uma evolução no método translatológico de Serrano, já que estes dois romances originais estão em harmonia com a ideologia da tradutora. Tendo traduzido *O Primo Basílio* como parte da sua actividade profissional, é impossível afirmar que Serrano tenha contribuído muito para a disseminação da obra de Eça no mundo anglo-saxónico. Numa carta ao Conde de Sabugosa, escrita em Julho de 1889, Eça disse:

Ainda há dias eu soube que *O Primo Basílio* foi traduzido em inglês. E ao que parece com sucesso, porque doze grandes jornais literários de Londres dedicam-lhe artigos importantes e favoráveis. (1983, 1° Volume: 610)

Um destes artigos é o de Oswald Crawfurd. Este crítico tinha lido o romance em português e, de facto, falou dele em termos muito elogiosos, mas falou em termos muito menos favoráveis da versão de Serrano. Até chegou a exclamar "Melhor fora ter deixado a obra por traduzir!" ("Better to have left the whole work untranslated!") (Crawfurd, 1889: 16).

Eugénio Lisboa lamenta que as versões inglesas das obras de Eça nunca tenham chegado a fazer parte do cânone de literatura em inglês apesar de serem objecto de uma crítica favorável na altura da sua publicação. Atribui a culpa a:

> A arrogância cultural dos ingleses, o seu conhecido fastio cultural, o desprezo altaneiro pelos "foreigners", sobretudo quando estes mostram tendência a pertencer ao sul indisciplinado e moreno. (Lisboa, 1997: 237)

Talvez esta "arrogância cultural" seja também responsável pela crítica positiva com que são acolhidas até péssimas versões das obras querosianas. Na opinião de Jorge de Sena, os ingleses lêem as traduções de Eça como se fossem a obra de "um Dickens menor", isto é, de um escritor que não é nada mau para um país tão 'insignificante'. Esta atitude é exemplificada no recente *Oxford Guide to Literature in English Translation*, relativamente à obra queirosiana:

> O desafio para o tradutor encontra-se na precisão das imagens descritivas e às vezes no humor, mas além disso o tradutor não precisa de nenhum truque: entre o poeta Roy Campbell e Ann Stevens, têm-se tratado de maneira admirável os seus romances mais interessantes.

> The challenge to the translator lies in the accuracy of the descriptive imagery and some of the wit, but beyond that the translator needs no extra tricks: between them, the poet Roy Campbell and Ann Stevens have done admirable work in covering his most interesting novels. (France, 2000: 441)

Era desejável que Eça fosse traduzido com respeito e fidelidade, deixando que o seu génio fale por si. Relativamente a *O Primo Basílio*, uma nova versão, feita pela conceituada tradutora Margaret Jull Costa, será publicada pela editora Dedalus em 2002. Esperemos que o leitor inglês tenha por fim a oportunidade de apreciar o romance de Eça.

BIBLIOGRAFIA ACTIVA

Queirós, Eça de (1980) *O Primo Basílio*, Porto: Lello & Irmão.
Queirós, Eça de (1972) *Dragon's Teeth*, traduzido por Mary Serrano, Westport, Connecticut: Greenwood Press, 1972 (reprodução da edição de 1889).
Queirós, Eça de (1953) *Cousin Basílio*, traduzido por Roy Campbell, London: Max Reinhardt.
Queirós, Eça de (1983a) *Correspondência*. Tomo I. Guilherme de Castilho (org.), Lisboa: Imprensa Nacional-Casa da Moeda.
Queirós, Eça de (1983a) *Correspondência*. Tomo II. Guilherme de Castilho (org.), Lisboa: Imprensa Nacional-Casa da Moeda.

BIBLIOGRAFIA PASSIVA

Aiken, Alison (1998) 'Eça in English Translation: Some Treasures and Some Travesties', *Portuguese Studies*, 14: 92-103.
Alexander, Peter (1982) *Roy Campbell: A Critical Biography*, Oxford University Press.
Almeida, Onésimo T. (1997) 'On the Contemporary Portuguese Essay', in Helena Kaufman & Anna Klobucka (org.), *After the Revolution: Twenty Years of Portuguese Literature 1974-1994*, London: Associated University Presses, pp. 127-142.
Crawfurd, Oswald (1889), 'A Portuguese Novel: *Dragon's Teeth*', *The Academy*, 13 July, 15-16.
France, Peter (org.) (2000) *The Oxford Guide to Literature in English Translation*, Oxford University Press.
Freeland, Alan (1992) 'Chronicles of decadence', *Times Literary Supplement*, 6 November, 21.
Guerra da Cal, Ernesto (1975) 'Bibliografía Queirociana sistemática y anotada', *Lengua y Estilo de Eça de Queirós:* Apéndice. Tomo 1°, Coimbra: Acta Universitatis Conimbrigensis.
Hartman, Kabi (1999) 'Ideology, Identification and the Construction of the Feminine: *Le Journal de Marie Bashkirtseff*', *The Translator,* 5, n° 1: 61-82.
Lefevere, André (1992) *Translation, Rewriting and the Manipulation of Literary Fame*, London & New York: Routledge.
Lisboa, Eugénio (1997) 'Eça de Queirós no Mundo de Língua Inglesa', *Homenagem a Ernesto Guerra da Cal*, Coimbra: Acta Universitatis Conimbrigensis, pp. 235-240.
Livermore, Harold, (1954) resenha de *Cousin Basílio*, *Atlante*, 2, n° 1: 48-49.
Overton, Bill (1996) *The Novel of Female Adultery*, London: Macmillan.
Serrano, Mary (1897) 'A Plea for the Translator', *The Critic*, 25 September, 167-8.
Tebbel, John (1975) *A History of Book Publishing in the United States, Volume II: The Expansion of an Industry 1865-1919*, New York & London: R.R. Bowker.
Times Literary Supplement, 20 November, 1953.

AS CRÓNICAS QUEIROSIANAS DE FIM DE SÉCULO: ENTRE A CRÓNICA E O CONTO

HENRIQUETA MARIA GONÇALVES
Universidade de Trás-os-Montes e Alto Douro

As reflexões que agora apresentamos têm como base as crónicas que Eça de Queirós escreveu a partir de 1888; correspondem, portanto, ao já designado Eça fim-de-século, quando o Autor atinge plena autonomia estético-literária, após a publicação de *Os Maias*. Para abordagem futura deixaremos as restantes crónicas e a verificação da pertinência da escrita contista na crónica.

Este trabalho tem, pois, como objectivo verificar a tendência que pensamos existir no Autor para a integração espontânea do conto na crónica. Nele desenvolveremos três pontos fundamentais: algumas reflexões sobre a crónica e o conto; as crónicas que manifestam embriões de conto; quando surgem e de que modo estão implantados esses momentos.

É no *Distrito de Évora*, numa crónica de 6 de Janeiro de 1866, que Eça teoriza sobre este género narrativo e que no-lo apresenta com potencialidades literárias, com a perfeita consciência da fluidez das suas características.

> "A crónica, essa, parece-me uma robusta e amável rapariga, moral e severa, que fosse para o mesmo baile de máscaras, mas em lugar de fazer prédicas de moralidade, se misturasse com a dança, e metendo a ridículo, separando os pares, escarnecendo, apagando as luzes, espancando a polícia, picando com alfinetes as damas e arrancando os bigodes aos cavalheiros, pusesse todo o baile em debandada e conseguisse extinguir a orgia." (DE: 140)[1]

---

[1] QUEIRÓS, Eça de, *Da Colaboração no «Distrito de Évora» I*, Lisboa, Livros do Brasil, s/d.

O Autor encena um universo ficcional ilustrativo do próprio poder de representação da crónica, não deixando de evidenciar um pragmatismo inerente ao género, relacionado com a correcção social. Trata-se de um texto de 1866 cujo discurso revela uma certa exuberância verbal própria da época de escrita e muito perto do preceituário estético do Realismo.

O seu discurso meta-literário não anda muito longe da forma como a crítica contemporânea encara a crónica. Para Alzira Seixo, a crónica procura "registar o tempo efectivo e discriminá-lo no bem e no mal (...) mas é também para elevar a uma categoria superior alguns factos, personagens ou circunstâncias que desse tempo se considera deverem ser seleccionados (...) transpostos para um nível de excepcional consideração, de algum modo assim absolutizados e arrancados à banalização da sua arrumação sincrética nas memórias pessoais e no encadeamento dos tempos."[2]

Ao definir a crónica, Luiz Roncari apresenta-a também como um apontamento judicado sobre aquilo que no tempo se vive, o "tempo em movimento"[3] de que fala este autor[4] e que poderia passar despercebido se não fosse o cronista. É sobre este tempo em movimento que o cronista intervém tentando arrastar o leitor para a sua forma de ler o mundo e, em última instância, adquirindo uma feição formativa.[5] O tom persuasivo da crónica obriga-a a adoptar estratégias multifacetadas que, do ponto de vista genológico, conduzem a um hibridismo evidente. Assim se compreende, por exemplo, a aproximação da crónica ao sermão como faz Luiz Roncari, ao conto, ao diário ou ao ensaio como fazem alguns autores como Massaud Moisés ou Alzira Seixo.

O próprio Eça, desde muito cedo, numa crónica de 1866, admite que a crónica possa incluir o conto: "Ela hoje traz mil anedotas, toda a sorte de contos, de historietas" (DE: 146).

---

2 SEIXO, Maria Alzira, *A palavra do romance – ensaios de genologia e análise*, Lisboa, Edições Setenta, Livros Horizonte, 1986, p. 160.

3 Recorde-se a este propósito a raiz grega de onde provém a palavra crónica: chronikós, relativo ao tempo.

4 "A Estampa da rotativa na crónica literária", *in Boletim Bibliográfico da Biblioteca Mário de Andrade*, vol. 46, números 1/4, Janeiro a Dezembro de 1985, p. 15.

5 Elza MINÉ, no seu trabalho "Posições de leitura: textos de imprensa de Eça de Queirós para a *Gazeta de Notícias*", in *Queirosiana* 5/6, Baião, Associação dos Amigos de Eça de Queirós, Dez/Julho de 1993/94, lembra que a imprensa busca no leitor uma cumplicidade e justifica a sua existência por causa do leitor (*op. cit.:* 71) afirmando, apoiada em Stella Senra: "De qualquer forma, ontem ou hoje, todo o gesto do jornalista parece encontrar sua última justificativa na figura do leitor" (*idem, ibidem*).

Como se sabe, o conto popular e a lenda terão estado na origem da narrativa de ficção, aparecendo o conto ligado à reportagem ou à sátira do quotidiano; só mais tarde é que a crónica surge, ocupando um pouco estas funções. Não admira, pois, que uma contaminação entre estes géneros possa ocorrer.

A tendência para a ficcionalização do referente na produção cronística do Autor é evidente desde os seus primeiros textos, embora nos pareça que essa tendência, com o decorrer do tempo, se torna cada vez mais consistente. A influência do Eça romancista parece contaminar de forma marcante o Eça cronista.

Como salienta Michel Arrivé, a origem do conto está associada ao sentido da narrativa de coisas verdadeiras, embora a sua evolução o tenha colocado "du côté de la fictivité"[6]. Nádia Gotlib, ao caracterizar o conto salienta que "não se refere só ao acontecido. Não tem compromisso com o evento real. Nele realidade e ficção não têm limites precisos."[7] Parece, pois, verificar-se uma proximidade entre a origem do conto e a crónica: o conto, inicialmente narrativa de coisas verdadeiras, evoluiu no sentido da ficcionalidade, podendo ou não partir de um evento real; a crónica parte do que no tempo ocorre, podendo o cronista ficcionalizar o referente.

Acontece, em muitos casos, a crónica queirosiana partir do *fait-divers* e transformar-se em ensaio ou em conto, sendo esta característica mais acentuada particularmente a partir da época em que nos fixámos. Em *Crónicas de Londres* ainda é frequente encontrarmos o *fait-divers* tendencialmente desprovido de comentários alargados que subvertem o acontecimento quotidiano em nota reflexiva, o que faz com que a crónica se aproxime da curiosidade noticiada. Vejam-se, por exemplo os "flash" que constituem a crónica IV de *Crónicas de Londres* (CL: 226-278).[8]

A partir de 1888, a crónica, mesmo a que tem como ponto de partida o acontecimento rotineiro, aproxima-se mais da nota reflexiva próxima do ensaio ou do conto, com uma grande multiplicidade de temas, a maior parte deles estreitamente conexionados com a rede temática tratada na produção canonicamente ficcional do Autor, como mostrámos no anterior Congresso Queirosiano. Encontramos quer em *Notas Contemporâneas*

---

[6] ARRIVÉ, Michel, "Conte et Nouvelle", *in Cruzeiro Semiótico*, Porto, Julho de 1987, p. 97.

[7] GOTLIB, Nádia Bettella, *Teoria do conto*, 4ª ed., S. Paulo, Editora Ática, 1988, p. 12.

[8] QUEIRÓS, Eça de, *Crónicas de Londres*, Lisboa, Livros do Brasil, s/d.

quer em *Cartas de Paris*, por exemplo, vários exemplos desta maturidade reflexiva como adiante veremos.

Entre 1888 e 1898, Eça de Queirós escreve cerca de setenta crónicas, como deixaremos em anexo a este texto.

Destas setenta crónicas, cerca de trinta contêm aquilo que se pode designar por embriões de conto, ou seja, momentos a partir dos quais poderia ocorrer uma história densamente concentrada, em sintagma breve, condicionada por um preceito moral a veicular. Algumas dessas ocorrências são mesmo aproveitadas em textos de maior fôlego como adiante mostraremos.

Esses momentos textuais são, fundamentalmente, de quatro tipos: ora surgem como preceitos morais anunciados em máximas em vários momentos do texto depois de ser registado um facto ocorrido ou observado, o que significa que o facto relatado é exemplo ilustrativo da máxima, ora decorrem da apresentação de uma figura que depressa se transforma pelo discurso queirosiano numa personagem capaz de desenvolver uma história, ora surgem em pequenos momentos conclusivos, em desfecho de certas crónicas que têm uma feição ensaística, ora decorrem do relato de uma situação que se acusa e que o leitor não contemporâneo do texto não reconhece já como factual, mas recebe como ficcional, descodificando uma moralidade implícita, muito ao sabor do conto.

Passaremos a descrever, então, um exemplo para cada um dos casos.

Na crónica de 17 de Abril de 1893, "Uma colecção de arte", que aparece incluída em *Notas Contemporâneas*, já em final de crónica, e depois de relatar a colecção de arte coligida por Spitzer, faz o Autor a seguinte reflexão:

> "Tudo, porém, finda, mesmo a colecção Spitzer. Também o próprio Spitzer findou, podendo dizer como o velho califa de Bagdad: «Gastei cinquenta anos a acumular tesouros, e não levo comigo nem um caco!» Os tesouros do velho Spitzer, que foram o sobre-humano trabalho de toda a sua vida, cá ficaram, para que o martelo do leiloeiro os espalhe agora por todos os caminhos da Terra, como o vento faz às folhas secas. Já esta consideração entristece. E como toda a arqueologia tem um não sei quê de frio e morto que fadiga e melancoliza, é com prazer que se abandona aquelas galerias cheias de armas, que já se não usam, e de santos, que já se não adoram, e de in-fólios, que já se não lêem, para respirar na Avenida do Bosque o ar da Primavera e a frescura das primeiras folhas, que têm sempre actualidade." (NC: 202)[9]

---

[9] QUEIRÓS, Eça de, *Notas Contemporâneas*, Lisboa, Livros do Brasil, s/d.

Todo este fragmento tem um tom assertivo evidente e poderia dar lugar a uma história, conto, se breve, ou romance, porque não a do próprio Spitzer, para que o leitor recolhesse este preceito moral. Com uma complexidade mais profunda e uma reflexão mais densa, constituindo um dos principais filões do texto, encontramos esta reflexão queirosiana no romance de Saramago *Todos os Nomes*, do qual não resistimos transcrever uma passagem pela similitude do preceito, logo no início do romance, quando o Autor começa a lançar os fios da sua narrativa:

> "Pessoas assim, como este senhor José, em toda a parte as encontramos, ocupam o seu tempo ou o tempo que crêem sobejar-lhes da vida a juntar selos, moedas, medalhas, jarrões, bilhetes-postais, caixas de fósforos, livros, relógios, camisolas desportivas, autógrafos, pedras, bonecos de barro, latas vazias de refrescos, anjinhos, cactos, programas de óperas, isqueiros, canetas, mochos, caixinhas-de-música, garrafas, bonsais, pinturas, canecas, cachimbos, obeliscos de cristal, patos de porcelana, brinquedos antigos, máscaras de carnaval, provavelmente fazem-no por algo a que poderíamos chamar angústia metafísica, talvez por não conseguirem suportar a ideia do caos como regedor único do universo, por isso, com as suas fracas forças e sem ajuda divina, vão tentando pôr alguma ordem no mundo, por um pouco de tempo ainda o conseguem, mas só enquanto puderem defender a sua colecção, porque quando chega o dia de ela se dispersar, e sempre chega esse dia, ou seja por morte ou seja por fadiga do coleccionador, tudo volta ao princípio, tudo torna a confundir-se." (TN: 23-24)[10]

Em Eça de Queirós não existe ainda o desenvolvimento do conceito de entropia nem a reflexão profunda que Saramago faz das suas implicações em termos sociais, mas existe já a percepção da ideia de que a vida do Homem é tão breve que deve evitar aquilo que é anti-natural como a acumulação, a excessiva ordenação das coisas; só a Natureza, com a sua diversidade, apetece verdadeiramente ao Homem. Estes postulados desenvolve-os o Autor em "Civilização" e depois em *A Cidade e as Serras*.

No segundo caso, aquele que decorre da apresentação de uma figura que depressa se transforma em personagem, encontramos, por exemplo, a crónica de 13 de Junho de 1892, intitulada «Padre Salgueiro», incluída em *A Correspondência de Fradique Mendes*. A personagem é apresentada em termos dinâmicos e a sua caracterização é ilustrada por pequenos quadros

---

[10] SARAMAGO, José, *Todos os Nomes*, Lisboa, Ed. Caminho, 1997.

descritos, através dos quais vemos agir a personagem. Ao fim do texto, a moralidade é explicitada da seguinte forma:

> "Mais de trinta ou quarenta mil anos são necessários para que uma montanha se desfaça e se abata até ao tamanhinho de um outeiro que um cabrito galga brincando. E menos de dois mil anos bastaram para que o cristianismo baixasse dos grandes padres das Sete Igrejas da Ásia até ao divertido padre Salgueiro, que não é de Sete Igrejas, nem mesmo de uma, mas somente, e muito devotamente, da Secretaria dos Negócios Eclesiásticos. Este baque provaria a fragilidade do divino – se não fosse que realmente o Divino abrange as religiões e as montanhas, a Ásia, o padre Salgueiro, os cabritinhos folgando, tudo o que se desfaz e tudo o que se refaz" (CFM: 213-214)[11]

O leitor sente que a personagem poderia servir, como protagonista, uma pequena história, construída com o objectivo de ser veiculada uma moralidade, e que o leitor receberia no seu paradigma genológico de conto.

Na crónica de 30, 31 de Março e 1, 2, 3, 4, 5 de Abril de 1896, dirigida à *Gazeta de Notícias* do Rio de Janeiro e hoje incluída em *Cartas de Paris*, depois de um longo conjunto de reflexões com cariz ensaístico sobre a questão do nativismo e de o examinar, em diferentes formas, em diversos espaços, o cronista recorre a um provérbio francês a partir do qual descreve o que em situação semelhante faria um rendeiro na sua aldeia:

> "Os Franceses dizem, com a sua usual razão e finura, que *quand on prend du galon on n'en saurait trop prendre*. (...) Na minha aldeia, no Norte de Portugal, se um lavrador que durante anos amanhou uma terra recebe bruscamente de um cavalheiro seu vizinho a intimação de que essa leira de vinho e pão lhe pertence por posse directa, como antigo senhorio – começa por coçar a cabeça, e comer nessa noite, à lareira, o seu caldo com mais lentidão e silêncio. De manhã, ao primeiro sol, enverga a jaqueta e vai ao letrado, a quem escuta pensativamente e paga cinco tostões. Depois volta ao lugar e pede, de chapéu na mão, ao cavalheiro as suas provas, os seus papéis. O cavalheiro não tem provas – tem só a sua arrogância, o seu palacete, os seus criados de estrebaria e monte, a sua influência na freguesia. E quer a terra! Então o lavrador volta ao canto da lareira e agarra no cajado. E nessa tarde há, junto de qualquer sebe onde se enrosca e rescende

[11] QUEIRÓS, Eça de, *A Correspondência de Fradique Mendes*, Lisboa, Livros do Brasil, s/d.

> a madressilva, um cavalheiro com uma clavícula e três costelas absolutamente partidas. É assim na minha pequenina aldeia. Não sei como é nessa imensa América." (CP: 269-270)

Estamos na presença do motivo central de um conto a que nem falta o provérbio, que a história ilustra. Esta situação faz-nos lembrar o episódio do Casco de *A Ilustre Casa de Ramires*. Retirado do romance, constituindo um pequeno sintagma textual, poderia fornecer matéria para um conto.

No quarto caso, aquele em que o aparecimento do conto decorre do relato de uma situação que se acusa e que o leitor não contemporâneo do texto não reconhece já como factual, mas recebe como fictiva, encontramos a maior parte dos casos registados. Há, inclusivamente, crónicas que podem mesmo ser consideradas pequenos contos; outras há em que embriões de conto se encontram disseminados no corpo da crónica.

A crónica "Crónica. Na praia", publicada na *Revista Moderna* em 20 de Agosto de 1897 e hoje incluída em *Notas Contemporâneas*, é talvez o caso mais significativo de uma confrontação genológica. O Autor publica o texto como se se tratasse de uma crónica, mas, estruturalmente, se considerarmos alguns autores da teoria dos géneros, este texto deve ser classificado como conto. Trata-se de uma narrativa que aparentemente parte de um *fait-divers* logo constituído em conto. Não lhe falta nenhum ingrediente: é uma história breve, com personagens não nominalizadas, tempo e espaço mal definidos e uma moralidade divulgada que o leitor facilmente capta porque o enredo caminha rapidamente para o seu desfecho. Do ponto de vista pragmático, um conto bem mais simples e curto que aqueles a que o Autor nos habituou, muito próximos do romance breve. A situação descrita não anda longe de algumas que perpassam na primeira parte de *A Cidade e as Serras*, através das quais Eça de Queirós condena a excessiva materialidade da cidade supercivilizada. Vejamos alguns momentos do texto:

> "Numa praia da Normandia, ao entardecer, diante do mar que lentamente adormece, e do céu onde apenas resta a vermelhidão afogueada e cansada do coruscante Sol que o sulcou, está estendida sobre a fina areia uma família, gozando a majestade e a frescura do crepúsculo, naquele recolhimento decoroso que compete a quem alugou um chalet de três mil francos, e acarretou de Paris cavalos e carruagens para comunicar luxuosamente com a Natureza.
>
> No meio avulta fortemente a madama, obesa, (...) alguém aparece, atravessa, vagarosa e pensativamente, por trás, sobre as dunas do areal. Aos brandos passos, imediatamente, os dois cães saltam latindo com furor (...) o

marido corre, em largas pernadas esguias, retendo e ameaçando os cães... E então da vasta massa da madama rompe um brado rouco, um brado áspero, um brado sublime: – Imbécile! Qu'est-ce que vous avez à gronder ces pauvres chéris? Eh bien!... Quand ils mordront on paiera le médecin! (...) É uma madama civilizada do Boulevard Haussmann. Somente, é uma dessas almas especialmente secas e duras, como as têm feito, na sua classe, desde o reinado de Luís Filipe, a democracia, o predomínio do dinheiro, a educação positiva, e a decadência do Evangelho." (NC: 294-300)

Na parte final do texto, voltamos a encontrar bem explícito o objectivo da construção da história: demonstrar, através de um caso, que a sociedade francesa se deixou perverter pelo excesso de materialidade. O ridículo da situação engendrada, as construções discursivas assentes nos paralelismos contrastivos, a ironia permanente coadjuvada pela hipérbole, entre outros artifícios, fazem com que o leitor rejeite o tipo apresentado e, consequentemente, crie uma vontade interior de não se ver envolvido numa situação de desequilíbrio entre o espírito e a matéria e tenda para a concertação. Neste sentido, o texto age como condicionador da vontade e assume uma feição preventiva que faz adivinhar o último romance do escritor. Crónica ou conto? Apenas em termos assumidos de pragmática enunciativa externa se pode considerar este texto como crónica. O seu funcionamento interno é o do conto.

A crónica, não sendo à partida um registo ficcional, em Eça apresenta quase sempre encenações de ficcionalidade em muitos momentos do texto, chegando a constituir embriões de conto ou mesmo transposições do seu universo ficcional para o cronístico, como acontece na crónica Eduardo Prado. Esta figura/personagem também encena as linhas de construção de Fradique Mendes. Isto significa que o Eça ficcionista é muito mais forte que o Eça jornalista e que o Eça jornalista sente a crónica como género capaz de também através dele exercer a sua veia de ficcionista; é certamente por isso que as suas crónicas vencem a efemeridade da escrita cronística e que o leitor, hoje, as lê com agrado e nelas encontra actualidade. Não é também por acaso que o romance contemporâneo incorpora a crónica, exercendo, por vezes, uma deliberada atitude de afronta aos paradigmas genológicos da instituição literária.[12]

Em Eça de Queirós, é também através da crónica que se compreende como da observação do real é construído o ficcional: o Autor parte do

[12] Veja-se, a título de exemplo, de A. M. Pires Cabral, o romance *Crónica da Casa Ardida*.

dado referencial e constrói, com base nele, o universo ficcional. A leitura e o estudo da crónica servem não só para se compreender como Eça construía as suas narrativas, como ficcionalizava o real, mas a estruturação interna da sua crónica, fluida, diversificada, aberta à fusão de outros géneros, é também, em Eça de Queirós, um factor de modernidade.

ANEXO

20.3.88	A Europa	*O Repórter*	
2.4.88	A Europa	*Gazeta de Notícias* (Rio de Janeiro)	
88	Testamento de Mecenas	*Gazeta de Notícias* (Rio de Janeiro)	
88	de Lisboa-Porto	*Lisboa-Porto*	
11.89	El-Rei D. Luís	*Revista de Portugal*	
11.89	I- Notas do Mês	*Revista de Portugal*	João Gomes
12.89	II- Notas do Mês	*Revista de Portugal*	João Gomes
89	Eduardo Prado		
2.90	III- Notas do Mês	*Revista de Portugal*	João Gomes
4.90	Novos Factores da Política Portuguesa	*Revista de Portugal*	Um Espectador
5.90	Fraternidade	*Anátema*	
10.90	A Revista	*Revista de Portugal*	
90	O Inverno em Londres	*Almanaque da República*	
18.1.92	A Europa em Resumo	*Gazeta de Notícias* (Rio de Janeiro)	
8.2.92	A Decadência do Riso	*Gazeta de Notícias* (Rio de Janeiro)	
29.2.92	Um santo moderno	*Gazeta de Notícias* (Rio de Janeiro)	
26.4.92	O Imperador Guilherme	*Gazeta de Notícias* (Rio de Janeiro)	
13.6.92	Padre Salgueiro	*Gazeta de Notícias* (Rio de Janeiro)	
19.7.92	Colaboração Europeia 1º de Maio	*Gazeta de Notícias* (Rio de Janeiro)	
27.7.92	Quinta de Frades	*Gazeta de Notícias* (Rio de Janeiro)	
28.11.92	Os Grandes Homens da França	*Gazeta de Notícias* (Rio de Janeiro)	
4,5.2.93	Espiritismo	*Gazeta de Notícias* (Rio de Janeiro)	
2.4.93	Tema para versos I	*Gazeta de Notícias* (Rio de Janeiro)	
17.4.93	Uma Colecção de Arte	*Gazeta de Notícias* (Rio de Janeiro)	
13,14, 15.5.93	Cozinha Arqueológica	*Gazeta de Notícias* (Rio de Janeiro)	
1.6.93	Ecos de Paris(s/título)	*Gazeta de Notícias* (Rio de Janeiro)	
11,12,14, 16,18.6.93	As Rosas	*Gazeta de Notícias* (Rio de Janeiro)	
14.7.93	Ecos de Paris(s/título)	*Gazeta de Notícias* (Rio de Janeiro)	
16,17, 19.7.93	Positivismo e Idealismo	*Gazeta de Notícias* (Rio de Janeiro)	
6,7.8.93	Ecos de Paris(s/título)	*Gazeta de Notícias* (Rio de Janeiro)	
13.8.93	Ecos de Paris(s/título)	*Gazeta de Notícias* (Rio de Janeiro)	

20.8.93	Ecos de Paris(s/título)	*Gazeta de Notícias* (Rio de Janeiro)
10,11.9.93	Ecos de Paris(s/título)	*Gazeta de Notícias*(Rio de Janeiro)
27,28.9.93	Ecos de Paris(s/título)	*Gazeta de Notícias* (Rio de Janeiro)
26.11.93	Ecos de Paris(s/título)	*Gazeta de Notícias* (Rio de Janeiro)
93	O 'Bock Ideal'	*Gazeta de Notícias* (Rio de Janeiro)
1, 2.1.94	Ecos de Paris(s/título)	*Gazeta de Notícias* (Rio de Janeiro)
4,5.1.94	Ecos de Paris(s/título)	*Gazeta de Notícias* (Rio de Janeiro)
13,14.1.94	Ecos de Paris(s/título)	*Gazeta de Notícias* (Rio de Janeiro)
26,27, 28.2.94	Ecos de Paris. Os Anarquistas.	*Gazeta de Notícias* (Rio de Janeiro)
26, 27.4.94	Ecos de Paris(s/título)	*Gazeta de Notícias* (Rio de Janeiro)
29.5.94	Ecos de Paris(s/título)	*Gazeta de Notícias* (Rio de Janeiro)
1,2.7.94	Ecos de Paris(s/título)	*Gazeta de Notícias* (Rio de Janeiro)
20.7.94	Ecos de Paris(s/título)	*Gazeta de Notícias* (Rio de Janeiro)
10,11, 13.8.94	Ecos de Paris(s/título)	*Gazeta de Notícias* (Rio de Janeiro)
2,3,4,5.9.94	Ecos de Paris(s/título)	*Gazeta de Notícias* (Rio de Janeiro)
4,5.11.94	Cartas Familiares de P. O Conde de Paris	*Gazeta de Notícias* (Rio de Janeiro)
1,2,3,5, 6.12.94	C.F.P. Os Chineses e Japoneses	*Gazeta de Notícias* (Rio de Janeiro)
2,3,4.1.95	C.F.P. O Czar da Rússia	*Gazeta de Notícias* (Rio de Janeiro)
17,18.2.95	C.F.P. A Sociedade e os Climas	*Gazeta de Notícias* (Rio de Janeiro)
27,28.2.95	C.F.P. Casimir Périer	*Gazeta de Notícias* (Rio de Janeiro)
21,22,23, 24,25.4.95	Cartas Familiares de Paris	*Gazeta de Notícias* (Rio de Janeiro)
30,31.3 e 1,2,3,4,5.4.96	Cartas Familiares de Paris	*Gazeta de Notícias* (Rio de Janeiro)
9,11.8.96	C.F.P.: A Propósito do 'Thermidor'	*Gazeta de Notícias* (Rio de Janeiro)
22.11.96	Bilhetes de Paris As festas russas. - As decorações	*Gazeta de Notícias* (Rio de Janeiro)
27.11.96	Bilhetes de Aquém Mar. Ainda as Festas Russas. – Os Jornais	*Gazeta de Notícias* (Rio de Janeiro)
1.12.96	Bilhetes de Paris Mais uma vez as Festas Russas. – O Povo	*Gazeta de Notícias* (Rio de Janeiro)
20,21, 22.2.97	Bilhetes de Paris. Aos estudantes do Brasil. Sobre o caso que deles conta Mme. Sarah Bernhardt	*Gazeta de Notícias* (Rio de Janeiro)
15.5.97	A Revista	*Revista Moderna*
25.7.97	Crónica. Carta a Bento	*Revista Moderna*
20.8.97	Crónica. Na Praia	*Revista Moderna*
5.9.97	Crónica. No mesmo Hotel	*Revista Moderna*

20.9.97	Bilhetes de Paris	*Gazeta de Notícias* (Rio de Janeiro)
20.9.97	Antigas Visitas	*Revista Moderna*
5.10.97	França e Sião	*Revista Moderna*
20.10.97	Crónica. Encíclica poética	*Revista Moderna*
5.11.97	O Marquesinho de Blandford	*Revista Moderna*
13,15.1.98	A Rainha	*Revista Moderna*
7.98	Eduardo Prado	*Revista Moderna*

BIBLIOGRAFIA

ARRIVÉ, Michel, "Conte et Nouvelle", *in Cruzeiro Semiótico*, Porto, Julho de 1987, p. 97.

GOTLIB, Nádia Bettella, *Teoria do conto*, 4ª ed., S. Paulo, Editora Ática, 1988, p.12.

MINÉ, Elza, "Posições de leitura: textos de imprensa de Eça de Queirós para a *Gazeta de Notícias*", in *Queirosiana* 5/6, Baião, Associação dos Amigos de Eça de Queirós, Dez/Julho de 1993/94.

QUEIRÓS, Eça de, *Cartas de Paris*, Lisboa, Livros do Brasil, s/d.

QUEIRÓS, Eça de, *Cartas Inéditas de Fradique Mendes e mais Páginas Esquecidas*, Lisboa, Livros do Brasil, s/d.

QUEIRÓS, Eça de, *A Correspondência de Fradique Mendes*, Lisboa, Livros do Brasil, s/d.

QUEIRÓS, Eça de, *Crónicas de Londres*, Lisboa, Livros do Brasil, s/d.

QUEIRÓS, Eça de, *Da Colaboração no «Distrito de Évora» I*, Lisboa, Livros do Brasil, s/d.

QUEIRÓS, Eça de, *Notas Contemporâneas*, Lisboa, Livros do Brasil, s/d.

RONCARI, Luiz, "A Estampa da rotativa na crónica literária", *in Boletim Bibliográfico da Biblioteca Mário de Andrade*, vol. 46, números 1/4, Janeiro a Dezembro de 1985, p. 15.

SARAMAGO, José, *Todos os Nomes*, Lisboa, Ed. Caminho, 1997.

SEIXO, Maria Alzira, *A palavra do romance – ensaios de genologia e análise*, Lisboa, Edições Setenta, Livros Horizonte, 1986, p. 160.

A CRÍTICA DE FIDELINO DE FIGUEIREDO SOBRE EÇA DE QUEIRÓS

IRENE JEANETE LEMOS GILBERTO
Universidade Católica de Santos
Universidade do Estado de São Paulo

Ao analisar o discurso crítico, Foucault propõe uma questão: "de que maneira a crítica literária e a história literária, nos séculos XVIII e XIX constituíram o personagem do autor e a figura da obra, utilizando, modificando e deslocando os procedimentos da exegese religiosa, da crítica bíblica, da hagiografia, das vidas históricas ou lendárias e das memórias?"[1].

Sob este aspecto, a crítica de Fidelino de Figueiredo sobre a obra de Eça de Queirós acrescenta um aspecto importante em relação a estudos anteriores, pois centra-se na questão estética, procurando demonstrar como a evolução literária do autor de *Os Maias* representa um exercício de aperfeiçoamento da linguagem literária, na busca de uma exata compreensão da vida.

Tomando como enfoque o estilo de Eça de Queirós, os ensaios críticos de Fidelino de Figueiredo analisam o percurso da produção literária do romancista, no esforço contínuo "para desenhar peça a peça o seu panorama da vida e para achar a justa expressão verbal dessa sua visão"[2].

Partindo do pressuposto de que arte, literatura e pensamento são inseparáveis, os textos de Fidelino de Figueiredo nos remetem à filosofia de Platão, para quem o pensamento é um exercício que possibilita captar a ordem objetiva das coisas e essa ordem percebida, por sua vez, é a medida, a norma da retidão da linguagem. Ao afirmar a correspondência entre

---

[1] FOUCAULT, Michel, *A ordem do Discurso*, São Paulo: Edições Loyola, 1999, p. 64.
[2] FIGUEIREDO, Fidelino, *Ideário Crítico*, 1962, p. 259.

linguagem e ser, define-se, no pensamento platônico, a tarefa da linguagem como a expressão adequada da ordem objetiva das coisas.

A construção do pensamento literário de Eça de Queirós, inseparável da incessante luta pela expressão na visão de Fidelino de Figueiredo, representa o projeto artístico do escritor, centrado em um programa único, que pode ser definido como um permanente exercício de aperfeiçoamento da linguagem na busca de uma exata compreensão da vida.

Como aprendizado da linguagem, o texto literário oferece sua face inacabada e reescreve-se como um objeto passível de mudança, que se modifica no tempo, segundo a percepção do olhar do criador.

Essa definição de estilo como o resultado de uma visão estética das coisas encontra embasamento na teoria da expressividade de Charles Bally, para quem o esforço de expressão não pode ser diferente em sua fonte, quer se trate da vida ou da arte.

Em *Ideário Crítico*[3], no capítulo intitulado "Noção Psicológica do Estilo", Fidelino de Figueiredo faz uma análise estilística dos romances. Entre os elementos constitutivos do estilo do romancista, o crítico elenca a extensão do léxico, as palavras prediletas do escritor, a gradação dos adjetivos, a economia dos advérbios, as formas várias das metáforas, a estrutura interna dos períodos, o ritmo e a sonoridade da frase, recursos poéticos que marcam a frase musical de Eça de Queirós.

O estilo de Eça de Queirós não pode ser definido apenas, conforme esclarece o crítico, como um recurso de expressão verbal, porém equivale ao trabalho do pintor, ao fixar o fugidio que o olhar capta, pois o escritor "pinta-nos a sua paisagem interior e debate-se com a impotência da palavra comum[4]".

Contudo, para que a expressão se realize na sua plenitude, é necessário construir a visão da realidade sob outra óptica. Esse processo de estilização, anterior à expressão, é, para Fidelino de Figueiredo, "um conceito de vida, um juízo dos homens, um modo de ver o panorama da existência e a paisagem da natureza; é uma interpretação seletiva e qualitativa, que elimina quanto contraria as preferências do artista, a unidade desse panorama e a hierarquia das suas partes"[5].

Definindo o estilo como um "duelo do espírito com a linguagem", expressão que resgatou dos ensaios de Valéry, o crítico português observa

---

[3] Publicação da Faculdade de Filosofia, Ciências e Letras da Universidade de São Paulo, 1962, p. 255.

[4] *Idem*, p. 260.

[5] *Idem*, p. 255.

que, no processo estilístico de Eça de Queirós, a imagem literária corresponde à visão de mundo do escritor.

A estilização supõe inovação, transformação do discurso e é determinada por um conjunto de causas complexas que implicam em novos efeitos de sentido e, para atingir tal fim, faz-se necessário construir, na imaginação, essa paisagem própria, com formas, cores e símbolos.

No caso de Eça de Queirós, a construção estética é definida pelo crítico através da expressão "animismo concêntrico", conforme se lê no citado estudo: "os efeitos de piedade e simpatia são-nos transmitidos por ondulações concêntricas, cujo raio se estende sempre: partem de uma causa pessoal e chegam a abranger a natureza plena"[6].

Enquanto o homem de pensamento estiliza através de fórmulas abstratas e funde tudo num sistema de idéias, o artista, na visão de Fidelino de Figueiredo – e agora no rastro de Baudelaire –, estiliza em panorama colorido, em floresta de símbolos, conglomerados de atos e fatos que se fundem nas imagens compósitas. O trabalho do crítico traduz-se na análise da essência do estilo, que, de acordo com Fidelino de Figueiredo, é a própria concepção de vida do escritor.

Sob este aspecto, os ensaios críticos do autor de *Epicurismos* investem contra estudos que priorizam o inventário das peculiaridades lingüísticas de Eça de Queirós, pois, de acordo com seu enfoque crítico, é necessário ver o conjunto da obra através de um olhar abrangente que contemple o todo da produção, buscando a interrelação entre os textos.

Resgatando a teoria de Charles Bally, um dos aspectos que se destaca é a questão do estilo relacionado às influências literárias. No trabalho criador do romancista, a questão da evolução estilística fica muito clara na leitura do artigo intitulado "Idealismo e realismo"[7], escrito por Eça de Queirós para servir de prefácio à segunda edição, refundida, de *O Crime do Padre Amaro,* no qual o escritor defende a necessidade de reescritura e convida o leitor a aceitar a perspectiva histórica que leva em conta a constituição do texto primeiro.

"Quando publiquei pela primeira vez *O Crime do Padre Amaro*, eu tinha um conhecimento incompleto da província portuguesa, da vida devota e dos modos eclesiásticos. Depois, por uma freqüência demorada e metódica, tendo talvez observado melhor, eu refiz o meu livro sobre estas novas bases de análise."

---

[6] *Idem,* p. 258.

[7] QUEIRÓS, Eça de, *Obras,* Porto: Lello & Irmão – Editores, 1966, v. III, p. 907.

Logo a seguir, num jogo dialógico com seu próprio discurso, afirma que, apesar da reelaboração do texto partir de outro ângulo, a obra não esgota as possibilidades de análise crítica do romancista. O que teria levado o romancista à reconstrução da obra resulta em um acréscimo da atividade constitutiva do criador que incorpora ao seu fazer literário a visão artística de seu momento histórico. Escreve Eça de Queirós nesse estudo:

"É por meio desta laboriosa observação da realidade, desta investigação paciente da matéria viva, desta cumulação beneditina de notas e documentos, que se constroem as obras duradouras e fortes. (...) A arte moderna é toda de análise, de experiência, de comparação. A antiga inspiração que em quinze noites de febre criava um romance, é hoje um meio de trabalho obsoleto e falso."[8]

No contexto sociocultural vivido pelo romancista, o projeto de modernidade centrado na autonomia da arte havia começado a ganhar uma concepção esteticista, conforme se pode ler em Baudelaire, para quem manipular a língua é praticar uma espécie de feitiçaria.

À leitura crítica de Fidelino de Figueiredo não escapou a poética da ficção queirosiana e o projeto literário que incorpora a incompletude, a movência, o deslocamento em direção a novos sentidos. Na interpretação do crítico, cujos estudos foram escritos, em sua maioria, na primeira metade do século XX, a evolução literária de Eça de Queirós deve-se, principalmente, a três fatores: a de iniciação, recebida pelo convívio e pela leitura, a viagem ao Oriente e o realismo francês. Afirma, no estudo publicado em *História da Literatura Realista*:

"A sua evolução como que o racionalizou; um crescente interesse pelas coisas portuguesas lhe sobreveio, faz-se bibliófilo, percorre com curiosidade os alfarrabistas parisienses, em busca de espécies não citadas por Inocêncio, funda a magnífica *Revista de Portugal,* patrocina a *Revista Moderna* e organiza a piedosa homenagem a Antero de Quental, do *In Memoriam*"[9].

De acordo com as afirmações do crítico, as crônicas do meio lisboeta representaram para o romancista uma infatigável busca de perspectivas novas, principalmente no campo das idéias e das emoções. E acrescenta: "Tudo isso é deduzido da própria obra. Quem saberá nunca desdenhar essa pessoal visão da vida que se recorta sobre a retina do artista e que é o invisível, mas indispensável pano de fundo das suas criações?"[10]

---

[8] *Idem,* p. 908.

[9] FIGUEIREDO, Fidelino de, *História da Literatura Realista*, 3ª ed. revista, São Paulo: Editora Anchieta, 1946, p. 164.

[10] FIGUEIREDO, Fidelino de, *Ideário Crítico*, p. 260.

A resposta a essa pergunta do crítico pode ser encontrada na *Correspondência de Fradique Mendes*, na apresentação de "Memórias e Notas"[11], escrita por Eça de Queirós: "Fradique Mendes trabalhava outro filão poético que me seduzia – o da Modernidade, a notação fina e sóbria das graças e dos horrores da Vida, da vida ambiente e costumada, tal como a podemos testemunhar ou pressentir nas ruas que todos trilhamos, nas moradas vizinhas, nos humildes destinos deslizando em torno de nós por penumbras humildes".

Nas palavras do romancista, lê-se o conceito de Baudelaire sobre modernidade, centrado no transitório, no fugitivo e no contingente, o que exige do criador uma nova postura perante a arte que passa a ser vista como o espelho crítico do mundo.

Considerando Fradique Mendes, no conjunto das obras do romancista, como a personagem que, embora tenha um reduzido papel na ação, firmou-se com mais individualidade que qualquer outra personagem, Fidelino de Figueiredo não hesita "em ver em Fradique, se não o retrato de Eça – a obrinha não tem veleidades tão ambiciosas – pelo menos a pintura dum caráter, dum espírito cujos sentimentos, cujos gostos e hábitos se afiguram a Eça o modelo, o ideal a imitar, aquele figurino, que na mocidade todos forcejamos por reproduzir"[12].

Na análise das primeiras produções do romancista, escritas entre os anos de 1866 a 1875, o crítico revela que já nesse período as obras "mostram um escritor original que, a despeito da tortuosidade da imagem, da perífrase, da vaga fantasia deformadora da realidade, conseguia criar um estilo próprio, que aos contemporâneos, prevenidos de suspeição, surpreendeu e deteve um momento a curiosidade"[13].

Ainda na seqüência do pensamento crítico de Fidelino de Figueiredo, observa-se que, embora a ironia e o gosto da fantasia tenham prejudicado a observação analítica do romancista, pelo fato de a tornar, às vezes, caricatural, o vivo desejo de rigorosamente seguir um programa de escola possibilita ao escritor alcançar um longo triunfo até 1887, começando desde essa data a ceder perante as seduções da "abelha dourada da fantasia"[14].

A ironia, no dizer de Octávio Paz, é o reverso da analogia e representa a liberdade do artista em romper a ilusão da realidade, pois, em seu gesto crítico, a ironia traz a reflexão poética para o núcleo da obra.

---

[11] QUEIRÓS, Eça de, *op. cit.*, v. II, p. 984.

[12] FIGUEIREDO, Fidelino de, *História da Literatura Realista*, p. 171.

[13] *Idem*, p. 169.

[14] *Idem*, p. 169.

Ao definir a carreira literária de Eça de Queirós como a procura ansiosa de um estilo, o crítico português afirma que somente com o romance *Os Maias* o escritor logrou atingir a marca de um estilo pessoal. Segundo sua análise, a evolução criadora durou trinta e três anos "que não foram mais do que a conquista de um estilo, de uma pessoal maneira de exprimir com relevo o que a sua fina sensibilidade percebia e o seu penetrante dom de observação plástica conseguia ver a desdobrar nos seus quadros principais"[15].

As leituras críticas de Fidelino de Figueiredo sobre Eça de Queirós encontraram eco no Brasil na voz de Álvaro Lins, que escreveu um estudo intitulado "As idéias de Eça de Queiroz ante seu tempo"[16], datado de 1945, no qual afirma que "o ideal de Eça foi o de exprimir artisticamente a vida humana como ela se manifestava – como ele a via e sentia, pelo menos – na sociedade do seu país e do seu tempo."

O retrato que Álvaro Lins nos oferece do romancista português reflete a visão de Fidelino de Figueiredo sobre o romancista ("um espírito livre, uma inteligência independente, uma força de inquietude e renovação"), conforme se pode ler na afirmação a respeito de Eça: "um artista apaixonado pelo destino de seus semelhantes, voltado, pela curiosidade e pelo sentimento, para os problemas humanos do seu tempo como de todos os tempos. Porque fosse um escritor, porém, exprimia as suas idéias e impressões políticas numa forma de artista"[17].

Essas questões sobre o estilo de Eça de Queirós nos levam à reflexão sobre o papel do crítico literário que não visa, conforme sublinha Fidelino de Figueiredo, à reconstituição de uma época ou duma série de sucessos, mas busca explicar a estrutura interna de uma obra literária e avaliá-la como fator de emoção estética.

É fundamental retomar esse aspecto da leitura do texto literário, tão discutido na atualidade, e verificar como a proposta de leitura crítica de Fidelino de Figueiredo insere-se em uma visão moderna da crítica literária que leva em consideração o papel do leitor no desvendamento do "pungente drama do estilo", conforme expressão do crítico português.

No *Ideário Crítico*, pode-se ler sua concepção sobre a "técnica e arte da leitura"[18]: "Cada língua tem sua fisionomia musical. Ler é pôr essa

---

[15] *Idem*, p. 69.

[16] LINS, Álvaro, *O Relógio e o Quadrante*, Rio de Janeiro: Civilização Brasileira, 1964, p. 223.

[17] *Idem*, p. 222.

[18] FIGUEIREDO, Fidelino, *Ideário Crítico*, p. 303.

fisionomia em sumo relevo, porque o artista vazou todos os seus pensamentos e todos os seus propósitos estéticos nessa fisionomia, contou com ela, com os seus recursos e peculiaridades".

Para provar sua tese, o crítico vai buscar os fundamentos nos textos literários e na produção escrita de Eça de Queirós que declara em carta a Ramalho Ortigão que, em relação às *Farpas*, foi forçado "a limpar, catar e endireitar muito o estilo". Segundo Fidelino de Figueiredo, "Eça desenhava e caricaturava pela palavra. Sabendo ver o traço dominante, o gesto ou a atitude típica, também sabia fazer vê-la pelo dom da expressão, em que se acurou toda a vida; para cada palavra, um valor pictórico, com seu lugar próprio. Nem empastamento de tinta, nem avareza dela. Tudo tinha a aparência de espontâneo, pela fácil visão que transmitia ou pela pronta emoção que despertava. Máxima simplicidade em resultado, em laborioso resultado, com a máxima expressão"[19].

Esse rigor artístico a que se refere Fidelino de Figueiredo pode ser lido nas declarações do romancista sobre o fazer artístico. A respeito da composição do gênero dramático e narrativo, nas *Cartas Inéditas de Fradique Mendes*, texto escrito por ocasião do concurso para a Academia entre o drama romântico em prosa, *Ruy Blas* e o romance *Salambô*, lê-se a respeito da especificidade dos gêneros literários:

"(....) as qualidades cênicas e teatrais do drama tornariam o romance enfático e vago; os predicados de reconstrução e de ressurreição erudita, de sábio detalhe, que dariam ao romance uma viva possibilidade histórica e o tornariam merecedor de prêmio, converteriam o drama numa obra didática, difusa, chata, voltada ao assobio e completamente indigna de prêmio."[20]

Fidelino de Figueiredo aponta, em seus estudos sobre Eça, o crítico embutido no romancista. Sob este aspecto, se considerarmos o texto do Prefácio da segunda edição de *O Crime do Padre Amaro*, e o artigo publicado posteriormente nas *Cartas Inéditas de Fradique Mendes*, veremos que os recortes feitos pelo escritor para o Prefácio orientam para uma leitura voltada para a questão da influência de Zola, apontada pelos críticos de Eça, por ocasião da publicação do romance.

Ao definir a arte moderna como análise, experiência e comparação, Eça de Queirós sintetiza a linha de pensamento de seu tempo, segundo a qual a musa inspiradora dos românticos, despida do manto da fantasia,

---

[19] FIGUEIREDO, Fidelino de, *Últimas Aventuras*, Rio de Janeiro: Empresa A Noite, 1941, p. 70.

[20] QUEIRÓS, Eça de, *op. cit.*, v. III, p. 922.

traduz o objetivo da ciência experimental dos fenômenos. Comparado aos silêncios do Prefácio, o discurso dialógico das *Cartas* traz à tona um leitor atento, crítico, que discorre sobre a modernidade e sobre os novos procedimentos estéticos, revelando a consciência de um exigente fazer artístico, em que a análise do objeto é colocada como a meta a ser alcançada pelos artistas do século XIX. Resta, ao leitor real, ter em mente a imagem do texto como um universo aberto, cujas infinitas conexões, conforme nos lembra Umberto Eco[21], estão à espera de seu intérprete.

[21] ECO, Umberto, *Interpretação e Superinterpretação*, São Paulo: Martins Fontes, 1993.

DE EÇA DE QUEIRÓS A VERGÍLIO FERREIRA: UMA NOVA ESCALA DO OLHAR OU A VIAGEM DO SER

ISABEL CRISTINA RODRIGUES
Universidade de Aveiro

Para Regina Zilberman e
Jorge Fernandes da Silveira

O que nos chama para dentro de nós mesmos
É uma vaga luz, um pavio, uma sombra incerta.
Qualquer coisa que nos muda a escala do olhar
E nos torna piedosos, como quem já tem fé.
Nós que tivemos a vagarosa alegria repartida
Pelo movimento, pela forma, pelo nome,
Voltamos ao zero irradiante, ao ver
O que foi grande, o que foi pequeno, aliás
O que não tem tamanho, mas está agora
Engrandecido dentro do novo olhar.

Fiama Hasse Pais Brandão, *Cenas Vivas*[1]

É de duplo sentido esta viagem do ser que acompanha a mudança na escala do olhar sugerida pelo belo poema de Fiama Hasse Pais Brandão. E é como se, através das suas palavras, uma vaga luz de incerta sombra nos indicasse o caminho para dentro de nós mesmos, em perseguição desse zero irradiante a que regressamos depois de repartida a vagarosa alegria pela forma e pelo movimento. Eça de Queirós sempre repartiu o seu olhar pela cor e pela forma, pelo som e também pelo movimento; Vergílio Ferreira reconduz o leitor à intimidade irradiante do ser e de um escritor a outro há um modo de olhar que efectivamente muda de escala ou, se qui-

---

1 Fiama Hasse Pais Brandão, *Cenas Vivas*, Lisboa, Relógio D' Água Editores, 2000, pp. 25-26.

sermos, é ainda o mundo ele próprio que, numa súbita mudança de escala, nos aparece engrandecido dentro de um novo olhar.

Não fiquemos por aqui, já que é esta uma dupla viagem: essa subtil transmutação do olhar, que percebemos entre as obras de Eça e os livros de Vergílio Ferreira, está a seu modo também presente dentro do universo queirosiano. O olhar de Eça não é uniforme e Vergílio Ferreira foi dos primeiros a notá-lo, ao perceber n'*Os Maias* esse claro sinal de alarme que assinala em nós a passagem para o outro lado da realidade e que só pode levar-nos, tal como a Eça, em direcção ao zero irradiante de que fala Fiama. *Os Maias* são, para o olho crítico de Vergílio Ferreira, o anúncio de que algo se passava abaixo da superfície do real[2], já suficientemente explanada esta em textos como *O Crime do Padre Amaro* ou *O Primo Basílio*. Não encontramos ainda nestes romances o Homem em viagem por dentro de si próprio, porque só a forma e o movimento parecem preencher aqui o olhar de Eça – e este é um movimento que se produz apenas à superfície das coisas, estático na sua recusa de procurar a raiz do visível e que por isso inviabiliza essa outra viagem pelo lado oculto do real. Lembra Vergílio Ferreira: «um romance de Eça é uma obra "estática". Que se pense, por exemplo, na frequência com que nos seus livros se janta ou almoça... O almoço ou jantar em Eça é um ponto de convergência de personagens em que as paixões de qualquer espécie resfriaram e para os quais o ideal de vida se define pelo calmo e cultivado prazer.»[3] E bem sabemos todos como a mesa desperta em nós o calmo e cultivado prazer da imobilidade; é um espaço essencialmente de estar que sustém o movimento contrário, o de partir, e que por vezes mesmo anestesia vontades lucidamente assumidas – basta lembrarmos o jantar da condessa de Gouvarinho e o efeito do brilho dos cristais ou do champanhe acabado de servir na suspensão de uma certa saciedade que começara já a invadir Carlos.

O espaço é, então, em Eça de Queirós uma categoria aglutinadora de temas e personagens que tende à concentração e ao fechamento, o que,

---

[2] Cf. Vergílio Ferreira, «Eça, Pessoa e nós», in *Espaço do Invisível 3*, 2ª ed., Lisboa, Bertrand, 1982, p.199: « (...) *Os Maias* são o anúncio de um malogro que vai muito mais fundo que o anedótico a que vai. Eça via mal, porque só via o que se via bem. A sua óptica é a que lhe dava um mundo em superfícies nítidas, batidas de uma luz viva. Mas que *Os Maias* são superficialmente o anúncio do que se passava debaixo da superfície, prova-o a precipitação com que Eça tenta afirmar valores – ele que sabia apenas o que é que *não* valia.»

[3] Vergílio Ferreira, *Um escritor apresenta-se* (entrevistas com montagem, prefácio e notas de Maria da Glória Padrão), Lisboa, Imprensa Nacional-Casa da Moeda, 1981, p. 331.

como é óbvio, em nada contradiz o movimento de superfície que nele se desenvolve. Não é, por outro lado, a ideia de movimento a mais apropriada para designar a relação das personagens de Vergílio Ferreira com os seus espaços, mas a ideia de movência ou translação interior: se as personagens de Eça se movimentam pelo espaço em longos trajectos de superfície, as de Vergílio parecem mover-se através desse espaço, atravessando-o e interiorizando-o em momentos de espanto ou interrogação. E essa interiorização do espaço é a seu modo também uma transcendência, já que, como tantas vezes lembrou Vergílio Ferreira, toda a obra de arte, mesmo a dita realista, «é uma transcendência sensível e emotiva do real»[4] e a representação desse real insinua já uma sua transposição para o campo do imaginário: «o imediatismo do figurado entra no domínio do irreal dele, desde a palavra que o sinaliza. (...) A transcendência da arte é isso – a criação de um universo no infinito de nós»[5]. Assim, o fascínio de Vergílio Ferreira pela arte de Eça de Queirós é-o sobretudo por essa dissolução do real no imaginário através da magia da palavra. Deste modo, ler Eça significa para Vergílio Ferreira o encantamento de poder participar na «misteriosa vibração da palavra», porque «ninguém como ele conheceu as ocultas ressonâncias da língua», refere o autor de *Aparição*[6]. Apesar disso, há na óptica de Vergílio Ferreira um certo Eça que se gastou, ou que se lhe gastou – o de *O Crime do Padre Amaro*, o de *O Primo Basílio* e o de *A Ilustre Casa de Ramires*. E a razão do desgaste sofrido por algumas formas de arte é uma questão a que Vergílio Ferreira continuamente regressa, nas páginas do diário ou dos ensaios, no intuito de desvendar o segredo de outros textos que, surpreendentemente, não se lhe gastaram – *Os Maias*, parte de *A Cidade e as Serras,* Camões, praticamente tudo de António Nobre e Eugénio de Andrade, a quem Vergílio considera um outro António Nobre, embora mais solar:

> E ao deitar, antes de apagar a luz retomei para apaziguamento *A Ilustre Casa*, do Eça. Leitura (já) penosa. Uma estereotipia do dizer, do adjectivar. (...) E, em face disso, outra vez me assaltou a pergunta sobre o porquê

[4] Vergílio Ferreira, *Pensar*, 2ª ed., Lisboa, Bertrand, 1992, p. 63.

[5] Id., *ibid.*, p. 64. Cf. *ibid.*, pp. 76-77; 256.

[6] Vergílio Ferreira, *Conta-Corrente 1*, 3ª ed., Lisboa, Bertrand, 1982, p. 204. Cf. *Espaço do Invisível 3*, ed. cit., pp. 211, 212: «O que constitui os valores de uma palavra, as múltiplas ressonâncias no segredo do vocábulo, o halo que os circunda e que é por onde o espírito passa (...), isso é ainda em Eça uma garantia de que o seu magistério nos é indispensável. (...) Eça realiza com a "palavra" o mais espantoso milagre de subtileza, de graça, de sensibilidade.»

do esgotamento de uma forma de arte. Com toda a vergonha que a confissão me trame, aqui declaro que o *Só* é dos raríssimos livros que se me não gastaram. (...) O seu segredo, suponho, está em que ele reduz ao mínimo a informação e alarga ao máximo o poder sugestivo. (...) Assim ele conserva uma grande margem de neblina para o trabalho da imaginação.»[7]

As palavras estão gastas: «Gastámos tudo menos o silêncio / (...) E já te disse: as palavras estão gastas»[8], disse-o Eugénio de Andrade. Tantos outros o disseram, quantos mais o dirão. E todavia, esse halo de mistério que habita nas palavras por gastar, o leve pulsar da sua respiração densa e absoluta guardam ainda o insondável do seu fascínio primordial. A chave, no seguimento da leitura que Vergílio Ferreira faz da poesia de António Nobre, é não dizer tudo e preservar o indizível de cada palavra, na plena consciência de que nunca tudo poderá ser dito se quisermos que possa continuar a ouvir-se; porque todas as palavras possuem afinal uma zona de invisibilidade que pode subtraí-las ao desgaste da mais persistente leitura. Só assim se torna possível reler sem deixar de ler, reler sem gastar ou silenciar as palavras lidas. Assim *Os Maias* para Vergílio Ferreira, assim os textos de ambos, de Eça e de Vergílio, para todos nós.

Tal como o *Só* de António Nobre, *Os Maias* sugerem a Vergílio Ferreira uma certa plenitude de melancolia grave, o que torna esta obra imune ao desgaste a que outros textos de Eça não puderam escapar – «é-me fácil recuperar – sobretudo n'*Os Maias* – um tom de melancolia em que possa reconhecer-me e ao meu tempo»[9], comenta Vergílio Ferreira. E ao referir-se ao romance maior de Eça nestes termos, o autor de *Para Sempre* acaba por pôr a nu aquilo que verdadeiramente o move em relação a Eça de Queirós – a busca em rosto alheio dos traços necessários à composição de um auto-retrato. Porque Vergílio Ferreira reconhece-se n'*Os Maias* como em nenhum outro romance de Eça. Lembremos novamente o recado poético de Fiama: há qualquer coisa que nos chama para dentro de nós mesmos e que nos muda a escala do olhar. O olhar de Eça n'*Os Maias* é já um olhar em mudança, porque em viagem «pelo cascalho interno da terra, / / onde o esqueleto da vida / se petrifica protestando»[10]. «Desço / pelo cascalho interno da terra», escreveu Carlos de Oliveira, e através das suas

---

[7] Vergílio Ferreira, *Conta-Corrente 3*, 2ª ed., Lisboa, Bertrand, 1990, pp. 146-147.

[8] Eugénio de Andrade, «Adeus», in *Os amantes sem dinheiro. Poesia e Prosa*, Porto, Limiar, s/d, pp. 49-50.

[9] Vergílio Ferreira, «Eça, Pessoa e nós», in *Espaço do Invisível 3*, ed. cit., p. 213.

[10] Carlos de Oliveira, «Descida aos Infernos», in *Trabalho Poético*, I vol., Lisboa, Sá da Costa, s/d., p. 87.

palavras podemos ouvir as palavras de Eça, de Fiama e de Vergílio Ferreira. Porque essa incerta viagem do ser que em todos eles percebemos empreende-se em nome de uma busca que lhes é comum, a desse «coração da terra para sempre insepulto»[11], de que fala Carlos de Oliveira, ou do «zero irradiante» do poema de Fiama.

Há efectivamente n'*Os Maias* uma questão que nos desata a alma em perturbação e que nos faz partir, pela mão de Alice e «como por um rio ao contrário» em direcção à longínqua alma da terra. Escreve ainda Carlos de Oliveira: «Como por um rio ao contrário, de águas povoadas / por alucinações mortas boiando levadas / para a alma da terra, / procuro os úberes do fogo.»[12] Os úberes do fogo tomam n'*Os Maias* um nome – o do Tempo[13]; e envolvido nele está ainda a interrogação sobre o destino humano, «oblíqua esta a uma atenção imediata, ou implícita ao seu objecto como a luz a um objecto iluminado»[14]. A questão fundamental d'*Os Maias* é, então, para Vergílio Ferreira, a da descoberta do tempo como interrogação ao destino e é exactamente isso que faz desta descoberta e do romance em causa um importante passo em frente nessa outra viagem já tantas vezes referida, a do olhar queirosiano sobre o mundo e o Homem, o seu destino e os seus desconcertos. Ouçamos o que escreveu Vergílio Ferreira:

> Antes desse livro (*Os Maias)* Eça conhece apenas a cronologia, ou seja um tempo sem significação emotiva ou não sentido como tal, uma sequência como pura sinalização, um escalonamento temporal que tinha apenas a ver, aliás, com a segurança "científica" do encadear dos acontecimentos. Ora n'*Os Maias* o tempo é um magma que a tudo envolve, uma segregação da própria narrativa, a sua respiração, o pulsar nela do coração humano. (...) O que há aí de novo tem já menos a ver com o que se narra do que tem com a nossa vivência disso, é menos um tempo físico do que um tempo *psíquico* ou mesmo *metafísico*.[15]

---

[11] Id., *ibid.*, p. 94.

[12] Id., *ibid.*, p. 87.

[13] A questão do tempo em Eça, e n' *Os Maias* em particular, assume um papel fundamental como matéria de análise em dois dos artigos que Vergílio Ferreira dedicou a Eça de Queirós («Eça, Pessoa e nós», in *Espaço do Invisível 3*, ed. cit. pp.195-117; «*Os Maias* – que tema?», in *Espaço do Invisível 5*, Lisboa, Bertrand, 1998, pp.193-203). Isto mesmo foi justamente apontado por Isabel Pires de Lima no texto intitulado «Vergílio, Eça e nós» (in Fernanda Irene Fonseca (org.), *Vergílio Ferreira: cinquenta anos de vida literária. Actas do colóquio interdisciplinar*, Porto, Fund. Engº António de Almeida, 1995, pp. 337-346).

[14] Vergílio Ferreira, «*Os Maias* – que tema?», in *Espaço do Invisível* 5, ed. cit., pp. 195-196.

[15] Id., *ibid.*, p. 197.

Ao lermos estas palavras não sabemos já se é de Eça que Vergílio Ferreira fala ou se é a si próprio que tenta dizer-se através do dizer de Eça. Seja como for, é impossível negar que o Tempo adquire n'*Os Maias* uma ressonância claramente vergiliana, sobretudo na segunda parte do romance e mais em concreto nos momentos em que se assume como produto de efectivação da memória. O tempo é neste romance o do passado, o de um passado que se evoca e que adquire nessa evocação um valor muito mais proporcional à sua vibração metafísica do que aos condicionalismos formais da cronologia; o tempo romanesco de Vergílio Ferreira é igualmente o passado, mas é um passado que se presentifica no discurso do narrador-personagem e que é, por assim dizer, resgatado à sua imobilidade para que as personagens nele possam reinventar-se. N'*Os Maias* é o olhar de Carlos, e não já o do narrador, o obreiro dessa comovida revisitação do passado que tem lugar no episódio final do regresso ao Ramalhete: não é este um olhar autodiegético, como o de Paulo de *Para Sempre* ao regressar à casa da infância, mas é, por outro lado, um só o Tempo que nos dois romances, se insinua no momento extremo do regresso – o tempo do recolhimento, do silêncio, da intimidade: «Guardado no silêncio mais espesso, / / o tempo faz e desfaz a vida», lembra ainda Fiama.[16]

Este tempo da intimidade aparece n'*Os Maias* associado ao Inverno, porque o frio efectivamente convida ao recolhimento e à concentração em nós: era «o sol fino de Inverno» que refulgia na manhã da morte de Afonso, foi ainda à «pálida luz» do «curto sol de Inverno que Carlos e Ega visitaram as ruínas do Ramalhete». O silêncio e a imobilidade do tempo ressumando da aridez do Inverno? Sim, embora nem sempre e certamente não em *Para Sempre*, onde o mesmo efeito, de suspensão do tempo e da vida, é suscitado por uma quente tarde de Verão que deixa a montanha e a aldeia paralisadas de calor: «Venho à varanda, olho a aldeia, paralisada ao calor. (...) Estou só, o tempo imobiliza-me no mundo. O relógio parado. Na serra em frente a luz estala contra a aridez do pedregal. Toda a casa em silêncio.»[17] A ardência do sol suspensa nos longes da montanha e para que apontam as janelas da casa recentemente abertas é uma outra forma de se realizar em metáfora o recolhimento do sujeito e a fuga ao exterior; porque a abertura das janelas à dormência da paisagem devolve a Paulo o mesmo árido silêncio da casa a que regressou. Estes dois espaços, o do interior da casa e o do exterior da montanha, pela escassa respiração de vida que os envolve, convidam Paulo ao inevitável recolhimento em si próprio, assim

[16] Fiama Hasse Pais Brandão, *op. cit.*, p. 12.

[17] Vergílio Ferreira, *Para Sempre*, 2ª ed., Lisboa, Bertrand, 1984, pp. 112, 116.

se transformando o acto de abrir as janelas num exercício de semântica puramente retórico, já que estas não condicionam o espaço nem lhe circunscrevem os limites. Tal como o tempo, o espaço é só um, amplo e imóvel, o da intimidade e, n'*Os Maias* como em *Para Sempre,* só a linguagem do silêncio poderá revelá-los. Lembremos o mudo confronto entre Carlos e Afonso da Maia, composto por uma sábia sinfonia de silêncios e de sombras, indissociáveis mudez e treva no momento maior do desconcerto: Carlos subiu «*pé ante pé*» as escadas «*ensurdecidas*» dos seus aposentos e «*tacteava*» no escuro quando avistou, através do reposteiro «*entreaberto*», uma claridade «*que se movia*»; e este tímido movimento de luz, movente e incerto e «que *espalhava* sobre o veludo da parede um tom de sangue» é um modo ainda de iluminar a escuridão daquele momento. E Afonso surgiu, «*mudo*, grande, *espectral*» e pisando «*surdamente* o tapete». A linguagem da mais íntima tragédia é efectivamente a do silêncio – por isso nasce em Carlos «o desejo de repousar algures numa grande *mudez* e numa grande *treva*»[18] e também por isso Maria Eduarda partiu para sempre, «grande, *muda*, *toda negra na claridade*»[19]. A visita de Carlos e Ega ao Ramalhete há-de resgatar este jogo de silêncio e de sombra, desde logo perceptível no eco dos passos que ambos darão no chão irremediavelmente nu – «no amplo corredor, sem tapete, os seus passos *soaram* como um claustro abandonado»[20].

Mas o pensamento da morte não durou muito em Carlos, uma vez que a personagem se submeteu ao castigo imposto pela morte do avô, aceitando abnegadamente a maior das condenações – viver na plena consciência de que o fim da vida estava ali e que depois daquele momento só o deserto o esperaria. Depois da morte de Afonso, Carlos descobre que viver é o seu maior castigo: «Aceito isto como um castigo... Quero que seja um castigo», diz ele, «E sinto-me só muito pequeno, muito humilde diante de quem assim me castiga. Esta manhã pensava em matar-me. E agora não! É o meu castigo viver, esmagado para sempre...»[21].

Carlos, herói trágico? De certo modo, porque ele tinha tudo – inteligência e beleza, juventude, riqueza e ainda o amor de uma bela mulher. Por isso o seu destino não poderia deixar de ser trágico, ao contrário do de Dâmaso, uma personagem sem nenhuma espessura trágica, já

---

[18] Cf. pp. 667-668 de *Os Maias* (Lisboa, Livros do Brasil, s/d). Os itálicos são nossos.

[19] *Ibidem*, p. 687.

[20] *Ibidem*, p. 707.

[21] *Ibidem*, p. 672.

que em si nada tinha que pudesse suscitar a cobiça dos deuses. Foi essa inverosímil soma de condições de felicidade que expôs Carlos da Maia a um destino de tragédia, semelhante ao de muitas outras criaturas, algumas delas de papel e tinta, como ele, mas outras mais reais, de carne e osso, e cujos atributos quase sobre-humanos igualmente as designam à ira divina. E todavia esta necessidade de harmonização dos contrários (vida/morte; felicidade/desgraça) operada pelo fenómeno trágico escapa à lógica do Homem e decide-se no campo da pura transcendência. Onde a falta de Carlos e qual a razão de um tão terrível castigo? Sucede que o castigo de Carlos, como escreve Vergílio Ferreira, «não é a consequência de um crime, mas a ilustração de uma fatalidade; não reflecte em dor ou remorso uma falta que se não cometeu mas que cometeu a vida por nós.»[22] A culpabilidade do homem trágico não tem causas definidas porque se forma na esfera do divino e é assim que nos abeiramos de uma das mais dilacerantes aporias de todo o fenómeno trágico – como pode o deus ser simultaneamente salvação e condenação, ser diabólico na sua suposta divindade?[23] O Rei Édipo é exemplar na ilustração desta aporia e permanece por isso como um dos mais perfeitos modelos do denso e absurdo mistério trágico. Uma vez mais a pergunta: qual a falta de Édipo? Ele, que no desesperado esforço de lhe escapar cumpre, sem o saber, o mais macabro dos destinos, mais cego na despreocupada harmonia do seu reino do que depois de a si próprio apagar a luz dos olhos. Como a de Carlos da Maia, é a sua uma culpabilidade inocente, e é bem mais perturbadora a perversidade dessa inocência do que as faltas que pudessem ambos ter cometido. Mais perturbadora também porque é no incompreensível deste mistério que o Homem tem procurado situar o espanto de existir.

Na visita ao Ramalhete, dez anos depois do momento maior da tragédia, a lenta circunvagação do olhar de Carlos pela casa desabitada, procurando recuperar um tempo sepulto sob largos sudários brancos, lembra novamente o olhar da personagem de *Para Sempre,* em viagem por essa casa grande e deserta que igualmente guarda, no inviolável da sua mudez, o tempo do nunca mais: o das tias e do Padre Parente, o da filha Xana e também o do violino ensaiado na infância e onde Sandra era já uma incipiente presença: «tenho de ir abrir a casa toda, o quarto de Xana é atrás. Mais emperradas as portadas da janela, não vai. (...) A portada range, os

---

[22] Vergílio Ferreira, «Eça, Pessoa e nós», in *Espaço do Invisível 3*, ed. cit., p. 198.

[23] Cf. a já clássica obra de Jean-Marie Domenach (*O retorno do trágico*, Lisboa, Moraes Editores, 1968), sobretudo as páginas 26-36.

vidros cheios de pó. E o cheiro a coisas sepultas, apodrecendo na memória. (...) Do fundo do tempo, do sepulcro das eras, como se despertas no seu sono tumular, lembranças de nada, da confusão de um tempo antigo, espectros do meu desassossego, a presença obscura de uma ausência antiquíssima.»[24] No Ramalhete foi a sala de Afonso a mais difícil de abrir, com a teimosia da fechadura a impor o passado como um distante aceno e a mão de Carlos nela, paralisada de emoção: «deviam atravessar ainda a memória mais triste, o escritório de Afonso da Maia. A fechadura estava perra. No esforço de abrir a mão de Carlos tremia. E Ega, comovido também, revia toda a sala tal como outrora, com os seus candeeiros Carcel dando um tom cor-de-rosa, o lume crepitando, o "Reverendo Bonifácio" sobre a pele de urso, e Afonso na sua velha poltrona, de casaco de veludo, sacudindo a cinza do cachimbo contra a palma da mão.»[25]. No final da visita, recompondo o olhar momentaneamente abalado pela antecipação da ruína, Carlos exclama para Ega: «É curioso! Só vivi dois anos nesta casa e é nela que me parece estar metida a minha vida inteira»[26]. Tivessem sido apenas alguns dias e não anos os passados no Ramalhete e neles estaria ainda a totalidade da vida. «Em quatro dias / vivemos toda a nossa vida verdadeira»[27], escreveu Fernando Pinto do Amaral no belíssimo poema que dedica ao milagre vivido, em escassos quatro dias, por Meryl Streep e Clint Eastwood, tendo apenas por testemunha um conjunto de «estranhas pontes cobertas de madeira», algures por entre as «pradarias» e os «milheirais»[28] do extenso Iowa. A verdade de uma vida revelada em dois anos ou em apenas quatro dias, uma vez que, como depois recordou Ega a Carlos, só ali, no Ramalhete, este último «vivera daquilo que dá sabor e relevo à vida – a paixão»[29].

Esta certeza levou Carlos a expor a sua teoria da existência, «a teoria definitiva que ele deduzira da experiência e que agora o governava. Era o fatalismo muçulmano. Nada desejar e nada recear»[30]. Nas páginas d'*Os Maias* ou em versos alheios a Eça, mais tardios de algumas décadas, é idêntico o sentimento de resignação – «Não vale a pena / Fazer um

---

[24] Vergílio Ferreira, *Para Sempre*, ed. cit., p.37.

[25] Eça de Queirós, *Os Maias*, ed. cit., pp. 708-709.

[26] Id., *ibid.*, p. 714.

[27] Fernando Pinto do Amaral, «Quatro dias», in *Poesia Reunida 1990-2000*, Lisboa, Publicações Dom Quixote, 2000, p. 440.

[28] Id., *ibid.*, p. 440.

[29] Eça de Queirós, *Os Maias*, ed. cit., p. 714.

[30] Id., *ibid.*, p. 715.

gesto»[31]; «Mais vale saber passar silenciosamente / E sem desassossegos grandes»[32] ou «Só de aceitar tenhamos a ciência»[33]. Como não perceber no epicurismo triste de Ricardo Reis os ecos do fatalismo de Carlos da Maia, sobretudo quando, submetendo a própria razão a uma teimosa aprendizagem, a personagem afirma: «Não se abandonar a uma esperança – nem a um desapontamento. Tudo aceitar, o que vem e o que foge, com a tranquilidade com que se acolhem as naturais mudanças de dias agrestes e dias suaves. E, nesta placidez, deixar esse pedaço de matéria organizado que se chama o Eu ir-se deteriorando e decompondo até reentrar e se perder no infinito Universo»[34]. Assim, «Da vida iremos / Tranquilos, tendo / Nem o remorso / De ter vivido»[35], conclui Ricardo Reis. Permito-me lembrar ainda outra ode do heterónimo de Pessoa: «Não tenhas nada nas mãos / Nem uma memória na alma, / Que quando te puserem / Nas mãos o óbolo último, / Ao abrirem-te as mãos / Nada te cairá. / (...) Senta-te ao sol. Abdica / E sê rei de ti próprio»[36]. Ao contrário do heterónimo de Pessoa, nem Carlos nem Ega tinham as mãos vazias ou a alma liberta de memórias e por isso a consabida queda do mundo de ambos no terrível momento do abrir das mãos. A abdicação com que finaliza este poema de Ricardo Reis durou, nas personagens d'*Os Maias*, apenas o tempo do ressentimento e do luto e assim a teoria de Carlos, bem como o romance de Eça, terminam com a serena sugestão de que, nos dois amigos, a vida cedo voltará a ser vista à distância a que efectivamente está – a da esperança. «Sereno e vendo a vida / À distância a que está»[37], ensina Ricardo Reis num verso provocatoriamente exposto a uma nova luz.

Tal como a eternidade, a esperança é a nossa vocação e por isso a reinventamos a cada instante, nem que seja na perseguição de um "americano", como no final d'*Os Maias*; terminamos, pois, com uma nota de luz – a da crescente claridade do luar que ilumina os passos de Ega e de Carlos da Maia, ainda algo desencantados naquele fim de tarde de Inverno,

---

[31] Fernando Pessoa, *Poemas de Ricardo Reis*, Edição crítica de Luiz Fagundes Duarte, Lisboa, Imprensa Nacional – Casa da Moeda, 1994, p. 88. Actualizámos a ortografia em todas as citações desta obra.

[32] Id., *ibid.*, p. 98.

[33] Id., *ibid.*, p. 66.

[34] Eça de Queirós, *Os Maias*, ed. cit., p. 715.

[35] Fernando Pessoa, *Poemas de Ricardo Reis*, ed. cit., p. 88.

[36] Id., *ibid.*, p. 90.

[37] Id., *ibid.*, p. 101.

mas lançando-se já, e largamente, no esforço activo da corrida . E é a Jorge de Sena que damos as últimas palavras:

> «Na luz que vem tão luminosa e clara,
> Não é que vejo a esperança, nem nos gestos
> Mais simples, mais humildes, mais leais
> Que os homens fazem também para viver vencidos.
> As virtudes da vida, a vida tem-nas
> Demais: porque se ajeita, se acomoda, se insinua
> Para durar, ou resistir, ou mesmo ser mais firme
> Que quanto a frágil esperança lhe diria.»[38]

---

[38] Jorge de Sena, «Mensagem de finados III», in *Poesia II*, Lisboa, Edições 70, 1988, p. 48.

O DIÁLOGO EM *OS MAIAS*: ENCADEAMENTO DOS DIFERENTES MODOS DE RELATAR DISCURSO

ISABEL MARGARIDA DUARTE
Universidade do Porto

A representação escolar do diálogo tem a ver com a forma como, nos primeiros anos de escolaridade, ele nos é apresentado. Pensamos no diálogo como um modo de «relatar»[1] palavras atribuídas a personagens em que as respectivas réplicas alternam, em discurso directo, seguindo um modelo próximo do texto dramático. Se tivermos em conta os diálogos incluídos em narrativas oitocentistas como, por exemplo, as de Garrett ou Júlio Dinis, verificamos que eles não se afastam muito da representação tradicional. Mas não podemos estender esta constatação aos romances de Eça de Queirós, no caso que nos ocupa, a *Os Maias*.

Este romance é tecido de curtos segmentos narrativos e descritivos que enquadram palavras relatadas (e, ainda que em muito menor quantidade, alguns pensamentos) transmitidas de formas entrecruzadas, subtis e variadas[2]. A subtileza das alternâncias entre discurso directo (DD) e discurso indirecto livre (DIL) (e, menos frequentemente, discurso indirecto (DI) é tão feliz que temos a sensação de estar, ao ler os romances de Eça, perante uma espécie de «discurso indirecto livre generalizado», como Óscar Lopes

---

[1] Na ficção narrativa, não se trata, em rigor, de um relato de palavras, mas sim da atribuição de palavras fictícias às personagens. Note-se que as palavras do narrador têm, aliás, o mesmo estatuto.

[2] Exceptuando, em certa medida, os dois primeiros capítulos. Margarida Vieira Mendes escreve, a propósito deles, o seguinte: «[...] todo o *flash-back* inicial é relatado por um Autor-Narrador que se manifesta dum modo mais pessoal, dado o seu carácter de explicação dada ao leitor, viva e apressada, sobre certos acontecimentos passados. Predomina nesse passo do romance o *telling* sobre o *showing*, a voz do Narrador sobre a dos Personagens, um ponto de vista indefinido e extremamente móvel, exterior à ficção representada.» (Mendes, 1974: 35).

((1989) 1990) tão bem sintetizou. A inserção do discurso relatado no discurso do narrador (que também já contém, em si, focos de heterogeneidade) permite a construção de uma teia complexa e maleável de discursos vários. Tal maleabilidade ajuda Eça a escapar à «monotonia do paralelismo do diálogo» (Guerra da Cal, 1981: 238), como se vê no seguinte exemplo:

> [1] «Vilaça murmurou, com todo o sangue na face:
> [2] – Homem, o amigo mete-me numa...!
> [3] Não. Ega metia-o apenas naquilo em que o Vilaça, como procurador, logicamente e profissionalmente devia estar.
> [4] O outro protestou, tão perturbado que gaguejava. [5] Que diabo! Não era esquivar-se aos seus deveres! Mas é que ele não sabia nada! Que podia dizer ao Sr. Carlos da Maia? [6] «O amigo Ega veio-me contar isto, que lhe contou um tal Guimarães ontem à noite no Loreto...» [5] Não tinha a dizer mais...
> [7] – Pois diga isso.» (cap. XVII)

É interessante a ocorrência de DIL [5], dentro do qual há um relato em DD [6]. A primeira fala de Vilaça é relatada em DD [2]. A resposta de Ega está em DIL [3]. Vilaça dirige-se então, de novo, a Ega e a sua intervenção é relatada em DIL [5]. Nela, Vilaça imagina o que diria a Carlos, e essas palavras são relatadas entre aspas, numa citação directa [6].

Ao tornar mais subtil e vaga a «origo» enunciativa, o centro irradiador de muitos dos discursos, o estilo de Eça confunde a palavra das personagens com a do próprio narrador, criando uma espécie de DIL difuso, de quase permanente relato de palavras, como se o narrador recuasse e oferecesse o primeiro plano às personagens, cujo ponto de vista percebemos, mesmo se é o narrador quem fala. Há «marcas vocais audíveis» (Lopes, 1999: 89), um sincretismo, uma simbiose entre discurso do narrador e palavras das personagens, por vezes difíceis de destrinçar com clareza. Aliás, a ousadia de Eça neste aspecto representa um marco importante na trajectória do romance português. A forma como constrói os diálogos de personagens é muito diferente do tratamento dos diálogos noutros autores portugueses do século XIX que o precederam e abriu caminhos às narrativas posteriores que lidam com as palavras (e os pensamentos) das personagens ultrapassando os limites gramaticais que a tradição prevê para o relato de palavras.

Mesmo se as formas mais canónicas de relato de discurso são facilmente documentáveis num romance como *Os Maias,* não são suficientes para dar conta do modo como se «citam» palavras de personagens. A riqueza de recursos de relato detectada nesse romance exige uma outra indagação teórica que põe em causa não só a visão mais tradicional mas até hipóteses mais recentes e obriga a ter em conta modos mais fluidos e menos marcados de relato.

É muito difícil estudar, numa narrativa como *Os Maias*, uma forma de relatar palavras isoladamente, sem ter em conta as outras. É que, geralmente, os diferentes modos de relato encontram-se imbricados uns nos outros e não é possível atentar num deles sem fazer referência a toda uma sequência em que vários aparecem. Irei passar em revista alguns excertos que demonstram a inseparabilidade dos diferentes modos de relato de discurso em *Os Maias*.

No exemplo que transcrevo a seguir, encadeiam-se: [1] discurso narrativizado, no primeiro parágrafo; [2] e [4] DD, devidamente assinalado por marcas tipográficas e enquadrado por discurso atributivo; [3] um parágrafo de narrativa, onde se fala dos medos do abade e, nos três últimos parágrafos do excerto [5], um relato de discurso a que, para simplificar, chamarei DIL, embora me pareça, pelo menos em certos segmentos, mais próximo de discurso indirecto encoberto. Nos segundo, quarto, quinto, sexto e sétimo parágrafos, «ouvimos», alternadamente, falar o abade Custódio e Vilaça, embora só haja duas intervenções em DD, a primeira de cada um dos locutores. As outras são relatadas de forma indirecta e livre (qualquer que seja a designação utilizada).

> [1] «Naturalmente, nesse dia, falou-se da jornada de Lisboa, do bom serviço da mala-posta, do caminho-de-ferro que se ia abrir... O Vilaça já viera no comboio até ao Carregado.
>
> [2] – De causar horror, hem? – perguntou o abade, suspendendo a colher que ia levar à boca.
>
> [3] O excelente homem nunca saira de Resende; e todo o largo mundo que ficava para além da penumbra da sua sacristia e das árvores do seu passal lhe dava o terror de uma Babel. Sobretudo essa estrada de ferro de que tanto se falava...
>
> [4] – Faz arrepiar um bocado – afirmou com experiência Vilaça. – Digam o que disserem, faz arrepiar!
>
> [5] Mas o abade assustava-se sobretudo com as inevitáveis desgraças dessas máquinas!
>
> [6] O Vilaça então lembrou os desastres da mala-posta. No de Alcobaça, quando tudo se virou, ficaram esmagadas duas irmãs de caridade! Enfim, de todos os modos havia perigos. Podia-se quebrar uma perna a passear no quarto...
>
> [7] O abade gostava do progresso... Achava até necessário o progresso. Mas parecia-lhe que se queria fazer tudo à lufa-lufa... O País não estava para essas invenções; o que precisava eram boas estradinhas...» (cap.III)

Reforçarei, com duas ocorrências do mesmo capítulo de *Os Maias*, a minha argumentação de que o diálogo, neste romance, é uma série encadeada de diferentes modos de relatar palavras, utilizando DN, DI, DIL, DD e outras formas mais difusas de citação:

> [1] «Foi logo apalpar os cretones, esfregou o mármore da cómoda, provou a solidez das cadeiras. [2] Eram as mobílias compradas no Porto, hem? Pois, elegantes. E, realmente, não tinham sido caras. Nem ele fazia ideia! [3] Ficou ainda em bicos de pés a examinar duas aguarelas inglesas representando vacas de luxo, deitadas na relva, à sombra de ruínas românticas. [4] O Teixeira observou-lhe, com o relógio na mão:
>
> [5] – Olhe que Vossa Senhoria só tem dez minutos... O menino não gosta de esperar...» (cap.III)

> «Mas Carlos cavalgava ainda o avô, querendo acabar outra história. Era o Manuel, trazia uma pedra na mão... Ele primeiro pensara ir às boas; mas os dois rapazes começaram a rir... De maneira que os correu a todos...
>
> – E maiores que tu?» (cap.III)

No primeiro exemplo, à narração pura [1] sucede o relato das palavras de Vilaça em DIL (entre «Eram» e «ideia!») [2], seguido de nova frase narrativa [3] e da introdução às palavras de Teixeira [4], em DD [5].

No segundo exemplo, a narrativa anuncia o relato de Carlos talvez em DIL («querendo acabar outra história»), ao qual se segue, sem qualquer introdução, uma pergunta de Afonso em DD. E é deste modo que quase todo o capítulo III de *Os Maias* (tomado, aqui, a título de exemplo) é construído, alternando curtos segmentos narrativos e breves e raros momentos descritivos, com diálogos em que as palavras das personagens são relatadas de várias formas.

Para além da óbvia alternância de palavras relatadas em DD [1], é frequente a fala de um locutor ser relatada em DD e a réplica do outro estar em DIL[3] [2]. Adianto uma destas sequências, fáceis de exemplificar em *Os Maias*:

> «Vilaça, sem óculos, um pouco arrepiado, passava a ponta da toalha molhada pelo pescoço, por trás da orelha, e ia dizendo:
>
> [1] – Então o nosso Carlinhos não gosta de esperar, hem? Já se sabe, é ele quem governa... Mimos e mais mimos, naturalmente...

[3] Este processo, muito corrente nos romances de Eça, encontra-se também em romances de Jane Austen, p.e. em *Emma*.

[2] Mas o Teixeira, muito grave, muito sério, desiludiu o Sr. Administrador. Mimos e mais mimos, dizia Sua Senhoria? Coitadinho dele, que tinha sido educado com uma vara de ferro! Se ele fosse a contar ao Sr. Vilaça! Não tinha a criança cinco anos e já dormia num quarto só, sem lamparina; e todas as manhãs, zás, para dentro de uma tina de água fria, às vezes a gear lá fora... [...].» (cap.III)

Ambas as formas de relato de discurso acima exemplificadas nos dão a sensação de imediato, de redução, ao mínimo, da intervenção do narrador, de vivacidade da linguagem oral, de proximidade em relação aos enunciados presumíveis, «reais», que se estão a «reproduzir», por mais que saibamos que o relato de discurso é construção e ficção, isto é, por mais que saibamos que tanto as palavras do narrador como as de personagens são fictícias, não foram realmente ditas, são elas que edificam o mundo ficcional.

Vale a pena, também, determo-nos numa passagem da cena do jantar do Hotel Central.

«[1] Esse mundo de fadistas, de faias, parecia a Carlos merecer um estudo, um romance... [2] Isto levou logo a falar-se do *Assommoir*, de Zola e do realismo: [3] e o Alencar imediatamente, limpando os bigodes dos pingos de sopa, suplicou que se não discutisse, à hora asseada do jantar, essa literatura "latrinária". [4] Ali todos eram homens de asseio, de sala, hem? Então, que se não mencionasse o «excremento»!»[4] (cap.VI)

Depois do relato do «crime da Mouraria» feito pelo Dâmaso em DIL, temos o parágrafo acima citado em que há, por esta ordem: DIL da responsabilidade de Carlos [1], DN do narrador [2], DI que relata palavras de Alencar [3] (e inclui expressões do próprio, fora de aspas: «à hora asseada do jantar» – e dentro de aspas: «literatura "latrinária"»), imediatamente seguido de DIL [4] que relata a continuação do discurso do mesmo Alencar. O entrelaçar de discurso narrativo, DI, DIL, misturando o discurso do narrador, o de Carlos, o do Alencar e de outros convivas (cf. «levou logo

---

[4] O *imperfeito do conjuntivo* com sentido desiderativo (equivalente ao imperativo) que traduz a súplica de Alencar em DIL, converte-se, no DD de uma frase do mesmo Alencar, relatada imediatamente a seguir, no *presente*:

«– Rapazes, não se mencione o «excremento»!»

Esta transcrição leva-nos a pensar que as aspas talvez sugiram uma entoação especial do locutor ao pronunciar «essa frase curta, lançada com nojo».

a falar-se») num simples parágrafo, é um bom exemplo do emaranhado de vozes, umas mais audíveis e outras menos, que tecem, pelo entrecruzar dos respectivos fios, uma cena de conversa de *Os Maias*. Narração, diálogo, DIL, sequências descritivas coexistem na ficção narrativa. Leech/Short chamam a atenção para a forma como o autor pode controlar «the light and shade of conversation, the highlighting and backgrounding of speech acording to the role and attitude of characters.» (Leech, Short (1981) 1995: 335), alternando o DIL com outros modos de relatar discurso[5].

Vários comentários merece ainda este parágrafo. O gesto que acompanha o DI de Alencar, – «limpando os bigodes dos pingos de sopa» – descrito no gerúndio, como é frequente, é um pormenor realista tão «sujo» como o «excremento» de que ele se recusa a falar. Por outro lado, o verbo introdutor de DI (*suplicou*) transmite a força ilocutória do discurso relatado: súplica, pedido hiperbólico, com a retórica exagerada e ultra-romântica típica de Alencar. As suas palavras pressentem-se de tal forma no DI («essa literatura "latrinária"») que deixa de ser possível afirmar com segurança que estamos perante DI e não perante DIL. Quanto ao DIL com que acaba o parágrafo, contém uma palavra entre aspas: «excremento». Tal sugere ou que o narrador se quer demarcar claramente da personagem, atribuindo-lhe, sem deixar margem para dúvida, a responsabilidade da qualificação metafórica, ou que a palavra foi pronunciada de forma enfática, destacada, a exigir um qualquer sinal gráfico de diferenciação. A heterogeneidade do discurso fica assim marcada de forma inequívoca.

Os diálogos tornam-se justamente vivos, em *Os Maias*, em parte porque não são usados exclusivamente o DD e o DI e os modos de relatar discurso se encadeiam de forma muito variada e imprevisível. Para lá da alternância já referida de DD e DIL no diálogo (mais frequente do que as restantes sequências possíveis de modos de relatar), há outras combinações mais inovadoras e de grande efeito. Numa passagem do capítulo VIII, temos um diálogo entre Carlos e Cruges de que destacarei apenas uma curta parte porque a considero muito elucidativa, apesar da pouca extensão do extracto.

> [1] «– Com franqueza, aqui para nós, que ideia foi esta de ir a Sintra?
>
> [2] Carlos gracejou. O maestro jurava o segredo pela alma melodiosa de Mozart e pelas «fugas» de Bach? Pois bem, a ideia era vir a Sintra, respi-

---

[5] Destrinçar as várias formas de representar a fala das personagens não é fácil mas, como foi referido, virá a tornar-se bem mais difícil em relação à narrativa do século XX. A dificuldade deste exercício é praticamente inultrapassável, por exemplo, em relação à prosa narrativa de Cardoso Pires.

rar o ar de Sintra, passar o dia em Sintra... Mas, pelo amor de Deus, que o não revelasse a ninguém!

E acrescentou, rindo:

[3] – Deixa-te levar, que não te hás-de arrepender...

[4] Não, Cruges não se arrependia. Até achava delicioso o passeio, gostara sempre muito de Sintra... Todavia, não se lembrava bem, tinha apenas uma vaga ideia de grandes rochas e de nascentes de águas vivas... [5] E terminou por confessar que desde os nove anos não voltara a Sintra.

[6] O quê!, o maestro não conhecia Sintra?... Então era necessário ficarem lá, fazer as peregrinações clássicas, subir à Pena, ir beber água à Fonte dos Amores, barquejar na Várzea...» (cap.VIII)

Cruges faz uma pergunta em DD [1]; a resposta de Carlos é relatada em DIL [2], mas a última frase da sua intervenção é «acrescentada» em DD [3]. Cruges retoma a palavra, relatada em DIL [4] e em DI [5] e a resposta de Carlos é, inesperadamente, relatada em DIL também [6] sem qualquer introdução narrativa nem outro tipo de transição.

Como se vê, podemos alargar a *Os Maias* a afirmação que Ó. Lopes faz a propósito de *O Crime do Padre Amaro*: «a narrativa queirosiana raramente decorre de modo monódico, na voz única de um narrador.» (Lopes, 1999: 92). O «entrecruzado de vozes» de que dei conta cria um efeito de estarmos a ouvir fala corrente[6].

É frequente, como se viu, encontrar intervenções em DD cuja resposta é dada em DIL, ou sequências de réplicas em que as palavras dos interlocutores alternam, sendo sempre relatadas em DIL, ou ainda intervenções que começam a ser relatadas de um dos modos e acabam por sê-lo usando outra forma de relato. Estas combinações permitem sugerir jogos subtis: a fala de Ega é transmitida em DD, Carlos «responde» em DIL, por exemplo... Às vezes, temos várias vozes que falam quase simultaneamente, num jogo polifónico que é um traço indubitável da modernidade de Eça e se vai acentuar no romance dos nossos dias. Estes jogos com os diferentes modos de relatar palavras de personagens criam um efeito de *zoom*, fazendo-nos «ouvir mais alto» o que diz uma dada personagem, perceber um vozear de fundo durante um jantar ou um intervalo do S. Carlos, destacando uma intervenção de um conjunto de conversa colectiva, como se uma câmara se aproximasse de uma personagem a cujo discurso, momentaneamente, se passa a atribuir mais importância.

[6] E tal acontece, em parte, devido às instruções de oralização contidas no discurso relatado das personagens de *Os Maias*.

Outras vezes, mesmo as palavras de personagens ausentes são o centro da conversa:

> [1] «Depois, distraída e melancolicamente, **perguntou notícias** desse devasso do Ega. [2] Esse devasso do Ega lá estava em Celorico, na quinta materna, [3] ouvindo arrotar o padre Serafim e refugiando-se, segundo dizia, na grande arte: andava a compor uma comédia em cinco actos, que se devia chamar *O Lodaçal* – escrita para se vingar de Lisboa.» (cap.X)

Repare-se que, embora o sistema enunciativo do narrador prevaleça, neste excerto em DIL se ouve a pergunta da Condessa [1], a resposta de Carlos [2] e o relato, em discurso indirecto encoberto, das palavras do Ega [3]. Há quatro vozes que se pressentem, dando razão ao termo «polifonia» que Óscar Lopes usou a propósito do relato de palavras nos romances de Eça.

Margarida Vieira Mendes apercebeu-se da importância de estudarmos os encadeamentos variados de sequências tipologicamente diferenciadas em *Os Maias*: «Um estudo cuidado da organização textual dos vários enunciados (do Autor-Narrador e Personagens), na sua inter-relacionação e balização, torna-se indispensável para o entendimento mais profundo d'*Os Maias*.» (Mendes, 1974: 37). É porque o romance (qualquer romance, mas este de forma especialmente feliz) se tece de diferentes vozes e neste ouvimos, com particular eficácia, falar as diversas personagens através de cujas trocas verbais se vai também construindo a teia romanesca. Para além, obviamente, das sequências descritivas ou predominantemente narrativas, de transmissão de pensamentos e emoções das personagens, num emaranhado a que já Käte Hamburger (1955) se referira.

É de sublinhar que é através das vozes de algumas personagens que são apresentados quer acontecimentos quer outras personagens. Elas falam mais do que o próprio narrador, que assim se oculta e parece não intervir.

Ao estudar *Os Maias*, não é possível deixar de dar relevo ao papel fundamental do relato de discurso na tessitura narrativa do romance, ou seja, à interligação de diferentes modos de relatar «intervenções» de personagens, à construção das personagens através do relato das suas falas e do modo como esse relato é feito, relacionando o relato de discurso de personagens com os verbos que o introduzem ou comentam e com os segmentos narrativos que com ele confinam. Não faz sentido estudar *Os Maias* sem referir a teia linguístico-enunciativa com que se tecem as palavras de personagens do romance, porque Eça as faz «ouvir» de forma particularmente verosímil.

BIBLIOGRAFIA

GUERRA DA CAL, Ernesto
(1954), 1981 *Língua e Estilo de Eça de Queirós,* 4ª ed., Coimbra, Almedina.
HAMBURGER, Käte
(1957), 1993, *Die Logik der Dichtung*, Stuttgart, Ernst Klett Verlag, tradução inglesa: *The Logic of Literature,* (2ª ed., revista), Bloomington and Indianapolis, Indiana University Press.
LEECH, Geoffrey e SHORT, Michael
(1981), 1995, *Style in Fiction, A Linguistic Introduction to English Fictional Prose*, London and New York, Longman.
LOPES, Óscar
(1989), 1990, «Efeitos de polifonia vocal n' *O Primo Basílio*», in *Cifras do Tempo*, Lisboa, Caminho, pp. 51-61.
1999, *5 Motivos de Meditação*, Porto, Campo das Letras.
MENDES, Margarida Vieira
1974, «'Pontos de vista internos' num romance de Eça de Queirós: 'Os Maias'» in *Colóquio/Letras* nº 21, pp. 34-47.

PADRE AMARO E BASÍLIO NOS PALCOS BRASILEIROS: POLÊMICA SOBRE O NATURALISMO NO TEATRO

JOÃO ROBERTO FARIA
Universidade de São Paulo

O objetivo primeiro deste trabalho é apresentar um relato a respeito das repercussões e debates suscitados pelas encenações das adaptações dos romances *O Primo Basílio* e *O Crime do Padre Amaro,* no Rio de Janeiro, em 1878 e 1890, respectivamente. Investigar a recepção crítica dessas encenações é um bom caminho para se perceber como, no Brasil, o naturalismo teatral enfrentou inúmeros obstáculos para se impor como um novo e revolucionário caminho para a dramaturgia e as realizações cênicas.

*

Comecemos por uma simples constatação: no quadro geral da história do teatro brasileiro, o naturalismo é um capítulo que praticamente inexiste. A hegemonia absoluta do teatro cômico e musicado nas últimas três décadas do século XIX ofuscou de tal modo as poucas realizações de caráter naturalista que estas jamais foram levadas em conta pelos nossos historiadores e críticos. Já em 1916, na primeira edição da sua *História da Literatura Brasileira,* José Veríssimo observava que o naturalismo "não produziu nada de distinto" no teatro e que escritores como Artur Azevedo, Valentim Magalhães, Urbano Duarte, Moreira Sampaio, Figueiredo Coimbra, Orlando Teixeira e outros, "sem maior dificuldade trocaram as suas boas intenções de fazer literatura dramática (e alguns seriam capazes de fazê-la) pela resolução de fabricar com ingredientes próprios ou alheios, o teatro que achava fregueses: revistas de ano, *arreglos,* adaptações, paródias ou também traduções de peças estrangeiras"[1].

---

[1] José Veríssimo, *História da Literatura Brasileira,* 5 ed., Rio de Janeiro, José Olympio, 1969, p. 258.

A pesquisa nos jornais da época e particularmente nos anúncios teatrais revela, porém, que as realizações de caráter naturalista não estiveram de todo ausentes dos palcos brasileiros, seja por iniciativa de artistas locais, seja pelos espetáculos trazidos pelas companhias estrangeiras que nos visitavam regularmente. Além disso, essas realizações foram comentadas na imprensa, provocando reflexões, debates e polêmicas que envolveram os nossos principais escritores e intelectuais do período. Ou seja, a presença do naturalismo teatral nos palcos brasileiros não foi tão desprezível, se considerada por alguns prismas específicos, tais como as encenações e sua recepção pelos críticos teatrais e pelo público, o envolvimento de escritores e intelectuais na produção de textos e espetáculos, e as discussões teóricas e críticas que nasceram nesse contexto.

O primeiro espetáculo teatral baseado num texto de cunho naturalista estreou no dia 4 de Julho de 1878: uma adaptação de *O Primo Basílio,* feita por António Frederico Cardoso de Meneses e encenada por Furtado Coelho, ator nascido em Portugal e radicado no Brasil. O romance de Eça de Queirós havia chegado ao Brasil três ou quatro meses antes, conseguindo enorme repercussão. A imprensa do Rio de Janeiro dividiu-se entre opiniões favoráveis e contrárias e não foram poucas as discussões sobre o livro no meio intelectual. São bastante conhecidos os dois artigos de Machado de Assis, publicados no jornal *O Cruzeiro,* nos quais atacou *O Primo Basílio* e a filiação naturalista do escritor português. Em sua argumentação cerrada, Machado, oculto pelo pseudônimo Eleazar, criticou veementemente o enredo folhetinesco, a construção da personagem Luísa, que lhe pareceu um "títere", as descrições exageradamente minuciosas, o mau gosto de certas passagens e o erotismo desabusado da ação romanesca. Mas Eça de Queirós teve vários defensores. Na *Gazeta de Notícias,* por exemplo, Henrique Chaves e Ataliba de Gomensoro, sob os pseudônimos de S. Saraiva e Amenophis-Effendi, polemizaram com Machado, escrevendo textos em defesa do romance.

Nos meses de Abril, Maio e Junho de 1878, *O Primo Basílio* foi um dos assuntos prediletos da imprensa do Rio de Janeiro. E ao lado dos artigos sérios surgiram os inevitáveis poemetos satíricos, cartas de leitores, pequenas paródias e charges nos jornais humorísticos, como *O Besouro,* dirigido na ocasião por Bordallo Pinheiro. Até mesmo um "a-propósito" cômico em um ato, assinado por um jornalista de prestígio, Ferreira de Araújo, foi encenado no dia 27 de Maio. Tudo ajudava na divulgação do livro, inclusive – ou principalmente – as críticas contrárias, que condenavam as suas passagens mais picantes e escandalosas. A cada acusação de imoralidade, no entanto, multiplicavam-se os leitores, curiosos para conferir o que se dizia nos jornais. Gonzaga Duque, trinta anos depois da ocorrência desses fatos, lembrou numa crônica saborosa que, rapazote, também procurara o livro porque lhe disseram que se tratava de "uma deliciosa leitura erótica". Em torno dele, continuava, "fazia-se um zonzonear de risinhos significativos e sibilos de segredos, a que se correspondia com piscos de olho, de entendimento brejeiro. Pintava-se esta e aquela frase, recomendava-se a página duzentos e tantos... Dizia-se que, no bojo desse livro, se hauria um perfume acre entontecedor de saias desprendidas, e faiscavam fechos de ligas e se via a nudez irresistível de coxas em arregaços de camisas"[2].

É evidente que o ator e empresário teatral Furtado Coelho quis aproveitar a repercussão obtida pelo romance para adaptá-lo à cena. Se os volumes se esgotavam nas livrarias, pareceu-lhe lógico supor que a adaptação atrairia muita gente ao Teatro Cassino. Além disso, Furtado Coelho e Lucinda Simões eram artistas de grande prestígio, experientes como intérpretes de peças realistas. E a adaptação havia sido confiada a um jovem de reconhecido talento artístico, António Frederico Cardoso de Meneses, bacharel em Direito, folhetinista, músico e, não bastassem esses atributos, filho do presidente do Conservatório Dramático, João Cardoso de Meneses. Pois nem a conjunção desses fatores positivos ajudou a carreira da "peça realista em cinco atos e nove quadros" – conforme se lê nos anúncios dos jornais da época – que subiu à cena. Ao cabo de cinco ou seis representações, saiu de cartaz, sem ter conseguido a aprovação da crítica especializada ou do público.

O fracasso parece ter ocorrido por conta da inexperiência de Cardoso de Meneses, que não conseguiu vencer as dificuldades de se transpor um romance como *O Primo Basílio* para o palco. O espetáculo resultou monótono e não entusiasmou nem mesmo os admiradores de Eça de Queirós. Na *Gazeta de Notícias* de 6 de Julho de 1878, por exemplo, S. Saraiva voltou a elogiar o livro, reservando as críticas unicamente à adaptação. A seu ver, desde o primeiro até o último quadro, "a ação da peça marca passo, não há uma comoção, não há uma crise, não há, enfim, coisa alguma que interesse ao espectador". As qualidades narrativas do romance desapareceram em cena e nem mesmo as passagens mais ousadas do ponto de vista da sexualidade puderam ser aproveitadas, porque a censura interferiria. O folhetinista do *Jornal do Comércio,* Carlos de Laet, escreveu no dia 7 de Julho que a falta dessas passagens desagradou aos

---

[2] *Apud* António Dimas, *Tempos Eufóricos,* São Paulo, Ática, 1983, p. 319.

que foram ao teatro à procura de escândalo: "Esperavam ver à luz do proscênio todas as torpezas mal veladas pela livre pena do romancista, mas que no drama seriam o caso de apitar pela força pública. Sonhavam uma priapéia e acharam-se frente à frente com uma inofensiva jeremiada; nitro em vez de cantáridas".

De um modo geral, os folhetinistas criticaram também as modificações introduzidas no enredo. Cardoso de Meneses criou uma personagem francesa que não existe no livro e a fez falar francês o tempo todo, solução ultra-realista que foi considerada um despropósito. As restrições mais fortes dirigiram-se para o desfecho da peça. Se no livro Jorge fica mais preocupado com a saúde de Luísa do que em puni-la pelo adultério, na peça Luísa cai fulminada à vista da carta reveladora de seu crime e Jorge joga para o lado um punhal, exclamando: "Nem Deus perdoa a mulher adúltera". S. Saraiva denominou esse desfecho uma "deslealdade literária", uma vez que alterava profundamente o caráter do personagem. Entre as críticas mais contundentes à adaptação de *O Primo Basílio* destaca-se a que foi publicada no jornal humorístico *O Besouro,* no dia 13 de Julho. Oculto pelo pseudônimo Santier, o jornalista definiu a adaptação como um "desacato literário" e arrematou: "De um romance realista, cujo principal mérito está na observação, no estudo, no desempenho dos caracteres, fez o Dr. Meneses um reles melodrama insípido, sem ação, sem graça, sem verve. Se não fosse publicado o nome do autor, todos julgariam o drama, a comédia, a farsa, ou o que quer que é, oriunda da pena de um idiota".

O fracasso de *O Primo Basílio* foi tão estrondoso que Machado de Assis não sentiu necessidade de voltar ao assunto com os termos contundentes com que havia tratado o romance. No mesmo jornal *O Cruzeiro,* comentou em poucas linhas que não ficou surpreso com o ocorrido, primeiramente porque "em geral as obras geradas originalmente sob uma forma, dificilmente toleram outra"; e depois "porque as qualidades do livro do sr. Eça de Queirós e do talento deste, aliás fortes, são as mais avessas ao teatro"[3]. É uma pena que Machado não tenha aprofundado essa segunda observação, que sugere uma certa impossibilidade de acomodar adequadamente à cena todos os aspectos de um romance naturalista, idéia que será partilhada nos anos seguintes por muitos críticos e intelectuais. De qualquer modo, concluía o escritor, com uma ponta de maldade, o mau êxito cênico de *O Primo Basílio* não prejudicava nem o romance nem o realismo a que se vinculava: "a obra original fica isenta do efeito teatral; e

[3] Machado de Assis, *Crônicas,* Rio de Janeiro, Jackson, 1950, v. 23, p. 71.

os realistas podem continuar na doce convicção de que a última palavra da estética é suprimi-la"[4].

Tudo indica que em 1878 o termo "naturalismo" não estava ainda em voga no Brasil. Assim como não aparece nos anúncios dos jornais, não é utilizado nos vários textos críticos que se ocuparam seja do romance, seja da peça teatral. Todos usaram de preferência o termo "realismo" ou ainda "ultra-realismo" em seus textos, como se pode observar nos artigos de Machado de Assis. É certo, porém, que o escritor brasileiro queria referir--se ao novo movimento literário francês, uma vez que Eça de Queirós é tratado como fiel discípulo de Emile Zola.

O debate em torno do romance e da adaptação teatral teve algumas conseqüências imediatas, entre as quais a divulgação do naturalismo no Brasil e o interesse crescente pela obra de Zola, até então conhecido apenas numa pequeníssima roda de escritores e intelectuais. Assim, curiosamente, foi *O Primo Basílio* que abriu as nossas portas ao escritor francês, que logo influenciaria toda uma geração de brasileiros. Já em 1879, segundo um estudioso do assunto, as livrarias do Rio de Janeiro tinham à venda os romances *L'Assommoir, Thérèse Raquin, Le Ventre de Paris, La Faute de l'Abée Mouret e Nana*[5]. Não tardou, também, para que as adaptações de alguns romances de Zola chegassem aos nossos palcos. Em 1880, *Thérèse Raquin,* encenada por Furtado Coelho; em 1881, *L'Assommoir* e *Nana,* encenadas por Ismênia dos Santos. Não é preciso dizer que esses espetáculos foram amplamente comentados na imprensa, aplaudidos pelos adeptos do naturalismo e condenados pelos seus adversários.

O que importa ressaltar é que ao longo do decênio de 1880 o novo movimento literário consolidou-se entre nós e o debate literário e teatral foi intenso, envolvendo críticos, escritores e intelectuais importantes como Sílvio Romero, Araripe Júnior e José Veríssimo, além de muitos outros que hoje são menos lidos ou conhecidos, como Urbano Duarte, Valentim Magalhães, Aderbal de Carvalho ou Clóvis Bevilacqua. Os jornais e as revistas literárias da época acolheram inúmeros estudos a respeito dos romances naturalistas franceses e brasileiros ou mesmo sobre o ideário estético do movimento liderado por Zola. Em menor escala, ou no interior de textos mais amplos, discutiu-se também a questão do naturalismo no teatro, como que dando prosseguimento aos primeiros debates provocados pelas encenações de *O Primo Basílio* e das peças de Zola.

---

[4] *Idem, ibidem*, p. 71.

[5] Cf. Jean-Yves Mérian, *Aluísio Azevedo, Vida e Obra (1857-1913),* Rio de Janeiro, Espaço e Tempo / Banco Sudameris, Brasília, INL, 1988, p. 187.

*

De um modo geral, e esta observação serve tanto para a França quanto para o Brasil, as discussões em torno das possibilidades do naturalismo no teatro muitas vezes convergiram para o problema das convenções, isto é, dos aspectos de uma peça ou de um espetáculo que são aceitos pela platéia como uma necessidade intrínseca do próprio gênero dramático ou da representação teatral. Assim, para dar um exemplo, é possível considerar o personagem confidente como uma convenção, pois sua presença em cena serve apenas para evitar que o protagonista fale sozinho uma grande parte do tempo. O aparte é outra convenção aceita pela platéia, pois apenas ela ouve as palavras de um determinado personagem enquanto que os outros, no palco, não. As convenções, presentes nas peças clássicas e românticas, nas comédias e dramas realistas e principalmente na chamada peça bem-feita são as principais inimigas do naturalismo teatral, uma vez que impedem a construção de um ilusionismo cênico completo.

Zola, nos escritos que reuniu nos livros *Le Naturalisme au Théâtre* e *Nos Auteurs Dramatiques,* em 1881, preconiza o fim das convenções para que a verdade se apresente no palco como o resultado de uma realidade recriada sem artifícios, com base na observação e no estudo. Isso significa, por um lado, alargar o âmbito da dramaturgia, no sentido de incorporar realidades e personagens novos; e por outro, mudar a concepção do espetáculo, fazendo que todos os seus elementos – texto, interpretação, figurinos, cenário, voz, gestualidade, iluminação etc. – contribuam para criar no espectador a impressão de que ele está diante da própria vida, ou melhor, de uma "tranche de vie", e não diante de enredos e personagens que primam pela falsidade.

No primeiro texto de *Le Naturalisme au Théâtre,* Zola afirma que ainda está à espera do dramaturgo que virá "revolucionar as convenções aceitas e plantar enfim o verdadeiro drama humano, no lugar das mentiras ridículas"[6] que predominam no teatro. Mas o seu aliado mais forte nessa batalha não foi um dramaturgo e sim um encenador, André Antoine, que criou o *Théâtre Libre,* em 1887. Também ele se bateu pelo fim das convenções, como provam algumas das suas experiências cênicas radicais, entre elas o famosíssimo e sempre lembrado cenário de *Les Bouchers* – de Fernand Icres –, feito com pedaços de carne de verdade. Ou o menos co-

---

[6] Émile Zola, *Le Naturalisme au Théâtre,* Paris, Typ. François Bernouard, 1928, p. 11.

nhecido cenário de *La Fin du Vieux Temps,* de Paul Anthelm, em que a utilização de feno velho e úmido para reproduzir o espaço de um galpão numa fazenda fez a platéia suportar um cheiro desagradável durante o espetáculo. Como acreditava que o cenário devia ter no teatro a função que as descrições tinham no romance naturalista, Antoine cometeu exageros que não deixaram de ser apontados pelos críticos, embora tenha ganho também elogios por buscar uma precisão cênica que inexistia no teatro francês até então. Ao pôr em prática as idéias de Zola, ele fez do palco um espaço como que fechado por quatro paredes, onde os atores deviam *viver* e não apenas *representar* os seus personagens. Assim, era preciso ignorar a existência da platéia para que a encenação, no seu todo, tivesse plena autonomia e se oferecesse ao espectador como uma extensão da vida, não como um universo de convenções.

O mais famoso crítico da época, Francisque Sarcey, não se cansou de combater as idéias de Zola e Antoine. Para ele, era impossível suprimir do teatro as convenções que o sustentaram durante séculos. Ao comentar as adaptações dos romances de Zola, argumentava que eram a própria demonstração da impossibilidade do naturalismo no teatro, uma vez que conciliavam aspectos realistas com elementos de convenção, a começar pelas alterações do enredo, necessárias do ponto de vista da organização dramática. Em *L'Assommoir,* por exemplo, essa necessidade fez com que a peça ganhasse inclusive um *traître*, isto é, um vilão, personagem tão falso como todos os vilões convencionais dos melodramas de Pixérécourt, na referência maldosa de Sarcey. Havia também no espetáculo, ao lado de cenários realistas, como a famosa lavanderia, uma festa em que os personagens comiam e bebiam, mas não de verdade. Ou seja, era impossível fugir da convenção. Em *L'Assommoir,* ela estava presente, segundo o crítico, tanto nos sentimentos quanto na encenação, porque "por mais longe que se queira levar a imitação da realidade no teatro, sempre haverá um momento em que a convenção retoma os seus direitos"[7].

Nas críticas aos espetáculos feitos por Antoine, Sarcey volta o tempo todo ao mesmo problema. Se por um lado reconhecia o talento do encenador do *Théâtre Libre,* com quem dizia dividir a paixão pelo teatro, por outro comportou-se como um difícil adversário das inovações cênicas que tinham por objetivo a reprodução da realidade no palco. Entre muitos exemplos que poderiam ilustrar o seu modo de discordar das soluções realistas de Antoine, pode-se destacar a crítica a *Soeur Philomène,* peça de

7 Francisque Sarcey, *op. cit.,* v. 7, p. 16.

Jules Vidal e Arthur Byl, tirada de um romance dos irmãos Goncourt. A ação dramática se passa num hospital e, a certa altura, os médicos se sentam à mesa para jantar. Alguns ficam de costas para o público, observa Sarcey, ferindo a convenção que exige que os espectadores vejam os rostos dos atores. Em compensação, dos seis médicos sentados, apenas dois falam, enquanto os outros ouvem passivamente, embora o assunto fosse apaixonante para todos. Ora, num jantar desse tipo, diz o crítico, "quando a conversa fica animada, todos falam de uma vez. Eis a verdade verdadeira. No teatro, não pode ser assim. É preciso que o público ouça e compreenda os personagens... É a convenção"[8].

Com observações como esta, Sarcey procurou demonstrar em suas críticas que o ideal dos naturalistas era inatingível no teatro. Já em 1876, num escrito teórico intitulado "Essai d'une esthétique de théâtre", ele afirmara que não se podia definir o teatro como a representação da vida humana e que mais exato seria dizer: "a arte dramática é o conjunto das convenções universais ou locais, eternas ou temporárias, com a ajuda das quais, representando a vida humana num teatro, dá-se a um público a ilusão da verdade"[9].

*

No Brasil, os folhetinistas que comentaram os espetáculos baseados em adaptações de romances naturalistas posicionaram-se, na grande maioria das vezes, a favor de Sarcey. Isso ocorreu na ocasião em que foram representadas *Thérèse Raquin, L 'Assommoir* e *Nana;* em 1884, quando Aluísio Azevedo adaptou *O Mulato* para o teatro; e também em 1890, quando Furtado Coelho pôs em cena uma adaptação do romance *O Crime do Padre Amaro,* de Eça de Queirós. Tudo indica que o ator e empresário não se deixou impressionar pelo fracasso de *O Primo Basílio,* doze anos antes. Desta vez, ele encomendou a adaptação ao jornalista Augusto Fabregas, que tirou do romance um drama em seis atos e sete quadros. O espetáculo alcançou enorme sucesso de público – cerca de vinte representações seguidas, a partir de 25 de Abril, data da estréia, e outras vinte ao longo dos meses seguintes –, ao passo que os críticos se dividiram. Para alguns, a adaptação era simplesmente detestável, por haver deturpado o romance de Eça de Queirós. Na *Gazeta de Notícias* de 28 de Abril, um indignado Olavo Bilac bradava: "Não espere o Sr. Fabregas que fique impune o seu crime. Não confie nos aplausos do público, e muito menos

---

8 Francisque Sarcey, *op. cit.*, v. 8, p. 247.
9 Francisque Sarcey, *op. cit.*, v. 1, p. 132.

nos elogios da crítica: o remorso, sombra implacável, pavoroso espectro, há de colar-se-lhe aos passos e persegui-lo toda a vida".

Olavo Bilac não aceitou, na verdade, as modificações necessárias para dar ao romance de Eça de Queirós a teatralidade que originalmente ele não tinha. E isso foi conseguido evidentemente com alterações no enredo e no caráter dos personagens. Só para dar uma idéia dessas alteracões, basta dizer que no desfecho da adaptação o Padre Amaro é morto com um tiro por João Eduardo, o que anula a lógica do enredo do romance e as intenções críticas do romancista português.

Em outras palavras, Augusto Fabregas fez concessões, socorreu-se de *ficelles,* dobrou-se às convenções. Quem compreendeu, explicou e aceitou a teatralidade assim construída foi o folhetinista e também autor dramático Figueiredo Coimbra, no *Diário de Notícias* de 29 de Abril. Respondendo inclusive a Olavo Bilac, ele fez uma série de observações que merecem transcrição, porque elucidam mais uma vez as dificuldades de adaptação do naturalismo no teatro:

> A minha opinião é que Fabregas não devia fazer a peça: a verdade rigorosa, a observação fiel dos processos realistas são incompatíveis com as obras feitas para serem exibidas à luz da rampa. O escritor que tiver a pouco louvável idéia de extrair uma peça de romance naturalista, há de forçosamente, para contentar o público, falseá-lo na essência e na forma (...).
>
> Sabe Olavo Bilac que o efeito teatral é quase sempre tudo que há mais em contraposição à verdade. A gente na vida real vê todos os dias o vício campear triunfante, e a virtude, ou o que é bom que lhe seja equivalente, oprimida e desprezada. Zola e Queirós observam e descrevem a vida como ela é, com um escrúpulo da máxima franqueza que nada procura ocultar do que vê e do que sabe. Aparece o escritor dramático e aproveita para o teatro as observações, o processo artístico, os personagens, a ação, o mais possível, dos mestres, acomodando o conjunto aos moldes da convenção teatral. Condene-se o escritor por ter feito a peça em que fatalmente devia profanar a obra de arte; mas não vamos a condená-lo porque ele a não fez anti-teatral, sempre de acordo com o romance (...)
>
> O naturalismo no teatro é assunto discutido e vencido (...). Mas para aqueles que ainda acham possível fazer literatura dramática pelos processos do naturalismo, há a apontar o exemplo desses triunfadores do teatro, Augier, Sardou, Dumas, Meilhac e Pailleron, cujo trabalho artístico foi sempre escravo da convenção, quando não só dependente da *ficelle*.

Para Figueiredo Coimbra, como se vê, a convenção é um elemento indispensável no teatro. Daí sua defesa do desenlace imaginado por

Augusto Fabregas, como um lance "teatralmente necessário" para a vitória da moral. Os espectadores, aliás, o aplaudiram "entusiasticamente".

Vários outros folhetinistas se ocuparam de *O Crime do Padre Amaro*. Alguns, à semelhança de Bilac, condenaram a adaptação, como foi o caso de Artur Azevedo, que um dia antes do poeta, a 27 de Abril, no *Correio do Povo,* não só considerou a adaptação "um verdadeiro sacrifício literário menos desculpável que o próprio crime do Padre Amaro" como julgou o drama "francamente obsceno"[10]. Já na *Gazeta de Notícias,* no mesmo dia 27 de Abril, podia-se ler uma apreciação simpática à peça e que também justificava as alterações do enredo e do caráter dos personagens, considerando-as como "exigências teatrais", expressão que poderia ser substituída por "exigências da convenção".

E possível colher nos folhetins da época muitas outras manifestações de reconhecimento da necessidade da convenção no teatro. Mas não é preciso alongar desnecessariamente estas considerações, uma vez que os argumentos repetem, de um modo geral, o que está sintetizado nas palavras de Figueiredo Coimbra transcritas acima. O que parece mais interessante é pôr em relevo a seguinte questão: se *O Crime do Padre Amaro* fez tanto sucesso de público, por que não surgiram outras adaptações de romances naturalistas escritos em português no último decênio do século XIX? Ou mais especificamente: por que os romances naturalistas brasileiros não foram adaptados ao teatro? Intriga saber que praticamente todos os principais romances naturalistas franceses ganharam uma versão teatral – de Zola, depois de *L'Assommoir* e *Nana,* foram adaptados: *Pot-Bouille* (1883), *Renée – La Curée –* (1887), *Le Ventre de Paris* (1887), *Germinal* (1888); dos irmãos Goncourt: *Soeur Philomène* (1887), *Germinie Lacerteux* (1888), *La Fille Elisa* (1890), *Charles Demailly* (1892); de Alphonse Daudet: *Le Nabab* (1880), *Jack* (1881), *L'Évangéliste* (1885), *Numa Roumestan* (1887), *Sapho* (1892). Ora, se a França foi nosso modelo literário e teatral em todo o século XIX, por que o exemplo de Aluísio Azevedo com *O Mulato,* em 1884, provavelmente inspirado em Zola, não frutificou? O que se constata é que nossos escritores naturalistas man-

[10] O artigo de Artur Azevedo provocou uma resposta de Augusto Fabregas, que o acusou de aproveitar-se da inimizade que havia entre ambos para julgar desfavoravelmente a adaptação. Artur treplicou, reafirmando suas críticas e negando que tivesse sido movido por sentimentos pessoais. Tudo isso está bem contado e documentado no artigo "Eça de Queirós teatralizado no Brasil", publicado sem assinatura na *Revista de Teatro* da SBAT, n° 324, de Novembro e Dezembro de 1961, e que deve ter sido escrito por Aluísio Azevedo Sobrinho, filho de Artur.

tiveram-se afastados do teatro e que ninguém se interessou em adaptar os seus romances para a cena[11]. É o caso de perguntar: não estaria aí uma das causas da fraqueza do naturalismo teatral no Brasil?

Talvez a resposta a todas essas questões esteja num conjunto de fatores. A hegemonia das peças cômicas e musicadas, a presença constante de companhias estrangeiras, a inexistência de um teatro amparado pelo governo, o empresário preocupado com os lucros, o público sem interesse pelo teatro de cunho literário, tudo isso contribuiu certamente não só para a derrota específica do naturalismo teatral como para a derrocada de toda a arte dramática no país. Vale lembrar também, no caso do naturalismo, que Zola não conseguiu fornecer um modelo de drama para os adeptos de seu movimento, na França ou no Brasil. E mais: não tivemos iniciativas importantes fora do circuito do teatro comercial, como foi o caso do *Théâtre Libre* de Antoine, em Paris, que não era submetido à censura e representava apenas para "assinantes", em não mais que dois ou três espetáculos por mês. Aliás, é importante assinalar que durante os anos em que o *Théâtre Libre* funcionou, entre 1887 e 1894, nenhuma das dezenas de peças ali encenadas – entre elas adaptações de romances e contos naturalistas, pequenas "tranches de vie" e ,"comédias amargas" escritas sob inspiração de Heniy Becque – foi apresentada nos teatros do Rio de Janeiro. Somem-se todos esses dados e a explicação para a fraqueza do naturalismo teatral entre nós fica menos difícil de ser compreendida.

Para se ter uma idéia de como os intelectuais brasileiros viam a situação do nosso teatro nesse momento, basta ler o excelente balanço feito por José Veríssimo no livro *Estudos Brasileiros (segunda série),* publicado exatamente em 1894. Para ele, os nossos escritores deixaram de se preocupar com o teatro e o resultado desastroso foi o aniquilamento da dramaturgia. As tentativas naturalistas de Aluísio Azevedo – a adaptação teatral de *O Mulato* e peças como *O Caboclo* e *Um Caso de Adultério* – nem são levadas em conta pelo historiador da literatura brasileira, que não entrevê, no momento em que escreve, "nenhum sintoma de revivescência literária (...). Não há, pois, esperança de que o teatro possa aproveitar de um renascimento literário, com o qual não é absolutamente possível contar".

---

[11] Galante de Sousa, no segundo tomo de seu *O Teatro no Brasil,* menciona uma adaptação de *Casa de Pensão,* romance de Aluísio de Azevedo, feita por Fernando Pinto de Almeida Júnior. Mas não há notícia de que tenha sido encenada.

O diagnóstico de Veríssimo é duro, mas verdadeiro. Ao contrário do romantismo e principalmente do realismo, o naturalismo não produziu entre nós uma dramaturgia inteiramente identificada com as suas idéias teóricas, não se organizou como movimento, não teve um núcleo de ensaiadores e artistas, não se constituiu enfim como uma alternativa teatral e literária aos gêneros populares. Apenas nas duas primeiras décadas do século XX o naturalismo será referência para novos autores dramáticos e encenadores, mas sem que isso tenha significado uma adesão irrestrita aos procedimentos dramáticos e teatrais sonhados por Émile Zola.

EÇA DE QUEIRÓS RECRIADOR DE LENDAS DE SANTOS.
A Hagiografia: um velho género para uma nova estética.[1]

JORDI CERDÀ
Universidade Autónoma de Barcelona

O cultivo, por parte de Eça de Queirós, do género hagiográfico, não tem nada de "*mistério*" (Lins 1945: 135); responde a uma atitude estética bastante comum na segunda metade do século XIX. A produção hagiográfica deste escritor foi recolhida postumamente no incompleto *Dicionário de Milagres* e no volume *Lendas de Santos*, que contém as lendas de São Cristóvão, São Onofre e a inacabada de São Frei Gil. Assim, não consideraremos parte deste género alguns contos (como o de *Frei Genebro*, por não se tratar propriamente dum santo) ou *A Correspondência de Fradique Mendes*, com rasgos evidentes do esquema hagiográfico. O próprio Eça disse que se tratava de *neo-flós-sanctorismo*, quer dizer, um conjunto de lendas integradas num florilégio. A doença e a preferência por outras tarefas literárias relegaram este projecto a um segundo plano. Segundo Gaspar Simões, biógrafo de Eça, talvez dito projecto aparecesse em alturas de *impasse* do autor, evidenciando deste modo um certo desgaste nos seus afazeres novelísticos: "*apenas se ocupara de "neo-flós-sanctorismo" enquanto outros temas lhe não apareciam*" (Simões: 652-653). Mesmo assim, não podemos esquecer que esta actividade nunca desapareceu totalmente e que foi desenvolvida na última etapa da vida do autor, sem dúvida a mais fecunda e variada do ponto de vista criativo.

Quando se fala da faceta hagiográfica de Eça aparece sempre uma citação da carta que dirigiu a Oliveira Martins em 10 de Maio de 1884: "*por probidade de artista, eu tenho uma ideia de me limitar a escrever*

---

[1] Estou particularmente grato ao António Resende de Oliveira e ao José Paulo Pitta pela leitura atenta da versão portuguesa; e sobretudo à Elena Losada, pela confiança depositada.

contos para crianças e vidas dos grandes Santos" (cf. Cortesão 1970: 110). Aparentemente, a procura de "*formas simples*", no dizer de André Jolles, e de esquemas elementares de narração, para além de universais, traria uma orientação criativa ao nosso autor. Assim, o génio criador de Eça pareceu ficar sossegado pela deserção dos modelos narrativos da época e pela imersão em esquemas narrativos simples de solvência contrastada na tradição universal. Aliás, é preciso recordar que para além de se mergulhar nestes esquemas como escritor, Eça se consagra, de facto, como leitor de lendários e doutras leituras piedosas[2] e que no fim da sua vida, possuía uma cultura hagiográfica livresca de variadíssima procedência: as *Vitae Patrum*, a *Lenda áurea* de Jacobo de Vorágine, o Ribadeneyra, os padres bollandistas... um conjunto que, como podemos conferir nas fontes citadas no *Dicionário de Milagres*, abrange períodos, línguas ou metodologias muito diferentes e, às vezes, contraditórias. É evidente que o grande interesse de Eça era principalmente o conteúdo narrativo básico. A solvência estética, a verossimilhança histórica e o conteúdo doutrinal tinham só um interesse secundário para o nosso autor.

Quando Eça começou a escrever as *Lendas de Santos* era já um homem familiarizado com o género. A escolha dos três santos é muito significativa: São Cristóvão e São Onofre são dois "*grandes santos*" e são emblemáticos no sentido mais literal da palavra já que são principalmente símbolos que representam alguma coisa abstracta. Cristóvão é um santo de iconografia muito popular: o gigante que carrega aos ombros o menino Jesus. *Cristo pheros*, o homem que leva Deus no seu coração, acaba por ser o homem que o leva literalmente aos ombros. Onofre é o eremita mais sofrido e peludo de todos os sofridos e peludos santos da solidão do deserto. Melhor do que qualquer outro eremita, Onofre representa o desdém pelas coisas mundanas, a loucura por Cristo. O carácter eminentemente lendário destes dois santos desenvolveu uma grande quantidade de versões e uma incorporação muito significativa de extrapolações e/ou de elementos maravilhosos aos quais o género recorre frequentemente. O hagiógrafo, neste caso Eça, tem nas mãos um grande leque de possibilidades na altura em que (re)escreve a vida destes santos, dos quais só tinham restado os ícones.

A vida de frei Gil merece ser analisada separadamente. A escolha dum santo local, exclusivo do lendário português, afasta-o dos outros dois "*grandes Santos*". Frei Gil não é identificado com uma representação

---

[2] Numa carta a E. Prado de 29-V-1892, Eça escreve: "*e à noite leio genealogias e hagiológios*" (cf. Cortesão 1970: 173).

iconográfica tão emblemática como a de São Cristóvão ou a de São Onofre, embora o seu esquema narrativo elementar seja o fáustico, certamente, um dos esquemas mais recorrentes da tradição ocidental. Neste sentido, seria preciso cotejar com mais calma a monografia de Ernest Faligan, *Histoire de la légende de Faust* (Paris, 1888), como possível fonte erudita, já que a publicação desta obra coincide com a etapa de elaboração desta lenda. A monografia de Faligan estudava a genealogia da lenda nas principais culturas europeias. No prólogo das *Prosas Bárbaras*, o nosso autor mostra um conhecimento (e interesse) das variadas versões desta popular e estendida história. É possível que Eça estivesse a ensaiar a versão portuguesa de Fausto através duma forma simples, a lenda hagiográfica. De facto, o escritor desistiu desta vida por incapacidade ou, talvez, por aborrecimento. Eça deixou definitivamente Frei Gil e o seu estranho par estendidos na relva dum *locus amoenus*, e não na "*estalagem*" que indicava o seu "*Plano da Obra*": "*É certo que eu comecei um grosso livro sobre esse nosso santo, mas há dois anos que, no capítulo 3 ou 4, o moço D. Gil, indo a caminho de Toledo, ficou parado, estendido na relva, entre grandes árvores à beira de um rio claro, a conversar com o senhor de Astorga, que (aqui para nós) é o diabo... E dois anos vão passando, e ainda o aludido cavaleiro não se levantou da relva. Continuará ele jamais a sua jornada para Toledo? Não sei: outros estudos, outros livros me têm chamado; e até outros santos me retêm pela sua santidade mais doce e mais simples. Não desista o meu Amigo do seu trabalho em consideração pelo meu, tão incerto*" (carta a Silva Pinto 29-V-1897; cf. Matos 1988: 865). Talvez a lenda de frei Gil desenvolvesse uma complexidade impossível de fixar a um emblema como as outras duas lendas, de "*santidade mais doce e mais simples*".

Nas conferências de Jaime Cortesão no Brasil – recolhidas no volume *Eça de Queiroz e a Questão Social* – o crítico trata principalmente do particular santoral do nosso escritor. Hoje, ainda se pode afirmar que o ensaio de Cortesão é bibliografia básica sobre esta faceta da produção queirosiana. Ora bem, seria preciso fazer algumas objecções com o propósito de voltar a situar estas obras de Eça no contexto mais geral da literatura finissecular europeia. Cortesão fundamenta as suas hipóteses sobre a sensibilidade à questão social de Eça no presumível franciscanismo que se manifesta nas *Lendas de Santos* e, sobretudo, na vida de São Cristóvão. É difícil classificar um santo com as características de Cristóvão no paradigma da espiritualidade franciscana. Para começar, parece que qualquer freire da ordem poderia representar melhor do que ninguém o espírito do *poverello*, mais do que um gigante que, apesar de ter uma bondade instintiva proverbial, não deixa de usar a força quando esta se revela necessária. Os esquemas dualistas, tão próprios da crítica novecentista, resultam anacrónicos na análise da obra de Eça: dominicanos *versus* franciscanos, castelhanos *versus* portugueses ou portuguesismo *versus* universalismo não são pertinentes para a análise duma obra destas características. Embora seja evidente que o franciscanismo impregnou o imaginário de fim de século e principalmente os começos do nosso, tem umas marcas muito mais explícitas do que os que Cortesão pretende observar na vida de São Cristóvão. Só precisamos de confrontar um dos dados em que se fundamenta a hipótese de Cortesão para poder mostrar a sua fragilidade: o crítico português menciona a obra de Sabatier, a popularíssima *Vie de Saint François d'Assise*, como uma das prováveis fontes. Com certeza o ensaio de Sabatier conseguiu uma grande ressonância na historiografia e na cultura finissecular europeia – e não duvidamos que Eça pudesse consultá-la – mas a data de publicação – 1894 – é positivamente posterior à redacção da lenda de S. Cristóvão. Certamente, um dos motivos deste *décalage* é a hipótese de datação da obra de Eça da qual partiu Cortesão: "*Podemos, pois, concluir que o pensamento de S. Cristóvão ou, melhor, a sua realização, neste caso forçosamente mais lenta que com os santos anteriores, medeia entre o Frei Genebro,*[3] *começo de 1894 e, quando menos, 1897*" (Cortesão 1970: 119). Guerra da Cal, contrariamente, situa a obra nos começos da década: "*Nos inclinamos a creer que São Cristóvão sea la más antigua – como es, sin duda, la más trabajada estilísticamente. En Marzo de 1892 ya Ramalho Ortigão afirma que Eça tiene "um novo livro sobre a vida de São Cristóvão"* [...] *es permisible suponer que esa "Vida de São Cristóvão", que Ramalho da como ya terminada en 1890, debió ser elaborada antes de 1891, posiblemente en 1890*" (Guerra da Cal 1975: 357-358).

A "*questão social*" defendida por Cortesão encontra no episódio dos *jacquards,* no qual participa Cristóvão, um dos seus principais argumentos; um episódio se calhar significativo mas mergulhado numa série de situações tanto ou mais importantes. O movimento dos *jacquards* dispunha desde a última metade do século XIX duma monografia que muito provavelmente Eça terá conhecido: a *Histoire de la jacquerie d'après des documents inédites* de Siméon Luce, editada pela primeira vez em 1859 e

[3] Um dos relatos de contexto explicitamente franciscano é o de Frei Genebro, embora não seja uma hagiografia, mas um *exemplum* de notável tom popular. Dificilmente podemos considerar este conto – de uma extremada dose irónica – de um franciscanismo militante.

reeditada em 1895. Uma obra muito mais ao alcance de Eça do que a que menciona Cortesão, de Achile Luchaire, como possível fonte erudita deste episódio. Apesar disso, deve-se dizer que Cristóvão não adopta uma atitude de total e absoluta entrega ao movimento dos *jacquards*. Cristóvão, o incansável peregrino de algo que não se sabe o que é, define-se como um individualista, longe de qualquer gregarismo. Muito longe, pois, daquela "*síntese ideal franciscana e socialista*" que pretende observar Cortesão (1970: 12).

Ora bem, é necessário estabelecer o horizonte de expectativas em que se desenvolveu Eça. O lendário foi revisitado por muitos autores do século XIX, alguns bem longe dum fervor religioso ou duma inquietude espiritual. A hagiografia converte-se numa rica entretela intertextual para o escritor contemporâneo. Evidentemente, a escolha deste género literário está condicionada pela subjectividade e por uma atitude crítica perante a Igreja como instituição. Os modelos de santidade eleitos são normalmente obscuros, transgressores em relação aos clássicos taumaturgos que convivem com a auréola de santidade toda a vida. Alguns escritores, como Eça de Queirós, sugerem que os modelos hagiográficos não são tanto estruturas edificantes de procura e conquista da santidade, como um quadro moral à procura do "eu" próprio. Isto é uma mostra clara da laicização da sociedade contemporânea. Neste sentido, é básico falar de Flaubert – como em tantas outras ocasiões na obra de Eça. Não é preciso insistir no parentesco entre a lindíssima lenda de *Saint Julien l'Hospitalier* e a lenda de S. Cristóvão (para além da de S. Frei Gil). Este parentesco é muito mais próximo do que se poderia estabelecer entre as *Tentations de Saint Antoine* e a lenda de S. Onofre. Efectivamente, se a recriação que muitos escritores contemporâneos fizeram da hagiografia implicou a laicização do género, não podemos deixar de constatar que a assunção do género tem, como contrapartida, uma sacralização da arte e do artista. Eça, ainda que afastado da religiosidade e extremamente crítico com qualquer Igreja constituida, narra vidas de santos e descreve hierofanias com um claro propósito: a fruição estética. Os santos (como os poetas) experimentam sensações de ordem extática: a criação literária é parecida com o sacrifício e a ascese experimentados pelos santos, nos dois existe um verdadeiro itinerário iniciático. Esta religiosidade da arte está presente em Fradique Mendes, cuja vida pode ser lida como um relato hagiográfico e cuja realização coincide com a de *Lendas de Santos*. Se calhar Fradique Mendes é o exemplo mais claro, por parte de Eça, da assimilação da figura do santo com o artista.

Já insistimos no carácter emblemático das lendas de São Cristóvão e São Onofre, símbolos visíveis e (re)conhecidos da iconografia cristã. A atmosfera cultural e mítica na qual se inspira a reescritura hagiográfica de Eça aproxima-nos ao Michelet dos *Origines du droit français*, assim como ao Creuzer das *Religions de l'Antiquité*, cujo discurso se baseia no estudo dos símbolos reveladores de verdades históricas.[4] A "des-simbolização" foi uma das tarefas mais importantes do pensamento romântico. Afectou a teoria do Direito, a História, a fenomenologia religiosa e a hermenêutica em geral.[5] Houve mesmo tentativas de explicar o sentido do próprio símbolo. Este afã científico tomou envergadura com a análise positivista e foi apresentado como um grande avanço histórico.

Esta nova perspectiva encontra nos mitos e nas religiões a expressão científica de convicções filosóficas, metafísicas ou políticas das sociedades que as realizaram. Com efeito, o símbolo foi valorizado, mas acreditava-se que o devir da Verdade superava o próprio símbolo, o qual era só uma expressão petrificada que então perdia o valor filosófico para se converter em alegoria ou sugestiva poesia. A erudição histórica conseguia obter aquelas verdades elementares. O Oriente, segundo esta corrente de pensamento, foi considerado o berço da linguagem simbólica e eram sobretudo as lendas (nas suas distintas formas e nas suas múltiplas formulações) onde era preciso procurar os rastos duma eventual genealogia oriental da cultura europeia. De facto, Eça como escritor é paradigmático nesta procura do elementar na lenda e no conto, paralela a uma aproximação oriental. Como o próprio Eça definiu a procura do seu heterónimo: "*Fradique Mendes pertencia evidentemente aos poetas novos que* [...] *iam, numa universal simpatia, buscar motivos emocionais fora das limitadas palpitações do coração – à história, à lenda, aos costumes, às religiões, a tudo que através das idades, diversamente e unamente, revela e define o Homem*" (*A Correspondência de Fradique Mendes*, ed. Moura: 8).

---

[4] O livro de Michelet de 1837: *Les Origines du Droit français cherchées dans les symboles et les formules du droit universel* é uma tradução do livro de Jacob Grimm (*As Origens do Direito Alemão*) e da obra de Frederich Creuzer: *Les réligions de l'Antiquité considerées principalement dans leurs formes symboliques et mytologiques*, que foi traduzida em francês e ampliada por Guigniaut entre 1825 e 1852. Lembremos que houve a recepção deste tipo de ensaios em Portugal: Teófilo Braga publicou em 1868 *História do Direito Portuguez: os Foraes* (Coimbra: Impr. da Universidade).

[5] "*La désymbolisation, activité fort répandue dans la théorie du droit, de la réligion et de l'herméneutique dans le deuxième quart du dix-neuvième siècle, veut d'abord décider du signifié du symbole, et ce n'est qu'après que l'on a séparé le symbole de son signifié par la lecture qui en décide la signification, lecture qui se présente comme un progrès dans l'histoire, que le symbole acquiert un caractère "indécidable"– et cela, semble-t-il, entre 1844 et 1849*" (Bowman 1985: 53).

Neste sentido, um dos vultos mais emblemáticos deste tipo de estudos foi Alfred Maury: historiador das religiões, antropólogo e psicólogo; os seus trabalhos foram uma fonte de consulta constante para Gustave Flaubert.[6] Maury estudou o santoral cristão e tentou desentranhar o seu complexo sistema simbólico. O seu volume *"Essai sur les légendes pieuses du moyen âge"* (Paris, 1843) revela uma erudição onde mostra um conhecimento profundo, não só das *Acta Sanctorum*, como também de aspectos da tradição pagã, céltica ou das culturas orientais. Decididamente, uma obra deslumbrante para a erudição da época e para todos os homens da cultura do seu tempo. São Cristóvão é, provavelmente, um dos santos que merecem mais comentários; ora bem, Maury estuda a lenda "original" do santo, quer dizer, a do mártir de Licia do século III, tempo do imperador Décio. A "des-simbolização" da lenda de São Cristóvão encontra-se no capítulo: "*La force morale et la vie nouvelle apportées par Jésus-Christ sont prises dans le sens de la force physique et d'une guérison miraculeuse*" (Maury 1896: 143).[7] Na lenda recriada por Eça um menino desconhecido numa *"noite de grande Inverno, em que ventava, nevava, e o rio muito cheio mugia furiosamente*" (*Lendas*, ed. Moura: 150) chega ao pé do casebre do gigante e chama-o pelo nome (começa o milagre): *"uma voz pequenina e dolorida gritou: Cristóvão! Cristóvão!"* (*Lendas*, ed. Moura 150). Cristóvão, etimologicamente aquele que leva Cristo, deverá realizar o seu maior e último prodígio: levar Deus, porque é este o nome que merece. A sua vida, a sua particular "*quête*", é a conquista da sua identidade expressada através do seu nome. Vemos como Maury "des-simboliza" a lenda de Cristóvão: "*nous devons porter le Christ, c'est-à-dire en avoir toujours la pensée dans le coeur et le nom sur*

---

[6] O editor dos *Trois contes,* P.-M. Wetherill identificou transcrições da obra de Maury na lenda de São Julião. Concretamente no episódio da leproseria: "*même l'expression "une lèpre hideuse" existe chez Maury: "Le péché est aux yeux du chrétien un mal dangereux qui attaque et met en péril notre vie à venir, une lèpre hideuse qui nous ronge et qui nous dévore... Ce mal, cette lèpre sont devenus pour le peuple une maladie, une lèpre véritable" cf. Maury*" (Wetherill 1988: 44). Significativamente esta passagem está tirada de um comentário relativo à lenda de São Cristóvão. Flaubert, como Eça, consultou múltiplas fontes na altura de realizar os seus relatos; apesar disso, Maury devia ser uma das mais importantes. De facto, o episódio da lepra (como também da lepra no caso da lenda de São Cristóvão em Eça) foram um lugar comum da literatura do século XIX, projecção do horror e da culpabilidade românticas, como também podemos verificar na obra de Musset ou De Quincey.

[7] Empregamos uma reedição de 1896 (Paris, Champion), feita a partir do volume publicado por primeira vez em 1843. Consultar bibliografia.

les lèvres: voilà l'origine de l'histoire d'Offerus portant le Christ. Celui-là seul est véritablement fort, qui rapporte à Dieu sa puissance, car Dieu est la force. Cette verité chrétienne, entendu littéralment, a fait regarder saint Christophe, c'est-à-dire la personification de celui qui porte le Christ, comme un géant d'une force prodigieuse" (Maury 1896: 145). Este é sem dúvida o nó da lenda e Eça sabe (re)conhecê-lo e (re)criá-lo à perfeição. O escritor português faz deste episódio o último: o santo esgotado pela gesta de carregar aos ombros um menino (este sim, um "suave milagre") morre e o próprio Jesus, a realizar as funções dum anjo psicopombo, leva-o para o céu. Lembremos que este final se afasta da lenda original em que, depois de carregar aos ombros o menino Jesus, Cristóvão predica a boa nova evangélica em Licia para acabar num glorioso martírio.

Por acaso, no capítulo dedicado a São Cristóvão do ensaio de Maury, achamos numa nota de rodapé um comentário sobre os perigos do espaço mais frequentado pelo Inimigo, o deserto: "*Dans les idées juives et chrétiennes, le désert était le séjour habituel du démon. C'est au désert qu'il tenta le Sauveur [...] Du temps des premiers ermites de la Syrie et de l'Égypte, les démons étaient si nombreaux dans leurs solitudes que ces ermites etaient obligés au dire de Serène, de faire la garde la nuit, contre les attaques de l'ennemi. Cette croyance venait de l'Égypte, dans la religion de laquelle les déserts de la Libye étaient regardés comme la demeure de Typhon, le principe mauvais, l'adversaire du Dieu bienfaisant* (Creuzer, *Réligions de l'Ant.*, trad. Guigniaut, T. I, p. 417)" (Maury 1896: 143). A localização, o deserto da Líbia, e o aumento dos terrores à noite coincide com o episódio da lenda queirosiana de São Onofre: "*Cada hora de escuridão se tornou um imenso pavor. Com que inquietação ele via descer, ao longe, sobre os desertos da Líbia, o Sol, que era a sua protecção*" (*Lendas*, ed. Moura 180-181). Depois de passar toda a noite em claro pelo constante assédio das forças do mal: "*De madrugada, o seu cansaço era tão grande, que mal podia segurar a enxada para cavar o seu horto* [...] *Para espantar os monstros, imaginou acumular galhos e ervas secas, na sua esplanada, e acender de noite uma fogueira*" (*Lendas*, ed. Moura 182).

A influência de Maury notou-se, como antes referimos, na antropologia religiosa e na psicologia. Maury é o autor de monografias como: "*Le sommeil et les Rêves*" (1863), "*Histoire de l'hallucination au point de vue philosophique*" (1845) ou "*Les mystiques extatiques et les stigmatisés*" (1855); trabalhos que mostram o afã positivista por racionalizar alguns dos elementos mais estridentes da fenomenologia religiosa, especialmente aqueles que de alguma maneira afeiçoam a espiritualidade e santidade cristãs. O crítico francês não evita, por exemplo, diagnosticar Inácio de Loiola como um caso de alucinação.[8] Maury efectua uma análise do êxtase, entendido como uma sobreexcitação do sistema nervoso que podemos relacionar com o perfil do carácter de Onofre: "*Les crises mentales, qui ont tant de fois assailli les ermites dans les déserts, loin d'énerver leur intelligence et de paralyser leur activité, n'étaient qu'un véhicule nouveau qui imprimait à leur pensée un cachet plus mâle et un air plus solennel. En proie à une sorte de fièvre, ces extatiques déliraient avec éloquence et ébranlaient même la raison la plus ferme, par les puissantes, quoique les plus étranges conceptions de leur imagination enthousiaste*" (Maury 1896: 350-351). O combate de Onofre é um combate contra o seu psiquismo. O santo eremítico está consciente da sua imensa solidão, mesmo do abandono de Deus, mas não consegue suportar o conflito que nasce no seu próprio interior.

Frequentemente tem-se falado da construção pormenorizada do estilo de Eça, construção que parece mais definida na narrativa que mergulha no maravilhoso. A experiência de Eça no maravilhoso é, acima de tudo, estética e é por isso que a formulação do estilo é a pedra angular. Podemos verificar nas suas *Lendas de Santos* como uma série de pormenores, tirados da consulta erudita, se vão incorporar ao relato central. Não nos estamos a referir só, no caso da lenda de São Cristóvão, à informação referente à peste ou aos *jacquards*, que ocupam todo um capítulo. Estamos a falar dos pequenos pormenores que, de modo acumulativo, vão definindo o estilo queirosiano. Por exemplo, nos primeiros capítulos da lenda de São Cristóvão há uma referência aos cantos de Maio, vestígios duma antiga tradição pagã, que foram estudados pela romanística da segunda metade do século XIX como uma das fontes da poesia popular europeia. A referência de Eça a estes cantos é, se calhar, completamente contingente, mas define o seu estilo luxuoso: "*E em roda todos, erguendo os barretes, bradavam: –"Eis o mais belo, o mais destro, o mais forte. Seja ele o rei de Maio""* (*Lendas*, ed. Moura: 23). Também Eça mostra um conhecimento, não só da devoção de São Cristóvão, como de outras que configuravam o imaginário medieval. A mãe do santo encomenda-se na hora do seu parto a Santa Margarida, a santa a que todas as parturientes medievais se encomendavam: "*Para maior segurança acendeu ainda,*

[8] Foi indicada como possível fonte do carácter do São Julião de Flaubert, a monografia de Maury: *Des hallucinations hypnagogiques, ou terreurs des sens dans l'état intermédiaire entre la veille et le someil*, Paris, Imprimerie de Bougogne et Martinet, 1845 (cf. Wetherill 1988: 40).

num altar, duas velas a Santa Margarida" (*Lendas*, ed. Moura: 25). A localização do São Cristóvão queirosiano na Occitânia coincide com a da lenda de São Julião flaubertiana. Occitânia, o pais do *Gai Saber*, tinha para os escritores do século XIX uma identidade essencialmente literária, assim como uma genealogia complexa, fronteira, entre a cristandade e o Oriente. Occitânia é a tecla perfeita que leva o leitor a um maravilhoso livresco e saturado liricamente (Biasi 1981: 50).

Em relação à lenda de São Onofre, embora não achemos nela os conhecimentos acerca da história da Igreja, às vezes sufocantes, das *Tentations de Saint Antoine* de Flaubert, há mostras duma consulta erudita persistente. Eça, por exemplo, devia estar ao corrente dos tratados de seitas gnósticas. Onofre, num dos seus desvarios, grita: "*Só Caim é verdadeiro!*" (*Lendas*, ed. Moura: 191). Caim, protótipo de desterrado, de condenado por Deus a ser um fugitivo e um vagabundo na Terra, foi elevado a símbolo pneumático e a uma condição honorável na via que leva a Cristo por algumas seitas gnósticas, sendo venerado pelos chamados cainitas (Jonas 2000: 127-128). Por outro lado, um dos temas centrais no itinerário da santidade de Onofre é saber separar a magia da autêntica acção de Deus. Este é, sem dúvida, um dos principais problemas suscitados pelas primeiras comunidades cristãs e um tema recorrente na Patrística.

O estilo de Eça de Queirós, como podemos verificar por estes e outros exemplos, define-se pelo pormenor, a descrição minuciosa, precisa e acumulativa. No seu maneirismo, parece, à primeira vista, que o maravilhoso é essencialmente ornamental, significativamente luxuoso. Eça consegue, com esta acumulação de ornamentos, um estilo onde o pormenor erudito, muitas vezes só detectado pelo especialista, se confunde (e se incorpora) num resultado totalmente compósito. Eça alcança com esta aproximação ao género hagiográfico todo um campo de pesquisa estética, talvez de resultados incertos por incompletos, mas com certeza fundamentais para perceber a sua última etapa criativa.

Por último, gostaria de fazer um breve comentário sobre o *Dicionário de Milagres*. Algumas das considerações que tradicionalmente se mantiveram são paradoxais: sustentar que Eça, naquela altura um incendiário aos olhos da freguesia católica portuguesa, só tinha o propósito de obter uns benefícios económicos com a publicação de um *Dicionário de Milagres* parece uma incongruência. Ao invés, a Eça, conforme consta na sua correspondência, custou-lhe dinheiro próprio conseguir algum colaborador para esta obra. O *Dicionário de Milagres* fica como exemplo de escrita elíptica e incompleta, de breves notas, contribuição à representação de um género minimal, simples, e contido nas suas possibilidades; uma recolha que devia procurar a sua expansão numa composição sempre ulterior. Eça constrói um dicionário como os medievais dicionários de exemplos, onde também se compilavam vidas de santos, *exempla* ou *miracula* marianos por uma ordem alfabética, segundo nós, extravagante. Não admira, pois, que no dicionário de Eça a entrada, por exemplo, "*Anjos enviados a consolar*" possa partilhar índice com "*burro*". Estes dicionários eram manuais de consulta para pregadores com o objectivo de elaborarem os seus sermões. De facto, estas obras reuniam a tradição bíblica dos livros salomónicos, a tradição oriental e latina dos famosos *Disticha Catonis*.[9] Eça, leitor plausível deste tipo de tratados, talvez se sentisse seduzido por esta forma reduzida, esquelética, de narração. Com certeza, nunca poderemos saber se aquilo que ficou do *Dicionário de Milagres* era uma colecção de uso pessoal ou, se, realmente, Eça estava a experimentar num estilo onde o maravilhoso se expressava na sequidão duma nota, onde o luxo, comentado anteriormente, ficara essencializado.

As *Lendas de Santos* e o *Dicionário de Milagres* ficam, portanto, como aproximações mais ou menos completas a um género que teve um particular percurso nas letras contemporâneas; de Flaubert a Tournier ou de D'Annunzio a Pascoaes, foram muitos (e variados) os escritores seduzidos por este género. Certamente, um melhor conhecimento das fontes e do horizonte de expectativas de Eça nesta temática ajudar-nos-ia a compreender o alcance da sua tentativa e a coerência com o resto da sua obra.

BIBLIOGRAFIA

TEXTOS

Queirós, E. de (s.d), *Lendas de Santos*, (Fixação de texto e notas de Helena Cidade Moura), Lisboa: Livros do Brasil.

Queirós, E. de (s.d), *Dicionário de Milagres*. Lisboa: Livros de Bolso Europa-América.

Queirós, E. de (s.d), *A correspondência de Fradique Mendes*, (Fixação do texto e notas de Helena Cidade Moura), Lisboa: Livros do Brasil.

BIBLIOGRAFIA CITADA

Biasi, Pierre Marc de (1981) "Un Conte à l'orientale. La tentation de l'Orient dans La *Légende de Saint Julien l'Hospitalier*", *Romantisme* 34 (1981): 47-66.

[9] Consultar: J. Th. Welter, *L'exemplum dans la littérature religieuse et didactique du Moyen Age*, Paris-Toulouse, 1927.

Bowman, Frank Paul (1985) "Symbole et désymbolisation", *Romantisme* 50: 53-60.
Cortesão, Jaime (1970) *Eça de Queirós e a Questão Social*. Lisboa: Portugália editora.
Guerra da Cal, Ernesto (1975) *Lengua y estilo de Eça de Queiroz*. Coimbra: Universidade de Coimbra.
Jonas, Hans (2000) *La religión gnóstica. El mensaje de un Dios Extraño y los comienzos del cristianismo*. Madrid: Siruela.
Lins, Álvaro (1945) *História literária de Eça de Queirós*. Rio de Janeiro: Livraria do Globo.
Matos, Alfredo Campos (1988) *Dicionário de Eça de Queirós*, organização e coordenação de A. Campos Matos. Lisboa: Caminho, (2ª ed.).
Jolles, André (1972) *Formes Simples*. Paris: Éditions du Seuil.
Maury, Alfred (1896) *Croyances et légendes du Moyen Age. Nouvelle édition des Fées du Moyen age et des légendes pieuses*. Paris: Champion.
Simões, Gaspar (1973) *Vida e Obra de Eça de Queirós*. Lisboa: Bertrand.
Wetherill, Gustave Flaubert (1988), *Trois contes*. Édition P.-M. Wetherill, Paris: Classiques Garnier.

O TEXTO COM TEXTOS OS 100 ANOS D'*A ILUSTRE CASA DE RAMIRES* E DO AUTO DE *CASA GRANDE & SENZALA* NAS COMEMORAÇÕES DOS 500 ANOS DO BRASIL

JORGE FERNANDES DA SILVEIRA
Universidade Federal do Rio de Janeiro

Há muito em ruínas, a casa em que Pedro Álvares Cabral teria vivido os últimos anos de vida e morrido em 1519 ou 1520 acaba de ser restaurada e, transformada em Casa do Brasil, inaugurada pelos Presidentes português, Jorge Sampaio, e brasileiro, Fernando Henrique Cardoso, no dia 9 de Março, em Santarém.

Segundo a imprensa portuguesa, onde leio sobre os acontecimentos, "*Santarém antecipou ontem em dez dias o feriado municipal para receber os presidentes do Brasil e de Portugal.*" (NARCISO, 2000). Diante de tal alteração no calendário, houve quem esperasse ver chegar o próprio Pedro Álvares Cabral, quem se mostrasse céptico quanto à presença dos restos mortais do nosso descobridor na Igreja da Graça e quem achasse curto o tempo de permanência dos dois chefes de Estado na cidade.

O que leva a Comissão Nacional para as Comemorações dos Descobrimentos Portugueses a mudar o feriado de uma comunidade, antecipando-o em 10 dias, para, no dia anterior à nova data marcada, promover a largada do Cruzeiro Oceânico Comemorativo da Viagem de Cabral, acontecimento que, historicamente, ocorrera no dia em que se inaugurava a Casa do Brasil em Santarém? Será que dá para entender? Estamos de fato, parafraseando Roberto Schwarz, com as idéias fora do tempo e do lugar?

Conforme registram os jornais, na manhã do dia 8 de Março de 2000, como há 500 anos menos um dia, às margens do Tejo, na varanda da Torre de Belém, os dois Presidentes assistem à partida da frota de Cabral rumo ao Oceano Atlântico, em que se destaca a nau capitânia "Boa Esperança", réplica daquela que Cabral comandou na partida para a viagem do nosso achamento.

Tudo leva a crer que uma visita ao Parlamento português, na tarde do dia 8, seja a causa das mudanças. Afinal, a Assembléia da República fica quase "ao pé" do rio.

É lá que o Presidente do Brasil faz um dos discursos mais reveladores das suas idéias atuais sobre a teoria da dependência e ouve do Presidente do Parlamento, Almeida Santos, um elogio francamente liberal que corrobora os seus pontos de vista.

"*Unidade na diversidade*". Eis a questão central do discurso. "*A colonização soube transigir e adaptar-se às culturas indígena e africana e isso moldou os povos.*" (LOURENÇO e RATO, 2000) Nesse Março de 2000, quando, significativa coincidência, se comemora o centenário de nascimento do autor de *Casa Grande & Senzala* (1933), Gilberto Freyre (1900-1987), o discurso do Presidente do Brasil repete (e já não surpreende, lembram-se do "esqueçam tudo o que eu escrevi"?) a tese da democracia racial brasileira em que, reza o sociólogo da "ilustre casa" de Apipucos, as relações antagônicas de classe são amolecidas pelo jeitinho tropical, herança portuguesa, que a todos nos irmana, já que somos "*mais que nunca híbridos, lusitanamente híbridos*". Mestiços, pois. "*O Brasil está atento à democracia em todo o mundo lusófono.*"

Na varanda da Torre ou no plenário do Parlamento ("*Portugal e Brasil comungam hoje do maior repúdio à intolerância política e ética.*") o que se observa é ainda um olho saudosista de Oriente fixado num quadro de espantosa mesmidade, de costas sobretudo para o trágico processo da descolonização. A esse respeito dois acontecimentos são exemplares.

O primeiro, a comparação do Presidente com o Infante D. Henrique feita pelo Presidente do Parlamento português: "*Se o Infante [D. Henrique] esteve na origem do Brasil do passado, vossa excelência é o Infante do Brasil do futuro.*" (LOURENÇO e RATO, 2000)

Neste jogo em que terra e mar se misturam, deliberada e caricaturalmente, nada poderia ser mais eloqüente não fora a proverbial memória de elefante, peço desculpas, quero dizer a proverbial memória do nosso "Infante". Na longa tarde do dia 8 de Março, ao inaugurar, na estação do metrô dos Restauradores, um painel de azulejos do seu amigo de infância, Luiz Ventura, rememora, animado pelas imagens que retratam a tradição brasileira, a resposta – segundo acontecimento exemplar – que dera a uma pergunta que certa vez lhe fizeram: "*E os índios? Os índios somos nós, nesse sentido amplo, que estamos aqui.*" (LOURENÇO e RATO, 2000)

"*O Infante do Brasil do futuro*" resume-se, nos consumando, nessa alternância imprópria de nomes. A pretexto de aniversários, nesse contexto centenário de comemorações de datas trocadas e de comparações (para usar um termo eciano) bacocas não pode, portanto, causar estranhamento a vontade de entender as relações contemporâneas entre Brasil e Portugal através dessas repetições por entre coincidências.

Imaginar de maneira sucinta, através de um dos seus textos, a versão crítica que Eça de Queirós já teria, por antecipação, proposto dos recentes acontecimentos do Portugal contemporâneo talvez não seja tarefa das mais difíceis, numa comunicação a partir dum ensaio cujo interesse maior era o de participar das comemorações dos 100 anos do livro que veio a lume no mesmo ano em que morria o seu autor: *A Ilustre Casa de Ramires.*

Para iniciar, uma necessariamente arbitrária questão de perspectiva: projetar em confluência as figuras dos Presidentes do Brasil e de Portugal na varanda da Torre de Belém, fitando a réplica da caravela de Cabral na direção do Novo Mundo, com a figura do Fidalgo da Torre, Gonçalo Mendes Ramires, na sua mesa de trabalho junto à janela da varanda, de olhos fitos no presente, escrevendo *A Torre de D. Ramires*, réplica ficcional da "falada Honra de Santa Ireneia, solar dos Mendes Ramires desde os meados do século X." (QUEIRÓS, 1999, p. 74)

Estabelecido hipoteticamente um ponto ótimo de visão[1], típicas do universo romanesco eciano, em geral, e do romance em apreço, em particular, são algumas das situações em que participam os principais personagens das comemorações dos 500 anos do Brasil. Percebê-los através dessa ótica implica de saída enfatizar a coincidência tópica: Torre. É ela, no presente, o centro propagador de uma ação que – orientada por um olhar interessado na origem, no passado, como possibilidade de progresso ou por uma ideologia conservadora de oportunos e oportunistas princípios de nobreza de gesto e de caráter – subordina as dimensões do tempo e do espaço a valores políticos e pessoais.

Num brevíssimo resumo dessas cenas comuns ao universo de Eça, três coisas chamam a atenção.

A primeira delas, a farsa por trás da construção da réplica ou da restauração de um objeto como forma de recuperar um bem passado.

É sempre surpreendente o início desta narrativa em que "*O Fidalgo da Torre trabalhava*." (QUEIRÓS, 1999, p.73). Surpresa que sugere a

---

[1] Uma das inúmeras revisões deste ensaio coincidiu com a leitura de texto de Isabel Pires de Lima, *Nomadismos queirosianos*, do qual cito passagem que interessa ao meu ponto de vista: O título "Eça de Queirós entre milénios: pontos de olhar" que o Instituto Camões (IC) escolheu para a vasta acção que desencadeou para comemorar o centenário visa ressaltar este entrecruzamento de pontos de olhar a que Eça procedeu: de Portugal para o mundo e do mundo para Portugal. Pontos de olhar seus sobre o mundo que têm gerado pontos de olhar críticos ou pura fruição estética do mundo sobre ele. (LIMA, 2000)

releitura de conhecido ensaio de Eduardo Lourenço, "Somos um povo de pobres com mentalidade de ricos", e a citação desta passagem de *Casa Grande & Senzala* (1933): "Concorreram os judeus em Portugal, e em partes da Espanha, para o horror à atividade manual e para o regime de trabalho escravo – tão característico de Espanha e de Portugal" (FREYRE, 1997, p. 230). No contexto dessas comemorações, porém, comparável à restauração da Casa de Cabral, transformada em centro de cultura com a finalidade de administrar a memória do descobrimento do Brasil, pode ser a "regeneração" da Casa de Ramires projetada por Gonçalo, ao escrever a novela histórica sobre os seus ancestrais para, depois, transformado em personalidade política, alcançar nova identidade social, cujo futuro acaba sendo uma anunciada – mas nem por isso menos inesperada – passagem para a África do já agora deputado e marquês Gonçalo Mendes Ramires, como se embarcado em si mesmo, quero dizer, a bordo do paquete chamado Portugal. Fica, portanto, como imagem globalizante entre as Casas, esse desejo de retorno a um tempo mítico, já que a comemoração da origem insiste numa viagem de regresso ao caminho marítimo para as Índias já descobertas. Que novas Índias ainda restam por achar? "Tenho pensado nisso muitas vezes" e gosto sempre de repetir que no "Opiário" de Álvaro de Campos há uma extraordinária quadra como resposta: "Pertenço a um género de portugueses / Que depois de estar a Índia descoberta / Ficaram sem trabalho. (...)" Versos que encontram, aliás, noutros de Al Berto uma muito provocatória atualização: "*se telefonarem do emprego diz / que fui ver se ainda existem Índias por descobrir.*" (ALBERTO, 1997, p. 387) E, mais uma vez, Freyre pode estar na versão conservadora dessas questões de ter ou não ter o que fazer com a vida do outro: "*Tenhamos a honestidade de reconhecer que só a colonização latifundiária e escravocrata teria sido capaz de resistir aos obstáculos enormes que se levantaram à civilização do Brasil pelo europeu. Só a casa-grande e a senzala. O senhor de engenho rico e o negro capaz de esforço agrícola e a ele obrigado pelo regime de trabalho escravo.*" (FREYRE, p. 244). Logo, a julgar pelo discurso do Presidente do Brasil, permanece, ainda como "honesta" predestinação na busca de solução para as contradições do presente, uma experiência civilizadora calcada num projeto de equilíbrio cruel entre relações arcaicas de dominação rural e práticas cosmopolitas de cidadania. A interpretação do sistema escravocrata brasileiro como fado desperta uma vez mais o desejo absurdo de ter o tempo necessário para desenvolver o contrato de trabalho entre o senhor da "casa-grande" de Ramires e o lavrador dos Bravais, José Casco, nos capítulos I, V, VII do romance.

A segunda coisa que chama a atenção é a comparação que ironiza a personalidade de um sujeito como síntese das contradições do próprio país.

Menos surpreendente do que o início, mas igualmente famoso, é o final da narrativa, em que o Fidalgo da Torre é comparado a Portugal. Isto porque, segundo o seu autor, Gouveia, o administrador do Concelho, "*... Até aquela antiguidade de raça, aqui pegada à sua velha Torre, há mil anos... Até agora aquele arranque para a África... Assim todo completo, com o bem, com o mal, sabem vocês quem ele me lembra?*" (QUEIRÓS, p. 456) Sim, já o sabemos. O que poderíamos vir a saber, aceito o regime de equivalências em jogo, é que princípio comum une esta comparação a duas outras. A primeira, aquela em que o Presidente do Parlamento português chama Fernando Henrique Cardoso de "Infante do Brasil futuro", comparando-o com D. Henrique, o Navegador. A segunda, a auto-identificação do Presidente do Brasil com o índio que todos nós somos. Considerando que uma hipótese de resposta passa pela temática das descobertas marítimas – pela questão africana, em suma – levantada por Eça e atual até hoje como sugere a permanência do pensamento do sociólogo pernambucano, talvez seja mais producente apontar agora a terceira coisa característica do universo ficcional do nosso romancista, a mover um *texto com textos* como este.

Trata-se da paródia do discurso do político que diz comemorar a origem da nacionalidade, reconhecendo-a em si mesmo.

O que se vê quando se olha o mundo da Torre de Belém é semelhante ao que se vê quando se olha para a Torre de Ramires para ver o mundo?

No discurso que proferiria nas Cortes, caso eleito deputado, o Fidalgo da Torre "*lançaria então um brado à Nação, que a despertasse, lhe arrastasse as energias para essa África portentosa, onde cumpria, como glória suprema e suprema riqueza, edificar de costa a costa um Portugal maior!...*" (QUEIRÓS, p. 237)

A origem, o índio ou o negro, como moeda das mais valiosas, quer no sentido literal (e eu não disse liberal), quer no sentido simbólico, insiste na economia da linguagem desses discursos. Aos quais são anexadas partes de *Casa Grande & Senzala*.

Da varanda da Torre de Belém o Presidente do Brasil vai à Assembléia da República e à Inauguração nos Restauradores de um painel de azulejos do amigo de infância, certo de que a retórica do seu discurso expressa a "*unidade na diversidade*"*[2] que nos define, pois, "*lusitana-*

[2] Todas as citações com asterisco são do discurso do Presidente do Brasil, recolhidas de: LOURENÇO, Eunice e RATO, Vanesa, "Lusitanamente híbridos", in *Público*, 9/3/2000. Internet.

mente híbridos"*, segundo ele, "*os índios somos nós, nesse sentido amplo, que estamos aqui.*"*

A partir destas questões, como interpretar a representação da África ou das Índias, do negro ou do índio, no imaginário "luso-brasileiro" presente nas Comemorações das Descobertas, quando mediadas por *Casa Grande & Senzala*, e n'*A Ilustre Casa de Ramires*?

Há uma resposta possivelmente coerente. Antes de enunciá-la, interessa registrar uma informação importante na Introdução à edição crítica recém lançada por Elena Losada Soler a respeito do papel da África na Casa Ilustre de novecentos: "*A segunda redacção d'*A Ilustre Casa de Ramires *estava quase completa em 1893, quando o fragor suscitado pelo Ultimatum inglês ainda não havia terminado (...). Definitivamente, a inclusão da matéria africana é a alteração mais profunda, e de maior alcance simbólico-ideológico, que se produz entre as duas versões de 1897 e 1900.*" (QUEIRÓS, p. 33)

A representação das ex-colônias portuguesas nessas comemorações de hoje não chega a ser distinta do imaginário do antigo colonizador sobre o seu império, no tempo de Eça. A África – ou o Oriente, em "*sentido amplo*"* – é ainda um efeito de discurso, de expansão discursiva em oposições binárias, para além do sentido preciso de diferentes versões, já que sugere novas interpretações; é matéria de exploração retórica na ideologia colonialista que a encerra. No último capítulo do romance, a África é a notícia da África que vem numa carta sobre um torna-viagem, num relato de aventuras em que o herói – recebido em Lisboa com comemorações semelhantes às de hoje, pois davam a impressão de "que chegava El-Rei" (QUEIRÓS, p. 450) – não sofreu as influências do meio, ou, parafraseando um político em campanha alegre, não meteu o pé na cozinha, mantendo a sua exemplar "*unidade na diversidade*": "*A África nem de leve lhe tostou a pele. Sempre a mesma brancura. E duma elegância, dum apuro! Prova de como se adianta a civilização de África!* (...) *Sempre o mesmo Gonçalo*!" (p. 450) Uno no diverso. Cosmopolita e indiferente à miscigenação. Assim, "*até mais bonito, e sobretudo mais homem*" (p. 450), o novo africanista volta à sua ilustre casa portuguesa, via Paris, no Sud-Express, não sem antes, como se supõe, ter dado uma voltinha na *capital do século XIX*, como diria Walter Benjamin.

Resumindo: em todo o romance, a África é representada como um lugar de acumulação ("*edificar de costa a costa um Portugal maior*!"), ou seja, um termo de comparação onde se acumulam as relações de amor e ódio, de perda e lucro, de humilhação e de regeneração entre o bom povo português e a pátria aventureira; ou, como interessa a este texto, nas palavras de Edward Said, o continente africano expõe um termo de comparação tensionado entre "*a enorme extensão geográfica dos impérios e os discursos culturais universalizantes.*" (SAID, 1995, p. 206)

Ora, se de fato a visão regeneradora da África em Eça de Queirós está cravada na impressão disfórica trazida pelo Ultimatum, a representação eufórica da História dos Descobrimentos presente nas comemorações em curso pode vir a estar calcada no princípio comum que volta a unir Brasil e Portugal. Este princípio que o Presidente do Brasil chama "*unidade na diversidade*" outro pode chamar economia de mercado, o que, em síntese radical, significa uma aliança entre o representante da União Européia, Portugal, e o Brasil, representante do Mercosul. Nesse jogo de interesses econômicos, a África, mais uma vez, se inscreveria tragicamente no horizonte do escravismo luso-brasileiro? (ALENCASTRO, 2000)

Para horror de algum desconstrucionista que porventura esteja me ouvindo, a imagem desse Gonçalo português colonizador que leio, ou (re)construo, poderia ter saído de páginas de *Casa Grande & Senzala*, em síntese do próprio autor, um tratado de antropologia social acerca da "*formação da família brasileira sob o regime da economia patriarcal*" que, retrospectivamente por sua vez, apresenta um conjunto de linhas mestras cuja busca do traçado original poderia levar o interessado, circularmente, até às páginas d' *A Ilustre Casa de Ramires*, romance em que se lê – de forma crítica em que não faltam humor e mordacidade, sublinhe-se – a novela da reconquista de uma identidade patriarcal perdida. Interessa ainda mencionar que na trilogia elaborada por Freyre *Sobrados e Mucambos* (1936) tem o subtítulo "*Decadência do patriarcado rural e desenvolvimento urbano*". Como apontamento de leitura, é igualmente interessante lembrar que se Gonçalo vai para a África, um outro personagem paradigmático de Eça, Basílio, vai para o Brasil. Ambos voltam para casa via Paris. Entre os dois, a uni-los, como linha de um destino inexorável ou premeditado, a viagem a um território arcaico no inconsciente expansionista lusitano. Mas isto, o tema da viagem deste ponto de vista, em que a volta de Basílio para casa, em oposição à de Gonçalo, constitui o centro do relato da tragédia doméstica portuguesa, é matéria de texto meu anterior (SILVEIRA, 1988) e desejo de um próximo, a que não poderia faltar o excepcional drama de Maria Velho da Costa, *Madame* (2000), sobre as personagens de Eça, Maria Eduarda (*Os Maias*, 1888), e de Machado de Assis, Capitu (*D. Casmurro*, 1899), nos seus dias de exílio em Paris.

Estudiosos apaixonados e críticos severos, argumentos em punho, estão a postos no ano do centenário de nascimento do fundador da nossa casa-grande imaginária. Não é o meu caso, seja por incompetência ou senso de responsabilidade. Interessa, aqui, motivado pelo discurso imaginado por Gonçalo nas Cortes, apontar no pronunciamento oficial do Presidente brasileiro no Parlamento português resíduos de uma retórica vazia de conteúdos originais e, logo, carregada de lugares-comuns justa ou injustamente atribuídos ao autor de *Ordem e Progresso* (1956). Refiro-me aos já *slogans*, aos chavões acerca da harmonia na relação entre grupos étnicos e culturais diferentes no paraíso luso-tropical Brasil: a miscigenação, o hibridismo, o sincretismo, a assimilação, numa palavra, a democracia racial, expressão que, curiosamente, segundo um dos seus jovens exegetas, não é encontrada uma vez sequer em *Casa Grande & Senzala* (VIANNA, 2000). Note-se, com ênfase aliás, que em recente entrevista, negando que haja mudança no seu pensamento, Fernando Henrique Cardoso responde: "*O que tem que ser criticado – eu continuo criticando – é a tese da democracia racial. E o que eu acho que é valioso, ressaltei nas poucas coisas que escrevi sobre o Gilberto.* (...) *Sempre me opus à tese da democracia racial. Mas, de qualquer maneira, não há essa contradição entre o presidente e o sociólogo. Aqui, de novo, é o pensamento, como diria Lévi-Strauss, selvagem. Usa-se sempre uma oposição, uma oposição binária. E essa oposição binária se encarna em pessoas. No caso, aqui, a dificuldade que existe é que a pessoa é a mesma, que sou eu.*" (CARVALHO, 2000, p. 10) É como se já tenha adquirido, sobretudo nos pronunciamentos públicos, o hábito de falar com uma boca política que desmente uma outra intelectual anterior, no seu caso, a do sociólogo. Resumindo o Brasil numa equação autoritária, quer pela comparação redutora com o sujeito primitivo, o índio, quer pelo jogo de oposições binárias e irredutíveis entre o senhor branco e o negro escravo, o Presidente em Portugal inaugurou a temporada das interpretações oficiais dos 500 anos do Brasil 2000.

Na *Torre de D. Ramires*, Gonçalo narra os feitos heróicos dos seus antepassados fundadores do Reino em busca do modelo exemplar que o regenere da falência financeira, já que a moral parece perdida, ou "alterada". Mais uma vez a história parece repetir-se. Por motivos econômicos – não necessariamente negativos – o Brasil volta a interessar Portugal. E o Brasil tem interesses nessa nova viagem ultramarina. "Grande panorama!" (QUEIRÓS, 1980, p. 261), diria, se acaso estivesse outra vez a ver navios sobre o Tejo, o personagem padrão do ultraconservadorismo intelectual e político em Eça. Espera-se, vivamente contudo, que a carta do novo achamento não venha a ser escrita por ele, a caricatura do "formalismo oficial" (REIS, 2000), o Conselheiro Acácio.

BIBLIOGRAFIA

AL BERTO, "Três cartas da memória das Índias", in *O medo*, Lisboa: Assírio & Alvim, 1997.

ALENCASTRO, Luiz Felipe, *O trato dos viventes*, S. Paulo: Companhia das Letras, 2000.

BENJAMIN, Walter, "Paris, capital do século XIX". in KOTHE, Flávio (org), *Walter Benjamin*. São Paulo: Ática, 1985.

CARVALHO, Mário César, "FHC fala sobre Gilberto Freyre". in *Mais!*, Folha de S. Paulo, n. 422, 12 Mar 2000.

COSTA, Maria Velho da, *Madame (versão de cena)*, Lisboa: Cotovia, 2000.

FREYRE, Gilberto, *Casa Grande & Senzala*, 32ª ed., Rio de Janeiro: Record, 1997.

LIMA, Isabel Pires de, "Nomadismos queirosianos", in *Público*, 16/08/2000. Internet.

LOURENÇO, Eduardo, *O labirinto da saudade*, Lisboa: D. Quixote, 1978.

LOURENÇO, Eunice e RATO, Vanessa, "Lusitanamente híbridos", in *Público*, 09/03/2000. Internet.

NARCISO, João Paulo, "E Pedro Álvares Cabral foi a Santarém", in *Público*, 10/03/2000. Internet.

QUEIRÓS, Eça de, *O Primo Basílio*, Porto: Lello & Irmão, 1980.

QUEIRÓS, Eça de, *A Ilustre Casa de Ramires*, Edição crítica de Elena Losada Soler, Lisboa: Imprensa Nacional – Casa da Moeda, 1999.

REIS, Carlos, "Ilustres personagens", in *Revista. Expresso*, 12 Ago 2000. Internet

SAID, Edward, *Cultura e imperialismo*, S. Paulo: Companhia das Letras, 1995.

SCHWARZ, Roberto, "As idéias fora do lugar". in *Ao vencedor as batatas*, São Paulo: Duas Cidades, 1977.

SILVEIRA, Jorge Fernandes da, "Os postugueses". *Folhetim*, in Folha de São Paulo, 22 de Abril de 1988.

VIANNA, Hermano, "Equilíbrio de antagonismos". in *Mais!*, *Folha de S. Paulo*, n. 422, 12 Mar 2000.

EÇA DE QUEIRÓS REVISITADO E A NATUREZA LÚDICO-PARÓDICA DE UMA EFABULAÇÃO FRADIQUISTA CONTEMPORÂNEA

José Cândido Martins
Universidade Católica Portuguesa

"Il y a plus affaire à interpréter les interprétations qu'à interpréter les choses, et plus de livres sur les livres que sur autre sujet: nous ne faisons que nous entregloser". (Montaigne)

1. Singularidades de uma fortuna luminosa

1.1. Depois de um século, a herança queirosiana continua a irradiar na literatura e cultura portuguesas. Além de numerosas traduções para outras línguas e de variadas adaptações para outras linguagens e séries culturais, como o teatro, o cinema ou a pintura (Paula Rêgo, recentemente), a *fortuna literária e cultural* de Eça de Queirós também se pode aferir pela considerável quantidade de efabulações que se inspiraram directa e assumidamente nas suas obras e personagens romanescas, já para não falar dos autores que assimilaram a "fórmula linguística" e a mundividência crítica ecianas[1].

---

[1] Um género talvez menos divulgado, mas não menos significativo, desta influente herança queirosiana, sem a qual não pode ou não deve ser lido, é o de certa escrita jornalística, mais ou menos ensaística, que, cem anos depois do programa reformista de Eça de Queirós e de sua proverbial alegoria decadentista da "choldra", retrata a realidade portuguesa contemporânea à luz da mesma ideologia crítica e miserabilista. Um dos mais eloquentes exemplos é a prosa ácida de Vasco Pulido Valente contida em *Às Avessas* (Lisboa, Assírio & Alvim, 1990), ou ainda o registo epistolar fradiquiano contido em *Esta Ditosa Pátria* (Lisboa, Relógio d'Água, 1997).

Já entre os escritores contemporâneos que assumidamente herdaram a grande *lição*

Entre os vários e distintos exemplos contemporâneos de obras "queirosianas", que constituem outras tantas notáveis homenagens à criatividade do escritor agora celebrado no I Centenário da sua Morte (1845-1900), destacaríamos quatro obras de ficção, narrativa e dramática, para depois nos fixarmos apenas numa delas. Tracemos, pois, uma breve ilustração cronológica, para melhor entendermos certos nexos intertextuais e concomitantes registos irónico-paródicos, bem como determinadas filiações ideológicas e procedimentos compositivos, agrupados uns e outros sob a designação de literatura pós-moderna.

Em 1995, Mário Cláudio publica uma narrativa "queirosiana", intitulada *As Batalhas do Caia*[2], onde amplifica a ideia acalentada durante muito tempo por Eça de Queirós – a redacção do romance *A Batalha do Caia* –, projecto gorado de que apenas resultou o conto *A Catástrofe*, incluído postumamente na edição d'*O Conde de Abranhos* (1925). Na sequência de outros romances que reflectem sobre problemática intemporal de Portugal como nação, sua identidade e destino, Mário Cláudio imagina uma sedutora metadiegese, com o diplomata-escritor na cinzenta Newcastle a ter a ideia de escrever um escandaloso e rentável romance sobre o Portugal ensolarado e decadente, salientando com esse demolidor cenário o ruinoso presente da sua pátria. Aliás, a expressiva e adequadíssima epígrafe do romance de Mário Cláudio é de origem fradiquiana: "Tudo tende à ruína num país de ruínas" (Queirós, s/d 1: 121).

A doença que paulatinamente persegue o escritor e as alucinações que a acompanham constituem, aliás, uma poderosa alegoria dos fantasmas que pairam sobre a amada e piolhosa pátria meridional. Para alcançar o efeito satírico e grotesco de um traumatismo exemplar (derradeira prova do espelho de uma pátria moribunda), o romancista adoentado imagina a sua "ditosa pátria", a lusa "choldra" presa ao seu provincianismo pacóvio, invadida pelo nosso multissecular inimigo, a partir da fronteira alentejana do Caia. Nada mais fácil para o exército castelhano, "nosso adversário ancestral", nos subjugar, espoliar, violentar e anexar, dada a "tão horrorosa

---

estilística eciana, admiravelmente contida numa carta fradiquiana mantida inédita (cf. Queirós, s/d 2: 73-84), avulta Vergílio Ferreira – vejam-se, a título de exemplo, as suas considerações diarísticas sobre a questão do léxico, em *Conta-Corrente*, Lisboa, Bertrand, 1994, vol. III da nova série, p. 10. Sobre esta influência, cf. Isabel Pires de Lima (1995).

[2] Tivemos oportunidade de escrever a seu respeito para o *Suplemento ao Dicionário de Eça de Queirós* (cf. Martins, 2000). Infelizmente, o artigo saiu amputado da esperada bibliografia final, por razões alheias ao autor do texto.

condição de abaixamento" a que Portugal chegara. Era imperioso escandalizar um Portugal bronco e decadente, abrindo assim caminho a uma hipotética regeneração moral.

Dois anos passados, em 1997, José Eduardo Agualusa dá à luz um outro romance "queirosiano" e fradiquista, com o título de *Nação Crioula* (*A Correspondência Secreta de Fradique Mendes*). É nada menos que o romance que Eça solicitara a Fradique sobre África, mas que este não achava suficientemente inovador (cf. Queirós, s/d 1: 105). Trata-se de uma bem estruturada e cativante narrativa epistolar, em que o dândi cosmopolita Carlos Fradique Mendes, acompanhado do inseparável Smith, desembarca em Luanda e vai descrevendo as suas deambulações africanas, em vinte e cinco cartas, datadas entre 1868-1888 e dirigidas a Madame de Jouarre, "querida madrinha" parisiense, a Ana Olímpia, sua esposa africana, e ao próprio Eça de Queirós.

Anotem-se ainda dois dados curiosos: primeiro, estas cartas preenchem os vazios temporais e narrativos da correspondência que o escritor publicou de Fradique; segundo, se a carta inicial é anterior às reunidas pelo biógrafo-editor de Fradique, a derradeira e longa narrativa epistolográfica desta "correspondência secreta" (Agualusa, 1997: 137--159), datada de Luanda, Agosto de 1900, provavelmente já não encontrará vivo o seu destinatário, Eça de Queirós, entretanto falecido a 16.

Numa das cartas, o excêntrico Fradique define-se ecianamente como "um *touriste* de fato de linho branco em busca de exotismo e emoções fortes" (Agualusa, 1997: 56). É um civilizado filantropo, com um discurso anti-imperialista e pós-colonial, desmitificador dos grandes objectivos culturais e religiosos que preenchiam a proclamada missão portuguesa no Ultramar. Neste capítulo, a tese fradiquiana é contundente: a expansão portuguesa reduz-se a um "impulso biológico da propagação da raça", o mesmo princípio biológico que explica a difusão do bacilo de Koch – "Desgraçadamente Portugal espalha-se, não coloniza" (*idem, ibidem:* 134).

Entre os muitos momentos de notável ironia, José Eduardo Agualusa chega a questionar, repetidamente, o contrato ficcional que sustém toda a aventura fradiquiana desde o seu primeiro criador até ao presente. Em carta a Eça, com quem se encontra um dia para uma bacalhoada na Mouraria, Fradique desafia a incredulidade queirosiana perante o seu relato epistolográfico: "Na sua última carta, a dado passo, V. duvida que sejam autênticas as personagens de que lhe venho falando, e deduz assim que eu estou já «fazendo literatura». Mas realmente acha-me capaz – acha que alguém seria capaz – de criar, por exemplo, a figura de um padre negro, anão, milagreiro e nefelibata?" (Agualusa, 1997: 121). Fradique garante que não faz literatura, que apenas relata a Vida, as suas aventuras africanas e o caso singular de Ana Olímpia. Noutro passo do romance, quando a jovem Ana Olímpia pede ao amigo Arcénio de Carpo que a apresente ao recém-chegado e sedutor Fradique, é o velho marido dela que, num acesso de ciúme mal disfarçado, exclama perante as perfeições superlativas de Fradique: "Aquilo não é um homem, murmurou, é uma invenção literária" (*ibidem*: 140).

Estas reflexões de natureza metaficcional não são contraditadas pela afirmação contida na derradeira "Carta da senhora Ana Olímpia, comerciante em Angola, ao escritor português Eça de Queirós, Luanda, Agosto de 1900", já depois de Fradique ter falecido, em 1888: "As suas cartas podem ser lidas como os capítulos de um inesgotável romance, ou de vários romances, e, nessa perspectiva, são pertença da humanidade" (*idem*, *ibidem*: 138).

Nesta aventura em terras angolanas (Luanda) e depois brasileiras (Olinda, no Recife), sobressai uma das suas várias relações amorosas. Desta vez, a mulher amada por Fradique, e com quem ele tem uma filha (Sophia), é uma jovem princesa escrava, nascida em Angola, mas de origem congolesa, a mulata Ana Olímpia, entretanto viúva do velho negreiro Victório Vaz de Caminha. Os pais da bela e culta Ana Olímpia – verdadeira deusa negra, cujo retrato remete o leitor para a atracção fatal exercída pelo fascínio de Maria Eduarda – tinham sido escravizados pelo sistema colonial português. Mais tarde, os dois amantes viajarão para o nordeste brasileiro a bordo do "Nação Crioula", "o último navio negreiro da História" (*idem*, *ibidem*: 65), símbolo do abolicionismo da escravatura em terras angolanas.

Em 1999, Maria Velho da Costa redige uma peça de teatro por solicitação de Carlos Avilez, para ser apresentada depois no âmbito das Comemorações dos 500 dos Achamento do Brasil. A 23 de Março de 2000, é estreada no Teatro S. João (Porto), com encenação de Ricardo Pais, depois de um trabalho conjunto de reescrita, que transforma o livro já editado num verdadeiro guião de espectáculo teatral. Neste texto dramático intitulado *Madame*, escrito "sobre textos de Eça de Queirós (*Os Maias*) e Machado de Assis (*Dom Casmurro*)" – significativa informação do paratexto sub-intitulante –, contracenam duas personagens femininas: a enigmática Maria Eduarda e a dissimulada Capitu, protagonistas célebres dos dois grandes romances oitocentistas, cujos escritores se admiraram mutuamente, tendo ensaiado mesmo um incompleto e enviesado diálogo artístico.

Neste crítico libelo pós-colonial sobre "dois povos separados pela mesma língua" (Costa, 2000: 9), retrato irónico do (des)encontro de culturas, o singular duelo emotivo entre duas personagens maiores do imaginário luso-brasileiro é representado por duas notáveis actrizes de cada um dos países (Eunice Muñoz e Eva Vilma). Neste diálogo entre duas mulheres maduras, em Paris, três décadas depois dos respectivos envolvimentos passionais, a figura queirosiana de Maria Eduarda é apresentada como o "pavão do Reino", com o seu olhar de destino, mulher abandonada há anos pelo saudoso amante Carlos da Maia. Sua filha Rosa já está casada e, um belo dia, recebe a inesperada visita de um desconhecido parente, um tio (?) mais velho, Manuel Afonso, bastardo de Pedro da Maia. Já a personagem machadiana, Capitolina, é caracterizada como a "arara do Paraíso", com olhar de ressaca, separada do ensimesmado marido, Bento Santiago. Também vive exilada com o seu filho, o sisudo Exequiel, afinal o pomo da discórdia ciumenta com o casmurro marido.

De natureza assumidamente intertextual, esta comédia de *vaudeville* relê as duas figuras romanescas e o destino de duas nações, unidas ou separadas pelo enorme Atlântico, através de uma manifesta transcontextualização irónica, procedimento típico da reescrita paródica. Aliás, duas sugestivas imagens do texto, a dos vermes que continuamente roem os livros[3], associada à leitura-confissão das próprias actrizes sem a máscara das personagens (Prólogo e sobretudo Cena VII), quando declaram que lêem os textos que representam até os tresler[4], ilustram admiravelmente a condição pós-moderna desta apropriação intertextual e, ao mesmo tempo, cativante retrato especular do mundo português e da sua problemática identidade, tal como o propõe Maria Velho da Costa nesta peça teatral.

[3] Reescrita textofágica logo afirmada no início do texto dramático de Maria Velho da Costa (1999: 17): "Catei os próprios vermes dos livros, para que eles me dissessem o que havia nos textos roídos por eles.

– Meu senhor, respondeu-me um longo verme gordo, nós não sabemos absolutamente nada dos textos que roemos, nem escolhemos o que roemos, nem amamos ou detestamos o que roemos; nós roemos".

[4] Apenas um brevíssimo exemplo da assunção do registo irónico de reescrita, na fala "enfática" pronunciada pela Brasileira: "Lemos para sabermos que não estamos sós. Que deixa mais obtusa para uma actriz, Eunice! Ler até tresler é parte da nossa profissão" (*idem*, *ibidem*: 69).

Finalmente, no mesmo ano de 1999, publica Fernando Venâncio um divertido romance, também de inspiração queirosiana, a que deu o título *Os Esquemas de Fradique*[5]. É a mais recente narrativa que entra na desafiante proposta de Eça de Queirós. Esta ficção histórico-literária, em que um jornalista inexperiente e anti-herói deste universo ficcional é incumbido de "desvendar uma charada literária"[6], mantém um constante diálogo intertextual com dois tipos de obras, ambos citados na página final das "Fontes e informações": primeiro, uma bibliografia "activa", chamemos-lhe assim, em que avulta naturalmente a matriz queirosiana da correspondência fradiquista, mas que também menciona dois exemplos de obras modelizadas no mesmo hipotexto fundador; depois, uma bibliografia "passiva", com obras em que se contém dados relevantes para a configuração de Fradique, como é o caso do texto de António Sardinha (1929), aparecido originalmente no *In Memoriam* de Eça de Queirós (de 1922), preocupado em reflectir, com sugestiva fantasia, sobre o conteúdo e paradeiro do mítico espólio fradiquiano. Com esta narrativa de Venâncio, ficamos a conhecer uma faceta obscura da vida do viajado Fradique, bem como alguns dos seus descendentes. Depois de um brevíssimo recuo à génese literária de Fradique, já voltaremos a este romance.

1.2. Como vemos por esta brevíssima exemplificação contemporânea, tem sido muito rica a fortuna queirosiana, e não menos apreciável o filão das narrativas inspiradas na figura do dândi queirosiano. Como sabemos, tudo começou num ambiente revolucionário e de mistificação, com a génese colectiva do chamado *primeiro Fradique*, por parte de Eça de Queirós, Jaime Batalha Reis e Antero de Quental, no seio do *Cenáculo*. O autor d' *As Lapidárias* tem, então, algumas aparições em público, bastante sóbrias, pelos anos 1869-70, na postura de poeta decadentista e satânico. Depois de um compreensível apagamento, motivado pela disciplina realista-naturalista, reaparece o *segundo Fradique* em finais da década de 80, apropriado e recriado ideologicamente apenas por Eça de Queirós, como contemporâneo de uma geração com outras orientações estéticas menos estreitas e dotado de um sentimento inegavelmente crítico e vencidista (cf. Reis, 1999a).

---

[5] (Para simplificar as citações e referências a este romance, daqui para diante indicá-lo-emos apenas pelas iniciais *EF*, seguidas do número da página).

[6] Palavras do próprio F. Venâncio (2000a) num artigo onde descreve rapidamente a génese do seu pseudo-romance histórico e aparente narrativa policial, que insiste nos antecedentes facilitadores da sua inventiva: "Para compor esta história, vali-me de cento e dez anos de efabulações" (fradiquianas, é claro).

Ao configurar esta poderosa e sedutora figura, introduzindo e publicando (como anota em carta a Oliveira Martins) as "*Cartas* que nunca foram escritas por um homem que nunca existiu", Eça de Queirós (1983, I: 479) dá corpo a uma das personagens mais singulares da moderna Literatura Portuguesa. Porém, a vida, a obra e, sobretudo, o pensamento de Fradique Mendes, cidadão do mundo, depois de ter sido criado colectivamente, passou rapidamente para o domínio público, tornou-se um símbolo da mundividência finissecular e um mito quase intemporal da cultura portuguesa. Romancistas, ensaístas ou colunistas de jornal continuam hoje a contar episódios e facetas ocultas do génio quase inédito, ou a falar pela boca de Fradique.

As posteriores recriações ficcionais inspiradas particularmente nesta figura de Fradique não se esgotam nos dois últimos romances apresentados. Aliás, deve-se ao referido Fernando Venâncio (2000b), na sua faceta de crítico, um artigo de síntese sobre as "Efabulações Fradiquianas". São textos heterogéneos, que têm em comum a fascinante personagem de Fradique, e aparecem assinados por nomes tão diversos como, em ordem cronológica: João Chagas, António Sardinha, Frederico Perry Vidal, Vasco Pulido Valente, José António Marcos (pseudónimo) e José Eduardo Agualusa[7].

Perante este cenário bastante insólito, é oportuno indagar desde já: porquê esta predominância de Fradique Mendes ao nível da escrita ficcional e/ou epistolográfica de vários autores? Entre outras razões, enumeramos estas:

1ª) o inesquecível fascínio exercido, desde a sua génese, pela notável figura deste finissecular dândi queirosiano, fruto de uma criação original e de uma inesquecível atmosfera de mistificação;

---

[7] Aos vários exemplos crítica e cronologicamente expostos por F. Venâncio, acrescentaríamos apenas o nome de Fidelino de Figueiredo (1888-1967), embora este exemplo de fortuna fradiquista constitua um caso singular e, de certo modo, menos significativo que os outros autores e textos aduzidos. De facto, ao traçar ficcionalmente a sua biografia através da figura de Luís Cotter, em *Sob a Cinza do Tédio: romance duma consciência*, este crítico, historiador e ensaísta traça o perfil deste Luís Cotter, apresentando-o reiteradamente como descendente espiritual do queirosiano Carlos Fradique Mendes (cf. Figueiredo, 1944). Curiosamente, noutro texto de crítica literária, deve-se ao mesmo Fidelino de Figueiredo a ideia de aproximar à personagem do *touriste* Fradique Mendes a figura setecentista do viajado, moderno e heterodoxo Francisco Xavier de Oliveira, o *Cavaleiro de Oliveira* (1702-1783), o autor dos 3 volumes das *Cartas Familiares, Históricas, Políticas e Críticas*, publicados em Haya, nos anos de 1741-42, e mais tarde reimpressos em Lisboa.

2ª) a modernidade do legado estético-literário e ideológico fradiquiano, simultaneamente provocatório e estimulante, misto de requintada sensibilidade, de vencidismo crítico e de cosmopolitismo iluminista[8];

3ª) a existência de alguns mistérios, hiatos ou fios históricos não desenvolvidos (vazios conscientes, ou não) na biografia deste herói decadente, ontologicamente indeterminado, tal como é traçada pelo seu amigo e biógrafo-editor, Eça de Queirós;

4ª) a significativa mudança, ao nível da recepção crítica, dos recentes estudos queirosianos, com a notória revalorização do *último Eça* finissecular (em detrimento do *Eça realista*), criticamente afastado das constrições do programa naturalista de inquérito social;

5ª) e ainda a convidativa predominância de certas características configuradoras da pós-modernidade da escrita contemporânea, como teremos oportunidade de concluir adiante.

Todos estes factores parecem ter convidado, ao longo de um século, mas sobretudo nesta década de 90 que agora termina, à insistente recriação ficcional da lendária figura de Carlos Fradique Mendes[9]. A auréola de mistério, a excentricidade provocatória, a suprema ironia, fazem desde dândi finissecular uma figura particularmente cara à psicologia crítica do temperamento nacional.

---

[8] Sobre os múltiplos desafios interpretativos e derivações ideológicas da *modernidade* fradiquiana – não confundível, naturalmente, com *modernismo* –, é recomendável, entre outros ensaios, a aventura hermenêutica de Américo L. Diogo e Osvaldo M. Silvestre (1992).

[9] A somar a estas obras ficcionais de maior fôlego, há que acrescentar ainda alguns exercícios contemporâneos de epistolografia fradiquiana, isolados é certo, mas nem por isso menos significativos da fortuna contemporânea desta figura. A título de exemplo, enumeramos mais algumas "fradiquices": "Carta-prefácio de Fradique Mendes", in Luiz de Oliveira Guimarães, *O Espírito e a Graça de Eça de Queiroz*, Lisboa, Ed. Romano Torres, 1945, pp. 9-18; mais próximos de nós, os seguintes textos: "Tabucchi denuncia colonialismo português" e "Uma visão de futuro", de Pedro Bragança, na *Revista* do jornal *Expresso* (01.IV.2000 e 16.IX.2000, respectivamente); "Fradique Mendes em carta a José Maria Eça de Queirós", por José Pedro Fernandes, na revista *Egoísta*, nº 2 (Abril, 2000), pp. 98-99, um dos autores do curioso romance *O Enigma das Cartas de Eça* (Lisboa, Ed. Cosmos, 1996); "A carta de Fradique Mendes", de Clara Ferreira Alves, in *Revista* do jornal *Expresso* (13.V.2000).

2. O estranho caso da vida e morte de um espião

2.1. Apresentemos, então, sumariamente, o enredo da aventura fradiquiana ideada por Fernando Venâncio em *Os Esquemas de Fradique*, para que possamos perceber melhor a natureza desta obra ficcional, sob a forma de pseudo-romance policial. À maneira de romance histórico (falso *pastiche*), a narrativa inicia-se em 1886 com a chegada à estação da Pampilhosa da futura consorte de D. Carlos, D. Maria Amélia, oriunda de Paris. A acompanhá-la, como cicerone da terra e cultura portuguesas, vem Carlos Fradique Mendes, numa função cumprida a pedido do futuro monarca. Juntamente com este singular duo de figuras, vem ainda no comboio outra figura que partilha do cosmopolitismo mundano e aristocrático de Fradique – a princesa Maria Letizia Rattazzi, uma das amigas (e amante frustrada?) do "efémero feminino" fradiquiano.

Esta breve sequência inaugural constitui o início de um relatório elaborado cerca de um século depois, em 1999, por um jovem e desempregado jornalista, natural de Braga, com 25 anos e considerável inexperiência. É a este Martinho Telha que é concedida a voz narrativa e a função de investigar as zonas obscuras da vida de Carlos Fradique Mendes. Quem o contrata para tal inesperada incumbência é o Dr. Cristiano Fradique Rolo, neto do cosmopolita Fradique Mendes. Com 89 anos, este abastado descendente fradiquiano, filho de Sophia Vaz de Caminha e de Dinis Rolo (íntimo de Jaime Batalha Reis), pretendia "descobrir quem foi, quem realmente foi, o meu avô" (*EF*: 12), como o "neto da escrava" Ana Olímpia expõe em entrevista ao director da Biblioteca Nacional, reputado especialista queirosiano que já se ocupara do espólio de Fradique.

Sem formação literária específica, mas com algum faro jornalístico, o que se revela duplamente adequado para o perfil do ingénuo e credível pesquisador, inicialmente orientado por uma amiga, a Drª Valéria Robalo – professora na Faculdade de Letras de Lisboa e autora de uma inovadora tese sobre a Geração de 70 –, o inocente Martinho Telha vai progredindo, por entre revelações inesperadas e outros tantos reveses, na sua investigação sobre a misteriosa personagem finissecular. Paulatinamente, através de preciosas fontes de informação (outros textos mais ou menos ficcionais sobre Fradique), cedidas pela docente universitária em fotocópias, o jornalista-investigador confirma alguns dados contidos nesses autores (com realce para a obra de Agualusa[10]), infirma outros menos consistentes ou

[10] Ao traçar a genealogia do actual descendente de Carlos Fradique Mendes, logo do capítulo 3, apresentando-o como o neto da escrava e princesa do Congo, Martinho

mais fantasiosos, e acaba por descobrir facetas absolutamente inesperadas na vida de Fradique Mendes, de que o leitor que ainda não leu o romance em apreço nos desculpará certamente a apresentação.

A primeira revelação das investigações conclui que Fradique foi encarregado de "determinadas missões de observação, bom, chamemos a coisa pelo nome, *espionagem*" (*EF*: 156). Depois de quase ter sido ministro[11], Fradique era um espião ao serviço do rei D. Luís. Os cinco *dossiers* de manuscritos fradiquianos que ciosamente esconde em sua casa, mais um curiosíssimo álbum brasileiro de fotografias de Fradique, destinavam-se ao futuro espólio do escritor na Biblioteca Nacional e, obviamente, deslumbrariam qualquer pobre mortal conhecedor deste culto português de fim de século.

A segunda revelação não é menos brilhante: fruto de genealogia paralela, existe em Lisboa, uma outra neta desconhecida de Fradique e prima direita do Dr. Cristiano, chamada Leonor Fradique Mendes. Actualmente com 78 anos, era filha de Carlos Fradique Patendorff Mendes e da poetisa Joana Múrcia. Pergunta o leitor/ouvinte: mas quem é esse outro Fradique? Ora, é filho da conhecida relação eslava que Carlos Fradique Mendes manteve com a amante russa, Vária Palidoff Lobrinska, aquela mesma Libuska que foi portadora do famoso cofre que continha o mítico espólio do amante (cf. Queirós, s/d 1: 98-101).

A somar à revelação da existência de dois netos de Fradique que se desconheciam, surge a conclusão acerca dos obscuros trabalhos de Fradique. De facto, o neto tem em sua posse um diário do avô, descrevendo aparentemente escandalosas relações amorosas em terras açorianas

Telha serve-se assumidamente da correspondência publicada por Agualusa: "Tudo isto o descobriu José Eduardo Agualusa, que reuniu em *Nação Crioula* umas vinte e cinco cartas de Fradique desconhecidas" (*EF*: 18). Este é um dos múltiplos exemplos em que a intertextualidade é colocada ao serviço da verosimilhança da narrativa de F. Venâncio, para atestar a autenticidade das picarescas "buscas fradiquianas" deste jornalista. O efeito cómico do procedimento deste *efeito de real* é manifesto neste continuado jogo de espelhos. Acrescente-se, aliás, que a repetida apropriação intertextual de Agualusa é facilmente reconhecida pelo leitor e, mais do que isso, assumida pelo romancista, quando se refere às suas "fontes": "E pilhei, pilhei desalmadamente, o romance *Nação Crioula*, de José Eduardo Agualusa" (Venâncio, 2000a). Esta é apenas uma das várias confissões de assumida textofagia paródica.

[11] No célebre governo "de grandes espíritos", idealizado por D. Carlos I, depois confirmado pelo testemunho oral de D. Manuel – Oliveira Martins na Fazenda, o *dandy* Fradique nos Negócios Estrangeiros e Eça de Queirós noutra pasta (cf. *EF*: 35 e 175) – um governo de elite, o único capaz de salvar, segundo João da Ega d' *Os Maias*, o país da choldra nacional em que se afundava.

(ilha Terceira). Porém, as aparências iludem. O que não se sabia, mas que também se descobre por mero acaso, é que esses papéis – "cópia do mais procurado manuscrito do século dezanove português" (*EF*: 167-8) – que aparentam ser um diário, integram um relatório em linguagem codificada, com que Fradique ia informando o monarca. Essas "sínteses periódicas" enviadas ao monarca eram os famigerados e enigmáticos *esquemas* de Fradique (cf. *EF*: 178, 191 e 196)[12], maço de papéis que constituirá o móbil de um crime.

Para aumentar o clima de crescente mistificação, indispensável nesta lúdica construção ficcional, as informações que o jornalista *free-lancer* confidencia à universitária Valéria Robalo atraem a atenção de Baltasar Touriga, especialista queirosiano que prepara a edição crítica da *Correspondência* de Carlos Fradique Mendes. Compreensivelmente enlouquecido pela ideia de possuir os misteriosos papéis, não hesita em assaltar a casa do descendente de Fradique, episódio de sequelas inesperadas e rocambolescas.

No que respeita ao tempo da diegese, salienta-se, desde logo, uma considerável diferença entre *Os Esquemas de Fradique* e *Nação Crioula*, de José Eduardo Agualusa: este narra-nos, através de cartas do próprio Fradique (mais uma da sua amante e mulher angolana) a sua aventura africana e brasileira; já aquele conta-nos uma acção contemporânea, situada em 1999, que envolve dois descendentes actuais de Fradique e a demanda da factos ocultos em finais do séc. XIX. O primeiro apresenta-nos um relato informativo e confessional através da ilusão de um presente histórico; o segundo fornece-nos a atmosfera de uma investigação policial sobre um passado relativamente remoto.

Já quanto ao tempo da narração, *Os Esquemas de Fradique* alterna fundamentalmente entre duas dimensões: ora nos apresenta, num tempo ulterior, algumas sequências da vida de Fradique (reconstituição jornalística do passado fradiquiano); ora, com natural predomínio, recorre à simultaneidade entre a acção narrada e do acto da sua enunciação (circunstâncias presentes da investigação detectivesca). Por conseguinte, a narrativa de F. Venâncio não chega à anulação do tempo, própria de certa ficção

[12] Daí até o nosso Martinho Telha formular a hipótese credível de morte por assassínio de Carlos Fradique Mendes vai um passo. O relato da morte por pneumonia, aventada por Eça de Queirós (s/d 1: 95-96), não passaria de uma "piedosa mentira", um "embuste". Fradique era uma figura importante demais, tinha os seus inimigos ocultos. Uma coisa era certa: toda a investigação jornalística conduzia à convicção de que "Carlos Fradique Mendes foi assassinado por ter servido um rei" (*EF*: 196).

ucrónica pós-moderna, nem atinge os excessivos procedimentos da narrativa contrafactual.

2.2. Quais as especificidades d' *Os Esquemas de Fradique* na tradição ou jogo ficcional das aventuras fradiquianas? Na impossibilidade de uma análise demorada, detenhamo-nos apenas em algumas mais relevantes.

No que respeita à expressão, e salvo alguns momentos esporádicos, Venâncio não se sente naturalmente obrigado a imitar o estilo eciano e fradiquiano, através de um *pastiche* mais ou menos fiel. Há uma razão óbvia para o não fazer: ao contrário do romance de José Eduardo Agualusa, a voz e focalização autodiegética pertencem fundamentalmente ao jornalista Martinho Telha, e não a Fradique Mendes. Por conseguinte, o registo paródico de F. Venâncio não chega propriamente a necessitar do exercício da imitação do estilo.

Já do ponto de vista estrutural e genológico, este romance *Os Esquemas de Fradique* compõe-se de 44 capítulos muito breves, agrupados em três partes – "Cristiano", "Leonor" e "Sombras na noite". O ritmo narrativo da intriga detectivesca distingue-se da opção epistolográfica da matriz queirosiana, seguida com sucesso por José Eduardo Agualusa e outros autores. Mais uma vez, a especificidade da história que envolve o jornalista – elaboração de um relatório sobre a figura de Fradique – não impunha a escolha do relato epistolar, embora não fosse impeditivo disso.

Toda a narrativa assenta num sedutor jogo especular, em que o romancista vai habilmente conduzindo o leitor entre o passado conhecido de Fradique (atestado, desde logo, por Eça de Queirós com uma biografia e cartas) e o presente de investigação, que, por entre várias peripécias, consegue descortinar novas andanças de Fradique. Este parodístico jogo de espelhos hipnotiza o leitor, fazendo-o saltitar através dos reflexos projectados pela *verdade da mentira* das múltiplas efabulações fradiquianas. Aqui, a mimese narrativa parte de uma fantasia literária – irónica perversão do contrato mimético que estrutura toda a narrativa ficcional. Numa palavra, acrescentando dados novos, este romance *Os Esquemas de Fradique* é uma ficção sobre outras ficções (ficção em segundo grau, poderíamos dizer), que se serve destas narrativas como fontes históricas para ancorar a sua inquestionável verossimilhança. É uma paródia literária, tecendo uma considerável teia de relações intertextuais[13].

---

[13] Além da constante ligação ao hipotexto queirosiano, à narrativa de Agualusa e a outros textos que contêm informações sobre a misteriosa biografia fradiquiana (de António

Esta cómica procura do *efeito de real* não impede que, em vários momentos de reflexão metaficcional, se reflicta sobre a existência (histórica ou imaginária) de Carlos Fradique Mendes. Uma das mais ilustrativas passagens é o capítulo 8, em que Eugénio, um priminho aparvalhado e pimpão da namorada do jornalista, não só descreve vaidosamente a génese literária de Fradique no seio da Geração de 70, como não hesita em concluir de um modo tão radical perante a atónita namorada e o cândido jornalista: "Você, Martinho, há-de ser o único português a ainda acreditar que o Fradique Mendes existiu. E é você jornalista!" (*EF*: 46). Martinho Telha estaria, deste modo, a construir uma ficção sobre uma ficção já existente.

Noutra ocasião, o mesmo Geninho confronta o jornalista com uma aposta: "(...) está disposto a pagar-me uma ida a Paris para eu lhe mostrar o túmulo de Fradique Mendes", provocação que Martinho Telha ignora. O pior é que tanta convicção chega a lançar alguma dúvida no espírito do crédulo jornalista, baralhado perante os múltiplos rastos da biografia fradiquiana: "Às vezes, sou franco, fico como o Eugeninho, a suspeitar que o Fradique não é deste mundo" (*EF*: 51). Eugénio é, assim, a personagem romanesca a quem é confiado o importantíssimo papel de desmistificar o jogo metaficcional e parodístico em que assenta a investigação do jornalista (ignorante do processo de criação literária de Fradique) e a própria arquitectura romanesca de F. Venâncio. Cabe-lhe justamente contar ao leitor toda a verdade... Por outras palavras, incumbe-lhe o desnudamento pós-moderno da falsa referencialidade, da quebra da ilusão referencial (*falácia da referência*, na perspectiva semiótica de Umberto Eco, tão distante da ilusão e referência realistas). Com este procedimento de irónica assunção da fantasia, lembra-nos a advertência ao leitor por parte do narrador de *Uma História Verídica*, de Luciano (s/d: 17):

> "Efectivamente, o que nela o seduzirá reside não apenas na estranheza do tema, ou na minha intenção de divertir, ou no facto de ter inventado mentiras variadas que têm todo o ar de verossimilhança e de verdade, mas igual-

Sardinha e de Frederico de Sá Perry Vidal), o jogo parodístico e metaficcional em que assenta a narrativa de F. Venâncio integra ainda um número considerável de referências e alusões intertextuais, de que enumeramos apenas o nome dos autores contemporâneos de Fradique: Maria Rattazzi, Camilo, Antero de Quental, Oliveira Martins, Jaime Batalha Reis, Ramalho Ortigão, António Enes, Manuel Teixeira Gomes. Assentando em dois planos temporais, a paródia lúdica d'*Os Esquemas de Fradique* contempla ainda inesperadas referências irónicas a outros autores, como José Saramago ou Rita Ferro. Umas e outras têm, entre outras funções, a de ancorar historicamente a figura de Fradique no contexto finissecular de oitocentos, e a dos seus descendentes na contemporaneidade.

mente na circunstância de, à laia de paródia, cada passo da narrativa fazer alusão a certos poetas, prosadores e filósofos, que nos deixaram obras fantásticas e cheias de imaginação".

Ao contrário de outros narradores, obcecados pela ilusão mimética, este narrador pós-moderno *avant la lettre* ao menos confessa que mente, advertindo assim para a natureza do pacto ficcional entre leitor e autor.

Para consolidar este singular pacto ficcional com o leitor, não falta sequer a ideia de perspectivar o relatório do jornalista como uma narrativa romanesca – o que Martinho Telha ia descobrindo e escrevendo ganhava contornos de romance. É verdade que o neto de Fradique lhe pedira um relatório objectivo, sem extrapolações não documentadas, nem efabulações. Queria conhecer exactamente o "resto" silenciado na *Correspondência* do elegante e enigmático avô. É, porém, a própria Drª. Valéria Robalo que, ao ler as primeiras páginas do trabalho jornalístico sobre Carlos Fradique Mendes, reconhece a Martinho Telha virtudes de romancista (cf. *EF*: 30)[14].

Por tudo o que foi dito, o essencial deste jogo literário entre realidade e ficção resume-se a uma conseguida narrativa fradiquiana sobre outros textos fradiquianos (bibliografia literária e crítica). Parte-se do já dito para o desconhecido, acrescentando, inventivamente, novos passos à aventura do "português mais interessante do século XIX" (Queirós, s/d 1: 56; e Agualusa, 1997: 137). E sobretudo explora-se, através de uma engenhosa construção romanesca, da mistificação e da pilhéria, do pormenor picante e da alusão, o próprio processo em que assenta a gestação da personagem de Fradique, isto é, as provas documentais que fazem dele, através de uma estratégia verosímil, de uma contratualidade comprovada, um ser convincentemente verdadeiro (cf. Reis, 1999b).

De comum com os anteriores romances "queirosianos" de Mário Cláudio e de José Eduardo Agualusa, *Os Esquemas de Fradique* também partilha da natureza pós-moderna própria de muita ficção das últimas décadas, à falta de melhor qualificativo (cf. Leal, 2000), no sentido em que

[14] Neste jogo de espelhos entre realidades ficcionais e metaficcionais, são relevantes passagens como esta: "A Valéria diz que isto tudo dava um romance. Começo a dar-lhe razão" (*EF*: 52). Estes juízos sobre a índole literária do relatório jornalístico sobre Fradique vão ecoando ao longo da narrativa. Perante algumas páginas da pesquisa, o Dr. Cristiano Fradique censura "aquela abordagem «muito para o literário», tão «pouco factual». Eu já o receava, devo dizer. Sou simplório, tenho esta ingénua tendência da literatura" (*EF*: 49). Mais adiante: "Sou, não tanto um observador, mas um fantasista. A Valéria disse que havia um romancista em mim" (*EF*: 159).

a metaficção histórica é teoricamente apresentada, no âmbito de uma poética pós-modernista, por Linda Hutcheon, valorizadora de uma reescrita ou reconstrução dessacralizadora do passado histórico:

> "Historiographic metafiction suggests that truth and falsity may indeed not be the right terms in which to discuss fiction (...). Fiction and history are narratives distinguished by their frames, frames which historiographic metafiction first establishes and then crosses positing both the generic constracts of fiction and of history. (...) / Postmodern fiction suggests that to re-write or to re-present the past in fiction and in history is, in both cases, to open it up to the present, to prevent it from being conclusive and teleological" (Hutcheon, 1991: 109-110).

Ou, mais adiante, quando a teorizadora enfatiza a natureza intertextual e parodística desta poética pós-moderna, afirmando que "one of the postmodern ways of literally incorporating the textualized past into the text of the present is that of parody" (*idem*, *ibidem*: 118). Enumeremos, então, alguns procedimentos típicos da natureza pós-moderna do romance de F. Venâncio, próprios da crise do paradigma de romance realista e moderno:

i) *revisionismo histórico*: a tendência para reler ironicamente a História como uma narrativa, já que o próprio conhecimento do passado nos chega de forma textualizada, existe através de textos, conduz a que se confrontem duas imagens de Portugal separadas por um século[15];
ii) *auto-reflexividade desmistificadora da narrativa*: a valorização de uma escrita metaficcional, que reflecte ironicamente sobre si mesma e sobre convenções tradicionais à medida que se constrói, operando uma inversão da tradicional "lógica da ficção" – estamos imersos na pura (des)ilusão da *mimese* (representação), já que a referencialidade da intriga central deriva de uma fantasia literária;

[15] Neste caso, a Nação finissecular projectada no Portugal que festeja os 25 anos da sua revolução de Abril, com uma inegável agravante irónica que contrasta os dois fins-de-século: ao menos, a aguda consciência ideológica do crepúsculo oitocentista demonstrava uma agónica percepção da crise em que jazia Portugal. Nesta visão irónica da sociedade actual, adquirem importante simbolismo certos ícones emblemáticos do consumismo globalizante: o dinheiro, o computador, a internet e o correio electrónico, o telemóvel. O vazio ético é substituído por um horacianismo hedonista: viver bem o presente.

iii) *hibridez genológica*: a opção por uma assumida heterogeneidade de géneros, que vai harmonizando traços estilísticos e opções compositivas da escrita biográfica e confessional (fictícia), bem como de (falso) romance histórico e de (pseudo) romance policial;
iv) *ambivalência parodística*: que, apelando à enciclopédia e cumplicidade do leitor, ora imita e se aproxima, ora ironicamente se afasta da escrita do texto fundador queirosiano e dos seus estilemas mais conhecidos, afirmando-se sobretudo a ideia de consagração de Eça de Queirós pelo "achado sublime" do seu Carlos Fradique Mendes;
v) *circularidade intertextual*: em suma, um exercício de assumida intertextualidade, através da citação, referência ou alusão a vários textos e autores, oitocentistas ou contemporâneos. Afinal de contas, em literatura nada se inventa, o diálogo de textos é um processo natural, sem crises de auto-reflexividade e, muito menos, sem complexos edipianos nem ansiedades de influência.

Estamos, portanto, diante de um livro sobre outros livros, de um romance que labora em auto-mimese paródico-literária. Isto significa que o variado intertexto deste romance de F. Venâncio é absolutamente indispensável para alcançar a sua natureza eminentemente lúdica e parodística. O *ethos* cómico, mas sempre respeitoso, deste exercício de dialogismo paródico, faz deste romance uma curiosa e sentida homenagem à genial criação queirosiana de Carlos Fradique Mendes.

3. O mistério dos caminhos de Fradique

Pode dizer-se, portanto, que *Os Esquemas de Fradique* de Fernando Venâncio é uma história bem arquitectada e bem contada, urdida em estilo seguro e cativante, estruturada em sequências rápidas e cinematográficas, desenvolvida com imaginação e graça, vencendo o desafio de projectar a figura de Fradique até aos nossos dias e enriquecendo a rica tradição da herança fradiquiana. Prolonga-se assim, brilhantemente, o enorme gozo inicial da criação eciana, porque, trágica ironia, no fim de contas, o Portugal moral e social de hoje ainda não é muito distinto do retrato queirosiano de fim de século.

Fica em aberto o desafio à criatividade dos escritores contemporâneos, novos ou consagrados: será que já sabemos tudo da vida desse ser mágico que deslizou brilhantemente na cultura portuguesa de finais do século XIX? Não persistirão passagens obscuras na sua biografia de incansável cosmopolita? Não haverá lugar para novas revelações, para inesperadas "fradiquices"? Como se lê n'*Os Esquemas de Fradique*, esta figura do civilizado "trotador de mundo" é um "achado sublime". Por isso, não admira certa desorientação aventureira: "Com tanta viagem, tanta amizade e conhecimento, tanta aventura, tanta carta, é um milagre um tipo não lhe perder o rasto" (*EF*: 88 e 51).

Aguardemos, pois, que do mágico emaranhado da vida de Fradique surjam novas revelações. O secretismo que sempre envolveu os papéis que o excêntrico viajante atirou para o velho cofre – ou "vala comum", como o dândi lhe chamava, numa céptica renúncia perante a Arte – é, no mínimo, desafiante da imaginação de todos os leitores do seu legado epistolográfico, bem como das informações carreadas pelo seu devotado biógrafo-editor. E, entretanto, deliciemo-nos na leitura das velhas e novas aventuras fradiquianas.

BIBLIOGRAFIA

1.

AGUALUSA, José Eduardo (1997): *Nação Crioula*, Lisboa, TV Guia Editora.

CLÁUDIO, Mário (1995): *As Batalhas do Caia*, Lisboa, D. Quixote.

COSTA, Maria Velho da (1999): *Madame*, Lisboa, D. Quixote.

– (2000): *Madame* (versão de cena), Lisboa, Cotovia/Teatro Nacional S. João.

LUCIANO (s/d): *Uma História Verídica*, Lisboa, Ed. Inquérito (pref., trad. e notas de Custódio Magueijo).

QUEIRÓS, Eça de (s/d 1): *A Correspondência de Fradique Mendes* (*Memórias e Cartas*), Porto, Lello & Irmão – Editores.

– (s/d 2): *Cartas Inéditas de Fradique Mendes e Mais Páginas Esquecidas*, Porto, Lello & Irmão – Editores.

– (1983): *Correspondência*, 2 vols., Lisboa, IN-CM (ed. org. por Guilherme de Castilho).

VENÂNCIO, Fernando (1999): *Os Esquemas de Fradique*, Lisboa, Grifo [romance citado através da abreviatura *EF*].

2.

DIOGO, Américo António Lindeza & SILVESTRE, Osvaldo Manuel (1992): *Les Tours du Monde de Fradique Mendes: A Roda da História e a Volta da Manivela*, Sintra, Câmara Municipal de Sintra.

FIGUEIREDO, Fidelino (1944): *Sob a Cinza do Tédio: romance duma consciência*, 4ª ed., Coimbra, Nobel.

HUTCHEON, Linda (1991): *A Poetics of Postmodernism* (*History, Theory Fiction*), New York/London, Routledge.

LEAL, Maria Luísa (2000): "Recyclage culturel d'un voyageur: œuvre révolutionnaire, littérature postmoderne et postcoloniale", in Maria Alzira Seixo (*et alii*), *The Paths of Multiculturalism – Travel Writings and Postcolonialism*, Lisboa, Ed. Cosmos, pp. 351-367.

LIMA, Isabel Pires de (1995): "Vergílio Ferreira, Eça e nós", in Fernanda Irene Fonseca (org.), *Vergílio Ferreira. Cinquenta Anos de Vida Literária*, Porto, Fundação Eng. António de Almeida, pp. 337-346.

MARTINS, J. Cândido (2000): "(As) Batalhas do Caia", in A. Campos Matos (Org.), *Suplemento ao Dicionário de Eça de Queirós*, Lisboa, Caminho, pp. 47-50.

REIS, Carlos (1999a): "Fradique Mendes: origem e modernidade de um projecto heteronímico", in *Estudos Queirosianos* (*Ensaios sobre Eça de Queirós e a sua obra*), Lisboa, Presença, pp. 137-155 [inicialmente publicado nos *Cadernos de Literatura*, 18 (1984), pp. 45-60].

– (1999b): "Fradique Mendes revisitado", in *Cartaz*, do jornal *Expresso* (11 de Outubro).

SARDINHA, António (1929): "O Espólio de Fradique", in *Purgatório das Ideias* (*Ensaios de Crítica*), Lisboa, Liv. Ferrin, pp. 3-55.

VENÂNCIO, Fernando (2000a): "Ele, eu & os outros", in *JL. Jornal de Letras, Arte e Ideias* (9 de Agosto).

– (2000b): "Efabulações Fradiquianas", in A. Campos Matos (Org.), *Suplemento ao Dicionário de Eça de Queirós*, Lisboa, Caminho, pp. 263-266.

TÍTERES, PESSOAS MORAIS E CARICATURAS: RELENDO EÇA

José Luiz Foureaux de Souza Júnior
UFOP

> O texto contém nele a força de fugir infinitamente da palavra gregária (aquela que se agrega), mesmo quando nele ela procura reconstituir-se; ele empurra sempre para mais longe (...) ele empurra para outro lugar, um lugar inclassificado, atópico, por assim dizer, longe dos *topoi* da cultura politizada (...); ele soergue, de modo frágil e transitório, essa chapa e generalidade, de moralidade, de indiferença (separemos bem o prefixo do radical), que pesa sobre nosso discurso coletivo.
>
> (Roland Barthes, *Aula*)

Antes de qualquer coisa, é preciso dizer que essa comunicação se inscreve no campo do *work in progress*, uma vez que apenas apresenta algumas linhas de interpretação, constituídas ao longo de um período de investigação que ainda não terminou: aquele que se circunscreve aos estudos do "homoerotismo", em sua explicitação interlocutória com a Literatura e pela Literatura. Na verdade, os rumos que essa releitura de um autor canônico tem tomado, apontam para uma continuidade fértil e eficaz. Sendo assim, não se pode tomar as constatações aqui apresentadas como definitivas. As conclusões são transitórias como o são os seus leitores. Como ponto de partida, cabe explicar alguns pressupostos que fundamentam a metodologia adotada. Vou rejeitar, liminarmente, qualquer visão de uma suposta identidade homossexual essencialista e pré-determinada, de caráter transhistórico e transcultural: não estou falando de representação do homoerotismo na literatura, mas sim de configurações literárias do mesmo. Mais do que isso, o princípio da homossociabilidade é que desponta como grande operador de leitura da narrativa de Eça de Queirós, muito mais do que uma possível discussão acerca do caráter homoerótico que, porventura, possa ser levantado; ou seja, estou a postular que é na linguagem e através dela que as experiências se fazem enquanto tais, no momento mesmo em que se dizem. É, pois, no espaço histórico e social da(s) linguagen(s), que procuro detectar as diferentes experiências homoeróticas que chegaram a se configurar nas narrativas estudadas.

A leitura que se propõe funciona aqui como instrumento de releitura da fortuna crítica do aqui celebrado escritor português, numa aproximação não apenas temática, mas discursiva. Como escritor, ele representa as "pessoas morais" do título, uma vez que se compromete, de uma maneira ou de outra, com o próprio estatuto de escritor canônico; e, como tal, passível de ser submetido a olhares nunca dantes navegados. Por outro lado, os narradores que criam, aparecem nesse cenário como os títeres de seu discurso revelador de um olhar nem sempre "comprometido" com esse mesmo estatuto. Por fim, as personagens, enquanto "caricaturas" oferecem um conjunto de traços que, esses sim, apontam para as referidas diretivas de leitura. Parafraseando o título de um filme famoso dos anos 80, "Muito além do jardim", esses estatuto e diretivas de leitura apontam para o olhar homofóbico que esses narradores voltam, osmoticamente, para suas personagens. A osmose aqui tem sabor de ficção e opera uma entorse discursiva que impede o leitor de rotular o autor, de maneira inflexível, como exigiria um comportamento crítico "canônico". A moralidade das pessoas a que se refere esse texto acaba por caricaturizar seus títeres, tirando-lhes uma pseudo e desejada autonomia, que o texto, superficialmente, deixa explicitar.

Emprego o termo homoerotismo, de preferência a homossexualismo, por várias razões; em primeiro lugar, por não estar marcado pelo contexto médico-legal e psiquiátrico que forjou a noção de "homossexual", na segunda metade do séc. XIX; além disso, pelo fato de "eros" ser um conceito muito mais abrangente que "sexo", o que permite integrar ao objeto de estudo uma gama muito mais variada, matizada e rica de emoções, sensações, idéias e vivências; em terceiro lugar, para passar ao largo da problemática noção de orientação sexual, em seus vários desdobramentos e, sobretudo, em contraste com a noção de opção sexual; e, finalmente, para evitar a falaciosa transformação de um adjetivo (homossexual) em substantivo (o homossexual), como se práticas sexuais pudessem definir, caracterizar e nomear aprioristicamente um tipo de pessoa, independentemente do meio social e do momento histórico em que ela vive e atua, bem como das inúmeras variáveis psicológicas, culturais, étnicas, políticas, religiosas etc. que plasmam a sua existência e sua autocompreensão. Essa opção não quer dizer que eu esteja ignorando ou minimizando a complexa questão das identidades e das sub-culturas, no contexto atual dos estudos culturais. Pelo contrário. Simplesmente, sustento que o homoerotismo não leva *necessariamente* à constituição de uma identidade ou de uma sub-cultura específica.

Essas considerações abrem uma, entre várias, perspectivas extremamente importantes para o estudo em questão. A primeira delas levaria a sublinhar o caráter histórico e contingente da própria noção de identidade e do papel que esta desempenha na cultura ocidental. Num ensaio brilhante, o professor inglês, Jonathan Dollimore, em seu livro *Sexual dissidence*, comparando Andre Gide a Oscar Wilde e valorizando a envergadura crítica do pensamento aparentemente frívolo do segundo desses autores, aponta para o papel central que a idéia de um "eu autêntico" desempenha na cultura moderna do Ocidente. No espaço cultural da modernidade, marcado pelo processo de secularização, esse suposto "eu autêntico" passa a ocupar o antigo lugar de Deus, convertendo-se na instância decisiva para a fundamentação do verdadeiro, do real (e/ou natural) e do moral, categorias que correspondem aos três principais domínios do conhecimento na cultura ocidental: epistemológico, ontológico e ético. O fato de os diferentes movimentos libertários (feminista, negro ou gay, p. ex.), num primeiro momento, terem recorrido precisamente a essa noção de autenticidade, para fundamentar suas próprias reivindicações e lutas nos campos social, político e cultural, não deve levar o crítico a nenhuma forma de sacralização essencialista e a-histórica da própria noção de identidade e do seu valor cultural e político. Assim é que não se pode nem se deve aplicar retrospectivamente a noção de identidades *gay* (entendida aqui como a daqueles homens que se definem primariamente em função de um estilo de vida multidimensional, estruturado a partir de uma opção afetiva e/ou sexual homoerótica) e *queer* (marcada ainda, além disso, por uma opção cultural e política radical, centrada sobre a re-significação dos valores e significações da cultura dominante, ainda que essa possibilidade ocorra quando da leitura de textos ficcionais. Isto é, se se levar em consideração o que diz Dennis Allen, em seu livro *Homosexualité et littérature*, quando cogita que a relação entre homoerotismo e escrita não deve ser respaldada por suas modalidades de codificação e de in-corporação de uma "homossexualidade pré-existente". Será necessário, ao contrário, verificar como o texto define e descreve, logo, "cria" a homossexualidade de que fala. Desse modo, as experiências homoeróticas configuradas nos textos exigem que se procure entender outras formas históricas e, no caso presente, literárias de apreensão e compreensão dessas experiências, em suas especificidades e contexturas próprias.

Fazendo um retrocesso no tempo, relembro aqui um episódio "famoso" na cena urbana do balneário de Búzios, no Rio de Janeiro, palco da morte de Ângela Diniz, uma *socialite* carioca, muito famosa nos anos 70. Nada ficou bem esclarecido, mas sua morte serviu para lavar a honra de seu marido. Da mesma forma, a família Balesteros, um dos pilares da tradição social da capital mineira, perdeu um membro: dentro de uma igreja, em Belo Horizonte, o marido lavou sua honra ultrajada. As duas cenas não apontam apenas para um caráter antifeminista. O que desejo destacar é o fato da "punição", que aparece explicitamente no desfecho trágico de ambas as histórias. Em ambas, o caráter "masculino" do desfecho aponta para a visada (ainda) comprometida com uma certa moralidade burguesa. A analogia se faz necessária, quando proponho pensar que o autor aqui em destaque, ainda que não conscientemente – não é possível, nem desejável, conjecturar sobre essa consciência – se compromete com essa visada, colocando na "boca" de seus narradores um discurso "moralista". É fato que o homem sempre teve sua palavra garantida, desde que tivesse necessidade de usá-la. A ele é dado o poder de caracterizar as situações conforme a sua conveniência, ele decide os destinos da família, ele sabe o que é bom e o que é ruim para a mulher e para os filhos, ele recebe treinamento prévio de todas as responsabilidades sexuais do casamento. Isso basta! Ainda existem homens assim...

Considerando uma outra perspectiva da questão, é necessário afirmar que o romance romântico, que aparece (também) para ocupar a ociosidade de uma burguesia ascendente, trata o homem com a veemência que ele merece; basta ver a referência que a ele se faz em *O primo Basílio*, quando da apresentação de Luísa, mais precisamente. Por outro lado, o romance moderno, mesmo que não explicitamente, faz o mesmo. Num sentido paródico, o homem deixa de aparecer como centro das atenções, mas continua catalisando todo um discurso narrativo. Instaura-se uma dúvida: isso é um elogio ou uma crítica? Entre o romântico e o moderno, encontramos um romance que fala muito da mulher. Num sentido genérico, o nome que se dá a essa estética intermediária é masculino Realismo/Naturalismo, assim como o título do romance. No entanto, a figura da mulher parece ocupar o centro de irradiação de idéias naquela etapa: sua tematização pode ser considerada uma constante nos romance de Eça. Luísa pode se considerar uma verdadeira heroína da narrativa em que aparece. Romântica por formação, ela vive num mundo de fantasias, contrastante com a "realidade" moral de seu tempo. Em certa medida, no texto, ela aparece como uma caricatura, no sentido positivo do termo, para exacerbar a visada crítica do autor do romance. Luísa já é uma mulher "madura" no início do romance. Seu adultério é flagrante, apesar de "induzido" pelas circunstâncias e ela não deixa de expressar suas pretensões, suas explicações: essa matéria a transforma em quase uma caricatura completa, no discurso corrosivo de um títere, o narrador. As atitudes da personagem simulam, aos olhos do narrador lente através da qual o leitor se aproxima, em primeira instância, do relato uma indiferença suspeita, fazendo modificar o desenho caricatural que o narrador de Eça produz. Há "evidências" que podem levar a pensar na concretude de um ato condenado moralmente. Acaba por aí, a diferença, em determinado sentido. O narrador de Eça não se identifica com esse perfil: seu compromisso moral é mais largo e, portanto, mais problemático, ele não participa da história, não poupa detalhes para compor o quadro de um adultério, de um episódio doméstico, como diz o subtítulo da obra: uma forma sutil de subverter a "ordem" natural das coisas, isentando-se de uma acusação moralista, como a sofrida por Flaubert, em célebre processo. O títere segue, em Eça, as diretivas da pessoa moral que o guia, em seus cordames, sem se "comprometer", explicitamente, com esse ato: privilegia-se, para os interesses desse trabalho, a posição do narrador de *O primo Basílio*, a de porta voz de um discurso do desejo. Trata-se, aqui de uma aparatosa mecânica social, que aponta para o contrato homossocial que quero destacar. Refiro-me aqui a Eve Kosofsky Sedgwick, em seu livro *Between men,* quando tece comentários acerca do termo homossociabilidade, importante para a minha leitura de Eça. No subtítulo desse livro ela utiliza a expressão *homosocial desire* e explica que se trata de "registrar discriminações e paradoxos". A expressão "desejo homossocial" a que se refere começa com um tipo de oxímoro: homossocial é uma palavra ocasionalmente utilizada em História e nas Ciências Sociais, para descrever laços sociais entre pessoas do mesmo sexo; é um neologismo obviamente formado por analogia a homossexual; da mesma maneira que deve ser distinguido de homossexual. Na realidade, o termo é aplicado a uniões masculinas que podem, mesmo em nossa sociedade, ser caracterizadas por intensa homofobia: medo e ódio de tudo o que explicita homoerotismo. Considerá-lo na órbita do "desejo", do potencialmente erótico, então, é considerar a hipótese da continuidade entre homossocial e homossexual, cuja visibilidade, para os homens, em nossa sociedade, encontra-se ainda radicalmente interrompida. Essa hipótese de continuidade não é genética, uma vez que não se discute a "genitalidade homossexual" como a raiz de outras formas de homossociabilidade masculina, mas, ao contrário, como uma estratégia de generalizações aproximadas, destacando diferenças históricas no que se refere às relações de homens com outros homens.

Todo esse perímetro conceitual é necessário para se poder localizar a leitura que se faz de personagens como o Sebastião de *O primo Basílio*, o Padre Amaro, do romance homônimo, o Jacinto de *A cidade e as serras* e o Libaninho, de *O crime do Padre Amaro*. No caso da primeira personagem, sempre acompanhando os passos de Luísa, mas sempre se esgueirando em sua própria sombra, tem-se o exemplo dessa caricatura da moralidade burguesa que mal disfarça uma relação afetiva pouco explicada pela crítica canônica entre Sebastião e Jorge. A pedido deste, aquele segue os passos da protagonista, mas não consegue vencer sua própria iniciativa de proteger o nome da "casa" das más línguas, numa sintomática reação de ciúmes em relação ao "primo". Os ciúmes, claro, não se explicitam, mas podem ser percebidos a cada passo, desde a apresentação da figura "diferente" de Sebastião, até a cena em que é discutido o desfecho da peça que Ernestinho apresenta para o grupo que freqüenta a casa de Luísa. Nesse clímax, Sebastião chega a concordar com a atitude de Jorge, ainda que implicitamente, o que confirma essa hipótese de leitura. Os traços com que é construído, sua performance, enquanto caricatura de indivíduos muito "comuns", fazem com que a ambigüidade se instale, não admitindo recortes radicais e inflexíveis na leitura que desse perfil se possam fazer.

Numa feição muito mais explícita, o mesmo se pode dizer de Amaro que, num retrato brilhante, logo no início do romance, destaca tudo aquilo que compõe o acervo homofóbico finissecular, na caracterização do "masculino. Senão, vejamos: "A sua figura amarelada e magrita pedia aquele destino recolhido: era já afeiçoado às coisas da capela, e o seu encanto era estar aninhado ao pé de mulheres, no calor das saias unidas, ouvindo falar de santas (...) Amaro era, como diziam os criados, 'um mosquinha morta'(...) vagamente assustado das espessuras de arvoredos e do vigor das relvas altas". (p. 25-26) Ao contrário de Sebastião, os traços "femininos" de Amaro são explícitos e o contraste de sua fragilidade em relação à simbologia viril dos elementos que o "assustavam" deixa clara sua "personalidade" fragilizada. Mais adiante, o narrador completa esse quadro, quando diz: "As criadas de resto feminizavam-no; achavam-no bonito, aninhavam-no no meio delas, beijocavam-no, faziam-lhe cócegas e ele rolava por entre as saias, em contacto com os corpos, com gritinhos de contentamento. Às vezes, quando a senhora saía, vestiam-no de mulher, entre grandes risadas; ele abandonava-se meio nu, com os seus modos lânguidos, os olhos quebrados, uma roseta escarlate nas faces." (p. 26) A seqüência de adjetivos e diminutivos, a sensualidade do contato corporal, a aparência casta e frágil de seu pejo reforçam a ambigüidade que trai o discurso do narrador. Na iniciativa de colocar um espírito quase devasso nas mulheres que o "feminizavam", deixa escapar uma visada homofóbica que insiste em recalcar experiências formativas, contundentes para uma personalidade frágil, por isso mesmo caricatural, da personagem central do romance. Mais adiante, o narrador completa o movimento de oscilação quando descreve a "situação" constrangedora de Amaro, em sua convivência com Gonçalves, o tio responsabilizado por sua educação pré-seminário, oposto absoluto das mulheres, revelando virilidade quase animalesca, quase numa tentativa desesperada de salvar a masculinidade da personagem, ou o que restava dela, nas entrelinhas. Diz o narrador: "(...) as convivências da escola tinham introduzido na sua natureza efeminada curiosidades, corrupções. Às escondidas fumava cigarros, emagrecia, e andava mais amarelo". (p. 29) É evidente o esforço da moralidade encomendada do títere, no exercício de associar o perfil "feminino" da personagem com a decadência, o pecado, a fragilidade da saúde física, enfim, a "anti-natureza". Qualquer associação com a reduplicação de um estereótipo homofóbico não é mera coincidência. Daí em diante, define-se a personagem, no enredo do romance, enquanto representação de um padrão de beleza viril, que não deixava de agradar às mulheres, vide o drama que decorre com Amélia. Uma pergunta, no entanto, fica no ar, incômoda: por que a insistência nos traços de sedução e beleza viris da personagem a partir desse ponto?!

Numa outra direção, vai ser possível associar a esse quadro de considerações, a apresentação de Jacinto, em *A cidade e as serras*. No transcorrer da narrativa, a personagem é sempre contrastada com seu "amigo e confidente", o José Fernandes. É sintomática a passagem em que Jacinto se demora diante do espelho, quando o narrador destaca os detalhes da *toillete* da personagem, no esforço de dar destaque à "modernidade" *dandy* dela. No entanto, é óbvia a possibilidade de uma leitura outra de todo esse detalhamento que, em tudo e por tudo, deixa escapar o perfil feminino de Jacinto, surrupiado mais tarde, quando de seu estabelecimento na serra, após a perda irreparável de toda a parafernália mecânica de seu apartamento em Lisboa e o incidente "desastroso" durante a viagem para as serras. Nesse contexto, vale a pena destacar também a apresentação de um *passus* da existência ambígua dessa personagem, nos termos em que é descrita pelo próprio narrador: "O Cintinho crescera. Era um moço mais esguio e lívido que um círio, de longos cabelos corredios, narigudo, silencioso, encafuado em roupas pretas, muito largas e bambas; de noite, sem dormir, por causa da tosse e de sufocações, errava em camisa com uma lamparina através do 202; e os criados na copa sempre lhe chamavam a "sombra".(p. 37) Não se pode deixar de aproximar essa figura frágil e adoentada a duas outras, uma genérica a mulher romântica, pintada com tintas fortes e outra particular Marcel, protagonista e narrador de *Em busca do tempo perdido*; ambas comprometem a quase isenta descrição de Jacinto, em sua primeira fase. Mais uma vez, o clima doentio se opõe ao vigor masculino que vai ser encontrado, mais tarde; mesmo sem a contundência do clima de *O crime do Padre Amaro*, essa pequena descrição, ainda que anterior a todo o desdobramento irônico e sarcástico do narrador, num discurso corrosivo de crítica aos exageros da modernidade, apresenta traços igualmente ambíguos na composição de uma personagem que vai ser, no desenrolar da narrativa, redimida dos erros da juventude. Uma dessas remições se explicita na "paixão" que acomete Jacinto, por uma trigueira habitante das serras, mulher descrita com vigor, aparentando saúde, alegria e tranqüilidade. Mais uma vez, a oscilação discursiva do narrador, ao tecer uma caricatura da personagem fragilizada pela "modernidade" de seu *modus vivendi*, deixa escapar uma ambigüidade outra que, o moralismo do olhar narrativo não consegue esconder. A amizade de Jacinto e José Fernandes não se "explica" e, por fim, não se faz necessário explicar. Afinal, a narrativa dá conta de colocar Jacinto nos moldes finisseculares, deixando José Fernandes um crítico arguto e interlocutor contumaz do protagonista numa aura de sombra e esquecimento. Essa amizade é reveladora desse olhar moralista que, mais uma vez, o narrador, qual títere silencioso faz questão de manter.

Caso à parte é o de Libaninho que já aparece descrito com traços femininos, numa clara ironia ao comportamento desviante da personagem. No entanto, não vale a pena insistir nessa direção, uma vez que a ambigüidade de todas as outras personagens é mais instigante e reveladora. Não se pode esquecer de que a galeria das personagens que abrem espaço para a discussão do princípio da homossociabilidade, enquanto operador de leitura é numerosa. Nela, pode-se encontrar, por exemplo, José Matias, do conto homônimo; Tito, de *A ilustre casa de Ramires*; Ega, de *Os Maias*. Seja pela explicitação de características femininas, seja pela implicitude de um discurso homofóbico, essas personagens são eloqüentes. Mais uma vez, insisto no fato de que não se trata de perceber e destacar a composição ambígua das personagens. Trata-se, na verdade, de propor uma linha de raciocínio que destaca não a sexualidade em si das personagens, enquanto representação de "desvios" comportamentais, mas a sua performance enquanto títeres de um discurso caricatural que explicita a homofobia crítica finissecular. Por outro lado, fica de fora, nesse contexto, a discussão de uma teorização do homoerotismo enquanto discurso embasado numa conceituação de gênero, em termos de papéis sexuais e/ou identidades sexuais, mas de representações identitárias homoeróticas, operando o conceito de homossociabilidade, ou seja, uma "associação" de mesmo sexo, sem necessariamente vincular essa associação à sexualidade, sem, no entanto, deixar de estabelecer interlocução com ela.

Num magistral apanhado da sexualidade no século XIX, Peter Gay levanta uma possibilidade bastante atraente para a leitura do romance português: o tema da mulher. O homem burguês sofre de uma fobia incontrolável da mulher e de tudo o que ela representa, pois acredita que seu "lugar" está sensivelmente ameaçado. Diz o autor:

> (...) a ardilosa realidade da condição feminina confrontou muitos homens da classe média e muitas mulheres também com a necessidade de clarificar atitudes, de pôr preconceitos à prova, de tomar decisões. A autopercepção do homem estava em jogo. Os sentimentos exasperados que essa situação provocou, e as numerosas controvérsias que ela gerou, só podem deixar atônitos aqueles que não conseguem perceber a preponderante parcela de sentimentos ocultos existente na criação de atitudes sócias e ideologias políticas. (GAY, 1988: 129)

As mulheres, de certa maneira, dominam o universo dos romances de Eça de Queriós, ainda que não tão explicitamente. Nas narrativas do autor português, os protagonistas representam mais uma caricatura num painel social detalhado. Esse é o objetivo essencial dessas narrativas, do ponto de vista tradicional, canônico. No entanto, o narrador deixa escapar outro tipo de "compromisso" moral, uma vez que não está "pessoal", "moral" e "afetivamente" envolvido na história. Quanto às punições, em *O primo Basílio*, Luísa morre, vítima de uma febre enlouquecidamente inverosímil. De qualquer maneira, sua punição é radical. Em vista desse detalhe, é possível colocar-se a seguinte questão: por que Luísa não reage à sua punição? Obedecendo aos trâmites sócio-culturais que orientam a codificação do comportamento da mulher nos últimos anos do século XIX, Luísa, enquanto personagem, teria uma chance de reagir à sentença ditada pelos narradores. De qualquer forma, vale a pena não esquecer que estes são homens e os valores explicitados têm a medida das palavras desses homens. Esses mesmos valores têm que obedecer à ideologia que é por eles respeitada e alimentada: Luísa morre sem nenhuma tentativa de reação. Vale, mais uma vez, reler as palavras de Peter Gay:

> Um dos instrumentos favoritos de autodefesa masculina era o desgastado, embora infatigável, clichê sobre a mulher como o sexo misterioso.

> Como outros chavões modernos, também esse tinha raízes na Antigüidade, e através dos séculos fora reforçado pelos mesmos traços que o homem primeiro estimulou na mulher, para depois declarar sua total impossibilidade de compreendê-los. (GAY, 1988: 128)

A higienização da mulher e a disciplinarização do espaço urbano não comportam reações radicais pelo ainda considerado sexo frágil. A questão não está na fragilidade... Existe um sufocamento pelo menos em nível de tentativa num universo diegético de uma autonomia comportamental, sufocamento de um desejo. Na voracidade de não perder seu lugar de detentor do discurso moralizador, o homem burguês investe na manutenção de um *status* que não permite concessões. Sua virilidade está em jogo: isto é o que ele experimenta. Perpassa o espírito de perdão em algumas considerações do narrador, ainda que não seja exatamente o "seu" espírito, mas o de uma personagem. O narrador repete com as caricaturas o que o autor faz com o seu títere. Jorge, que logo no início da narrativa dita a punição de Luísa, chega a perdoá-la num acesso de compaixão(?). No fim, Jorge "se conforma" com a situação moral em que se encontra, não dando conta de "segurar as pontas" do discurso moralizador que o narrador vem desenvolvendo. É interessante notar como as leituras mais afinadas com detalhes da narrativa romanesca podem apresentar novas possibilidades de interpretação. Em *O primo Basílio*, o narrador remonta aos tormentos de uma mulher burguesa, entediada com o provincianismo de Lisboa e picada pelo desejo de aventuras eróticas. O seu *alter ego*, a "pão e queijo", demonstra bem o caminho que deveria ter sido seguido. Lisboa é uma cidade "moderna": nela, o desejo higienizador e disciplinarizador da burguesia transforma em palco de dramas domésticos e sociais, as ruas, praças e casas. Domésticos porque a família é atingida em cheio. Suas cobranças, a necessidade da união de seus membros, o comportamento codificado, conseguem atormentar os desejos individuais de seus membros. Sociais porque o relacionamento social se vê questionado enquanto código em seus princípios e valores.

Isto coloca em xeque a consistência de princípios e o direito à individualidade. Como representante moderno da civilidade, a cidade se enche de significados. Seu discurso organizador, na verdade, desorganiza os valores ocidentais na tentativa de uma nova estruturação comportamental. As tendências se evidenciam, deixando sua fase de latência para se concretizarem em atos, aparentemente distantes de uma nova ordem. É nesse contexto que se faz pertinente pensar a questão da homossociabilidade, ainda que *O primo Basílio* não seja o exemplo mais caro e contundente; as outras narrativas aqui referidas podem dar exemplos, às vezes, mais claros. No entanto, essa narrativa parece tornar mais complexo o jogo oscilante do discurso narrativo, também um títere nas mãos do narrador: numa espécie de *mise-en-abyme* actancial, o narrador reproduz uma visão "moral" da realidade circundante, deixando escapar, entretanto, alguma nuance que a natureza discursiva dessa mesma visão insiste em recalcar. A evidência se dá por pequenos "chistes" que revelam a medula de uma questão complexa: a representabilidade dos papéis sociais. A modernidade coloca em xeque esse afã de representação: mais que renovadora ou mesmo criadora de valores, a modernidade inverte os sentidos de seus valores comportamentais. O espírito paródico impera solene, apesar de encontrar certos obstáculos, dificultando sua evidência. Trata-se, creio eu, de uma possibilidade a mais de se pensar questões que vão tocar no que conhece como problemática da subjetividade o quê, afinal de contas, vai também tocar no campo delicado das sexualidades; daí às considerações de tudo o que refere às peculiaridades homoeróticas é um passo muito curto.

É mais que necessário começar a prestar mais atenção em *outras* formas sociais de sexualidade – outros modos pelos quais relações homoeróticas têm sido organizadas e compreendidas, diferenciadas, nomeadas e não mencionadas deliberadamente. É necessário especificar a particularidade de vários modos de comportamento homoerótico e as relações entre esses modos e as configurações particulares de possíveis identidades sexuais; ainda que as narrativas em referência não sejam o que se pode chamar de homoeróticas, por definição. Como eu disse no início, a chave aqui é o discurso do narrador e sua representabilidade "cultural". O aparecimento de definições novas como a de homoerotismo leva a ver esse mesmo conceito como parte da reestruturação das relações familiares, sociais, culturais e, mesmo, sexuais: conseqüências do triunfo da urbanização e do capitalismo industrial; as mesmas trocas que habilitaram um possível "hetero-erotismo", como um investimento cultural ligado à procriação, também criaram, com ligações diferentes, condições para o aparecimento do homoerotismo, nos termos em que essas considerações foram aqui delineadas.

Concluindo, Ângela Diniz, a socialite mineira, pode ser considerada um emblema de comportamento da sociedade moderna. Haveria muito mais diferença além da que é expressa pelos adjetivos "contemporânea" e "moderna". No fundo, a afirmação de um poder imposto não está simulando uma negação? Enquanto os narradores afirmam a superioridade masculina, seus discursos evidenciam a negação de um temor, recalcamento de um desejo indizível: temor bastante comum. Tudo não seria a mesma coisa então? Para além disso, a insistência num discurso "masculino", abre possibilidade para se pensar numa outra leitura do texto de Eça: o discurso da homossociabilidade, como foi aqui aventado. Enquanto pacto masculino, a moralidade burguesa se descuidou de controlar o discurso que acaba por revelar uma outra face dessa "irmandade" de interesses. Há uma ênfase sensível numa identidade de gênero, não de sexualidade. O homem se aproxima de outro por interesses "morais" que acabam por criar laços "afetivos". Isso é problemático também e é para essa direção que esse trabalho deseja apontar como proposta de investigação.

BIBLIOGRAFIA

ALLEN, Dennis, "Homosexualité et littérature". *Franco-Ítaca*, Série Contemporanea, Alessandria, 1994, nº 6, p.11-27.

BELEMIN-NÖEL, Jean, *Psicanálise e Literatura*, trad. Álvario Lorencini e Sandra Nitrini, São Paulo: Cultrix, 1983.

CASTRO, Eliana de Moura, *Psicanálise e Linguagem*, São Paulo: Ática, 1986. Série Princípios, 45.

CHAUNCEY Jr., George, "Christian brotherhood or sexual perversion? Homosexual identities and the construction of sexual boundaries in the war I era". In: DUBERMAN, Martin et alii. (eds.). *Hidden from History: reclaiming the gay and lesbian past,* New York: Meridian, 1990, p. 195-211.

DOLLIMORE, Jonathan, *Sexual dissidence: Augustine to Wilde, Freud to Foucault,* Oxford: Clarendon Press, 1996.

DOR, Joël, *Introdução à leitura de Lacan: o inconsciente estruturado como linguagem,* trad. Carlos Eduardo Reis, Porto Alegre: Artes Médicas, 1989.

GAY, Peter, *A educação dos sentidos. A experiência burguesa da rainha Vitória a Freud*, trad. Per Slater, São Paulo: Companhia das Letras, 1988.

MACHADO DE ASSIS, Joaquim Maria, *Dom Casmurro*, Rio de Janeiro: W.M. Jackson Inc. Editores, 1955.

QUEIRÓS, Eça de, *O primo Basílio*, Lisboa: Círculo de Leitores, 1993. Colecção "Romances completos de Eça de Queirós".

— *A cidade e as serras*, 3 ed., Lisboa: Ulisseia: Instituto Português do Livro e da Leitura, s/d., Biblioteca Ulisseia de Autores Portugueses, 5.

SANTIAGO, Silviano, *Uma literatura nos trópicos*, São Paulo: Perspectiva: SEC-SP, 1978.

SEDGWICK, Eve Kosofsky, *Between men: english literature and male homosocial desire*, New York: Columbia University Press, 1985.

— *Epistemology of the closet*, Berkely: Los Angeles: University of California Press,1990.

WEEKS, Jeffrey, "Inverts pervents and Mary-Annes: male prostitution and the regulation of homosexuality in England in the Nineteenth and early twentieth century". In: DUBERMAN, Martin et alii (eds.), *Hidden from History: reclaiming the gay and lesbian past,* New York: Meridian, 1990, p. 195-211.

O PRIMO BASÍLIO E A ADAPTAÇÃO TELEVISIVA BRASILEIRA

JOSÉ MARIA RODRIGUES FILHO
Universidade de São Paulo
Universidade de Mogi das Cruzes-SP

Diversas questões de interpretação crítica, de inter-relações semióticas, de recriação e de estética da recepção combinam-se no tratamento deste tema, a partir do qual se procurou ponderar a adaptação televisiva de *O Primo Basílio* na seqüência de minisséries brasileiras. Para melhor se entender esse procedimento foram ponderados não apenas o processo de transmutação mas também o acolhimento cognitivo, proporcionado pela estética receptiva, já que se trata de um texto, primeiramente, implicado com a leitura e que, posteriormente, manifesta suas particularidades em imagens para um receptor que vai registrar inferências relativas ao encontro das culturas luso-brasileiras. São abordagens que, nas transmutações, possibilitam pontuar as marcas conjuntivas que facultam ao telespectador informado o reconhecimento e a avaliação do texto de origem. Nesse sentido, as propostas da teoria das inter-relações semióticas propõem averiguar o conceito de estrutura elementar de significação greimasiana, estendendo-se até o nível intertextual das obras envolvidas, no caso, o romance de Eça de Queirós, o roteiro adaptado e o espetáculo televisivo. As análises de adaptações tendem sempre a enfatizar os elementos conjuntivos que garantem o trânsito intertextual. Uma vez detectados os traços de semelhança que correspondem às áreas de segurança da transmutação, podem-se avaliar os elementos disjuntivos, dissemelhantes, responsáveis pela individualidade e especificidades das obras partícipes do processo adaptativo.

As transmutações constituem prática consagrada no cinema e mais recentemente na televisão. No campo cinematográfico, há de se lembrar o clássico "E Tudo o Vento Levou", adaptado, em 1939, do romance homônimo de Margaret Mitchell, com a direção de Victor Fleming e ainda o célebre filme "Blade Runner: O Caçador de Andróides", adaptado por Ridley Scott, em 1982, de uma pequena obra de ficção científica de Phillip Dick – *Why do Androids Dream With Electric Sheaps?*. No Brasil, Nelson Pereira dos Santos transmutou de Graciliano Ramos duas grandes obras do chamado Cinema Novo: *Vidas Secas,* em 1963, e *Memórias do Cárcere,* em 1984. De Jorge Amado, Nelson Pereira dos Santos ainda adaptou *Tenda dos Milagres,* em 1977 e *Jubiabá,* em 1986.

A televisão, em especial a Rede Globo, foi pródiga em transmutações em diversos formatos. Na década de 80, em comemoração aos seus vinte anos, foi transmitido "O Pagador de Promessa", em 1988, obra homônima de Dias Gomes, que foi traduzida para uma minissérie sob a direção de Tyzuca Yamazaki. As minisséries da TV Globo ocupam normalmente o horário das 22h00. Para esse período, foram adaptadas três minisséries: *Tenda dos Milagres* de Jorge Amado e o significativo trabalho de tradução *Grande Sertão: Veredas* de João Guimarães Rosa, realizado por Walter George Durst, esta última de inquestionável prestígio dentre as obras literárias brasileiras. É, nessa série de sucessos, que, em 1988, a emissora apresentou a adaptação de *O Primo Basílio,* com a seguinte ficha técnica:

Adaptação – Gilberto Braga e Leonor Bassères / Personagens – Luísa: Giulia Gam; Jorge: Tony Ramos; Juliana: Marília Pera; Leopoldina: Beth Goulart; Basílio: Marcos Paulo; Conselheiro Acácio: Sérgio Viotti; D. Felicidade: Marilu Bueno; Sebastião: Pedro Paulo Rangel; Julião: José de Abreu; Ernestino: / Cenografia – Mário Monteiro / Figurino – Beth Felipecki / Direção Musical – Roger Henry / Produção e Direção – Daniel Filho.

No momento, a TV Globo está em processo de adaptação de *Os Maias* pela profissional Maria Adelaide Amaral, escritora e dramaturga portuguesa, há muitos anos radicada no Brasil e que fez alguns trabalhos de guionismo para a grande cadeia de televisão brasileira. As filmagens das externas começam já em Setembro, aqui em Portugal, na zona de Sintra.

O estudo da transmutação televisual de obras literárias estabelece um diálogo entre a obra de partida, seu criador e época, e o adaptador, com sua óptica de mundo e seu contexto histórico, motivado por sua perspectiva cognoscível da obra e embasada na devida competência do saber dos estatutos da arte literária, para efetuar eventuais inovações, rupturas e desvios, próprios do co-processo de transductibilidade. Há de se levar em conta, também a competência relativa do receptor-telespectador para assimilar esse gênero e, assim, distinguir o "estranhamento" de novos efeitos estéticos, nem sempre condizentes com seu mundo de representações, advindo da leitura prévia da obra narrativa, que exige uma análise da singularização de aspectos relativos às linguagens envolvidas. Assim, é normal a conseqüente sentença: "O livro é muito melhor", conforme a correspondente idéia de que o caráter específico da série literária, o ritmo e o princípio de sua evolução nem sempre coincidem com o ritmo e o caráter de evolução das séries culturais correlativas.

Em conseqüência da mímesis da realidade, a que Eco chamou de "demônio da analogia", as artes visuais cinéticas, tais como o cinema, o teatro e a televisão, em razão da possibilidade de se criar a ilusão de movimentos e combiná-los com o áudio, caracterizam-se como artes de semióticas sincréticas. Por esse motivo, a tradução intersemiótica ou transmutação consiste na interpretação de signos verbais por meio de sistemas de signos não-verbais, numa total integração de linguagens.

A passagem de um texto literário, como *O Primo Basílio,* para a televisão pressupõe uma operacionalidade intertextual específica. Nesse quadro, outras obras transmutadas receberam em seus créditos a condição de intertextualidade explícita, ao serem usados os célebres designadores da atividade paródica, tais como "baseada em", "sugerida", "do livro tal", para garantir ao adaptador a reserva de um certo direito à liberdade no seu trabalho, diferente da performance estilizadora, quando os créditos informam "adaptação da obra tal". Esta relação intertextual, explicitada, diferencia o roteiro de outras relações de transductibilidade. Acerca deste assunto, Roman Jakobson prolata que só é possível a transposição criativa, isto é, a transposição intersemiótica de um sistema de signos para outro, como por exemplo, da arte verbal para a audiovisual. Daí, a terminologia instigante de Haroldo de Campos, caracterizadora desse trabalho, designar certos processos de guionismo de "transcrição", "reimaginação", "transtextualização" e a forma cômica de: "transluciferação".

É nesse passo que o procedimento de adaptação encontra o seu maior defensor em Randal Johnson, ao afirmar que a elaboração de um roteiro implica no princípio vital de que valores significados existem independentemente do significante expressivo que lhes dá vida e que acarretam a viabilidade quando se vai de um sistema a outro e, portanto, há uma mudança necessária de valores significantes.

Assim, ocorrem, nas adaptações, problemas relativos à traduzibilidade e intraduzibilidade, fidelidade ou infidelidade, que acabam desembocando na questão dos expedientes estatutários da especificidade das obras envolvidas no processo. Para não ser uma tradução servil à obra transmutada, deve-se preservar uma certa autonomia. Se o suporte for fílmico ou televisivo, deve-se sustentar como obra fílmica ou televisiva, com sua própria linguagem. No entanto, ao se registrar a relação intertextual explicitada nos créditos da minissérie "O Primo Basílio", transcrita como "adaptado do livro de Eça de Queirós", cria-se o vínculo com os aspectos de semelhança, que ficam declarados como "forma-prisão", ao étimo romanesco. Dessa forma, no caso de *O Primo Basílio* como obra-base, a segunda obra, ou seja, a adaptação de Gilberto Braga e Leonor Bassères ganha significância autônoma precisamente em suas inevitáveis e necessárias divergências da obra original. A autonomia total é impossível e o texto de Eça funciona, inevitavelmente, como étimo e forma-prisão.

Na transmutação, dois planos são distinguidos, o plano textual e o plano visual, sendo que a passagem se processa pela conversão das propriedades daquilo que, no textual, é regido pelo princípio da sucessividade e, no visual, é regido pelo princípio da simultaneidade. No textual, o princípio organizador normalmente é o tempo e, no visual, é o espaço. No textual, registra-se a continuidade temporal e, no visual, a contingência espacial. Outro pormenor se verifica na fugacidade do texto em oposição ao peso da permanência da imagem. No textual, a comunicação é mediatizada por um narrador e suas digressões arbitrárias, ao passo que, no visual, a comunicação é ostensivamente direta. No textual, verifica-se a dificuldade de distinguir rapidamente os índices, o que não ocorre no visual. No plano textual, os episódios são narrados, no visual, são mostrados e, enquanto, no textual, os referentes simbolizam uma virtual realidade, isso não ocorre no visual, cujo referente é o próprio significante, de modo que na adaptação a significação visual provém do texto de partida. No plano textual, a situação de enunciação necessita de uma reconstituição virtual, ao passo que, no visual, as indicações são situações de enunciação imediatas. Cada gênero envolvido apresenta seus próprios problemas de linguagem; no texto escrito, apresentam-se obstáculos quanto à caracterização verbal das idéias, e, no visual, a dificuldade maior é a de verbalizar o signo visual.

Pela dinâmica da teatralidade, a minissérie O Primo Basílio oferece ao telespectador uma "relação de recepção extensiva", por meio de cenas moventes em ritmo rápido, com troca de planos e de imagens. Só, intencionalmente, é que os realizadores da minissérie se fixam nos detalhes, proporcionando "relações intensivas" de percepção e, assim, as marcas cognitivas dos elementos fundamentais do romance podem ser distinguidas, tais como, o recorte passional tenso do enleio erótico--amoroso entre Luísa e Basílio, a trama chantagiosa de Juliana, os planos de reconhecimento aristotélico das personagens, além dos impasses sociológicos da "pequena burguesia lisboeta" e a situação desfavorecida da classe serviçal e da arraia miúda em geral pela coletivização das personagens. Mais outro aspecto relacional se incorpora a esse rol de situações comunicativas: é a significação das "relações distintas" que os interlocutores mantêm com os meios de comunicação. O efeito estético-emocional da recepção é causado pela empatia e interação da minissérie com o público, com um enredo e roteiro perfeitamente normatizados com as expectativas psicológicas do telespectador, num conjunto que envolve a escolha de atores consagrados e diletos do grande público, bem como os efeitos acústicos, dessa maneira, efetivando formas de conhecimento e de lazer. É por essa razão que hoje, a televisão trabalha com "esquemas" de idealizações do herói, baseados na quantificação de preferências, aferidas pelas enquetes de opinião pública.

No caso desta minissérie, o que se observa, na medida do possível, dentro da linguagem própria da televisão, é que as personagens são amoldadas às descrições provenientes dos passos da narrativa queirosiana. Há de se considerar que o próprio Eça deixou, além do próprio texto do romance, depoimentos paratextuais, explicando a caracterização psicofísica das personagens, auxiliando dessa maneira, nos argumentos para a produção da Rede Globo, nesse mergulho existencial que é o espetáculo televisivo de "O Primo Basílio".

Eça de Queirós, com argúcia crítica, estabeleceu dados acerca do romance, bem como seus objetivos, em carta enviada a Teófilo Braga, datada de Março de 1878, na qual aponta detalhes na concepção e figurativização de suas personagens e que, de certa forma auxiliaram na humanização das mesmas pelos atores. Também, forneceu subsídios orientadores na estruturação isotópica de base da adaptação, ao retratar, analisar e atacar a "família lisboeta como assunto", institucionalizada, como produto do mundo burguês espelhado no projeto "Cenas da Vida Portuguesa". Com suas palavras, forneceu indicações para as didascálias destinadas à orientação psicológica das personagens representadas pelos atores. Eça, assim, expõe seus ditames: "Em O Primo Basílio que apresenta, sobretudo um pequeno quadro doméstico, extremamente familiar a quem conheça bem a burguesia de Lisboa: – (Luísa) é a senhora sentimental, mal-educada, nem espiritual (porque cristianismo já o não tem; sanção moral da justiça, não sabe o que isso é), arrasada de romance, lírica, sobreexcitada no temperamento pela ociosidade e pelo mesmo fim do casamento peninsular que é ordinariamente a luxúria, nervosa pela falta de exercício e disciplina moral, etc., etc., – enfim a burguesinha da Baixa;

por outro lado o amante (Basílio), um maroto, sem paixão nem a justificação de sua tirania, que o que pretende é a vaidadezinha de uma aventura, e o amor grátis, por outro lado a criada (Juliana), em revolta secreta contra a sua condição, ávida de desforra; por outro lado a sociedade que cerca estas personagens; o formalismo oficial de (Acácio), a beatice parva de temperamento irritado de (D. Felicidade), a literaturinha acéfala de (Ernestinho), o descontentamento azedo e o tédio de profissão de (Julião) e, às vezes, quando calha, um pobre bom rapaz (Sebastião)".

O êxito da minissérie, diante do grande público, se assemelha ao êxito da publicação do romance em 1878, justificado numa segunda edição, no mesmo ano, cuidadosamente revista e corrigida. Em parte, o sucesso da obra literária e da adaptação televisiva se deve ao grande valor, que o autor apresenta, a partir de seu aguçado espírito crítico, ao dar vazão à insensatez humana, ao combate irônico da sociedade de sua época com profundas ressonâncias na sociedade de hoje. O leitor e o telespectador se unem na posse perceptual dos comportamentos humanos flutuantes na transtemporalidade das vivências sociais, oriundas das manipulações discursivo-literárias do texto de Eça, baseadas nos princípios do Realismo-Naturalismo e que são retratados em cenas eróticas, enfocadas na volúpia das personagens que se entregam a amores ilícitos, momentâneos e, principalmente, carnais. A recepção, no plano interativo, estabelece esquemas e motivos, no caso, para um público recém-saído das leituras do romantismo, mutatis mutandis, parecido com o público atual, competente no gênero melodramático de telenovelas e filmes passionais, para o quais tornam-se empáticos e atrativos, por causa dos fortes apelos sentimentais e eróticos, manifestos em efeitos picantes de cena, retirados, na adaptação, das páginas do livro. A obra e o roteiro mostram as conseqüências dos namoros insólitos e dos malefícios que as idealizações românticas promovem nas pessoas, na ilusão de uma educação para o casamento perfeito, no idealismo ético-cristão da grande e eterna paixão, nos sonhos e fantasias distantes da crua realidade que abalam este frágil e abstrato mundo de representações da sociedade burguesa. O enredo da obra e a sua tradução apresentam méritos de uma lógica invulgar, fruto da capacidade de Eça, de situar cenas e articular personagens de forma concreta. Seus diálogos bem construídos, os quais, pelo processo de translocução, passaram para a estrutura conversacional do roteiro, com toques de oralidade, normatizados para o receptor brasileiro, sem a perda do estilo e da semântica do autor, demonstram um trabalho primoroso com a linguagem, no trânsito das relações lingüísticas do século XIX com o século XX, bem como, as tipificações históricas de linguagem da estrutura sócio-cultural portuguesa da época.

O resultado é um ganho, ao ser cumprido, por outra semiótica, o fascínio do discurso queirosiano que dá lugar à folhetinesca mobilidade televisiva, num novo folhetim eletrônico da era da comunicação de massas deste ardente século, já que, com relação à telenovela e à minissérie, o certo seria chamá-las de folhetim, o seu antecessor.

Na adaptação, o que se vê é um mergulho no universo existencial de *O Primo Basílio,* conforme a aderência do leitor ao seio da história, na integração lúdica, pela simultaneidade de planos tridimensionais, dos seres, do espaço e do tempo, focados em profundidade. Aquilo que, no texto de Eça, sugere a força da virtualidade, pelo dinamismo do enredo e realismo dos relacionamentos, no roteiro, conseguiu-se, pela figurativização, estabelecer o assunto, agora, "em situação", assimilado das próprias funções narratológicas e pela encarnação do diálogo. Os atores, em suas personagens, são a extensão dos programas narrativos de um texto abundante em falas. O pathos é problematizado, na cena televisiva, pelo reconhecimento que as personagens promovem de si mesmas no contexto da intriga, na convivência e no calor de um diálogo humanizado pela concomitância de imagem, som e movimentos advindos da vida real. O texto de *O Primo Basílio* oferece qualidades enormes de representação dramática, favorecida pelas partes constitutivas da narrativa e do discurso, tais como, descrição, digressão, narração, diálogo, funcionando como orientadores das didascálias de intenção, de ação e de locação. A experiência humana retirada do texto literário marca um traço performativo por analogia com a experiência das atitudes na práxis. As referências retiradas do plano real conduzem as falas das personagens no texto queirosiano as quais, ao se referirem a sentimentos e impasses das relações humanas, estabelecidas pelos conflitos temáticos da infidelidade conjugal e da chantagem de uma estranha serviçal, mimetizam um mundo laico, prosodicamente estabelecido no texto. Dessa forma, a adaptação procede de um étimo que se apresenta na terceira pessoa de um narrador observador e avaliador dos episódios, que, no espetáculo, transfere o narrado para o vivido, que antropomorfiza, no ator, os seus pontos de vista e os das personagens. A representação torna presente a intriga, colocando-a diante da vista dos telespectadores na condição de "Imago Mundi", pela encarnação do verbo das personagens, realizando, pela dinâmica da figurativização e atorialização, o desvendamento da cadeia das inter-relações humanas.

A transmutação de *O Primo Basílio* de Eça de Queirós tenta conciliar o trânsito de uma arte para a outra, além de situar na contemporaneidade a fatal distância de tempo e espaço, bem como aclimatar as condições de recepção que separam o público-leitor da época da publicação da obra, do telespectador brasileiro hodierno consumidor de novelas. Além da fortuna crítica que acompanha o percurso dessa obra, mais uma abordagem se aglutina a essa trajetória, agora aclamada pela mídia televisiva. Com isso, a amplitude do alcance de inferências acerca do texto queirosiano se alarga por horizontes imprevisíveis de ponderações. A capacidade de abrangência promovida por uma adaptação que é veiculada por um meio de comunicação de massa, acaba se tornando um fator interveniente no nível de considerações que o texto original possibilita. Uma nova circunscrição fica, assim, somada à grande comunidade de leitores e leituras, interpretantes e críticos e agora de telespectadores que pela atualização consagraram o espetáculo audiovisual com altos índices de audiência, uma forma de comunicação compartilhada e judicativa, favorecida pelo amplo poder de penetração e de abrangência das modalidades da comunicação contemporânea, procedentes de um étimo, de um roteiro e de um autor como Eça, este também com qualidades de dramaturgo, mas em romance, aquele tradutor de peças teatrais da juventude a dizer : "O Teatro, pouco a pouco, pusera-me em contacto com a Literatura.".

BIBLIOGRAFIA

ASLAN, Odete, *O Ator no Século XX – (Evolução da Técnica) Problema da Ética*, São Paulo, Editora Perspectiva, 1994.

BALOGH, Anna Maria, *Conjunções, Disjunções, Transmutações – Da Literatura ao Cinema e à TV*, São Paulo, Annaplune-ECA-USP, 1996.

BARTHES, Roland, *Análisis Estructural del Relato*, Buenos Aires, Tiempo Contemporaneo, 1970.

BLUESTONE, George, *Novels into Films*, 6ª ed., Los Angeles, London: University of California Press, 1973.

CAMPEDELLI, Samira Youssef, *A Telenovela*, 2ª ed., São Paulo, Ática, 1987.

CAMPOS, Haroldo de, "Da Transcrição: poética e semiótica de operação tradutora", in: OLIVEIRA, A. C.; SANTAELLA, L. (Orgs.) *Semiótica da Comunicação e outras Ciências*. São Paulo: EDUC. 1987.

COMPARATO, Doc, *Roteiro (Arte e técnica de escrever para Cinema e televisão)*, 7ª ed., Rio de Janeiro, Nórdica, 1989.

DESMEDT-EVERAERT, Nicole, *Semiotique du Récit*, Bruxellas, Éditions Universitaires, 1989.

ECO, Umberto, *Viagem na irrealidade cotidiana*, Rio de Janeiro, Nova Fronteira, 1984.

FLOCH, Jean Marie, *Semiotiques syncretiques,* Bulletin – Actes Semiotiques, Paris, VI, 27 Sept, 1983.

GREIMAS, A. J., *Semantique structurale,* Paris, Larousse, 1966.

GREIMAS, A. J. e COURTÉS, J., *Dicionário de Semiótica,* São Paulo, Cultrix, 1980.

GREIMAS, A. J. e FONTANILLE, Jacques, *Sémiotique des passions – Des états de choses aux états d'âme*, Paris, Seuil, 1991.

Groupe D'Entrevernes, *Analyse Semiotique des Textes,* Lyon, Presses Universitaires de Lyon, 1979.

JAKOBSON, Roman, *Aspectos Lingüísticos da Tradução,* in: *Lingüística e Comunicação*, São Paulo, Cultrix, 1969.

MANTOVANI, Anna, *Cenografia*, São Paulo, Ática, 1989.

MARCONDES, Ciro Filho, *Televisão – A Vida pelo Vídeo,* 9ª ed., São Paulo, Moderna, 1988.

PAVIS, Patrice, *Dictionaire du Théâtre*, Paris, Dunod, 1996.

PAZ, Octávio, *Traducción: Literatura y Literalidad*, Barcelona, Tusguets Editor, 1971.

STEINBERG, Martha, *Os elementos não-verbais da conversação,* São Paulo, Atual, 1988.

O PRIMO BASÍLIO, DE EÇA DE QUEIRÓS: ESPAÇO SOCIAL, DISCURSO E IDEOLOGIA

LOLA GERALDES XAVIER
Escola Superior de Educação de Coimbra

O texto, enquanto sistema semiótico, é uma modelização da realidade, não necessariamente uma reprodução mimética desta realidade, mas uma transformação estrutural que se inscreve no texto, nomeadamente nos seus «ideologemas», «ideossemas» e suas contradições históricas, uma relação semiótica com outros textos da realidade, que a sociocrítica, por exemplo, estabelece. Desta relação do texto com a realidade depende o estatuto ficcional do mesmo, assim como da representação e da natureza da figuração do real.[1] Neste sentido, a criação artística revela-se, pois, e também, prática social e produção ideológica.

O espaço social, na descrição de contextos periodológicos, sociais, económicos e históricos, possui potencialidades de representação numa intenção crítica da sociedade, desempenhando um importante papel na forma como determina o comportamento das personagens.

O Primo Basílio, publicado em 1878, enquanto obra que se inscreve na estética naturalista, evidencia, através deste espaço, do determinismo do meio e dos tipos sociais, a influência que a ambiência que circunda as personagens e as circunstâncias do momento podem assumir a nível comportamental.

Assim, na textualidade, o uso de determinadas técnicas narrativas mostra-se ao serviço das intenções de Eça de pintar o «quadro do mundo moderno», num propósito de denunciar as imperfeições da sociedade sua contemporânea, com uma finalidade transformativa e profiláctica.

Encontramos, neste romance, questões de uma certa angústia sociocultural que se agudizará na chamada fase do *vencidismo* de Eça. Serão

---

[1] Cf. Marc Angenot, *Théorie Littéraire*, Paris, PUF, 1989, p. 100

questões que revelarão o trágico sarcástico de um artista à procura dos traços que marcariam a identidade nacional de uma nação governada pelo desvanecido e anquilosado constitucionalismo liberal.

Quem somos? O que somos? Como nos tornámos no que somos: num povo atrasado, inculto, desistente, sonâmbulo, inconsciente, sem outro futuro que o de um vago projecto imperial esvaziado de conteúdo?[2] Estas serão algumas interrogações inscritas, de forma implícita, na textualidade de muitas obras do romancista. O narrador pretensamente omnisciente, como convinha aos preceitos naturalistas, deixa à personagem o papel insubstituível e central na narrativa (mas não lhe confiando totalmente as potencialidades da focalização interna). Em Eça, não é contudo a intriga que assume papel primordial de destaque, mas os meios em que as personagens se movem, os meios que justificam, numa relação osmótica com as personagens, a formação da sua personalidade. O narrador parece, assim, observar criticamente, à distância do seu monóculo, o movimento das personagens no desenrolar da acção, traindo-se, todavia, na pretendida objectividade através das técnicas discursivas utilizadas que revelam a sua presença e o seu estatuto ideológico. É o caso do uso do discurso valorativo, do discurso figurado, do discurso conotativo, do discurso abstracto, do discurso modalizante e, finalmente, do discurso iterativo.

Eça porá estas técnicas ao serviço da demonstração da sua tese social, criticando a família lisboeta, que de força social passou a ser «empecilho público», «reunião desagradável de egoísmos que se contradizem, e, mais cedo ou mais tarde, centro de bambochata»; atacando um grupo social caracterizado pela *burguesinha da Baixa*, o seu amante, «o formalismo oficial (Acácio), a beatice parva de temperamento irritado (D. Felicidade), a literaturinha acéfala (Ernestinho), o descontentamento azedo e o tédio da profissão (Juliana), e às vezes, quando calha, um pobre bom rapaz (Sebastião)».[3] Eis, pois, a descrição de cenas da vida portuguesa, num intuito claro de criticar, destruindo as «*falsas interpretações e falsas realizações* que lhes dá uma sociedade podre», uma sociedade sobre falsas bases que não está na verdade e é necessário atacar.

Assim, os ambientes sociais enformam, diríamos mesmo, sobrepõem-se à intriga central do triângulo trágico: Luísa – Basílio – Juliana.

---

[2] Cf. Eduardo Lourenço, *O Labirinto da Saudade*, Lisboa, Publicações D. Quixote, 1992, p. 91.

[3] Cf. Eça de Queirós, carta a Teófilo Braga, 12/3/1878, *in Correspondência*, (recolha, coordenação, prefácio e notas de Guilherme de Castilho), Lisboa, I.N.C.M., 1983.

O objectivo principal parece não ser outro senão fazer a fotografia do mundo moderno, «apontando-o ao escárnio, à gargalhada».[4]

As personagens estão perfeitamente caracterizadas: a caracterização física individualiza-as; os tiques, as atitudes e os comportamentos, tornam-nas em tipos, em símbolos e, finalmente, na alegoria da decadência de uma classe social.

Como sabemos, é a temática da aventura amorosa ilegítima da protagonista que está presente neste romance. Esta intriga do adultério, de acordo com os preceitos do Naturalismo, tem de se ver à luz das características específicas da personagem central – Luísa – (da sua educação romântica, da sua ociosidade e da sua mentalidade pequeno-burguesa) e da sua relação com o contexto em que se inscreve. É neste último ponto que consideraremos a pertinência da análise das restantes personagens intervenientes na obra intimamente dependentes dos espaços sociais em que se movem e que representam.

Assim, os figurantes ou os tipos adquirem relevância pelos esquemas mentais que permitem e estão intimamente ligados ao espaço social que representam. Adquirem igualmente significação quando ultrapassam o seu estatismo descritivo, inseridos em ambientes e em relação uns com os outros. Consideremos, pois, e por não ser possível fazer aqui uma análise exaustiva, apenas os mais relevantes em *O Primo Basílio*.

1. Os serões, aos domingos, na casa de Luísa e Jorge: o ambiente familiar da média burguesia lisboeta

Ao longo da obra, são quatro as referências aos serões na casa do casal. Estas reuniões de domingo à noite, realizam-se numa sala arejada e alegre. A descrição desta faz-se através da focalização externa intercalada com a focalização interna de Jorge, logo a seguir, mostrando a sala decorada com móveis do tempo da sua mãe, ilustrando a mentalidade pequeno-burguesa (onde se destacam pinturas românticas) das personagens que aí vivem e das que aí são recebidas.[5]

Os serões habituais na casa de Luísa e Jorge, inócuos, num ambiente onde se reunia um grupo social burguês para bebericar chá e trocar futilidades, ganham relevo diegético pelas personagens, socialmente representativas, que os frequentam. Vejamos, pois, de que tipos sociais se trata.

---

[4] Cf. Eça de Queirós, carta a Rodrigues de Freitas, 30/3/1878, *op. cit.*

[5] Eça de Queirós, *O Primo Basílio,* Lisboa, Livros do Brasil, s./d. Cf. capítulo I.

Sebastião, o «Sebastiarrão» (p. 48)[6] – note-se o uso do aumentativo para evidenciar a sua bonomia e bondade –, era o amigo mais íntimo da família. É o bom rapaz da obra, discreto, humilde, com ar envergonhado. A sua inclinação era para a música, tocava piano, mas a mãe não queria «puxar por ele, coitadinho!» (veja-se aqui o discurso indirecto livre ao serviço da crítica irónica ao seu modelo de educação) e o seu talento nunca se revelou. A par de Luísa e Juliana, Sebastião é a única personagem que vê explorada, em analepse, a sua educação, num propósito naturalista, numa tentativa de explicar a irrelevância intelectual da personagem, cujas potencialidades nunca se revelam totalmente.

É talvez a personagem mais sensível e aquela que mais agudamente vive a solidão. E, apesar da sua robustez física, nunca mostra atitudes violentas, pelo contrário, oferece «a resignação de um mártir» (p. 118). O narrador acentua a bondade de Sebastião (é uma bondade relativa porque comparada com as características morais dos restantes tipos que se movem como bonecos articulados), enfatizando as suas características psicológicas. Note-se, a este propósito, que os restantes tipos vêem explorados alguns traços físicos mais marcantes e caricaturais, sem que sejam alvo duma exploração psicológica.

De **Julião Zuzarte**, diz-nos o narrador ser parente muito afastado de Jorge e seu antigo condiscípulo nos primeiros anos da Escola Politécnica, de trinta anos e solteiro. Assumia-se como ateu, liberal, era inteligente, sem preocupações com a indumentária[7], desmazelado, com caspa no cabelo, mostrava-se amargo com o sucesso dos outros, dos «medíocres» (p. 35). No final, conseguindo ser nomeado para um posto médico, continua com a sua amargura na descrição do esvaziamento político, social, moral e cultural do país.

Outra personagem-tipo será **Ernestinho Ledesma,** o «Lesminha», primo de Jorge, era:

> «pequenino, linfático, os seus membros franzinos, ainda quase tenros, davam-lhe um aspecto débil de colegial; o buço, delgado, empastado em cera-moustache, arrebitava-se aos cantos em pontas afiadas como agulhas;

[6] *Idem*.

[7] «... desde a cabeleira desleixada até às botas mal engraxadas (...) de colarinho enxovalhado e com um velho casaco de pano preto mal feito» (p. 102); «como a calça era curta, via-se o elástico esfiado das botas velhas» (p. 103); «os botins mal engraxados» (p. 135); «em mangas de camisa e em chinelas, enxovalhado e esguedelhado» (p. 203). Veja-se a insistência, ao longo da obra, nos mesmos pequenos pormenores físicos. Tal procedi-mento de particularização verificar-se-á em todas as personagens-tipo.

e na sua cara chupada, os olhos repolhudos amorteciam-se com um quebrado langoroso. Trazia sapatos de verniz com grandes laços de fita; sobre o colete branco, a cadeia do relógio sustentava um medalhão enorme, de ouro, com frutos e flores esmaltados em relevo. Vivia com uma actrizita do Ginásio, uma magra, cor de melão, com o cabelo muito eriçado, o ar tísico – e escrevia para o teatro» (p. 42).

Observe-se aqui a utilização do pretérito imperfeito descritivo para acentuar a sua caricatura e consequente tipificação da sua personagem, assim como o uso de diminutivos, de adjectivos do campo semântico da debilidade e da comparação. Esta descrição física será também o reflexo do carácter moral da personagem.

Empregado aduaneiro e dramaturgo, estava a escrever um drama de cinco actos, «Honra e paixão», ao estilo ultra-romântico. É o símbolo da debilidade cultural e moral numa época que se quer de revolução cultural e científica. É sobejamente aplaudido pela sua peça desadequada à realidade realista-naturalista que se vivia na Europa, mas que se coaduna perfeitamente com a sociedade ultra-romântica caracterizadora do Portugal de então. Destaca-se, assim, e a par do Conselheiro, não só a produção medíocre, como as características de um público que continua a consumir com prazer as mediocridades.

Outra personagem, esta feminina, é **D. Felicidade de Noronha**, impregnada por uma «beatice parva», tinha cinquenta anos, «era muito nutrida» (p. 36), sofria de dispepsia e de gases. É uma frustrada sentimental, de uma concupiscência caquéctica que se revela na sua paixão pelo Conselheiro Acácio[8]. O narrador utilizará o discurso modalizante e a dupla adjectivação para a descrever fisicamente:

> «a cara era lisa e redonda, cheia, de uma alvura baça e mole de freira; nos olhos papudos, com a pele já engelhada em redor, luzia uma pupila negra e húmida, muito móbil; e aos cantos da boca uns pêlos de buço pareciam traços leves e circunflexos de uma pena muito fina» (p. 37).

Finalmente, o **Conselheiro Acácio** é o retrato do político ignorante, ávido de prestígio, sobressai pela caricatura, pela ênfase dada à sua calva

[8] «Viam-na corada e nutrida, e não suspeitavam que aquele sentimento concentrado, irritado semanalmente, queimando em silêncio, a ia devastando como uma doença e desmoralizando como a um vício» (p. 37). Note-se, pelos nossos sublinhados, que através do pretérito imperfeito, do gerúndio e da perifrástica se evidencia a duração do sentimento de D. Felicidade e das respectivas consequências nefastas que derivam do ridículo da personagem.

e aos restantes traços físicos, através do discurso valorativo (recorrendo à adjectivação, aos advérbios) e ao discurso iterativo (através do advérbio de negação «nunca»), que atribui à personagem traços quase grotescos, criando a sensação de sarcasmo caricatural:

> «era alto, vestido todo de preto, com o pescoço entalado num colarinho direito (...) tingia os cabelos (...) mas não tingia o bigode: tinha-o grisalho, farto, caído aos cantos da boca. Era muito pálido; nunca tirava as lunetas escuras. Tinha uma covinha no queixo, e as orelhas grandes muito despegadas do crânio» (p. 39).

Aos seus gestos disciplinares e maquinais, acrescentam-se os seus pensamentos e frases feitas, a sua prolixidade, o seu protocolo e, finalmente, sobressai o seu aspecto ridículo e a sua recusa em ver a decadência dos valores da sociedade que o circunda. Estas características serão recorrentes ao longo da obra sempre que esta personagem intervenha. Trata-se de um procedimento textual utilizado pelo narrador, ao longo do romance, para destacar e configurar as personagens-tipo.

Acácio é, portanto, o lisboeta, patriota e monárquico; é o símbolo do formalismo ridicularizado, bem patente na seguinte frase, através do contraste da «solenidade» descontextualizada com o ambiente «enchovalhado»:

> «E saía [do Ministério das Obras Públicas], pisando com solenidade os corredores enxovalhados» (p. 37).

O ridículo da sua caricatura ressai no final da obra, quando lê a Julião, o necrológico que escreveu para Luísa, no espaço profano e ruidoso do café. Retoma-se, de forma diferente, o contraste, já anteriormente referido, entre a «solenidade» do momento e o espaço «enxovalhado».

O narrador apresenta-nos, pois, um Conselheiro, o símbolo da vacuidade nacional e regeneradora, um retórico, um falso moralista, a «síntese de um regime governativo».[9] Com a crítica a Acácio visa-se, por alargamento, toda a sociedade conselheiral e a banalidade das existências que se consideram superiores e cultas.

Ao longo da obra, a presença de outras personagens que funcionam como figurantes, permitem também a caracterização do espaço social onde

---

[9] João Medina, *Eça de Queiroz e o seu tempo*, Lisboa, Livros Horizonte, 1972, p. 125.

Luísa se move: é o caso de Joana, de Tia Vitória, do Castro, do visconde Reinaldo e de Leopoldina (que não exploraremos aqui por falta de espaço).

2. O jantar na casa do Conselheiro Acácio

O jantar na casa do Conselheiro permite o cimentar das posturas caricaturais e a derrocada do grupo social em que se inscreve, pela ênfase nos seus vícios.

Nomeado para o Grau de Cavaleiro da Ordem de Sant'Iago, pelos seus «grandes merecimentos literários, às obras publicadas de reconhecida utilidade» (p. 326) (refira-se a ironia do narrador que realça uma sociedade a congratular com entusiasmo literário a obra medíocre e acéfala de um pretenso autor), o Conselheiro Acácio decide convidar, para um jantar em sua casa, Jorge, Sebastião, Julião e outras figuras que iam ao encontro do seu formalismo ridículo. O narrador faz as caricaturas destes figurantes e comenta, utilizando as frases exclamativas. Trata-se do **Sr. Alves Coutinho**, empregado do Ministério do Reino, ilustre pela sua caligrafia e cujos vícios eram as confeitarias e os lupanares e de **Savedra**, redactor do «Século», o jornalista temido pela sociedade, pelas suas intrigas e pela sua postura oficial. Através destes dois tipos, o narrador critica o embrutecimento dos altos funcionários públicos e a hipocrisia dos jornalistas da época.

Os convidados conhecem o espaço da sala e do «quarto de estudo» do Conselheiro e revêem nele a postura de orador e de verborreia balofa. O Conselheiro vive, pois, rodeado de um espaço aparentemente formal: os móveis organizados, vários símbolos régios, com uma biblioteca onde sobressaem as enciclopédias, os dicionários e escondidas por um xalemanta, as suas obras atadas e intactas. Este é o mundo das aparências onde se revela a discrepância entre o ser e o parecer. É através da focalização interna de Julião que descobrimos que o Conselheiro, que se dizia casto e morto para o amor carnal, tem na gaveta da mesa-de-cabeceira o volume brochado das poesias obscenas de Bocage e na cama duas «fronhazinhas chegadas de um modo conjugal e terno» (p. 329). É inserido no seu espaço que este tipo social adquire com maior relevo o simbolismo das ideias inconsistentes e fastidiosas, mostrando-se incapaz de compreender a impertinência e a descontextualização de certos gestos e discursos prolixos.

É, contudo, à mesa, ao jantar, que as personagens discorrem e opinam superficialmente sobre temas como a religião, a medicina, a política e o casamento. Revê-se, aí, nas suas opiniões (débeis, rápidas, retrógradas e não fundamentadas) a mentalidade da sociedade burguesa da época, sobressaindo as observações de Julião e do Conselheiro.

São os estereótipos que predominam nesta conversa de hora de ceia, representando o Conselheiro o Portugal antigo que tenta adaptar-se, sem sucesso, às novas mudanças e Julião o desejo de cortar radicalmente com o passado. Contudo, este desejo não passa do plano teórico, uma vez que Julião é o acomodado que se limita a criticar verbalmente e a observar, sem agir. Esta apatia está, aliás, patente em todos os ambientes sociais focados na obra. Só Sebastião aparece como a voz objectiva que analisa a situação do país, em contraste com a vida burguesa (através do discurso indirecto livre):

> «parecia-lhe que os operários eram mal pagos; a miséria crescia; os cigarreiros, por exemplo, tinham apenas de nove a onze vinténs por dia, e, com família, era triste...» (p. 335).

No final, o narrador realça o ridículo das personagens no balanço feito pelo Conselheiro:

> «– Que maior prazer, meu Jorge, que passar assim, as horas entre amigos, todos de reconhecida ilustração, discutir as questões mais importantes, e ver travada uma conversação erudita?...» (p. 338).

É evidente que este espaço social é o da superficialidade, da verborreia, da presunção. A ironia do narrador é translúcida: era desta erudição que se esperava salvar o país, imprimindo-lhe cores de desenvolvimento e de progresso?

3. A rua

A rua onde morava o engenheiro, associada à noção de vizinhança maligna, com doze casas escuras de uma edificação velha, com varandas abertas «onde em vasos vermelhos se mirrava alguma velha planta miserável, mangericão ou cravo» (p. 32), «pequena, estreita, acavalados uns nos outros! Uma vizinhança a postos, ávida de mexericos!» (p. 50), serve de torre de vigia ao que se passa na casa do engenheiro.

O narrador não separa a descrição física do espaço das caracterizações dos habitantes. As personagens caracterizam-se pela curiosidade, pela bisbilhotice, pelo ambiente do povo, da promiscuidade e da degradação acentuada. Sobressaem, aqui, as **quatro filhas do Teixeira Azevedo**, a **Gertrudes**, criada e a concubina do doutor de matemática, quarentona farta, bisbilhoteira (p. 33), o **Cunha Rosado**, vizinho de Sebastião, curvado, com uma bengala, com a barba grisalha desmazelada. Acentua-se esta atmosfera doentia e negra com a **estanqueira**, viúva e vestida de luto e a **carvoeira**, de aspecto bestial — figurantes igualmente repelentes.

Todavia, é o **Paula**, dono de uma loja de trastes velhos, que maior relevo e individualidade adquire neste espaço, pelos seus comentários e intervenções.[10] Ele aparece, também, como o anti-monárquico e anti--clerical, um «patriota exagerado» (p. 33).

Esta rua é, pois, o local propício a conciliábulos e a consequentes especulações sobre o que se passa na casa do engenheiro e sobre as saídas de Luísa. A este respeito veja-se a seguinte passagem onde a descrição assume a crueza real e imponente de um Zola e onde o narrador omnisciente faz uso de vários tipos de discurso (o discurso valorativo (através dos adjectivos depreciativos), conotativo (através da conotação de «enterradas») e figurado (através da sinédoque em «olhares pérfidos» e da aliteração em «cochichavam, cravavam»)), descrevendo os movimentos rápidos dos olhares e dos sussurros da vizinhança (através dos advérbios de modo e do contraste entre o pretérito imperfeito e o pretérito perfeito):

> «Ao ruído do trem, o Paula postou-se logo à porta, de boné carregado, as mãos enterradas no bolso, com olhares de revés; a carvoeira defronte, imunda, disforme de obesidade e de prenhez, veio embasbacar com pasmo lorpa na face oleosa; a criada do doutor abriu precipitadamente a vidraça. Então o Paula atravessou rapidamente a rua (...) entrou no estanco; daí a um momento apareceu à porta, com a estanqueira, de carão viúvo; e cochichavam, cravavam olhares pérfidos nas varandas de Luísa, no *coupé*» (p. 127).

A rua do engenheiro é efectivamente o espaço social dos comerciantes, das mulheres desocupadas, do ócio (sempre o ócio a embeber as

[10] « a pala de verniz do seu boné de pano preto nunca se erguia de cima dos olhos; escondia sempre as mãos (...) por detrás das costas, debaixo das abas do seu casaco de cotim branco; o calcanhar sujo da meia saía-lhe para fora da chinela bordada a missanga; e fazia roncar o seu pigarro crónico de um modo despeitado» (p. 33).

Note-se, no nosso sublinhado, a utilização dos advérbios de tempo e do adjectivo expressivo («crónico»), numa perspectiva de evidenciar o comportamento reiterativo da personagem.

personagens e os espaços ecianos) e das consequentes intrigas. É pois uma vizinhança medonha e detestável, porque sequiosa de escândalos e até a figura mais insidiosa da história, Juliana, a detesta, apesar de partilhar com ela os mesmos vícios (a pérfida curiosidade, a cuscovelhice e a intriga). Veja-se como o narrador expande a atmosfera do ócio e do tédio, da burguesia ao povo, quase como se pintasse numa tela uma natureza estática ou morta: a infelicidade corrói as personagens, mas elas são como que engolidas pelo espaço que não lhes permite individualizarem-se e revoltarem-se.

Este ambiente da rua de Luísa não é também muito diferente do do seu «Paraíso», tão ironicamente distante dos cenários que lhe sugestionavam as leituras românticas.

4. O Passeio Público

O Passeio Público é o espaço onde Jorge conhece Luísa, onde esta se encontra com o primo e é igualmente o espaço preferido da criada Juliana. Torna-se, pois, o espaço físico e social que reúne, em circunstâncias diferentes, as personagens centrais.

Passear pelo Passeio Público era o ritual dos domingos, ao qual se escapulia o Conselheiro Acácio (por o considerar pouco propício aos homens de estudo). Também Basílio o desprezava, num acto de superioridade civilizacional e de homem viajado.

A primeira saída de Luísa, depois da partida de Jorge para o Alentejo, é para ir ao Passeio Público, na companhia de D. Felicidade, como pretexto para se encontrar com Basílio. A impressão geral, dada através da focalização interna de Luísa e D. Felicidade, é já uma síntese da descrição que se seguirá:

> «Já de fora se sentia o *bruhaha* lento e monótono, e via-se uma névoa alta de poeira, amarelada e luminosa» (p. 91).

O narrador recorre à onomatopeia, enfatizando os ruídos animalescos das pessoas que passeavam, e aos adjectivos de carga significativa negativa, utilizados para caracterizar as sensações auditivas e visuais.

Num espaço estático da artificialidade, de sujidade, de «água escura e suja» (p. 91), de «árvores mesquinhas» (p. 92), sobressai igualmente, uma «multidão compacta e escura» (p. 92), balofa, taciturna, inerte, entediada, num ritual maquinal onde se cruzam elementos do povo com os da burguesia, que, ao domingo, silenciosos gastavam o tempo como *yo-yos*; que «iam, vinham, incessantemente, para cima e para baixo, (...) sem alegria e sem bonomia, no arrebatamento passivo que agrada às raças mandrionas» (p. 96). Trata-se de um espaço de «pasmaceira» (p. 97) e da lassidão, representativo do Homem lisboeta que o narrador descreve explícita e criticamente através da escolha dos adjectivos de sentido depreciativo.

É, pois, o ambiente que na obra engloba a generalidade da sociedade lisboeta e que vem reforçar a natureza igualmente entediante e ociosa da protagonista e acentuar a crítica à sociedade portuguesa da Regeneração, politicamente estável, mas económica e culturalmente decadente e estéril.

Esta caracterização negativa acentua-se pelo contraste com a cidade das luzes (Paris). O narrador omnisciente desvenda os pensamentos de Basílio e ao «tom amarelado» (p. 97) do Passeio Público opõe-se o «movimento jovial de pontos de luz», as «multidões alegres», a «intensidade da vida amorosa e feliz» e a «luz sóbria e velada das existências ricas» (p. 98), características da sociedade parisiense. Parece pretender-se, assim, levar à reformulação dos hábitos por comparação com as sociedades desenvolvidas.

5. O teatro de S. Carlos

No espaço do teatro impera a desorganização: as pessoas vão entrando, mesmo depois da ópera («Fausto»), em quatro actos, já ter começado. É o espaço privilegiado e elitista onde desfilam as senhoras da sociedade com os seus postiços, nos camarotes, e onde, se distribui, na plateia, a sociedade mais discreta e modesta: todos tentando vislumbrar a família real. Contrastam com esta atmosfera algo formal as figuras obscenas do corredor, desenhadas com o charuto, e a agitação na plateia, durante o último acto: a troça, as risadas e um moço lívido que cambaleava com o jaquetão vomitado e a consequente intervenção das forças da ordem.

O teatro compunha-se pelos camarotes de assinantes, onde brilhavam a aristocracia e a burguesia, com as suas *toilettes*, «do mais fino» (p. 385), pela plateia, onde assistia a plebe, e à entrada, encontrava-se o aparato militar.

Sobreleva-se, pois, o contraste camarotes/plateia, apesar de, nos intervalos, o tema de conversa ser o mesmo em ambos os locais: a crítica, a maledicência.

O narrador descreve este espaço recorrendo a perifrásticas, à adjectivação imbuída de plurissignificação, simbolizando, assim como o Passeio

Público, o relevo dado pela sociedade da época ao desfile, ao parecer, ao superficial, em detrimento do ser e da substância.

Nestas condições, como poderá o teatro ser fonte e fruto de civilização, como já defendera Garrett, na primeira metade do século?

Em *O Primo Basílio*, representa-se, assim, um grupo social da Lisboa romântica da segunda metade de oitocentos, colocando-se a tónica do desfecho funesto nas «duas educações falsas», a de Basílio (a libertinagem) e a de Luísa (o sentimentalismo).[11] A personagem central é influenciada pelo «amplo cenário de Lisboa romântica de meados do século»[12]que se estende dos serões de sua casa, à rua de S. Francisco e finalmente ao Passeio Público e ao teatro de S. Carlos e que o narrador descreve através de uma perspectiva ora interna, ora omnisciente, crítica, recorrendo a vários tipos de discurso.

É esta ambiência social que consolida o carácter de Luísa, justificando-se, assim, de acordo com as linhas orientadoras do Naturalismo, o adultério. Todavia, ao longo do romance, perscrutam-se os espaços sociais, em número reduzido, o que limita a exploração da dimensão semântica da ambiência social e cultural. As personagens não são, pois, modelos a seguir, mas documentos de uma sociedade portuguesa oitocentista a evitar, são modelos caricaturais da realidade.

A apresentação das personagens-tipo dá-se, no geral, de uma só vez, de forma predominantemente directa, física e ordenada. Correspondem, no geral, a personagens planas e ilustram o espaço social da burguesia em que se movem pela sua indumentária, pelos seus discursos (ou silêncios, como acontece muitas vezes com Sebastião) e reacções previsíveis.

Assim, na textualidade, através dos «ideossemas», as personagens tipificam-se por meio do discurso iterativo, do pretérito imperfeito, da adjectivação, dos advérbios de tempo e de modo, da repetição do advérbio «muito», dos diminutivos, da enunciação no gerúndio, da utilização da conjugação perifrástica e da repetição, ao longo da obra, das mesmas características físicas quando a personagem reaparece. Obtêm-se, assim, através dos automatismos e determinismos, as caricaturas dos tipos sociais, prevendo-se a actuação da personagem quando ela surge na intriga e desnudando a sociedade lisboeta através dos seus vícios. Obviamente que todo o processo está eivado de simbolismos, sem os quais não seria possível a vida social.

---

[11] Cf. Eça de Queirós, carta a Rodrigues Freitas, 30/3/1878, *op. cit.*

[12] Carlos Reis, *Construção da leitura*, Coimbra, INIC, 1982, p. 120.

O Primo Basílio é, pois, e sobretudo, um romance social, visto que o meio funciona quase como uma personagem que se impõe a Luísa, não lhe facultando grande margem de livre-arbítrio, limitando-lhe as acções e o desenvolvimento moral. O narrador, ora implícita, ora explicitamente, dirige a sua crítica sarcástica a uma sociedade postiça e decadente, percepcionada como uma amálgama uniforme e não individualizada, com preocupação social, é certo, mas sobretudo estético-literária.

Não consegue, por isso, aproximar-se de um «grau zero» na sua diegese, mostrando, pelo contrário, uma presença activa e um certo empenhamento afectivo-ideológico através de várias técnicas discursivas, evidenciando, assim, e, sobretudo, o seu repúdio em relação a algumas personagens e a uma sociedade que se alimenta ainda de um Romantismo dissoluto.

Eça, sob a influência de Proudhon, adoptou uma filosofia (que lhe apontava a função social da arte) e uma estética (que lhe proporcionava os meios para a realizar), com o objectivo de explicar os caracteres pela educação, pelos ambientes, atacando as falsas bases da sociedade e revelando-se mais preocupado com a busca do exercício literário do que com a transformação da sociedade portuguesa. Assim, a ironia, a caricatura, o realismo burguês, o pessimismo social, são elementos da sua ideologia e de uma estética da inactividade e da involução que parece querer mostrar a impossibilidade de transformação socio-cultural dentro dos modelos sociais existentes.

VEREDAS CURVAS. A RAZÃO POÉTICA DE FRADIQUE MENDES A EDUARDO LOURENÇO

LUIZA NÓBREGA
Universidade Federal do Rio de Janeiro

Acometido talvez por aquele sentimento que Eduardo Lourenço diz ter-se historicamente apoderado dos portugueses, de inferioridade em relação à Europa,[1] o jovem Antero de Quental, em seu discurso sobre as *Causas da Decadência dos Povos Peninsulares*,[2] depois de definir os dois países ibéricos como *duas sombras* e *nações espectros*, investe com retórica exaltada em prol de uma regeneração pátria:

> Somos uma raça decaída por termos rejeitado o espírito moderno. As nações modernas estão condenadas a não fazerem poesia, mas ciência. Que é pois necessário para readquirirmos o nosso lugar na civilização? Para entrarmos outra vez na comunhão da Europa culta? É necessário um esforço viril, um esforço supremo; quebrar resolutamente com o passado.

Neste enunciado inequívoco, aponta-se um erro que deve ser corrigido com enérgica medida. Portugal irracional e arcaico marginalizara-se frente à Europa pragmática, racionalista, industriosa, moderna. Necessário seria um *esforço viril, supremo*, imprescindível seria uma drástica ruptura, terapêutica com que se condenaria um modo específico de ser português, exemplificado neste trecho significativo do discurso:

---

[1] Lourenço, E., *Nós e a Europa, ou as duas razões,* Lisboa: IN/CM, 1994, p. 25.

[2] Quental, A. de, In: *Prosas Escolhidas*, RJ: Ed. Livros de Portugal LTDA, 1942, p. 95 / 142.

> A tradição que nos apresenta D. João de Castro, depois de uma campanha em África, retirando-se à sua quinta de Sintra, onde se dava àquela estranha e nova agricultura de cortar as árvores de fruto, e plantar em lugar delas árvores silvestres, essa tradição deu-nos um perfeito símbolo do espírito guerreiro no seu desprezo pela indústria. Portugal, o Portugal das conquistas, é esse guerreiro altivo, nobre e fantástico, que voluntariamente arruína as suas propriedades, para maior glória do seu absurdo idealismo.

Curioso discurso, este em que, na defesa da razão, identifica-se com o Bem absoluto, com a *doxa*, o projeto civilizacional e tecnológico europeu, identificação de que resulta uma condenação dupla: da poesia e de Portugal, país de poesia. E mais curiosa a invectiva – nada poética – quando enunciada por um poeta, e pelo poeta autor dos *Sonetos*. Sem dúvida, há de ser sintomática de algo muito grave, naquele momento histórico, que cabe aos historiadores identificar. Tal e qual lhes cabe identificar a gravidade de que era sintoma o *absurdo idealismo* que Antero jovem condenava em D. João de Castro.

Sem ser aqui minha intenção a de polemizar com o jovem Antero, e tampouco defender a quinta do Vice-Rei, farei, entretanto, desta catilinária anteriana o ponto de partida para uma reflexão em que se congeminam duas questões: a da identidade lusíada, e a da racionalidade. Aqui, no século XIX, vimos de que modo se identificava um erro irracional português, que se deveria corrigir com um *esforço viril e supremo* em prol da razão. Mas se desta diatribe, abstraindo a retórica moralista e profilática, extraímos certas expressões designativas do modo específico de ser português – *guerreiro altivo, nobre e fantástico,* dotado de *absurdo idealismo* e *desprezo pela indústria,* amigo das árvores silvestres improdutivas – com que tipos se identificaria o condenável Lusíada, senão com o Quixote, o diletante, o poeta e o *dandy*? E que implicações teria esta associação tipológica na definição da identidade lusíada? Impossível sendo descobrir quando já de antemão se condena, troquemos o espaço do dever ser pelo do ser, suspendamos a sentença ética ortodoxa anteriana para que o heterodoxo, e sobretudo o paradoxo, se nos mostrem e não nos fujam.

A este propósito, não deixa de ser irônico que uma virada muito mais drástica se faça no sentido precisamente oposto àquele indicado pelo Antero moço, nas reflexões de Eduardo Lourenço sobre as duas questões (racionalidade e identidade), aplicadas ao caso português. Em tais reflexões, altera-se o postulado anteriano de tal modo que já não haverá uma razão e sim duas razões, sendo a primeira cartesiana, reta, e a segunda tortuosa, ou, no dizer do próprio Lourenço, *barroca, oscilante*. E ao Lusíada, em vez do *esforço viril supremo* para corrigir-se, fazendo-se racional, caberá a descoberta de sua própria forma específica de racionalidade, a racionalidade que o identifica, e, portanto, a descoberta de sua identidade. De um modo curiosamente tortuoso, Lourenço ilumina esta tortuosa razão.Vale a pena segui-lo em alguns passos de seu percurso ensaístico.

Em sua *psicanálise mítica do destino português,* empreendida não apenas no livro que tem este subtítulo, Lourenço persegue a psique lusíada nos meandros labirínticos daquilo a que o filósofo chama de seu *paradoxo ontológico*, onde vaga numa *espécie de delírio manso,* atitude de *quase absurda inocência* com que insiste, frente à fragilidade objetiva, na certeza de uma *íntima identidade.* A peculiaridade específica deste ontológico paradoxo é uma *glória fictícia,* uma *ficção gloriosa*, âmago do dilema português. Portugal, diz Lourenço no *Labirinto da Saudade,* é uma nação cujo sentimento de intrínseca fragilidade mascara-se em glória fictícia:

> ... mesmo na hora solar da nossa afirmação histórica, essa grandeza era uma ficção. Os Lusíadas recebem uma luz espectral e fulgurante quando lidos no contexto de uma grandeza que subterraneamente se sabe uma ficção ou, se se prefere, de uma ficção que se sabe desmedida mas precisa de ser aclamada à face do mundo menos para que a oiçam do que para acreditar em si mesma. Da nossa intrínseca e gloriosa ficção Os Lusíadas são a ficção. Da nossa sonâmbula e trágica grandeza de um dia de cinquenta anos, ferida e corroída pela morte próxima, o poema é o eco sumptuoso e triste.[3]

Trágica grandeza de um Portugal arrebatado pela *hybris* grega que, renitente, reincidirá na *Mensagem* pessoana, como *febre de além e de navegar.*

O primeiro ensaio do livro formula a tese de um nascimento traumático. Portugal infante ali se define como *rebento incrivelmente frágil para ter podido aparecer e misteriosamente forte para ousar subsistir.* Definição que é a mesma do herói mítico e do herói trágico. Tão mítico e trágico, que logo põe sobre o rosto frágil uma máscara grandiosa, mimetismo com que pretende enganar a si próprio e, é claro, ao mundo. Justificando o subtítulo do livro, o filósofo ensaísta afirma a necessidade do desmascaramento desta ilusão de grandeza:

> O que é necessário é uma autêntica psicanálise do nosso comportamento global, um exame sem complacências que nos devolva ao nosso ser

---

[3] Lourenço, E., *O Labirinto da Saudade – Psicanálise Mítica do Destino Português,* Lisboa: ed. D. Quixote, 1988, p. 19 / 20.

profundo ou para ele nos encaminhe ao arrancar-nos as máscaras que nós confundimos com o rosto verdadeiro.[4]

Em *A Emigração como Mito e os Mitos da Emigração,* define-se o português como um povo teatral, que aprecia o disfarce e entende a vida como encenação, uma vocação lusitana para as aparências ainda mais acentuada em *Somos um Povo de Pobres com Mentalidade de Ricos,* onde se atribui ao português uma *estrutura pícara* periférica no continente onde dominava a ascensão da burguesia.

Aqui a identidade, que se define por reação marginal, será também, mais do que fictícia, fútil e delirante:

> Sociedade em perpétua desfasagem entre o que é e o que quer parecer... sacrificando, até os limites da inconsciência, o que é, ao que quer parecer.[5]

E em outro ensaio do mesmo livro, aliás, já se tocara na mesma tecla:

> Profundo poço onde mergulham as raízes insondáveis do verdadeiro mistério de nosso comportamento histórico: realizar o mais valioso de nós como colectividade e como indivíduos, não como agentes de propósitos maduramente pensados, estruturados, mas como actores de gestas que tudo parecem dever ao impulso da vontade, do desejo, do inconsciente. Logo que nos aproximamos da linha tórrida do racional, tornamo-nos tímidos, ficamos paralisados, perdemos a imaginação.[6]

Desde já indaguemos – sob a máscara desta personagem, o rosto verdadeiro, qual será? Será a face mesma do paradoxo em que o infante irrompeu, sendo assim o Lusíada uma entidade paradoxal em sua própria origem, ou o trauma foi um fator interveniente, um acidente que se deverá ultrapassar buscando, antes dele, o rosto autêntico? Eis uma questão que se não resolverá com ligeireza, e muito menos com objurgatórias fundadas em pressupostos morais. Um olhar desatento se equivocaria ao distinguir nestas palavras alguma espécie de condenação em que se propõe uma cura da decadência portuguesa pela negação deste caráter paradoxal lusíada. Lourenço avista a cura do *delírio manso* em coordenadas muito distintas daquelas onde se situava o jovem Antero de Quental. Sua *psicanálise mí-*

---

[4] *Id.* p. 18.
[5] *Id.* p. 133.
[6] *Id.* p. 51.

tica, passando bem longe daquilo que designa por *ressequida tradição racionalista portuguesa,* entende que o ajustamento da consciência lusíada à *linha tórrida do racional* resulta numa consciência medíocre, num conformismo sem audácia ou originalidade. Ao contrário desta espécie de lobotomia cultural, Lourenço assume o caráter paradoxal de um ajustamento ao destino coletivo que se faria através de uma revolução cultural apoiada, não no intelecto racionalista, e sim na imaginação:

> Uma ressequida tradição racionalista portuguesa – aliás recente – pôde comprazer-se na crítica e na rejeição dessa fonte de onde tudo decorre, a começar pela própria "razão"... *Rêverie* do poeta, especulação do cientista ou do filósofo, só a imaginação transforma, transfigura e remodela a face do mundo, e não o exercício rotineiro de uma "práctica" que, sem ela, é, no melhor dos casos, um acerto cego.[7]

A saída do labirinto, portanto, não se acha onde o sujeito se arrepende e se corrige, mas onde assume a *rêverie do poeta, especulação do cientista ou do filósofo*, a imaginação transfiguradora que *remodela a face do mundo*. Ao que na melhor das hipóteses será um *acerto cego,* Lourenço contrapõe a potência criadora, mesmo quando sujeita a erro. Neste ponto, em que distante está do ensaísta Antero, e próximo dos poetas do *Orpheu*, Lourenço nos induz a cismar outra vez sobre aquele *absurdo idealismo* que no entender de Antero condenava o diletante D. João de Castro.

Mas será lícito indagar: é preciso mesmo sair do espaço labiríntico? Pois é de dentro dos seus meandros que o pensador português, em *Nós e a Europa ou as duas razões,*[8] aprofundando a análise do paradoxo lusíada, dele extrai reflexões que ao mesmo tempo são a afirmação da identidade coletiva, assumida ante a Europa, sem o travo do sentimento de inferioridade, ou da fragilidade mascarada em megalomania.

Persiste, é verdade, a mesma lúcida análise, e define-se a identidade lusíada como uma *identidade subjetiva, imaginária,* uma *euforia mítica, espécie de bilhete de identidade íntimo* que o português traz *no bolso interior da sua alma, quase absurda inocência do seu estatuto entre as nações*. Contudo, arremata-se a análise com uma surpreendente e desafiadora interrogação, a que se dará uma resposta pirandeliana, e ainda mais desafiadora e surpreendente:

> Delírio pouco consentâneo com a sua evidente realidade de nação hoje marginalizada ou à margem da mesma História?

---

[7] *Id.* p. 52.
[8] Ob. cit.

Se se quiser. Mas essa é também uma muito antiga e constante maneira de ser português.[9]

Fixemos isto: *uma muito antiga e constante maneira de ser português*. Maneira de ser análoga, como vimos, à do herói trágico-mítico e do diletante. Em outro ensaio do mesmo livro, a identidade lusíada é novamente remetida à esfera do trágico-mítico, do mitopoético, do quixotesco:

> Nação pequena que foi maior do que os deuses em geral o permitem, Portugal precisa dessa espécie de delírio manso, desse sonho acordado que, às vezes, se assemelha ao dos videntes (voyants, no sentido de Rimbaud) e, outras, à pura inconsciência, para estar à altura de si mesmo. Poucos povos serão como o nosso tão intimamente quixotescos.[10]

Mas se no livro anterior o que estava em pauta era a marginalidade portuguesa frente à racionalidade européia, neste o ângulo desloca-se e questiona-se a própria racionalidade do velho continente, invocando-se, no ensaio que intitula o livro, *o fundo de irracionalidade que nunca deixou nem deixará de coexistir com a imaginária transparência do conhecimento e do agir racionais*. E acrescenta-se:

> Na Europa "exemplar" o campo da "racionalidade" é apenas como um iceberg à superfície de um fundo tenebroso que em diversas circunstâncias pôde mesmo desviar o conhecimento racional do mundo para caminhos onde a extensão e a permanência desse magma de pura violência ou pulsão irracional se converteram em "destino europeu".[11]

Já não se trata aqui, propriamente, de uma simples contradição entre um Portugal delirante e uma Europa racional. Trata-se de duas Europas, com duas razões:

> Talvez não seja apenas mera coincidência se, na mesma época em que a "razão cartesiana" instaura a figura moderna da cultura... o pensamento ibérico configura uma outra perspectiva que é também crítica radical do mundo...[12]

[9] *Id.* p. 15.
[10] *Id.* p. 23.
[11] *Id.* p. 60.
[12] *Id.* p. 62.

Outra perspectiva que não é a de uma irracionalidade, mas de uma *razão barroca*, anverso da mesma moeda em que se cunha a razão cartesiana, sendo ambas, cada uma a sua própria maneira, manifestações da crise que assinala o fim da visão medieva de mundo. Daí a conclusão do ensaio *Nós e a Europa: Ressentimento e Fascínio*, nesta sentença inequívoca:

> É quixotescamente que devemos viver a Europa e desejar que a Europa viva. Com a mesma ironia calma com que Caeiro se vangloriava de oferecer o Universo ao Universo, nós, primeiros exilados da Europa e seus medianeiros da universalidade com a sua marca indelével, bem podemos trazer a nossa Europa à Europa. E dessa maneira reconciliarmo-nos, enfim, conosco próprios.[13]

Não se trata, portanto, de adaptar um Portugal mítico e arcaico ao *leito de Procusto* de uma Europa moderna, industriosa e racionalista.Trata-se, o que é bem diferente, de inserir, na comunidade européia, um modo português de ser europeu, modo este que, não sendo irracional, deve fazer uso de outra espécie de razão, diferente da cartesiana.

Ora, esta razão, que Lourenço designa como *barroca* e *oscilante*, e por cujo condão se desata o nó górdio dilemático lusitano, sendo o modo específico do ser poético, não teve que esperar pelo *Orpheu* para se pronunciar. É já no próprio século de Antero que seus antecedentes se fazem ouvir. Exemplo disto é Garrett, por cuja pluma, segundo Lourenço, *pela primeira vez e a fundo Portugal se interroga,* e cujo *Camões,* ainda citando Lourenço, *começa realmente o processo de autognose de Portugal.*[14] No extremo oposto do jovem Antero, que o sucederá, Garrett não se limita a defender a Natureza como um bem superior que distingue Portugal da Europa:

> Cá estamos num dos mais lindos e deliciosos sítios da terra: o vale de Santarém, pátria dos rouxinóis e das madressilvas, cinta de faias belas e de loureiros viçosos. Disto é que não tem Paris, nem França, nem terra alguma do Ocidente, senão a nossa terra, e vale por tantas, tantas coisas que nos faltam.[15]

---

[13] *Id.*, p. 37.

[14] In: *O Labirinto da Saudade*, p. 83 / 84.

[15] Garrett, A., *Viagens na Minha Terra,* Ed. Ulisseia, 1999, p. 76.

Como traço intrínseco da lusitanidade, aponta a poesia:

> Portugal é, foi sempre, uma nação de milagre, de poesia. Desfizeram o prestígio; veremos como ele vive em prosa.[16]

Dir-se-ia ser este o natural discurso de um romântico, ao qual seguiu-se o do realista Antero, mas a ordem cronológica não é decisiva, pois há antigos mais modernos que seus sucessores, assim como há textos e espíritos que se antecipam, que se projetam, ou que se instauram num ponto a salvo das periodizações e classificações.

Ouçamos, por exemplo, o seguinte desabafo de Garrett, que antecede no tempo o ensaio de Antero, mas que, lido hoje, supera-o em atualidade:

> Detesto a filosofia, detesto a razão; e sinceramente, creio que num mundo tão desconchavado como este, numa sociedade tão falsa, numa vida tão absurda como a que nos fazem as leis, os costumes, as instituições, as conveniências dela, afetar nas palavras a exatidão, a lógica, a rectidão que não há nas coisas, é a maior e mais perniciosa de todas as incoerências.[17]

Este espírito singular, que projeta seus tentáculos para trás do chamado período romântico, realizando a elegância estilística do século XVIII, e dando continuidade a uma vertente poética iniciada mesmo antes de Camões; também os projeta para diante do Romantismo, e até do Realismo, ele que, sendo mestre estilístico de Eça, é pioneiro de diversas estratégias textuais contemporâneas. Com a pena afiada numa finíssima e irresistível ironia, própria do *dandy* que era, na pele do viajante das *Viagens na Minha Terra,* em sua viagem Tejo arriba, e na contra-mão dos *caminhos de ferro dos barões,* é um autêntico *à rebours*, indo ao encontro de um Carlos que, enquanto desdobramento do Sujeito, não deixa de ser um embrionário heterônimo.

Outro Carlos, no mesmo século, seguir-lhe-á a pista. Símbolo paradigmático de uma família lusitana de diletantes, entra em cena, alguns anos depois, Carlos Fradique Mendes, curiosíssima ficção do Eça de Queirós, de quem será o duplo. Ficção ficcional, mas não fictícia, pois, uma vez inventado, será inventor, Fradique começa por ser um Poeta satânico baudelaireano, autor das *Lapidárias,* depois personagem em *O Mistério da Estrada de Sintra*, e mais tarde ainda o autor epistolar e via-

---

[16] *Id.*, p. 169.
[17] *Id.*, p. 202.

jante, descendente de navegantes a quem Eça, na introdução à sua correspondência, fará um Oliveira Martins também ficcional designar como *o português mais interessante do século XIX,* lastimando-o, porém, após um elogio em que o compara a Descartes:

> ...com tudo isto, falta-lhe na vida um fim sério e supremo, que estas qualidades, em si excelentes, concorressem a realizar. E receio que em lugar do *Discurso Sobre o Método* venha só a deixar um vaudeville.[18]

Na mesma introdução, e por antecipação de Eça à fortuna crítica de seu duplo, a morte da personagem é assim comentada, na *Gazeta de Paris,* pelo *erudito moralista que assina Alceste:*

> Pensador verdadeiramente pessoal e forte, Fradique Mendes não deixa uma obra. Por indiferença, por indolência, esse homem foi o dissipador de uma enorme riqueza intelectual. Do bloco de ouro que poderia ter talhado um monumento imperecível – tirou ele durante anos curtas lascas, migalhas, que espalhou às mãos cheias, conversando, pelos salões e pelos clubes de Paris. Todo este pó de ouro se perdeu num pó comum. E sobre a sepultura de Fradique, como sobre a do grego desconhecido de que conta a antologia, se poderia escrever: Aqui jaz o ruído do vento que passou derramando perfume, calor e sementes em vão.[19]

Indolência, desperdício, dissipação, dispersão: eis o diletante Fradique, a quem João Gaspar Simões, em ressonância desviada destas ficções de Eça, define com a expressão *saboroso arquitecto de espumas;*[20] *que* Vianna Moog diz ser o *transunto dos* ***vencidos;***[21] e Álvaro Lins, embora considerando-o a *quintessência do* ***vencidismo*** e *vingança de Eça contra o seu século*, lastimará, tal e qual o fizera *Alceste,* porém, o que é mais grave, enquanto criação de Eça, a qual tem por *uma vaga e efêmera excentricidade, ao lado de suas obras permanentes e imortais.*[22]

---

[18] Eça de Queirós, *A Correspondência de Fradique Mendes,* Lisboa: Ed. Livros do Brasil, p. 97.

[19] *Id.*, p. 54.

[20] Simões, J. G., *Eça de Queirós – O Homem e o Artista,* Lisboa: Ed. Dois Mundos, 1945, p. 591.

[21] Moog, V., *Eça de Queirós e o Século XIX,* Porto Alegre: Ed. Da Livraria do Globo, 1943, p. 305.

[22] Lins, A., *História Literária de Eça de Queirós,* RJ: Ed. O Cruzeiro, 1964, p. 179 / 180.

Mas, como procurei demonstrar, num longo estudo[23] em que observei as estratégias de desdobramento do sujeito na enunciação do texto introdutório à *Correspondência de Fradique Mendes*, estratégia textual pela qual Eça-narrador veicula um conteúdo pulsional transgressor; como procurei, dizia, demonstrar naquele estudo, Álvaro Lins comete um erro interpretativo nesta sua leitura de Fradique. E é um erro duplo: engana-se quando o lastima chamando-o *fantasma desencarnado*, equivalente de personagem inconsistente, falhado, sem perceber que o *fantasma* é instrumento funcional da estratégia transgressora do sujeito; e também se engana quando condena o seu diletantismo, erro este em que freqüentemente se incide quando se trata de definir diletantismo e dandismo. Ora, ao dissipador indolente que foi o *dandy* Fradique Mendes, dizia o próprio Eça na referida introdução, subjaz uma surpreendente profundidade. E nesta mesma profundidade – permitam-me aqui uma reflexão – oculta-se a razão-de-ser do paradoxo em que se situa a identidade lusíada. Se Portugal, como disse Garrett, foi sempre um país de poesia, que depois se transformou em prosa, então seus poetas nos dirão de uma identidade virtual portuguesa incumprida. Identidade que se descobrirá, no meu entender, não condenando ou ignorando a máscara do diletante, mas precisamente começando por encará-la. Não terá esta máscara sua própria razão de ser, à qual se poderá chamar **razão poética**? Não será o diletante uma *persona*, disfarce com que a **razão poética** entra na cena de uma comédia específica?

Pensemos no seguinte: por que se teria Eça de Queirós, considerado o maior romancista português, e ele próprio um *dandy,* desdobrado num duplo que se caracteriza como um diletante, ao qual designa, pelas palavras de um ficcional Oliveira Martins, como *o português mais interessante do século XIX*? Por que motivo o mais interessante português do século XIX seria um *dandy* diletante? A resposta a esta pergunta nos é dada pelo próprio Eça em diversos passos da mesma introdução, mas prefiro aqui acrescentar à primeira uma segunda e análoga pergunta, que é a seguinte: por que o 10 de Junho, dia provável da morte de um poeta deambulante, é oficialmente celebrado como o dia de Portugal? Teremos ponderado suficientemente estes fatos? Será tudo isto um erro, um desvio ontológico do qual Portugal se deva envergonhar, arrepender e corrigir,

23 Nóbrega, L., "O Fantasma em Fradique Mendes – Fragmentação Estratégica do Sujeito e Irrupção Pulsional Transgressora num Texto de Eça de Queirós." In: *Literatura Confessional,* Porto Alegre: Ed. Mercado Aberto, 1997, p. 143 / 185.

neste final do século XX, em que o tecnicismo utilitarista e neopositivista reinveste com cinismo imbatível, aplastante?

Penso que aqui nos fosse forçoso e proveitoso repensar as figuras geminadas do *dandy,* do diletante e do poeta, as duas primeiras talvez ainda mais incompreendidas que esta última. É o que faz Patrice Bollon em seu estudo *A Moral da Máscara,* onde se propõe uma análise mais profunda do estilo diletante em suas diversas configurações históricas. Tais considerações, indo ao encontro de figuras paradigmáticas, seja no campo estético ou filosófico, tais como Baudelaire, Nietzsche, Wittgenstein ou Brummell, o príncipe dos *dandys*, parecem referir-se ao paradoxo lusíada, e talvez nos ajudem a compreender mais profundamente este paradoxo. Na análise, por exemplo, que faz de Brummell, artista da vida que inspirou a criação de Fradique, Bollon o vê como alguém que se fez o duplo de si próprio, e vagou pela vida como se numa galeria de espelhos, recusando-se a sair do espaço ficcional que inventara para existir e ser. Todavia, no fundo dessa atitude, aparentemente inconsistente, ocultava-se uma resistência heróica.

Nada mais próximo do paradoxo lusíada, que a imagem, evocada neste ensaio, com a qual uma senhora teria pretendido ferir Brummell: *Você é um palácio num labirinto*. Comentando esta sentença, Bollon afirma:

> *Um palácio num labirinto*: não se poderia definir melhor e em tão poucas palavras o dândi... o dândi é uma ilusão de grandeza, loucamente construída sobre um terreno instável, minado no interior, que lembra a célebre frase de Baudelaire, orgulhando-se de ter amassado a lama e de ter feito dela ouro. É um sonho erguido sobre um sonho, portanto dupla ilusão, simulacro vertiginoso, mas ao mesmo tempo realidade forte, prenhe, poderosa: palácio – graça, elegância, fortuna, requinte – como raros eles são, construídos sobre um labirinto inextricável – profundeza insondável, e para os olhares estranhos, completamente inútil... um labirinto, enfim, construído e distribuído à volta de um palácio como trincheiras ou valetas profundas, para extraviar os possíveis visitantes ou curiosos que tentem entrar, para abrigá-lo de qualquer exame mais profundo, de qualquer "explicação", para preservá-lo de qualquer revelação que ameaçaria fazê-lo ruir – pois finalmente ele é apenas ilusão, miragem, sonho esplêndido surgido do nada e construído sobre um solo móvel, de areia, que se esfarela quando pisado: realidade que só existe enquanto não for aproximada e apenas contemplada de longe e do exterior. [24]

---

[24] Bollon, P., *A Moral da Máscara,* RJ: Ed. Rocco, 1990, p. 188 / 189.

Dialoguemos aqui com Eduardo Lourenço, evocando algumas de suas expressões. O Príncipe Mascarado que se refugia na torre deste palácio assemelha-se ou não ao saudosista e teatral barão da *glória fictícia,* da *grandeza trágica e sonâmbula,* que da inexpugnável sacada contempla – com a mão enfiada no *bolso interno da alma,* apertando o *paradoxal e íntimo bilhete* – seu reino ilusório de súditos *pobres com mentalidade de ricos?* E evocando o poeta a quem Fradique chamava, com irreverência, *o maganão das flores do mal*, seria aventuroso imaginá-lo, como ao Mascarado do *Spleen,* debruçado na amurada a lastimar*: Sou como o rei dum país chuvoso: rico, mas impotente, jovem, porém velhíssimo?* E que segredo guarda em sua torre este Mascarado, a que propósito responde, entrincheirado no labirinto? Sem condenar, nem temer, nem recalcar, miremos através. A idéia que em regra se faz do *dandy* é na verdade superficial.Visto em profundidade, o *dandy* é o herói trágico que se auto-superou na linha de uma levitação permanente do sentido. Melhor dizendo: é o herói trágico mascarado em decadente moderno. Decifrá-lo seria varar a máscara e ver sob ela o rosto verdadeiro. Mas que rosto? Talvez aquele de que se acerca Lourenço em outro livro, onde pensa o Pessoa, chamando-o, numa alusão ao *dandy* Ludwig, *Fernando, Rei da Nossa Baviera*. No ensaio *Pessoa ou o Eu como Ficção*, o filósofo poeta medita sobre as máscaras do poeta filósofo, mirando por trás delas o rosto vazio do *eu* inexistente*:*

> Ele multiplicou as máscaras sobre o rosto de nosso Nada. Para ele, não é somente a vida verdadeira que se ausenta. Toda vida é *Ausência. É preciso tornar visível, sensível, esta ausência ontológica, a* inanidade inesgotável de nossa existência.[25]

A máscara, portanto, é um sonho sobreposto a outro sonho, uma ilusão sobre outra ilusão, um nada sobre outro nada. Esta idéia da vida como teatro de sombras, e do eu como máscara, *persona* deste teatro, reitera-se em outro ensaio do mesmo livro: *Kierkegaard e Pessoa, ou as Máscaras do Absoluto*, onde Lourenço, numa comparação luminosa, diz que a visão de Kierkegaard tem seu ponto de fuga num além, enquanto a visão de Pessoa é a de *uma fuga permanente*, expressão que bem resume o conceito de **errância** enquanto condição existencial do poeta. O que me induz a pensar que não foi sem razão que Pessoa apontou, como destino

---

25 "Pessoa ou le Moi comme Fiction". In: *Fernando, Rei da Nossa Baviera,* Lisboa: IN / CM, 1986, p. 37 / 42.

português, e saída de seu impasse, a poesia, a *nova poesia portuguesa*. Talvez *essa quase absurda inocência*, expressão com que Lourenço designa o intrínseco e paradoxal modo de ser português, queira no fundo dizer que não há outra razão possível para o Lusíada senão a **razão poética**. E o desafio lançado por aquela Esfinge-Europa de olhos gregos posta no pórtico da *Mensagem* será decerto a decifração deste paradoxo. Aliás, é preciso lembrar que paradoxo tem duplo sentido. Para além de absurdo ilógico, contra-senso, disparate, significa afirmação que se propõe como alternativa a sistemas e pressupostos que se impuseram como incontestáveis, absolutos. Afirmação que se poderá fazer de modo deliberado, consciente, ou inconsciente e espontâneo. A irrupção de Fradique Mendes será, quanto a isto, um dos momentos em que Portugal se dá conta da natureza específica – e poética – de sua identidade.

Talvez pareça aventurosa esta minha afirmação de que a única razão verdadeiramente possível à identidade lusitana seja a **razão poética**. No limbo em que a poesia foi exilada, desde a *República* platônica, tudo poderá ser afirmado, com licença poética, mas desde que não ultrapasse este limite, de ser mera *poesia*, ou seja, fantasia, figura estilística, algo sublime, ou mesmo estupendo, extraordinário, fenomenal, porém sem efetividade, tal e qual uma moeda duma civilização extinta, exposta num museu, com a qual até se poderá brincar, mas nunca atuar sobre o mundo, a sério. Brincar será sempre permitido no reduto das crianças, e dos poetas, mas assuntos de adultos são coisas sérias, reais, viáveis, que necessitam diretrizes confiáveis para a reflexão e ação, as quais lhes são dadas pela política e a economia, como preconizava o jovem Antero. Contudo, como muito bem disse Almada Negreiros, a humanidade está em sua pré-história, muito distante de entender o que seja de fato a poesia. Apesar dos pesares, contudo, não deixa de ser um bom sinal que dela se acerque, outra vez, como nos tempos ancestrais, a filosofia, em momentos como o deste comentário de Wittgenstein:

> Hoje os homens acham que os cientistas estão aí para lhes dar *ensinamentos, e os poetas, os músicos etc para diverti-los. Que estes últimos tenham algo a ensinar-lhes, não lhes passa pela cabeça.*[26]

A sutileza da resistência que move o poeta diletante está muito longe de ser alcançada, e o mais provável é que tal compreensão continue a ser uma virtualidade incumprida. Em todo caso, a **razão poética** resiste e per-

[26] *Apud* Bollon, P., ob. cit., p. 218.

siste, e desta razão, que não se inscreve com linhas retas, ninguém postula melhor que o próprio Fradique Mendes, numa de suas sentenças lapidares em que, desafiando Descartes e Euclides, enuncia, com divertida ironia, a defesa das veredas curvas que assinalam a pulsação do poético:

> Apesar de trinta séculos de geometria me afirmarem que a linha recta é a mais curta distância entre dois pontos, se eu achasse que, para subir da porta do Hotel Universal à porta da Casa Havanesa, me saía mais directo e breve rodear pelo bairro de S. Martinho e pelos altos da Graça, declararia logo à secular geometria – que a distância mais curta entre dois pontos é uma curva vadia e delirante.[27]

Concluirei esta comunicação, se me permitem, com uma evocação pessoal. Viajei certa vez, num ido verão, em automóvel, de Lisboa a Barcelona, pelas veredas curvas do Alentejo, perdendo algumas horas nas espirais entre pedras e lebres, e logo depois, atravessada a fronteira, disparando em velocidade racional pela auto-estrada da Extremadura. Escusado será perguntarem-me qual das estradas pareceu-me a de distância mais curta. Claro esteja que jamais trocaria pela estrada racionalmente reta, contudo monótona, cansativa, estéril e extenuante, aquelas veredas rodopiantes, onde lebres ainda cometem o delírio de saltar à solta entre pedras que aos olhos industriosos e tecnicistas pareceriam improdutivas e inúteis. As estradas retas talvez nos levem mais depressa ao destino, mas resta saber para que chegar mais depressa, e a qual destino se chega. E se o Carlos de Garrett declarava que pelas estradas de ferro dos barões ele não iria, presumo que o Carlos Fradique lastimaria – como lastimou, numa carta dirigida a um engenheiro, a construção de uma estrada de ferro na Terra Santa – ver um dia aquelas curvas alentejanas corrigidas, tornadas retas para menor distância entre os vilarejos e mais rápida circulação das mercadorias, desimpedidas da anacrônica presença dos arcaicos saltadores, cujo lugar racional verdadeiro será, antes do tacho, os engradados regulares com normalizadas rações. Portugal terá então corrigido o delírio, e recobrado a razão. Sim, mas qual razão?

---

[27] Ob. cit., p. 61.

ALGUMAS CONSIDERAÇÕES SOBRE AS TRADUÇÕES ALEMÃS DE *O PRIMO BASÍLIO*

MANUELA NUNES
Universidade de Augsburgo

A primeira tradução de *O Primo Basílio* foi feita para alemão dois anos após a publicação do romance em 1878, e foi editada em Berlim em 1880. Em rigor, temos de dizer que se trata de uma adaptação. Tanto o título como o subtítulo o indicam: *Eine wie Tausend. Bearbeitet von Konrad Alberti in überaus freier Weise nach einer Übersetzung von Henriette Michäelis* [Uma entre mil ou Uma como tantas outras. Adaptação livre segundo uma tradução de Henriette Michäelis]. Guerra da Cal refere que a Bibliografia Portuguesa e Estrangeira de 1881 anuncia que *O Primo Basílio* estava a ser traduzido para alemão, devendo ser publicado em breve, juntamente com uma biografia do autor. Todavia, conclui que esta tradução não teria chegado a ser publicada, pois não conseguiu localizá-la.[1] Supomos que se poderá tratar da tradução de Henriette Michäelis em que Conrad Alberti se baseou para a sua adaptação.[2]

Conrad Alberti, um pseudónimo de Conrad Sittenfeld, viveu entre 1862 e 1918. Nada indica que soubesse português. Estudou História da Literatura e da Cultura, e foi escritor, crítico e ensaísta. Não é injusto afirmar que se trata de um autor menor. No contexto presente, interessa, porém, saber que foi representante e defensor do realismo e do natu-

---

[1] Ernesto Guerra da Cal, *Lengua y Estilo de Eça de Queirós*, Apéndice, Bibliografía queirociana sistemática y anotada y iconografia artística del hombre y de la obra, Tomo 1°, Coimbra: Acta Universitatis Conimbrigensis, 1955, pp. 43-44.

[2] Só depois da apresentação desta comunicação tive conhecimento do excelente artigo da Doutora Teresa Martins de Oliveira acerca desta adaptação de Conrad Alberti: "*Eine wie Tausend* – A primeira versão alemã de *O Primo Basílio*", in *Eça e os Maias*, Cem Anos Depois, Actas do 1° Encontro Internacional de Queirosianos, Porto: Asa, 1990, pp. 183-190.

ralismo. É ainda de notar que se trata de uma obra de juventude, pois Alberti tinha dezoito anos à data da publicação desta adaptação.[3]

Infelizmente, não consegui, apesar de aturada busca, obter a primeira edição desta adaptação. Como ela não consta dos catálogos digitalizados das bibliotecas alemãs, não sei mesmo se inclui prefácio, posfácio ou quaisquer dados biográficos sobre Eça. Esta adaptação teve três reedições, em 1889, 1892 e 1902, o que prova o relativo sucesso da obra. A edição que tive em mãos foi a segunda edição de 1889: *Eine wie Tausend*. Roman nach dem Portugiesischen des Eça de Quiroz bearbeitet von Conrad Alberti.[4] [Uma como tantas outras. Romance do português de Eça de Quiroz, adaptado por Conrad Alberti]. Esta edição não refere tratar-se de uma adaptação livre baseada numa tradução alheia. Note-se ainda o erro na grafia "Quiroz".

Só quase sessenta anos mais tarde, na década de cinquenta, surgem de novo traduções de *O Primo Basílio*, tanto na República Federal como na República Democrática; aliás à semelhança do que acontece com outras obras de Eça. Em 1956, a editora Kurt Desch, com sucursais em Viena, Munique e Basileia, publica outra tradução, desta vez com o título *Basílio*. O autor da tradução é Helmut Hilzheimer. Hilzheimer é tradutor de numerosas obras de autores ingleses. Do português apenas traduziu *O Primo Basílio*. Também aqui nos deparamos com uma adaptação livre. Esta tradução será revista, voltando a ser publicada em 1988 pela conceituada editora Greno de Nördlingen, numa série editada pelo poeta Hans Magnus Enzensberger: *Die andere Bibliothek* [A outra biblioteca ou A biblioteca diferente]. A tradução faz parte de um volume que inclui também a obra póstuma *Alves & C.ª*, traduzida por Alrun Almeida Faria, e que tem o seguinte título: *Treulose Romane: Basílio und Alves & Co.*. A revisão do texto de Hilzheimer limita-se a alterar a ortografia de alguns nomes geográficos, como por exemplo Tejo em vez de Tagus, e a proceder a ligeiras alterações de pontuação. As alterações estilísticas são mínimas. Ao contrário da adaptação de Alberti e do volume da adaptação de Hilzheimer publicado pela editora Kurt Desch, trata-se aqui de uma edição muito cuidada, com um dossier de cartas de Eça acerca do romance, cartas de vários

---

[3] Sobre Conrad Alberti cf. *Deutsches Literatur-Lexikon*, Biographisch--Bilbliographisches Handbuch begründet von Wilhelm Koch, dritte, völlig neu bearbeitete Auflage, erster Band, herausgegeben von Bruno Berger und Heinz Rupp, Bern und München: Francke Verlag, 1968, bem como o estudo mais recente de Elke Meyer: *Sozialdarwinistische Vorstellungen bei Conrad Alberti, Max Kretzer und Wilhelm von Polenz: vergleichende Untersuchungen im Hinblick auf naturalistische Themen und Stilmittel im Roman um 1890*, (tese de mestrado) Kiel, 1989.

[4] Berlim: Hugo Steinitz Verlag.

autores contemporâneos acerca do escritor, uma sinopse biográfica, a bibliografia das obras de Eça em português e das respectivas traduções alemãs actualmente acessíveis. Interessante é ainda a nota editorial de Enzensberger, a que nos iremos ainda referir. Além disso, trata-se da única tradução que revela a edição portuguesa em que a tradução se baseia: a edição publicada em 1970 no Rio de Janeiro pela editora José Aguilar.

Quase simultaneamente, surge na República Democrática uma tradução de Helmut Krügel: *Vetter Basílio*. Roman von Eça de Queiroz, (aqui sim, com o título completo). Esta tradução, a única que não faz cortes no texto, é publicada em 1957 pela editora Aufbau. Krügel é, de facto, quase exclusivamente tradutor de português e podemos dizer que foi "o tradutor de Eça", pois entre os seus trabalhos contam-se *A Capital*, *Os Maias*, *A Ilustre Casa de Ramires* e *O Conde de Abranhos*.[5] Esta edição inclui um posfácio de Alfred Antkowiak sobre Eça e notas explicaticas do tradutor. Esta tradução foi reeditada várias vezes, não só na República Democrática, como também, sob licença na República Federal, neste caso sem o posfácio. A última edição é já ulterior à reunificação da Alemanha e surgiu como livro de bolso na editora Aufbau em 1997. No presente trabalho foi utilizada a reedição da editora Piper de Munique, publicada em 1989.

A título de curiosidade, referiremos que, em 1969, o canal de televisão WDR produziu um filme baseado no romance, com o título *Der Vetter Basilio*, encenado por Wilhelm Semmelroth, e que foi apresentado nos programas estatais da Alemanha e da Áustria – ARD e ORF 1.[6]

O tempo de que dispomos não nos permite alongar-nos em considerações de ordem teórica e metodológica. Com base nalguns exemplos significativos, propomo-nos fazer um comparação, ainda que breve, dos textos alemães com o original. Esta comunicação é um extracto de um estudo de mais fôlego que temos em preparação. Assim, limitar-nos-emos aqui a uma análise do primeiro capítulo do romance, uma vez que, nele Eça caracteriza as figuras principais e o meio que as rodeia. Embora sucinta, esta análise permite-nos já tirar algumas ilações relativas à recepção da obra tal como ela se manifesta na respectiva tradução e, muito embora a questão da avaliação da qualidade das traduções seja sempre pro-

---

[5] Traduziu também, em 1954, o romance *Esteiros*, de Joaquim Soeiro Pereira Gomes.

[6] Bild- und Tonträge-Verzeichnisse, hrsg. vom Deutschen Rundfunkarchiv, Nr. 11, *Fernsehspiele in der ARD 1952-1972*, Band 1, zusammengestellt und bearbeitet von Achim Klünder, Hans-Wilhelm Lavies, Frankfurt a. Main 1978, p. 289.

blemática e não faça parte das nossas intenções nesta fase do trabalho, ela estará implicitamente presente nas considerações que se irão seguir.

Como afirma o estruturalista checo Jiäí Levy, são os desvios em relação ao original que melhor nos esclarecem acerca do método do tradutor e da sua concepção da obra traduzida.[7] Levy não estaria aqui possivelmente a pensar em cortes do texto original com as dimensões dos praticados nas adaptações de Alberti e Hilzheimer. Todavia, a extensão desses cortes facilita a análise dos critérios utilizados mais ou menos conscientemente pelos tradutores.

A primeira particularidade que salta imediatamente à vista é o facto de Alberti mudar o título do romance de *O Primo Basílio* para *Eine wie Tausend*. Esta alteração implica um importante desvio de enfoque. O título que Eça deu ao seu romance distingue-o dos outros grandes romances realistas do século XIX que têm o adultério como tema, como *Madame Bovary* de Flaubert (1857), o romance quase contemporâneo de Leão Tolstoi *Anna Karenina* (1877) ou o romance mais tardio do alemão Theodor Fontane *Effi Briest* (1895).[8] Não é a adúltera[9] que dá o nome ao romance de Eça e sim o sedutor. Embora isto não implique necessariamente que este seja a figura principal, em todo o caso o título reduz a importância da heroína na hierarquia do romance. O título que Alberti dá à sua adaptação traz a heroína para o primeiro plano mas, ao contrário dos outros romances citados, não como uma figura individual, com um nome que a distingue como indivíduo, ao mesmo tempo que a identifica como membro de um casal, visto que em todos os títulos citados surge simultaneamente o apelido do marido: Bovary, Karenin e Briest.[10] Alberti não só anonimiza a heroína, não lhe dando um nome, como a inclui numa multidão de casos

---

[7] Jiäí Levy: *Die literarische Übersetzung: Theorie einer Kunstgattung*, Frankfurt a. Main, Bonn: Athenäum, 1969, p. 163: "Gerade die Abweichungen von der Vorlage können am besten über die Methode des Übersetzers und seine Ansichten über das übersetzte Werk belehren."

[8] Para uma análise comparativa destes dois romances cf. Maria Teresa Martins de Oliveira: *A Mulher e o Adultério nos Romances O Primo Basílio de Eça de Queirós e Effi Briest de Theodor Fontane*, Coimbra: Minerva, 2000.

[9] *L'Adultera* (1880) é, aliás, o título de outro romance de Theodor Fontane sobre o mesmo tema.

[10] Cf. Hans Vilmar Geppert: "Gustave Flaubert: 'Madame Bovary'", in *Grosse Werke der Literatur*, Band III, Tübinben und Basel: Francke Verlag, 1993, pp. 121, que refere os títulos de vários romances sobre mulheres – *Jane Eyre*, *Effi Briest*, *Anna Karenina* e *Tess of the d'Urbervilles* – em que os nomes próprios das heroínas fazem parte do título, a fim de salientar a diferença em relação a *Madame Bovary*, definida apenas na qualidade de esposa.

idênticos: uma entre mil, uma como tantas outras. Podemos assim dizer que a banaliza. Cabe-nos verificar se esta tendência de trivialização, manifestada no título, se concretiza no texto, não só na interpretação da figura de Luísa como a outros níveis da adaptação.

Hilzheimer manteve-se mais próximo do título de Eça, ao dar ao romance o título *Basílio*. Hans Magnus Enzensberger manteve o título de Hilzheimer e deu ao volume que, como já referimos, inclui também *Alves & C.ª*, o título genérico de *Treulose Romane*, que poderíamos traduzir com "romances de infidelidade". Há aqui, pois, uma certa ambiguidade, visto que poderíamos inferir ser Basílio quem comete a infidelidade. Ao suprimir no título o grau de parentesco que liga as figuras principais, Hilzheimer e Enzensberger escamoteiam um aspecto importante implícito no título *O Primo Basílio*. É que o facto do adultério ser cometido entre primos não é irrelevante. É representativo da estreiteza do meio que Eça pretende retratar, um grupo social tão fechado que até o adultério fica, por assim dizer, "em família". Este pormenor é característico da ironia queirosiana e contribui para tornar ainda mais mordaz a crítica da sociedade portuguesa. Basílio é um Don Juan de pacotilha, sovina e comodista, cuja fatuidade se satisfaz com uma conquista fácil; como o próprio Eça escreve a Teófilo, "um maroto, sem paixão nem a justificação da sua ironia, que o prende à vaidadezinha duma aventura e o amor *grátis*".[11] Na sua condição de mulher, Luísa está ainda mais limitada. O primeiro namoro com um primo é sintoma disso; o facto dela, apesar da vivência negativa que teve com Basílio, não encontrar outro objecto para projecção das suas fantasias sentimentais, sublinha o carácter de quadro literalmente "doméstico" que Eça pretende retratar.[12]

Só Rudolf Krügel mantém o título completo: *Vetter Basílio*, só ele faz, de facto, uma tradução integral do romance. Podemos, pois, dizer que no próprio título da tradução está contido *in nuce* todo um programa de respeito pela integridade do texto original.

Alberti, pelo contrário, serve-se de uma técnica de adaptação à realidade do texto de chegada, transpondo a acção do romance para Breslau e dando, portanto, às personagens nomes alemães, tanto quanto possível semelhantes aos seus nomes portugueses, com excepção dos apelidos: Luísa e Jorge são Luise e Georg, mas já o primo Basílio de Brito passa a

---

[11] Carta de 12 de Março de 1878 in *Eça de Queirós: Correspondência*, leitura, coordenação, prefácio e notas de Guilherme de Castilho, 1° volume, Lisboa: Imprensa Nacional-Casa da Moeda, 1983, p. 134.

[12] *Ibidem*.

ser Vetter Fritz Reissmann. Leopoldina é Leopoldine, Juliana, porém, passa a ser simplesmente Marie e D. Felicidade de Noronha, Fräulein Felicitas Himmel, perdida de amores por Rath Äckerlein, o conselheiro Acácio que mantém o título. As outras traduções respeitam o cenário português e, consequentemente, as personagens mantêm os seus nomes portugueses, com pequenas variações relativamente ao título do conselheiro: "Geheimrat" segundo Hilzheimer e "Kanzleirat" na tradução de Krügel. A dificuldade maior residiu na tradução das formas de tratamento "Dona" e "Srª. D." – no caso de Dona Felicidade e Srª. D. Leopoldina. É evidente que se trata de um elemento exótico na língua de chegada, que implica uma teoria translativa que se esforça por transpor para a tradução o colorido da língua de partida, sublinhando a diferença. Hilzheimer usa "Doña," partindo talvez do princípio que a forma espanhola será mais facilmente identificável pelo leitor alemão, mas usa a forma "Senhora Leopoldina" em que mantém a ortografia portuguesa e retira o "Dona", usando assim uma forma de tratamento que em português nunca seria aplicada neste caso, dada a posição social de Leopoldina.[13] Krügel mantém a forma de tratamento portuguesa comum, mas mostra-se inconsequente ao usar a grafia correcta em "Senhora", escrevendo porém sempre "Donha" em vez de Dona. Hilzheimer foge à dificuldade de traduzir a alqunha de Leopoldina, "a pão e queijo". Krügel chama-lhe literalmente "das Käsebrot", uma expressão desprovida de conotação em alemão, enquanto que Alberti, aludindo ao seu hábito de fumar, à época socialmente ainda pouco aceite numa senhora, traduz a alcunha por "Die Tabakspfeife" – o cachimbo. Não devemos esquecer que Alberti estava a traduzir ou a adaptar um texto contemporâneo. As diferenças relativas às formas de comportamento sancionadas, às normas sociais vigentes, eram menores, apesar da distância geográfica e da diferença de mentalidade. Ao transpor a acção para uma cidade de província, como a Breslau do final do século XIX, Alberti conservou o meio fechado e burguês essencial à lógica interna do desenrolar do enredo, em detrimento do aspecto crítico em relação ao provincianismo que caracteriza a capital do reino e que é constitutivo no texto queirosiano. Aliás, Alberti sublinha o contraste entre província e capital, quando relata que Georg/Jorge fora estudar para Berlim, a capital do Império, sem sucumbir às suas tentações.

Se, por um lado, a proximidade em relação ao texto original tem vantagens, por outro lado, o tradutor, que é sempre antes do mais um leitor e

[13] Para efeitos de tratamento, o comportamento moral duvidoso de Leopoldina é absolutamente irrelevante.

portanto um intérprete do texto a partir da sua própria contemporaneidade, terá sempre menos meios críticos ao seu dispor, quanto maior for a sua proximidade temporal em relação ao original. O tradutor de um texto contemporâneo assume, por força das circunstâncias, a actividade do crítico, ao passo que o tradutor de um texto mais "antigo" pode sempre recorrer aos resultados da filologia e da interpretação literária. Por outro lado, este último ver-se-á confrontado com eventuais conflitos entre a psicologia de uma época passada e a linguagem ou a mentalidade modernas, como no caso acima citado, ou ainda no caso do estilo da notícia do jornal que anuncia o regresso de Basílio a Lisboa, hoje antiquado, que referimos aqui apenas a título de exemplo, sem dispormos de tempo para o analisarmos em pormenor.

É a partir destas considerações que se explica que Enzensberger possa, na nota editorial da edição de 1988, justificar a sua preferência pela adaptação de Helmut Hilzheimer em relação à tradução integral de Rudolf Krügel recorrendo para tal à auto-crítica do próprio Eça na correspondência com Ramalho Ortigão e Teófilo Braga.[14] Alberti, a trabalhar ainda em vida de Eça, não dispunha certamente destes elementos e não há o mínimo indício que tivesse mantido, como é hoje prática comum, qualquer tipo de contacto com o "seu" autor: Eça de Queirós. Portanto, podemos deduzir que os cortes por ele efectuados no texto de *O Primo Basílio* foram feitos essencialmente segundo o critério da adaptação ao gosto do público da época e de acordo com as preferências literárias do próprio Alberti.

Vejamos como Alberti trata a cena inicial do romance: Em Eça, Jorge pergunta a Luísa se não se vai vestir, esta responde: "– Logo. Ficara sentada à mesa a ler o 'Diário de Notícias'. [...] Tinham acabado de almoçar."[15] Alberti traduz: "'Ja, sofort! ' Luise blieb jedoch ruhig sitzen und las aufmerksam in der Morgenzeitung weiter."[16] O que Eça faz, ao usar o pretérito mais que perfeito, é recapitular a situação anterior ao diálogo inicial. Alberti, usando o pretérito perfeito simples, inverte a ordem dos acontecimentos: Luísa continuou sentada depois da pergunta de Jorge. A interpretação latente nesta alteração do tempo verbal sugere, logo no início do romance, morosidade ou passividade e obstinação por parte de Luísa, o que o texto de Eça, neste momento, ainda não implica. Além

---

[14] Cf. Editorische Notiz, in José Maria Eça de Queirós: *Treulose Romane: Basílio und Alves & Co.*, Nördlingen: Franz Greno, 1988, pp. 373-374.

[15] Eça de Queiroz: *O Primo Basílio, Episódio Doméstico*, edição do texto e notas de Helena Cidade Moura, 19ª edição, Lisboa: Livros do Brasil, [s. d.], pp. 11.

[16] Alberti (1889), p. 1.

disso, Alberti amplia o texto original com a adversativa "jedoch" (porém), o adjectivo "ruhig" (calmamente) e a forma verbal "weiterlesen" (continuar a ler), que vêm acentuar esta interpretação do tradutor. A descrição que se segue de Luísa sublinha também a sua passividade, a sua quase imobilidade. Eça começa pela descrição minuciosa da toilette de Luísa e só depois passa ao seu aspecto físico, em que o negro do roupão contrasta com a pele branca, para finalmente referir os seus movimentos lentos, quase voluptuosos, que fazem cintilar o escarlate dos rubis dos anéis. O contraste de cores tem nítidamente carácter simbólico. A descrição de Alberti é bem mais linear e banal, excluindo tanto o contraste de cores do roupão negro com o louro dos cabelos e a pele branca, como o cintilar dos anéis de pedras rubras. Note-se ainda o uso do adjectivo "klein" (pequeno) para caracterizar o rosto, um diminutivo ausente no texto original.[17]

Hilzheimer também usa o pretérito perfeito simples e a adversativa "jedoch", mas a sua descrição mantém-se mais neutra. A descrição do aspecto físico de Luísa desaparece e a impressão de mancha clara transmitida por Eça através do cabelo louro e da pele clara passa a ser dada pelo roupão, aqui "de seda clara com um debrum dourado".[18] As frases são mais curtas e o estilo mais parco do que o do original.

Hilzheimer procede também a um corte radical em relação a outro aspecto importante que Eça utiliza para caracterizar Luísa: as suas leituras. De certo modo, ao excluir grande parte do relato dos pensamentos da heroína, deixando que sejam sobretudo as suas atitudes a elucidar o leitor acerca do que se está a passar na sua alma, Hilzheimer aproxima-se da técnica narrativa mais parcimoniosa usada por Theodor Fontane em *Effi Briest*.

O mesmo não se passa com Alberti que prescinde ocasionalmente de comunicar os pensamentos de Luísa, não pondo a descoberto o seu lado sentimental e fútil, o que a torna uma personagem mais misteriosa, mais do tipo mulher fatal;[19] todavia não deixa de referir os gostos literários da

---

[17] Alberti (1889); p. 1: "Sie war schön zu nennen, die junge Frau dort im Morgenrock. Ihr kleines Gesicht, von einer Fülle matt blonden Haares umrahmt, erstrahlte im zartesten Weiß. Den einen Ellenbogen auf den Tisch gestützt, wippte sie mit der Hand an ihrem Ohrläppchen; sonst blieb ihre schlanke Gestalt in vollkommener Ruhe."

[18] *Treulose Romane* (1988), p. 7: "Ihr Schlafrock aus heller Seide war mit Goldborten besetzt; sie hatten den Ellbogen auf den Tisch gestützt und zupfte an ihrem Ohrläppchen, wobei die rubinbesetzten Ringe an ihren Fingern rote Funken sprühten."

[19] Cf. a versão de Eça (s. d.), p. 17: "Luiza espreguiçou-se. Que seca ter de se ir vestir! Desejaria estar numa banheira de mármore cor-de-rosa, em água tépida perfumada, e adormecer! Ou numa rede de seda, com as janelas cerradas, embalar-se, ouvindo música! Sacudiu a chinelinha; esteve a olhar muito amorosamente o seu pé pequeno,

heroína, as leituras de Walter Scott na juventude e a actual preferência pelo romance francês. Elimina, porém, o relato da leitura da *Dama das Camélias*; o interesse de Luísa por Marguerite Gautier, uma figura literária com função premonitória, para dar lugar a uma observação de carácter generalizado acerca da leitura de romances franceses, um cliché que sugere de forma sucinta o lado ambíguo desta leitura, acentuado ainda pela referência às "unsauberen Blätter"[20] (as folhas sujas) que Luísa folheava. Eça refere apenas "um livro um pouco enxovalhado" deixado ficar sobre o aparador por detrás de uma compota, o que sugere mais uma certa desordem doméstica do que uma leitura questionável.[21] Alberti escreve: "Jetzt aber, als Frau, fesselte sie das Moderne. Paris war ihr Ideal, und die sentimentalen Magdalenen der französischen Romanen erschienen ihr als die Vorbilder des ewig Weiblichen."[22]

A caracterização de Luísa na adaptação de Alberti confirma, pois, a tendência para a trivialização que se verificara no título, em detrimento do carácter da heroína, que nos surge assim como o estereótipo da mulher fútil. Hilzheimer, por seu lado, elimina numerosos pormenores que contribuem para criar todo um ambiente social e psicológico, bem como várias alusões de carácter cultural, criando uma atmosfera menos específica, tanto do ponto de vista psicológico como temporal.

Aliás, tanto Alberti como Hilzheimer eliminam todas as alusões de carácter musical, tanto a ária final da *Traviata* que Luísa canta, como a ária do *Fausto* de Gounod que Jorge sai a trautear no primeiro capítulo.[23] Tal como o romance de Hugo, ambas as árias têm uma função premonitória importante no romance, que desaparece inteiramente nestas duas adaptações e só é mantida na tradução de Krügel.

O que se verifica para Luísa também é válido em relação à caracterização de Jorge, mas com tendência contrária, sobretudo na adaptação de

---

branco como leite, com veias azuis, pensando numa infinidade de coisinhas: em meias de seda que queria comprar, no farnel que faria a Jorge para a jornada, em três guardanapos que a lavadeira perdera..." com a versão de Alberti (1889): "Luise blieb allein im Zimmer zurück. Sie schien sehr nachdenklich. Was aber in ihrem Köpfchen vorging, hätte kein Gott errathen... Sie warf den zierlichen Pantoffel von sich und betrachtete zärtlich ihren kleinen weißen Fuß." Hilzheimer elimina toda esta passagem.

[20] Alberti (1889), p. 6.

[21] Eça (s. d.), p. 17.

[22] Alberti (1889), p. 6.

[23] Acerca do dueto do *Fausto* no *Primo Basílio* cf. Mário Vieira de Carvalho: *Eça de Queirós e Offenbach: A ácida gargalhada de Mefistófeles*, Lisboa: Edições Colibri, 1999, pp. 101-103.

Alberti, que o descreve literalmente de acordo com o cliché do "bom da fita".[24] Aliás verificamos aqui não só a banalização do carácter das figuras, como uma simplificação da técnica narrativa, mais linear, em que a caracterização directa de Jorge se sucede à de Luísa e a uma curta descrição do ambiente da sala. Na adaptação de Alberti, o aspecto físico de Jorge quase não é referido; ele é, acima de tudo, filho exemplar, bom aluno, trabalhador e esposo amante. Hilzheimer, por seu lado, dá especial relevância à actividade profissional, não deixando de referir que ele é um homem jovem e bem parecido.[25] Todos os seus antecedentes familiares desaparecem nesta adaptação, confirmando-se a impressão de parcimónia de pormenores e a severidade do estilo. À semelhança do que acontece na adaptação de Alberti, também Hilzheimer não faz qualquer referência às leituras de Louis Figuier, Bastiat e Castilho, com que Eça caracteriza o carácter burguês e prosaico de Jorge em contraste com o carácter sentimental de Luísa. Mais uma vez, Krügel mantém estas alusões, incluindo no final uma nota explicativa acerca destes autores, para facilitar a compreensão do leitor actual comum que, de um modo geral, os desconhece. Muito significativo é também o facto das duas adaptações eliminarem as visitas bissemanais de Jorge a casa da costureira Eufrásia, para resolver discreta e prosaicamente as suas necessidades sexuais pré-matrimoniais. Este último exemplo mostra bem como a ironia queirosiana, um elemento tão importante, senão o mais interessante neste romance, como em toda a obra de Eça de Queirós, desaparece nas adaptações de Alberti e Hilzheimer.

---

[24] Alberti (1889), p. 1-2: "Der junge Gatte war eine angenehme Erscheinung. Aus seinen dunklen Augen sprachen Ruhe und Sanftmuth, aber auch Beharrlichkeit und Charakterstärke. Er hatte seinen Vater schon früh verloren, und seine gute Mutter hatte ihm den hohen Verlust nach Möglichkeit zu ersetzen versucht. Sie gab ihm eine sorgfältige Erziehung und hielt ihm die Lust zur Arbeit rege. Als Georg herangewachsen war und das Polytechnikum besuchte, trug die mütterliche Erziehung segensreiche Früchte. Georg hielt sich fern von dem ausschweifenden Berliner Studententreiben und lebte nur seinen Studien. Er war noch sehr jung, als er sein Examen mit Glück bestand und der Regierung in seiner Heimathstadt zugetheilt wurde. Aber der Jüngling war bereits zum Manne geworden und als die ehrwürdige Frau kurz darauf starb fühlte er sich so verlassen. Sein Herz dürstete nach Liebe."

[25] *Treulose Romane* (1988), p. 7-8: "Jorge sah in seinem offenen Hemd und der weißen Flanelljacke, die sein sonnengebräuntes Gesicht noch dunkler erscheinen ließ, außerordentlich frisch und jugendlich aus. Mit halbgeschlossenen Augen blickte er zur Decke empor und träumte. Er war Bergwerksingenieur [...]. Bisher war er bei der Minenverwaltung beschäftigt gewesen [...].

A ESTÉTICA NÃO REALISTA DE EÇA DE QUEIRÓS EM A RELÍQUIA

MARCIA ARRUDA FRANCO
Pesquisadora do CNPq. Órgão de fomento à pesquisa do governo brasileiro

O Mandarim e *A Relíquia*[1]

Na trajetória da obra de Eça de Queirós, *O Mandarim* e *A Relíquia* representam, em relação aos romances da fase realista, como *O Crime do Padre Amaro*, *O Primo Basílio* e mesmo *Os Maias*, uma ruptura. Esta se evidencia por uma alteração de concepção estética: ao compor esses romances, Eça não se restringe ao limite do verossímil, isto é, da representação daquilo que é possível de acontecer, e deixa lugar à fantasia.

Mas há outras semelhanças entre os dois romances fantasiosos de Eça. De saída, os nomes dos heróis, Teodoro e Teodorico, remetem para a intenção do autor em explicitar a relação dessas obras. O tema pode ser comparado: os heróis buscam uma melhor situação financeira que se dará ou não pela morte de alguém, do Mandarim ou da titi. O caráter pseudo moralista não apenas se repete como obedece a uma mesma dinâmica. Tão logo se representa a possível moral, ela é imediatamente descartada (Coleman, 1980). N'*O Mandarim*, o conselho moralizante: "Só sabe bem o pão que dia-a-dia ganharam as nossas mãos: nunca mates o Mandarim" é inútil, pois, citando Baudelaire, "nenhum Mandarim ficaria vivo, se tu, tão facilmente como eu, o pudesse suprimir e herdar-lhe os milhões, ó leitor,

---

[1] Neste trabalho uso edições antigas da obra de Eça de Queirós e tomei a liberdade de atualizar a ortografia das citações. Não atualizo a grafia de **Queiroz** quando esta aparece em textos anteriores à reforma ortográfica e nem quando o crítico não julgou necessário atualizá-la. Toda as vezes que cito *A Relíquia* o faço segundo a seguinte notação: (A R, p. x) em que fica indicada a página da edição utilizada, a de 1909.

criatura improvisada por Deus, obra má de má argila, meu semelhante e meu irmão!" N'*A Relíquia,* quando o leitor está imaginando que Teodorico compreendeu a inutilidade da hipocrisia, esta imagem é desfeita, passando o narrador-personagem não só a meditar na hipocrisia alheia como a se arrepender de não ter tido presença de espírito para salvar a sua própria porque lhe faltara o "descarado heroísmo d'afirmar" que:

> Sim! quando em vez de uma Coroa de Martírio aparecera sobre o altar da Titi, uma camisa de pecado – eu devia ter gritado, com segurança: "Eis aí *A Relíquia*! Quis fazer a surpresa... Não é a coroa de Espinhos. É melhor! É a camisa de Santa Maria Madalena!... (A R, p. 417)

Além desses paralelos temáticos, como analisa Carlos Reis (1975), esses romances fantasiosos são plasmados em uma mesma técnica narrativa: são autodiegéticos, ou seja, o narrador em primeira pessoa assume uma dupla condição, é tanto o sujeito da enunciação como o herói da diegese. Esta técnica narrativa não consegue fazer coincidir o narrador e o protagonista, separados por uma distância temporal: o narrador está em um depois, presente ao ato da enunciação, e o personagem em um antes, anterior à narração. Entre os eus do passado e do presente se erguem distâncias de teor diverso, possíveis transformações de caráter ético, afetivo ou ideológico, que geram oscilações de foco narrativo, ora está na imagem do narrador, ora na da personagem. *O Mandarim* e *A Relíquia* concretizam diferentes facetas da situação narrativa autodiegética: no primeiro predomina a imagem do narrador, o seu ponto de vista contemporâneo à narração, e, na segunda, predomina a imagem da personagem, o seu ponto de vista contemporâneo à vivência da estória. A imagem do narrador, de Teodorico-velho, só aparece como moldura da narrativa, no prefácio, no início e no final. Se n'*O Mandarim* há constantes intrusões do narrador que explicita o ato de enunciação para salientar a modificação do eu que narra em relação ao eu-passado, n'*A Relíquia* isto não acontece: a consciência de Teodorico-jovem comanda o desenrolar da narrativa. Por exemplo, o narrador, escrevendo de um futuro os fatos de sua vida passada, já sabe da troca dos embrulhos, mas como o foco da narrativa está no Teodorico que vivencia a estória, este só se dá conta da troca quando desfaz o embrulho no santuário de Dona Patrocínio.

E poderíamos relatar outras semelhanças e também as distinções entre estes dois romances fantasiosos de Eça de Queirós, porém, neste trabalho, enfocaremos *A Relíquia*. Primeiro apresentaremos algumas leituras que condenam o uso da fantasia no mestre do realismo português. Depois, o critério adequado para a leitura dessa obra fantasiosa e, em seguida, a leitura de *A Relíquia* como obra não realista. Antes de tudo, porém, é necessário entender a estética realista de Eça de Queirós.

A estética realista de Eça de Queirós

Em sua concepção da estética realista Eça foi surpreendentemente original, como nos informa João Gaspar Simões (1945), no que é seguido por Coleman (1980). Segundo estes dois autores, em sua palestra nas *Conferências do Casino*, 1871, Eça foi o primeiro a relacionar a estética de Proudhon à de Taine. Simões observa que:

> A originalidade de Eça estava na associação do determinismo de Taine ao realismo. (...). Positivistas, (...) – Durandy (...) ou Feydeau não alimentavam aspirações científicas. Tão pouco as alimentava Proudhon no seu realismo puramente moral. (...) Associar, pois, as doutrinas estéticas de Taine às de Proudhon era uma simbiose audaciosa que Eça de Queiroz não receou levar a cabo. (Simões, 1945, p. 286/7)

E, em seguida, apresenta as conclusões a que chega Eça na mencionada conferência:

> 1ª O realismo deve ser perfeitamente de seu tempo, tomar a sua matéria na vida contemporânea. 2ª O realismo deve proceder pela experiência, pela fisiologia, ciência dos temperamentos e dos caracteres. 3ª O realismo deve ter o ideal moderno que rege as sociedades – isto é a justiça e a verdade (Salgado, 1930, p.57).

Para o ensaísta português, é no segundo item que "o realismo de Eça de Queiroz se reveste de um sentido inteiramente novo" porque ainda que "os realistas tivessem manifestado intenções documentais e fisiológicas na elaboração de seus romances, não havia nos escritos desta escola pretensões científicas claramente expressas. O realismo (...) era caricatural e satírico. Só com o naturalismo, mais tarde, surgem as preocupações científicas." (Ibidem). Para Simões, "a concepção do realismo de Eça constitui uma antecipação da doutrina naturalista" (Ibidem), e nisto não é mais seguido por Coleman.

O crítico americano, em um diálogo textual com o português, acha que a resposta especial de Eça ao *corpus* central do realismo francês foi avaliada de forma parcial e insatisfatória. Se concorda com o fato de a palestra ter dado a Eça a sua primeira oportunidade de formalmente apresentar a estética revolucionária e moralista que ele "broadly and liberally drew from the otherwise conflicting and contradictory aesthetic theories of such diverse works as Taine's Histoire de la Literature Anglaise and Proudhon's Du Principe de l'art dans la Révolution et dans l'Eglise (Coleman, 1980, p. 32)", não concorda com que Eça tenha antecipado a escola naturalista. Eça era leitor da *Revue des Deux Mondes*, e, na França, os críticos que aí escreviam artigos sobre o realismo "(...) e Durandy pode ser incluído neste grupo, (...) usaram os termos realismo e naturalismo intercambiavelmente, representando uma imitação exata da natureza como ela é, sem escolha subjetiva e sem idealização ou intrusão da personalidade do artista, enfatizando-se os aspectos materiais da natureza e não os espirituais." (Ibidem, p. 32 , tradução minha).

Para os propósitos deste trabalho não importa discutir se Eça antecipou ou não o naturalismo com sua concepção cientificista do realismo. Basta-nos saber que em sua junção das estéticas antagônicas de Taine e Proudhon compreendia a literatura como uma atividade orientada pelos critérios de falso e verdadeiro.

Como a estética clássica, a estética realista se caracteriza por ser normativa, ou seja, por prescrever uma série de atitudes para a composição da obra, na tentativa de torná-la mais verossímil. O escritor tem de seguir, ao menos teoricamente, um plano rígido de conduta: atenção ao momento histórico presente, crítica dos costumes e das tradições com fim moralizante, preocupação com a verossimilhança espácio-temporal e psicológica e assim por diante, em sua tentativa de decalcar imparcialmente a realidade social.

A estética realista se preocupou em aproximar o romance de outras modalidades discursivas, do discurso sociológico, então nascente, do histórico e mesmo do científico. Não agiu assim senão para conferir uma utilidade social às obras literárias, legitimando a sua circulação. Ao não observarem a especificidade discursiva da ficção – ser fruto de uma tematização imaginária do real em que são abolidos os centros normativos de verdade e em que a relação com o real é menos negada do que neutralizada pela mediação do imaginário (Costa Lima, 1986) – os naturalistas não só impediram uma compreensão do discurso ficcional, de suas marcas discursivas próprias, como ameaçaram seriamente o seu produto, a obra ficcional. As obras excessivamente naturalistas se apresentam à leitura contemporânea como curiosas reduções do pensamento científico ultrapassado.

É sempre importante ressaltar que Eça – mestre do processo literário – não é acometido por este desinteresse. Pois o que realistas e naturalistas não entendiam era o mecanismo mesmo da produção literária, sua subordinação aos meandros do imaginário. Vale a pena citarmos uma observação acerca da composição de Luiza, feita por João Gaspar Simões, embora ele a utilize com o intuito de demonstrar o fracasso de Eça em representar uma personagem realmente humana, ressentindo-se disso, como aliás o próprio Eça: "Há em Luiza muitas reminiscências literárias" (Simões, 1945, p. 381), o que pode ser lido como uma afirmação de Luiza como criação imaginária.

A Relíquia e a Academia

Lemos no Dicionário de Eça de Queirós, no verbete deste romance, classificado como "naturalista-histórico", que "A publicação (...) em 1887 suscitou viva reação assinalada pelo fato de não ter obtido um só voto no concurso da Academia de Ciências de Lisboa, sendo até acusado de verdadeira provocação." (Matos, 1947, p. 55). Como deixa entrever na carta a Ramalho Ortigão (Leitão, 1947, pp. 22-3), Eça tinha plena consciência de que este seu romance era provocativo e com ele entrou no concurso fundado por D. Luís porque desejava "gozar a atitude da Academia diante de D. Raposo" (Ibidem).

Pinheiro Chagas, relator do concurso, não viu n'*A Relíquia* uma obra de arte notável que pudesse justificar a contemplação e descrição da "Paixão de Cristo, por um pateta moderno, um devasso reles, vicioso e beato, mantido por uma tia no culto piegas de Nossa Senhora da Conceição e no sagrado horror das saias, e fazendo às furtadelas as suas incursões pelo campo do amor barato, e do cigarro e da genebra à mesa do botequim" (Ibidem, p. 32). Ao contrário, via na sua composição um "defeito irremediável": o fato de a visão de Teodorico destoar do resto do romance e não exercer uma função – transfigurar o burlesco Teodorico. O relator acusa Eça de "ter feito a parte o seu romance da Paixão de Cristo colocando-o depois à pressa nas páginas do outro" (Ibidem), incorrendo, para usar a terminologia de Simões, numa "inverosimilhança psicológica" (Simões, 1945): "Quem adormece é Teodorico, e quem sonha é o autor" (Leitão, 1947, p. 32). E um pouco para nosso espanto, apesar de apontar estes defeitos de composição, Pinheiro Chagas considera que justamente "a passagem da realidade para o sonho" seja "um dos trechos mais brilhantes que resplandecem" na literatura portuguesa (Ibidem, p. 34).

Um ano antes do concurso, já Eça declarava numa carta publicada n'*A Província* (Queiroz, 1925, p. 137-41) em agradecimento à crítica elogiosa feita por Luís de Magalhães, que "Eu, por mim, (...) não admiro pessoalmente *A Relíquia*. A estrutura e composição do livreco são muito defeituosas. Aquele mundo antigo está ali como um trambolho (...). O único valor do livreco está no realismo fantasista da Farsa" (Ibidem).

Como se pode notar, as críticas do relator e do autor em relação à composição só diferem quanto à fantasia. E esta nota de falta de unidade lógica será repetida na crítica subseqüente, como na de Mariano Pina:

> Se *A Relíquia* fosse intencionalmente um romance, esse livro estaria condenado pelos princípios mais elementares da crítica que quer que na obra de arte todos os efeitos sejam convergentes. Se (...) fosse um romance nós ficaríamos hesitantes sem saber qual o fim do livro: se os efeitos convergem unicamente para o quadro da Paixão de Cristo – se convergem unicamente, como seria de todo ponto racional, para a completa figura deste tipo notável, dessa figura típica duma sociedade, e que no livro se chama Teodorico Raposo. (Pina, apud Simões, 1945, p. 459)

De volta ao prêmio D. Luís, Pinheiro Chagas e os outros acadêmicos encontraram grande dificuldade para estabelecer um critério para a correta "adjudicação" de obras de gêneros diferentes (Leitão, 1947, p. 41). Eça impugnou o parecer do concurso baseado na impossibilidade de se estabelecer um critério eficaz de se ajuizar sobre obras heterogêneas: " (...) havia um livro de viagens, um livro de odes, um drama em verso e um romance arqueológico (...). Como se podem (...) comparar livros de verso com livros de prosa (...)?" (Queiroz, 1913, p. 203). E justamente a falta de um critério adequado que a lesse como obra de fantasia parece ter sido a causa da condenação de *A Relíquia*.

Em um artigo publicado na *Ilustração* de Mariano Pina, "A Academia e a Literatura", Eça é bem lúcido ao analisar a recepção deste seu romance pela Academia. Primeiro de forma hilariante lança esta tirada: "Não ia lá, sobre todos, com as suas contas e as suas meias, D. Patrocínio das Neves de natureza tão congênere com a Academia que uma compreende a Religião exatamente como a outra compreende a literatura?..." (Ibidem, p. 192). Mas que compreensão é esta que a Academia tem da literatura? O mesmo Eça responde:

> (...) As academias devem ter uma regra, uma medida, uma Poética, dentro da qual seja o seu encargo fazer entrar, pelo exemplo, pela autoridade, toda a produção de seu tempo. E deve condenar, como tribunal intran-

> sigente, toda obra que, brotando do vigor inventivo dum temperamento indisciplinado, se apresente em revolta com esta Poética, revestida, para os que têm o privilégio de a conservar, da sacrossantidade duma Escritura. (Ibidem, p. 94)

Eça tem plena consciência de sua divergência em relação à concepção literária da Academia. Nesse artigo, ainda faz um comentário bastante fértil, supõe que a literatura enquanto fenômeno social necessite, para não se esterilizar, da fecundação das forças da tradição e da invenção.

E que Santa Poética é esta que prescreve regras sagradas mantidas como o culto carola de críticos e acadêmicos e que acaba por impedir o fecundar recíproco da tradição e da invenção?

Evidentemente não se trata de nenhuma *Arte Poética* que tenha por objetivo pensar a territorialização específica do discurso literário e sim de um manual de poética clássica cujo objetivo não é outro senão o de prescrever infalíveis regras para a "adjudicação" do poético.

Pinheiro Chagas e Mariano Pina não estavam, mas podiam perfeitamente estar citando um manual de poética clássica usado, no século XIX, no Colégio Pedro II, em que se lê:

> Os antigos e primeiros ordenadores das regras e preceitos tiveram a intuição da verdade; estudaram muito acuradamente as leis eternas e imutáveis da inteligência humana e por isso irá sempre muito seguro aquele que lhes for ao encalço. (Silva, 1882, apud, Brandão, 1981, p. 5)

uma vez que para esses leitores de Eça "a observação criadora dos antigos" se encontra "petrificada na ideologia paralizante dos valores eternos" (Brandão, 1981, p. 5), "como soluções práticas que devem orientar a criação e a crítica das obras concretas" (Ibidem, p. 1). Pinheiro Chagas e Mariano Pina muito provavelmente se apoiavam nos manuais de Freire de Carvalho, republicados em 1860 e 1861, ou no de Borges de Figueiredo, publicado em 1883, manuais de Eloqüência, Retórica e Poética, que lamentavelmente não conheço.

As santas regras da verossimilhança e da unidade lógica e o santo preceito do decoro, transposições de valores éticos e religiosos para o campo do ficcional, decorrentes da indeterminação do território específico a este discurso, não constituem critérios adequados para a avaliação da fantasia presente n'*A Relíquia*, quanto mais não seja por impedirem que a questão da fantasia seja sequer levantada.

A condenação da fantasia n'*A Relíquia*

João Gaspar Simões observa que durante os dez anos que separam a publicação de *O Primo Basílio* (1878) da *d'Os Maias* (1888), Eça oscila entre a literatura de observação e a de fantasia. *O Mandarim* e *A Relíquia* foram escritos em duas pausas na composição *d'Os Maias*. Como o declara em uma carta a Ramalho Ortigão (Apud Simões, 1945, p. 432), Eça se sente impotente para continuar a produzir por observação científica da realidade, "sem que se recolha ao meio onde possa produzir por experimentação" (Ibidem). E se vê forçado a optar "entre produzir, por processo experimental" prosa realista ou se "entregar à literatura puramente fantástica e humorística" (Ibidem). Ironicamente, é numa licença gozada em Portugal que no ano de 1884 Eça escreve *A Relíquia*, o seu romance mais fantasioso.

Simões parece ser o primeiro intérprete do conjunto da obra de Eça a separar neste todo *O Mandarim* e *A Relíquia* como expressões de uma concepção não realista da literatura. Nos capítulos "De como o real foi subvertido pela fantasia" e "Em plena fantasia: *O Mandarim* e *A Relíquia*", procura entender a relação do romancista com a fantasia e admite, numa definição etimológica desta faculdade, paralela à do próprio Eça no prefácio de *O Mandarim*, que estes romances são obras de fantasia e não de imaginação:

> De facto, etimologicamente, a palavra fantasia quer dizer isto mesmo. *Phantasia*, em latim, é "visão, sonho, fantasma", coisa bem diferente de imaginação, que, vinda de imagem, e sendo imagem a fixação cerebral da percepção que no cérebro deixa o mundo sensível, é uma faculdade em directa dependência do real. Quem "fantasia" tem visões, sonhos, cria fantasmas. Não assim aquele que imagina: esse organiza com imagens colhidas no mundo exterior uma nova realidade filha daquela (Ibidem, p. 442).

Esta distinção entre fantasia e imaginação justifica a diferença entre uma composição literária realista, vinculada à percepção, e uma composição fantasista, criada pela invenção do que não é possível de acontecer. Ao contrário do que pode parecer pelos títulos dos capítulos, Simões considera a experiência fantástica de *A Relíquia* malograda (Ibidem, p. 453). A crítica feita é a de que o romancista parece usar a fantasia como desculpa para as mais "descaradas violações do mais rudimentar bom senso literário" (Ibidem, p. 455). E passa a apontar erros de paralogismos e de inverossimilhança psicológica. Exemplifiquemos o que entende por erro de paralogismo:

> E, se a titi lhe dava incumbências beatas, Teodorico cumpria-as mesmo sabendo que ela se não podia certificar disso. Tal paralogismo, que apenas serve para enfraquecer a tese, pois o leitor não tem a certeza da impiedade de Teodorico, uma vez que ele segue com relativo escrúpulo o culto católico externo, desapareceria completamente, caso ele mantivesse a tia numa atmosfera de contínua mentira religiosa: não cumprindo uma só das devoções que dizia cumprir. (Ibidem, p. 455)

Caso esta exigência tivesse sido cumprida, talvez Eça não fosse acusado de incorrer em erros paralógicos, mas, por outro lado, esta coerência na duplicidade de Teodorico viria a enfraquecer o grau de vida interior alcançado por esta personagem através da indeterminação de caráter e da ação cômica (Coleman, 1980, p. 163). Mas tal indeterminação não soa eficaz a Simões, ela apenas lhe sugere outra grave incoerência: a falta de verossimilhança psicológica. Gaspar aponta uma série de inverossimilhanças no comportamento psicológico de Teodorico, sendo a mais grave e lamentável a da impossibilidade de um homem como o herói ser capaz de uma evocação dos termos bíblicos como a que nos é representada n'*A Relíquia*. Simões lamenta que o sonho ou visão da "Paixão de Cristo" não seja uma revelação do subconsciente, que, como os sonhos de Luiza, constitua uma antecipação do que o romance posterior a Freud irá empregar, pois, aliás só se sonha com "o que já é do conhecimento de quem sonha, e a ordem lógica, a coerência histórica da narrativa é contrária a mecânica incoerente dos sonhos" (Simões, 1945, p. 458). E, para Simões, o simplório Teodorico não tem a menor cultura de história bíblica.

É mesmo admirável que, sendo capaz de admitir que a evocação dos tempos bíblicos não é ("por falta de coragem de Eça"), apresentada como um sonho, "deixando-nos inseguros quanto a forma de a interpretarmos" (Ibidem, p. 457), Gaspar não hesita em analisar a inverossimilhança da "visão do mundo antigo" frente à concepção freudiana dos sonhos, mantendo-se como crítico, incapaz de modificar a sua expectativa realista em face de romances que sabe serem fantasiosos.

Isto se dá porque não é capaz de avaliar a fantasia que detecta por um critério não-realista. Em outras palavras, criticar a inverossimilhança de um romance fantástico não é pertinente. É por isso que, apesar de apontar para a presença diferenciadora da fantasia, Simões não consegue avaliar bem esta obra, pois é um esforço vão tentar entendê-la com um arsenal crítico que não libere a recepção do fantástico das amarras racionais, da coerência lógica e dos critérios de falso e verdadeiro.

Um critério para ler *A Relíquia*

Ernesto Guerra da Cal, como nos informa o Dicionário de Eça de Queiroz (Matos, 1988, p. 555), aponta esta obra, dentre as de Eça, como a que apresenta o maior número de edições e de traduções, salientando a divergência de opiniões que sobre ela tem havido sempre entre a crítica luso-brasileira e a estrangeira. Para Alexander Coleman, esta divergência surge da não elaboração de um critério adequado à avaliação de uma obra da fantasia. E sugere que, embora na literatura portuguesa não haja uma diferença fundamental entre novela e romance, a distinção existente nas literaturas de língua inglesa entre esses dois gêneros possa contribuir para a colocação do problema:

> (...) Richard Chase gives us the classic distinction: "The novel renders reality closely and in comprehensive detail; the people are in explicable relation to nature and to each other, to their social class, to their own past (...). By contrast the romance (...) being less committed to the immediate rendition of reality than the novel, (...) will more freely veer toward the mythic, allegorical and symbolist forms. (Chase, 1957, apud Coleman, 1980, p. 150)

A "novel" estaria para o romance realista assim como o "romance" para a farsa fantasista, supondo diferentes relações de representação ficcional. Assim, a impossibilidade de se ler *O Mandarim* e *A Relíquia* como "romances", como produções da fantasia, impediu que a crítica portuguesa, no horizonte da sua primeira recepção, compreendesse o valor literário de *A Relíquia*:

> (...) many of Eça's readers (...) had been led to expect a certain cast of fiction from him, and he was no longer capable or willing to provide it in the manner to which they had become accustomed. *The Relic* is a classic example of how an author's previous books can blind a whole generation of readers to a new direction, a new development. In the Lusitano-American world, *The Relic* is the least understood of Eça's works; going further, it is the work most roundly condemned by readers then and now. (Ibidem, 168)

E salienta ser preciso reler esta obra tomando-a como produção da fantasia em que o verossímil realmente não importa. Torna-se necessária uma outra perspectiva ficcional que não proceda a uma divisão ingênua entre obras de pura fantasia e obras de pura observação da realidade (Ibidem, p. 51). Ernesto Guerra de Cal (1971), entre os críticos portugueses, foi o primeiro a entender o "picaresco e o cervantesco" neste romance não realista de Eça de Queirós: "Enfrentar *A Relíquia* (como fizeram os críticos antes aludidos) do ponto de vista da verosimilhança da estética do possível e do provável, é absurdo". (Guerra da Cal, 1971, p. 16).

Por sua vez a prosa fantástica corresponde à negação da necessidade de verossimilhança, de se manter dentro dos limites do que é possível de acontecer. Isto não quer dizer que o uso da fantasia implique a perda da relação com a realidade social, simplesmente esta relação não se fará por um respeito à verossimilhança, e sim pelo emprego da sátira, da paródia e também da alegoria (Ibidem). N'*A Relíquia* o discurso científico de Tópsius e o religioso da titi serão satirizados, desmistificando-se a suposta imparcialidade do cientista e o caráter ilusório das relíquias, através da ironia.

Coleman ainda contribui para a releitura deste romance ao esclarecer que sem uma compreensão "of Renan's ferocious demythification of Jesus in his *Vie de Jésus*, a whole range of comic despair" (Ibidem, p. 165) passa despercebido.

Mas para os propósitos deste trabalho é suficiente comentar a sua contribuição para a elaboração de um critério adequado à leitura da fantasia de *A Relíquia*.

A Relíquia, obra não realista

Ao compor este romance, Eça de Queirós se afasta das proposições básicas de sua estética realista. *A Relíquia* não é perfeitamente de seu tempo, não toma a sua matéria na vida contemporânea. A viagem fantástica de Teodorico e Tópsius pelo túnel do tempo ao passado bíblico é responsável pela rejeição deste cânone do realismo. Quanto ao segundo, a observação científica dos caracteres pela fisiologia, o seu não cumprimento se dá pela representação da psicologia contraditória e cômica de Teodorico, por exemplo, quando ele é dispensado pela Adélia, a sua relação com a devoção sofre uma mudança, ele tem visões do Cristo a se transformar na prostituta, mas estas não são interpretadas como obra do demônio e sim como uma graça divina, um alívio proporcionado por Deus, a quem Teodorico rezava, pedindo a volta de Adélia (AR, p. 68). E quando interroga a árvore de espinhos acerca de sua santidade, se é real, se irá curar D. Patrocínio, impedindo-a de morrer logo, também se evidencia esta duplicidade de Teodorico em que se revela não apenas uma prática da hipocrisia, mas principalmente a vacilação, dentro da psicologia deste anti-herói, entre sistemas de valores antagônicos. A recusa do paradigma científico na composição desta obra ainda transparece pela ironia com que se apresenta o discurso científico de Tópsius, o alemão, doutor pela Universidade de Bonn, membro do Instituto Imperial de Escavações Históricas e historiador dos Herodes. A recusa do paradigma das ciências naturais também se mostra pela ironia com que se apresenta o ideal moderno de verdade e justiça – o terceiro cânone realista de Eça – do discurso científico de Tópsius.

Tentemos primeiro entender como se dá esta vacilação de códigos antagônicos na psicologia de Teodorico, evidenciando que esta caracterização não é feita segundo uma observação fisiológica da natureza humana, mas segundo uma concepção do indivíduo como sujeito cultural. O entendimento pessoal de Teodorico é um palco de absurdos responsável pelo apelo cômico de sua caracterização.

A abordagem da psicologia contraditória do anti-herói d'*A Relíquia* será feita num diálogo com o texto "Representação social e mímesis", de Luiz Costa Lima. Ele nos ensina, baseado em sociólogos, que as formas do entendimento individual – definir, deduzir, induzir – não nos são dadas; em vez de naturalmente plantadas, essas formas do entendimento individual não só derivam de classificações, como as pressupõem, sendo a sua abrangência apenas sócio-cultural (Lima, 1981). A ordem que constitui a classificação é um princípio sócio-culturalmente motivado, pelo qual "uma cultura, uma sociedade, uma classe ou um grupo estabelece e diferencia valores, concebe critérios de identificação social, de identidade individual e de distinção sócio-individual" (Ibidem). Cada membro de uma sociedade se representa a partir de critérios de identificação disponíveis nesta rede de valores sociais, tornando-se visível a partir do papel que cada um aí desempenha. Este papel representado e que torna o indivíduo visível será interpretado segundo um corpo de convenções próprio a determinado cerimonial social compartilhado pelos membros de uma sociedade. As representações são necessárias porque são o único meio de se diminuir a mútua invisibilidade entre os indivíduos, incapacitados de experimentar a mentação do outro, a menos que esta se represente segundo critérios de identificação comuns. É através da representação, do cumprimento de um cerimonial social, que os membros de uma sociedade se tornam mutuamente visíveis. Nas interações humanas, as palavras e os atos são emoldurados por um corpo de convenções necessário à mútua compreensão. Estas molduras, o corpo de convenções segundo o qual se age e se fala, não são fixas, e podem ser transpostas ou fabricadas. A transposição de molduras serve, por exemplo, às brincadeiras infantis, aos jogos de faz de conta em que a criança estabelece convenções novas para as representações. A fabricação de molduras serve a um comportamento fraudulento como o que caracteriza a relação de Teodorico com a sua tia. Ela está presente nas desculpas que Teodorico cria para enganar a titi e poder sair de madrugada para averiguar a "traição" da Adélia:

> E outra vez, como diante do Justino (aproveitando reminiscências do Xavier e da rua da Fé), estirei a carcassa dum condiscípulo sobre a podridão duma enxerga. Disse as bacias de sangue, disse a falta de caldos... Que miséria, titi, que miséria! E então um moço tão respeitador das coisas santas, que escrevia tão bem na *Nação!*.. (A R, p. 64)

E esta mesma fabricação de molduras estará presente em seus relatos de viagem. Por exemplo, o episódio do inglês que lhe dá uma surra é relatado às avessas: o que realmente aconteceu foi que, ao espiar pelo buraco da fechadura do quarto da inglesa, Teodorico foi apanhado em flagrante pelo pai da moça que lhe deu um pontapé. Mas quando conta à titi e aos seus amigos inverte tudo:

> – Sim. Senhor! E aqui tem a titi porque foi a bulha!... No quarto ao lado do meu havia uma inglesa, uma herege, que mal eu me punha a rezar, aí começava ela a tocar piano, e a cantar fados e tolices e coisas imorais do Barba-Azul dos teatros... Ora imagine a titi, estar uma pessoa a dizer com todo fervor de joelhos; "Oh Santa Maria do Patrocínio, fase com que a minha boa titi tenha muitos anos de vida" – e vir lá de trás do tabique uma voz de excomungada a ganir: "Sou o Barba-Azul, olé! ser vivo é o meu filé..." É de encavacar! (A R, p. 375/6)

Então Teodorico finge que teria gritado "Faz favor d'estar calada que está aqui um cristão que quer rezar!...". E do quarto sai o inglês respondendo indecentemente. Aí Teodorico perde a cabeça, o agarra pelo cachaço e o escavaca.

Não importa simplesmente dizer que Teodorico é um hipócrita-mentiroso, importa ressaltar como estas fabricações de molduras, que o tornam visível, não só à titi, mas também aos outros – Adélia, Tópsius – como beato, repercutem na psicologia de Teodorico. Ele vive em sociedade, ou seja, onde os critérios classificatórios permitem representações diferenciadas e até incompatíveis com os padrões normais de conduta. D. Patrocínio desempenha o seu papel de beata a partir da internalização da rede de valores traçada pela influência do clero na vida cotidiana de Portugal no século XIX, e sua conduta rígida representa uma caricatura do código de valores elaborado pelo discurso religioso:

> Um moço grave amando seriamente era para ela "uma porcaria". Quando sabia duma senhora que tivera um filho, cuspia para o lado, rosnava – "que nojo!" – E quase achava a natureza obscena por ter criado dois sexos! (A R, p. 42)
>
> – Padre Pinheiro! gritou ela um dia furiosa, com os óculos chamejantes para o desventuroso eclesiástico, ao ouvi-lo narrar de uma criada que em França atirara o filho à sentina. Padre Pinheiro! Faça favor de me respeitar... Não é lá pela latrina! É pela outra porcaria! (A R, p. 43)

Teodorico, ao contrário, não se representa apenas segundo esta rede de valores eclesiásticos, mas também segundo uma rede de valores mundanos, elaborada no seu convívio com a criadagem, os estudantes de Coimbra e as prostitutas. De acordo com este código mundano, o critério orientador da conduta é o da aquisição de capital. Entre estes dois códigos Teodorico tenta formular a sua própria representação na sociedade, o seu próprio papel. No entanto, ele mistura os códigos, mistura sistema de valores antagônicos, ficando incapacitado de deles fazer uma síntese a partir da qual possa construir o seu próprio entendimento pessoal. Por ser incapaz de elaborar um entendimento pessoal – de definir, deduzir e induzir corretamente, uma vez que se orienta por códigos incompatíveis, ele irá sempre se confundir quanto ao real instaurado pelas representações sociais – a relíquia, as rezas, o amor das prostitutas. Por exemplo, não entende o cerimonial social que envolve a relação com prostitutas, apaixona-se por Adélia, apaixona-se por Mary. Em conseqüência, sente-se traído quando elas o trocam por outro. Mas elas apenas desempenhavam os seus papéis segundo os valores estabelecidos para o amor comprado, cerimonial cujo corpo de convenções Teodorico-jovem não percebe. E pelo mesmo motivo, por não dominar o corpo de convenções necessário à compreensão dos diversos cerimoniais sociais, o que o permitiria distinguir as representações das pessoas e dos objetos de acordo com os valores que os orientam, Teodorico se confunde quanto ao valor sagrado ou não da árvore de espinhos e a interroga acerca de sua possível santidade (A R, p. 167-8).

Desta sua incapacidade em distinguir o corpo de convenções adequado às representações sociais, deriva o caráter cômico do Teodorico-jovem. O velho, que narra *A Relíquia*, declara no prefácio a sua nova descoberta – a sua representação social irá se pautar pelo código social da burguesia liberal:

> (...) a afirmação de Tópsius desacredita-me perante a Burguesia Liberal: – e só da Burguesia Liberal, onipresente e onipotente, se alcançam, nestes tempos de semitismo e de capitalismo, as coisas boas da vida, desde os empregos nos bancos até as comendas da Conceição. Eu tenho filhos, tenho ambições. (A R, prefácio)

Esta caracterização não é feita segundo a determinação fisiológica que faz do homem o produto previsível de seu meio natural. Ela deriva de uma compreensão do indivíduo como sujeito de/a uma cultura, cujo entendimento privado é produto da sua capacidade de construir sentido com as classificações sociais.

Passemos agora ao outro aspecto da não manutenção do paradigma científico das Ciências Naturais na composição não realista de *A Relíquia*, através da desconstrução da veracidade do discurso de Tópsius como autor de *Jerusalém – Passeada e Comentada*, como crítico arqueológico e como historiador dos Herodes.

No prefácio, o relato do viajante Tópsius é acusado de se basear em ficções: os "sete volumes in-quarto, atochados, impressos em Leipizig, com este título fino e profundo – *Jerusalém, Comentada e Passeada*" contêm informação fictícia e não correspondem a uma observação imparcial da jornada à Terra Santa, e iludirão "os espíritos insaciáveis que, lendo duma jornada pelas terras da Escritura, anelam conhecer desde o tamanho das pedras até ao preço da cerveja", uma vez que o "esclarecido Tópsius aproveita (...) para pendurar ficticiamente", nos lábios e no crânio de Teodorico, "dizeres injustos ensopados de beata e babosa credulidade – que ele logo rebate e derroca com sagacidade e facúndia!". O que realmente deixa o narrador indignado é a ficção que envolve o conteúdo dos "embrulhos de papel pardo e nastro vermelho". Segundo a *Jerusalém – Passeada e Comentada*, os embrulhos conteriam "ossos dos nobres antepassados" de Teodorico, o que, se fosse verdade, o desacreditaria perante a Burguesia Liberal.

O discurso científico do arqueólogo também será convocado para afirmar a sua autoridade não só em face de uma controvérsia entre a Igreja e a Botânica – o fato de a árvore de espinhos ter ou não servido à "Coroa d'Injúria" – mas também para afirmar uma ilusão. Tópsius primeiro declara as várias versões, científica e religiosa, quanto à origem da Coroa de Espinhos:

> – Um arbusto d'espinhos? (...) Há de ser o Nabka... Banalíssimo em toda a Síria! Hasselquist, o botânico, pretende que daí se fez a Coroa d'Espinhos... Tem umas folhinhas verdes muitos tocantes, em forma de coração como as da hera... Ah, não tem? Perfeitamente, então é o Lycium Spinosum. Foi o que serviu, segundo a tradição latina, para a Coroa d'Injúria... Que quanto a mim a tradição é fútil; e Hasselquist ignaro, infinitamente ignaro... Mas eu vou já aclarar isso, D. Raposo. Aclarar irrefutavelmente e para sempre! (A R, p. 169-70)

Não há dúvidas quanto à classificação botânica dos diferentes arbustos; as dúvidas são quanto à decisão de qual deles teria servido à confecção da coroa de espinhos. A botânica enquanto saber classificatório é eficaz ao lidar com a flora, mas a sua inadequação para resolver questões culturais se faz sentir na controvérsia entre Tópsius e Hasselquist. E quando Teodorico quer saber se a coroa "verdadeira, a que serviu, teria sido tirada daquele tronco", Tópsius é categórico:

> O erudito Tópsius (...) declarou (contra a fútil tradição latina e contra o ignaríssimo Hasselquist) que a Coroa d'Espinhos fora arranjada de uma silva, fina e flexível, que abunda nos vales de Jerusalém, com que se acende o lume, com que se eriçam as sebes, e que dá uma florzinha roxa, triste e sem cheiro... (A R, p. 172)

Mas diante de um Teodorico "sucumbido", Tópsius "foi sublime. Estendeu a mão por cima da árvore, cobrindo-a assim largamente com a garantia da sua ciência – e disse estas palavras memoráveis:"

> – D. Raposo, nós temos sido bons amigos... Pode pois afiançar à senhora sua tia da parte dum homem que a Alemanha escuta em questões de crítica arqueológica, que o galho que lhe levar daqui, arranjado em coroa, foi (...) o mesmo que ensangüentou a fronte do rabi Jeschoua Natzarieh (...) (A R, p. 173)

E o narrador acrescenta "Falara o alto saber germânico!" (Ibidem). Ressaltemos que o que importa é a afirmação, o que se afirma e como se afirma, e não a relação do afirmado com a verdade. Assim a autoridade do discurso arqueológico de Tópsius é chamada à afirmação de uma ilusão.

Este desmascarar da ilusão que existe nos discursos pode ocorrer porque a verdade é um campo de incertezas. A grande lição que o regresso fantasioso na história, ao momento de formação da lenda cristã, revela, se não ao Teodorico-jovem, com certeza a Tópsius é a impossibilidade de se saber o que seja a verdade. Segundo Renan, *grosso modo*, a desmistificação do cristianismo se afirma pela não divindade de Jesus, visto como um homem visionário, defensor dos pobres e dos oprimidos. A partir disso, Eça ficcionaliza a sua versão do renanismo, declarando a impossibilidade de certezas quanto à religião ou à ciência. Mas vamos por partes. Vejamos a cena em que se revela a inacessibilidade da verdade no diálogo entre Poncius Pilatos e Jesus Cristo:

> – Dizes então que és rei... E que vens tu fazer aqui?
> – Eu vim a este mundo testemunhar a verdade! Quem desejar a verdade, quem quiser pertencer à verdade tem de escutar a minha voz!
> Pilatos considerou-o um momento, pensativo, depois encolhendo os ombros:
> – Mas, homem, o que é a verdade?
> Jesus de Nazaré emudeceu – e no Pretório espalhou-se um silêncio como se todos os corações tivessem parado, cheios subitamente de incerteza...(A R, p. 253)

Diante de um Cristo que não sabe afirmar a verdade para além de seu discurso, da escuta de sua voz, o passo seguinte será a refutação da verdade da Ressurreição. Os amigos de Jesus o tiraram do túmulo ainda vivo e o levaram a casa de José, onde:

> Um instante abriu lentamente os olhos, uma palavra saiu-lhe dos lábios. Era vaga, não a compreendemos... Parecia que invocava seu pai, e se queixava de um abandono... Depois estremeceu: um pouco de sangue apareceu-lhe ao canto da boca... E com a cabeça sobre o peito de Nicodemus, o Rabi ficou morto! (A R, p. 316)

Tópsius, historiador dos Herodes, então quer saber o que se seguiu: "Escuta! Preciso toda a verdade. Que fizestes depois?" (Ibidem) e a resposta que obtém é a de que era preciso que as profecias se cumprissem, e é ainda o historiador que revela não só a desmistificação da Ressurreição,

> Depois d'amanhã, quando acabar o Sabá, as mulheres de Galiléia voltarão ao sepulcro... E encontram-no aberto, encontram-no vazio... "Desapareceu, não está aqui..." Então Maria de Magdala, crente e apaixonada, irá gritar por Jerusalém – "ressuscitou, ressuscitou!". E assim o amor duma mulher muda a face do mundo, e dá uma religião mais à humanidade! (A R, p. 318)

como também revela a debilidade da História em estabelecer origens, cujo fundo vazado está sempre mesclado às lendas: "Teodorico, a noite termina, vamos partir para Jerusalém!... A nossa jornada ao Passado acabou... A lenda inicial do cristianismo está feita, vai findar o mundo antigo!" (A R, p. 318). E a religião de sua parte fica ligada à uma representação do imaginário, tão inventada como qualquer lenda.

A "lição lúcida e forte" que "neste século tão consumido pelas incertezas da Inteligência" (A R, prefácio) se encerra é a de que é preciso ter "um descarado heroísmo d'afirmar", pois este "cria, através da universal ilusão, Ciências e Religiões" (A R, p. 419). Em outras palavras, o que estabelece a realidade não é a verdade, mas o discurso que tem coragem de afirmá-la. Se Teodorico tivesse afirmado a sua representação fabricada de beato, inventando uma explicação conveniente para a troca de embrulhos, não teria perdido a herança de Dona Patrocínio.

Conclui-se então que o saber social do século XIX – a maneira como se fazia a História, determinadora de origens e reveladora de verdades; a maneira como se interpretava o mundo cultural, segundo as premissas das Ciências Naturais, e a maneira como se praticava o cristianismo, segundo um código de conduta estranho ao próprio Cristo – baseava-se na universal ilusão de se confundir discursos com verdades absolutas. Este modo de se ler *A Relíquia* permite que se questione as bases do "saber social" do século XIX, os valores institucionalizados e a prática cotidiana da religiosidade beata. Não é à toa que este quadro discursivo irá se transformar em práticas distintas da história, da sociologia, da biologia e da religião ao longo do século XX, em que surge uma outra dimensão interpretativa do saber humano. A história descontinuísta, desde que se sabe atividade interpretativa contenta-se em estabelecer "começos" e não mais "origens" (Foucault, 1979, p. 18). A Teologia da Libertação volta-se para as camadas desfavorecidas da sociedade. E as Ciências Naturais deixaram de legislar sobre questões culturais e de interpretar o homem-social segundo a sua lógica.

Conclusão

Se tivermos em vista a concepção de Eça da estética realista, *A Relíquia* se apresenta como uma liberação da obrigação de verossimilhança e da observação fisiológica dos temperamentos, pois se organiza sob o signo do fingimento.

Para Iser, a ficção (desde os pastores da poesia bucólica) se caracteriza por apresentar as marcas de sua ficcionalidade, isto é, por desnudar a sua ficção, assumindo o fingir como inerente ao seu discurso. Por outro lado, segundo Stierle (Stierle, in Lima, org. 1979), outro membro da Escola de Constança, existem certas obras de ficção que dissimulam a sua ficcionalidade, apresentando-se como uma ilusão de verdade/realidade. Característicos desta dissimulação são os prefácios de autores românticos que visam explicar e fundamentar a origem verdadeira das estórias a serem narradas. Segue-se daí que o intérprete não ingênuo deverá proceder à desmistificação desta ilusão de verdade para poder receber a obra como ficcional.

Quanto a isto, como se comporta *A Relíquia*? Ela desnuda a sua ficção assumindo o fingir como marca de seu discurso? ou, ao contrário, para além do apelo à fantasia, ela não elimina a sua distinção quanto à realidade, apresentando-se como ilusão de verdade?

Examinemos o subtítulo: "Sobre a nudez forte da verdade, o manto diáfano da fantasia". Antes de procedermos à interpretação do subtítulo é interessante observar que este aparece no *Dicionário de Eça de Queiroz*, página 556, adulterado. Em vez de **sobre** vem **sob**, isto é, coloca-se em primeiro plano a verdade e em segundo a fantasia. Esta inversão se torna alarmante ao verificarmos que ela propicia uma relação desta obra com a estética realista, como se pode ler no *Dicionário*: "*A Relíquia* é concebida como tríptico em que o painel central se liberta afoitamente do presente mantendo-se toda via fiel aos cânones realista e à estética naturalista zolaica em obediência ao subtítulo da obra: "Sob (...)" (Matos, 1988, p. 556). Na obra de João Gaspar Simões, também aparece o **sob** ao invés do **sobre**. E aí a troca não fará muita diferença para a interpretação de Simões, que, como vimos, já se esforça em disciplinar a fantasia desta obra, reiterando o seu ponto de vista, por nós assinalado, de que a fantasia irá desobrigar o autor da verossimilhança psicológica, pela não observação científica (Freud) dos temperamentos (Simões, 1945, p. 450). A troca das preposições não mudou a avaliação de Simões, que já condenava o abuso fantasioso de *A Relíquia*, porém, no *Dicionário*, eliminou a distinção desta obra frente à estética realista.

O que significa que sobre a verdade se ponha a fantasia? Glosando livremente diríamos que se vai contar a verdade com os olhos da fantasia e não com os olhos da ciência, que a nudez crua da verdade será coberta com o manto da fantasia, que a verdade aparecerá vestida de fantasia. Deste modo, o que se ganha com a colocação da fantasia em primeiro plano é o fato de que ela e não a verdade será evocada para apresentar o discurso, afirma-se a farsa do discurso ficcional e a impossibilidade de, como vimos, se alcançar a verdade nua e crua, pois esta só é estabelecida pelo manto ilusório dos discursos.

Mas esta interpretação do subtítulo pode ser substituída por outra muito cabível, principalmente no início, antes de se ler a obra: a verdade nua e crua está debaixo do manto diáfano da fantasia e para alcançá-la basta suspendê-lo. Se o leitor desta outra interpretação chegasse ao fim d'*A Relíquia*, ele ainda poderia dizer conosco: a verdade nua e crua é que existe apenas uma universal ilusão dentro do saber social do século XIX. Mas ele poderia também chegar ao fim do romance e dizer que existe uma verdade natural – nua e crua – que não se esconde sob o manto da fantasia: Teodorico é um hipócrita, pateta e devasso. E para isso tanto faz sobre ou sob.

A mesma ambigüidade reveste o prefácio que termina por uma glosa do subtítulo, substituindo *verdade* por *realidade*. Teodorico-velho pede a Tópsius que não ficcione sobre o conteúdo dos embrulhos e diga toda a verdade:

> – Tão francamente como eu o revelo aos meus concidadãos nestas páginas de repouso e de férias onde a realidade sempre vive, ora embaraçada e tropeçando nas pesadas roupagens da História, ora mais livre e saltando sob a caraça vistosa da farsa. (A R, prefácio)

Este final do prólogo pode muito bem parecer um recurso comum de afirmação de uma aparência de realidade ou de dissimulação da ficcionalidade, em que o narrador em primeira pessoa irá relatar a verdade dos fatos de sua vida, e, que, como recurso ficcional, exige do leitor uma leitura que desmistifique esta ilusão. Por outro lado, pode-se ler aí um certo desnudamento da ficção que não negará uma relação com a realidade histórico-social, mas que reconhece que esta se fará sob o signo da farsa.

Para Coleman, o que se enuncia tanto no subtítulo como no prefácio é a dupla estrutura de ilusão e realidade de que se compõe *A Relíquia*. No prefácio há a apresentação complexa de antíteses que governaram todo o texto da obra. Como vimos, estas vozes distintas não se harmonizam numa obediência aos cânones realistas. Ao contrário, as antíteses são apresentadas sob o intuito de desmistificação da ilusão presente no saber social do século XIX – História, Religião, Ciência Natural e também Estética Realista.

A denúncia da eterna ilusão presente nos discursos que formavam os pilares da cultura ocidental no século XIX poderia ter desencadeado nos leitores contemporâneos desta obra um questionamento dos valores institucionalizados e das práticas cotidianas. Mas seria pedir demais ao leitor de Eça. E pode-se agora entender porque esta obra foi condenada: 1 – era preciso que seus leitores fossem capazes de superar a expectativa de um romance realista, questionando tal estética; 2 – que fossem capazes de desmistificar o recurso de ilusão de realidade contido em algumas obras de ficção, e 3 – que fossem capazes de questionar o "saber social" daquele momento, a ilusão contida na prática da História, das Ciências Naturais e da Religião.

Falta a este trabalho, por fim, uma discussão acerca do acaso que envolve a troca de embrulhos. Em outro nível, também falta uma referência à relação entre este romance e a vida de Eça, que, com seu então futuro cunhado, o Conde de Rezende, foi, em 1869, à Terra Santa. A relação entre ficção e biografia não é a de mero reflexo, ela passa pelo imaginário. Ao assumir no corpo da obra outra função, os fatos biográficos não são apenas repetidos. Crispim não é nobre, mas é amigo e cunhado de Teodorico, e também não o acompanha à Terra Santa. As relações entre ficção e biografia, porém, são assunto para outro trabalho.

BIBLIOGRAFIA

BRANDÃO, R. de Oliveira, org. *A Poética Clássica*. Cultrix, São Paulo, 1981.

GUERRA DA CAL, Ernesto. *A Relíquia – Romance picaresco e cervantesco*. Lisboa, Ed. Grémio Literário, 1971.

COLEMAN, Alexander. *Eça de Queirós and European Realism*. New York, University Press, 1980.

FOUCAULT, Michel. "Nietzsche, a Genealogia e a História". In: *Micro-física do Poder*, Graal, 1979, p. 18.

LEITÃO, Joaquim. *Eça de Queiroz Acadêmico. Porto, Lello & Irmão editores*, 1947.

LIMA, Luiz Costa. "Representação Social e Mímesis" in Dispersa Demanda, Rio de Janeiro, Francisco Alves ed., 1981, pp. 216-36.

—, org. *A Literatura e o Leitor*. Rio de Janeiro, Paz e Terra, 1979.

—, org. *Teoria da Literatura em suas Fontes*. Rio de Janeiro, Francisco Alves ed., 1983, Vol. II.

MATOS, A. Campos (org.). *Dicionário de Eça de Queiroz*. Lisboa, Caminho, 1988, p. 555-9.

QUEIROZ, Eça de. "A Academia e a Literatura". In: *Notas Contemporâneas*. Porto, Livraria Chardron de Lello & Irmão editores, 1913.

—, *O Mandarim*. Porto, Livraria Chardron de Lello & Irmão editores, 1907.

—, *A Relíquia*. Porto, Livraria Chardron de Lello & Irmão editores, 1909.

—, *Correspondência*. Porto, Livraria Chardron,1925, p. 137-41.

REIS, Carlos. *Estatuto e Perspectivas do Narrador na Ficção de Eça de Queirós*. Coimbra, Livraria Almedina, 1975.

SALGADO Jr. António. *História das Conferências do Casino (1871)*. Lisboa, Tipografia da Cooperativa Militar, 1930.

SIMÕES, João Gaspar. *Eça de Queiroz: o homem e o artista*. Edições Dois Mundos, 1945.

OS PRIMEIROS PAIS E OS PRIMEIROS PASSOS, SEGUNDO EÇA DE QUEIRÓS

MARIA APARECIDA SANTILLI
Universidade de São Paulo

Quando os queirosianos revisitam a casa literária do contista Eça de Queirós, abrem-se, para eles, espaços de convivência muito especial. Deparam com compartimentos de uma ficção multifacetada e de que resulta mais este prazer de viagem pelo mundo dos livros: o de encontrar um escritor competentemente versátil.

Mas nesses espaços do conto é que, na obra queirosiana, coincidentemente toma vulto o perfil literário de Eça pelo ângulo de suas excepcionais qualidades de leitor.

Estão aí as razões pelas quais, neste resumido trabalho, a escolha recaiu sobre seu conto "Adão e Eva no Paraíso"[1], e já se vê que o interesse não deriva propriamente das questões de gênero, mas incide sobre notáveis habilidades literárias encontradas neste leitor – escritor.

Não é demais entretanto, lembrar, de passagem, que tais habilidades queirosianas ficam mais imediatamente visíveis nas narrativas curtas que, por suposto, conseguem: promover o que se chamou de "seqüestro momentâneo do leitor", oferecer o "resumo implacável da condição humana", erigir o "símbolo candente de uma ordem social ou histórica; disputar com o público pelo regimento dos "boxeurs" que é o de levar o leitor ao "knock out", conforme pensou Cortazar. (1897)

Será, também, admissível abrir parênteses para uma reflexão que, embora não traga argumentos definidores da natureza do conto, apresenta, entretanto, novas constatações que se aplicariam retroativamente, isto é,

---

[1] Edição utilizada: Queirós, Eça de – *Obra Completa,* vol. 2, Rio de Janeiro, José Aguilar Editora, 1970.

ao que Eça contista produziu já no século passado: "o conto cumpre a seu modo o destino da ficção contemporânea. Posto entre as exigências da narração realista, os apelos da fantasia e as seduções de jogo verbal, ele tem assumido formas de surpreendente variedade"[2].

Ainda mais importantes a mencionar, como introdutórias, seriam as etapas subsequentes dessa reflexão sobre o conto na literatura moderna, feita por Alfredo Bosi. "Na verdade", diz Bosi, "se comparada à novela e ao romance, a narrativa curta condensa e potencia no seu espaço todas as possibilidades da ficção. E mais, o mesmo modo breve de ser compele o escritor a uma luta mais intensa com as técnicas de invenção, de sintaxe compositiva, de elocução: daí ficarem transpostas depressa as fronteiras que no conto separam o narrativo do lírico, o narrativo do dramático.

Proteiforme, o conto não só consegue abraçar a temática toda do romance, como põe em jogo os princípios que regem a escrita moderna em busca do sintético e do convívio de tons, gêneros e significados."[3]

Pois, em "Adão e Eva no Paraíso', o que justamente se evidencia, desde logo, é a capacidade de atualização ou de inovação, ao operar-se tal convívio, de tons sobre dados de leitura de outro texto onde a nota era, ao contrário, por excelência, a da monotonia.

Mostrar aqui as técnicas de invenção, de sintaxe compositiva, de elocução é, por tabela, dar relevo ao fato de que a formatação de conto, abriu caminhos especiais e diversificados para acolher os impulsos da fantasia queirosiana, também alavancada pelo proveito das leituras, que Eça soube tirar.

O título do conto, por suposto, anuncia personagens referenciais (Adão e Eva), ainda que sejam tomadas como referências textuais. Apreendidas no limbo do mito, terão, na história queirosiana, o destino do distanciamento do seu criador, Jeová, e do protetor imediato, o anjo do Gênesis, glosando, neste aspecto, a proposta de origem do mundo que estabelecem as Escrituras.

O conto retomará, assim, um sentido pleno e fixo, imobilizado pela cultura cuja legibilidade pressupõe, portanto, um grau de participação do leitor nessa mesma cultura, do leitor que, então, reconheceria as personagens, ao serem integradas no novo enunciado, isto é, no de Eça de

---

[2] Bosi, Alfred – *O Conto Brasileiro Contemporâneo,* São Paulo, Ed. Cultrix, 1977, p. 7.

[3] *Idem.*

Queirós. Servirão de ancoragem referencial que remete ao grande texto da ideologia, a clichês da nossa cultura, conforme os estudiosos das figuras humanas da Literatura sugerem acontecer.

A alegoria da origem da espécie humana se constituirá o princípio de geração da diegese que adquirirá suas particularidades enquanto significante, para o sentido que o texto queirosiano lhe irá conferir.

Os dados abundantes da "ficha" do contista são, de proveniência diversa, como reza o texto: anunciados com autoria, como os dos *Annales Veteris et Novi Testamenti,* de Usserius (bispo de Meath, arcebispo de Armagah, chanceler-mor da Sé de São Patrício); os de origem vagamente apontada, como sejam as "crônicas vetustíssimas" do "vetustíssimo éden", ou de "poetas mesopotâmicos do Gênesis"; mas também de outros a serem identificados por dedução do leitor que, evidentemente, se dá conta de um elenco de informantes advindos das descobertas ou concepções científicas da época, e que são, por assim dizer, encorporados na enunciação queirosiana, como sejam, por excelência: *The Origin of Species* (1859) e *The Descent of Man* (1871), de Darwin.

Cabe pôr em relevo essas fontes do conhecimento científico de Eça de Queirós pelo fato de que sobre elas iria definir-se o roteiro diegético de "Adão e Eva no Paraíso". Mas essas ainda não são as únicas, outras há que não ficam declaradas no conto queirosiano. No lastro informativo do texto, por certo, atravessam-se, também, os fios das teorias socialistas de sua predileção, já tanto apontadas. Assim como as descobertas evolucionistas, os subsídios do socialismo, as teorias naturalistas com reflexos na literatura de época também teriam servido de operadoras da transformação que o conto processa sobre o grande texto da cultura ou da ideologia, isto é, das escrituras, que aí se retomam.

Está claro que soaria como pretensioso propor-se um levantamento completo, ou mesmo mais extensivo das presumíveis leituras que convergem em "Adão e Eva no Paraíso".

Mas valeria a pena referir que, neste conto, o virtuosismo exemplar demonstrado nas cadeias de enumeração, aponta para a efetiva confluência de outras tantas fontes informativas que não se pode precisar. Há, mesmo, um recordismo nessa prática, retórica, se considerada em proporção às dimensões que uma "short story" tem.

Observe-se que no texto bíblico, aqueles que Eça chamou de "poetas mesopotâmicos" fazem uma narração discreta do Éden, limitando-se a citar genericamente animais viventes, domésticos ou bestas da terra, répteis, todas as aves, peixes do mar, ou apenas coletivizando também as espécies vegetais, como "toda a casta de árvores famosas" (singularizando só a árvore da ciência do bem e poucas singularizações do mal) e referindo, a mais, a "erva verde" e os frutos para comer.

O texto queirosiano já promove, entretanto, o desvio para o lado da pormenorização, com um catálogo que, por certo, se deve ao estágio de conhecimento científico do seu tempo. São citadas cinco dezenas de espécies, aproximadamente, com ênfase sobre os animais temíveis, ou sobre o porte dos animais ante-diluvianos, entre os quais estão o ictiossauro, o plenossauro, os pterodáctilos. Para culminar e, em coerência com a evolução humana adotada por Eça de Queirós, os antropóides, postos como "parentes do homem".

Por outro lado, é de registrar-se a presença variada das espécies vegetais a comporem uma flora 'familiar", por assim dizer, detalhada nas palmeiras, nos pinheiros, nos tamarindos, nos carvalhos, nas faias, nos canaviais, nas ervas úteis, nas flores e nos frutos.

Tudo isso, como se sabe, consignado como princípio do princípio, inclusive das concepções cosmológicas. Tem graça ver o senso de humor com que Eça registra que esses eram os tempos em que o sol "girava em torno da terra como o noivo dos Cantares, em que ela, a terra "era moça e formosa e preferida de Deus", enquanto "ainda se não submetera à imobilidade augusta que lhe impôs, mais tarde, entre amuados suspiros da Igreja, mestre Galileu".[4]

Como já foi lembrado, a linha da diegese é traçada segundo o percurso de humanização dos "veneráveis", ou primeiros pais, cujos primeiros passos, intercalados dos tombos – os tombos da aprendizagem – encaminham ao devir, ou à descendência humana que, em Eça, também com senso de humor, se projeta num futuro marcado por notáveis, como ainda aqui se irá referir.

E, assim, o roteiro histórico, a sucessão linear de eventos da narrativa mais pragmática dos textos bíblicos, troca-se, na perspectiva poética do conto, pela seqüência dos conflitos da humanidade que, no berço da caverna, engatinhava aos tombos pela adversidade da natureza hostil.

Pelo quanto se vai constatando, neste conto revela-se, então, um narrador moderno, se assim se pode dizer de um contador atualizado, no sentido de que, sendo onisciente na demiurgia da criação ficcional, é, concomitantemente, o portador das conquistas humanas que se incorporam no texto, obtidas até o próprio presente da narração. A mediação que estabe-

---

[4] Eça de Queirós, *op. cit.*, p. 1235.

lece com o público da obra representa-se pela visão que advém de um autor – leitor sem qualquer nostalgia por uma presumida idade de ouro, supostamente perdida pela humanidade.

Mas, importa registrar que as alterações diegéticas que no conto se observam acabarão por reproduzir a tendência da desproporção que ocorrerá entre os recursos de subsistência e o número crescente de seres para os consumir. Com tal limitação, como causa, decorrerão os embates que vão tipificar a rota de Adão e Eva, os empecilhos nos primeiros passos dos primeiros pais. Assim, como os outros viventes, Adão e Eva lutam, sem cessar, contra os próprios seres e contra o meio ambiente que vão disputar para usufruir.

Os primeiros passos dos primeiros pais funcionam, pois, como continua lição de preparação para os combates "inter-pares" que se sucederão, também para adestrar a espécie humana na adaptabilidade ao meio. E os transformará, progressivamente, para potencializarem a capacidade de vencer, em termos de "struggle for life", onde se definirá a mais apta a sobreviver.

A lei do mais apto é, pois, a lei que prende à vida, no universo não só em que os primeiros pais dão os primeiros passos, mas que se transferirá à sua posteridade.

Cabe relembrar, a propósito a importância que Thomas Malthus (1838) (*An Essay on the Principle of Population*) teve na elaboração da teoria de Darwin, ao argumentar que o crescimento da população era geométrico, ao passo que o dos suprimentos de alimentação apenas aumentavam aritmeticamente. Foi a peça fundamental que faltava a Darwin para sediar, na luta pela subsistência, a causa da tendência para a destruição das espécies com menos aptidão.

Stephen Jay Gould, ao tratar de *Darwin e os Grandes Enigmas da Vida,*[5] como um competente evolucionista e defensor da vitalidade da proposta de Darwin, retomou os conceitos de evolução e de aptidão, no sentido de dar precisão à teoria do transformismo.

Invoquem-se, agora, os comentários que fez a propósito de aptidão, deixando para mais adiante os que se referem a evolução.

Gould afirma: "A essência do darwinismo reside na afirmação de que a seleção natural cria os mais aptos. A variação é ubíqua e casual. Fornece apenas a matéria prima. A seleção natural dirige o curso da mudança

[5] Gould, Stephen Jay– *Darwin e os Grandes Enigmas da Vida,* São Paulo, Livraria Martins Fontes, 1977.

evolutiva. Preserva as variantes favoráveis e forma gradualmente os mais aptos".[6]

Pois o que ocorre neste conto é que o roteiro da diegese é coincidente com a linha da evolução contida na teoria transformista e de seleção natural de Darwin, tão revolucionária, tão demolidora de concepções cristalizadas pelos tempos afora e cujo profundo abalo tem ressonância, pois, no laboratório literário de Eça de Queirós.

Não é sem razão que se imagina o impacto causado por este texto queirosiano em que, expressamente, se apresentam os tombos dos primeiros passos como "didáticos" e, como leis da vida, desde os primeiros pais no paraíso, o medo, a fome, o furor, porque "a sociedade é obra da fera".[7]

Mas, como a ficção queirosiana brota no próprio lastro mítico das origens da humanidade, é, no ponto de partida, coincidente com a visão do gênesis; subentende-se que seja plausível, porque ditada pela ausência ou inexistência de explicação científica, ainda, para os "poetas mesopotâmicos", com relação aos fenômenos da natureza. Torna-se, pois, uma questão da lógica interna a origem universal a partir do mito para, de qualquer modo, justificar-se essa tradição de princípio do princípio.

Por outro lado, pode-se creditar a opção queirosiana à conta, de uma atitude concessiva do novo narrador do "Gênesis", de admitir que o belo do maravilhoso, a estesia do mito, por si mesma se ressalve, apesar das descobertas científicas do século XIX.

Um analista literário é, pois, levado a aperceber-se de que o fundo mítico, aqui, é uma reserva de potencial poético do qual o contista muito bem se valeu.

Mas, voltando-se ao título do conto, será fácil deduzir sua funcionalidade, a funcionalidade que, por certo, Eça nele encontrou. Por um lado, em torno de nossos "veneráveis" primeiros pais é que se vai enovelar o fio da narração; nesse carretel se organizará o campo temático, como nicho de produção de outros sentidos, sobre aqueles que a tradição imprimiu; por outro lado, este título logo remete a outro texto, diante do qual o receptor deverá também posicionar-se outra vez pois lhe estará reservada, de imediato, a caixa de surpresas de "Adão e Eva no Paraíso". A retomada do "Gênesis", que outras leituras anteriores lhe haviam apresentado levará à implosão de um consagrado "clichê" já com a apresentação do primeiro antropóide, isto é, Adão e, depois do segundo antropóide, isto é, Eva.

---

[6] *Idem*, p. 32.

[7] Eça de Queirós, *op. cit.*, p. 1237.

Sacode-se, assim, o pó dos séculos sobre um vetustíssimo documento arquivado. Ou seja: a diegese delineia uma nova figura, estabelece um desvio, em relação ao texto que é seu referente anterior.

Por outras palavras, procede-se a uma rotação da memória em torno de um dos eixos fundamentais, ou mais sólidos, da cultura, ocidental entre outras. O procedimento, entretanto, é de descrever o caminho de um casal de antropóides erguendo-se da então recente ordenação do caos, como esboços do homem futuro. Na organização textual, correspondem, efetivamente, a esboços pré-literários que, passando pelo tratamento poético do ficcionista, se fazem gente, afinal.

O que também fica evidente, nesse tratamento, pela capacidade de inovação, é realizar-se a tensão, potencial, do texto lido por Eça, no texto por ele criado, através dos conflitos a que já se referiu.

Em resumo, o meio, isto é, o Éden dos momentos de definição do caos, retoma-se, assim, como outros lugares da memória coletiva, a ser ressignificado nessa extraordinária estratégia de conciliação de ciência e mito para o resultado literário final. Constituiu-se, portanto, uma oferta de fruição estética pela solução literária na qual os elementos de cada uma dessas duas vertentes fez-se agente de convicção e comoção.

Mas a verdade é que, se o processo poético de tratamento do mito passa pelo crivo das descobertas científicas de época, não é menos certo que se realize pelas balizas dos postulados literários que foram a tônica na segunda metade do século XIX.

E, nesta altura, é difícil fazer abstração de um dado de peso decisivo na produção deste conto: a geração de Eça, sua militância na vanguarda realista, seu lugar no rumoroso debate de legitimação das idéias que alavancaram o predomínio do Realismo em Portugal, na medida em que se converte em critérios, desde a seleção de dados, até a vetorização de todos os recursos da armação literária, afinados com os próprios argumentos queirosianos apresentados nas conferências do Casino Lisbonense, segundo os quais a obra literária deveria ser a de um escritor perfeitamente do seu tempo.

Por isso, é oportuno relembrar, a esse respeito, a proposta, que se chamou naturalista, de Hippolyte Taine (1828-1893), esse homem considerado intermediário entre a ciência e a literatura, apresentada no prefácio à Segunda edição dos *Essais de Critique et d'Histoire* (1866), sem esquecer, inclusive, seu papel também na popularização das idéias darwinistas. Darwin então já publicara *Origin of Species by Means of Natural Selection* (1853) e estava a caminho de apresentar *The Descent of Man* (1871).

Pondere-se, ainda, para computar o volume de afluências textuais no conto queirosiano, que o progresso das ciências no século XIX foi multifacetado: Comte publicou uma série de obras, entre 1830 e 1857, Herbert Spencer (1820-1903) aplicou os princípios transformacionistas à Psicologia, à Ética e à Biologia.

E é preciso lembrar, também, que Renan, que em 1849 publicou *L'Avenir de la Science,* ensaiando a projeção do desenvolvimento científico no futuro, propõe, em sua biografia de Jesus, que "o mundo real é de longe superior às fantasias da Criação"[8], negando a existência de milagres ou mistérios, ainda tão decantados na época.

Está claro que no conto "Adão e Eva no Paraíso", o antropóide, na conversão a homem, não é concebido sumariamente como "machine aux rouages ordonnés" (máquina de engrenagens ordenadas), ou que, nesta obra, "le vice et la vertue sont de produits comme le vitriol et le sucre" (o vício e a virtude não passam de produto, como o vitríolo e o açúcar). Mas, também, está claro que, na intenção construída pelo texto, foi cabal a importância de atualizar o étimo bíblico com matéria prima dada pelo conhecimento contemporâneo da humanidade que então passava pelo século XIX, até porque se fez sem prejuízo de conferir ao novo enunciado todos os atributos poéticos, para uma rapsódia de tons, do épico ao lírico, habilmente articulados num dos ótimos concertos literários de Eça de Queirós.

Para avaliar-se, basta colocar um fragmento da obra queirosiana, a fim de que possa ilustrar a procedência desta constatação pelo brilho literário que tem:

"Quando a oitava hora cintilou e fugiu, uma emoção confusa, feita de medo e feita de glória, perpassou por toda a Criação, agitando num frêmito as relvas e as frondes, arrepiando o pelo das feras, empolando o dorso dos montes, apressando o borbulhar das nascentes, arrancando dos pórfiros um brilho mais vivo... Então, numa floresta muito cerrada e muito tenebrosa, certo Ser, desprendendo lentamente a garra do galho de árvore onde se empoleirara toda essa manhã de longos séculos, escorregou pelo tronco comido de hera, pousou as duas patas no solo que o musgo afofava, sobre as duas patas se firmou com esforço da energia, e ficou erecto, e alargou os braços livres, e lançou um passo forte, e sentiu a dissemelhança da animalidade e concebeu o deslumbrado pensamento de que era, e ver-

---

[8] Em Furst, Lilian R., e Shrine Peter N. – *O Naturalismo,* Lisboa, Lysia Editora e Livraria, S.A.R.L., 1975, p. 98.

dadeiramente foi! Deus que o amparara, nesse instante o criou. E vivo, da vida superior, descido da inconsciência da árvore, Adão caminhou para o Paraíso".[9]

"De tão estranho medo nasceu talvez a primeira luta do homem com a natureza. Quando um galho alongado o roçasse, decerto nosso Pai atiraria contra ele as garras desesperadas para o repelir e lhe escapar. Nesses bruscos ímpetos, quantas vezes se desequilibrou, e as suas mãos se abateram desamparadamente sobre o solo de mato ou rocha, de novo precipitado na postura bestial, retrogradando a inconsciência, entre o clamor triunfal da floresta! Que angustioso esforço então para se erguer, recuperar a atitude humana, e correr, com os felpudos braços despegados da terra bruta, livres para a obra imensa da sua humanização!"[10]

A primeira observação que estas citações suscitam, liga-se à razão pela qual aqui vieram, isto é, enquanto amostra de micro – alternâncias de tons que lhes conferem a qualidade exemplar da literariedade e que distanciam o conto queirosiano de um texto pragmático e da própria monotonia oracular da narração que o inspirou.

Mas vale, também, chegar a uma segunda observação, para dar seguimento às considerações que vinham sendo feitas sobre os informantes de base queirosianos. Assim se verá como fazer um conto é, de fato, aumentar um ponto...

No conto de Eça, assim se afirma: "nosso primeiro pai sentiu a dissemelhança da animalidade e concebeu o deslumbrado pensamento de que era, e verdadeiramente foi"[11]

A julgar por essa opinião, o ponto de partida do conhecimento humano, segundo a perspectiva que se apresenta em "Adão e Eva no Paraíso", apresenta-se como uma fórmula literária da equação cartesiana do pensar / existir. É como se já nosso primeiro pai, no processo de compreender, ou ter clareza de si pela diferença, se fizesse, também, concreto exemplo, do "cogito ergo sum" que ainda alimentava o pensamento dominante dos ilustrados no século XIX.

No conto queirosiano abre-se, também, concomitantemente, espaço para uma operação literária de correção científica, a do aparecimento da linguagem. Observe-se:

"A Bíblia, com a sua exageração oriental, cândida e simplista, conta que Adão, logo na sua entrada pelo Éden, distribuiu nomes a todos os ani-

---

[9] Eça de Queirós, *op. cit.*, p. 1249.
[10] *Idem*, p. 1251.
[11] Eça de Queirós, *op. cit.*, p. 1250.

mais, e a todas as plantas, muito definitivamente, muito eruditamente como se compusesse o Léxicon da Criação, entre Buffon, já com os seus punhos, e Lineu, já com os seus óculos. Não! Eram apenas grunhidos, roncos mas verdadeiramente augustos, porque todos eles se plantavam na consciência nascente como as toscas raízes dessa palavra pela qual verdadeiramente se humanou, e foi depois, sobre a terra, tão sublime e tão burlesco.

E bem podemos pensar, com orgulho, que ao descer a borda do rio edênico, nosso Pai, compenetrado do que era e quanto diverso dos outros seres!, já se afirmava, se individualizava, e batia no peito sonoro, e rugia soberbamente: – "Eheu! Eheu!...[12]

Como se pode deduzir, pela proximidade cronológica de Johann Gottfried Herder (1744-1803) e a propalada aceitação de suas idéias entre os intelectuais do século XIX, parece que estas é que aqui se cruzam, na hipótese de fundar, na espécie humana, a origem da linguagem, sem a qual o progresso das áreas do conhecimento não teriam acontecido.

Ainda que a origem da primeira palavra, pronunciada pelo nosso primeiro pai, possa aqui ter ficado na ambigüidade de uma referência poética, é possível interpretar esta passagem como portadora do princípio onomatopaico do aparecimento da linguagem, proposto pelo mesmo Herder que também o advogou.

Sem pretender – como já foi dito – esgotar uma averiguação extensiva do diálogo intertextual que o conto queirosiano estabelece, não se poderia, ainda, deixar de lado, pelo menos as sugestões que ficam do desfecho dos primeiros passos dos primeiros pais, nesses dias – segundo Eça "abomináveis do Paraíso".

Desde a "ciência hereditária de trepar às árvores" – também segundo Eça – posta em prática, passando pela experiência a dois com aquele "sedoso e tenro ser", da "Mãe venerável", nosso pai prossegue no "constante e desesperado esforço" por "sobreviver – no meio de uma natureza que sem cessar e furiosamente tramava sua destruição". O primeiro casal do Éden supera os contínuos obstáculos que, para ele, também são todos os furiosos seres "aos quais deve o homem a sua carreira triunfal".

Chega-se, então, ao momento de verificar em que acaba esta narrativa de Eça de Queirós. Como é recorrente na obra queirosiana, costura-se, na cena final, o discurso avaliatório. Pode-se dizer que, com maior freqüência, esse discurso é um remate dos males.

---

[12] *Idem*, p. 1253.

Que se diria, então, do ponto de encerramento dessa "carreira triunfal" dos primeiros pais?

Considere-se, primeiro, que, nas narrativas queirosianas com essa característica, há uma clara distinção entre o clímax e o epílogo, como é o caso do conto em questão.

Em "Adão e Eva no Paraíso", o clímax se consumará com a ordem feita no caos existencial de nossos primeiros pais, ordem que se integra na organização posta também no Paraíso. Ou seja, o clímax se define com o Paraíso e o homem em outro patamar de transformação, num estágio que se mostra sob a visão complacente de quem contou esta história.

Veja-se, agora, como se preocessa o epílogo.

Para o epílogo reservam-se duas instâncias em que o discurso avaliatório se perfaz.

Observe-se a primeira:

"E agora que acendi, na noite estrelada do paraíso, com galhos bem secos da Árvore da Ciência, esse verídico lar, consenti que os deixe, oh Pais veneráveis!"

....

"Sois já irremediavelmente humanos – e cada manhã progredireis, com tão poderoso arremesso, para a perfeição do corpo e esplendor da razão, que em breve, dentro de uma centena de milhares de curtos anos, Eva será a formosa "Helena e Adão será o imenso Aristóteles!"[13]

Como se vê, essa instância do balanço da história, passa um sentido de progresso agregado a evolução. Mas, seria surpreendente que no conto de Eça, lucidíssimo leitor, com certeza também de Darwin, fosse esse o entendimento final deixado pela leitura da teoria da transformação. Por outras palavras, essa nota de juízo qualitativo que aqui se acrescenta aos postulados darwinianos, estaria em consonância com as aspirações progressistas da época, porém não seria consoante com o pensamento do cientista inglês. Sobre a questão, vale a pena apelar a um parecer de especialista que a esclareça:

Volte-se a Stephen Jay Gould e à sua certeza de que Charles Darwin "fez duas coisas bem distintas: convenceu o mundo de que a evolução ocorrera, e propôs a teoria da seleção natural como mecanismo". Gould admite que "o equacionamento" que na época se fazia "entre evolução e progresso tornou a primeira proposição de Darwin mais aceitável para os seus contemporâneos". Mas adverte que o curso da evolução, na concepção

---

[13] *Ibidem*, p. 1268.

transformacionista, não implicava em um progresso geral o que explicaria, por um lado, a falta de popularidade da teoria de Darwin nos tempos vitorianos. A teoria darwiniana da seleção natural, que não triunfara até por volta de 1940, insiste Gould, é uma teoria de adaptação local a meios ambientes cambiantes. Não propõe princípios aperfeiçoantes, não garante melhoria geral".

A seleção natural não é, pois, em seu entender, uma doutrina de progresso.

Mas acontece que indo além, ao segundo segmento do epílogo onde se formula o juízo final de "Adão e Eva no Paraíso", não se fica por aí. A avançada percepção queirosiana vai operar, ainda, um último desvio.

Na seqüência do primeiro recado queirosiano, de otimista assertiva sobre a transformação da espécie, vai-se cedendo lugar, no segundo segmento do epílogo, a uma posição de dúvida e de inquietação, para chegar ao fecho que, surpreendentemente, é conciliatório, se assim se pode dizer. Por obra e graça da lógica retórica, compatibilizam-se o étimo místico e o étimo científico. O último ponto final selará o pacto acabado, entre a versão da fé onde se sustentam os dogmas, e os postulados da razão onde se ancora o devir das conquistas que a ciência constrói.

Em tom de sermão, bem casado com a opção temática do conto, a derradeira fala soa como a de um pregador, a instrumentalizar, com os privilégios que a poética lhe concede, a compatibilização da crença ancestral com a nova concepção do mundo que abalou a "inteligentsia" dos tempos queirosianos.

Veja-se este passe em que a fala se vetorizará para o porto de chegada, em "Adão e Eva no Paraíso":

"Mas não sei se vos felicite, oh Pais veneráveis! Outros irmãos vossos ficaram na espessura das árvores – e a sua vida é doce."

....

"Assim ocupou o seu dia o orango, nas árvores. E no entanto, como gastou, nas cidades, o seu dia, o homem primo do orango? Sofrendo – por ter os dons superiores que faltam ao orango! Sofrendo, por arrastar consigo, irresgatavelmente, esse mal incurável que é a sua alma".[14]

Acentuando a anterior distância ente o tempo da história e o tempo do discurso, o orador que, no primeiro segmento do epílogo, já se despedira dos protagonistas, posiciona-se no seu próprio presente, de onde emite, explicitamente, a mensagem final, bem posta para seus contemporâneos e sucedâneos.

---

[14] *Idem*, p. 1269.

"Mas enfim, desde que nosso Pai venerável não teve a previdência ou a abnegação de declinar a grande supremacia – continuemos a reinar sobre a criação e a ser sublimes...Sobretudo continuemos a usar, insaciavelmente, do dom melhor que Deus nos concedeu, entre todos os dons, o mais puro, o único genuinamente grande, o dom de O amar – pois que não nos concedeu também o dom de O compreender. E não esqueçamos que Ele já nos ensinou, através de vozes levantadas em Galiléia, e sob as mangueiras de Veluvana, e nos vales severos de Yen-Chu, que a melhor maneira de O amar é que uns aos outros nos amemos, e que amemos toda a Sua obra, mesmo o verme, e a rocha dura, e a raiz venenosa, e até esses vastos seres que não parecem necessitar de nosso amor, esses sóis, esses mundos, essas esparsas nebulosas, que, inicialmente fechadas como nós, na mão de Deus, e feitas da nossa substância, nem decerto nos amam - nem talvez nos conhecem".[15]

Com referência a este fim, já não será necessário insistir na idéia de que Eça é um homem de seu tempo, pelo lado da erudição geral que o caracterizava. Mas não deixa de ser aliciante refletir sobre um índice "futurológico", do escritor que aqui parece estar intuindo o advir das preocupações com as descobertas e a conquista espacial...

Valerá mais a pena, no curto espaço deste trabalho, optar por uma conclusão onde se computem as concepções literárias que Eça tinha, ou que circulavam em sua época e consoante com o que pedem propriamente os estudos de literatura.

Nada mais oportuno, então, para isso, do que considerar a "Carta a Manuel". Observe-se:

"A glória de Zola vem sobretudo da universalidade e modernidade dos seus assuntos – a terra, o dinheiro, o comércio, a política, a guerra, a religião, as grandes indústrias, a ciência – que são os fatos supremos que interessam o homem culto". (p. 214).

E mais:

"A poesia, se quiser prender ainda a nossa atenção, neste momento em que ela atingiu a sua máxima habilidade técnica, necessita de abandonar essa alcova em que se encerra e se esteriliza e de que nós conhecemos até à saciedade, e pela sua indiscrição, todos os lânguidos caminhos. Fora dessa sombra mole não lhe faltam os belos temas – e aí tem a história, a lenda, e as religiões, e os costumes, e a vida ambiente, que lhe fornecem correntes de inspiração onde ela pode beber mais profundamente do que em nenhuma das Castálias passadas". (p. 215).

---

[15] *Ibidem*, p. 1260.

Pois foi justamente pelo viés temático, tão harmonizado com tal proposta, que se desenvolveu este trabalho e parecia importante verificar como, por um lado, o escritor Eça de Queirós mostrava, na própria prática literária, o quanto estava convencido de suas formulações teóricas.

Ficou evidente, por outro lado, que, para a análise de "Adão e Eva no Paraíso", era um pressuposto indescartável o instrumento da comparação. Em outras palavras, era inviável descartar o manifesto vínculo do conto – desde o título – com outra narrativa, que lhe é a remota ancestral, o que levaria, por decorrência, a abrir caminhos entre categorias como: relações de parentesco, ou analogia; relações diferenciais; imitação ou invenção; sobretudo aquelas nas quais este estudo se originou: a da recepção produtiva e da intertextualidade. Ou seja, era indicado partir de premissas que são básicas em estudos comparativos: a de que "a existência de um fato como fato literário depende de sua qualidade diferencial (isto é, de sua correlação seja com a série literária, seja com uma série extra-literária), em outros termos, de sua função" (p. 109); ou a de que o "estudo da obra literária não se restringe às relações internas dos elementos de sua estrutura, mas integrará essa estrutura a outras e estudará suas relações recíprocas".[16]

Além disso, tornou-se necessário dar ênfase a fatores não literários, na medida em que estes foram matéria determinante para perfazer a qualidade diferencial pela qual se pudesse aferir a especificidade do texto queirosiano.

Mas, foi pela pista temática que se começou a vislumbrar, através da perspectiva do conto, o narrador – leitor de outro texto, bem como reunir os índices de uma leitura bíblica que se assemelha à "leitura como traição" da qual Robert Scarpit tratou. Ou seja, foi desde a opção temática do conto que se procurou sondar o conflito entre o desígnio do autor não identificado das Escrituras e o desígnio de seu receptor que acabou por exprimir-se na produção de outro texto, onde o conflito da leitura tornou-se visível.

Posto isso, uma hipótese aceitável de encerrar esta série breve de considerações seria pelo princípio do qual se desencadeia a narrativa, neste conto de Eça de Queirós: "Adão e Eva no Paraíso".

Quando Umberto Eco, em *As Formas do Conteúdo*, analisa "Os Percursos do Sentido", referindo-se ao "Sistema de oposições de significado

---

[16] Guillén, Claudio – *Entre Lo Uno y Lo Diverso – Introducción a La Literatura Comparada*, Barcelona, Ed. Grijalbo, 1985, p. 109.

para explicar as estruturas narrativas de Bernanos", elaborado por Greimas, justifica o título de seu livro (*As Formas do Conteúdo* e não a "forma do conteúdo" hjelmsleviona). Mas reapresenta, então, um argumento oportuno para encaminhar a uma possível conclusão: Greimas teria posto "indubitavelmente, em evidência, oposições encontráveis no texto a nível de determinada hipótese de leitura; mas nada exclui que outro leitor, usando aquele texto de outra maneira, nele individue outra chave de leitura, reduzindo-o, assim, a outras oposições de valores".[17]

Foi o que fez Eça – leitor. E é notável a coincidência de que Umberto Eco, nessa mesma obra, tenha lido diferencialmente, a mesma passagem das Escrituras, construindo sua própria hipótese sobra a questão da origem da linguagem e a "reformulação do conteúdo" no interdito de Deus a Adão, como se pode ver no capítulo "Geração de Mensagens numa Língua Edênica: "...a linguagem, assim livre da hipoteca da ordem e da univocidade, é entregue por Adão a seus descendentes como uma forma bastante mais rica", mesmo que "novamente com pretensões de completude e definitividade". Se é "vero", é, deveras, essa a linguagem que Eça também herdou...

Para concluir, que se regresse à já vista despedida do criador do conto, de que aqui se tratou, emotivamente feita aos "pais veneráveis" que recriou.

É, por assim dizer, uma entrega de Adão e Eva ao seu próprio destino. Por outras palavras, levados a descreverem, como sujeitos, sua própria história, ou a história humana.

Esse momento remete à evocação de outras conjecturas sobre a questão que aí se levanta e da qual tratou André Neher em "As Percepções Empíricas do Tempo no Judaísmo"[18]. Neher entende que uma "das contribuições mais fecundas do espírito judaico à cultura universal"...é "também ter introduzido o tempo numa dimensão histórica construtiva". O ponto de partida "é evidentemente dois nascimentos, o do cosmo e o do tempo".[19]

Mas Neher vai além, a uma sutileza de interpretação, a de que "acima dessa humanidade, voltada para a história cuja existência a Bíblia reflete, existe uma inteligência da história, um esforço para lhe definir o sentido. A originalidade do pensamento hebraico não é apenas a de ter religado a

[17] Eco, Umberto – *As Formas do Conteúdo,* São Paulo, Editora Perspectiva, Editora da Universidade de São Paulo, 1974, p. 36.

[18] Neher, André – "As Percepções Empíricas do Judaísmo", in *As Culturas e o Tempo,* São Paulo, Editora Vozes, Editora da Universidade de São Paulo, 1975.

[19] *Idem,* p. 176.

criação ao Deus único, mas ter estabelecido entre esse Deus e o mundo criado por ele uma relação histórica e não mítica".[20] (Como vem Eça, o mito vem a propósito de estabelecer uma relação histórica).

Neher examina minuciosamente o relato do Gênesis e detém-se no fato de que, quando "surge a 'Palavra', o confronto de Deus com o mundo, de mudo que era, se torna dialogal. O mundo responde à 'Palavra' de Deus, criando-se devindo, assim como o homem responde à 'Palavra' de Deus em um devir. A Criação já não está diante de Deus, mas segue com docilidade o movimento da Palavra e avança, acrescentando ao se criar, um segmento de devir ao outro, um dia ao outro. Pela Palavra se constitui uma história da Criação".[21]

Como se vê, esta é uma perspectiva que remexe exatamente no ponto crucial da visão cristalizada e corrente da criação do mundo a do vínculo férreo ou dogmático da divindade com a obra de sua criação, sem, em contrapartida, se sublinhar, também, que nas escrituras se conta que o homem do Gênesis cruzou esta fronteira: deixou o Paraíso, para dar segmento à história da espécie humana, que inaugurou. E não é o que no conto de Eça de Queirós se assinalou?

Pelos caminhos de historicizar, ficcionalmente, um ângulo pressentido do conhecimento do homem que hoje retorna enfaticamente ao seu genótipo ou fenótipo, há mais de um século o conto queirosiano com ele lavrava bons tentos.

O epílogo de "Adão e Eva no Paraíso", desta história curta, em que a própria concentração dramática deu fulguração ao ser, na história de sua espécie, foi momento grandioso, de uma epifania: conceptual, pela iluminação de um sentido que se imprime à sua destinação: ser, para os outros; poética, na versão lírica, pela beleza que, para o homem, essa destinação pode conter.

---

[20] *Idem*, p. 180.
[21] *Idem*, p. 181.

ECOS E PROLONGAMENTOS QUEIROSIANOS –A PROPÓSITO DE *AS BATALHAS DO CAIA* DE MÁRIO CLÁUDIO

MARIA DO CARMO CASTELO BRANCO DE SEQUEIRA
Escola Superior de Educação do Porto

Em texto publicado na "Revista" do *Expresso* de 12 de Agosto deste ano e que antecede um *dossier* sobre Eça de Queirós, coordenado por Fernando Venâncio, perguntava-se retoricamente: "A vida de Eça de Queirós dava um romance?", para logo surgir a resposta breve e lapidar: "Talvez, mas um de garantida monotonia".

De facto, o que se conhece da vida do escritor não daria, provavelmente, um "Romance do Romancista" (como, por exemplo, o que Al-berto Pimentel experimentou fazer sobre Camilo). No entanto, como é sabido, alguns dos seus biógrafos tentaram, algumas vezes, esboçar uma ficcionalização dramática sobre determinados lances da sua vida. Um dos casos mais salientes é, como sabemos, o de João Gaspar Simões, cujo título de 1° capítulo de *Eça de Queiroz, o Homem e o Artista* ("O mistério do seu nascimento") – título que não foi alterado nas edições subsequentes – valida, desde logo, o palpitante entrecho, assim anunciado:

> "É Inverno. Ouve-se ao longe o tumulto clamoroso do mar. Sigilosamente, abre-se uma porta, na noite escura, por onde se esvai, traiçoeira, uma réstea de luz. Uma carruagem espera, e uma mulher, envolta num grande xale negro que se alteia sobre o peito onde remexe o que quer que seja, corre da porta para a carruagem. A portinhola bate, as ferraduras dos cavalos ferem lume no empedrado. Ali dentro vai José Maria..."[1]

Outro, de temática menos sombria, surge em *A Vida de Eça de Queiroz*, de Luís Viana Filho, e reporta-se ao romance amoroso de Eça

[1] Edições Dois Mundos, Portugal, Brasil, 1945: 26.

com Emília Resende. Sob a forma de narrativa intercalada, vai jogando com uma narração / interpretação diferida entre as transcritas cartas de amor, e, medindo os riscos e os devaneios, as dúvidas e as emoções (ou aparente falta delas), o autor preenche dois capítulos da biografia a que deu os sugestivos títulos de "O seu próprio romance" e "Um padre e uma tipóia" – parecendo querer juntar nesta sequência não só um sopro amoroso numa vida de aparente quietude, como a réplica do conhecido aforismo "amor e uma cabana".

Mas o que tem sido fornecido nas diferentes biografias (ou textos afins) – e não são assim tão poucas (lembro algumas da década de 40, como as de Lopes de Oliveira, de Joaquim Costa, de Clóvis Ramalhete, de João Gaspar Simões, de Álvaro Lins, ou outras mais recentes, como esse divertido ramalhete de textos próprios e alheios que se denomina *Eça em Verdemilho e a sua vida* do entusiasta de Eça e da sua terra, António Lebre, ou ainda as de Luís Viana Filho ou de Calvet de Magalhães) – não deixa de ser, de facto uma grande monotonia, ou uma viagem sobre a monotonia que se estende de Évora a Leiria, de Cuba a Newcastle e Bristol e, finalmente, a Paris (com leves episódios mais actuantes em Coimbra ou Lisboa) – onde a possibilidade de alguma curiosidade para o leitor deriva mais de factores externos do que internos: a habilidade do biógrafo demonstrada na forma como configura a súmula e interacção dos textos com que fabrica o seu, a interpretação que dá aos factos ou o acerto e novidade do anedotário em que o escritor tem um papel principal.

No entanto há em todas elas, com maior ou menor centralidade, uma "personagem" que move e comove e que é a **Obra** (acabada ou em processo). É essa personagem que consegue, com maior ou menor felicidade, manter "o ténue fio condutor" da leve intriga, encadeando os passos da vida do escritor, mostrando as dúvidas e as hipóteses, o entusiasmo e o desânimo, a ânsia de reescrita, ou o abandono actuante. É dela que deriva a possibilidade de conflito na sequência temporal dos acontecimentos quase iguais e, em si, desinteressantes. Mas isso é outra biografia – a biografia do acto ficcional, aquela que, inteligentemente, levou Álvaro Lins a intitular o seu livro de *História Literária de Eça de Queirós*, aquela que, no fundo, Eça poderia aceitar e que o levou talvez (perante a eminência de ser biografado) a enviar a Ramalho, em carta de 1878, as conhecidas asserções:

> "Conhece Você, nos juncais do Porto, um tigre chamado Chardron? Essa fera escreveu-me há tempos, dizendo *d'un ton paternel* que ia encomendar a minha biografia *a um literato da capital*. Fiquei gelado. Vê você daí Gervásio Lobato fazendo variações sobre o meu nascimento?

> Escrevi para os juncais do Porto, melifluamente, dizendo que seria inútil incomodar um génio com assunto tão *terre-à-terre*; que verdadeiramente havia só um homem que, com conhecimento, poderia escrever a minha história – e esse homem era... Como o sabia a Você seguro em Paris, citei-o a Você – porque tinha de citar um nome. O tigre reentrou na caverna (...)
>
> Dados para a minha biografia não lhos sei dar. Eu não tenho história, sou como a república do Vale de Andorra. O tigre Chardron exclama:
>
> – Mande-lhe todos os documentos.
>
> Que documentos meu Jesus? Eu só tenho a minha carta de bacharel formado. Quere-a? Mais regular seria para a história da minha literatura... É escasso, bem sei, mas é correcto."[2]

Ao fazer estas observações, Eça de Queirós parece ter pretendido transformar aquilo que deveria ser uma "História de Vida" (a evocação da continuidade de uma existência projectada nas suas fases sucessivas) numa "história da obra", esquecendo o que está para trás da sua carta de bacharel e vinculando, assim, a vida à escrita.

Lição aproveitada, afinal, voluntária ou involuntariamente, por grande parte dos seus biógrafos que tornam o título vulgar de "Vida e Obra" uma soma pouco equilibrada de parcelas. De facto, em lugar de fazerem aparecer a obra como uma derivação da vida, ou a enquadrarem nos seus meandros e contexto cultural, tornam a vida uma nesga estreita que, circulando entre as obras escritas ou a escrever, preenche espaços curtos e desenha levemente a linha biográfica onde se inscrevem cronológica e topograficamente os seus textos, confirmando, pela discrição assumida em relação à vida, o mito do criador, no seu retrato e tiques, independente de circunstâncias particulares e alheias à sua missão artística, reduzidos que ficam os problemas humanos a leves riscos que não chegam a alterar a sua postura de escritor, de pé, frente à banca alta.

O caso de *As Batalhas do Caia* é extremamente curioso, porque, sem se furtar inteiramente a estas contingências, joga precisamente com elas, ficcionando e metaficcionando a biografia, enquanto género, ou o intertexto, enquanto processo. Nesse sentido, faz de uma obra meramente projectada e incompleta a mola impulsionadora do tecido espelhado de uma biografia, simultaneamente construída e desconstruída a dois níveis e obedecendo a dois eixos (o horizontal e o vertical) que em si combinam e ajudam a cruzar três grandes planos – o do autor, o do seu processo de escrita e o do grande tema unificador – transformando o lexema "batalha"

---

[2] *In* Guilherme de Castilho (coord.) – *Eça de Queirós – Correspondência* (1º Vol.), Imprensa Nacional – Casa da Moeda, 1983: 161-162.

em reflexo de uma inquietude humana, literária e histórica – e fornecendo justificação para o título plural.

No primeiro círculo ou plano ergue-se "o autor" desde a chegada a Newcastle, até à morte em Neuilly, construindo e imaginando as suas histórias, no intervalo ou no próprio processo das fugidias e desatentas aventuras amorosas, formulando imagens do afastado Portugal, através de estranhos paralelos de cemitérios, de culinária e de gentes, ou refazendo-as em presença, em curtas férias pela Granja ou Lisboa ou, mais tarde, por terras da Quinta de Santa Cruz. E tudo isto convergindo para o fragmentário e adiado texto d' *A Batalha do Caia*, nunca "transformado em romance", que o narrador/biógrafo (alongando funções) repete e concerta, alarga e imagina.

Casa o nosso Eça, tem filhos, doseia a febre da construção artística com a bocejada monotonia do trabalho como cônsul, procura e mobila a casa certa, "considerando a fatalidade de quem ousa viver acima das suas posses", suporta a infindável doença e a irresistível presença da morte que com ele coabita e viaja, juntando a ruína do país à sua própria ruína:

> "De repente, porém (...) descortinará ele uma figura sentada uns quantos bancos à sua frente. É uma senhora que se enfeitou com um chapéu de penas negríssimas, a recordar o capacete de cerimónia de um componente qualquer de uma qualquer guarda de honra. E é de pesado luto que veste, e distingue-lhe o nosso autor as mãos esquálidas, a revelar a lividez das articulações dos dedos, sempre que os cerra ela numa determinação desesperada. À volta da desconhecida ficaram vazios os assentos, outorgando-lhe o direito a uma área de privilégio, protegida da vulgaridade da multidão. E ao voltar-se o nosso cônsul enquanto o expresso vai descrevendo uma curva, descortinará o perfil de águia-real da remota companheira de jornada, e temerá que rode ela sobre o eixo do corpo hirto, e que longamente o contemple, longa e atentamente, como se desde há séculos uma velha amizade os ligasse" [p. 120][3]

De facto, a morte ronda o texto desde as primeiras páginas, desenhando-se nas imagens rememoradas "dos seus vários cadáveres": a madrinha Ana, a avô Teodora ("incomensuravelmente dilatada, envolta em crepes no esquife") e tantos outros "meninos e adultos"; infiltra-se na vulnerabilidade de Antero, certeiramente exposta numa carta de Oliveira Martins que, no entanto, por ela acabará também por ser ferido depois,

---

[3] Esta, como todas as citações da obra, reportam-se à Edição do Círculo de Leitores, 1996.

apesar da sua aparente invulnerabilidade; é ela, enfim, que cerca e espreita o filho José Maria, atenta aos movimentos convulsivos da coreia e que prepara desde cedo o cenário para a própria morte do escritor. Torna-se a pintura exacta do movimento do texto, fornecendo com habilidade o acorde de ligação vida / escrita, aquele que permite a passagem para os outros grandes planos d'*As Batalhas*: por um lado, aquele que se reporta à grande temática da obra – a problemática do país, enquanto espaço de decadência (repetindo aqui a substância constante dos escritos de Eça de Queirós) e, por outro, a problemática do processo de criação artística, enquanto motivação e desempenho.

O nó dessa ligação fica marcado, de forma explícita e em dois locais estratégicos, pelo narrador, subtilmente transferido, numa linha intermédia entre o discurso contado e reportado, para a voz da personagem e sob o tom mesclado de leve auto-ironia e de lirismo que tão bem lhe servem:

> "Que aliança se estabeleceria, bem consideradas as cousas, entre a escrita em que laborava e os martírios que os deuses lhe impunham?, perguntava-se ainda o nosso herói. Muitos e muitos outros antes dele, muitos e muitos depois do seu trânsito, se tinham sobressaltado e se sobressaltariam perante uma tal questão. Era como se o entulho do lodo e a nódoa das fezes, convergindo num produto susceptível de desencadear uma insólita alquimia, precipitassem o que de excelente, e muito para além do erro e da vacilação, cabe no espírito dos humanos. Ocorria-lhe a reminiscência da obra escura dos antigos magos, a qual, firmando-se no negrume da matéria de que se compõe o ser fabricado à imagem e semelhança de Deus, termina por ascender ao mais depurado revérbero do oiro. E era nesse preciso instante que distraidamente lia numa das tais folhas onde se anotavam as efemérides da Pátria,
>
> «o nosso amigo e jovem poeta Luís Eduardo, enquanto não chega a época lírica de São Carlos, vai partir para banhos na Figueira da Foz». (p. 52)

> "Com invulgar discernimento imagina o nosso cônsul o gráfico das suas queixas, medindo e pesando sintomas, estabelecendo confrontos, planeando novas tácticas de defesa e de ataque. Mas já não é apenas do corpo que se ocupa, senão dessa área em que a vida se lhe consumiu, e a que andou conferindo o rótulo significante de país. Contra o inimigo comum, o que derruba fronteiras e intimidades, o que revolve a terra arada e as entranhas vermelhas, é um herói ridículo que se ergue, esfarrapado pela bronquite e pela diarreia, apavorado ante a explosão de cada granada, submisso frente ao encarniçar-se de cada cólica. E não há armistício para as batalhas do Caia, congeminadas no escuro dos abismos da alma, aí onde as chagas

supuram e os cadáveres se amontoam, e se encharca de pus o território da Pátria, ou a barriga onde uma estrela se desenvolve iridescentemente". (p. 104)[4]

Estes dois passos actuam, de facto, em termos de autotextualidade, como decodificadores do aparente sentido do romance de Mário Cláudio: combinando os níveis narrativo e reflexivo, permitem a formulação de uma espécie de *mise en abyme* e, simultaneamente, esbatem a linha genológica em que a obra parece filiar-se, para sobreporem a esta estranha biografia uma sorte de ensaio irónico sobre a origem, as razões e os desenvolvimentos do acto de criação poética.

Se a crítica e a invenção, ao revelarem-se como aspectos de uma mesma actividade, se organizam em novas formas, fazendo desaparecer a oposição genológica que as separava, como quer Michel Butor[5], diríamos que Mário Cláudio consegue numa inteligente síntese metaficcional, combinar metatextualidade com intertextualidade, erigindo-as como patamares a cujo acesso os lances de vida dão uma certa aparência de narrativa verosímil. Aliás, a colocação desse fragmento que é *A Batalha do Caia* como cerne da construção romanesca, fazendo-o circular ao longo do texto como base da própria instauração do Autor (enquanto personagem e enquanto mito), poderá mesmo levar o leitor inocente ou esquecido dos resíduos do romance imaginado por Eça (isto é, do episódio de *A Catástrofe*, do plano da obra[6] ou da sua síntese em carta a Ramalho), a perguntar-se onde está o texto autêntico e onde começa a refundição / expansão de Mário Cláudio.

E, no entanto, Mário Cláudio vai muito mais longe do que inscrever, amplificar, retomar, tentar percorrer e preencher as intenções do texto inicial. Vai mais longe do que o simples e atrevido gesto de cobrir com a sua escrita as inexistentes páginas em branco, por isso mesmo isentas de caruncho e da difícil caligrafia de Eça de Queirós. Não se limita a preencher com o seu texto o vazio e a falha "de registo, crónica, carta, novela, odisseia, mapa ou notícia de estonteantes lutas pela independência", mas estabelece o nexo, a continuidade de uma questão (do país e da escrita – bem mais talvez do país do que da escrita) ainda não resolvido. Assim, ao inventar para o esboço queirosiano um final de "regresso ao

---

[4] Sublinhado nosso.

[5] "La critique et l'Invention" – *Répertoire III*, Ed. de Minuit, 1968.

[6] Hoje à nossa disposição, no livro *A Construção Narrativa (O espólio de Eça de Queirós)* de Carlos Reis e Maria do Rosário Milheiro, Imprensa Nacional – Casa da Moeda, 1989: 207 e 208 (Manuscrito 232).

mesmo" com outros intervenientes e com processos novos, recoloca a problemática d' *As Farpas*, mas sem o fulgor do optimismo reformulador dos dois comparsas de 1871, já que parece considerar agora as ruínas como eternas e sem solução, voluntariamente inutilizando a teoria de João da Ega sobre a potencialidade renovadora da terra queimada – quando, no jantar do Hotel Central, preconizava a invasão espanhola como começo de uma "história nova", "sem monarquia, sem essa caterva de políticos, sem esse tortulho da *inscrição*, porque tudo desaparecia, estávamos novos em folha, limpos, escarolados, como se nunca tivéssemos servido..."[7]. Inutiliza mesmo o aspecto didáctico da *Catástrofe* (ou interpreta-o dentro da dualidade irónica queirosiana), substituindo a lição que a *sentinela* estrangeira poderia, simbolicamente, oferecer à nova geração, pela "brilhantíssima ideia de finalizar as veneráveis capelas imperfeitas do Mosteiro da Batalha"...

A estratégia de colocar o último episódio desta "batalha" no pensamento do escritor moribundo, tornando concreto um projecto condenado à não concretização, reforça redundantemente o sentido da epígrafe com que antecede o romance: "Tudo tende à ruína num país em ruínas".

As Batalhas do Caia regressam, assim, através da recuperação do incompleto texto de Eça, ao problema de um país que teima em "se presumir de herói, de poeta e de santo", mas continua a asfixiar o(s) autor(es), debaixo da "turba vociferante" de figuras construídas mas persistentes e vivas, como as de Jacinto e Basílio, Raquel Cohen e Guimarães, Dâmaso Salcede, Castro Gomes e Maria Eduarda, Luísa e Amaro, o Conselheiro Acácio ou as irmãs Lousadas – esses "perfis" que caminham sozinhos e se impõem como "ilustres personagens"[8]. Mas *As Batalhas do Caia* questionam simultaneamente o papel do escritor e da literatura, não só nesta peleja que envolve todo um sentido de pátria, como na relação intrínseca entre criador e criatura poética, encarada esta enquanto valor e enquanto dinâmica significativa. Sem grande problema em pôr em causa a força da competência narrativa e genológica, o seu autor interroga a velha problemática da *mimesis* biográfica e, embora tenha o cuidado, sabiamente ingénuo, de indicar, em nota final, as citações integrais, desconstrói toda uma leitura transtextual, desmontando os seus processos e a sua convencionalidade, assumindo a posição, como já adiantámos, de narrador e de crítico e tornando, portanto, o acto narrativo objecto também de dissecação.

---

[7] *Os Maias*, edição da Lello & Irmão, s/d, 1° vol, p. 207.

[8] Para utilizar os títulos e os epítetos, da autoria de Carlos Reis, sob os quais têm sido interessantemente interpretados nos jornais.

Se isso já se tornava evidente ao longo do discurso, através dos implícitos da subtil combinatória da auto e da heterodiegese e de uma focalização simultaneamente cúmplice e distanciadamente irónica, torna-se perfeitamente explícito no epílogo – quando desloca, deliberadamente, a lente do objecto narrado para o próprio processo narrativo, focando-o não só no que ele exige de pesquisa, de intuição e de violência sobre a realidade, mas no que ele exige também, internamente, em termos de variação de ritmo, de frequência e de engaste de tempos e de factos[9] – nessa tarefa de "repisar passadas" para tornar a instância narrativa (ou o autor?) naquilo que evidentemente não parece ser: "um pequeno corvo atento sobre a caveira do mestre" – mas cuja imagem, com marca evidente do biografado, continua a mesma tarefa inteligente de poluir as margens entre o irónico e o poético, refundindo o humor queirosiano com sabida mestria.

Em conclusão: tendo, como base e fulcro de expansão textual, o fragmento de um texto aparentemente esquecido de Eça de Queirós, Mário Cláudio organiza uma espécie de *puzzle* de elementos heterogéneos, dentro daquilo que Roland Barthes designou de "retórica da translação", inscrevendo o contínuo sobre descontínuos onde se colam ingredientes vários, como a imagem (é extraordinário o aproveitamento funcional dos retratos), rápidas incursões por outras obras e figuras, pequenos diálogos e reflexões, retalhos de cartas, viagens, paralelos inesperados ou inesperadas dissertações (como as que derivam do passeio do autor de *A Cidade e as Serras* por terras de Santa Cruz) – fazendo correr o sentido e suas derivações dessa conversa à distância entre dois fazedores de textos a que o leitor assiste, atento, procurando usufruir de todo o discurso e suas esquivas manifestações ou tentando apanhar, com a habilidade possível, o lúdico e o sério, o lírico e o trágico, que se entrelaçam subtilmente nesta ficção do livro e do autor, dentro do invólucro reconhecido de Portugal questionado e a questionar.

[9] Referimo-nos não só à alusão a outras obras, projectos, imagens e cenas (cf. por exemplo, pp. 74, 75 e 148), como à revisão analéptica dos passos da sua vida (cf. pp. 173–177).

DA MODERNIDADE TÉCNICO-NARRATIVA EM *A ILUSTRE CASA DE RAMIRES*

MARIA DA CONCEIÇÃO MALTEZ
Escola Secundária Alves Martins (Viseu)

1. Tal como é sugerido pelo título desta comunicação, o nosso estudo centra-se na actualidade técnico-narrativa d' *A Ilustre Casa de Ramires,* não esquecendo o facto de se tratar de um romance distante no tempo, publicado em livro há cem anos, no ano que coincide precisamente com o falecimento de Eça de Queirós, a 16 de Agosto de 1900 em Neuilly.

Falamos de um romance considerado semipóstumo[1] pela crítica queirosiana, sabendo-se que coube a Júlio Brandão a revisão das últimas páginas da edição Lello & Irmão, com 457 páginas, já que Eça não conseguiu ir além da 416. Relembrando muito sucintamente o percurso editorial de *A Ilustre Casa de Ramires*, convém notar que antes do romance vir a lume através da Livraria Chardron de Lello & Irmão no Porto, começou a ser publicada uma versão incompleta de *A Ilustre Casa de Ramires,* na *Revista Moderna* de Paris, de 20 de Novembro de 1897 a Março de 1899. Quanto à génese d' *A Ilustre Casa de Ramires*, conforme se pode ler na nota final de Helena Cidade Moura, da edição Livros do Brasil[2], o romance passa por um longo e difícil processo de gestação, no total sete anos, «*de que ficaram marcas entre os papéis do escritor: longas listas de vocabulário medieval relativo ao vestuário, a utensílios, pormenores de castelos medievais, e uma carta ao conde de Arnoso em que pede o envio, para Paris, do* Portugaliae Monumenta Historica *para fundamentar as*

---

[1] Cf. A. Campos Matos, "Edição crítica", in *Dicionário de Eça de Queirós*, 2ª ed. (revista e aumentada), A. Campos Matos (org. e coord.), Lisboa, Caminho, 1993, pp. 356--357; Carlos Reis; Maria do Rosário Milheiro, *A Construção da Narrativa Queirosiana. O Espólio de Eça de Queirós,* Lisboa, Imprensa Nacional – Casa da Moeda, 1989, pp. 28-29.

[2] As citações e páginas entre parênteses reportar-se-ão a esta edição.

suas antiqualhas ramíricas... Enfim uma longa elaboração, uma longa documentação, que atestam a preocupação da verdade, de perfeição da parte do escritor». Esta perfeição almejada por Eça, que Helena Cidade Moura referiu, corresponde, segundo Ernesto Guerra da Cal, a uma busca que se estendeu ao longo de toda a vida do escritor, «num dramático afã, nunca satisfeito de atingir o seu ideal»[3].

Neste âmbito, não podemos deixar de referir alguma da correspondência com Ramalho Ortigão, fundamental para se entender esta exigência artística de Eça, intimamente ligada a uma postura crítica perante duas realidades: a própria obra de arte e o mundo circundante.

As opiniões, críticas e correcções pedidas pontualmente a Ramalho Ortigão por Eça, com tanta veemência, tornam clara esta exigência estética do escritor face ao universo literário, que evoca e reproduz, como sabemos, a uma escala maior, preocupações sociais, culturais e políticas. A seguir citamos, por conseguinte, alguns excertos das cartas acima referidas:

> «Diga-me você portanto o que acha bom e mau no "Padre Amaro". [...] Mas enfim – faça essa crítica – e remeta-a manuscrita, entenda-se.» (7-11-1876)[4]

> «Nunca hei-de fazer nada como o "Pai Goriot": e Você conhece a melancolia em tal caso, da palavra *nunca*! Não falo naturalmente do "Primo Bazilio" – isso é uma ninharia... Faço mundos de cartão... não sei fazer carne nem alma. Como é? como será? e todavia não me falta o processo: tenho-o, superior a Balzac, a Zola, e *tutti quanti*. Falta qualquer *coisinha* dentro: a pequena vibração cerebral! sou uma irremissível besta!» (3-11-1877)[5]

> «Já Você deve ter recebido o "Primo Bazilio". Como verá, é medíocre... Você o que pensa – e o que pensam os amigos do volume – se o lerem. Eu por mim penso mal, foi trabalho útil porque me formou a mão, mas não era publicável; devia ter ficado em cartões...» (20-2-1878)[6]

> «Eu não estou contente com o romance: é vago, difuso, fora dos gonzos da realidade, seco, e estando para a bela obra de arte, como o gesso

---

[3] Ernesto Guerra da Cal, *Língua e Estilo de Eça de Queiroz*, 4ª ed., Coimbra, Livraria Almedina, 1981, p. 68.

[4] *Cartas e outros escritos*, nota final de Helena Cidade Moura, Lisboa, Livros do Brasil, s/d, p. 24.

[5] *Ibid.*, pp. 28-29.

[6] *Ibid.*, pp. 35-36.

está para o mármore. Não importa. Tem aqui e além uma página viva – e é uma espécie de exercício, de prática, para eu fazer melhor.» (3-7-1882).[7]

As palavras de Eça de Queirós não deixam dúvidas sobre a grande exigência formal que envolve, para ele, o processo de criação literária – e do consequente aperfeiçoamento estilístico que daí resulta – estreitamente ligado a uma profunda consciencialização da dificuldade do acto de escrita, do trabalho moroso e árduo que requer, tal como é possível constatar na "Carta-prefácio" (1887) ao poemeto do amigo Joaquim de Araújo[8].

2. A propósito de *A Ilustre Casa de Ramires*, Eça de Queirós, numa carta datada de 8 de Outubro 1897, dirigida a Henrique Casanova (terá sido incumbido pelo escritor de ilustrar cada capítulo do romance), Eça, alertando o amigo para os «caracteres essenciais» da história d' *A Ilustre Casa de Ramires,* escreve o seguinte:

> «É uma anedota passada na província, entre Minho e Douro. Tudo é caracteristicamente "provinciano". A casa do meu herói: é um velho palacete, já empobrecido, e meio desmobilado. Ele próprio, o herói, é um moço de vinte e cinco anos, alto, espigado, louro, com uma barba rala, o ar esperto e bondoso.»[9]

Das palavras do escritor ao conhecido aguarelista nascido em Saragoça, em 1850, reconhecemos a história que gira em torno do fidalgo de província, Gonçalo Mendes Ramires, mais conhecido pelo «Fidalgo da Torre» por habitar um «velho palacete», com uma «antiquíssima Torre, quadrada e negra», caracterizada como «robusta sobrevivência do Paço acastelado,... solar dos Mendes Ramires desde os meados do século X.» (5-6), tal como o narrador nos informa logo nas primeiras páginas do romance. No que diz respeito ao título *A Ilustre Casa de Ramires*, poder-se-á dizer que se apresenta como uma espécie de 'antifrase'[10] de tom

---

[7] *Ibid.*, p. 80.

[8] «Infelizmente, para mim o trabalho não é um doce deslizar pela corrente serena do ideal – mas uma subida arquejante por uma dura montanha a cima. As dezasseis ou vinte páginas que você me pede, à pressa, levar-me-iam um longo tempo a escrever – e eu teria de interromper obra que está na forja, quente e fumegante, para ir malhar outro ferro.» (*Últimas Páginas Dispersas*, Lisboa, Livros do Brasil, s/d, p. 73).

[9] Eça de Queirós, *Correspondência,* leitura, coord., prefácio e notas de Guilherme de Castilho, 2º vol., Biblioteca de autores portugueses, Lisboa, Imprensa Nacional – Casa da Moeda, 1983, p. 415.

[10] Cf. Gérard Genette, *Seuils*, coll. Poétique, Paris, Éd. du Seuil, 1987, p. 78.

irónico, por configurar sobretudo uma antítese relativamente ao conteúdo do romance, se recordarmos, por exemplo, as palavras do próprio escritor no excerto da carta a Henrique Casanova quando caracteriza a casa do herói como «um velho palacete, já empobrecido, e meio desmobilado»: explicitamente decadente e em ruína, ou, ainda, o facto, de a realidade diegética retratada no romance nos mostrar uma família que «pouco tem de ilustre revelando-se antes decadente e abúlica»[11], como bem assinalou a investigadora Maria Teresa Pinto Coelho.

No entanto, através do título do romance, é possível reconhecer a referência implícita à velha Torre, um espaço que inspirará Gonçalo a escrever a novela "A Torre de D. Ramires", a narrativa (metadiegética) construída no interior do romance, que se constitui, em nosso entender, como um procedimento narrativo eficaz para problematizar a criação literária e, mais concretamente, a escrita romanesca, ao permitir expor intradiegeticamente as dificuldades decorrentes da enunciação da novela e as interrogações sobre a sua substância narrativa. Na verdade, reproduzem-se, em *A Ilustre Casa de Ramires*, preocupações sobre a escrita literária, muito próximas daquelas que o próprio Eça expressou em alguns textos de carácter crítico e teórico-programático (prefácios, folhetins, cartas, crónicas e artigos jornalísticos, etc.)[12]. Sendo o tema da literatura, na verdade, objecto de tratamento dentro e fora dos universos romanescos criados pelo escritor Eça de Queirós ao longo da sua carreira literária.

3. O *incipit* de *A Ilustre Casa de Ramires* remete-nos de forma explícita para o fenómeno da escrita, insinuando, à partida, aquele que consideramos um dos temas fundamentais do romance: a problemática da escrita romanesca. Gonçalo Mendes Ramires afigura-se, logo de início, como a personagem responsável pèlo trabalho que envolve a criação de uma obra literária – intitulada "A Torre de D. Ramires" – e como um autor plenamente envolvido no labor da escrita de uma novela «destinada ao primeiro número dos "Anais de Literatura e de História"» (5), que só não é um romance por causa da brevidade da sua extensão, como bem nos esclarecem as explicações dadas por Gonçalo à irmã Gracinha: «*Ando a escrever um romance. ... / – Um romance pequeno, uma novela,... é sobre*

---

[11] Maria Teresa Pinto Coelho, "*A Ilustre Casa de Ramires* e a questão africana: entre a história e o mito", in *150 anos com Eça de Queirós,* Anais do III Encontro Internacional de Queirosianos, São Paulo, Centro de Estudos Portugueses, 1997, p. 410.

[12] Cf. Carlos Reis, "Teoria Literária de Eça de Queirós", in *Construção da Leitura*, Coimbra, INIC/Centro de Literatura Portuguesa, 1982, pp. 137-150.

um facto histórico da nossa gente... Sobre um avô nosso, muito antigo, Tructesindo.» (89). Contudo, em nosso entender, esta aparente fluidez terminológica (entre romance e novela) não nos parece inocente, na medida em que a novela histórica, afirmando-se como um género proeminente no Romantismo português, atravessa, como se sabe, várias épocas da literatura portuguesa sem o significado literário perpetuado pela estética romântica, além, de estar sujeito, no plano conceptual, à oscilação semântica conectada com as diferentes acepções verificadas nalgumas línguas europeias, designadamente no espanhol e inglês em que os termos *novela* e *novel* correspondem a romance[13]. Por conseguinte, quando a novela histórica do período romântico serve de modelo inspirador da escrita de Gonçalo[14] - mesmo que vise «uma bela reconstrução do velho Portugal e sobretudo dos velhos Ramires» (89) à luz do realismo épico flaubertiano de *Salambô* (19) - traduz sobretudo uma intenção de parodiar um género romanesco que, mesmo pugnando pela autenticidade e veracidade histórica, é intrinsecamente dotado de excepcionalidade, acabando, deste modo, por recriar um passado que resulta mais da imaginação transfiguradora do romancista do que da pesquisa de documentos verídicos[15]. Esta perspectiva da representação histórica do passado é, na verdade, congruente com as afirmações de Eça contidas numa das cartas dirigidas ao Conde de Ficalho em Junho de 1885 [16].

---

[13] Cf. Massaud Moisés, *A Criação Literária. Introdução à Problemática da Literatura*, 8ª ed. (revista), São Paulo, Edições Melhoramentos, 1977, pp. 153-159.

[14] Sobre as influências dos escritores da época romântica na obra de Gonçalo (e de Eça), atente-se nestas elucidativas asserções de T.F. Earle: «A influência de mais de um escritor da época romântica nota-se n *'A Torre de D. Ramires*, mas a fonte mais importante, em que Gonçalo (ou Eça) foi beber os elementos básicos do enredo e também muitos pormenores narrativos e descritivos, foi *Ódio Velho não Cansa* [1848, de Luís Augusto Rebelo da Silva discípulo de Herculano. ... As semelhanças entre *Ódio Velho não Cansa* e *A Torre de D. Ramires* são tão numerosas que é muito possível que Eça tenha usado a obra de Rebelo da Silva como modelo irónico do romance "escrito" por Gonçalo.» ("*A Ilustre Casa de Ramires* e o romance histórico português", in *Dicionário de Eça de Queirós*, *op. cit.*, p. 516).

[15] Cf. M. Moisés, *op. cit.*, pp. 175-176.

[16] «À sua carta, recebida de Bristol, respondo de Londres, onde vim indagar sobre pedras, nomes de ruas, mobílias e *toilettes* para a minha Jerusalém. Digo minha – e não de Jesus, como pedia a história – porque ela realmente me pertence, sendo, apesar de todos os estudos, obra da minha imaginação. Debalde amigo, se consultam in-Fólios, mármores de museus, estampas, e cousas em línguas mortas: a História será sempre uma grande fantasia. É pela mesma razão que se há-de dizer daqui a meses – "a Goa do Conde de Ficalho"./Reconstruir é sempre inventar». (*Correspondência*, Lisboa, Livros do Brasil, s/d, p. 83.)

4. Ora, podendo a actividade de Gonçalo ser comparada à de um 'escritor', uma vez que age segundo os mesmos princípios normativos descritos por Roland Barthes no texto "Écrivains et écrivants"[17], o que se passa n' *A Ilustre Casa de Ramires* é que, sendo o acto de criação da novela exposto intratextualmente, o leitor do romance pode, deste modo, conhecer as condições de produção de escrita (que passam pela motivação, pela realização e pelo questionamento do próprio acto de escrever), isto é, pode vislumbrar os problemas da escrita romanesca sentidos pelo romancista *en abyme*, ou mesmo, os problemas que preocupavam Eça de Queirós[18].

As primeiras dificuldades que se apresentam a Gonçalo, para cumprir o intento de escrever «um romance moderno, de um realismo épico,... formando um estudo ricamente colorido da Meia Idade portuguesa...» (17), têm a ver com a reconstrução histórica do passado medieval e com preocupações de ordem estilística. De facto, embora inicialmente a personagem julgue ter a tarefa facilitada pelo poemeto do tio Duarte, cedo se apercebe de que não basta recorrer, por exemplo, aos livros clássicos do cunhado Barrolo, às obras de Alexandre Herculano e de Walter Scott, para conseguir 'encher' mais do que as duas primeiras tiras de almaço com a prosa tersa e máscula admirada pela personagem Castanheiro. Ou seja, apesar de Gonçalo procurar inspiração na obra do tio Duarte e de outros autores, e de transpor «as fórmulas fluidas do romantismo de 1846» (18), a escrita literária revela-se uma actividade exigente, que requer concentração, e exige uma árdua elaboração estilística do discurso da novela.

Aliás, considerando o que foi dito, pode verificar-se que os termos técnicos medievalizantes extraídos das obras de referência não são suficientes para sustentarem a escrita literária tal como a concebe o romancista

[17] «L'activité de l'écrivain comporte deux types de normes: des normes techniques (de composition, de genre, d'écriture) et des normes artisanales (de labeur, de patience, de correction, de perfection).» (R. Barthes, "Écrivains et écrivants" 1960, *Essais critiques*, coll. Tel Quel, Paris, Seuil, 1964, p. 148).

[18] «A questão que deste modo Eça de Queirós encena nas páginas da ficção, transcende em importância as preocupações de circunstância de Gonçalo Ramires. De facto, o que está em causa é um conjunto de problemas que Eça sentiu sempre de forma muito aguda, ao longo da sua vida de escritor: o problema das fontes literárias, o da relação entre a obra criada e essas fontes, o rigor dos cenários históricos que enquadram a ficção e, naturalmente, as dificuldades do trabalho estilístico, sentidas também de forma muito intensa pelo herói d' *A Ilustre Casa de Ramires*.» (Carlos Reis; Maria do Rosário Milheiro, *op. cit.*, p. 109).

intradiegético, nem tão pouco para reconstruir cabalmente o passado afonsino, na medida em que contribuem para o processo de criação da novela, não só um trabalho estilístico exaustivo, mas também uma representação coerente e verossímil do universo histórico ficcionado, como ilustram algumas passagens d' *A Ilustre Casa de Ramires* (56-57).

No que diz respeito à problemática da escrita romanesca, vale a pena atentarmos nos comentários tecidos em torno da actividade literária de Gonçalo, quando é embutida no romance uma das sequências d' "A Torre de D. Ramires" (157-159), pois denotam um crescente questionamento dos lances produzidos pela personagem, bem como uma contestação dos próprios modelos que o inspiram na feitura da novela. Com efeito, os «harmoniosos sulcos» do tio Duarte que estimulavam o Fidalgo a escrever passagens da sua novela, paulatinamente vão começando a soar a um «lirismo mole», até interferirem negativamente na produção dos lances da obra, tornando-os «descorados» e «falsos»(158). Fica, deste modo, latente uma crítica ao romance histórico romântico (representado pela obra do tio Duarte), apontando-se claramente a falta de coerência e verossimilhança decorrente de uma caracterização piegas, deveras inadequada a uma realidade pautada por acções bélicas e épicas. Por conseguinte, o que, outra vez, se insinua é uma rejeição implícita ao romance histórico preconizado por Herculano e pelos seus seguidores, para se defender um género moldado sobre premissas romanescas que sejam mais adequadas à representação de um universo não filiado nos valores (do Romantismo) da segunda metade do século XIX.

5. O que fica dito permite-nos dizer que as dificuldades enunciativas e compositivas, manifestadas por Gonçalo, ostentam uma prática da criação literária que revela um esforço ao nível da pesquisa de materiais literários e técnicos (com o intuito de realizar uma sólida reconstrução dos cenários históricos) e uma busca estilística (que visa uma transposição adequada de todo um léxico medievalizante), que, se por um lado, nos levam a conhecer algumas limitações do género perfilhado pelos representantes de um Romantismo tardio, por outro lado, possibilitam que depreendamos uma determinada concepção do processo de criação da novela histórica, que nos informa sobre a variedade de textos que sustenta a produção deste género.

Queremos com isto dizer que ao fazer-se um *pastiche* da novela histórica[19], podem realçar-se criticamente algumas características do

[19] Segundo T.F. Earle: «é muito possível que Eça tenha usado a obra de Rebelo da Silva como modelo irónico do romance "escrito" por Gonçalo.», tendo em conta as

género, ao mesmo tempo que se apontam outras soluções narrativas, que passam pela representação de uma realidade mais autêntica e verosímil, acentuando o carácter dramático e realçando o tom épico da novela histórica através da valorização dos diálogos e das descrições, sem, para isso, deixar de mostrar-se o carácter fantástico da novela procedente da imaginação e da capacidade artística do romancista, conforme sublinhava Eça de Queirós, em Julho de 1889, a propósito da "Tourada de Xabregas" do Conde de Sabugosa[20].

6. Levando em conta a noção de *mise en abyme*[21] que remete para a existência do texto (uma réplica) no texto, ou do romance no romance, ou ainda para uma obra que reproduz sucessivamente no seu interior uma outra em pequena escala, um procedimento narrativo plenamente explorado e divulgado pela estética gidiana (e mais tarde pelo *nouveau roman*), designadamente no romance *Les Faux-Monnayeurs* (1925) – a única obra que André Gide considerou merecer esta categorização – o facto de n' *A Ilustre Casa de Ramires* se recorrer a este procedimento narrativo ao nível da construção do romance, para denunciar o processo de criação de um texto literário, isto é, d' "A Torre D. Ramires", faz de *A Ilustre Casa de Ramires* um romance comparável a *Les Faux-Monnayeurs* de Gide, como poderemos ver de seguida. Referimo-nos, nas duas obras, quer ao encaixe das sequências metadiegéticas (assegurando, entre outras funções, a *mise en abyme*), designadamente da novela de Gonçalo e do *Journal* de Édouard, que assumem relativamente à narrativa de primeiro nível uma importante função temática, instituindo conexões de tipo contrastivo e analógico motivadas pelas estruturas *en abyme* e pelo cruzamento contínuo de níveis narrativos que induziram; quer aos inúmeros elementos diegéticos *en abyme*, nos romances de Eça e de Gide, que passam pela transcrição de telegramas, de cartas, de bilhetes, de citações, a outras

numerosas semelhanças entre *Ódio Velho não Cansa* 1848, de Luís Augusto Rebelo da Silva discípulo de Herculano e "A Torre de D. Ramires", de Gonçalo. (Cf. "*A Ilustre Casa de Ramires* e o romance histórico português", *loc cit*., p. 516).

[20] «A novela histórica é um género abominável: mas a monografia histórica tratada como a sua "Tourada de Xabregas" – avivada aqui e além por um trecho de diálogo, um traço de paisagem, um detalhe de trajes ou de velhos costumes, no feitio de romance, é um género encantador.» (*Correspondência*, *op. cit*., p. 152).

[21] Atente-se na definição genérica de *mise en abyme* apresentada por L. Dällenbach: «*est mise en abyme toute enclave entretenant une relation de similitude avec l'oeuvre qui la contient*» (*Le récit spéculaire. Essai sur la mise en abyme*, coll. Poétique, Paris, Éd. du Seuil, 1977, p. 18).

modalidades de escrita, nomeadamente na obra gidiana, onde se reproduz um fragmento do romance da personagem Édouard e do diário do pastor Vedel.

Deste modo, ao analisar-se no romance de Eça as modalidades de *mise en abyme*, verificamos que é a novela "A Torre D. Ramires" que se constitui como a principal estrutura *en abyme*, havendo, no entanto, outras composições que convém assinalarmos. Pensemos, por exemplo, na alusão à novela "D. Guiomar" (10-11), escrita por Gonçalo ainda estudante em Coimbra, cujo enredo pressagia alguns acontecimentos atinentes a *A Ilustre Casa de Ramires* e à novela "A Torre D. Ramires". Por outro lado, sendo a narrativa "D. Guiomar" comparada a *O Bobo* e a *O Monge de Cister*, e o seu autor aclamado de Walter Scott, esta composição filia-se claramente na tradição do romance histórico romântico, qual «salutar retrocesso ao sentimento nacional» (10), prenunciando, assim, o género e o teor da obra subsequente - "A Torre de D. Ramires".

Ao contrário do que sucede com a primeira composição escrita por Gonçalo, que nos é relatada de uma só vez, no que toca o "Fado dos Ramires" da personagem Videirinha, esta surge *en abyme* em grande parte do romance[22], repetindo alguns feitos dos antepassados narrados n' "A Torre D. Ramires" em momentos cruciais da diegese. Significa isto que a *mise en abyme* do "Fado dos Ramires" permite relacionar e ligar eventos das narrativas de primeiro e segundo nível, produzindo, nalguns casos, efeitos humorísticos e irónicos notórios. Atente-se, por exemplo, na estrofe do "Fado" cantada por Videirinha, intercalada a meio das recordações de Gonçalo acerca da forma como Gracinha foi seduzida e abandonada por André Cavaleiro, que se ajusta perfeitamente à situação vivida pela irmã de Gonçalo: «*Baldadas são tuas queixas, /Escusados são teus ais, /Que é como se eu morto fora, /E não me verás nunca mais!...*» (44). Sobre o "Fado" do ajudante de farmácia, há que dizer que a sua inserção no romance permite, noutro momento da diegese, quer a elevação de Gonçalo à categoria de lenda, desvalorizando a bravura e a violência dos antepassados após a derrota infligida ao caçador de Nacejas, quer a colocação do «tema da criação de lendas num plano humorístico»[23], como observa Carmella M. Nuzzi. Não obstante o que foi dito, a *mise en abyme* do "Fado" de Videirinha assume outras funções, como seja, por um lado,

---

[22] Cf. *A Ilustre Casa de Ramires* (pp. 44, 47, 48, 49, 115, 171, 172, 174, 269, 270, 274, 276, 308).

[23] C. M. Nuzzi, *Análise comparativa de duas versões de* A Ilustre Casa de Ramires *de Eça de Queirós*, Porto, Lello e Irmão, 1979, p. 482.

a função de esclarecer a ligação entre as figuras que surgem no mundo onírico (49-50) e nas lendas dos Ramires cantadas no "Fado"[24], que acabarão por ser estilizadas na novela de Gonçalo (236); por outro lado, permite o enfoque da problemática das fontes, quando se valoriza a importância de «uma erudita nota» na composição de uma das quadras do "Fado dos Ramires"(269-270). Por estas razões, é possível reconhecer-se que a *mise en abyme* das estrofes do "Fado", ao longo da diegese, traduzem a uma escala mais pequena, e redutora, as funções da *mise en abyme* da novela de Gonçalo: contrapondo a realidade dos Ramires do século XIX com a realidade dos Ramires da época medieval; pondo em paralelo algumas acções mais ou menos heróicas de Gonçalo com as dos Ramires de outrora; e realçando o discurso sobre o discurso, quando se faz referência às fontes utilizadas.

No que concerne este último aspecto, não podemos deixar de notar a *mise en abyme* provocada pelo encaixe do poemeto do tio Duarte na narrativa intradiegética[25], que serve tanto de suporte documental à construção da novela de Gonçalo, como de fonte inspiradora da própria actividade literária da personagem. Por conseguinte, fica manifesto o carácter artificial da escrita romanesca, que assenta num minucioso trabalho de compilação de material, e numa elaboração estilística exaustiva e árdua durante a fase de construção da novela de Gonçalo: desmistificando-se, deste modo, o processo conducente à sua produção. A questão das influências no romance histórico ganha, por isso, relevo em *A Ilustre Casa de Ramires*, sendo o "Castelo de Santa Ireneia" do tio Duarte um exemplo das fontes fictícias utilizadas por Gonçalo para compor a novela. Isto é, além do poemeto, encontramos os versos do Videirinha, as investigações genealógicas do padre Soeiro, bem como os volumes do *Panorama* e os livros de Alexandre Herculano, Walter Scott, etc., que fazem de facto parte do panorama literário. No entanto, como esclarece o Professor T.F. Earle: «*estas só constituem as fontes literárias. Eça conhecia outros testemunhos, não escritos, do passado: testemunhos arqueológicos, como a Torre, tantas vezes descrita, que constitui uma ligação directa, mas muda, à pré-história de Portugal*»[26], o que quer dizer que "A Torre de D. Ramires" reflecte esta amálgama de influências, apresentando-se como um texto gerador de relações intertextuais que prefigura uma visão do passado comparável a «*um mosaico de textos, nenhum deles válido por si só*», con-

[24] *Apud* C. M. Nuzzi, *op. cit*, pp. 482-483.

[25] Cf. *A Ilustre Casa de Ramires* (pp. 17, 18, 20, 52, 53, 120, 121, 158, 315).

[26] "*A Ilustre Casa de Ramires* e o romance histórico português", *loc. cit.*, p. 519.

forme conclui T.F. Earle, partindo da constatação de que ao ler-se o romance histórico se encontra «*não propriamente o passado em toda a sua realidade mas uma galeria de textos que tentam descrever o passado, uma variedade caleidoscópica de escritas diferentes, derivadas de outros romances, de obras de história científica como a História de Portugal, e de crónicas reais ou eclesiásticas*»[27]. Aliás, pode dizer-se que a personagem Gonçalo tem uma concepção romanesca que aponta para a mencionada visão caleidoscópica da reconstrução literária do passado, como atesta este fragmento d' *A Ilustre Casa de Ramires* tecido a propósito do "Castelo de Santa Ireneia": «*A ressurreição do velho Portugal, tão bela no "Castelo de Santa Ireneia", não era obra individual do tio Duarte – mas dos Herculanos, dos Rebelos, das Academias, da erudição esparsa.*» (18).

Por outro lado, a modalidade da *mise en abyme* que incorpora a composição poética do tio Duarte, n' *A Ilustre Casa de Ramires*, lida e questionada pela personagem Gonçalo, pode sugerir, por analogia, que o leitor do romance de Eça é também ele uma entidade fictícia, diluindo-se, deste modo, as fronteiras entre a realidade e o romanesco, daí que julgamos poder dizer que, através deste processo, as interrogações do leitor fictício (Gonçalo) se tornam implicitamente e simultaneamente as interrogações dos leitores (reais) do romance. Na verdade, esta transformação do leitor real em leitor fictício (e vice-versa) fica explícita na própria diegese. A título exemplificativo, repare-se no facto de várias personagens, no final do romance, conversarem sobre a novela escrita por Gonçalo, tornando-as, assim, leitoras de uma obra literária, mas, mais do que isso, críticas relativamente ao que leram (360). Segundo Daniel-Henri Pageaux, esta reflexividade paradoxal «que inclui personagens que leram a história»[28] é um dos tipos de *mise en abyme* que podemos encontrar n' *A Ilustre Casa de Ramires*, a par da reduplicação simples materializada pela «história na história» que torna o leitor testemunha da construção da história dos Ramires do século XII, pois pode assistir ao desenvolvimento da sua criação[29], afinal um dos temas principais da narrativa de primeiro nível. Há que dizer, porém, que se trata também de um tema crucial para a evolução da diegese, já que a vivência da escrita, e a panóplia de textos que a condicionam (o *Dicionário de sinónimos*; as *Crónicas*; o "Castelo de Santa

[27] *Ibid.*, pp. 518-519.

[28] Cf. D.-H. Pageaux, "*A Ilustre Casa de Ramires:* da *mise en abyme* à busca do sentido", *loc. cit.*, p. 196. Cf. também L. Dällenbach, *op. cit.*, p. 218.

[29] Cf. D.-H. Pageaux, "*A Ilustre Casa de Ramires: da mise en abyme* à busca do sentido", *loc. cit.*, pp. 191 ss.

Ireneia"; a poesia de Videirinha; *O Bobo*; *O monge de Cister*, a *História* de Herculano; a *História Genealógica*;...) desencadeia uma paulatina transformação do autor de "A Torre de D. Ramires", também provocada pela tomada de consciência do marasmo e do vazio da sua vida, por contraste com o passado glorioso e fecundo estilizado na novela. A busca da escrita acaba assim por tornar-se um «espaço para uma busca da identidade»[30] e também sobre o sentido da existência do escritor-personagem.

Para além do que foi dito, convém referir que a produção da novela não interfere apenas na vida de Gonçalo, ela atinge outras personagens, como seja Castanheiro, que manifesta o seu entusiasmo (e o dos amigos) à leitura dos primeiros capítulos da novela (303); já depois de "A Torre de D. Ramires" ser publicada, a novela de Gonçalo origina, ainda, discussões estéticas entre João Gouveia, Videirinha e o Padre Soeiro (360-361), e colhe louvores de todo o tipo de jornais (345). A obra de Gonçalo passa, deste modo, a estar presente na existência de algumas personagens, a quem se concede o papel de activar os sentidos do texto, enquanto instâncias incumbidas de o explicar. Neste sentido, podemos entender a valorização do processo de enunciação promovido pela estrutura *en abyme* do romance, tanto porque a diegese se reporta ao funcionamento da escrita literária, como porque se detecta, em *A Ilustre Casa de Ramires*, uma proliferação de registos escritos (cartas; jornais, diários, semanários; telegramas; revistas; livros;...), o que, de certo modo, contribui para ilustrar algumas funções (social, pedagógica, estética) inerentes às formas assumidas pela escrita. Pode, desta feita, reconhecer-se que esta valorização dos actos narrativos, decorrente da *mise en abyme,* nos permite relacionar *A Ilustre Casa de Ramires* com *Les Faux-Monnayeurs*[31] de Gide – devendo, no entanto, notar-se que a transposição das «fórmulas fluidas do Romantismo de 1846» (18), para a prosa da novela n' *A Ilustre Casa de Ramires*, traduz uma sátira ao estilo à Herculano[32], diferentemente do que sucede com a *mise en abyme* do *Journal* e do romance de Édouard, que denunciam a artificialidade das 'fórmulas' aparentemente objectivas do romance realista.

7. Assim, no que concerne *Les Faux-Monnayeurs*, o facto de haver no seu universo romanesco uma personagem que escreve um romance inti-

---

[30] *Id., ibid.*, p. 192.

[31] As citações e páginas entre parênteses reportar-se-ão à seguinte edição: *Les Faux-Monnayeurs*, coll. Folio, Paris, Gallimard, 1925 ed. de 1997.

[32] Cf. C. M. Nuzzi, *op. cit.*, p. 491.

tulado *Les Faux-Monnayeurs* faz com que o principal interesse do romance se canalize para o esforço do romancista na estilização dos acontecimentos narrados no romance de Gide. Os problemas da escrita romanesca (dificuldades técnicas, estéticas, teóricas) – a que não são alheias as hesitações e as variações de humor de Édouard enquanto personagem de *Les Faux-Monnayeurs* – são revelados ao leitor, que pode assim penetrar nos 'bastidores' de um romance em construção[33].

O procedimento narrativo que consiste, neste caso, na colocação do romance de Édouard no interior do romance de Gide, concede, pois, ao leitor uma posição privilegiada na atribuição de sentidos ao texto narrativo, uma vez que participa, inevitavelmente, na construção da própria história, tendo em conta que se vê confrontado com diferentes pontos de vista sobre um mesmo acontecimento, e tem de os ter simultaneamente presentes aquando do acto de leitura. Pensamos na perspectiva do narrador heterodiegético e nas perspectivas das personagens diegéticas, onde se inclui o romancista Édouard, que partilha também as suas reflexões e a sua versão dos acontecimentos através do *Journal* (e do *carnet*) inserido no romance: «Principal organe de réflexion du roman, celui-ci forme dans le récit une enclave qui évoque irrésistiblement l'image du "blason dans le blason"»[34]. À luz desta definição de Lucien Dällenbach, o diário fictício de *Les Faux-Monnayeurs* mantém, assim, estreitas conexões com o procedimento heráldico descrito por Gide em 1893, todavia, convém notar a fórmula de Saint-Réal citada em epígrafe no romance *Le Rouge et le Noir*[35], de Stendhal parafraseada pela personagem Édouard para qualificar o seu *Journal*: «C'est le miroir qu'avec moi je promène» (155), de onde ressalta uma manifesta preferência pela metáfora especular. Quer isto dizer que a noção dc reflexão especular é explicitamente associada à noção de *mise en abyme*, podendo-se, portanto, inferir que o diário de Édouard representa a realidade de forma parcial, inexacta, e filtrada, pois modeliza uma imagem invertida do real, já que o espelho é sempre um objecto reflector de imagens invertidas da realidade. A especularidade e a reflexividade associadas à *mise en abyme* ganham, assim, toda a pertinência num universo que mitiga a 'história' e a 'história dessa história'. Dito isto, a metáfora do espelho empregue por Édouard assume naturalmente a

[33] Alain Goulet, "Pièces d'un dossier sur *Les Faux-Monnayeurs*", BAAG, vol. XVIII, nº 88, octobre 1990, p. 559.

[34] L. Dällenbach, *op. cit.*, p. 45.

[35] «Un roman est un miroir qu'on promène le long d'un chemin» Parte I, cap. XIII.

função de descrever, *en abyme* (no interior de outro texto), as premissas e os limites da escrita romanesca, tal como o faz, formalmente no exterior, o *Journal des Faux-Monnayeurs* quanto à composição do romance de Gide.

Além do *Journal* de Édouard – como vimos: o principal elemento que serve a *mise en abyme* – há outras estruturas diegéticas *en abyme*, mesmo que esporádicas (a lição de botânica e biologia de Vincent; as gravuras do quarto de Armand; as várias citações em epígrafe e na diegese; o diário do pai de Sarah; as inúmeras cartas; e os diferentes tipos de textos escritos (versos, postais, bilhetes, anotações, livros, artigos, trabalhos escolares, telegramas,...) transcritas na diegese e na metadiegese. Exteriores ao livro, não podemos esquecer o *Journal des Faux-Monnayeurs* (onde se inclui o *Journal* de Lafcadio) e o *Journal* de Gide (contendo reflexões estéticas e teóricas do escritor), que, quando associados a *Les Faux-Monnayeurs*, correspondem, segundo Daniel Moutote[36], à mais completa forma de *mise en abyme,* e, em consequência, ao romance gidiano. Isto é, traduz uma concepção de romance baseada na duplicidade e descentralização, que promove o princípio do duplo «foyer», através da aplicação do procedimento heráldico que consiste em transpor «à l'échelle des personnages, le sujet même de cette œuvre»[37]. No universo romanesco de *Les Faux-Monnayeurs*, este efeito é produzido pela existência de um escritor diegético que projecta um romance homólogo, onde quer aplicar a mesma estratégia literária enunciada por Gide no *Journal* e no *Journal des Faux-Monnayeurs*.

Porém, mais do que um romance 'bipolar', podemos dizer que estamos perante uma construção *en abyme* que favorece uma abertura para o seu exterior de forma infinita, associando diferentes suportes escritos quer seja no interior do romance (diário, romance, carta,...), quer fora do seu universo ficcional, através de obras formalmente distintas (*Journal* e *Journal des Faux-Monnayeurs* de Gide). Significa isto que o romance de Gide não é, de forma alguma, uma estrutura e um 'produto' fechado, que camufla a artificialidade da construção do texto e se apresenta ao leitor como uma resposta a todas as questões. Para isso, requer-se uma atitude crítica do leitor, e a capacidade para ingressar na obra literária lentamente, como explicou Gide: «Les *Faux-monnayeurs* sont un livre qui demandait à être

[36] Cf. Daniel Moutote, *André Gide: esthétique de la création littéraire*, Paris, Honoré Champion, 1993, p. 80.

[37] *Journal I (1887-1925)*, éd. établie, présentée et annotée par Éric Marty, Paris, Gallimard, Bibliothèque de la Pléiade, 1996 (1893, p. 171).

lu lentement, et presque médité.»[38]. Esta meditação exigida por *Les Faux--Monnayeurs* prende-se com os procedimentos narrativos exibidos pelos diferentes elementos colocados *en abyme* – denunciadores dos problemas da escrita romanesca e das conexões com a realidade a transpor – que implicam um leitor tacitamente disposto a aceitar as estratégias narrativas necessárias à construção do romance.

8. Em suma, pode concluir-se que é o procedimento narrativo explicado por Gide em 1893, no *Journal,* que melhor nos informa sobre os sentidos inscritos em *Les Faux-Monnayeurs*, como nos era, aliás, afiançado nessa altura: «Rien ne l'éclaire et n'établit plus sûrement les proportions de l'ensemble.»[39]. Correspondendo a um estratagema que valoriza o processo de enunciação e o funcionamento da actividade romanesca, ao mesmo tempo que deixa refulgir temas caros a Gide[40], *Les Faux--Monnayeurs* multiplicam elementos *en abyme* que traduzem tanto o questionamento sobre a forma, como sobre a própria substância do romance.

Já em Eça, a *mise en abyme* revela ser um procedimento compensatório, como que se, para ser verosímil, o autor precisasse de intervir ao nível das personagens: «ce qui lui permet de se faire entendre tout en respectant le sacro-saint commandement de "l'objectivité" et de "l'impersonnalité"», conforme nos explica Lucien Dällenbach a propósito do uso da *mise en abyme,* no Realismo e Naturalismo[41], a que o próprio Eça recorre, fazendo da personagem Gonçalo o porta-voz das suas inquietudes estéticas, sociais, ou até ontológicas se nos ativermos na análise do historiador João Medina sobre as semelhanças entre a questão portuguesa *de ser ou não ser,* representada por Gonçalo, o «retrato-símbolo de Portugal», e a questão de Hamlet acerca do destino da Dinamarca, considerando que poderia ilustrar a ideia de Eça «que precisamos de acordar como povo consciente livre e forte, não para termos domínios africanos mas para sermos? *To be, or not to be: that's the question.*»[42]. Trata-se, ainda, de uma técnica reveladora de significados, sobretudo pelo carácter especular que

---

38 "Entretiens Gide/Amrouche", in Éric Marty, *André Gide. Qui êtes-vous?,* Lyon, La manufacture, 1987, p. 258.

39 *Journal I (1887-1925),* ed. cit., p. 171.

40 Cf. Claude Martin, *Gide*, "Écrivains de toujours", Paris, Seuil, 1981, p. 145 ss.; A. Goulet, "Pièces d'un dossier sur *Les Faux-Monnayeurs*", *loc. cit.*, pp. 547-572.

41 Cf. L. Dällenbach, *op. cit.*, p. 72.

42 Cf. "Gonçalo Mendes Ramires, personagem hamlético", in *Eça Político*, Lisboa, Seara Nova, 1974, pp. 99-100.

imprime à narrativa queirosiana, pois, repetindo e condensando estruturas, acaba por sublinhar as diferenças entre as 'macro' e 'micro-narrativas' (assim como entre os 'macro' e 'micro-acontecimentos'[43]), e denunciar engenhosamente a artificialidade que rege a produção literária. Por outro lado, ainda, o cruzamento de níveis narrativos[44] ao longo do romance, permite, também, criar as condições para mostrar seja as dificuldades enunciativas da escrita literária, seja a génese da própria novela histórica, realçando simultaneamente a problemática da escrita e o tema da decadência em Portugal (personificada por Gonçalo, devido ao seu carácter abúlico, resignado e covarde), demonstrando a preocupação de Eça com a representação romanesca, sem deixar, no entanto, de estar atento à crise moral que afecta a sociedade portuguesa finissecular[45].

O exposto permite-nos, assim, inferir sobre a modernidade do romance *A Ilustre Casa de Rmaires*, por desmistificar o processo de enunciação na diegese através da reduplicação das estruturas narrativas, e pelo questionamento da escrita na escrita, e solicitar uma leitura que atenda às relações intertextuais e às interacções entre o texto literário e o leitor.

---

[43] Jean Ricardou utiliza as expressões «macro-événements» e «micro-événements» (Cf. "La *mise en abyme* révélatrice", in *Le nouveau roman suivi de Les raisons de l'ensemble*, coll. Points, Paris, Éd. du Seuil, 1990, p. 62).

[44] Carlos Reis, "Níveis narrativos: *A Ilustre Casa de Ramires*", in *Estatuto e Perspectivas do narrador na ficção de Eça de Queirós*, 2ª ed., Coimbra, Livraria Almedina, 1981, pp. 247-277.

[45] Cf. D.-Henri Pageaux, ''Eça de Queirós fim de século'', in *Dicionário de Eça de Queirós*, *op. cit.*, pp. 191-196.

REALISMO E RESISTÊNCIA EM *OS MAIAS* E *O TEMPO E O VENTO*

MARIA DA GLÓRIA BORDINI
Pontifícia *Universidade Católica do Rio Grande do Sul*

Embora a noção de mímese hoje talvez só se sustente no pensamento neo-marxista, e mesmo assim fortemente amparada na categoria da mediação, o Realismo, como o programa estético da modernidade que a retoma, teve, no século XIX e ao longo do século XX, exímios praticantes, cuja intencionalidade artística se sentia mais à vontade ao lançar um olhar crítico ao real do que à consciência e suas intimidades, ou à linguagem e suas ficções.

Em língua portuguesa, pode-se traçar um paralelo instigante entre o romance realista de Eça de Queirós, o mais lídimo representante dessa estética em Portugal, para quem a arte deve ser sobretudo revolução,[1] e o de um autor brasileiro como Erico Veríssimo, que teve a produção queirosiana como um de seus parâmetros, na convicção de que, como dizia Goethe – frase que ele anota em um de seus cadernos – "o homem não pode encontrar melhor retiro do mundo do que a arte, e não pode encontrar laço mais forte com o mundo do que a arte"[2].

A necessidade vital do escritor brasileiro de resguardar a vida privada e ao mesmo tempo engajar-se no combate às mazelas do mundo foi a pedra de toque dos seus conflitos criativos, pois a arte para ele era uma saída para o irreal, para o livre e gratuito exercício da fantasia, mas paradoxalmente ela devia devolvê-lo à realidade, sob pena de engolfá-lo na alienação característica da sociedade industrial burguesa a que pertencia.

---

[1] Como afirma nas Conferências do Casino em 12 de Julho de 1871. *Apud* GASPAR SIMÕES, João, O realismo como nova expressão da arte. In: *Vida e obra de Eça de Queirós*, Lisboa: Bertrand, 1980, p. 293-309.

[2] Cf. o caderno de notas ALEV 04a0037-62, p.25.

Por isso Erico serve-se da mediação do Realismo, ciente de que, enquanto convenção estética por meio da qual o mundo é refigurado na obra, ela lhe permite abandonar-se à ilusão lingüística, seja no ato criativo ou no receptivo, sem escapismo.

É nesse sentido que, ao encetar o processo criativo de sua obra-prima, *O Tempo e o Vento*, Erico Veríssimo contempla o realismo queirosiano, na sua versão madura, que se manifesta em *Os Maias*, segundo Machado da Rosa, "uma tragédia clássica, visualizada externa e internamente de maneira clássica, e sobreposta à sub-humanidade que gesticula através da vasta comédia de costumes que lhe serve de pano de fundo".[3] A prolífera reserva simbólica que a saga dos Maias oferece, em termos de figuração da nação portuguesa em seu momento de declínio, por meio de um discurso representativo não mais tão transparente e ideologicamente marcado como o de *O Crime do Padre Amaro*, por exemplo, propunha, para o escritor brasileiro, um manancial de respostas a seus impasses criativos, sugestões que ele reinterpretou e que garantem a condição de intertextualidade às duas obras, apesar da lacuna temporal que as separa.

O relacionamento de Erico Veríssimo com o romance-nação de Eça de Queirós foi muito precoce, como ele informa em suas memórias: "Foi durante a influenza em 1918 que li pela primeira vez Eça de Queirós (*Os Maias*)" [...] (SOL1, p.121). Contava então com treze anos e vivia naquele intervalo ambíguo entre a infância e a juventude, em que ainda se entregava a brincadeiras, lado a lado com leituras de adulto. Lembrando um jogo de futebol de mesa improvisado, invenção do irmão Ênio, com garrafinhas de medicamentos da farmácia do pai, Erico confessa que

> passei a interessar-me por aquele jogo, mas era um interesse relutante, encabulado, pois no fim de contas eu era um "homem" que já fazia a barba, lia Zola e Eça de Queirós, e aquele futebol de mesa – embora sangrento como uma corrida de touros – me parecia "brinquedo de crianças". (SOL1, p. 148)

Eça, portanto, acompanhou sua formação inicial de leitor e, considerando-se as diversas menções que recebe na narrativa da viagem a Portugal que Erico realizaria muito mais tarde, aos 54 anos, tornou-se uma presença silenciosa ao fundo da memória, sempre pronta a aflorar. Nessa viagem, relatada em *Solo de Clarineta 2*, ao visitar Coimbra, cidade que

---

[3] MACHADO DA ROSA, Alberto, Nova interpretação d' *Os Maias*. In: *Eça, discípulo de Machado?*, Lisboa: Presença, 1964.

lhe evoca a combativa e boêmia geração de 1865, integrada por Eça, Antero de Quental, Oliveira Martins, Ramalho Ortigão, João de Deus, Guerra Junqueiro, acorrem-lhe as palavras satíricas do escritor, encontrando "bestas" entre as sumidades intelectuais da Universidade. (cf. SOL2, p. 130). Passeando no largo da Sé Nova, lembra ter sido ali que Eça conheceu Antero, a quem respeitava e admirava (cf. SOL2, p. 134). No teatro municipal, antes de pronunciar sua concorrida conferência ante uma platéia repleta de estudantes de capas negras, sente-se um impostor nessa cidade cujas pedras foram pisadas por Camões, Gil Vicente, Oliveira Martins, Antero, Eça e Ortigão. (SOL2, p. 140)

A memória do autor de *Os Maias* não o impressiona somente em Coimbra. Em Lisboa, num banquete na Embaixada do Brasil, conhece o filho de Eça, "um homem magro de meia-idade [...] com o ar de quem está perdido"(SOL2, p. 86), que lhe é assinalado em meio à multidão de convivas por João Gaspar Simões. Passa mais tarde por um constrangimento por motivo do respeito ao pai do novo conhecido. Prestes a partir para a Espanha, é convidado para um jantar no Círculo Eça de Queirós, com a presença do filho do escritor, José Maria Eça de Queirós. Como o convite provém de um "tenaz salazarista" (SOL2, p. 238), Erico tenta se esquivar, sem sucesso. Acaba comparecendo àquilo que pensa ser um pequeno encontro, mas que na realidade é uma cerimônia armada a fim de que diga ao Brasil que o povo português, mesmo sem liberdade, vive bem. Falando ao final do evento, expressa apenas seu afeto por Portugal, declarando que seu conceito de liberdade é exatamente o de Eça de Queirós. (cf. SOL2, p. 248-52).

A liberdade, para Eça, é a salvaguarda dos direitos, desde o da livre expressão ao da livre determinação e associação. Seu liberalismo realça a valorização da objetividade, típica do pensamento cientificista burguês. Dessa forma, o artista, livre de constrições, pode observar minuciosamente a realidade, para atingir sua verdade sem as paixões do subjetivismo, de modo a, representando-a como é, corrigir os costumes e regenerar a sociedade, com a restauração do senso de justiça. Assim, pelo menos, arrola os deveres da arte revolucionária nas Conferências do Casino (1871). É tendo em vista esse ideário em que o determinismo de Taine e o socialismo utópico de Proudhon convergem, que Erico Veríssimo, ao estabelecer seu programa de trabalho de romancista independente de partidos, mas comprometido com a causa social, presta constantes homenagens a Eça.

Sua familiaridade com *Os Maias* o leva a adotar um bom número de soluções narrativas queirosianas. Do romance de Eça, retém a forma de saga familiar, a função do Ramalhete como centro, por vezes insular, de discussão de idéias e núcleo espacial dos conflitos das gerações, a caracterização de personagens secundárias pela caricatura que salienta apenas os traços mais identificadores, o herói-médico culto e sedutor, que polariza as atenções e rancores dos que o cercam, o agrupamento dos comparsas do herói em reuniões de jovens contestadores, os ataques aos políticos corruptos, as aventuras de alcova, o romance proibido. Vale-se desses elementos temáticos e compositivos, entretanto, num sentido subversor em relação a seu modelo.

Eça teria encenado o declínio da nação na metáfora do Ramalhete estéril. Para António José Saraiva,

> *Os Maias* e o seu grupo, primeiramente, erguem-se sobre uma sociedade chã e medíocre, como uma torre sobre uma planície.[...] São como gigantes solitários [...] não podem articular-se com o meio que os rodeia, ficam isolados e estéreis. [...] a sós com eles mesmos, caem na auto-satisfação. A arte, a literatura ou qualquer outra actividade são meios de realizarem sua própria personalidade"[4].

O diagnóstico do crítico é que Eça representa a classe dirigente em Portugal como incapaz de efetuar a reforma necessária ao progresso social, induzindo as raras elites pensantes com ela comprometidas ao diletantismo. Afirma que o escritor não considera a participação das massas e chega a contemplar a solução de força de uma ditadura esclarecida. O determinismo tainiano, advogando que o homem é fruto de seu meio, estaria por trás dessa atitude pequeno-burguesa do autor em relação à história de seu país.

A posição de Saraiva é evidentemente tendenciosa, marcada por uma clara opção ideológica. Erico, porém, não pensa seu romance maior no mesmo molde. Não é sem motivo que se acumulam, em *O Tempo e o Vento*, as citações a Eça de Queirós. O programa de trabalho de Erico Veríssimo era atacar a história de sua região pelo lado da vida omitida nos livros escolares, que só privilegiavam as grandes figuras e os grandes eventos. Queria encontrar saídas que não traíssem nem sua vocação cosmopolita de homem urbano, crente nos benefícios da civilização, nem o conhecimento amoroso das gentes e dos pequenos fatos cotidianos que sua infância e mocidade numa cidadezinha do interior, lindeira com os latifúndios rurais, lhe haviam proporcionado.

---

[4] Saraiva, António José, *As ideias de Eça de Queirós,* Porto: Inova, s.d., pp. 105--106.

O realismo de um Eça vinha-lhe a calhar, pois se prestava com maior dutilidade que o de Machado, mais subjetivado e interiorizado, para a forma histórica do romance-rio que vinha se desenhando em sua imaginação, desde que começara a escrever *Saga* em 1939-40[5]. Afinal, Eça produzira *Os Maias* em 1888 como uma saga de família imbricada na história de Portugal – Lisboa funcionando como um microcosmo do país – com o mesmo aparente propósito: dar vasão ao conflito pessoal com a situação de seu país, a que se opunha pelo atraso e a mediocridade.

Dessa forma, Erico Veríssimo abre seu romance com o Sobrado resistindo ao cerco dos federalistas em Junho de 1895, remonta ao passado remoto do esfacelamento das missões jesuíticas, e registra o período de ocupação do território, com suas guerras até a vitória republicana, em *O Continente*. *O Retrato* e *O Arquipélago* testemunham os entrechoques políticos internos até a Revolução de 30, com a implantação do Estado Novo, a guerra na Europa e a abertura do regime em 1945. A tematização desse processo de (de)formação de um Estado, como em Eça, é efetuada através dos habitantes do casarão, nas sucessivas gerações dos Terra Cambará, um local de crítica de idéias tanto quanto de crises existenciais e de progressiva reificação, acabando por colocar um escritor, representante da última geração, no mesmo Sobrado, a escrever a primeira linha do romance que contará a história de seu clã agora disperso pela morte de Rodrigo Terra Cambará.

Diz Carlos Reis que o realismo crítico, à época de Eça, poderia ser aproximado das concepções lukácsianas da categoria estética da particularidade: incluiria "as características físicas distintivas, os traços da caricatura bem doseada, o comportamento social nas suas formas recorrentes, as atitudes psicológicas dominantes", a "síntese orgânica que reúne o universal e o particular", enfim, "a convergência, no tipo, de todos os elementos determinantes, humana e socialmente, de um período histórico"[6]. Trata-se, pois, de uma representação da história portuguesa que a transcende ao julgá-la em seu desenvolvimento iterativo e ao emprestar-lhe figurantes fictivos, capazes de dar corpo e sangue imediatamente reconhecíveis às contradições da época.

---

[5] Cf. VERÍSSIMO, Erico, *O romance de um romance*, Florianópolis: Museu//Arquivo da Poesia Manuscrita; Porto Alegre: Acervo Literário de Erico Veríssimo//CPGL/PUCRS, 1999, p. 8.

[6] REIS, Carlos, Sobre o último Eça ou O Realismo como problema. In: *Estudos queirosianos*, Lisboa: Presença, 1999, p. 157.

Espelhando-se nessa técnica queirosiana de representação da realidade, cujo resultado mais marcante é a visão corrosiva das debilidades humanas repetindo-se e avolumando-se de geração em geração, apoiada tecnicamente na composição em oposições binárias, num tempo que escorre lentamente, com uma analepse inicial e miríades de ações secundárias, em meio a muita discursividade –, Erico Veríssimo molda a formação do Rio Grande do Sul e da família Terra Cambará pelas paixões de posse, que se desdobram desde a invasão da redução de São Miguel, votando Pedro Missioneiro à orfandade, até a tentativa de Rodrigo Terra Cambará de escapar ao leito de enfermo para deitar com sua amante. Assim como pais e filhos guardam a herança do sangue bravo e leal dos antepassados, contaminam--no ao longo de suas vidas com suas fraquezas: a entrega ao desejo e às aparências, antes que à conveniência e ao dever, a busca de glória, acima da dedicação às causas humanas abraçadas, o preconceito ante os fracos e os diferentes. Os diversos protagonistas também se isolam, na medida em que empreendem movimentos de insurreição por impulsos pessoais e não contam efetivamente com o povo senão como carne para o matadouro.

Erico, porém, introduz certas variantes nesse realismo à Eça, tendente ao niilismo. Embora na composição ainda guarde alguns pares opositivos, o recurso dominante é a narrativa enquadrada, que produz uma constante ida e vinda do passado a algum dos presentes narrativos. Nas diversas gerações cuja unidade inicial se estilhaça e dispersa ao longo do tempo histórico, em meio a desacertos, fracassos e lenta derrocada de ideais, há uma constante: a da luta pela liberdade e pela autenticidade, encarada pelo narrador com olhar cúmplice e não descrente, como é o do narrador desencantado de Eça em relação a suas criaturas. Erico não poupa a história do Rio Grande de acusações como a da futilidade e crueldade de seus pró-homens, a da traição às aspirações dos humildes, a do autoritarismo violento de seus pretensos caudilhos esclarecidos. Todavia, infunde à paisagem largueza épica, às personagens femininas a capacidade de doação e persistência que os homens não possuem, e a figuras masculinas como as de Pedro Missioneiro, do Cap. Rodrigo, de Toríbio, de Floriano, por fim, uma aura positiva, de homens capazes da aventura do mundo, mas igualmente sensíveis às necessidades alheias e dotados de uma vitalidade poderosa, criativa, distante da depressiva capitulação da geração de Carlos da Maia.

É Carlos Reis que aponta em *Os Maias*, na discussão final, cheia de contraditos, entre Carlos e João da Ega, ao passearem pelo Loreto e pelo Chiado, sobre o sentido de suas vidas e a busca de um projeto que resgate o tempo vivido, o prenúncio da pulverização, ambivalência e pluralidade do sujeito, marcas da modernidade emergente.[7] A incerteza que encerra a trajetória das duas personagens no espaço diegético contesta a segurança real-naturalista do romance, em especial porque a caracterização dos protagonistas é flutuante: a de Pedro da Maia é nítida, previsível e coerente, enquanto a de Carlos da Maia é indireta, mutável e processual. O romance mesmo, pois, dispersa e instabiliza seu modo de representação, pondo-o em suspeição.

Em *O Tempo e o Vento*, a dúvida sobre a representação é mais claramente situada, contrastando com a crença no projeto real-existencialista expresso do autor. Nas confissões de Caderno de Pauta Simples, Floriano abre e testa múltiplas possibilidades do narrar, optando finalmente pela história de família. Entretanto, essa restrição de campo nada garante, pois joga com as imprecisões da memória da Dinda Maria Valéria, com os parcos vestígios físicos dos antepassados, com sua própria sofisticação de autor de romances refinados, com sua repugnância ante a violência e os aspectos baixos da vida, com os conselhos existencialistas de Roque Bandeira, com a relação de amor-ódio pelo pai e com a inclinação interdita pela cunhada Sílvia. Sujeito fraturado, ideologicamente ambivalente desde sua condição de artista e filho de estancieiro, Floriano já está impregnado da dispersão moderna que Carlos da Maia começava a manifestar.

Essa dispersão, que desestabiliza as certezas ideológicas, é a forma da resistência artística a uma época de reiterada violação de direitos e de ênfases em processos de desumanização. Em Erico, a busca pela compreensão do passado histórico de sua região, com todas as suas contradições, grandezas e tropeços, é decorrência de seu ideal humanístico. Também em Eça o desprezo pelas lutas políticas da época, a defesa contundente do real-naturalismo e o reconhecimento de seu lado reducionista refletem uma vontade de autonomia do pensamento para visar com criticidade a derrocada moral de seu país. Como afirma Theodor Adorno,

> O pensador crítico não comprometido, que não transfere a propriedade de sua consciência nem permite que o aterrorizem para que entre em ação, é na verdade o que não cede. Pensar não é a reprodução intelectual do que já existe. Enquanto não se desvia, o pensar domina com segurança a possibilidade. Seu aspecto insaciável, sua aversão à satisfação rápida e fácil, recusa a sabedoria tola da resignação. O momento utópico do pensar é mais forte quanto menos – isso também é uma forma de recaída – se

---

[7] Cf. Reis, Carlos, Pluridiscursividade e representação ideológica n' *Os Maias*. *Estudos queirosianos,* Lisboa: Presença, 1999, pp. 134-5.

objetifica numa utopia e assim sabota sua realização. O pensamento aberto aponta para além de si.[8]

Em Erico Veríssimo e Eça de Queirós, a independência de um humanismo que evita se tornar partidário, que se apaixona pela causa dos homens, sem filiações políticas, que amadurece quando desconfia até de seu próprio poder de representar o que o cerca, é a evidência maior dos vínculos entre ambos, produzidos por seu envolvimento com um Realismo posto em questão e pela gradativa suspeita de que o real é puramente discursivo.

[8] ADORNO, Theodor W., *Critical models*: interventions and catchwords, New York: Columbia Univ. Press, 1998, p. 293.

O AMOR E SEUS CASOS SIMPLES...

Maria Helena Nery Garcez
Universidade de São Paulo

São doze os contos de Eça de Queirós que, organizados por Luís de Magalhães e publicados dois anos após o falecimento do Autor, em 1902, compõem o livro *Contos,* de discreto e simples título. Quase todos já haviam aparecido anteriormente em periódicos entre 1874 e 1898. Vinte e quatro anos e muitas águas separam a publicação do primeiro, "Singularidades de uma rapariga loura" (1874), do último desse livro, "O Suave Milagre" (1898). Águas realistas/naturalistas/positivistas *versus* águas românticas/idealistas/neo-idealistas/simbolistas. O oitocentos em Portugal foi chuvoso não apenas na política.

Na literatura o grande debate entre romantismo e realismo/naturalismo marcou toda a segunda metade do século e, ironicamente, nem sempre os que mais alto levantaram a bandeira do *realismo como a nova expressão de arte* foram protótipos da causa pela qual lutavam. Eça de Queirós, contudo, descontadas as *Prosas Bárbaras* e aventuras menores da juventude, primou por oferecer-nos uma produção que fez jus aos princípios por ele tão claramente expostos na Quarta Conferência do Cassino Lisbonense e noutros textos.

"Singularidades de uma rapariga loura", publicada apenas três anos após as Conferências, quando Eça tinha 29 anos, constitui uma narrativa realista/naturalista exemplar. Não é verdade que até sua frase inicial é inesquecível? e que, se existisse a expressão abertura-prima, ela a mereceria? Quem não se recorda do: *Começou por me dizer que o seu caso era simples – e que se chamava Macário...* ?[1] E Eça, consciente do belo

[1] Queirós, Eça de, "Singularidades de uma rapariga loura" in: *Contos,* 11ª ed., Porto, Livraria Lello & Irmão Editores, 1942, p. 1.

achado, depois de um hábil anacoluto narrativo, com não menos habilidade reatará os fios da confidência de Macário ao narrador. Este, intelecto positivo, assim a anuncia: *conto-a apenas como um acidente singular da vida amorosa*[2]. Será esta a terceira aparição do conceito *singular* neste conto em que aparece mais quatro vezes. A *rapariga loura* tem *singularidades*, o *acidente da vida amorosa é singular*, os olhos de Macário *tinham uma singular clareza e rectidão*...[3] e seria interessante analisar e interpretar os diferentes empregos do conceito no conto, principalmente confrontando-os com outro fundamental nessa narrativa: *simples*.

Segundo o juízo de Macário, o seu caso era *simples*. Mas o leitor, depois de haver sofrido com a personagem a intransigência do tio, seu ano de trabalhos penosos em Cabo Verde, o golpe do *amigo do chapéu de palha*, a descoberta fatal acerca de Luísa e os sonhos destruídos, pergunta-se, mesmo que não verbalize, o que seria então um caso complicado... E, finalizada a leitura, frui mais da ironia do texto, uma ironia de efeito retardado, ao descobrir que *simples* não era o *caso* mas o terra a terra Macário, capaz de sacrifícios supremos quando lutava contra empecilhos de ordinária administração mas absolutamente incapaz de compreender problemas que exigissem transcender a dimensão fenomênica ou positiva. Em nenhum momento ele se interroga ou interroga seu interlocutor sobre o porquê dos furtos da *rapariga loura* e nem sequer aventa a hipótese de que ela poderia não ser responsável por eles. Do momento em que na loja ocorre o sumiço do anel, ele já tem a convicção: – *És uma ladra!*[4]

Opõem-se, portanto, *singularidade* e *simplicidade,* entendido este último termo na acepção de limitado, curto, terra a terra. O leitor passa, então, a ver Macário menos como vítima de um drama de amor que como vítima da própria intolerância e limitação. Mais do que amar uma pessoa, Macário amava a honestidade palpável, a honra palpável, a retidão palpável e, de tal forma que, mesmo passados tantos anos do *caso,* nem o entendia nem o avaliava de outra forma. O retrato que Eça de Queirós faz da rigidez obtusa de Macário e de seu *caso simples* é radical. "Singularidades", ao criar o encontro de um espírito rasteiramente positivo com a psique patológica de uma cleptomaníaca, é, indubitavelmente, paradigmático do realismo/naturalismo.

Em 1897, vinte e três anos depois da publicação da narrativa de abertura dos *Contos*, a *Revista Moderna* publica "José Matias", quando Eça de

---

2 *Idem,* p. 6.

3 *Ibidem,* p. 1.

4 *Ibidem,* p. 40.

Queirós já está nos seus cincoenta e dois anos de idade. Esta obra-prima queirosiana traz a marca das muitas águas roladas por Europa, Portugal e pela geração de 70 nessas mais de duas décadas. Um importante sinal das águas que estavam rolando já fora o artigo "Positivismo e Idealismo", publicado em 1893 por Eça nas *Notas Contemporâneas*[5], artigo que faz contraponto ao conhecido "Idealismo e Realismo", escrito em Bristol, 1879[6].

Enquanto neste a caracterização do pintor idealista que pinta Napoleão I atravessando os Alpes sobre a "minha" parede é contundente e o juízo sobre o produto de sua arte é uma recusa taxativa, no artigo de 1893, "Positivismo e Idealismo", a atitude que Eça assume em face do idealismo é mais madura e tática. Não que tenha mudado de convicções. Ele continua fiel aos princípios positivistas mas, como bom observador dos fatos, faz a crítica de sua geração e reconhece-lhe os erros no radicalismo, *no modo brutal e rigoroso com que o positivismo científico tratou a imaginação, que é uma tão inseparável e legítima companheira do homem, como a razão*[7]. Constata, como *reação contra os rigores do positivismo científico* e contra o *materialismo do século*, que uma nova onda de idealismo irá atravessar e até mesmo purificar o mundo, mas faz notar que, nem por isso, as conquistas da razão científica irão desaparecer e nem sequer os novos idealistas poderão *desertar o trabalho acumulado da civilização*[8]. Em sua visão de homem maduro as muitas águas roladas naquela segunda metade de século iriam desembocar num desejável equilíbrio entre as duas esposas do homem, a razão e a imaginação.

O contraponto que ocorre entre os mencionados artigos ocorre também entre os contos "José Matias" e "Singularidades de uma rapariga loura". Eça atenua grandemente o modo de expressão. O processo de empatia do narrador queirosiano com suas personagens problemáticas, já evidente no romance a partir de *Os Maias* (1888), vai dar frutos também nos contos "Adão e Eva no Paraíso", "A perfeição" e "José Matias", todos publicados em 1897. Não perdendo nunca a ironia (seria a perda da identidade do Autor), o narrador, em Eça de Queirós, adoça-se; de impiedoso e duro torna-se compassivo.

Esses três contos têm muito em comum. Revelam, nas cogitações do Eça maduro, a avaliação que estava fazendo da cultura de seu século e – arrisco-me a dizer – conclusões que, de algum modo, havia tirado da obra

---

5 *Obras de Eça de Queirós,* Porto, Lello & Irmão Eds, 1912, v.II, pp. 1495-1501.

6 *Idem, ibidem,* vol. III, pp. 913-916.

7 *Idem, Obras,* vol. II, p. 1499 e p. 1501.

8 *Ibidem.*

e do convívio com um de seus mais próximos companheiros de geração. Nesses contos, com maior ou menor ênfase e clareza, está colocada uma questão crucial: a da divisão radical entre espírito e matéria, resultante dos embates polarizadores do idealismo e do positivismo. Os três ponderam sobre a Perfeição com maiúscula, tal como a concebiam os idealistas, e sobre o desprezo do mundo material.

Reflitamos, a seguir, sobre o caso de amor de "José Matias".

Neste conto cujo narrador se auto-denomina Filósofo, nós, leitores, estamos identificados a seu interlocutor e, nas primeiras linhas, recebemos o convite: *Por que não acompanha o meu amigo este moço interessante ao Cemitério dos Prazeres?*[9] *Moço interessante* seria um eufemismo tático? um modo hábil de dizer rapaz singular sem dizê-lo? Sim, porque é das singularidades de um rapaz louro que o conto "José Matias" trata.

Se o idealismo ocupara o centro das preocupações do ficcionista desde os anos 70, nesse ano de 1897 ele continua a preocupá-lo e esse conto magistral o prova.

Com simpatia e humor, o narrador, constrói para seu interlocutor e para nós, um idealista radical. Porém se há bonomia no narrador/Filósofo não esqueçamos que seu ponto de partida é o anúncio do enterro do espiritualista absoluto. O percurso que, guiados pelo narrador, fazemos pela vida de José Matias, dá-se no tempo do trajeto até o Cemitério dos Prazeres onde o vamos enterrar. Não há, na criação desse ponto de partida, uma subliminar, maliciosa, bem-humorada e, ao mesmo tempo, tática lição?

Linda tarde, meus amigos... A que tarde se estará ele referindo? À daquele dia? ou à tarde do século onde, ao enterrar um modelo radical de *espiritualista absoluto*, se estava preconizando ou prefigurando, o enterro do idealismo? Depositado José Matias na cova, fecha-se o parêntesis: *Mas que linda tarde!*[10] E tudo com boas pitadas de interesse, carinho, elegância, ironia e humor. É a estratégia do narrador tático: uma no cravo outra na ferradura.

Lembremos, agora, outro imortal texto queirosiano, publicado um ano antes, em 1896 (chamo a atenção para a reveladora proximidade da data) e que, na minha leitura, está intimamente ligado à gênese do conto José Matias: "Um Génio que era um Santo"[11].

---

[9] "José Matias", p. 254.

[10] *Idem*, p. 253 e p. 288.

[11] In: *Antero de Quental. In Memoriam*, 2ª ed, Lisboa, Editorial Presença, 1993, pp. 481-522.

Trata-se de um dos mais belos e comovidos textos de Eça de Queirós, escrito, como sabemos, para o livro que no Porto se publicou, na data acima indicada, em homenagem a Antero de Quental, falecido em 1891. Nele fica patente a reverência e até a devoção com que o Autor vê a figura do que foi considerado o líder da geração de 70: *É morta, é morta a abelha que fazia o mel e a cera!*[12]

O amor que dedica ao grande amigo, contudo, não lhe tira a objetividade. Vê-o com magníficas qualidades – *um génio*; mas o vê também nas suas limitações. Estas, no olhar de Eça, ao invés de lhe diminuírem a genialidade, constituíram o trampolim para que ele ascendesse a um novo estatuto, superior ao do gênio, o da santidade: *Um génio que era um santo.*

Desse texto, cito dois fragmentos, para prosseguir as reflexões:

1º – *(...) Antero, esse, encontrara Oliveira Martins que era um pensador, e José Fontana que era um agitador; e ardentemente penetrara no Movimento Socialista, então iniciado em Lisboa com os fervores e os segredos poéticos duma religião. Simultaneamente propagava a União-Ibérica, fundava Sociedades Operárias, instalava a Associação Internacional, lançava panfletos, conspirava, apostolava... (...) Longe, porém, soube que Antero se afastara inesperadamente da actividade revolucionária. Porquê? (...) harmonizara simplesmente a sua conduta e a sua natureza. O elemento natural do espírito de Antero era a abstracção filosófica, e só dentro dela respirava e vivia plenamente.(...) Como direi? O artista, o fidalgo, o filósofo que em Antero coexistiam não se entenderam bem com a plebe operária. Sempre sincero, lavou as suas mãos, e proclamou que só os Proletários eram competentes para exprimir o pensamento e reivindicar o direito dos Proletários. E amando ainda os homens, mas desistindo de os conduzir a Canaã, subiu com passos desafogados para a sua alta torre bem-amada, a torre da Metafísica.*[13]

2º – (...) O seu espírito só se interessava pela essência pura das ideias; – e creio que dos seus tempos de propagandista lhe ficara uma pudica repugnância pelo manejo directo dos homens e dos factos. E todavia ninguém como ele possuía o dom melhor para arrastar homens através de desertos – mas um pastor que, infelizmente, não tolerava a grosseria e a materialidade do rebanho[14].

---

[12] *Ibidem*, p. 522.
[13] *Ibidem*, pp. 501-502 e pp. 509-510.
[14] *Ibidem*.

Em breves traços, Eça caracteriza o amigo: um espírito que *só se interessava pela essência pura das idéias*, um metafísico, que se ressentia dolorosamente da realidade circundante. O filósofo, ao entrar em contato com o proletário de carne e osso doía-se da *imperfeição de quanto existe* pois, quando *a idéia encarna em peitos que palpitam,* Antero se perde: *Já não sei o que vale a nova idéia,/ Quando a vejo nas ruas desgrenhada*[15].

Que lusitanista não recordará o soneto anteriano por excelência? *Conheci a Beleza que não morre/ E fiquei triste.(...) Pedindo à forma, em vão, a idéia pura,/ Tropeço em sombras na matéria dura,/ E encontro a imperfeição de quanto existe. // Recebi o batismo dos poetas,/ E, assentado entre as formas incompletas,/ Para sempre fiquei pálido e triste.*[16]

Seu título é *Tormento do Ideal*. Não poderíamos dizer que é de ***análogo*** tormento que a personagem José Matias padece? Idealismo é a atitude que está na base desse tormento. Platonismo, neoplatonismo, hegelianismo, espiritualismo absoluto são todos rótulos que poderiam ser aplicados ao caso do *moço interessante*. Ele tem parte com os ***versos iniciais*** do soneto em que Camões problematiza o neoplatonismo: *Transforma-se o amador na cousa amada./ por virtude do muito imaginar*. Como amador neoplatônico perfeito, o corpo de José Matias não deseja alcançar nada; apenas seu espírito desejaria sua amada tão radicalmente espiritualista quanto ele. Através da contemplação de Elisa, José Matias amava o Amor na idealidade que julgava perfeita. Realizá-lo fisicamente seria degradá-lo. Comenta conosco o narrador: *Enredado caso, hein, meu amigo? Ah! muito filosofei sobre ele, por dever de filósofo! E conclui que o Matias era um doente, atacado de hiper-espiritualismo (...) que receara apavoradamente as materialidades do casamento...*[17].

Poderíamos, então, dizer que, nos dois contos estudados, em que se nos narram casos de amor, o que, de fato, as personagens amam não são as "pessoas de carne e osso" que têm diante de si. Macário ama, acima de tudo, a honradez, a honestidade e a retidão; José Matias, o Amor Perfeito.

Curiosamente, Antero, por mais que tivesse sido o líder da Questão Coimbrã e das Conferências do Casino, marcos do realismo em Portugal, era um idealista *malgré lui*. Se no *Tormento do Ideal* não é o Amor que está em questão mas a Beleza e a criação poética, isso não invalida a

---

[15] Quental, Antero de – *Poesia e Prosa*, Organização de Carlos Felipe Moisés, São Paulo, Editora Cultrix, 1974, pp. 81-2. Soneto: *Tese e Antítese*.

[16] *Ibidem*, p. 49.

[17] "José Matias", p. 273.

semelhança com a problemática de "José Matias" de quem, no parágrafo inicial do conto, já se nos informa que era um *espírito curioso, muito afeiçoado às idéias gerais*. Chama a atenção que o narrador use para caracterizar José Matias expressões muito próximas das que Eça de Queirós, no artigo do *In Memoriam,* usara para caracterizar Antero: *o elemento natural do espírito de Antero era a abstracção filosófica... o seu espírito só se interessava pela essência pura das idéias...*

Obviamente não quero dizer que José Matias constitui uma encarnação literária que coincida cabalmente com a figura histórica de Antero de Quental. Quero dizer apenas que Eça, do convívio e da observação do destino trágico do amigo, bem como da leitura atenta de seus sonetos, diagnosticou seu idealismo e inadaptação à realidade e inspirou-se desse aspecto dramático de sua personalidade para, radicalizando-o, criar uma personagem paradigma de idealista. Como sempre, nosso Autor tem a preocupação didática da exemplaridade.

Ao criá-la conferiu-lhe, por um lado, traços que a aproximavam espiritual, fisicamente e até, nalguns momentos, do vestuário, do companheiro de geração mas, por outro lado, atribuiu-lhe traços muito distintos, risíveis, que talvez lá estejam para despistar da identificação do modelo. Além do humor com que cria José Matias, conta, por exemplo, a primeira impressão que dele tiveram: *Em Coimbra sempre o consideramos como uma alma escandalosamente banal. (...) não foi sem razão e propriedade que nós alcunhamos aquele moço tão macio, tão louro e tão ligeiro, de Matias-Coração-de-Esquilo.*[18] Fica patente que tal caracterização não se aplica a Antero. Mas quando ele nos diz de *um rapaz airoso, louro como uma espiga, com um bigode crespo de paladino sobre uma boca indecisa de contemplativo, destro cavaleiro, duma elegância sóbria e fina. E espírito curioso, muito afeiçoado às idéias gerais (...)*[19], em que pese a comparação com a espiga, é possível ver semelhanças com *a grenha densa e loira com lampejos fulvos*[20], modo como Eça imortalizou sua primeira visão de Antero, improvisando à luz da lua nas escadarias da Sé Nova de Coimbra. E, como não lembrar de outro passo do *In Memoriam*, em que, ao descrever a figura cativante do amigo, caracteriza-o como *airoso e leve*?[21]

---

[18] *Ibidem*, p. 256 e p. 253.

[19] *Ibidem*.

[20] "Um Génio que era um Santo", p. 481 e p. 494.

[21] *Ibidem*.

Certamente José Matias não possui as magníficas qualidades de liderança, generosidade e sociabilidade que Eça identificou em seu amigo mas seu sorriso é afável e constante, ele prima pela finura de alma e é extremamente cortês. José Matias passa oculto, quase desapercebido, enquanto Antero é uma figura carismática, de elevada e reconhecida estatura e ascendência moral. Mas como não lembrar de Antero, *esse homem tão simples, com uma má quinzena de alpaca no verão, um paletó cor de mel no inverno*[22] quando leio que José Matias, *num portal da rua de S. Bento, tiritava dentro duma quinzena cor de mel?*[23]

Se é verdade que *qualquer semelhança* pode muito bem ser *coincidência*, também é verdade que se lermos com atenção os outros dois contos publicados em 1897, observaremos que, ao terem a ver com a problemática da Perfeição, têm a ver com a problemática anteriana, dialogam com alguns de seus sonetos e, às vezes, citam seus versos.

Atentemos para o conto "A Perfeição". Será que não está colocando de um modo diverso – é certo – a mesma questão do confronto e da desfasagem entre a ordem do Espírito e a da Matéria? Não há uma ironia extrema na crítica que Ulisses faz à "perfeição" existente na ilha de Ogígia e na deusa Calipso? na sua recusa daquela pseudo ordem divina? Se José Matias amava o Amor Perfeito, Ulisses encerra o episódio em Ogígia, dizendo:

– *Oh! Deusa, o irreparável e supremo mal está na tua perfeição!*

E, através da vaga, fugiu, trepou sofregamente à jangada, soltou a vela, fendeu o mar, partiu para os trabalhos, para as tormentas, para as misérias – para a delícia das coisas imperfeitas![24]

O intertexto com o soneto *Tormento do Ideal* é patente: *Pedindo à forma, em vão, a idéia pura,/ Tropeço em sombras na matéria dura,/ E encontro a imperfeição de quanto existe*. Para Antero a imperfeição das coisas materiais é motivo de palidez, tristeza e desânimo. Para Ulisses as coisas *imperfeitas* são uma *delícia* e a imperfeição da Deusa está na sua perfeição. Não é, de novo, uma lição acerca do erro em desprezar a matéria por parte dos *espiritualistas desvairados*?

Visitemos, ainda que brevemente, "Adão e Eva no Paraíso". Nos parágrafos finais desse conto, não se discute uma problemática já levantada por António Nobre e que será posteriormente muito discutida por Fernando Pessoa, a da Razão? O que se põe em causa, com boa dose de

---

22 *Ibidem*, p. 519.
23 "José Matias", p. 253.
24 "A Perfeição", p. 317.

humor, é se, de fato, possuir a Razão é uma perfeição. E, se o for, se a perfeição é desejável. Ao imaginar a felicidade irracional do Orangotango, Antero aparece ligeiramente parodiado: *(...) Cedo recolhe à sua árvore, e, estendido na folhosa rede, brandamente se abandona à delícia de sonhar, num sonho acordado, semelhante às nossas Metafísicas e às nossas Epopéias, mas que rolando todo sobre sensações reais é, ao contrário dos nossos incertos sonhos, um sonho todo feito de certeza*[25]. E as *discussões com Deus*[26], tão típicas de Antero, não vêm aludidas no prosseguimento?: *e o Orango ditoso desce ao seu catre de penedias e musgos, e adormece na imensa paz de Deus – de Deus que ele nunca se cansou em comentar, nem sequer em negar, e que todavia sobre ele derrama, com imparcial carinho, os bens inteiros da sua Misericórdia*[27].

Na frase final do conto, Antero é de novo citado quando o narrador exorta a usar do melhor dos dons de Deus, o de O amar, o de amar uns aos outros e aos seres *que não parecem necessitar o nosso amor, esses Sóis, esses Mundos, essas esparsas Nebulosas que, inicialmente fechadas, como nós, na mão de Deus, e feitas da nossa substância, nem decerto nos amam – nem talvez nos conhecem*[28].

Para concluir, voltemos ao conto "José Matias" perpassado de flores. Seu caso de amor se dá *por sobre as rosas e as dálias abertas*[29] separadas por um muro coberto de hera. A casa de Elisa é também chamada *Casa da Parreira*, e a própria Elisa, *Elisa da Parreira*. Dela também o narrador diz que possui *uma carnação de camélia muito fresca*[30]. No enterro de José Matias, o apontador de Obras Públicas *traz um grosso ramo de violetas...*[31], o que merece uma interpretação do narrador: *Elisa mandou o seu amante carnal acompanhar à cova e cobrir de flores o seu amante espiritual! Mas, nunca ela pediria ao José Matias para espalhar violetas sobre o cadáver do apontador! É que sempre a Matéria, mesmo sem o compreender, sem dele tirar a sua felicidade, adorará o Espírito, e sempre a si própria, através dos gozos que de si recebe, se tratará com brutalidade e desdém!*[32]

---

[25] "Adão e Eva no Paraíso", p. 193. Recordemos o verso do soneto *À Virgem Santíssima: Foi num sonho todo feito de incertezas*. As duas outras citações: p. 194.

[26] Expressão de Chico Buarque de Hollanda, na canção *Sem Fantasia*.

[27] Cf. nota 20.

[28] *Idem*.

[29] "José Matias", p. 274.

[30] *Ibidem*, p. 258.

[31] *Ibidem*, p. 287.

[32] *Ibidem*.

A rosa, sabemos, tradicionalmente, significa a perfeição da beleza, tanto material quanto espiritual. Elisa é pois a mulher perfeita. Ela o é para José Matias. Contemplá-la é, para ele, ascender ao Amor e, consequentemente, à Perfeição. Ademais, se a rosa surge frequentemente associada ao *topos* do *carpe diem*, a beleza de Elisa, que despertava em tantos amor sensual, está ligada também ao prazer e à embriaguez; daí *Elisa da Parreira*. Mas José Matias, esse, não tem olhos para o *carpe diem*. Fora do tempo, ele contempla-a *sub specie aeternitatis*.

A camélia, flor que comparece duas vezes no conto, referida sempre a Elisa, parece de fácil decodificação. Sendo flor tão sensível que tocá-la é manchá-la, tocar a *carnação* de Elisa é ofender sua perfeição, maculá-la. Elisa é, para José Matias, a que não deve ser tocada e, por isso, ele se consome com o seu segundo casamento e com o surgimento do amante.

A hera, verde em todas as estações, simboliza o perene. O muro coberto de hera que separa o canteiro de dálias da casa de José Matias do canteiro de rosas da divina Elisa tem, portanto, dupla significação. Enquanto muro, separa-os fisicamente, mas sendo coberto de hera, proclama a imortalidade daquele amor, porque só espiritual. Paradoxalmente, o muro preserva o amor. Separando, une.

As violetas, roxas, são paixão, tanto no sentido ativo quanto no passivo do termo. Espalhadas sobre a cova de José Matias, são uma apaixonada declaração de amor de Elisa ao amante espiritual, mas não só. Através delas Elisa também manifesta reconhecer a intensa paixão que José Matias lhe dedicava e a dolorosa paixão que por amor sofreu. José Matias foi paixão.

Por último, raciocinemos sobre os soberbos canteiros de dálias da casa de José Matias. Soberbas, deviam ser belas e altas, já que dálias atingem até dois metros de altura. Dálias, contudo, não têm perfume, o que se aplica perfeitamente bem à natureza do amor puramente espiritual com que José Matias ama Elisa. José Matias não tem a fragrância do sensorial, opondo-se à sua Elisa que, simbolizada por uma flor de intensa fragrância, nunca renunciou *às necessidades grosseiras*[33]. Dálias também são flores que podem ser expostas diretamente ao sol e por muitas horas. Solares e resistentes, portanto. Como José Matias, *rapaz airoso, louro como uma espiga*. José Matias, solar, pertence à luz, como seu idealismo já permitia inferir e resiste a tudo na contemplação da sua rosa.

---

[33] *Ibidem*, p. 274.

Seja-me permitido fechar lembrando mais uma vez: *Antero era então, como sempre foi, um refulgente espelho de sinceridade e rectidão. De nascença a sua alma viera toda limpa e branca, e quando Deus a recebeu, encontrou-a decerto tão limpa e branca como lha entregara. Nunca, através da vida, tomou um caminho escuro ou oblíquo: com a face levantada, como um sol, rompia a passos direitos e sonoros (...) a sua lealdade magnífica resplandecia toda nos seus olhos claros como uma luz santa às portas dum sacrário*[34].

Como um sol, o *gênio que era um santo*, foi tema das reflexões do Eça de Queirós maduro, que em 1896 publicou o texto homenagem do *In Memoriam* e, no ano seguinte, os três contos em que partilha conosco a lição tirada dessas reflexões: o espiritualismo absoluto é engano fatal para nós, seres humanos, compostos de espírito e de matéria. À matéria, não há que desprezá-la.

---

[34] "Um Génio que era um Santo", p. 493.

O TIPO DO POLÍTICO NA OBRA DE EÇA DE QUEIRÓS

MARÍA JESÚS FERNÁNDEZ GARCÍA
Universidade da Extremadura

I. INTRODUÇÃO

A simples experiência de leitura permite constatar que a informação política, quer seja referida à ideologia de uma personagem, quer diga respeito à existência de partidos ou de grupos sociais influentes pelo controle do poder ou proximidade a ele, é um dado frequente, quase habitual, na ficção de Eça.

Nalguns romances esta informação política é mais relevante do que noutros. No que respeita à recriação literária de personagens tiradas desse grupo socioprofissional que constituem os políticos só nalgumas obras é possível isolar um tipo que realmente represente o colectivo.

Neste trabalho consideramos três romances em que a figura do homem político aparece especialmente bem perfilada. Em primeiro lugar, falamos de *O Conde d'Abranhos*, novela curta escrita por volta de 1879, que só foi publicada postumamente, em 1925[1]. Na obra constrói-se a figura dum político ambicioso e desonesto por meio da narração dos factos em que se desenvolve a sua carreira política até chegar a ser ministro da Marinha. A voz narrativa que conta e, por vezes, analisa é a do secretário do Conde, Z. Zagalo.

Alguns dos traços que desenham este político do Constitucionalismo português, surgem, depurados e sintetizados, na figura do conde de Gouvarinho, personagem secundária de *Os Maias*[2]. Gouvarinho tem na obra uma função essencialmente representativa do grupo dos profissionais da

---

[1] A edição que utilizamos é: *O Conde d'Abranhos e A Catástrofe*, Lisboa, Edição Livros do Brasil, s.d.

[2] *Os Maias*, Lisboa, Edição Livros do Brasil, s.d.

política a que pertence, grupo imprescindível neste quadro da alta burguesia lisboeta que *Os Maias* contêm.

Por último, numa obra da maturidade, *A Ilustre Casa de Ramires*[3], Eça cria com Gonçalo Ramires uma personagem cuja aspiração política sustém e determina o argumento. O jovem fidalgo português deseja ardentemente pertencer à casta política e a este desejo subordina o seu labor literário, as suas relações pessoais e as da sua família.

Nos três romances, contemplada como actividade de deputados, membros do governo, presidentes de câmaras, conselheiros, autoridades diversas e inclusive de jornalistas políticos, a política é sempre apresentada, a partir de um prisma crítico e de forma muito negativa, como uma ocupação perversa que degrada o indivíduo ou se serve de indivíduos já depravados.

Sobre estes três políticos focaremos a nossa análise buscando a continuidade de traços do estereótipo. Ficam de fora outras personagens que sem dúvida poderiam acrescentar o corpus: o conselheiro Acácio de *O Primo Basílio*, o deputado e também ministro da Marinha José Joaquim Alves Pacheco de *A Correspondência de Fradique Mendes,* o deputado Carvalhosa de *A Tragédia da Rua das Flores,* mas também toda uma galeria de personagens bem perfiladas na sua caracterização ideológica: João da Ega e Alencar de *Os Maias*, Julião de *O Primo Basílio* ou Artur e Nazareno de *A Capital*.

II. A CONTINUIDADE DO TIPO

Em *O Conde d'Abranhos,* Eça faz o retrato do político oitocentista que reúne em si uma longa série de vícios políticos que podem resumir-se em:

1. A participação em política é sobretudo uma via para o enriquecimento da família e dos amigos:

> "O Conde d'Abranhos, com a sua alta intuição, sentiu que se estava preparando uma nova política, que, condizendo com o seu temperamento, seria o elemento natural em que a sua fortuna medraria como num terreno propício."[4]

---

[3] *A Ilustre Casa de Ramires,* Lisboa, Edição Livros do Brasil, s.d.

[4] *O Conde d'Abranhos*, pág. 53.

Atitude comum à classe política que se exemplifica também a propósito doutro político: Gama Torres, protector do jornal *Bandeira Nacional*, onde o Conde d'Abranhos era redactor-chefe, tinha uma ideia semelhante sobre esta ocupação:

> "Não lhe dava dinheiro, porque, chefe de família, entendia, e muito bem, que a política não deve sorver fortunas, mas, pelo contrário, produzi-las."[5]

2. Em estreita relação com o princípio anterior está o dever, uma vez atingido o poder, de colocar os amigos em postos de relevo onde eles também acrescentarão a sua fortuna e influência social.

> "Fradinho perdeu o domínio de si mesmo. Arrastou Alípio para o vão da janela e atacou-o em surdina: – Porque não havia de aceitar a pasta? Se não fosse por ele, por sua esposa, que fosse pelos seus amigos... Era necessário franqueza, que diabo! Aí estava a pobre D. Joana, com o cirro no estômago, coitada, e o marmanjo do sobrinho, sem um bocado de pão! Era necessário empregar aquele marmanjo! Aí estava a D. Amália que queria a sua pensão. Aí estava o padre Augusto – e todos sabiam os serviços que lhe prestara – que se mirrava no desejo de ser cónego!... Abranhos não podia trair os seus amigos, as suas legítimas esperanças..."[6]

O Conde pensa várias vezes nesta sagrada obrigação[7].

3. A hipocrisia política é evidente na passagem do Conde do partido Reformista, de ideologia liberal, para o conservador Nacional. A mudança, que se produz ante a previsão da queda do partido reformista então no poder, não supõe para Alípio Abranhos problema algum de contradição ideológica. A sua ambição, encoberta sob a argumentação do serviço à pátria, justifica o que é, na realidade, uma traição perante os seus colegas de partido.

É sobretudo o secretário quem leva a cabo um exercício argumentativo que desculpa o seu chefe de qualquer suspeita de falsidade política. Zagalo tenta demonstrar, através do recurso sofista a perguntas e respostas que ele próprio resolve, que realmente não existem diferenças entre os partidos Reformador e Nacional[8].

---

[5] *Op. cit.*, pág. 56.
[6] *Op. cit.*, pág. 168.
[7] *Op. cit.*, págs. 168, 179.
[8] *Op. cit.*, pág. 134.

4. A falta de sinceridade nas crenças políticas é igualmente exemplificada na sua capacidade dialéctica para apresentar como preto o que pouco antes defendia como branco. Em duas ocasiões o Conde mostra as suas habilidades verbais para transformar a realidade por meio de discursos opostos. A primeira tem lugar quando, sendo jornalista de *A Bandeira Nacional,* Abranhos improvisa numa única noite um artigo onde defende exactamente o contrário do que defendia noutro que estava pronto para ser impresso. A razão da troca é a promessa, chegada no último instante, de um subsídio governamental para o jornal. Também veremos o Conde pronunciar um discurso apocalíptico sobre o estado do país no momento da sua transição para a oposição parlamentar, discurso comparável, por antinomia a outro em que descrevia a feliz e próspera realidade nacional quando ele fazia parte do partido governante.

5. Desinteresse pelos seus representados: enquanto foi deputado por Freixo de Espada à Cinta, nunca visitou a região e, quando foi ministro da Marinha, também não sabia onde ficavam algumas colónias por falta de instrução em geografia. Os seus erros nos discursos da Câmara produziam a hilaridade dos deputados.

6. No que respeita às suas teorias políticas, as ideias em que o Conde realmente crê e que conhecemos graças à sua intimidade com o secretário, desenham uma ideologia antidemocrática. Abranhos julga necessária a divisão da sociedade em duas classes: a dos que trabalham e a dos que pensam e dirigem os primeiros. Além disso, imagina um sistema para acabar com a existência de pobres no país. Estes, recolhidos pelo governo em instituções semelhantes a prisões, trabalhariam para ele num regime de semiescravatura. O Conde também é um falso democrata pelo facto de não crer no princípio da soberania do povo e no desprezo com que o considera vulnerável.

7. Carácter retórico e vacuidade das mensagens: como veremos, os discursos de Alípio Abranhos apresentam-se cheios de imagens, de referências históricas, afastados do autêntico tema de discusão. Com eles procura sobretudo impressionar o auditório e elevar o seu prestígio pessoal, criando uma fama de "grande orador".

Alguns outros traços não directamente atribuídos a Abranhos, mas a outro político como o já mencionado Gama Torres completam esta espécie de etopeia anti-heróica: tal é, por exemplo, o caso da ambiguidade das opiniões e, mais exactamente, a falta de precisão que comprometa as palavras com os factos:

> "Não dava tão-pouco ideias, porque, apesar da sua alta ilustração, que o torna um dos nossos grandes contemporâneos, a sua prudência, a sua reserva eram tais, que raras vezes se lhe tinha ouvido uma opinião nítida."[9]

O secretário, ao falar elogiosamente deste político, reproduz três intervenções suas em momentos e lugares diferentes, mas nas três repetem-se as mesmas palavras, de maneira que, sem o pretender, o narrador traça o desenho irónico dum político cristalizado num único discurso de que se serve em qualquer circunstância. Assim, quando o Conde lhe pede temas para escrever no jornal durante o Verão, época em que a actividade política decresce, a resposta do ilustre político é:

> "– Ele há muitas questões!... Há questões terríveis. Há a prostituição... o pauperismo... Ele há muitas questões..."[10]

O secretário lembra-se de o ter ouvido repetidas vezes, quando se falava em assuntos políticos, "murmurar soturnamente":

> "– Ele há muitas questões! Questões terríveis: o pauperismo, a prostituição! São grandes questões! Questões terríveis!..." (CdeA, pág. 57)

E, uma terceira vez, o secretário volta sobre as mesmas palavras de Gama Torre, ouvidas em casa do Conde durante uma reunião política:

> "– Os senhores podem crê-lo, nem tudo são chalaças; ele há questões terríveis... A prostituição, o pauperismo, o ultramontanismo... Questões terríveis.
>
> E no silêncio apavorado que deixara aquela voz profética, em que se sentia a ameaça de graves tormentas sociais rolando do fundo do horizonte, aproximei-me instintivamente do Conde, como quem procura asilo seguro."[11]

Esta passagem sobre Gama Torres serve também para caracterizar toda a classe política portuguesa da época cuja aparência, se bem que

---

[9] *Op. cit.*, pág. 56.
[10] *Op. cit.*, pág. 57.
[11] *Op. cit.*, pág. 58.

amortecida, é reflexo de uma extraordinária riqueza interior, segundo o secretário, da qual não faz alarde por modéstia:

> "É curioso observar quantos homens públicos do nosso país têm esta aparência apagada, vazia, vaga, abstracta, sonâmbula; e, todavia, eu que pelo Conde fui admitido a conhecê-los, sei quanto génio habita em segredo naquelas cabeças calvas ou cabeludas, a que os superficiais, não lhes conhecendo as secretas riquezas, acham um aspecto alvar. É que nós somos uma raça reservada, inimiga da ostentação e das atitudes: ao inverso dos franceses, que mal têm uma ponta de talento, tratam de o fazer brilhar, reluzir, deslumbrar, nós, com vastidões de génio no interior, deprezamos estas demonstrações vaidosas e guardamos para nós mesmos as nossas riquezas intelectuais."[12]

Mais uma vez à ingénua interpretação do secretário subjaz a irónica crítica querosiana à falta real de inteligência, à mediocridade como estadistas, ao desinteresse pela resolução dos problemas concretos, defeitos encobertos por detrás de uma fachada de sobriedade, de silêncios reflexivos, de frases lapidares, dada a incapacidade de criar um discurso original, analítico e comprometido[13].

A natureza caricatural da personagem de Alípio Abranhos surge da acumulação de elementos negativos, quase anti-virtudes, num único carácter. Esta espécie de «bête noir», criada com grandes doses de ironia, desenvolve-se entre a caracterização psicológica particular e o estereótipo. A caricatura, por vezes excessiva, atenua-se em certa medida com a verosimilhança da voz do narrador, que procede como um historiador moderno: procura testemunhos orais, consulta o Diário da Câmara, pesquisa nos jornais, etc., de maneira que o resultado não é uma figura do político cómica ou simplesmente ridícula, mas um arquétipo que pode repetir-se no tempo e em países diferentes e distantes.

Não voltamos a encontrar, nos romances posteriores, um retrato tão pormenorizado do tipo como o que se oferece nesta obra. Como já assinalou João Medina, desde o contacto com políticos históricos em

---

[12] *Op. cit.*, pág. 57.

[13] A propósito dos silêncios como sinais de inteligência são famosos os do conselheiro Pacheco de *A Correspondência de Fradique Mendes* que lhe deram fama de "grande talento" sem nunca ter chegado a produzir uma ideia importante. Ao mesmo tempo que critica o falso talento dos políticos portugueses, João da Ega em *Os Maias* propõe um governo dos imbecis, dado que as grandes inteligências não são capazes de tirar o país do estado de postergação. (*Os Maias*, pág. 548).

As Farpas, depois em *O Conde d'Abranhos*, até ao de Gouvarinho em *Os Maias*, assiste-se à repetição de certo estereótipo de político ambicioso e nulo[14]. O Conde de Gouvarinho é uma dessas personagens secundárias que o autor trabalha exaustivamente. Como herdeiro de Abranhos, coincide com ele nalguns aspectos:

– No físico: ambos altos, magros, com óculos, com ar *poseur*;

– A única intervenção na Câmara do Conde de Gouvarinho é semelhante à primeira de Abranhos. Em ambos os casos, os políticos interrompem com um aparte o orador que fala na tribuna. A interrupção produz a hilaridade entre os deputados. O Conde de Abranhos consegue uma fama de gracioso que lhe causa grande sofrimento.

– Ambos se mostram interessados pela instrução pública: o Conde de Abranhos escolhê-la-á como tema para o seu primeiro discurso na Câmara. Gouvarinho aborrece Carlos a falar o tempo todo sobre o assunto da educação[15] durante um jantar.

– Os dois culminam as suas carreiras como ministros da Marinha, carteira que Eça considerava especialmente inútil[16].

No que respeita a Gonçalo Ramires, neste romance encontramos novamente o homem que procura na actividade política uma maneira de viver elegante e folgadamente na capital. Ele próprio assim o afirma em diversos passos da obra:

> "Mas vida elegante em Lisboa, entre a sua parentela histórica, como a aguentaria com o conto e oitocentos mil réis de renda que lhe restava, pagas as dívidas do papá? E depois realmente vida em Lisboa só a desejava com uma posição política, – cadeira em S. Bento, influência intelectual no seu Partido, lentas e seguras avançadas para o Poder."[17]

> "Nós os Portugueses pertencemos todos a duas classes: uns cinco a seis milhões que trabalham na fazenda, ou vivem nela a olhar, como o Barrolo, e que pagam; e uns trinta sujeitos em cima, em Lisboa, que formam a «parceria», que recebem e que governam. Ora eu, por gosto, por necessidade, por hábito de família, desejo mandar na fazenda. Mas, para entrar na «parceria política», o cidadão português precisa uma habilitação – ser

---

14 João Medina, *Eça de Queirós e a geração de 70*, Lisboa, Moraes Editores, 1980.

15 Também é esta a pasta que mais interessava a Gonçalo Ramires.

16 Sobre a ironia que contém a adjudicação da pasta da Marinha pode ver-se em João Medina, *Eça de Queirós e a generação de 70*, Lisboa, Moraes Editores, 1980, págs. 87-101.

17 *A Ilustre Casa de Ramires*, pág. 28.

deputado. (...) Por isso procuro começar como deputado, para acabar como parceiro e governar..."[18]

Além disso, as simpatias pelos regeneradores não o impedem de, chegado o momento, se unir ao partido oposto, os históricos, a fim de conseguir a sua acta de deputado. O seu amigo e também político, João Gouveia, quer mostrar-lhe que não há diferenças entre uns e outros para tranquilizar a sua consciência:

> "– (...) Você quer entrar na Política? Quer. Então, pelos Históricos ou pelos Regeneradores, pouco importa. Ambos são constitucionais, ambos são cristãos... A questão é entrar, é furar."[19]

Com estas duas premissas Gonçalo Ramires vincula-se à família dos Abranhos e Gouvarinhos, embora a evolução da personagem seja tal que finalmente o protagonista conseguirá fugir ao estereótipo do político oitocentista "crasso, corrupto, inepto e cretino"[20].

III. CRÍTICA E IRONIA NA VISÃO DO POLÍTICO

Das três obras que estamos a considerar, a diatribe mais irónica contra a figura do político é a contida em *O Conde d'Abranhos*. A visão negativa da política é neste romance oferecida através de um processo irónico que se serve do que poderíamos chamar um narrador comprometido. Quem nos apresenta o político é o seu secretário, indivíduo que pertence ao círculo dos íntimos do Conde, por isso conhecedor, por dentro, da personalidade da personagem principal. Como seu admirador incondicional, no propósito de louvar e defender o chefe, narra ingenuamente, oferecendo ao leitor uma dupla visão dos factos: a do Conde e dos partidários, que é apresentada como certa e verdadeira, mas também a dos seus inimigos, destinada a ser criticada. A suspeita fica no ar e a realidade aparece como um jogo de duplas visões que depende do lado a partir do qual se olhem os factos. Assim, a saída do Conde do partido liberal, grande traição para os parlamentários deste, é um serviço à pátria para Abranhos e os seus. A ironia máxima surge uma e outra vez quando, apesar das tenta-

---

18 *Op. cit.*, pág. 103.

19 *Op. cit.*, pág. 138.

20 Cf. a caracterização de João Medina, *op. cit.*, pág. 95.

tivas do secretário, o juízo do leitor continua a ser sempre negativo para com o Conde.

O acerto queirosiano radica na eleição de um narrador comprometido vital e emocionalmente com a personagem que vai ser objecto de uma forte crítica, sem que pareça tal, dado que esta se produz de facto quando o leitor descodifica a ironia, ironia do autor, não do narrador.

Se Eça tivesse escolhido um narrador de terceira pessoa como o de *Os Maias* ou *A Ilustre Casa de Ramires* para desenvolver a sua crítica, este apareceria como suspeito de aversão aos políticos e ao mundo da política. Este narrador ofereceria apenas uma impressão de parcialidade e teria construído uma simples caricatura, enquanto que Z. Zagalo tenta cinzelar uma grande estátua, à maneira da escultura funerária com que a obra acaba, e, sem o querer, enche-a com a ambição, a arrogância, a mediocridade intelectual e a falta de honestidade que definem o Conde de Abranhos.

Em *Os Maias* a crítica, através do processo irónico, ostenta um desprezo mais aberto pela classe política, evidente nos comentários, por vezes imprecações, que diferentes personagens fazem sobre o Conde de Gouvarinho:

"Um asno, um caloteiro!", segundo o Marquês amigo de Carlos da Maia[21],

"Tem todas as condições para ser ministro: tem voz sonora, leu Maurício Block, está encalacrado, e é um asno!...", julga João da Ega[22],

"Que besta, aquele Gouvarinho!(...)" e noutra parte "Uma cavalgadura", segundo Gonçalo, um dos jornalistas de *A Tarde* onde Ega publica a carta de Dâmaso Salcede[23].

A opinião negativa atinge inclusive o léxico, de maneira que se fala da classe política em termos pejorativos, designando os seus representantes como *politicotes* e *politiquetes*.

As personagens principais de *Os Maias* têm uma visão altamente negativa da política, entendida como "ocupação dos inúteis"[24], o que produz em Ega enjoo e deprezo:

> "A política! Isso tornara-se moralmente e fisicamente nojento, desde que o negócio atacara o constitucionalismo como uma filoxera! Os políticos hoje eram bonecos de engonços, que faziam gestos e tomavam atitudes porque dois ou três financeiros por trás lhes puxavam pelos cordéis... Ainda assim podiam ser bonecos bem recortados, bem envernizados. Mas qual! Aí

21 *Os Maias*, pág. 126.
22 *Op. cit.*, pág. 199.
23 *Op. cit.*, pág. 578.
24 *Op. cit.*, pág. 691.

é que estava o horror. Não tinham feitio, não tinham maneiras, não se lavavam, não limpavam as unhas..."[25]

Segundo Gonçalo, o jornalista de *A Tarde*, a política, como a literatura, também tem evoluído para o realismo, sinónimo neste caso de dinheiro:

"Meu caro, a política hoje é uma coisa muito diferente! Nós fizemos como vocês, os literatos. Antigamente a literatura era a imaginação, a fantasia, o ideal... Hoje é a realidade, a experiência, o facto positivo, o documento. Pois cá a política em Portugal também se lançou na corrente realista. No tempo da Regeneração e dos Históricos, a política era o progresso, a viação, a liberdade, o palavrório... Nós mudámos tudo isso. Hoje é o facto positivo – o dinheiro, o dinheiro! o bago! a massa! A rica massinha da nossa alma, menino! O divino dinheiro!"[26]

Por último, em *A Ilustre Casa de Ramires* um Gonçalo ambicioso de fortuna e prestígio social, como qualquer dos outros políticos retratados anteriormente, é seguido de um indivíduo novo em todos os âmbitos, também no político. A transformação pessoal que experimenta o protagonista desta obra atinge o aristocrata pobre, que procura na carreira política uma saída do meio rural para a vida elegante de Lisboa, para o converter num político persuadido durante algum tempo de que o seu trabalho pode melhorar a vida daquela gente que parece sinceramente estimá-lo e querê-lo:

"E depois nas outras visitas, (...), encontrou o mesmo fervor, os mesmos sorrisos luzindo de gosto. "O quê! para o fidalgo! Isso tudo! E nem que fosse contra o Governo!" – Na tasca do Manuel da Adega, um rancho de trabalhadores bebia, já ruidoso, com as jaquetas atiradas para cima dos bancos: o Fidalgo bebeu como eles, galhofando, gozando sinceramente a pinga verde e o barulho. (...) E quando Gonçalo montou, todos o cercavam como vassalos ardentes, que a um aceno correriam a votar – ou a matar!"[27]

Estamos em presença de um político humanizado, desconhecido nos romances anteriores, que acaba por interpretar o acto da eleição como um acto de amor:

---

[25] *Op. cit.*, pág. 691.
[26] *Op. cit.*, pág. 579.
[27] *A Ilustre Casa de Ramires*, pág. 328.

"E assim, quando cerca das oito horas, o Fidalgo consentiu em jantar – já conhecia o seu triunfo esplêndido. E o que o impressionava, relendo os telegramas, era o entusiasmo carinhoso daqueles influentes, povos que ele mal rogava, e que convertiam o acto da eleição quase num acto de amor."[28]

Isto não quer dizer que a consideração geral sobre a política tenha mudado. As opiniões que achamos ao longo da obra seguem a mesma linha. Assim Videirinha pensa que "em Política hoje é branco, amanhã é preto"[29]; Totó resume o trabalho dos deputados como um "palmilhar na Arcada, para bajular conselheiros"[30] e Gonçalo, ao reflectir sobre a vitória eleitoral, vê diante dos olhos da imaginação a vida mesquinha e falsa que a actividade política lhe oferece e, como é sabido, coerente consigo, renunciará cedo a ela para viajar para África.

No universo queirosiano, a política continua a ser uma actividade perversa e suja, mas neste romance, ao menos por um instante brilha algo limpo: deixadas de lado as manipulações eleitorais, a essência mesma da democracia natural aparece no facto da eleição de um homem estimado pelo povo, apreciado pelas suas virtudes, querido pelo seu trato com os humildes. E Gonçalo é capaz de perceber esse afecto colectivo. A eleição torna-se um momento de esperança fugaz, uma vez que, extinguidas as luzes que iluminam a Torre e calado o barulho da festa, o protagonista compreende o significado do seu triunfo: "Triunfo dessa miséria"[31]. Postos na balança os dois tipos de vida, a dos políticos e a dos "sobre-humanos", Gonçalo finalmente escolhe aquele que supõe luta e construção.

IV. A CARACTERIZAÇÃO ATRAVÉS DA PALAVRA DO POLÍTICO

Entre os aspectos que perfilam a figura do político nestes romances acha-se a capacidade oratória. Nas três obras fala-se reiteradamente da eloquência como virtude que adorna cada um destes políticos, se bem que só achemos o Conde d'Abranhos a participar como orador na Câmara e unicamente neste romance são oferecidos fragmentos de discursos como exemplos de oratória oitocentista, trechos que contribuem para a caracterização irónica da personagem.

---

[28] *Op. cit.*, pág. 338.
[29] *Op. cit.*, pág. 40.
[30] *Op. cit.*, pág. 103.
[31] *Op. cit.*, pág. 344.

A única intervenção do Conde de Gouvarinho na Assembleia não é propriamente um discurso, mas uma interrupção ao orador no uso da palavra, que acaba por ser uma crítica engraçada, que produz o riso dos deputados. O facto do Conde falar no Parlamento surpreende a condessa, o que indica o carácter inesperado desta intervenção. Mais do que pelas suas palavras quando fala com outras personagens, o Conde distingue-se como homem político pela atitude e o gesto com que acompanha as opiniões:

> "Proferia estas coisas como do alto de um pedestal, muito acima dos homens, deixando-as providamente cair dos tesouros do seu intelecto à maneira de dons inestimáveis. A voz era lenta e rotunda; os cristais da sua luneta de oiro faiscavam vistosamente; e no bigode encerado, na pêra curta, havia ao mesmo tempo alguma coisa de doutoral e de casquilho."[32]

O comentário do narrador sintetiza alguns dos traços mais importantes do perfil do político: sentimento de superioridade diante do auditório, seja este composto de parlamentários ou de amigos, e importância acordada à imagem pessoal. Imagem que não é mais que o disfarce da mediocridade intelectual que o próprio Gouvarinho descobre em detalhes como confessar desconhecer por completo a História, embora tenha lido com esforço e atenção a *História Universal* de César Cantu[33].

No que respeita a Gonçalo Mendes Ramires, a sua curta vida de deputado (de Janeiro a Junho) aparece ocupada em banquetes, caçadas e passeios pela Avenida, porém na sua visão profética da vida que o espera como político, vê-se a "berrar discursos":

> "Sim, talvez um dia, com rasteiras intrigas (...), e promessas e risos através de redacções, e algum discurso esbraseadamente berrado – lograsse ser ministro."[34]

Na caracterização como orador do Conde d'Abranhos é preciso distinguir a sua actividade como jornalista político do trabalho no Parlamento. Da primeira temos um exemplo de artigo jornalístico contra uma reforma do governo. O secretário reproduz um excerto que nos permite

---

[32] *Os Maias*, pág. 142.

[33] *Op. cit.*, pág. 143. A visão irónica do narrador materializa-se a nível linguístico com a imagem que substitui, transformando as palavras-ideias em tesouros inestimáveis que não saem da boca do falante, mas brotam do seu intelecto.

[34] *A Ilustre Casa de Ramires*, pág. 344.

uma primeira aproximação ao estilo do Conde, baseado na elaboração de complexas e longas frases com abundantes períodos subordinados e no emprego de imagens de forte valor emotivo. As circunstâncias externas que envolvem o artigo oferecem-nos um bom exemplo de como na vida política as opiniões pessoais se sujeitam aos critérios do partido, pois o Conde, embora concordasse "inteiramente" com a medida governamental, escreve contra ela por lealdade para com seus compromissos políticos[35].

Eça de Queirós, com esta primeira etapa da vida política de Alípio Abranhos na imprensa, atinge e critica os dois meios, o político e o jornalístico, revelando as estreitas relações que os unem.

No que diz respeito à actividade parlamentar do Conde d'Abranhos, a sua primeira intervenção na Câmara é uma simples exclamação que Alípio não é capaz de conter provocando grande hilaridade entre os "senhores deputados":

> "E vós sois o ministério que se sumiu daqui por um alçapão!"[36]

A dita interrupção, em estilo popular, proporcionar-lhe-á fama de engenhoso e brincalhão. Pessoalmente o Conde d'Abranhos sofre por causa desta reputação e, para acabar com os efeitos desta maneira anti-heróica de começar a carreira política, prepara um grande discurso de "eloquência grave". Tanto o processo de preparação do discurso como a sua exposição na Câmara decorrem paralelamente ao fim da gravidez e ao nascimento do primeiro filho do Conde. Serve a simultaneidade, por um lado, para nos apresentar um homem mais preocupado com o seu sucesso político do que com o facto de importância íntima e familiar que se desenvolve ao mesmo tempo, pois não hesita em abandonar o seu lugar junto da sua mulher. Por outro lado, a composição do discurso é metaforicamente contaminada pelas dificuldades implicadas pela gestação e o parto, embora o produto deste esforço seja um discurso sobre a Instrução Pública.

O secretário fornece-nos aspectos externos referidos ao dia de chuva, à falta de parlamentários na Câmara, ao barulho da água na clarabóia da

---

[35] Um outro exemplo de que o discurso do Conde d'Abranhos, e por extensão o dos políticos em geral, está ao serviço das circunstâncias, do que branco pode ser apresentado como preto segundo as necessidades políticas do momento, é a capacidade que o Conde demonstra para substituir um artigo em que critica com toda a veemência as decisões do governo por outro em que as defende. O secretário vê neste facto a predisposição inata do seu chefe para a oratória, enquanto o leitor a entende como falta de convicção firme numa ideologia concreta.

[36] *O Conde d'Abranhos*, pág. 121.

sala e ao temor cénico inicial que apanha o Conde, porém o discurso não é reproduzido: "Este discurso é bem conhecido" assinala Zagalo; matéria de estudo para alunos de liceu, está incluído numa obra imaginária que recolhe todos os discursos de Alípio Abranhos: *Discursos do Conde d'Abranhos*, Editor Cruz, 1873, Lisboa.

O aparente desinteresse pelas palavras textuais é compensado com a exegese parcial do secretário, filtro pelo qual o autor destaca os traços do discurso que lhe interessa mostrar ao leitor. Assim sabemos que nos achamos ante "a obra literariamente mais bem trabalhada do Conde"[37], influenciado por Mirabeau e Lamartine, de quem o Conde tomou "a ampla retórica liberal que domina as orações desses mestres", chegando mesmo o secretário a defender o Conde da acusação de plágio insistindo em que o estilo, o colorido e o período do discurso eram "genuinamente de Alípio Abranhos". O leitor, graças à caracterização oferecida anteriormente pelo artigo jornalístico, percebe o que é própio desse estilo.

Zagalo, levado pela sua admiração patente nas orações interrogativas e exclamativas, vai mostrar o mais importante elemento retórico desta construção discursiva sobre a Instrução Pública: o orador vai recriando quadros, um após outro, em que aparecem Filipe II no Escorial, a invasão dos bárbaros com Átila e seu cavalo, a corte papal dos Borgias, o patíbulo de Luís XVI, Napoleão a cavalgar pela Europa, etc. "Poderia dizer-se que tudo isto nem sempre vinha a propósito..."[38], diz o secretário e esta opinião, com que o autor assegura que a sua crítica seja bem percebida, sintetiza a de todos, inclusive a do leitor. A falta de adequação entre o discurso e o tema de que de facto devia falar é, mais uma vez, justificada por Zagalo dada a beleza, a poesia, o génio contidos nas palavras do Conde.

A propensão a "literaturar" transforma os discursos de Alípio em composições retóricas, que causam admiração no auditório pela sua forma trabalhada e pela erudição das referências históricas. Assim a personagem vai criando fama, não só de homem culto, mas também de grande orador, sem ser um autêntico estadista.

O Conde apresentará na Câmara mais três discursos antes de passar para a oposição. Um deles sobre política colonial, que o secretário nem reproduz nem comenta; um outro sobre o projecto dos caminhos de ferro, onde a tendência a poetizar do Conde volta a manifestar-se a ponto de Zagalo pensar que o dito discurso poderia intitular-se, à maneira de uma composição lírica, *Ode ao Caminho de Ferro*. No último dos discursos,

---

37 *Op. cit.*, pág. 126.
38 *Op. cit.*, pág. 127.

Alípio Abranhos explica e justifica a sua passagem do partido Reformista ao Nacional. O secretário reproduz em discurso directo um trecho de cada um destes onde podem notar-se as similitudes no que respeita aos elementos formais: modo apelativo, propensão ao uso de metáforas, de adjetivos valorativos, ao emprego de enumerações paralelísticas que dão lugar a longos períodos, procura de ingredientes emotivos, etc., enquanto que a realidade que num e noutro é desenhada é completamente diferente, se não oposta. Assim no discurso sobre o caminho de ferro o orador oferece-nos um quadro do país onde o comboio atravessa espaços de felicidade:

> "Nunca o utilitário modo de comunicação foi descrito com tal colorido, com tal vigor de imaginação: «Vede-lo – exclama o orador – esse monstro de ferro, soltando das narinas turbilhões de fumo, semelhante ao Leviatão da fábula! *(bravo!bravo!)* Vede-lo, atravessando como um relâmpago os mais áridos terrenos: e que maravilhoso espectáculo se nos oferece então: ao contrário do cavalo de Átila, cuja pata fazia secar a erva dos prados, por onde passa este novo cavalo de fogo *(bravo!bravo!)* brotam as searas, cobrem-se as colinas de vinha, *(muito bem! muito bem!)* penduram-se os rebanhos nas encostas verdejantes dos montes, murmuram os ribeiros nas azinhagas, ondulam as searas *(muito bem!)* e o jovial lavrador lá vai, satisfeito e alegre, cantando as deliciosas canções do campo, junto à esposa fiel, coroada das mimosas flores dos prados!» *(Bravo! Bravo! Sensação!)*[39]

No entanto, no segundo discurso, a situação da nação vê-se transformada numa sucessão de circunstâncias adversas em que é especialmente simbólica a mudança experimentada pelo camponês que, pouco antes, ia cantando até aos seus férteis campos e que agora achamos a regar com lágrimas um campo desolado:

> «Olhai em redor, e vede este formoso torrão de Portugal, que vós jurásteis, nas mãos de El-Rei defender e fazer prosperar; olhai e dizei-me se sois dignos de estar nesses bancos uma hora mais: por toda a parte o esbanjamento da fazenda pública, por toda a parte o patrocinato primando o mérito; a escola, essa fonte pública, seca de instrução; as férteis campinas, desoladas; as estradas que prometesteis, cobertas dos pedregulhos e das lamas da incúria; as cadeias, esses depósitos do mal, trasbordando; e o pobre camponês, que sucumbe ao peso dos impostos, regando com lágrimas o grão escasso que lhe dá um solo desolado!» *(Bravo!Bravo!)*[40]

---

[39] *Op. cit.*, pág. 130.
[40] *Op. cit.*, pág. 135.

Para além de ilustrar a opinião de Videirinha, o músico amigo de Gonçalo em *A Ilustre Casa de Ramires,* segundo a qual "em política hoje é branco, amanhã preto", a eleição destes dois discursos tão opostos no desenho da realidade é o recurso irónico de que o autor se serve para nos descobrir e alertar para insinceridade de todo discurso político, dependente sempre do papel que o emissor desempenhe dentro do tabuleiro político, do lado do governo ou do lado do partido na oposição.

Atingida a fama de "grande orador", o Conde, segundo o seu secretário, desenvolverá na oposição uma intensa actividade parlamentar com frequentes interpelações, moções, apartes, etc., mas não há no romance nenhum outro excerto de intervenção parlamentar.

Ao mundo da palavra pertencem outras informações que têm que ver, por exemplo, com o efeito que os discursos causam no auditório ou com a voz e o gesto do orador. Assim com frequência o narrador informa sobre a reacção do público como se este dado fosse mais importante que as palavras propriamente ditas. No discurso sobre os caminhos de ferro, o secretário transcreve os bravos ouvidos na sala e na intervenção para explicar a passagem para a oposião onde não faltaram os "bravos frenéticos" e uma "grande ovação", embora os ministros do governo sentissem como bem diferente a força das palavras:

> "(...) nos seus bancos, com os braços frouxos, a cabeça pendente, sentindo retumbar-lhes aos ouvidos aquela voz, igual a outra que na Antiguidade, do fundo dos ares apostrofara Caim, pareciam contemplar, aterrados, a visão pavorosa da Pátria arruinada!
>
> A sensação foi prodigiosa."[41]

Em íntima relação com o efeito dos discursos acham-se a importância que o narrador dá ao gesto e à voz. Na sua estreia como orador, o Conde d'Abranhos preocupa-se especialmente com estes aspectos:

> "A voz, muito admirada, tinha uma plenitude metálica e sonora e ia, nas suas ondulações vibrantes, como ondas triunfantes que banham os rochedos da praia, bater os renques de peitos dilatados e extáticos. O gesto foi considerado perfeito, ainda que as frequentes punhadas no rebordo da tribuna, dando um som oco de pau, pareceram demasiadamente impetuosas."[42]

---

[41] *Op. cit.*, 137.
[42] *Op. cit.*, 128.

Também em *Os Maias*, embora o Conde de Gouvarinho, como já foi assinalado, não faça nenhum discurso, o narrador preocupa-se em informar-nos como é a sua atitude ao falar, destacando uma importante qualidade que possui para ser ministro: tem uma "voz sonora"[43].

V. CONSIDERAÇÕES FINAIS

Eça de Queirós elabora em *O Conde d'Abranhos* uma caricatura do político oitocentista a partir da acumulação de traços negativos e cria assim um tipo literário que em romances posteriores aparece depurado e concretizado.

A palavra como via para a caracterização supõe a recriação literária de certa modalidade de discursos políticos que Eça devia conhecer por experiência própia extraliterária. Este recurso é empregado unicamente no primeiro romance, enquanto nos posteriores só achamos alusões ao facto de a eloquência e o conhecimento da oratória serem qualidades fundamentais na carreira política. Através da recriação dos discursos de Alípio Abranhos, hipercaracterizados nos comentários do secretário ou nos trechos seleccionados por ele, o autor exerce uma crítica linguística sobre o carácter retórico tanto do discurso jornalístico como parlamentar e sobre a frágil relação que existe entre estes discursos e a realidade, mas não continuou com esta via de exploração crítica em obras posteriores.

A maneira de nos oferecer os fragmentos dos discursos do Conde d'Abranhos, seleccionados sempre segundo o critério do secretário, são o mecanismo que melhor serve para a crítica linguística e o efeito irónico. O narrador Z. Zagalo julga estar a apresentar os exemplos mais aperfeiçoados do estilo do seu chefe, enquanto que a impressão que recebe o leitor é a de um produto altissonante e pomposo que contribui para a imagem negativa do político.

Mais de um século depois surpreende a vigência da crítica que continua a ser feita aos políticos, basta para comprová-lo olhar para a imprensa escrita mais actual.

---

43 *Os Maias*, pág. 199.

BIBLIOGRAFIA

Campos Matos, A. (coord.), *Dicionário de Eça de Queirós,* Lisboa, Ed. Caminho, 1988.

Medina, J., *Eça de Queirós e a geração de 70*, Lisboa, Moraes Editores, 1980.

Medina, J., *As conferências do Casino e o Socialismo em Portugal*, Lisboa, Publicações Dom Quixote, 1984.

Seoane, Mª Cruz, *Oratoria y Periodismo en la España del siglo XIX*, Valencia, Ed. Castalia, 1977.

OS 'MODOS' DE FRADIQUE: COMPONEMAS DOMINANTES N'*A CORRESPONDÊNCIA DE FRADIQUE MENDES*

MARIA JOÃO SIMÕES
Universidade de Coimbra

A Correspondência de Fradique Mendes apresenta uma variedade temática e compositiva desde há muito reconhecida pela crítica queirosiana, sendo notória a multiplicidade de assuntos que esta obra aflora. Este aspecto torna-se mais marcante sobretudo na segunda parte, constituída pelas cartas: a própria presença de destinatários diferentes motiva assuntos diferentes. Não é por acaso que, na carta "A Eduardo Prado", seu amigo brasileiro, Fradique fala do Brasil, e que a Ramalho Ortigão conta um episódio onde é patente a crítica de costumes e se retrata uma sociedade alicerçada na hipocrisia, pois, na verdade, se incita o leitor a relacionar os temas com os destinatários.

Porém, a variedade e a complexidade desta obra não advém só da diferenciação temática – há também uma grande variedade modal intrincadamente ligada aos temas, uma vez que o autor explora múltiplas qualidades, ou categorias, ou predicados estéticos.

Observe-se então, de forma mais pormenorizada, como estas qualidades, predicados ou categorias se manifestam, utilizando para tal algumas passagens desta obra.

Na primeira carta dirigida "A Clara", Fradique diz à sua presumível amada:

> Foi no Inverno, minha adorada amiga, (...) que a vi, (...) diante duma consola, cujas luzes, entre os molhos de orquídeas, punham nos seus cabelos aquele nimbo de ouro que tão justamente lhe pertence como «rainha de graça entre as mulheres». (...) Passei (...) voltei a readmirar, a meditar em silêncio a sua beleza, que me prendia pelo esplendor patente e compreensível, e ainda por não sei quê de fino, de espiritual, de dolente e de meigo que brilhava através e vinha da alma. E tão intensamente me embebi nessa

> contemplação, que levei comigo a sua imagem (...) corri a encerrar-me com ela, alvoroçado, como um artista que (...) descobrisse a Obra sublime dum Mestre perfeito. (...) Comecei a viver cada dia mais retirado no fundo da minha alma, perdido na admiração da Imagem (...), e fui como um monge na sua cela, alheio às coisas mais reais (...).
>
> Mas não era (...) um pálido e passivo êxtase diante da sua Imagem. Não! era antes um ansioso e forte estudo dela, com que eu procurava conhecer através da Forma a Essência, e (pois que a Beleza é o esplendor da Verdade) deduzir das perfeições do seu Corpo as superioridades da sua alma. (CFM, Ob, II: 1069)[1].

A categoria estética aqui plasmada é a categoria do *belo* e mesmo, por vezes, a do *sublime*, passando Clara a representar essas qualidades.

De modo bem diferente, a carta V dirigida por Fradique a Guerra Junqueiro termina com o seguinte relato:

> De resto, não se desconsole, amigo! Mesmo entre os simples há modos de ser religiosos, inteiramente despidos de Liturgia e de exterioridades rituais. Um presenciei eu, deliciosamente puro e íntimo. Foi nas margens do Zambeze. Um chefe negro, por nome Lubenga, queria, nas vésperas de entrar em guerra com um chefe vizinho, comunicar com o seu Deus, com o seu Mulungu (...). O recado ou pedido, porém, que desejava mandar à sua Divindade, não se podia transmitir através dos Feiticeiros e do seu cerimonial, tão graves e confidenciais matérias continha... Que faz Lubenga? Grita por um escravo: dá-lhe o recado, pausadamente, lentamente, ao ouvido: verifica bem que o escravo (...) tudo retivera: e imediatamente arrebata um machado, decepa a cabeça do escravo, e brada tranquilamente – «parte»! A alma do escravo lá foi, como uma carta lacrada e selada, direita para o Céu, ao Mulungu. (CFM, Ob, II: 1055).

Obviamente em contraponto com o extracto da carta "A Clara", este episódio explora o grotesco, servido pelo exotismo.

Por sua vez, na carta dirigida "Ao Sr. Molinet", ao explicar como ganhou fama o talento do conselheiro Pacheco, Fradique utiliza a caricatura, sendo óbvia a exploração do satírico:

> Este talento nasceu em Coimbra, na aula de direito natural, na manhã em que Pacheco, desdenhando a Sebenta, assegurou que «o século XIX era

[1] Todas as citações da *Correspondência de Fradique Mendes (Memórias e Notas)* são feitas pela edição *Obras de Eça de Queirós*, Porto, Lello & Irmão Editores, e indicadas pela abreviatura CFM, Ob, II.

> um século de progresso e de luz». (...) Esta geração académica, ao dispersar, levou pelo País (...) a notícia do imenso talento de Pacheco. (...) Pacheco estava maduro para a representação nacional. Veio ao seu seio – trazido por um Governo (...). E desde que as Câmaras se constituíram, todos os olhares, os do governo e os da oposição, se começaram a voltar com insistência, quase com ansiedade, para Pacheco, que, na ponta duma bancada, conservava a sua atitude de pensador recluso (...) Finalmente uma tarde, na discussão da resposta ao discurso da Coroa, Pacheco teve um movimento como para atalhar um padre zarolho que arengava sobre a «liberdade». O sacerdote imediatamente estacou com deferência; (...) e toda a câmara cessou o seu desafogado sussurro, para que, num silêncio condignamente majestoso, se pudesse pela vez primeira produzir o imenso talento de Pacheco. (...) De pé, com o dedo espetado (...), Pacheco afirmou num tom que traía a segurança do pensar e do saber íntimo: – «que ao lado da liberdade devia sempre coexistir a autoridade!» Era pouco, decerto: – mas a Câmara compreendeu bem que, sob aquele curto resumo, havia um mundo, todo um formidável mundo, de ideias sólidas. (CFM, Ob, II: 1065).

Este extracto claramente evidencia a qualidade satírica do texto, coadjuvada por um tipo de ironia verbal que se baseia na conhecida estratégia de afirmar o contrário do que se pensa fingindo ignorar esse processo, de modo semelhante ao que acontece na sátira[2].

Perante esta variedade, é conveniente atentar na caracterização destas qualidades estéticas e observar a sua importante funcionalidade nesta obra. Para tal, analisar-se-á, em primeiro lugar (1°), a teorização do conceito de predicado; em segundo lugar (2°), observar-se-ão conceitos e princípios que regem a composição narrativa para a qual os predicados concorrem; finalmente, em terceiro lugar (3°), aplicar-se-ão os diversos conceitos e princípios na análise d'*A Correspondência de Fradique Mendes*.

1.° Com designações diferentes – categorias, ou qualidades, ou predicados estéticos – trata-se do mesmo conceito que, embora se apresente estreitamente ligado aos conceitos de modos e géneros literários, deles se distingue. Sem querer retomar o antigo e complexo problema da distinção

---

2 Kreuz e R. Roberts distinguem dois tipos de ironia verbal: um, baseado no fingimento; e outro, sustentado pela "menção em eco". Os autores sublinham o facto de a sátira partilhar com o primeiro tipo de ironia esse procedimento que consiste num fingir ignorar que se está afirmando o contrário do que se acredita. Diferentemente, a paródia e o outro tipo de ironia procedem pela utilização de palavras ou do pensamento de outrem, atribuindo-lhes um sentido discrepante relativamente ao seu primitivo contexto (Kreuz e Roberts, 1993: 100).

entre modos e géneros literários, pode lembrar-se rapidamente que o seu historial remonta às distinções feitas por Platão e por Aristóteles; bem mais tarde, Goethe e, mais recentemente ainda, Paul Hernadi, Kate Hamburger (1957), Northrop Frye (1957), Alastair Fowler (1982) – para nomear apenas alguns teóricos – estabeleceram, a este propósito, diferentes taxonomias. No contexto desta teorização, interessa, agora, reter a observação feita por Alastair Fowler ao estudar a distinção entre modos e espécies:

> The terms for kinds (...) can always be put in noun form ("epigram", "epic"), wheras modal terms tend to be adjectival. (Fowler, 1982: 106).

A constatação do carácter adjectival dos modos não explica, porém, a proliferação modal existente para além da tripartição tradicional dos modos: lírico, dramático e narrativo.

Por isso, para abordar esta complexa questão em *O Conhecimento da Literatura*, Carlos Reis, apoiando-se em alguns dos teóricos referidos e na teorização bakhtiniana, distingue os modos fundacionais e os modos derivados (Reis, 1997: 241).

> É possível falar de **modos** derivados como o **cómico**, o **trágico**, o **elegíaco**, (...) Sem estarem necessariamente representados em uma (e apenas uma) opção de género, tais modos constituem abstracções de propriedades fundamentais que reconhecemos em diversos géneros (Reis, 1977: 244).

Assim, trágico, cómico, heróico, poético, etc. são qualidades ou predicados que podemos encontrar nos textos literários, combinadas com as suas opções fundamentais de género, de modo fundacional e com as opções temáticas.

A noção de qualidade ou de predicado, conhecida na Estética sobretudo sob a designação de categoria estética, foi estudada por vários estetas que tentaram captar as suas características e estabelecer a lista das categorias, entre os quais se salienta Étienne Souriau que, em 1973, propõe uma sistematização das categorias representando-as esquematicamente em rosácea.

Robert Blanché, por seu turno, afirma que é impossível estabelecer **a** lista das categorias: "tout au plus pourrions-nous en proposer **une** (...) regardée d'abord comme une simple énumération hypothétique et provisoire" (Blanché, 1979: 30). Na tentativa de racionalizar a abordagem de tão complexa problemática, a sua simpatia vai para um método indutivo de levantamento de categorias, procedendo metodologicamente por proximidades e oposições, estabelecendo categorias novas a partir de outras já teorizadas e comumente aceites. E é em sintonia com estas considerações que R. Blanché aumenta e aperfeiçoa o diagrama em rosácea de E. Souriau – embora remate alertando para a inoperacionalidade de considerar um sistema fechado (1979: 97)[3].

Revisitando criticamente as principais teorias explicativas sobre este conceito, G. Genette analisa pormenorizadamente o seu estatuto e o seu modo de funcionamento. O entendimento genettiano conexiona-se com a sua compreensão do fenómeno estético, que parte assumidamente de uma teoria subjectivista e relativista da relação estética – na esteira do relativismo de Hume e do subjectivismo de Kant[4]. É no segundo volume de *L'œuvre de l'Art*, de 1997, que G. Genette analisa esta questão e advoga a favor da designação "predicado" (que, como ele recorda, é de origem kantiana). De acordo com o seu posicionamento teorético, este pensador francês considera que o rol dos predicados estéticos é irrestringível[5].

Ora, nos textos literários verifica-se uma cristalização categorial que, em certa medida, é uma forma radical desse processo de objectivação que Genette diagnostica na predicação estética em geral e na predicação artística em particular, e que implica a transferência do (de qualidades apreendidas pelo) sujeito para (qualidades no) o objecto[6]. As qualidades ou, como G. Genette prefere dizer, os predicados, constituem "eficazes operadores de objectivação" (1997: 114), uma vez que o seu aparente carácter descritivo encobre a relação apreciativa do sujeito. Mas, mais do que uma simples transferência, este processo ganha, por assim dizer, opacidade através da *representação*.

---

[3] O conceito de categoria estética é definido no *Vocabulaire d'Esthétique* com o intuito de estabelecer as suas componentes: a) um *ethos* – definido como uma atmosfera afectiva específica; b) um sistema de forças estruturado – definido como "l'agencement des éléments dans une relation et interaction organique"; c) um tipo especial de valor estético – ao especificar uma variedade particular de ideal estético; d) a possibilidade de verificação em todas as artes (Souriau, 1990: 324).

[4] Segundo G. Genette, Kant contrabalança o seu subjectivismo com a teoria da comunidade de gostos.

[5] Já A. Danto considerava que a lista dos predicados estéticos era interminável (Genette, 1997: 108; Danto, 1989: 246).

[6] Este processo é claramente sinedóquico, pois opera por mudança categorial (cf. Zimmerman, 1989: 36).

E G. Genette aponta como distintivo da "candidatura artística"[7] precisamente a "pregnância dos dados técnicos"[8], sendo "a função artística o lugar por excelência de interacção entre o estético e o técnico" (1997: 190, 192).

Relativamente às obras de arte, o "pertencimento categorial", que decorre das qualidades intrínsecas de cada obra, está dependente não apenas de propriedades estéticas estabilizadas, mas também de propriedades não-estéticas emergentes. A apreciação artística tem de lidar, por isso, com propriedades padronizadas – seja por subsunção, seja por rejeição inovadora contra o padrão instituído – e também com os factores variáveis permitidos dentro dos modelos.

De acordo com estas considerações, pode assumir-se que os predicados estéticos são fundamentais para a composição das narrativas de ficção literária.

2º. Contudo, quando se chega a este ponto, a análise confronta-se com outro conceito muito fluido e muito complexo: o conceito de 'composição' literária.

No que diz respeito à sua aplicação nos domínios da narratologia, já muitos teóricos tentaram circunscrever este conceito, que joga com diferentes níveis configurativos.

A poética alemã do princípio do século XX – sobre a qual se edificou a poética formalista e estruturalista[9] – desenvolveu várias abordagens deste conceito cujos elementos ainda hoje podem ser úteis para recobrir diferentes níveis compositivos. Otmar Schissel, por exemplo, preocupado com a composição da história como um todo, distingue como princípios arquitectónicos fundamentais a **gradação**, a **concentricidade**, a **variação**,

---

[7] G. Genette postula, à partida, como critério diferenciador da relação artística (no que respeita à relação estética com os objectos naturais) a "intenção" autorial que se encarrega, por assim dizer, de propor que um determinado objecto seja considerado como objecto estético – em sintonia com a expressão de G. Dickie "candidatura à apreciação" estética, e paralelamente à de E. Panovsky, "solicitação de uma percepção de ordem estética".

[8] Um dos sintomas passíveis de estimular a atenção estética é aquilo que G. Genette (1997: 69) designa por "saturação semântica" e, para além dela, a imprescindível apreciação estética que, graças a essa pregnância técnica, ganha contornos específicos na relação artística.

[9] Segundo Lubomir Dolezel, reconhecido teórico da narrativa ficcional, a poética alemã, nomeadamente através de Otmar Schissel e Wilhelm Dibelius é fundamental para se perceber a transição para a poética estrutural da narrativa (semanticamente orientada) – cf. Dolezel, 1990: 202.

a **simetria**, o **paralelismo** e o **contraste** (1990: 208). Por sua vez, Wilhelm Dibelius, deslocando "o centro de interesse da poética narrativa da composição formal para as categorias semânticas"[10], põe em evidência o entrecruzamento de conceitos e níveis compositivos muito diferentes[11] – o que permite falar de uma englobante "arquitectura" compositiva respeitante à variação temática, aos registos discursivos diferentes, à lógica narrativa impressa pelas convenções dos subgéneros assumidos e aos protocolos de leitura agendados.

A teorização de W. Dibelius mostra quer o carácter extensivo (não fechado) de determinadas categorias integrativas da composição, quer a diferenciação dos momentos de elaboração, quer ainda a multiplicidade das combinatórias possíveis entre as diferentes categorias.

O carácter complexo da composição literária torna-se singularmente gritante no romance. De facto, a liberdade compositiva que este género arvora põe em causa qualquer taxonomia fixa. Simultaneamente convencional e não-convencional, a composição romanesca parece dissolver-se e escapar-se por entre qualquer tipologia rígida que se queira estabelecer[12].

É no quadro desta complexidade romanesca que duas outras noções emergem como verdadeiramente estimulantes: a de **componema** e de **dominante**. Como salientou L. Dolezel, a primeira foi introduzida por Vasilij Gippius, em 1919, com o sentido de 'invariante semântica' (1990: 230); a segunda é proposta por A. M Petrovskij, principal representante da morfologia composicional na Rússia, para salientar o predomínio dum constituinte básico da estrutura narrativa (Dolezel, 1990: 227, 230). Ainda

---

[10] Na tentativa de seguir o processo pelo qual o autor engendra a narrativa, W. Dibelius considera várias etapas de concepção, engendrando um modelo complexo, não estratificacional mas sim analítico (cf. Dolezel, 1990: 212).

[11] Contemplando tempos, níveis e categorias diferentes, a abordagem de W. Dibelius aproxima-se do conceito ricœuriano de 'síntese do heterogéneo' (Ricœur, 1983: 10), o qual se pode estender à conjugação de diferentes níveis: semântico, sintáctico-semântico e pragmático – o que permite falar de uma englobante "arquitectura" compositiva.

[12] O estudo da composição no romance põe em evidência não só quanto a composição literária em geral estará sempre em estreita dependência da subsunção de uma obra aos géneros no seu dinamismo, mas também que será necessário pensar em gradientes de dependência: maior, por exemplo, no caso do soneto ou da tragédia; menor, no caso do romance. Enquanto género integrativo de outros géneros e subgéneros (como a biografia) ou de outros tipos de discurso (como a carta), o romance evidencia o aproveitamento das convenções dos géneros, ao incorporá-las na sua própria arquitectura compositiva, tal como acontece n'*A Correspondência de Fradique Mendes*.

mais aumenta a sua operacionalidade, se se jogar com o cruzamento dos dois conceitos[13].

No contexto conceptual aqui brevemente exposto, a composição diz respeito ao modo como vários elementos e categorias se organizam, interligando-se. Todavia, não é possível estabelecer uma lista definitiva desses elementos, uma vez que eles emergem dum processamento interactivo interno e externo: a **composição** reúne componemas, ou seja, engloba conceitos já por si abstractos, aos quais o leitor chega interactivamente.

Eis por que apenas se poderão propor determinados princípios fundamentais da composição[14] muito genéricos e abstractos, de forma a abarcar o jogo entre o semântico-cognitivo, o sintáctico e o pragmático. Esses princípios serão:

a) a **relação**;

b) a **correlação**;

c) a **articulação**.

Estes princípios regem a estruturação compositiva, sem necessariamente se apresentarem de forma gradativa.

3º. Isto é rastreável na obra *A Correspondência de Fradique Mendes*, como se verifica se se atentar com minúcia nos gradientes de complexidade presentes na sua estruturação.

Considerando separadamente a parte composta pelas cartas, pode ver-se aí estabelecido o jogo usual do discurso epistolográfico que impõe uma **relação** clara entre destinador e destinatário. Todo o texto da carta está dependente da **relação** que se institui entre estes sujeitos estruturantes. A complexidade aumenta se pensarmos que as diferentes cartas, embora tematicamente diversificadas, podem estar correlacionadas por um destinador comum – como é o caso das cartas "A Madame de Jouarre" e das cartas "A Clara", onde se verifica o princípio da **correlação**. No segundo exemplo, as cartas "A Clara", esta **correlação** assume uma feição gradativa, primeiramente ascendente e depois descendente, ou seja, representa o início e o crescimento da pressuposta relação amorosa entre Fradique e Clara, e depois o declínio ou o desgaste (ou desgosto), e o *terminus* dessa relação.

---

[13] Ao cruzar os conceitos de componema e dominante pode acontecer que um determinado elemento, até aí percebido como constituinte menor da composição, por estabelecer relações de proximidade com um elemento dominante, seja guindado ao estatuto de componema importante.

[14] Estes princípios revelam-se operatórios para abordar a composição queirosiana (cf, Simões, 2000: 358-384).

Por seu turno, também na parte das "Memórias e Notas" se encontra uma primeira e básica **relação** organizadora: a que se estabelece entre o narrador-testemunha – um "eu" anónimo – e o objecto do seu testemunho – Fradique. Em causa estão duas perspectivas diferentes e a relação que entre elas se estabelece. Mas ao serem aduzidas outras perspectivas **correlacionadas** com estas – as supostas perspectivas de Teixeira de Azevedo, de Antero, de Oliveira Martins, ou mesmo a perspectiva de Mme Lobrinska – o jogo torna-se muito mais complexo.

Para além de tudo isto, entre a primeira e a segunda partes, ou seja, entre as "Memórias e Notas" e "As cartas" existe uma **articulação** cujos elos são subtilmente tecidos, uma vez que se vai preparando o leitor, logo de início, para a fragmentaridade discursiva das cartas. De um modo admirável, o discurso epistolográfico responde articuladamente aos temas levantados pelo relato autobiográfico. Repare-se que esta composição permite a proliferação temática das cartas, distribuindo a variação dos temas de acordo com os destinatários; concretizados nas cartas, temas e variedade são anunciados na parte das "Memórias e Notas".

A complexidade d'*A Correspondência de Fradique Mendes* revela--se ainda maior se se considerarem outras categorias da narrativa, como os temas, os predicados estéticos, e os pontos de vista narrativos que se imbricam e se articulam, erigindo-se em **componemas** de um modo funcional coerente, que interessa ter em conta.

Por exemplo, temas como a contrafacção e a genuinidade[15], presentes na carta "A Mr. Bertrand, Eng. na Palestina" e também na carta "A Oliveira Martins", são configurados respectivamente com o contributo dos predicados grotesco e poético, uma vez que as características genuínas são expressas (e dadas a sentir) como poéticas e os aspectos decorrentes da contrafacção são expressos (e dados a sentir) como grotescos.

Assim, por um lado, verdadeiramente poéticos são:

> (...) a tenda, e o camelo grave que carrega os fardos, e a escolta flamejante de beduínos, e os pedaços de deserto onde se galopa com a alma cheia de liberdade, e o lírio de Salomão que se colhe nas fendas duma ruína sagrada, e as frescas paragens junto aos poços bíblicos (...) [que] atraem o homem de gosto que ama as emoções delicadas de Natureza, História e Arte. (CFM, Ob, II: 1079).

---

15 Cf. Simões, Maria João (1992) «Eça e Fradique: as cartas e os seus temas», in *Queirosiana*, nº 2, Julho, pp. 13-30.

Por outro lado, e contrastivamente, profundamente grotesca se revela a presença de uma locomotiva na Terra Santa:

> Corta através de Beth-Dagon, e mistura o pó do seu carvão de Cardife, ao vetusto pó do Templo de Baal (...) atroa com guinchos o grande S. Jorge (...). Toma água, por um tubo de couro, do Poço Santo (...) Galga, numa ponte de ferro, a torrente em que David, errante, escolhia pedras para a sua funda derrubadora de monstros. (...) Suja ainda Emaús, vara o Cédron, e estaca enfim, suada, azeitada, sórdida de felugem, no vale de Hennom, no términus de Jerusalém! (...) [onde] o ocidental positivo (...) irá à noite (...) bater três carambolas no *Casino do Santo Sepulcro!* (CFM, Ob, II: 1076).

Diversamente, na carta "A Madame de Jouarre", na qual Fradique elogia o sossego da Quinta de Refaldes no Minho, o pitoresco é o predicado basilar, coadjuvado pelo bucólico. Numa outra carta "A Madame de Jouarre", onde Fradique fala do "cumpridor" Padre Salgueiro, já são os predicados satírico e irónico que se evidenciam e que concorrem para a caracterização de mais um dos curiosos "Tipos" que descreve à sua madrinha.

Para além de todos estes aspectos, a extraordinária complexidade d'*A Correspondência de Fradique Mendes* é ainda notória se se considerar a lógica **gradativa** que o relato biográfico, instituído como **componema dominante**, imprime à primeira parte. Por seu turno, na segunda parte, a **variação** domina a multiplicidade dos **componemas temáticos**, que, como se viu, é coajuvada pela **variação** dos **predicados** utilizados. Opções de género, como a biografia e o relato memorialístico, escolhas de subgénero ou tipo discursivo como a carta e o discurso epistolar, organizações de temas e preferência de predicados – tudo concorre para a complexidade da composição desta obra que irá acompanhar o autor até aos seus últimos anos de vida.

E porque a vida é uma trágica comédia, mais vale terminar com o satírico riso queirosiano, uma vez que na imensa variedade dos predicados estéticos desta obra nem sequer falta o cómico que se evidencia, por exemplo, na personagem-tipo do Comendador Pinho:

> A sua vida tem uma dessas prudentes regularidades, que tão admiravelmente concorrem para criar a ordem nos Estados. Depois de almoço calça as botas de cano, lustra o chapéu de seda, e vai muito devagar até à Rua dos Capelistas, ao escritório térreo do corretor Godinho, onde passa duas horas pousado num mocho, junto do balcão, com as mãos cabeludas encostadas ao cabo do guarda-sol. (...) Às seis recolhe, despe e dobra a

sobrecasaca, calça os chinelos de marroquim, enverga uma regalada quinzena de ganga, e janta, repetindo sempre a sopa. (...) Aos domingos, à noitinha, com recato, visita uma moça gorda e limpa que mora na Rua da Madalena. Cada semestre recebe o juro das suas inscrições.

Toda a sua existência é assim um pautado repouso. (...) E enquanto ao destino ulterior da sua alma, Pinho (como ele a mim próprio me assegurou) – «só deseja depois de morto que o não enterrem vivo». (...)

Estou certo que Pinho respeita e ama a Humanidade. (CFM, Ob, II: 1074).

BIBLIOGRAFIA

BLANCHÉ, Robert (1979) *Catégories esthétiques*, Paris, Librairie Philosophique J. Vrin.

DOLEZEL, Lubomír (1990) *A Poética Ocidental. Tradição e Inovação*, Lisboa, Fund. Calouste Gulbenkian.

FOWLER, Alastair (1982) *Kinds of Literature. An Introduction to the Theory of Genres and Modes*, Claredon Press, Oxford.

GENETTE, Gérard (1979) *Introduction à l'Architexte*, Paris, Ed. Seuil (Genette, Gérard, *Introdução ao arquitexto*, Lisboa, Vega, 1986).

GENETTE, Gérard (1997) *L'Œuvre de l'Art. La Relation Esthétique*, Vol. II, Paris, Ed. Seuil.

KREUZ, Roger J.; ROBERTS, Richard M. (1993) "On Satire and Parody: The Importance of Being Ironic", in *Metaphor and Symbolic Activity*, 1993, 8(2), pp. 97-109.

REIS, Carlos (1995) *O Conhecimento da Literatura*, Coimbra, Livraria Almedina.

REIS, Carlos; LOPES, Ana Cristina (1987) *Dicionário de Narratologia*, Coimbra, Livraria Almedina, [4ª ed.] 1994.

SIMÕES, Maria João (1992) "Eça e Fradique: as cartas e os seus temas", in *Queirosiana*, nº 2, Julho, pp. 13-30.

SIMÕES, Maria João (2000) *Ideias Estéticas em Eça de Queirós*, Coimbra, Dissertação de Doutoramento.

SOURIAU, Étienne (1990) *Vocabulaire d'Esthétique*, Paris, PUF.

UM PROJETO DE ESTUDO DA IMAGEM EM *A RELÍQUIA* DE EÇA DE QUEIRÓS

MARIA JOSÉ PALO
Pontifícia Universidade Católica de São Paulo

Um estudo do romance à luz do gênero em evolução histórica deve ser tratado como um sistema complexo, que apresenta uma certa capacidade de gerar relações, conexões, vínculos com outros sub-sistemas. Um sistema passa a influenciar a história do outro em sucessividade, ao mesmo tempo em que exerce papéis diversos de acordo com os indicadores do contexto cultural ao qual pertence.

A escritura literária como um sistema sígnico ficcional revela-se sob um complexo de relações em conectividade com o real, então convertido em matéria formal, em busca de uma organização lógica própria. Seu objeto é a imagem em atualização de potencialidades, vindo a constituir um sub-sistema de correspondências entre semelhanças de forma e sentido, cujos unificadores são os conceitos de signo e representação.

Desse modo entendida a escritura, pode-se atribuir a um projeto de estudo da imagem, no romance queirosiano, particularmente em *A Relíquia*, uma dimensão reveladora de marcas estranhas e graves que apontam para a modalidade de um sistema complexo de ressurreição arqueológica, no dizer de Eça de Queirós: "A simpatia, o favor, vão todos para o romance de imaginação, de psicologia sentimental ou humorista, de ressurreição arqueológica (e pré-histórica)". O escritor português faz alusão à tradução de um sistema do romance por um outro que prendesse em suas raízes míticas uma reação contra o naturalismo vigente na sociedade contemporânea de 1893, era o seu pensamento vanguardista. Eça também o prevê ao assim declarar: "Todas as formas se afinam, se adelgaçam, se esvaem em diafaneidade – no esforço de traduzir e pôr na tela o não sei quê que habita dentro das formas, a pura essência que conserva apenas o contorno indefinido do seu molde material". O romancista fala da descoberta de idealizações voltadas para o mundo das realizações das formas de vida, que "descem do céu transcendental para se desenvolver na experiência". Surge, em seu testemunhar, por conseguinte, a necessidade de se remeter à experiência da imagem primeira do fenômeno literário que habita dentro das formas em liberdade supostamente compartilhadas no sistema literário de complexidade.

Nos fins do século XIX, o livre-pensamento explode no velho continente, com a tendência de busca de um princípio superior que promovesse e também realizasse a fraternidade de corações e a igualdade de bens, ideais libertários vigentes nas nações. Mais ainda, que procurasse uma nova ancoragem comunicativa com raízes na linguagem. Este livre-pensar deveria vagar pelas maravilhosas regiões do sonho, da lenda, do mito, do símbolo, das imagens que Eça de Queirós busca nos roteiros de viagens ao Oriente. Uma renovação que envolvesse a literatura e a arte para os fazedores de prosa e de verso, romancistas e poetas realistas. A imagem em transformação estética passa a se impor em todo o exacerbado descritivismo do romance de Eça de Queirós, orientado para uma nova emoção intelectual, a tornar-se linguagem apoiada em novas sensações dadas pela observação direta e pelo movimento narrativo, que tenta fixar o contorno e o sentido novo das coisas. Imagem visual essa que busca a mental, sob outra direção, das impressões às sensações, destas às idéias, dos perceptos aos juízos perceptivos, da imagem à palavra, em busca de organicidade sistêmica.

Por conseguinte, toda a multiplicidade temática em Eça rompe-se em interações imaginárias e coletivas entre sistemas abertos de linguagem e, dentre eles, o da Arte. Esta passa a se abrir para uma troca de essências, marcas de modernidade científica e experimentalista feita de análise e de comparação, conhecida no Brasil e Portugal (1840) por Realismo, movimento artístico que na França e na Inglaterra era chamado Naturalismo ou Arte Experimental. Eça de Queirós estuda uma forma científica de fazer arte na realidade social, assim enunciada: "A Arte tornou-se o estudo dos fenômenos vivos e não a idealização das imaginações inatas" (*Obras de Eça de Queirós*, vol. III, 915, 1879).

Nesta contingência histórica, o texto literário para Eça toma para si a universalidade e a modernidade dos assuntos sociais: a terra, o dinheiro, o comércio, a política, a guerra, a religião, as grandes indústrias, a ciência. Faz da técnica uma metodologia de criação, quando a forma escritural resgata para si os princípios da arte que o romance passa a estudar na realidade social. Poesia, romance, teatro e arte são revisados em sua forma lírica e na ação. "Arte é tudo – tudo o resto é nada", confirma Eça em 1886.

Esta reflexão holística sobre a forma literária nos oferece, neste estudo, um ponto de partida para abordar a imagem no sistema de complexidades do romance, que é tomar a realidade como um fenômeno de observação. Olhamos para o símbolo, não mais como que olhássemos para o próprio objeto, mas tomando-o como um representante ou ruptura daquilo que ele representa. A representação que se faz das coisas é a aparência flagrada perceptivamente, sob a visão de evolução e historicidade do signo. Em resposta a isso, a qualidade sígnica da imagem busca o completar de seu sentido no sistema de signos da linguagem, ao lançar medidas qualitativas para momentos de futuridade e, então alimentar o sonho ou a idéia de prazer da leitura da escritura. O conceito de imagem nesse comutar tempo espaço e lugar passa a compreender também a imagem verbal e a mental, cada uma em sua autonomia discursiva. É sob esse ângulo escolhido que observamos a função da imagem em *A Relíquia* de Eça de Queirós, capítulo II, aquilo que consideramos um processo do percebido visualmente em coordenação com as formas já internalizadas, um processo imagético semiótico aplicado ao sistema complexo de relatos do romance.

Não há imagens visuais que não tenham surgido de imagens mentais, assim como não há imagens mentais que não tenham origem no mundo concreto dos objetos visuais. A percepção concreta volta-se ao modo imaginário, para fazer da ficção um fato estético. Eça fez da experiência de sua viagem ao Oriente, nas festas de inauguração do canal de Suez, uma fonte de descritivismo, quando partilha de imagens, via percepção direta do objeto, iconicidade capaz de oferecer-lhe a materialidade das sensações evocadas pela imaginação das formas, não mais de conservadorismos. As impressões dessa viagem propiciam para o autor a rapidez efêmera de uma visão de narrador que irá converter-se em *A Relíquia,* num caleidoscópio de descrições que adentram as artes plásticas com quadros sucessivos, e tomam força de realidade aos olhos observadores do leitor. Visões, fantasias, imaginação, esquemas, perfis, modelos, representações mentais, tudo ganha um corpo unificador em algo terceiro, um signo de representação do fenômeno do real, cujo corpo está no imaginário do pensamento ocidental em comutação com o oriental. Apreendemos, pela via do pensamento semiótico, uma intenção do romancista, a de reduzir uma diversidade de dados problemáticos contextuais a uma unidade conciliatória de um conceito mais abrangente, conceito de paz supositiva lógica.

A partir desta perspectiva científica do realismo objetivo, a imagem em seus dois domínios, como representação visual e imagem mental, tem origem no mundo concreto, tendo o signo por seu duplo, real e representação. É esse mesmo signo que deve nos posicionar como receptores e tradutores de seu sentido junto à cognição, são signos e operações mentais que ocorrem na forma de processos. Pelos sentidos, recebemos continuamente perceptos, imediatamente colhidos nos diagramas interpretativos que ficam à espera dos julgamentos seqüentes. Através desses julgamentos, identificamos e reconhecemos o estímulo percebido que se chama imagem, imagem absolutamente indeterminada. Os dados sensoriais da realidade oriental em *A Relíquia*, integrantes de uma linguagem sincrética, caligráfica e aglutinante, são colhidos sensorialmente pelo autor Eça e passam a gerar efeitos descritivos ou qualitativos sobre a cognição, de modo que, ao serem reconhecidos, entrem em combinação com o processo estético de ordenação perceptiva e sejam integrados em sua continuidade, agora descontínua. Sem a leitura dessas imagens, o símbolo sozinho jamais poderá significá-las, muito menos crescer em favor do conhecimento de seus objetos virtuais: "o significado, desse modo, fica, não naquilo que é realmente pensado (imediatamente presente), mas com aquilo que este pensamento possa estar conectado em representação por meio de pensamentos subseqüentes; disso resulta que o significado de um pensamento é totalmente alguma coisa virtual" (CP 5.289).

A pragmática de interpretação do universo simbólico da imagem combinada a outros códigos que se inscrevem na natureza visual do signo leva, sobretudo, a escritura narrativa a ganhar um *design* mais complexo, pois o princípio da verossimilhança literária, seu princípio construtor, tem a função de aproximar similaridades "antes nunca associadas", sob níveis de comunicação diversificados. Sabendo que um poema ou uma novela não é experienciado como um signo, no mínimo inicialmente. Assim afirmamos sob o entender da correlação signo-objeto, que toma uma coisa em seus atributos enquanto uma representação da própria coisa nela mesma; no signo passa a desempenhar funções interpretativas de algo mais. A forma é pensável pela própria qualidade. O que nos faz concluir que toda a observação que um escritor faz colateralmente, quando acrescida da imaginação e do pensamento, constituirá de uma idéia de algo mais, permanecendo, por conseguinte, indefinida. É desse mesmo ângulo evolutivo que os símbolos usados em *A Relíquia* passam a ganhar uma gama de configurações individuais de experiências antecedentes para construir uma identificação, porém, atualizada com a sociedade da época. Para a semiótica peirceana, essa observação colateral, a que Eça relata em suas experiências de viagem verossimilmente, serve, também, para integrar esses dados no sistema cultural em ampliação simbólica, o que não é dado por um único objeto de percepção. Quanto maior for a variedade de abordagens em relação ao objeto de percepção, mais o estaremos corrigindo enquanto um processo perceptivo falível que é por excelência. Para exercer essa função e alcançar o mesmo fim, um escritor deve atuar em dois papéis: o de quase-emissor e o de quase-intérprete, do mesmo modo como todo signo o exige, tanto para originá-lo quanto para desenvolvê-lo como forma. A imaginação do autor Eça gera signos de coisas, de coisa a coisa, coisas que são objetos do signo, além delas próprias, pois nem todos os signos podem dar certo, ao adequarem-se aos seus objetos. No tocante à proeminência especial da relação signo-objeto, importa acrescentar que, qualquer modo de interpretar um objeto do signo como uma configuração, não fica sob o controle do sujeito-narrador. Ao contrário, fica na dependência do acaso de uma representação vívida na sua mente, experiência sujeita à insistência regular do real, visto que o "significado de uma representação não é senão outra representação", confirmaria Peirce. Isso significa integrar o signo literário como um signo alternativo de um sistema complexificado e expansivo, múltiplo em sua vividez e realismo, de um sistema complexo que busca um telos capaz de cobrir toda a existência e o cosmos, complementaria Eça. Basta ler *Notas de Viagem, Quarta-Feira, Outubro*, "Gibraltar pela manhã".

Em princípio, um possível projeto que tenha como propósito a aplicação da imagem a uma outra forma de representação ou conversão para a mídia cultural deve, necessariamente, estabelecer uma diferença entre o símbolo e o seu objeto, por mediação com o signo simbólico. Para a concepção semiótica, a relação entre o símbolo e seu objeto dá-se através de uma mediação, uma associação de idéias ou um hábito que faz com que o símbolo seja tomado como representativo de algo diferente dele, ou seja, é uma lei ou uma regra que determinará que o signo seja interpretado como se referindo a um dado objeto. E o mais importante é saber que, o símbolo não tem existência concreta, ele não é individual, ao contrário, ele é um tipo geral. O símbolo é uma lei, tanto quanto seu objeto e significado são leis. É no coração dessa lei que vige a forma, a encarnação da imagem literária. Trabalhar verossimilmente com estas leis é a tarefa do romancista, assim como da mídia que delas uso fizer, saindo dos esquemas logocêntricos para os esquemas de uma semiótica da imagem, fora do pensamento diádico ou binário do estruturalismo lingüístico para um pensamento triádico: "Todo signo é interpretado por um signo ou pensamento subseqüente, no qual a relação-do-signo-ao-seu-objeto torna-se objeto do novo signo" (Sheriff: 1994, 36-37). Assim procedendo, as categorias descritivas da imagem devem ser entendidas como aspectos dos fenômenos, presentes ao mesmo tempo no descritivismo narrativo de *A Relíquia*, em diferentes graus. Trata-se de colocar a característica da similaridade entre o signo e o objeto, ou seja, fazer o signo ligar-se ao objeto por sua semelhança, por características comuns com ele, em nível de primeiridade com ele, ou como figura, ou diagrama ou metáfora. São dados qualitativos de aspectos inerentes à pintura, à descrição pictórica que a literatura retoma para seu trabalho diferenciador feito de verossimilhanças, enquanto a mídia opera por meio de sua lei de renovação acelerada, do sucesso efêmero. Desse modo transforma-a em experiência do espetáculo sob a conversão formalizada pela simulação, quando a imagem deve distrair, seduzir, provocar choque. Esta, segundo sua natureza, não mais se realiza no espaço e tempo reais sobre objetos reais, mas por meio de jogos de uma não-hierarquia propensa às inovações e às surpresas da moda da mídia, marcando e regendo um outro estado social democrático. Modela-se, nesse espaço de ruptura, um mundo que faz a fusão teórico-prática, tornando o signo um *medium* ao expressar os modos nos quais ele se apresenta no "modo como" está na imaginação. Isso significa aludir a uma das dimensões funcionais do signo imaginário, por meio do qual algo mais é transmitido no tempo descontínuo de uma experiência possível. Ainda mais, é liberar ou libertar o signo para que ele seja determinado pelo objeto e não pelo apriorismo do significado, ao mesmo tempo em que ele, o signo, torna-se mediador de uma relação objeto-significado. Torna-se um *medium* de comunicação e como seu signo ganha uma natureza dinâmica e orgânica, ao ser materializado numa forma sensível, na interdependência meio-veículo. Pela concepção semiótica, esse é o complexo processo da Semiose, que coloca-se em interação com outros sub-sistemas de signos: tanto o meio se modifica funcionalmente, alterando seus materiais, quanto aquilo que comunica do objeto é modificado, sem que se percam sua natureza e validade objetivas. O resultado dessa ampliação interativa é a formalização de um processo dialógico entre o meio e a função abstrata de um signo-meio que tem um só propósito – *comunicar algo mais, real ou fictício*, o qual pode ser capaz de estar numa forma sensível, num processo que comunique algo sobre o objeto não previamente conhecido (MS 654,7).

No plano da interatividade, caráter dominante da função da imagem, esta estabelece com o receptor uma relação orgânica, numa interface ao mesmo tempo corpórea mental e imediata, saltando paradigmas que, evolutivamente, fundem as artes e as tecnologias. Novas paisagens sígnicas são criadas e transformadas no romance-relato queirosiano, ao instaurarem uma nova ordem perceptiva e vivencial, uma mistura de paradigmas que, para os teóricos da semiótica visual, constitui o estatuto mesmo da imagem de uma sociedade contemporânea. A dimensão dialógica do pensamento reúne os elementos do *medium* verbal com a iconicidade, ou melhor dizendo, os signos do pensamento não-simbólico associam-se com os de natureza simbólica que têm o mesmo ponto em comum – a natureza do pensamento, enquanto um pensamento-pensado. "Toda coisa possui uma forma e, portanto, uma qualidade, e isso basta para torná-la pensável. Pensável não só por algum observador potencial, mas também, a partir daí, pelo próprio signo", no explanar do fenomenólogo semioticista André de Tienne: 1996, 275. Segundo essa natureza fenomênica, "o significado dos símbolos é afetado por seus objetos, pois os objetos, agindo e reagindo, mudam as concepções que temos deles" (Johansen: 1985, 235).

Eça de Queirós em *A Relíquia* já aplica a hibridização dos códigos das artes plásticas e da arte literária, ao tratar suas leis e princípios de organização de modo espacial e por meio de signos equivalentes mais gerais, signos originados da correlação da imagem, da palavra e do argumento da proposição. A imagem goza da incompletude contextual, ou seja, como um todo holístico mostra tendências pragmáticas abertas e possíveis e indeterminadas como o índice. Entretanto, se a imagem for levada a uma pragmática midiática, cabe-lhe ser fiél às leis da criação, o que não significa ser verdadeiro ou ser falso para com ela, mas significa fazer dela uma práxis de possibilidades indiretas, verossímeis, ao narrar ou relatar a história da realidade sensível, sob o ritmo do efêmero, fora da tendência hegemônica logocêntrica verbal. Todavia, tal práxis não deve excluir sua historicidade lógica, para que seja entregue à mente do receptor democraticamente, sem dominantes argumentativas. À imagem cabe apenas ser relatada verossimilmente, por signos de um imaginário coletivo, desempenhando a função de uma mera questão e com sujeição ao gosto público.

No realismo cênico de *A Relíquia*, Teodorico, o narrador em primeira pessoa, atua por uma observação tripartite, entre um ego e não-ego, buscando legitimação em tempo real de um discurso de outrem, o de Titi ou da própria sociedade em que nasceu. Neste contexto, é objeto de um terceiro dizer, que não é mais um discurso introdutório, mas um verbo-ação, permitindo a alternância discurso direto-indireto. Um dinâmico processo interativo coletivo é construído, ao marcar um estilo sustentador de traços dos eventos históricos bíblicos atrás das figuras vividas ficcionalmente, eventos nos quais eles são apreendidos, agindo e experienciando, convertidos em novos fatos históricos, sob o método científico da investigação e da memória. Além disso, esses eventos tomam um lugar aqui-e-agora em sua ficcionalidade. Na ficção, todo e qualquer sistema de referência entre o ato narrativo e o narrado desaparece. Diálogo, solilóquio, discurso indireto livre e direto amalgamam-se à narração direta, e vice-versa, em uma configuração gestática flutuante, que produz ficção assumindo o sistema complexo das formas múltiplas. Conseqüentemente, a narrativa não pode ser compreendida, interpretada, julgada e avaliada à margem desta experiência ficcional. E se interpretada, ela engendra um mundo de um modo reversível que torna o ato criativo único e causal, onde o narrado é a narração e a narração é o narrado. A narrativa passa a existir numa continuidade funcional estática entre narração e o narrado contra uma descontinuidade temporal entre os signos e os seus objetos culturais. Os discursos da ficcionalidade não emergem juntos em flutuação espacial; em sendo assim negam, não apenas uma imagem subseqüente do trabalho da verossimilhança, mas também o próprio processo de recepção. O criador, o narrador-autor-personagem deve permitir que os discursos mesclem-se igualmente na totalidade da narração enquanto atuam na totalidade do narrado, sem a polarização narração-narrado, e vice-versa. E se, por acaso, uma ou outra forma passa a dominar, é uma questão de estilo individualizado, não de estrutura. Embora acentuadamente realista, o romance *A Relíquia* de Eça evidencia uma extensão de elementos quantitativos do ato narrativo flutuante, permeados de signos de imagens sonoras, gestuais, gustativas, visuais, hápticas retiradas da personagem adicional visualmente presente na narrativa. Toda a coleção de signos vivenciados no passado pela personagem Titi são convertidos em objetos na relação triádica representamen-objeto-interpretante que autoriza o signo a ser representado, i.é., significar-se em sendo pensado. A narrativa passa a receber outras funções que emergem entre a investigação estética e a ação lógica da escritura, propiciando ao narrador-poeta uma função mimética e verossímil com as imagens multiplicadas e amplificadas pela interatividade funcional entre sistemas. Mais uma comprovação do reconhecer da construção do sistema complexo de relações entre códigos, naturezas e funções comparadas e julgadas no romance queirosiano, à disposição da mídia, à qual cabe recriar aquele contexto histórico social à sua sombra de uma idéia real, literária ou poética, enquanto lança-se à moda da cultura midiática. Ou, ainda no conceber verdadeiro e lúcido do signo semiótico: "Por um signo quero dizer qualquer coisa, real ou fictícia, que é capaz de estar numa forma sensível, e aplicável a algo diferente dela, que já é conhecido, e que é capaz de ser interpretado em outro signo"... ou de toda a coisa possível na historicidade de uma cultura literária gerada pela agudeza da forma de um signo quase-perfeito do romance *A Relíquia* de Eça de Queirós.

BIBLIOGRAFIA

JOHANSEN, Jorgen Dines, "Literatura; Memória Coletiva – Fantasia Coletiva", São Paulo, *FACE – Revista de Semiótica e Comunicação*, número especial, 35-58, Agosto, 1991.

GAREWICZ, Hanna-B., "Peirce's Method of triadic analysis of signs", *Semiotica* 26-3/4, 251-259, Berlin, 1979.

HAMBURGER, Käte, *The Logic of Literature*. Translated by Marilynn J. Rose. Bloomington & Indianapolis, Indiana University Press, 1993.

HOUSER, Nathan et al., *Studies in the Logic of Charles Sanders Peirce*, Bloomington & Indianapolis, Indiana University Press, 1997.

PALO, Maria José, *Arte da Criação*, São Paulo, EDUC/FAPESP, 1998.

PEIRCE, C. Sanders (1931-1966), *Collected Papers* (CP). C. Hartshorne, P. Weiss and A.W.Burks (eds.), Vol. V, Cambridge, MA, Harvard University Press.

— MS 654,7; MS283; MS292.

QUEIRÓS, Eça, *Obras de Eça de Queirós*. Vols. I-II-III, 915, 1879, Porto, Lello & Irmãos Editores, 1912.

SHERIFF, John K., *Charles Peirce's Guess at the Riddle*. Grounds for Human Significance, Bloomington and Indianapolis, Indiana University Press, 1994.

TIENNE, André de, *L'Analytique de la répresentation chez Peirce*. La genèse de la thèorie des catégories, Bruxelles, Facultés Universitaires Saint-Louis, 1996.

CARLOS FRADIQUE MENDES: DE EÇA AOS ROMANCES DO SÉCULO XX

MARIA LUÍSA LEAL
Universidade da Extremadura

A presente reflexão desenvolve-se à volta de um legado cultural de Eça de Queirós: Carlos Fradique Mendes. Trata-se de uma figura de contornos míticos, um proto-heterónimo de Eça a quem, num jogo ficcional que prefigura a modernidade, se atribui uma *Correspondência* postumamente publicada que, na segunda metade dos anos noventa do século XX, serviu de base à elaboração de três romances: *O Enigma das Cartas Inéditas de Eça de Queirós* (1996), de José António Marcos[1], *Nação Crioula* (1997), de José Eduardo Agualusa[2] e *Os Esquemas de Fradique* (1999), de Fernando Venâncio[3]. As linhas que se seguem assentam no estudo de um *corpus* textual cuja constituição foi sugerida por relações de intertextualidade e pelo uso de técnicas narrativas de reescrita. Os textos em causa – aos três romances do século XX há que acrescentar os textos de partida: *Poemas* (1869) de Fradique Mendes[4], *O Mistério da Estrada de Sintra*

---

[1] Lisboa, Edições Cosmos, 1996.

[2] Lisboa, D. Quixote, 1997.

[3] Lisboa, Grifo, 1999.

[4] Os primeiros poemas de Fradique Mendes foram publicados a 29 de Agosto de 1969, na *Revolução de Setembro*, com uma introdução atribuída por Joel Serrão a Jaime Batalha Reis (cf. Joel Serrão, p. 339), atribuição posta em causa por Maria Eduarda Vassalo Pereira que, na linha de Costa Pimpão e Mª Manuela Gouveia Delille, considera ter sido Eça o seu autor (Veja-se, desta autora, *A Constituição da ficcionalidade em Eça de Queirós*, Dissertação de Doutoramento em Literatura Portuguesa apresentada à Faculdade de Letras da Universidade de Lisboa, 1996, p. 46). Outros poemas virão a lume em *O Primeiro de Janeiro*, Porto, 5 de Dezembro de 1969.

(1870)[5], de Eça de Queirós e Ramalho Ortigão e *A Correspondência de Fradique Mendes* (1888-89), de Eça – pertencem às literaturas portuguesa e angolana e cobrem um período superior a um século, de 1869, data em que foram publicados poemas do primeiro Fradique Mendes[6], a 1999, data da publicação do livro de Fernando Venâncio. Tendo como base esses textos, procuraremos responder a algumas questões, a saber: por que motivo podemos dizer que Carlos Fradique Mendes é um legado queirosiano que opera sobre o campo literário actual? Quais as virtualidades intrínsecas que tornam Fradique Mendes interessante para a narrativa do nosso fim de século? Que faz cada um dos romances em análise com Carlos Fradique Mendes?

1. Fradique Mendes no campo literário actual

A resposta à primeira pergunta pode ser encontrada num plano empírico e, para avaliarmos a sua influência, seria conveniente que nos reportássemos aos mecanismos de pós-processamento[7] que envolvem Fradique Mendes, desde a crítica académica – daria merecido destaque aos trabalhos de Joel Serrão, Carlos Reis e Ofélia Paiva Monteiro[8] – à moderna ficção, neste caso através da prática da reescrita, característica do período literário que atravessamos. Estes mecanismos contribuem, por um lado, para a manutenção da posição de Eça de Queirós no cânone ocidental – recorde-se que, independentemente do valor atribuído à classificação de Harold Bloom, este inclui Eça no cânone ocidental como único representante português da "Idade Democrática"[9]. E, por outro lado, contribuem para a expansão da influência de um Fradique mítico, sendo no

[5] Esta novela foi publicada no *Diário de Notícias* de Lisboa entre 24 de Julho e 27 de Setembro de 1870.

[6] Sobre a distinção entre um primeiro e um segundo Fradique Mendes, veja-se Carlos Reis, "Fradique Mendes: origem e modernidade de um projecto heteronímico", *Estudos Queirosianos: ensaios sobre Eça de Queirós e a sua obra*, Lisboa, Presença, 1999, pp. 137-155, e Joel Serrão, *O Primeiro Fradique Mendes*, Lisboa, Livros Horizonte, 1985.

[7] Cfr. Siegfried Schmidt, *Foundation for the empirical study of literature. The components of a basic theory*, Robert de Beaugrande (trad.), Hamburg Buske, Hamburg, 1982.

[8] Para além dos dois trabalhos de Joel Serrão e Carlos Reis, veja-se, de Ofélia Paiva Monteiro, "Um jogo humorístico com a verosimilhança romanesca: *O Mistério da estrada de Sintra*", *Colóquio/Letras*, 86, Jul. 1985, pp. 15-23; 97, Maio-Jun, 1987, pp. 5-18; 98, Jul.-Ago., 1987, pp. 38-51.

[9] Cfr. Harold Bloom, *O Cânone Ocidental*, Manuel Frias Martins (trad., int. e notas), Lisboa, Círculo de Leitores, 1997.

entanto difícil calcular se essa influência continuará a manifestar-se no filão ficcional, como tem acontecido com o domínio da novela, ou se, pelo contrário, se cristalizará em metáforas redutoras de uso cada vez mais banal – por exemplo, falar de "fradiquismo" para caracterizar um determinado estado de ânimo e actuação.

Não sendo com certeza *A Correspondência de Fradique Mendes* uma obra da magnitude de *Os Maias*, o interesse que tem suscitado no âmbito académico e que se pode avaliar nomeadamente através da sua inclusão em programas universitários de licenciatura e pós-graduação tem aumentado, o que, em meu entender, está directamente relacionado com a expansão do conhecimento sobre Fernando Pessoa e a sua heteronímia. Fradique Mendes, apesar de configurar uma mundividência que não difere daquela que atribuímos ao seu criador e que, portanto, se insere no século XIX, suscita questões de poética que interessam a actualidade: a crítica académica dos anos oitenta e, dez anos mais tarde, a escrita de ficção; isto permite-nos falar de uma modernidade que encontramos principalmente naquela parte da obra queirosiana que transcende o programa realista--naturalista, ou seja, no Eça dos últimos anos.

2. O valor intrínseco de Fradique

A resposta à segunda questão, isto é, a tentativa de averiguar aquilo que torna Fradique Mendes interessante para a ficção actual, prende-se directamente com o valor literário intrínseco de Fradique Mendes. Este reside, principalmente, no carácter inovador que a sua entrada em cena no campo literário representou e que, uma vez que ainda hoje é actuante, podemos considerar um fenómeno literário de longa duração. Esse carácter inovador está relacionado com um aspecto central da literatura portuguesa contemporânea, que encontra em Fradique Mendes como que uma prefiguração: a heteronímia ou capacidade de um escritor para "outrar-se" em personalidades literárias de escritores e o fingimento, com o seu distanciamento irónico, como base da poética autoral. Na verdade, Fradique Mendes tem sido objecto daquilo que Walter Moser designou como "recyclage culturel", ou seja, "la réutilisation d'un materiau culturel déjà disponible dans une nouvelle pratique, quelque différents que soient par ailleurs les matériaux et les pratiques en question quant à leur étendue, leur forme et leur domaine"[10]. Ora, se esta reutilização se dá é porque o mate-

[10] Cfr. Walter Moser, "Recyclages culturels. Élaboration d'une problématique",

rial cultural sintetizado em Fradique Mendes tem as características daquilo que um outro autor, Wladimir Krysinski, considera como "obra revolucionária"[11]: "l'oeuvre révolutionnaire opère une transformation irréversible du langage artistique propre à son genre. Elle est axiologiquement orientée et elle crée un paradigme, une matrice discursive auxquels les oeuvres futures ne peuvent échapper. Par contrainte intertextuelle, elles doivent les utiliser. L'oeuvre révolutionnaire subsiste au-delà de la courte durée où elle surgit comme événement"[12]. Fundamentemos o que acabamos de afirmar recordando sucintamente alguns dados essenciais:

a) A emergência de Fradique Mendes conhece dois momentos distintos: primeiro, o ano de 1869, em que *A Revolução de Setembro* (29 de Agosto) e depois *O Primeiro de Janeiro* (5 de Dezembro) publicam poesias assinadas por C. Fradique Mendes. Um "folhetim", que acompanhava os poemas publicados, apresenta Fradique Mendes como um poeta satânico, íntimo de Baudelaire e Leconte de Lisle e cultor de uma poesia caracterizada por uma certa tendência ao subjectivismo artístico, que permitia justamente a libertação das malhas do classicismo através da adesão ao satanismo, raro em Portugal por causa do conservadorismo monárquico e do despotismo religioso; deste primeiro momento faz ainda parte a publicação de *O Mistério da Estrada de Sintra*, novela de intriga policial publicada em folhetins assinados por Eça de Queirós e Ramalho Ortigão no *Diário de Notícias*, em 1870, como se de um verdadeiro crime se tratasse; o segundo momento é constituído pela publicação de *A Correspondência de Fradique Mendes* por Eça de Queirós e situa-se em 1888-89.

b) O folhetim onde se apresenta Fradique e os poemas publicados em 1869 têm por detrás três personalidades: Antero de Quental, Eça de Queirós e Jaime Batalha Reis. Joel Serrão, na sua obra *O Primeiro Fradique Mendes*[13], discute criticamente o espólio de Fradique e dá-nos uma ideia clara do papel desempenhado por cada um dos três autores na criação daquele que não hesita em considerar como o primeiro heterónimo

---

La Recherche littéraire. Objets et Méthodes, Claude Duchet et Stéphane Vachon (dir.), Québec, XYZ Éditeur, 1998, p. 519.

[11] Tanto o conceito de Krysinski como o de Moser foram utilizados por nós no ensaio "Recyclage culturel d'un voyageur: oeuvre révolutionnaire, littérature postmoderne et postcoloniale", Maria Alzira Seixo et alii (org.), *As Rotas do Multiculturalismo, escritos de viagem e pós-colonialismo*, Lisboa, Edições Cosmos, 2000, pp. 351-367.

[12] Cfr. Wladimir Krysinski, "Les avant-gardes et la réécriture de la modernité", *La Recherche littéraire. Objets et Méthodes*, Claude Duchet et Stéphane Vachon (dir.), Québec, XYZ Éditeur, 1998, p. 160.

[13] Veja-se nota 3.

colectivo produzido pela literatura ocidental. Embora uma outra autora, Maria Eduarda Pais Vassalo Pereira[14], ao contrário de Joel Serrão, insista na noção de "autoria compósita", que distingue de "colaboração" entre aqueles que criaram Fradique Mendes, aquilo que me parece inovador não é que Antero tenha, como declarou ao integrar poemas primeiro assinados por Fradique no conjunto dos seus sonetos, publicado esses poemas sob pseudónimo. A inovação está no jogo colectivo, no fingimento da existência de um autor destinado a agitar o meio literário português. Fradique não é, em sentido restrito, um heterónimo de Antero, nem sequer de Eça, mas a sua lúdica invenção, com o seu passeio pelas humorísticas páginas de *O Mistério da Estrada de Sintra* (mais uma vez, com a intenção deliberada de agitar o gosto burguês, apresentando-lhe um prato confeccionado com elementos que exigiam uma desmontagem irónica, isto é, os mecanismos de veridição que acompanharam uma história inventada e um melodramatismo servido a rodos em certos passos e que, justamente, se pretendia ironizar[15]) e depois a sua recuperação por Eça na *Correspondência* são gestos que nos permitem identificar Fradique Mendes com aquilo que Krysinski considerou ser uma "obra revolucionária", inscrita na "longue durée" e transcendendo, por consequência, os autores individuais e a geração literária que os produziram.

Eça de Queirós foi aquele que levou mais longe o "caso Fradique Mendes", produzindo a "obra revolucionária" propriamente dita, a *Correspondência* onde, como escreve Carlos Reis no seu ensaio «Fradique Mendes: origem e modernidade de um projecto heteronímico», este "surge como figura renovada e sobretudo dotada de uma consistência e de uma homogeneidade estético-cultural que antes não lhe conhecêramos"[16]. *A Correspondência de Fradique Mendes*, com o seu projecto proto-heteronímico, merece ser lida como uma utopia da criação literária que prefigura a modernidade, dominada pela auto-ironia e caracterizada por uma inconclusão e um incumprimento programático de onde deriva boa parte do seu encanto e também uma especial adequação a ser continuada[17].

---

[14] Cfr. *op. cit.*, pp. 21-72.

[15] Veja-se, a propósito, o estudo da autora publicado nos três números da revista *Colóquio/Letras* citados na nota 5.

[16] Cfr. *op. cit.*, p. 140.

[17] Vale a pena referir, em nota, o lado dramático desta incompletude, magnificamente captado por Ernesto Guerra da Cal na sua obra *Língua e estilo de Eça de Queiroz*, 4ª ed., Coimbra, Almedina, 1981, pp. 68-69: «Eça faz-nos a confissão do doloroso drama íntimo do idólatra da forma perfeita, da sua luta desesperada na procura da expressão impossível (...) O drama psicológico da sua impotência diante deste ideal está oblíqua e

Carlos Reis sublinha justamente a sua "incompletude insinuada pela suspeição nunca desvanecida de que na sombra permanecem textos eventualmente reveladores de aspectos fundamentais de um Fradique afinal «provisório»"[18]. E, adiante, acrescenta: "Mais do que projecto falhado, Fradique será, pois, uma solução antecipada, um precursor de estratégias literárias em amadurecimento e em conflito surdo com antecedentes em vias de superação"[19].

A suspeita ou a necessidade de existirem outras cartas de Fradique Mendes é precisamente a mola que desencadeou o aparecimento dos três romances a que fizemos referência no início deste trabalho e de que passaremos a ocupar-nos no ponto seguinte.

3. Do pastiche pós-moderno à problemática pós-colonial

Uma leitura intertextual dos três romances acima referidos permite aclarar particularidades da língua, do estilo e da mundividência de Eça de Queirós, nomeadamente a mistura de utopia romântica e derisão que encontramos na sua última etapa e também discutir o modo como tendências actuais como o pós-modernismo e o pós-colonialismo operam sobre o legado queirosiano. Como escreveu Ernesto Guerra da Cal, "ter um estilo não é possuir uma técnica de linguagem, mas principalmente ter uma visão própria do mundo e haver conseguido uma forma adequada para a expressão dessa paisagem interior"[20]. Isto mesmo se confirma numa leitura intertextual do *corpus* em análise.

A primeira observação que se nos oferece fazer é a de que os três romances se podem agrupar em dois blocos distintos, tanto temática como estilisticamente. Por um lado, teríamos *O Enigma das Cartas Inéditas de Eça de Queirós*, de José António Marcos e *Os Esquemas de Fradique*, de Fernando Venâncio; por outro, teríamos *Nação Crioula*, de José Eduardo Agualusa. Por possuírem características como a ancoragem numa palavra anterior – o que se traduz no recurso a técnicas como a citação e o pastiche – e como que um esvaziamento axiológico, os dois primeiros podem eventualmente ser considerados romances pós-modernos. O segundo insere-se

dolorosamente expresso na atitude de Fradique, que, desejando criar "uma prosa como ainda não há", desiste de escrever».

[18] Cfr. *op. cit.*, p. 148.

[19] Cfr. *op. cit.*, p. 150.

[20] Cfr. *op. cit.*, p. 52.

antes numa problemática pós-colonial, mostrando-nos como, através da reciclagem cultural de um mito da literatura portuguesa pela literatura angolana, se pode configurar numa obra literária um diálogo cultural de fundamental importância para a identidade colectiva de Angola e de Portugal, 26 anos depois da "queda do império". Com Agualusa, Fradique converte-se em utopia fundadora de um imaginário angolano em que a herança cultural não é negada, mas antes substituída por uma realidade pós-colonial caracterizada pela diáspora e pela creolização, dois fenómenos "transgressivos" com os quais a África actual se confronta. E se, durante os anos cinquenta, a negritude era fundadora de uma identidade africana, na era da globalização a palavra de ordem é antes o multiculturalismo. A isto voltaremos adiante.

3.1. *Ironia e elogio*

Tanto a obra de José António Marcos como a de Fernando Venâncio parecem continuar o primeiro Fradique Mendes, mais concretamente, o de *O Mistério da Estrada de Sintra*. No caso de *O Enigma das Cartas Inéditas de Fradique Mendes* a alusão é visível já no título, mas é principalmente pelo tipo de intriga proposta que esta filiação se justifica. A *Correspondência de Fradique Mendes* e o espólio das cartas tornam-se um *leitmotif* em duas intrigas de índole policial. Tanto num caso como no outro, encontramo-nos perante o aparecimento de um espólio inédito que será objecto de indagação, embora as alterações do universo diegético sejam de alcance diferente.

No caso da obra de Venâncio, a indagação levada a cabo no presente terá consequências sobre a biografia de Fradique, o autor fornece-nos uma releitura paródica dessa biografia, dessacralizando o ídolo fradiquiano e convertendo o ideal novecentista de cosmopolitismo e filantropia universal que ele representa num indivíduo capaz de "esquemas", como ilustrativamente sugere pelo uso desta palavra do vocabulário familiar, de extrema coloquialidade.

No caso da obra de Marcos, o aparecimento de cartas inéditas nada pretende revelar da biografia de Fradique ou de Eça pois, para além de não mencionarem "acontecimentos" que teriam mudado o curso da história, não saem nunca de um beco de indecisão quanto à sua autenticidade e acabam por ser um motivo bastante lateral relativamente à intriga policial. Esta, com os seus ingredientes codificados de existência de um crime, com sua vítima, culpado e respectivo móbil, entrosa-se com aquilo que parece ser o tema fundamental da obra: a loucura por Eça, o endeusamento de Eça, a religião de Eça praticada por um curioso e inverossímil grupo de fanáticos. Esse culto de Eça tem os seus arroubos de caricato flamejante, como se pode ver no passo que se segue à leitura da primeira carta inédita: «– Espantoso! Formidável! – exclamou o dr. Pintado, levantando-se subitamente, ao mesmo tempo que punha a mão sobre a cabeça, como para acamar os cabelos que tivessem ficado em pé, por efeito da forte emoção provocada pela leitura da carta. – Que graça! Que humor! O *tom* inconfundível do Eça! Do Eça não, do Fradique Mendes! Porque, como sabes, o estilo do Fradique não é exactamente o estilo do Eça. Tem lá paciência, oh Adriano, mas dá-me mais outro cálice de Porto! que a carta deu cabo de mim!»[21].

O traço mais curioso da obra de José António Marcos é talvez o incumprimento de todos os programas esboçados: do código policial, ao matar a personagem principal e colocar todo o mistério num epílogo em que a resolução do crime pelo inspector Sardinha é pouco mais que linear, revelando que as cartas de Eça foram queimadas apenas para ocultar um móbil interesseiro-sentimental; da paródia de Eça, ao abrir uma discussão acerca de estilo e autenticidade que deixa de fora a autoridade máxima, o professor cuja consulta a vítima do crime chegara a anunciar, Guerra da Cal; o da fidelidade a Eça, ao escrever um «post scriptum» em que, à maneira de Camilo, o narrador se dirige ao leitor, tornando risível tanto o esforço que este fez ao ler a obra até ao fim, como o seu próprio esforço de narrar. Ora, essa revelação de tipo paródico é algo que já conhecemos de *O Mistério da Estrada de Sintra*, isto é, do Eça anterior ao moderno projecto do segundo Fradique Mendes.

Com a obra *Os Esquemas de Fradique* confrontamo-nos com um jovem desempregado, licenciado em jornalismo e frequentador da Biblioteca Nacional que, curiosamente, ignora completamente a existência de Fradique Mendes como heterónimo colectivo produzido no seio da Geração de 70 e que, quando lhe encomendam uma investigação acerca de um Fradique Mendes real e com descendência, aceita o repto, chegando a descobrir que este fora um espião ao serviço da causa monárquica. No que diz respeito ao estilo, seria levada a concordar com Guerra da Cal quando afirma que «toda tentativa de imitação do seu [de Eça] emprego da matéria verbal degenera rapidamente no "pastiche", pois do que mais geralmente se apropriam os imitadores são as suas características mais externas, mais agressivas, menos essenciais. O arremedo torna-se imediatamente evidente»[22]. Porém, mais do que "pecha de construção", o pastiche praticado

---

21 Cfr. *op. cit.*, p. 41.

22 Cfr. *op. cit.*, pp. 95-96.

tanto por Venâncio como por Marcos é um recurso perfeitamente legitimado pela prática literária pós-moderna. Uma característica que se observa no livro de Venâncio é que, enquanto Marcos se cinge a uma linguagem revivalista que contribui para a inverossimilhança do universo diegético, situado nos recentes anos oitenta, o autor de *Os Esquemas de Fradique* opta pela mistura do pastiche de Eça com uma linguagem displicente e algo apressada, configuradora de uma mundividência ficcional dominada pela falta de inteligência e por um humor quase grosseiro, tecido à volta de objectos emblemáticos da sociedade actual como o computador, a Internet ou o telemóvel. Atentemos no seguinte passo: «Falou-se da prisão, do regime, do desenrascanço. O senhor doutor Baltasar Touriga viera por crime cultural, e por isso tinha a consideração dos altos âmbitos e a desconfiança dos baixos. Havia na cela livros sem bonecos e um computador, coisas de grande espanto. Ele fazia uns cobres com explicações de *Excel* e de *Photoshop*, sempre úteis no regresso à sociedade. Não era feliz, «Isto foi tudo uma porra que eu nem sei», mas vivia-se, e havia outros mais desgraçados»[23].

Retomando ao mesmo tempo o Fradique de Eça e o de Agualusa, Venâncio substitui o jogo heteronímico por um jogo policial, criando, através da inversão que este procedimento implica, um universo em que a axiologia parece ser substituída pelo comprazimento com o jogo da construção narrativa e em que, apesar da multiplicidade de topónimos, o espaço físico e social de Lisboa não chega a adquirir grande espessura. Concluiremos com *Nação Crioula*.

3.2. *Uma utopia fundadora*

A obra de Agualusa conta-nos, sob forma epistolar, uma parte da vida de Fradique passada em África. Contemplando primeiro com olhar irónico a sociedade colonial e escravocrata, plena de contradições como a combinação de ideias socialistas com o comércio negreiro, Fradique acabará por envolver-se com Ana Olímpia e terão ambos uma filha chamada Sophia. Ana Olímpia é uma personagem de recorte notável, filha de um rei do Congo e, como ele, reduzida à condição de escrava que, já quando conhece Fradique, atravessa as condições de escravocrata, escrava e anti-esclavagista, destacando-se sempre pelo seu gosto refinado e pelo alto nível da sua cultura e conhecimento livresco. Ao relacionar-se com Ana Olímpia, Fradique Mendes acabará por converter-se em anti-esclavagista

[23] Cfr. *op. cit.*, p. 119.

e fixar-se no Brasil, para onde fogem num navio chamado "Nação Crioula" e onde nascerá Sophia, a sabedoria.

Face à mundividência novecentista de Eça de Queirós, a transformação do filantropo, mas ainda assim colonialista Fradique num anti-esclavagista é totalmente inverossímil. Porém, é precisamente através dessa inverossimilhança que *Nação Crioula* se afirma como romance fundador de um imaginário angolano dominado por uma utopia pós-colonial: a plena vivência do multiculturalismo e a reabilitação da creolização, em tantas latitudes estigmatizada. Como escrevemos noutro contexto, para Agualusa «a salvação dos africanos (Angola pode ser lida como sinédoque de África) – e, podemos acrescentar, dos portugueses, se aceitarmos que, para que o nosso imaginário fixado em pontos "altos" como os descobrimentos e o século XIX atinja o presente[24] deveremos resolver a relação mental com o dito "império colonial", cuja memória tanto incomoda –, a salvação dos africanos, dizíamos, encontra-se numa nação crioula, da mesma forma que o futuro de África passa por uma relação privilegiada com o Brasil, subvertendo, criativamente, o sentido do comércio dos escravos. O Brasil, nação crioula por excelência, funciona como uma plataforma em que é possível repensar a questão de África. Uma sociedade pós-colonial com uma experiência histórica de independência com muito mais de um século poderia funcionar, na axiologia da obra, como mediadora entre a África e o mundo ocidental que, como por demais se tem verificado, é incapaz de alivar os problemas africanos – tal parece ser a mensagem actual de um romance em que se desenha, não o Fradique de Eça, mas sim o de Agualusa»[25].

---

[24] Vejam-se as obras de Eduardo Lourenço *Portugal como destino. Seguido de Mitologia da Saudade*, Lisboa, Gradiva, 1999 e *A nau de Ícaro. Seguido de Imagem e Miragem da Lusofonia*, 2ª ed., Lisboa, Gradiva, 1999.

[25] Cfr. *op. cit.*, pp. 363-64. Tradução nossa para o presente ensaio.

A ILUSTRE CASA DE RAMIRES: HISTÓRIA E PARÓDIA

Maria Luíza Ritzel Remédios
Pontifícia Universidade Católica do Rio Grande do Sul

> A Pátria portuguesa é um ser espiritual que depende da vida individual dos portugueses. Por outra: as vidas individuais e humanas dos portugueses, sintetizadas, numa esfera transcendente, originam a Pátria portuguesa.
>
> *(Teixeira de Pascoaes)*

Na Literatura Portuguesa, muitos são os autores que se preocupam em discutir, em suas obras, a construção da nação e a constituição da identidade, ainda que muitos teóricos e historiadores afirmem que até o início do século XIX as nações não tinham História. Até mesmo aquelas cuja identidade já se encontrava estabelecida através de seus ancestrais, não dispunham senão de poucos capítulos de uma narração em que o essencial ainda estava por se escrever.

A identidade cultural portuguesa é definida, moldada e representada no discurso narrativo de Portugal, por autores que discutem, desde *Os Lusíadas*, de Camões, a formação da nação e da identidade. *Os Lusíadas,* considerado texto fundacional e programático da nacionalidade, apresentam a formação do Império português e a afirmação de sua identidade dando uma visão global desse mundo em que portugueses fazem as Descobertas, criam a civilização transoceânica moderna e, depois, retornam a Portugal, mostrando que a nação existe. Outra importante narrativa *Viagens na minha terra,* de Almeida Garrett, vista como desconstrução de *Os Lusíadas,* revela o percurso ascendente e descendente do liberalismo português da primeira metade do século XIX, bem como a formulação de novos discursos nacionalistas. Ao fim do século XIX, quando as nações já possuem um relato contínuo que traça um longo caminho em que o sentido é dado, apesar de todas as vicissitudes e todos os obstáculos, pelo gênio nacional, Eça de Queirós produz *A ilustre casa de Ramires* (1900) em que discute a recuperação do sentimento de ser português, através da restauração da História. No século XX, nas narrativas contemporâneas, a problemática da identidade cultural e da construção da nação converte-se num dos temas primordiais dessa literatura em conjunção com outras características da ficção portuguesa contemporânea como a relação ficção e História, o problema da representação, o conflito entre essencialismo e não-essencialismo pós-modernista. Esses textos contemporâneos visam não somente a subversão do sujeito transcendental, inalterável, imutável, próprio da literatura anterior ao final do século XIX, mas apontam para a crise filosófica em que se encontra o indivíduo no final do século XX. Dentre muitos escritores, destacam-se: José Saramago (*Memorial do convento*, *A jangada de pedra*), Cardoso Pires (*O Delfim, Balada da praia dos cães*), Augusto Abelaira (*Deste modo ou daquele, Outrora agora*), Lídia Jorge (*O dia dos prodígios, A costa dos murmúrios*), António Lobo Antunes (*Os cus de Judas, Fado alexandrino, As naus*), Armando Silva Carvalho (*Portuguex*), João de Melo (*O homem suspenso, Autópsia de um mar em ruínas*), Mário Cláudio (*Tocata para dois clarins),* Almeida Faria (*O conquistador*) para citar apenas alguns, os quais produzem romances em que a identidade nacional não é apenas fato da natureza, medido por uma situação de tempo-espaço, mas é processo, construção, em cuja base encontram-se os ancestrais fundadores, heróis, uma língua, monumentos, paisagens e um folclore, para revelarem não apenas os fatos heróicos da pátria, mas a corrupção e decadência dos discursos oficiais e marginais; as lutas entre o mundo rural e o urbano, entre o mito e a história, entre a imaginação e a realidade; a desconstrução da representação estadonovista do império, a degradação, esterilidade e castração do sujeito nacional ou o questionamento do eu pós-revolucionário interrelacionado fraternalmente com a comunidade lusófona e européia.

Entendendo identidade como processo caracterizado pela fragmentação e pela ruptura e construído não de forma única, mas múltipla através de práticas, posições e discursos diferentes e antagônicos, considerando-a muito mais como produto da diferença e exclusão do que o signo de uma unidade sem diferenciação interna e constituída de forma natural e tradicional é que se procura responder de que forma a literatura de Eça de Queirós, em específico seu romance *A ilustre casa de Ramires,* "narrou" Portugal. Parte-se de alguns pressupostos indiciados pelas leituras críticas realizadas sobre esse romance de Eça de Queirós: primeiro, *A ilustre casa de Ramires* é um discurso sobre e da História portuguesa; segundo, é uma paródia; terceiro, revela a identidade portuguesa através da ação e da redescoberta da África.

II. A história[1] da produção de *A ilustre casa de Ramires* revela que a idéia desse romance já germinava em Eça de Queirós desde 1890, quando foi anunciada como um conto. Em 1893, em carta a seu editor, "Eça menciona que a *Casa de Ramires* está quase pronta" e "em 14 de Fevereiro de 1894, comunica-lhe que só lhe faltava acabar o último capítulo".[2] Entretanto, ao morrer, essa narrativa ficara com a última parte manuscrita, tendo sido revisada por Júlio Brandão. A importância de destacarem-se essas datas é para mostrar que o processo de criação do romance desenvolve-se no decorrer de 1890, sendo ele publicado incompletamente, em Paris, em 1897, na *Revista Moderna*, e, só posteriormente, em 1900, data da morte do romancista, em livro, pela Livraria Chardon, de Lello & Irmão, no Porto.

Os biógrafos e estudiosos da obra de Eça de Queirós afirmam que esse romance, ainda que não represente um corte absoluto com os procedimentos realistas do escritor, "se engloba, sem dificuldade, no conjunto das obras queirosianas habitualmente designadas como não-naturalistas", sendo que

> a história que o discurso narrativo da *Ilustre casa de Ramires* nos conta não pode, nem de longe, ser aproximada, pelas suas intenções e pelas suas características essenciais, das que se nos deparam no *Primo Basílio* e no *Crime do padre Amaro*[3].

Ao contrário, é uma espécie de integração do processo narrativo de *A relíquia* ao de *Os Maias*, porque se caracteriza em mesclar a onisciência narrativa do primeiro à narrativa confessional e autobiográfica do segundo. João Gaspar Simões, à semelhança das posições de Carlos Reis, ao considerar, no romance, categorias como a evocação e a observação, afirma que *A ilustre casa de Ramires*,

> na parte evocativa representa um regresso ao romance histórico, esse romance histórico por ele (Eça) tantas vezes tentado e nunca levado a bom

---

[1] Cf. SIMÕES, João Gaspar, *Vida e obra de Eça de Queirós*, Lisboa: Bertrand, 1973; SARAIVA, António José, *As ideias de Eça de Queirós*, Porto: Inova, 1946; MATOS, A. Campos, *Dicionário de Eça de Queirós*, Lisboa: Caminho, 1988.

[2] MATOS, A. Campos, *op. cit.*, p. 334-335.

[3] REIS, Carlos, *Estatuto e perspectiva do narrador na ficção de Eça de Queirós*, Coimbra: Almedina, 1975, p. 354.

termo. Na parte da observação, uma transigência com o romance idealista, embora sem o abandono completo dos processos caricaturais do realismo satírico.[4]

Os dois críticos parecem estar convictos de que, apesar desse romance constituir-se num texto diferente, Eça não abandonou de todo seu projeto estético-narrativo ao concebê-lo. Ao contrário, *A ilustre casa de Ramires* apresenta um conjunto de características que o tornam o "ponto extremo de um processo evolutivo que, tendo conhecido diversas metamorfoses, atinge uma fase de estabilização, através do aproveitamento de determinados recursos técnicos postos à prova nos seus romances anteriores".[5]

Estruturalmente, o romance se constrói projetando a História de Portugal na história da família Ramires, da qual Gonçalo Mendes Ramires é o último representante e cujo destino se confunde com o do próprio país, "desde os meados do século X".[6] A história do protagonista é, pois, moldura da História de Portugal e está intimamente relacionada à construção da nação, pois sua família encontrava-se já no território antes da formação do Estado português:

> Gonçalo Mendes Ramires (como confessava esse severo genealogista, o morgado de Cidadelhe) era certamente o mais genuíno e antigo fidalgo de Portugal. Raras famílias, mesmo coevas, poderiam traçar a sua ascendência, por linha varonil e sempre pura, até aos vagos senhores que entre Douro e Minho mantinham castelo e terra murada, quando os barões francos desceram, com pendão e caldeira, na hoste do *Borguinhão*. E os Ramires entroncavam sempre limpidamente a sua casa, por linha pura e sempre varonil, no filho do Conde Nuno Mendes, aquele agigantado Ordonho Mendes, senhor de Treixedo e de Santa Irinéia, que casou em 967 com Dona Elduara, Condessa de Carrion, filha de Bermudo, o *Gotoso,* rei de Leão. Mais antigo na Espanha que o Condado Portucalense, rijamente como ele crescera e se afamara o Solar de Santa Irinéia – resistente como ele às fortunas e aos tempos. (p. 485-486)

[4] Simões, João Gaspar, *op. cit.,* p. 655.

[5] Reis, Carlos, *op. cit.,* p. 354.

[6] Queirós, Eça de, *A Ilustre Casa de Ramires*. In: *Obra completa,* Rio de Janeiro: Aguilar, p. 485. A essa edição referem-se as citações para que passam a remeter as páginas indicadas entre parênteses no texto.

A metanarrativa[7] parte dos primórdios da nacionalidade, porque na história portuguesa há sempre um Mendes Ramires que "avultou grandiosamente pelo heroísmo, pela lealdade, pelos nobres espíritos" (p. 486). Apresentando sumariamente os reinados de D. Pedro II, D. João V, D. José, D. Maria e D. João VI, Gonçalo, exilado em seu próprio espaço, impotente na construção de sua própria realidade, refere à brutalidade dos costumes, a riqueza, a religiosidade e a corrupção desses tempos, ao mesmo tempo em que lembra do avô Damião, último representante dos tempos heróicos, e do pai,

> ora regenerador, ora histórico, [que] vivia em Lisboa no Hotel Universal, gastando as solas pelas escadarias do Banco Hipotecário e pelo lajedo da Arcada, até que um ministro do Reino, cuja concubina, corista de São Carlos, ele fascinara, o nomeou (para o afastar da Capital) governador civil de Oliveira. (p. 487)

resultados finais do histórico passado que alcança o imobilismo do fidalgo e da nação.

Se a casa de Ramires apresenta-se, pois, solidamente estabelecida nos primórdios da história da península, o romance *A ilustre casa de Ramires* apresenta uma arquitetura narrativa especial, permitindo que se estabeleçam conexões interessantes entre a história particular de Gonçalo, que procura explicar-se a si mesmo, e a história coletiva da formação da nação portuguesa, mostrando as diferenças entre o tempo de Gonçalo, presente da narrativa, e o tempo de seus antepassados medievais. Justifica-se, então, a primeira proposta de leitura do texto, que afirma ser esse romance um discurso sobre e da história portuguesa, pois Gonçalo, ao evocar a herança de força, de altivez e de afirmação pessoal de seus ancestrais, recupera o espaço edênico português da Idade Média e aponta para a degradação que se abate sobre ele e a família Ramires e, porque o homem português faz Portugal, sobre o País.

A torre dos Ramires é criação literária de Gonçalo Mendes. Esse se torna escritor, instado por seu amigo José Lúcio Castanheiro que, em Coimbra, à época, fundara um semanário denominado *Pátria* "com o alevantado intento (afirmava sonoramente o prospecto) de despertar, não só na moci-

[7] Entende-se metanarrativa aquela em que o protagonista da narrativa principal investe-se de narrador de um relato segundo que se constitui numa unidade completa, mesmo que enunciada de forma fragmentária como ocorre com *A torre de D. Ramires*.

dade acadêmica, mas em todo o país, do Cabo do Sileiro ao Cabo de Santa Maria, o amor tão arrefecido das belezas, das grandezas e das glórias de Portugal!" (p. 487) Sua primeira produção é uma novela, *D. Guiomar,* "que encheu três páginas da *Pátria"* (p. 489), motivo pelo qual foi aclamado pelos amigos como "nosso Walter Scott" (p. 489). Diante desse sucesso, anunciou, durante um jantar de comemoração, "um romance em dois volumes fundado nos anais de sua Casa, num rude feito de sublime orgulho de Tructesindo Mendes Ramires" (p. 489) e com isso parecia "gloriosamente voltado a restaurar em Portugal o Romance Histórico" (p. 489).

A morte do pai e as preocupações econômicas fazem-no esquecer a promessa e retardar seu projeto. Castanheiro não a esquece, porém, e constantemente lhe cobra o texto. Encontrando-se os dois amigos em Lisboa, a caminhar pelo Rossio, "voltou sofregamente a Idéia, suplicou a Gonçalo Mendes Ramires que lhe cedesse para os *Anais de Literatura e História* esse romance que ele anunciara em Coimbra" (p. 490-491). Salientava o editor dos *Anais* que era

> um dever, um santo dever, sobretudo para os novos, colaborar nos *Anais*. Portugal, menino, morre por falta de sentimento nacional! Nós estamos imundamente morrendo do mal de não ser portugueses. (...) Sabia o amigo Gonçalinho o segredo dessa borracheira sinistra? É que, dos portugueses os piores desprezavam a Pátria – e os melhores ignoravam a Pátria. O remédio?... Revelar Portugal, vulgarizar Portugal. Sim, amiguinho! Organizar com estrondo, o reclamo de Portugal, de modo que todos conheçam. (p. 491)

Gonçalo descobre-se português e caberá a ele restaurar a grandeza heróica dos Ramires para que tanto ele quanto a nação portuguesa saiam do imobilismo em que se encontram. Por esse motivo e também porque Castanheiro lhe fez notar que "a literatura leva a tudo em Portugal" (p. 492) e que "de folhetim a folhetim se chega à cadeira de São Bento" (p. 492). Reconhecendo que "A pena agora, como a espada outrora edifica reinos..." (p. 492), o fidalgo resolve atirar-se à criação de seu romance. Salienta-se que, em Gonçalo, havia o desejo de ocupar cargo político, para principalmente restaurar suas finanças, e essa, muito mais que sua vontade de narrar um Portugal heróico parece ser a mola que o impulsiona a escrever, pois

> O Fidalgo da Torre recolheu para o Bragança, impressionado, ruminando a idéia do Patriota. Tudo nele o seduzia – e lhe convinha: a sua colaboração numa revista considerável, de setenta páginas, em companhia de

> escritores doutos, lentes das escolas, antigos ministros, até conselheiros de Estado: a antigüidade de sua raça, mais antiga que o Reino, popularizado por uma história de heróica beleza, em que, com tanto fulgor, ressaltavam a bravura, a soberba de alma dos Ramires; e enfim a seriedade acadêmica do seu espírito, o seu nobre gosto pelas investigações eruditas aparecendo no momento em que tentava a carreira do Parlamento e da Política!... (p. 492)

Em conseqüência, Gonçalo põe mãos à obra e inicia sua novela histórica.

Eça de Queirós, através da novela de Gonçalo, adota processos que condenara e contra os quais combatera acerbadamente. Na verdade, "o romance histórico que ele verberara na sua conferência do Casino, tal como o praticavam Alexandre Herculano, Arnaldo Gama e Rebelo da Silva, aparecia em toda sua plenitude em *A ilustre casa de Ramires*. Linguagem arcaica, retórica, guerreira, heróis convencionais, diálogos empolados tudo lá estava"[8], diz João Gaspar Simões. Entretanto não seria esse romance uma paródia do discurso histórico romântico? Acredita-se que sim, pois que, nesse romance queirosiano, a paródia já não se mostra como um recurso secundário na criação artística, tornando-se ela própria obrigatória na elaboração e notabilizando-se uma dupla intenção: o respeito e a crítica ao texto parodiado. O humor, a sátira e a alusão que se encontram no romance, são elementos que permitem que se realize a parodização do sistema social vivido pelo homem português nas últimas décadas do século XIX. Considerando isso, na leitura de *A ilustre casa de Ramires* se podem detectar níveis diferentes de paródia: um, relacionado a Gonçalo, diz respeito à transposição do tema de uma obra para outra, pois Gonçalo, definitivamente seduzido pela idéia de escrever o romance já anunciado em Coimbra, não se assusta com o tamanho da empresa, porque "felizmente já possuía a 'sua obra' – e cortada em bom pano, alinhavada com linha hábil"(p. 492): o poemeto romântico que cantava as aventuras de Tructesindo Ramires, escrito por seu "tio Duarte, irmão de sua mãe (uma senhora de Guimarães, da Casa das Balsas), nos seus anos de ociosidade e imaginação, de 1845 a 1850, entre sua carta de bacharel e o seu alvará de delegado"(p. 492), publicado no "*Bardo,* jornal de Guimarães"(p. 492). A re-criação, por Gonçalo do poema do tio, instaura a primeira paródia, pois o enredo todo se encontrava nos versos "sonoros e balançados" de *Castelo de Santa Irinéia* e na realidade

[8] SIMÕES, João Gaspar, *op. cit.*, p. 655.

> só lhe restava transpor as fórmulas fluídas do romantismo de 1846 para a sua prosa tersa e máscula (como confessava o Castanheiro), de ótima cor arcaica, lembrando *O Bobo*. E era um plágio? Não! A quem, com mais seguro direito do que a ele, Ramires, pertencia à memória dos Ramires históricos? A ressurreição do velho Portugal, tão bela no *Castelo de Santa Irinéia,* não era obra individual do tio Duarte – mas dos Herculanos, dos Rebelos, das academias, da erudição esparsa. E de resto, quem conhecia hoje esse poemeto, e mesmo o *Bardo*, delgado semanário que perpassara, durante cinco meses, há cinqüenta anos, numa vila de província?... Não hesitou mais, seduzido. (...) já martelava a primeira linha do conto, à maneira de *Salambô:* "Era nos paços de Santa Irinéia, por uma noite de inverno, na sala alta da alcáçova... (p. 493)".

Gonçalo, entretanto, se de início acha fácil a tarefa de compor a novela histórica, durante seu percurso como criador de *A Torre de D. Ramires* "vem a conhecer, por experiência própria, as dificuldades e as limitações (a crise de originalidade, a necessidade de consultar fontes, a árdua elaboração estilística, etc.) que afectavam alguma criação artística de índole romântico-medievalista"[9]. Dessa forma Gonçalo parodia o próprio escritor Eça de Queirós.

Em outro nível, relacionado ao autor Eça de Queirós, encontra-se a paródia do discurso histórico romântico, pois, em *A ilustre casa de Ramires,* o romancista, a partir da utilização exaustiva de estratégias e linguagem próprias do romance histórico, parece pôr em dúvida formas de representação do romantismo, questionando a natureza de seu próprio discurso. Nessa narrativa, Eça de Queirós usa e abusa, estabelece e depois desestabiliza a convenção romanesca romântica de maneira paródica, apontando "autoconscientemente para os próprios paradoxos"[10] e enquadrando, à crítica que inclui em seu próprio discurso, uma reflexão implícita sobre a mesma.

Nesse sentido, a escrita do passado que, para Gonçalo é uma forma de recompensa, de busca de unicidade e de reintegração no mundo português; para Eça de Queirós torna-se uma forma de atingir, coerentemente, uma realidade artística que ele condena: o romance histórico romântico. Por isso, sem deixar de lado o investimento em termos de verossimilhança que Carlos Reis[11] reconhece em *Os Maias* como uma das conseqüências

---

[9] Reis, Carlos, *Estudos Queirosianos. Ensaios sobre Eça de Queirós e a sua obra,* Lisboa: Presença, 1999, p. 35.

[10] Hutcheon, Linda, *Poética do pós-modernismo,* Rio de Janeiro: Imago, 1991, p. 43.

[11] Reis, Carlos, *op. cit.*, p. 108.

da introdução da História na ficção, reavalia a identidade nacional definida por suas qualidades intrínsecas. Se, na metanarrativa, a idéia de fidelidade e honradez do homem português é destacada, pois Tructesindo Ramires bem a expressa ao exclamar "De mal ficarei com o Reino e com o Rei, mas de bem com a honra e comigo!" (p. 519), em todo o romance, o narrador queirosiano aponta que o território nacional passa por um processo de decomposição das virtudes nacionais e que a unidade da nação é multi-étnica e migrante, sublinhando o caráter doente e de estagnação em que se encontra Portugal contemporâneo de Gonçalo: período entre 1880 e 1890.

Eça de Queirós, então, parodia a História, pois, segundo João Medina[12], esses são os anos mais adequados para servirem de "background" histórico a um romance de contornos tão esfumados, tornando essa obra contemporânea de sua própria redação e publicação. De fato, esse período, a História portuguesa aponta-o como aquele que, resultante do dirigismo pombalino (1800-1808), da depressão correspondente à separação econômica do Brasil, às invasões francesas, ao domínio comercial inglês, à guerra civil entre absolutismo e liberalismo, à agitação política após o triunfo liberal (1808-1850), é conhecido como início da fase de recuperação da estagnação e da depressão em que encontrava o País e que acentuava gravemente o atraso português que resulta na época da Regeneração, marcada por intensa atividade do setor privado e público[13].

Duas respostas inequívocas surgem quando se acaba a leitura de *A ilustre casa de Ramires,* romance escrito na década de 90 do século XIX: a crítica do autor ao contexto sócio-político-econômico e cultural português e o recurso à paródia. Pode-se, assim, confirmando a afirmativa anterior de que esse romance de Eça de Queirós constitui-se numa paródia, dizer que ele se constrói como paródia de um poemeto romântico; paródia do gênero romance histórico, paródia da própria História portuguesa. Nele também se destaca a ironia, marca indelével do autor, a qual exerce papel importante enquanto estratégia do discurso paródico.

A leitura de *A ilustre casa de Ramires* revela a importância de Gonçalo Ramires. Sua dinâmica evolutiva, observada a partir da contemplação nostálgica do passado medieval, aponta para um espírito forte que busca sua unicidade e que é capaz de, reconhecendo a honradez

---

12 MEDINA, João, *Eça político*. Ensaios sobre aspectos político-ideológicos da obra de Eça de Queirós, Lisboa: Seara Nova, 1974, p. 92.

13 SARAIVA, José Hermano, *História concisa de Portugal,* Lisboa: Europa-América, 1978, p. 287.

e honestidade de seus ancestrais, discernir a truculência, a brutalidade e agressividade com que eles muitas vezes agiam. Ainda que, muitas vezes, o narrador descreva-o como vítima, Gonçalo luta para encontrar-se. Vencer as eleições, torna-se um objetivo de vida, mesmo que ele tenha de se corromper ao reatar amizade com André Cavaleiro, de sair de seu castelo, de sua "torre" e percorrer os locais de Oliveira que lhe dariam votos, apertando as mãos de fidalgos e homens rudes. Vence as eleições e

> cerca das oito horas (...) já conhecia o seu triunfo esplêndido. E o que mais o impressionava, relendo os telegramas, era o entusiasmo carinhoso daqueles povos que ele mal rogava, e que convertiam o ato da eleição quase num ato de amor. (...) Depois, enquanto jantava, um moço da quinta voltou de Vila Clara, alvoroçado contando o delírio, as filarmônicas pelas ruas, a Assembléia toda embandeirada, e na casa da Câmara, sobre a porta, um transparente com um retrato de Gonçalo que a multidão aclamava. (p. 699-700)

A felicidade que toma conta de todos: Bento, Rosa, a filha de Críspola, enfim, de todos que vivem na casa, fazem-nos iluminar toda a Torre, para dar uma satisfação ao fidalgo. Depois de ver a Torre toda iluminada, sentiu desejo de subir "a esse eirado imenso da Torre" (p. 700) ao qual não voltara desde estudante e "parado, rente ao miradouro, considerava agora o valor desse triunfo por que tanto almejara, por que tanto sabujara. Deputado! Deputado por Vila Clara." (p. 703). A vitória alcançada o faz pensar "no triunfo dessa miséria" (p. 703) e alcançar "o claro entendimento das realidades humanas – e depois o forte querer" (p. 704). Aqui começa a transformação do protagonista, que não é imediata, mas que o levará para a África no desejo de realizar uma caminhada para "uma ação mais vasta e fecunda, em que soberbamente gozasse o gozo do verdadeiro viver, e em torno de si criasse vida, e acrescentasse um lustre novo ao velho lustre de seu nome" (p. 704). Para servir a seus cidadãos abandona a Torre e vive em Lisboa. E depois quase sorrateiramente parte para a África.

Ao deixar a Torre e o seu solar, ao começar a viver e não simplesmente contemplar o passado, Gonçalo se liberta do imobilismo e da esterilidade da elite a que pertence. Esse rompimento "com o seu meio, com sua casta (a nobreza)"[14], a aventura a que se lança sozinho, sem o peso de sua ancestralidade, suscita interrogações que estão ligadas ao momento

[14] MEDINA, João, *op. cit.*, p. 109.

sócio-político-econômico em que se encontrava Portugal, na década de 90. Aventurar-se na África relaciona-se intimamente ao desejo de auto-afirmação do herói, mas também o de afirmação de Portugal, pois se Gonçalo questiona sua identidade e procura construir a sua nação nos territórios africanos, Portugal também age no sentido de ampliar seu território enquadrando a África na dimensão de sua nacionalidade. A ação de Gonçalo é a de ultrapassar sua inércia entorpecedora, enquanto Portugal, redescobrindo a África na dimensão da viagem de Vasco da Gama, também se constrói enquanto nação.

Encerrando esta leitura de *A ilustre casa de Ramires,* acredita-se ter compreendido que Eça de Queirós, nesse romance, preocupou-se, pois, através da História, da paródia e da ação e re-ação da personagem Gonçalo, em forjar a nação e a identidade cultural portuguesas com base na tradição, na crença da liberdade individual e no rompimento com modelos anteriores. A nação portuguesa que se revela por meio de Gonçalo, não se encontra mais estagnada, mas em permanente transformação e construção.

BIBLIOGRAFIA

HUTCHEON, Linda, *Poética do pós-modernismo,* Rio de Janeiro: Imago, 1991.

MATOS, A. Campos, *Dicionário de Eça de Queirós,* Lisboa: Caminho, 1988.

MEDINA, João, *Eça político.* Ensaios sobre aspectos político-ideológicos da obra de Eça de Queirós, Lisboa: Seara Nova, 1974.

QUEIRÓS, Eça de, *A ilustre casa de Ramires.* In: *Obra completa,* Rio de Janeiro: Aguilar, 1978.

REIS, Carlos, *Estatuto e perspectiva do narrador na ficção de Eça de Queirós,* Coimbra: Almedina, 1975.

REIS, Carlos, *Estudos queirosianos.* Ensaios sobre Eça de Queirós e sua obra, Lisboa: Presença, 1999.

SACRAMENTO, Mário, *Eça de Queirós.* Uma estética da ironia, Porto: Inova, 1945.

SARAIVA, António José, *As ideias de Eça de Queirós,* Porto: Inova, 1946.

SARAIVA, José Hermano, *História concisa de Portugal,* Lisboa: Europa-América, 1978.

SIMÕES, João Gaspar, *Vida e obra de Eça de Queirós,* Lisboa: Bertrand, 1973.

LEITURA EM PROCESSO
ENTRE A LITERATURA, O TEATRO E A TELEVISÃO
EM *A RELÍQUIA* DE EÇA DE QUEIRÓS

MARIA DOS PRAZERES MENDES
Universidade de São Paulo
Pontifícia Universidade Católica – SP

O que vemos singularmente através de uma câmara de vídeo – instante fugidio e excepcional que a cinta regista – corresponde a um gesto do olhar, como esses que "perdemos" no quotidiano, agora recuperável em termos de memória e de material de expressão. (Rocha de Sousa)

As vias de apropriação da realidade aparente, isto é, os processos formadores da visão nessa relação, são dados indispensáveis para se conhecerem os diferentes modos de representar. Em um tempo de predomínio da linguagem visual em todos os setores da comunicação, principalmente da mídia, tomamos como material de nossa reflexão a adaptação da obra *A Relíquia* de Eça de Queirós para o teleteatro.[1]

O caráter imagético, pontuado pela marcação teatral e sonora elaborada a partir de um projeto de montagem televisiva, marca fundamentalmente a semiose capaz de não só envolver o leitor contemporâneo dessas linguagens, como também endereçá-lo a uma re-descoberta da obra queirosiana sob um prisma atual. Diante dessa releitura, sob novos ângulos, de um projeto de produção e seus efeitos junto a recepção, tem-se a oportunidade de presentificar a efetiva interação de códigos, multiplicados em cadeia sígnica de interpretantes, engendrados entre a linguagem da TV e a do teatro interseccionadas, tendo por base a obra literária.

---

[1] Programa da RTP/87, realização de Artur Ramos e adaptação de Luís Stan Monteiro e Artur Ramos. Atores principais: Júlio César e Fernanda Coimbra.

Os recursos televisivos são aqui utilizados retomando-se passagens selecionadas da obra, configurando-as de modo diverso, respeitando-se o espaço-tempo do agir e falar das personagens romanescas, mas também atualizando o modo de narrar e descrever em contraponto à linguagem teatral, mas dela se servindo e a ela remetendo. Os interpretantes assumem as múltiplas vozes nesse diálogo que propicia a interação do leitor do romance com o espectador.

Tentaremos neste breve estudo diagramar essas interfaces, abordando alguns traços dessa cadeia sígnica em seus meandros mais específicos.

O romance *A Relíquia,* no valor estético-ideológico do Realismo português do século XIX, marca o processo sígnico de contigüidade com o real – como se a vida se alongasse aquém e além da obra – alojando o receptor no já vivenciado e conhecido. Trazido para nossa época, cogita-se da contribuição desse novo receptor para indicar, quanto ao horizonte de expectativas (Jauss)[2], em nova leitura, a configuração do que há nela de permanência quanto aos valores crítico-literários atuais, traduzindo-se em olhar diferenciado as peripécias do narrador-personagem Teodorico das Neves Raposo. Este narrador não se reduz a veículo de idéias que não são suas, mas se personaliza todo o tempo, avalia, arma parênteses a toda cena que presentifica em sua memória, ao recuperar o tempo passado em um espaço provinciano monopolizado por padres e pela beata das beatas, Tia Patrocínio, a titi, bem como a ruptura a esse domínio: trata-se da vida dupla de Teodorico (Teo – Deus e rico), estabelecida em ritual falso, hipócrita, entre a vida que lhe impõe a tia rica, aquela que lhe deixará a herança caso siga *religiosamente* os dogmas da *santa* igreja, e a vida mundana regada a bebidas e *relaxações, metido com saias,* que ele acaba por conciliar. Aqui estão criadas as condições para a ambigüidade de significados que, em seu antagonismo, propõe a ironia e o histrionismo do cômico em Eça de Queirós ao tecer a crítica à sociedade da época.

O narrador, em primeira pessoa, é traduzido na adaptação para o teleteato, pela *persona* – o ator Júlio César – que assume o tom irônico e sarcástico na voz e nos gestos. Sua presença é marcante em todos os níveis de intelecção da peça. Sua função é tecer a linha espaço-temporal (cronotopo backhtiniano)[3] de ligação entre as diversas cenas, entremeando o passado do fazer e o presente do contar, simultaneamente, em planos de

---

[2] Zilberman, Regina, *Estética da Recepção e História da Literatura,* São Paulo, Ática,1986, p. 65.

[3] Backhtin, Mikail, *Questões de Literatura e de Estética,* São Paulo, UNESP, Hucitec, 1988, p. 211.

figura e fundo na tela da TV – posiciona-se ao mesmo tempo na platéia e no palco.

Contribuição maior a essa ambigüidade faz-se na prática televisiva em que a câmara, ao intensificar o espaço perceptivo, permite ao espectador ser protagonista dos eventos representados, narrados, sugeridos. Nesse espaço de mobilidade, em que o olhar é um ato, é que se dá a análise plural do mundo:

Fazer avançar o olhar sobre o mundo visível, saltar ao seu encontro no detalhe mais recôndito, alargar o ângulo da visão num só plano ou por movimentos concretos e ópticos, diversificar a incidência de cada ponto de vista, acompanhar corpos em marcha, sobreexpor ou subexpor as aparências à luz que as define, juntar (sem ou com cronologia) aspectos diversos dos acontecimentos, intercalar imagens contrariamente significantes num olhar comum sobre as coisas e os atos, demorar o registo, multiplicar ou retardar a cadência móvel do real, passar de um lugar a outro sem necessidade de certos parêntesis, tudo isso a câmara nos permite alcançar, sem grandes suportes tecnológicos, sem complexas operações técnicas, e sempre por forma a nos apetrecharmos para uma visão ***outra****, móvel, potencialmente criativa, entretanto mais informada.*[4]

Assim, por esses recursos acima elencados, sabendo-se que o plano é o elemento estrutural da linguagem fílmica associado ao tempo e movimento, que explicita sua própria gênese, e que define a cena, e que com esta mobilidade, em sentido explícito e implícito, o fruidor está cada vez mais apto a *aprofundar a relação dinâmica entre ver e recriar aparências, construções, personagens*[5], cada plano e cada movimento da câmara têm de justificar-se na corrente do discurso, cabe-nos examinar nesta peça como se articulam planos e seqüências, tempo e movimento no espaço do palco – ou do estúdio – de forma a engendrar a ilusão realista de se vivenciar ambientes e situações trazidos do romance.

Há fatores sonoros, de iluminação e enquadramento a se perceber: como exemplo, a primeira cena apresenta Teodorico, mas antes ouvimos seus passos caminhando do plano anterior em negro, para o da frente, ao mesmo tempo em que o foco de luz – em *fade-in* – abre-se sobre o ator--personagem, em plano médio. Sua fala remete o espectador ao romance *A Relíquia* aberto em suas mãos:

– São estas as primeiras palavras que hoje vamos fazer reviver neste estúdio. Vamos passar, portanto, proveitosas horas na companhia da Titi

---

[4] Sousa, Rocha de, *Ver e tornar visível*, Lisboa, Universidade Aberta, 1992, p. 21.
[5] Sousa, Rocha de, *op.cit.*, p. 61.

– proveitosas para os senhores porque espero que se divirtam – e proveitosa para mim, por motivos completamente diferentes, que dizem respeito a umas pratas de que vão ouvir falar. É que eu sou o sobrinho da Titi, o Teodorico das Neves Raposo, o Raposão. A história de A Relíquia começa quando em 1853, por influência de um eclesiasta ilustre, meu avô..."

Neste ponto, a cena é contraposta a outra, ao fundo, composta por personagens – revisitados, no romance e na tela, pela memória de Teodorico – em efeito de sombra – deslocando-se o ator-narrador para a posição de observador. A câmara mantem-se fixa, ou traça *travellings* à direita ou esquerda, marcando a linha do tempo, ou mudando do plano geral para o médio, intercalando campo e contra-campo – submetendo os planos a constantes efeitos de *fade-in* e *fade-out*, toda vez que Teodorico comenta as cenas a que assiste, junto a nós espectadores. O som marca efeitos descritivos do romance: os fogos quando da morte de sua mãe são apenas ouvidos, à medida que a personagem cai. Ele mesmo modula – às vezes ironicamente – as vozes das personagens, falando por elas. Assim que o passado vai-se fazendo enredo principal, substituindo o narrar, o efeito de sombras cede (no momento da chegada do menino Teodorico à casa da titi) e temos o passado em presentidade de ação, embora ainda intercalado ao "aqui e agora" dos comentários avaliativo-irônicos do ator-narrador. Este assumirá, por fim, a posição de personagem ao tomar das mãos da personagem que representa o jovem Teodorico, a mala com que viaja a Coimbra, autorizado por titi a estudar para bacharel.

Sucede-se uma cena que exemplifica sobremaneira a forma como se pode adaptar com recursos televisivos, na tela do ecrã, aquilo que o romance não alcança reproduzir: cenas simultâneas ocorrem em Lisboa e Coimbra. Divide-se a tela em dois campos de visão: acima os rapazes e moças de Coimbra a divertir-se com a leitura da carta de Raposão à titi, na qual narra a vida de rezas e dedicação aos estudos; no campo abaixo, em diagonal, como em virar de "páginas" aparece o grupo formado pelos amigos da titi que a sua volta companham a leitura da mesma carta – que se faz em voz *off* de Teodorico. As risadas do grupo de Coimbra sobrepõem-se às palavras de Teodorico, criando, enquanto montagem, a ironia do confronto de valores, na comicidade da sátira à hipocrisia da personagem protagonista, quase picaresca, e na ridicularização da seriedade exasperada do grupo religioso, que em tudo acredita piamente.

A ironia presente no romance e enfatizada na peça leva à comicidade percebida como construção de linguagem. Cria o tom de farsa, pontuado pela música (lembra antigas operetas) e recupera o fator histriônico.[6] A ironia e a sátira, assim como o humor e a paródia, passam a fazer parte dos "tipos de discurso cômico" relacionados ao riso (fenômeno fisiológico). Para Beth Brait *a ironia desempenha o papel de elemento provocativo e convida a não tomar ao pé da letra o que cada segmento informa separadamente, mas a degustar os fragmentos como sequências isotópicas. A configuração do insólito funciona como um convite à perspectiva crítica e como fator de desconfiança diante dos simulacros das linguagens.*[7] A ironia pode ser formulada por um discurso que, através de mecanismos dialógicos, oferece-se basicamente como argumentação, como paradoxo argumentativo, como afrontamento de idéias e de normas institucionais, como estratégia defensiva. Cremos que isto ocorre na fala de Teodorico, personagem do romance, de forma contumaz e contundente, em estilo corrosivo de crítica social que tanto apraz Eça de Queirós. Este mesmo tom é ainda reforçado na telepeça pelo tom da voz, pelo olhar e gesticular do protagonista.

Se a ironia implica em três interlocutores, o locutor que dirige um certo discurso irônico para um receptor para caçoar de um terceiro, nas obras aqui estudadas, dá-se também a junção do primeiro com o terceiro no solilóquio auto-irônico, ao fim do romance, quando Teodorico ironiza sua falta de imaginação ao não argumentar que a camisola teria sido de Maria Madalena que lhe aparecera na viagem a Jerusalém: *Sim! Quando em vez duma coroa de martírio aparecera, sobre o altar da titi, uma camisa de pecado – eu deveria ter gritado, com segurança: "Eis aí a relíquia! Quis fazer a surpresa... Não é a coroa de espinhos. É melhor! É a camisa de Santa Maria Madalena!... Deu-ma ela no deserto..."*[8] De qualquer maneira, a ironia é a organização discursivo-textual que vai permitir chamar a atenção sobre o enunciado, sobre o sujeito da enunciação, no romance.

No teleteatro, o que nos chama a atenção é o modo como se arquitetam os recursos de duplo discurso, como já vimos. Cenas em diálogo tais como as que Teodorico protagoniza ao ir da casa de titi à casa de Adélia em cortes rápidos que dinamizam a troca rápida de cenários montados no mesmo palco, ou *travellings* da câmara, de um ambiente a outro: pode ser

[6] Histrião: jogral ou comediante etrusco que representava fábulas ou farsas. O termo refere-se ao *mimo* do antigo teatro romano.

[7] Brait, Beth, *Ironia em perspectiva polifônica,* São Paulo, Ed. da UNICAMP, 1996, p. 72.

[8] Queirós, Eça, *A Relíquia,* in *Obras de Eça de Queirós,* p. 1674.

a troca do espelho da casa de Adélia que esconde a alcova para onde Teodorico carrega Adélia nos braços, substituído pelo sair de Teodorico de trás do quadro da santa, na casa de titi, onde se esconde o altar de orações; ou ao sair da casa de titi, a câmara acompanha Teodorico à casa de Adélia no outro canto do palco; ou quando temos Teodorico cheirando a camisola de Adélia na casa dela, sendo sucedido pelo comentário de titi: *Ai que rico cheirinho*, referindo-se ao cheiro de incenso vindo do abanar das abas do paletó do sobrinho, que acabara de chegar. Tais recursos dinamizam a narrativa, envolvem o receptor de hoje seduzindo-o diante do vídeo, revisitando a obra de Eça de Queirós, revitalizando-a, e comprovando sua atualidade.

Ao final da encenação, quando da troca de pacotes, em possível desfecho trágico, os caracteres finais começando a aparecer, eis que ator--personagem invade a cena:

– Tirem isso, tirem isso. A história do Raposão não acaba assim. Se acaba assim, os senhores ficam sem a moralidade. Não está certo. Dê-me mais uns minutos e talvez fiquem com duas moralidades.

A dupla moralidade a que se referia o narrador é mais uma ironia subentendida no romance e expressa no teleteatro. O desfecho criado na peça mostra Teodorico conseguindo os bens da titi. Sua última cena ao lado da esposa Jesuína:

–Por que não? Sou casado. Sou pai. Gozo da consideração do meu bairro. Tenho a comenda de Cristo. O Dr Margarido diz que ainda vou a barão. Mas não fui e tenho pena.

Aqui ficamos sabendo que Teodorico – além do conjugar do tempo futuro, passado e presente na sua última fala – narrou suas memórias após sua morte, o que não ocorre no romance. Seria este mais um traço de modernidade de que se reveste a obra de Eça de Queirós traduzida para a linguagem do teatro e do vídeo.

Câmara fixa, plano geral, afasta-se, de costas para a platéia, para o fundo do palco, vira-se e acena, dando adeus à Jesuína: *– Não te esqueces! Apanhas-lhes as pratas!* Cruza as mãos sobre o peito. Apagam-se as luzes em *fade-out* ao som dos sinos.

BIBLIOGRAFIA

BAKHTIN, Mikhail, *Questões de Literatura e de Estética,* São Paulo, UNESP, HUCITEC, 1988.

BRAIT, Beth, *Ironia em Perspectiva Polifônica*, São Paulo, Editora da UNICAMP, 1996.

DUARTE, Maria do Rosário da Cunha, "As fronteiras do texto no romance naturalista queirosiano". In *Dossiê: Poesia em Língua Portuguesa*. Revista do Centro de Estudos Portugueses. Faculdade de Filosofia, Ciências e Letras, Universidade de São Paulo, nº 1, 1998.

JAUSS, Hans Robert et al, *A Literatura e o Leitor,* trad. Luís Costa Lima, Rio de Janeiro, Paz e Terra, 1979.

QUEIRÓS, Eça de, *A Relíquia,* in *Obras de Eça de Queirós,* Porto, Lello & Irmãos, s.d.

PEIRCE, Charles Sanders, *Semiótica*, São Paulo, Perspectiva, 1990.

SANTAELLA, Lúcia, *Cultura das Mídias,* São Paulo, Experimento, 1996.

SOUSA, Rocha de, *Ver e Tornar Visível*, Lisboa, Universidade Aberta, 1992.

ZILBERMAN, Regina, *Estética da Recepção e História da Literatura*, São Paulo, Ática, 1989.

GONÇALO MENDES RAMIRES, DE PERSONAGEM A AUTOR: UM CAMINHO PARA A FICÇÃO

MILTON MARQUES JÚNIOR
Universidade Federal da Paraíba
Universidade de Paris X – Nanterre

Pierre Menard, ao se dispor a escrever *D. Quixote*, não queria compor outro Quixote, o que seria fácil, mas queria compor *o* Quixote:

> Não se propunha copiá-lo. Sua admirável ambição era produzir páginas que coincidissem – palavra por palavra e linha por linha – com as de Miguel de Cervantes.[1]

Para chegar a tal ponto, Pierre Menard deseja, inicialmente, ser Miguel de Cervantes, tarefa que abandonara por demasiado fácil e desinteressante. Interessante seria, sendo Pierre Menard, "chegar ao Quixote através das experiências de Pierre Menard"[2], ele próprio. Daí o seu trabalho incessante de produzir e multiplicar páginas de apontamentos, corrigindo-os febrilmente e rasgando milhares de páginas manuscritas, sem permitir que ninguém as examinasse. O que resulta desse trabalho são os capítulos nono e trigésimo oitavo, da primeira parte do *D. Quixote*, e um fragmento do capítulo vigésimo segundo.

Ao final, no entanto, dessa escrita palimpséstica, em que se podem perceber os sinais "– tênues, mas não indecifráveis – da 'prévia' escritura de nosso amigo"[3] Menard, constata-se como o seu texto, embora literalmente idêntico ao de Cervantes, é diferente, na sua essência, no seu estilo

[1] BORGES, Jorge Luis, "Pierre Menard, autor del Quijote. In: *Ficcionario*; una antologia de sus textos, México: Fundo de Cultura Económica, 1985, p. 132.
[2] *Id., ibid.*, p. 132.
[3] *Id., ibid.*, p. 135.

e na sua intenção, do texto do escritor espanhol, chegando a ser quase mais rico. Pierre Menard, assim, enriquece a leitura através da "técnica do anacronismo deliberado e das atribuições errôneas"[4], o que nos permite ler a *Odisséia* como anterior à *Ilíada*, ou *A ilustre casa de Ramires*, de Eça de Queirós, como se fora de Eça de Queirós, porque o verdadeiro ato criador está nas leituras que se fazem de um texto. O leitor cria um texto a partir de sua leitura, sendo, por conseguinte, também um autor. O leitor é um autor e "todos somos um"[5], porque a leitura é um ato inovador incessante.

Tal fato pensado ficcionalmente por Jorge Luis Borges, no seu famoso conto "Pierre Menard, autor do Quixote", texto que, como diz Emir Rodríguez Monegal, inaugura uma poética da leitura[6], torna-se realidade quando Adolfo Simões Müller resolveu dar vida própria à novela "A torre de D. Ramires", até então parte integrante do romance *A ilustre casa de Ramires* (1900), de Eça de Queirós, fazendo do personagem-escritor Gonçalo Mendes Ramires, um autor independente.

Adolfo Simões Müller, leitor apaixonado de Eça de Queirós, chegando ao ponto de definir-se "eçólatra", cria um novo texto ao dar independência a *A torre de D. Ramires*. Preventivo, o escritor ressalta a sua admiração por Eça de Queirós, para que ninguém possa pensar que o seu ato de desdobrar em dois o volume de *A ilustre casa de Ramires* caracterize um atentado ou um desrespeito ao legado que nos deixou o autor de *Os Maias*.

Ao se fazer "editor", ordenando o texto, livrando-o das interrupções da narrativa maior, Adolfo Simões Müller não comete o crime de atentar ou de desrespeitar a obra de Eça, como ele teme que assim possa ser compreendido, no entanto, é mais do que evidente que o estatuto de independência, que ele confere à obra de Gonçalo Mendes Ramires, é uma leitura nova, criadora de um outro texto que não é mais aquele inserido no romance.

Na disposição dada por Adolfo Simões Müller, a narrativa de Gonçalo Mendes Ramires é composta de cinco capítulos de que se destaca o seguinte: o fidalgo D. Tructesindo Ramires, senhor da Torre de Santa Irenéia, mantém-se fiel à palavra dada ao rei morto, D. Sancho I, de defender as mui amadas filhas do monarca, Dona Teresa e Dona Sancha. Com a morte do rei, assume D. Afonso II e instaura-se a discórdia no reino

---

[4] *Id., ibid.*, p. 136.

[5] MONEGAL, Emir Rodríguez, *Borges: uma poética da leitura*, São Paulo: Perspectiva, 1980, p. 72.

[6] *Id., ibid.*, p. 80.

e na família pelo testamento de D. Sancho I. Dom Tructesindo Ramires despacha, então, o seu filho Lourenço Ramires para Montemor, em socorro das infantas.

No meio do caminho, Lourenço topa com a mesnada de Lopo Baião, inimigo dos Ramires e defensor dos interesses do Afonso II. Trava-se uma luta entre as hostes, culminando com a prisão de Lourenço Ramires.

Já sabedor do sucedido com o filho, mas fiel a seus deveres, D. Tructesindo se prepara para marchar a Montemor, quando Lopo Baião aproxima-se da fortaleza para propor-lhe paz e pedir a mão de D. Violante Ramires, sua filha. Diante da negativa do velho fidalgo, Lopo Baião mata Lourenço Ramires. Passado de dor, D. Tructesindo jura vingança.

Saindo à perseguição de Lopo Baião, sem conseguir alcançá-lo por causa da noite, D. Tructesindo pede pouso junto às hostes de D. Pedro de Castro, o Leonês, que também ia em socorro das infantas. Sabendo do ocorrido, D. Pedro põe seus cavaleiros à disposição do senhor de Santa Irenéia. D. Garcia Viegas, o Sabedor, que acompanha D. Tructesindo, traça os planos para emboscar Lopo Baião, o Bastardo. Aprisionado, o Bastardo morre morte dolorosa e vil: atado a uma estaca, dentro de uma lagoa, o Baião é sugado até a morte pelas sanguessugas que lá vivem, enquanto os cavaleiros assistem ao suplício comendo e zombando. Após a morte de Lopo Baião, a mesnada de D. Tructesindo e a de D. Pedro de Castro cavalgam para Montemor, em defesa das infantas.

Lido dessa maneira, sem as interrupções da narrativa maior, a novela de Gonçalo Mendes Ramires ganha uma outra feição e aproxima-se mais do conto, dada a sua concisão e a sua unidade de ação, do que de uma novela. Uma vez dissociada do contexto de *A ilustre casa de Ramires,* passamos inclusive a perceber a linearidade e a delimitação temporal do fato narrado: a ação se passa em aproximadamente um dia. O núcleo narrativo não é a discórdia entre a família real ou a defesa do fidalgo D. Tructesindo às filhas de D. Sancho I, mas as lutas entre as mesnadas do velho fidalgo e de Lopo Baião. A saída das hostes vencedoras para Montemor, onde estão as princesas, daria início a uma outra narrativa, mas o texto pára por aí.

Quando lemos o romance de Eça de Queirós, não conseguimos perceber, de início, claramente, o conteúdo da narrativa de Gonçalo Ramires, pois a preocupação do leitor é desviada para outros fatos: as inquietações de Gonçalo Ramires por uma vida de fidalgo em decadência, cheio de planos, mas sem realizações; os indícios dos amores adúlteros do Titó com a D. Ana Lucena, da Feitosa; a retomada do amor entre André Cavaleiro e Gracinha Ramires, preocupando Gonçalo; a ingenuidade do "bom" Barrolo, marido de Gracinha, que só tem olhos para elogios a André Cavaleiro; a eleição de Gonçalo a Deputado por Vila Clara; o seu interesse mais pelo patrimônio do que pelo matrimônio com D. Ana Lucena...

A novela só não passa despercebida devido à mudança de estilo entre a narrativa de *A ilustre casa de Ramires* e a narrativa metadiegética de "A torre de D. Ramires". Leve-se em consideração que Gonçalo Ramires não tem a motivação do escritor para produzir a sua novela. Ele a escreve com o fim de brilhar nas páginas dos jornais e da revista de Lúcio Castanheiro e, assim, abrir caminho para a política.

Ao criar um autor, Adolfo Simões Müller vai além de Eça de Queirós, que criou um personagem-escritor. A transposição, contudo, do texto do romance para um volume em separado, faz desaparecer toda a motivação que levou Gonçalo Mendes Ramires a escrever a novela, bem como todo o trabalho de construção do texto.

No trabalho de edição de Adolfo Simões Müller, o texto aparece pronto e acabado, como é de se esperar num livro que vem a lume, mas mata a tensão existente entre os dois textos, daí "A torre de D. Ramires" ser um texto diferente daquele que está presente em *A ilustre casa de Ramires*, sendo o mesmo texto.

Ao construir o personagem-escritor Gonçalo Mendes Ramires, Eça de Queirós o faz de modo irônico:

> Gonçalinho parecia gloriosamente votado a restaurar em Portugal o Romance Histórico. Possuía uma missão – e começou logo a passear pela Calçada, pensativo, com o gorro sobre os olhos, como quem anda reconstruindo um mundo. No ato desse ano levou o R. (489)[7]

Exortado por Lúcio Castanheiro, editor da revista "Anais de Literatura e de História", a lhe dizer que "em três meses [Gonçalo] ressuscita um mundo" (491), Gonçalo, no ócio de sua vida de fidalgo, que vive das fumaças de uma fidalguia anterior a Portugal, dono de uma torre e de uma linhagem que remontava a mil anos, resolve escrever a história de um antepassado, D. Tructesindo Ramires, companheiro e Alferes-Mor do rei D. Sancho I, no século XIII. Para compor a sua história, ele lança mão de vários textos, dentre eles, uma *História genealógica*, o *Vocabulário de*

[7] QUEIRÓS, Eça de, *A ilustre casa de Ramires*. 1, Ed. Rio de Janeiro: Aguillar, 1970, p. 485-715. A partir daqui todas as citações do romance referem-se a esta edição. O número entre parênteses indica a página.

Bluteau, alguns volumes do *Panorama*, todo o Sir Walter Scott, o poema heróico "O Castelo de Santa Irenéia", de seu tio Duarte Balsa, e "O Fado dos Ramires", trovas da autoria de José Videira, "o Videirinha do violão, tocador afamado de Vila Clara, ajudante de farmácia, e poeta com versos de amor e patriotismo" (503), cujo fado compusera ajudado pelo eruditismo do Padre Soeiro. Desta forma, Eça de Queirós dá as pistas da construção do texto literário, com a absorção e transformação de um ou vários textos por outro.

E de onde vem o estímulo para Gonçalo começar a escrever a sua novela? Não é só da exortação de Lúcio Castanheiro, mas do ódio que Gonçalo guarda de André Cavaleiro, por não ter o moço honrado o seu compromisso com Gracinha Ramires, de quem fora quase noivo:

> Porque entre eles [Gonçalo e André Cavaleiro] existia um destes fundos agravos que outrora, no tempo dos Tructesindos, armavam um contra o outro, em dura arrancada de lanças, dois bandos senhoriais... (507)

E também,

> Era um ultraje, um bruto ultraje, que outrora, no século XII [sic], lançaria todos os Ramires, com homens de cavalo e peonagem, sobre o solar dos Cavaleiros, para deixar cada trave denegrida pela chama, cada servo pendurado de uma corda de canave. (509-510)

Desse modo, explica-se a novela decidir-se pelo embate entre as mesnadas de D. Tructesindo e de Lopo Baião – o fidalgo e o bastardo, Gonçalo e André, respectivamente –, deixando as discórdias ocasionadas pelo testamento de D. Sancho I para outra narrativa. Este contexto desaparece quando Gonçalo Ramires é alçado de personagem-escritor a autor.

Se a desavença entre Gonçalo e André detona o núcleo do texto de "A torre de D. Ramires", é um pesadelo que impele Gonçalo a iniciar a novela. Um pesadelo em que André Cavaleiro aparece travestido de cavaleiro medieval, avançando para Gonçalo montado numa horrenda tainha assada... (513).

O primeiro capítulo corre lentamente com interrupções prosaicas, como a carta do alfaiate de Gonçalo, que esconde uma cobrança, e entre tomadas e retomadas, escrituras e reescrituras, só para arrematar o capítulo Gonçalo leva uma semana.

A figura nobre e fidalga de D. Tructesindo Ramires, fechando o capítulo com altivez ao pronunciar,

> – Filho e amigo! De mal ficarei com o reino e com o rei, mas de bem com a honra e comigo (519).

é exaltada por Gonçalo como sendo "realmente toda a alma de um Ramires, como eles eram no século XII, de sublime lealdade, mais presos à sua palavra que um santo a seu voto, e alegremente desbaratando, para a manter, bens, contentamento e vida!" (519 – sublinhado nosso). Sublinhamos o tempo verbal, porque a cena que ocorre em seguida à louvação do Gonçalo serve de contraponto a este final do primeiro capítulo da novela. Gonçalo havia empenhado a sua palavra a um lavrador de nome José Casco, para o arrendamento de suas terras, por 950 mil réis, mas recebe a visita de um outro lavrador, Manuel Pereira, que lhe oferece duzentos mil réis a mais que o Casco. Na conversa com Pereira, gradativamente o fidalgo muda de palavra: diz que já tratou com o Casco, afirma que ficou meio apalavrado e, quando sabe da oferta de 200 mil réis a mais, já não tem mais contrato firme com o Casco, dizendo de si para si, após o contrato firmado com Pereira:

> E que insensatez se ele, por escrupuloso respeito dessa conversa esboçada, recusasse o Pereira, retivesse o Casco, lavrador de rotina... (524)

Para celebrar o contrato, após a saída de Pereira, Gonçalo "acendeu um charuto, voltou à livraria. E, imediatamente, releu o final magnífico: 'De mal com o reino e com o rei, mas de bem com a honra e comigo!' – Ah! Como ali gritava a alma inteira do velho português, no seu amor religioso da palavra e da honra!" (524-525).

Não poderia ser Eça mais irônico. Se da narrativa de Gonçalo Mendes Ramires, autor, impõe-se a figura altiva e honrada de D. Tructesindo Ramires, do Gonçalo Ramires personagem-escritor assoma apenas um arremedo de fidalgo, cobrando honra apenas aos outros, como a André Cavaleiro. Decididamente, os Ramires de então não *eram* como os de antanho...

O segundo capítulo da novela tem uma motivação outra: uma carta de Gonçalo assinada com o pseudônimo de Juvenal, publicada na *Gazeta do Porto*, contra André Cavaleiro. Gonçalo foge do confronto com Cavaleiro, saindo de Oliveira e voltando para a Torre, no dia em que a carta é publicada, e aí retoma a novela. A narrativa do confronto heróico entre Lourenço Ramires e Lopo Baião tem como contraponto o disfarce do pseudônimo que Gonçalo utiliza e a sua discreta saída para a Torre de Santa Irenéia. Já o amor não consentido de Lopo Baião e D. Violante, tem a ressonância do amor proibido entre Cavaleiro e Gracinha Ramires, de cujo possível acontecimento Gonçalo começa a desconfiar.

O heroísmo de seus antepassados o deixa com a "alma enfunada [...], como por um vento que sopra do fundo da campina" (560), a ponto de Gonçalo pisar forte sobre o chão da torre, como D. Tructesindo. A sua fumaça de fidalguia e heroísmo, no entanto, dura pouco. O Casco, magoado com o trato desfeito, o põe para correr, ameaçando-o com uma surra...

O capítulo III começa na fumaça da glória de Gonçalo ser deputado. Ele deveria, pois, terminar a novela para surgir "na política com o seu velho nome aureolado pela Erudição e pela Arte" (583). É interessante notar que para postular a candidatura a deputado por Vila Clara, era necessário a Gonçalo a reconciliação com André Cavaleiro, vergar-se ante aquele a quem costumava desancar pelos jornais, em cartas com pseudônimos, e contra quem não cansava de falar em rodas de amigos.

Feita a reconciliação, mudado o tratamento a André, Gonçalo contra-argumenta para si próprio as razões da reconciliação, evocando o bem da pátria. Ao retomar a escritura da novela, a sua primeira atitude é modificar a fonte de onde ele vinha se servindo mais freqüentemente – o poema de tio Duarte Balsa. Em lugar de apresentar um D. Tructesindo em "choroso desalento", como está no poema, Gonçalo o mostra com "alma indomavelmente violenta", pois "Tio Duarte não era um Ramires, não sentia hereditariamente a fortaleza da raça" (583). Por aí se pode perfeitamente perceber a natureza irônica do texto eciano, ao compor a personalidade do Gonçalo personagem, dividido entre a grandeza de um passado heróico e um presente decadente e miúdo. O heroísmo dos da Santa Irenéia fica restrito à narrativa do autor Gonçalo Mendes Ramires. Tructesindo, orgulhoso, prefere ver o filho morrer pelas mãos do bastardo Lopo Baião, a quebrar a palavra dada a D. Sancho ou conceder a mão da filha ao inimigo. O próprio Lourenço prefere a morte a ver o pai vergar-se ante o inimigo. O Gonçalo personagem, no entanto, verga-se na reconciliação com o inimigo e abre a porta dos Cunhais, da casa da irmã Gracinha para a entrada do vilão que a desprezara como esposa, mas a queria como amante.

Ao tentar retomar o capítulo, rebuscando o heroísmo e a honra de Santa Irenéia, Gonçalo não consegue porque "a sua imaginação [...] escapava desassossegadamente da velha honra de Santa Irenéia – esvoaçava teimosamente para os lados de Lisboa, da Lisboa de S. Fulgêncio [...] e o eirado da torre albarrã, onde o gordo Ordonho gritava esbaforido – incessantemente se desfazia como névoa mole, para sobre ele surgir um apetitoso e mais interessante, um quarto do Hotel Bragança com varanda sobre o Tejo" (588). D. Tructesindo sacrificando um filho em nome da honra; Gonçalo sacrificando a honra em nome da glória passageira de ser deputado...

Gonçalo representa uma tensão entre os Ramires de ontem e ele próprio: o heroísmo e a submissão; honra e covardia. Aliás, o seu próprio nome carrega essa tensão. Gonçalo, proveniente do germano Gundiscalcos, significando "servo no combate"; Ramires, também do germânico, significando "guerreiro valente, que se distingue na luta", o que vamos observar mais adiante.

Tomando como contraponto André Cavaleiro, temos André, do grego, significando "homem, coragem, virilidade", e Cavaleiro, que estabelece a sua relação com os cavalos, ao mesmo tempo que molda a figura do centauro guerreiro e lúbrico da mitologia.

Em conversa com Gonçalo sobre a novela "A torre de D. Ramires", André diz que se fosse escrever um romance escolheria "uma época deliciosa, Portugal sob os Filipes..." (599). Sabemos, por intermédio do narrador, que "sob os Filipes, os Ramires, amuados, bebem e caçam nas suas terras" (486). É patente, pois, o desejo de André Cavaleiro subjugar Gonçalo, ainda mais se atentarmos para o nome Filipe, originário do grego, significando "que ama os cavalos". A submissão de Gonçalo torna-se clara na carta que ele envia ao Cavaleiro, pedindo ajuda para fazer a sua candidatura avançar:

> Necessito portanto que essa querida autoridade me empurre com o seu braço possante e destro... (615)

Gonçalo reconhece claramente esta tensão que existe dentro de si, pois tinha uma alma arrojada e um corpo traiçoeiro (616). Isto é: alma de Ramires, corpo de Gonçalo.

A inquietação e angústia de Gonçalo, diante da culpa de ter aberto a casa da irmã para a entrada de André com a reconciliação, dão-lhe a consciência de sua fraqueza:

> Desgraçadamente ele era um desses seres vergados que dependem. (646)

Ao iniciar o capítulo IV da novela, a sua fraqueza o impede de escreve com fervor e agilidade, mostrando-se "mole e apagado", para um trabalho que reclamava "fragor, um rebrilhante colorido medieval" (647). Para o arremate dos capítulos, Gonçalo consome três manhãs de trabalho e cansaço. O desalento e a decadência pousam sobre os ombros do fidalgo.

O resultado é um capítulo – não terminado na realidade –, onde Tructesindo Ramires não consegue achar Lopo Baião, voltando do caminho para pedir agasalho para a sua mesnada nas hostes de D. Pedro de Castro, o Leonês. A prudência de D. Tructesindo na narrativa de Gonçalo autor tem um sabor de derrota na pena de Gonçalo personagem.

É novamente um sonho medieval que leva Gonçalo a repensar sua vida. Os antepassados haviam saído "da escuridão das tumbas dispersas [...] para o velar e socorrer na sua fraqueza" (661). Recebendo as armas dos avós, em sonho, Gonçalo retruca:

> Oh avós, de que me servem as vossas armas – se me falta a vossa alma?... (661)

Um chicote, que o criado Bento lhe traz, feito de osso de cavalo marinho e que representava as armas dos Ramires, cai-lhe nas mãos, como as armas dadas em sonho pelos seus antepassados. Com este chicote Gonçalo amansa um valentão, deixando-o quase morto no solo, e um outro que contra ele atirara. Dessa maneira, ele resgata o heroísmo dos Ramires, deixando de existir, a partir daí a tensão que o marcava. Renasce um novo Gonçalo, um

> varão novo, soberbamente virilizado; liberto enfim da sombra que dolorosamente assombreara a sua vida, a sombra mole e torpe do seu medo! [...] enfim era um homem! [...] E singular lhe pareceu, de repente, que a sua Torre era agora mais sua e que uma afinidade nova, fundada em glória e força, o tornava mais senhor da sua Torre! (669)

O título que Eça de Queirós dá a novela – "A torre de D. Ramires" – é ambíguo. A que D. Ramires ele se refere? A D. Tructesindo ou a Gonçalo? Inicialmente, pensamos ser, e tudo se encaminha para esta confirmação, a torre de D. Tructesindo, mas com o desenvolvimento da narrativa, vemos que Gonçalo Mendes Ramires está escrevendo sobre si mesmo, na tentativa de recuperar o que lhe escapava por entre os dedos. Logo, no momento em que ele se assenhoreia da sua torre íntima, que é a recuperação do orgulho e da segurança, ele se vê como senhor de sua torre material, aquela de Santa Irenéia com mais de mil anos de existência. Não há, portanto, mais necessidade de auto-afirmar-se. É como se ele tomasse consciência de que viver o presente não significa buscar reconstruir o passado, o passado deve ser apenas uma referência para a construção do presente, nunca a sua obediência cega. É o que veremos em seguida.

O início do último capítulo da novela vem ao sabor do ato heróico de Gonçalo. O trabalho fora gasto em "uma doce semana de Setembro" (693). Assim é que o chicote faz surgir da pena de Gonçalo personagem um D. Tructesindo que dá combate a Lopo Baião e o condena a morrer morte vil. Novamente, contudo, estabelece-se uma diferença entre as duas narrativas: enquanto D. Tructesindo parte para novas aventuras, agora em defesa das infantas, o Gonçalo personagem põe em dúvida esse heroísmo e diz não ao título de Marquês de Treixedo com sarcasmo, título que André Cavaleiro quer lhe outorgar via el-rei. Com isto, Gonçalo deixa o Cavaleiro submisso ao peso do orgulho dos Ramires. Em seguida, Gonçalo vai à África, passa uma temporada e reconstitui a sua dignidade. É aí que se instaura mais do que uma narrativa metonímica, uma narrativa alegórica, do Portugal imerso no seu passado do qual deve acordar e buscar reconstruir-se, para não perder também o presente. Tudo isto escapa ao texto, quando Gonçalo Mendes Ramires é alçado à condição de "autor".

Todas estas voltas foram necessárias para comprovar a existência de dois textos diferentes, sendo ambos iguais, tão literalmente iguais que os pequenos ajustes operados por Adolfo Simões Müller na transposição do texto não chegam a comprometer a sua igualdade.

Ao se ler, contudo, "A torre de D. Ramires" fora do contexto de *A ilustre casa de Ramires*, notam-se as diferenças: a narrativa sai do nível metadiegético para tornar-se *a* narrativa; a diferença entre o estilo moderno (para a época, 1900), principalmente com as preocupações metalingüísticas da narrativa literária dentro da narrativa literária, e o estilo medieval desaparece por completo, aceitando o leitor com mais naturalidade o vocabulário medieval complexo e o tom épico da narrativa, fundando em valores como honra, lealdade, bravura, duramente criticados pelo Realismo do século XIX, porque apregoados e cobrados, mas nunca seguidos pela hipocrisia da sociedade burguesa; as tensões que marcam o personagem Gonçalo Mendes Ramires, cujas inquietações o tornam verossimilmente humano, com suas fraquezas e grandezas, apesar de ser uma entidade ficcional, desaparecem para dar lugar a um "autor", cristalizado, que não passa de ficção, apesar dos paratextos criados contextualmente por Adolfo Simões Müller: retrato de D. Gonçalo, bibliografia do autor, pequena fortuna crítica sobre a sua obra, árvore genealógica...[8] ; o contraponto entre o romance e a novela é encoberto, não nos permitindo

[8] RAMIRES, Gonçalo Mendes, *A torre de D. Ramires*; novela histórica dos feitos de D. Tructesindo, precedida de algumas palavras do Dr. José Maria D'Eça de Queiroz, na leitura e comentários de Adolfo Simões Müller, Lisboa: DIFEL, s.d.

ver como o ritmo com que Gonçalo escreve a novela depende de suas reações como personagem.

Com a sua leitura, portanto, Adolfo Simões Müller cria um novo texto, embora deseje apenas celebrar um autor. *A torre de D. Ramires* é um outro texto sendo o mesmo. Operando esta mudança, Adolfo Simões Müller chega a Eça de Queirós pelos caminhos de Adolfo Simões Müller, utilizando como pretexto a figura de Gonçalo Mendes Ramires, humano como personagem e personagem quando travestido de humano.

CORPOS E DESEJOS EM DESABRIGO: A PROPÓSITO DE *O PRIMO BASÍLIO*

MÓNICA DO NASCIMENTO FIGUEIREDO
Universidade Federal do Rio de Janeiro

Quis saber o que é o desejo
De onde ele vem
Fui até o centro da terra
E é mais além.
Procurei uma saída
O amor não tem
Estava ficando louca, louca, louca
De querer bem.
Quis chegar até o limite
De uma paixão
Baldear o oceano
Com a minha mão.
Encontrar o sal da vida
E a solidão
Esgotar o apetite
Todo apetite do coração.
Tanta Saudade. Djavan

A memória é sempre um incessante embaraçar de fios. Foi pensando em Luiza, que os versos de uma canção brasileira, que inscreve de maneira sublime a impossibilidade humana, saltaram para a página em branco, merecendo aqui também o seu registro: "sabe lá, o que é morrer de sede em frente ao mar"[1]. Poucas coisas podem ser piores do que sofrer por uma falta em meio à abundância que não é capaz de preencher. É pensando nisto que, mais uma vez, recupero Luiza.

---

[1] *Esquinas*, música de Djavan.

A personagem de Eça já completou mais de cem anos de existência e se Luiza não é Ema Bovary – como inúmeras vezes já foi provado – por que até hoje falamos dela? Lembro-me de toda uma infinidade de textos críticos que, desde Machado de Assis[2], não lhe perdoam a superficialidade e a incoerência. E, no entanto, ainda hoje avaliamos suas atitudes, perseguimos os seus silêncios, ainda hoje a julgamos moralmente e procuramos definir uma face para esta mulher circunscrita no século XIX português. Estranha superficialidade tem Luiza, ou ainda, que incoerência é esta que tanto incomoda?

Luiza não atrai simpatias. *As burguezinhas do Catolicismo*[3] que espantaram o olhar crítico de Cesário Verde parecem encontrar na personagem de Eça a sua melhor representação. Criada para esperar pelo casamento, educada dentro de uma moralidade beata e provinciana, marcada pelo ócio, protegida da realidade pela futilidade que, em seu tempo, adjetivava o feminino e, para além de tudo, "arrasada de romance"[4], Luiza parece não ter como seduzir. Afinal, este romance trata de personagens destituídos de heroicidade, marcados por uma mediocridade que, embora custe aos olhos mais exigentes, também é humana. E é na humanidade falhada de Luiza que reside a sua sedução. A falta de aprofundamento psicológico de que tantas vezes ela foi acusada é, na verdade, a resposta coerente de uma mulher que adivinhava a sua posição de objeto fixo no discurso do *outro,* porque era incapaz de ser *sujeito* de seu próprio discurso, e é do fundo de sua lucidez que Luiza, em desespero, pergunta a Deus "com que linguagem?"[5].

Luiza é apresentada ao leitor já na primeira cena do romance, e o que temos é uma descrição que percorre despudoradamente o corpo feminino, exaltando o seu torpor, dando-lhe um desenho delicado, sinuoso e iluminado, marcando-o com a sensualidade dos movimentos. Luiza é dona de um corpo que causa admiração, uma admiração que é primeiro construída pelo discurso do narrador, para depois se estender ao discurso dos demais personagens que, de Jorge a D. Felicidade, não se cansam de admitir – por vezes com imensa inveja, como é o caso de Juliana – que ela é dona de um belo corpo.

---

[2] "*O Primo Basílio* por Eça de Queirós". In: *O Cruzeiro*, 30 de Abril de 1878.

[3] "O Sentimento dum Ocidental". In: *O Livro de Cesário Verde*, Porto, Paisagem Editora, 1982.

[4] *O Primo Basílio*, Lisboa, Livros do Brasil, s/d, p. 344.

[5] *PB.*, p. 323. Sobre a questão, lembro de Jorge Fernandes da Silveira em seu artigo: "Os Postugueses", onde o crítico mostra a encruzilhada a que ficou circunscrita Luiza, emparedada entre o que chamou de o "mundo de fora" – masculino – e o "mundo de dentro" – feminino. In: *Folhetim/Folha de São Paulo*, 585, 22.04.88.

É, pois, com esta mulher de belo corpo, com este "serzinho louro e meigo" que Jorge decide partilhar a sua vida. Luiza, à primeira vista, não se interessa por seu futuro marido mas, mesmo "sem o amar", sente seu corpo estremecer diante da virilidade que ele encarna, por sentir "dilatarem-se docemente os seios". Ela aceita, pois, o pedido de casamento, já que isto daria um "descanso para mamã"[6]. Resta saber que outro tipo de descanso procurava Luiza. Não parece desmedido pensar que, para além da mãe, era a sua própria sexualidade impossibilitada que precisava ser apaziguada, o que só lhe seria possível no espaço fechado de um quarto conjugal. "*Mas* era o seu marido, era novo, era alegre, pôs-se a adorá-lo"[7]. É assim que o narrador inicia o parágrafo seguinte à noite de núpcias de Luiza, o que faz pensar que o casamento começa sob circunstância adversativa, ensinando que se a experiência conjugal era a única saída para a mulher burguesa, esta saída era um exercício de aprendizagem, longe de ser o caminho natural, como os valores burgueses pregavam.

Luiza mostrar-se-á uma aluna esforçada, procurando aprender a existir dentro do limite social que sua condição impunha. Neste momento, a narrativa utilizará, pela primeira vez, a palavra "curiosidade"[8] para definir os anseios da personagem em relação à descoberta deste *outro* – duplamente *outro* porque também masculino – que Jorge representava. Inserido numa parte da realidade vedada ao conhecimento feminino, Jorge é exposto à curiosidade de Luiza e, junto com ele, todos os objetos que representavam a condição de atuação do masculino num espaço vedado à movimentação da mulher. Metonimicamente, ela persegue as partes em busca de um todo até aqui proibido à sua compreensão plena.

É neste ponto que Luiza comete o erro indesculpável diante da moral de seu tempo: ela atreve-se a desejar além. A mesma curiosidade infantil – porque se firma como temperamental e pouco precavida – que a empurrou para os braços do marido, também a impele para braços estrangeiros que estão além do espaço de sua circunscrição. Por curiosidade, ainda que impossibilitada, Luiza ganhará a rua, porque equivocadamente acredita que já tem uma casa. E o exterior chegará até ela personificado no inescrupuloso Basílio. O primo lhe traz, hipoteticamente, o mistério dos países desconhecidos e a aventura dos espaços conquistados, e Luiza o utiliza para concretizar o que sua imaginação sozinha já tinha sido capaz de construir: o desejo de fuga de um cotidiano esvaziado.

---

[6] *PB.*, p. 22.

[7] *PB.*, p. 23. Os grifos são meus.

[8] *Ibidem.*

Aliás, a coerência acompanha Luiza desde cedo. A notícia da chegada de Basílio reativa a memória do tempo do namoro, quando ressurgem as lembranças de uma intimidade pouco vigiada no sofá, e das incursões a uma adega marcadamente húmida, afinal, "tinham muita liberdade, ela e o primo Basílio"[9], lembra o narrador, propositadamente em *flash-back*, para mostrar que o desejo de transgressão de Luiza começa ainda no passado.

Também é bom lembrar que, quando o primo lhe faz a sua primeira visita, ela já se encontra pronta para sair, para ganhar a rua por conta própria, em suma, para transgredir, já que pretendia visitar Leopoldina, amiga cujo relacionamento lhe era declaradamente proibido pelo marido. O narrador, ao apresentar Leopoldina, não esquece de apontar que ela era "a mulher mais bem feita de Lisboa", apesar de sua beleza vir acompanhada de "uma cara um pouco grosseira"[10], embalada por um forte cheiro de feno e de tabaco. Ao contrário de Luiza, Leopoldina já nasce com um corpo negativamente marcado pela narrativa[11]. De sua sexualidade e do seu afeto, só sabe aquilo que precariamente experimentou em relacionamentos fugazes que, longe de a preencherem, só aumentaram o seu vazio existencial que lucidamente adivinhava[12] e que a fazia desejar, por vezes, a vida confortável de Luiza. Não se pode, aliás, desprezar a franca sensualidade que marca a sua relação com Luiza. Eça, com certeza, não desperdiçaria a oportunidade de cravar mais um *vício* em suas personagens.

Encarado, na era vitoriana, como desvio preocupante, uma vez que colocava a sexualidade a serviço não da reprodução, mas sim do prazer, a homossexualidade insinuada entre as duas amigas parece que desvela muito mais do que um *pecado*. Se Eça quis condenar um réu acabou por absolver a vítima. O que temos nesta narrativa são personagens femininas que, de dentro de seus próprios desconhecimentos, espreitam o corpo da

---

[9] *PB.*, p. 20.

[10] *PB.*, p. 24.

[11] Richard Sennett ensina que "Uma vez que os principais membros do corpo estavam cobertos, e uma vez que o corpo feminino vestido não mantinha qualquer relacionamento com a forma do corpo despido, pequenas coisas, como a cor dos dentes ou a forma das unhas, tornavam-se sinais de sexualidade. Além disso, objetos inanimados que envolviam a pessoa poderiam também ser sugestivos em seus detalhes, de tal modo que o ser humano que os usasse ou os visse se sentisse pessoalmente comprometido. In: *O Declínio do Homem Público – As Tiranias da Intimidade,* São Paulo, Companhia das Letras, 1988, p. 210.

[12] *PB.*, p. 170 : "Luiza disse, animada: – Pois olha que com as tuas paixões, umas atrás das outras... Leopoldina estacou: – O quê ? – Não te podem fazer feliz! – Está claro que não! – exclamou a outra. – Mas... – Procurou a palavra; não a quis empregar decerto; disse apenas com um tom seco: – Divertem-me!"

outra como se fosse o seu. Não é possível ignorar o desejo de Luiza sobre o corpo de Leopoldina, ou vice-versa; bem como a inveja mortal e desejante de Juliana sobre o corpo de Luiza e ainda sobre a abundância das formas de Joana. Do mesmo modo, Joana não se cansa de elogiar a beleza da patroa e, tal qual D. Felicidade, não crê em corpo mais bonito. Desta forma, cabe a questão: ou o Portugal oitocentista era um país de lésbicas, ou, em efetivo, o único *outro* permitido ao conhecimento feminino era aquele que ratificava a sua igualdade. Aprisionadas em um espelho perverso que devolvia sempre a mesma imagem, as mulheres de Eça não conseguiram ultrapassar, pela aprendizagem da diferença, a circunscrição a que estavam condenadas, por isso não se tornaram sujeitos de suas ações, condenadas pelo desejo masculino à condição de objeto.

Não se pode esquecer o projeto ideológico que revestiu a proposta de Eça de Queirós. Claro está que Luiza terá o delírio da literatura romântica preso aos olhos com que vê a realidade. Ela padece de um ótica destorcida, porque avalia o real através do discurso do outro. Acredito que a mesma ótica destorcida pela qual Luiza percebeu Basílio fez com que ela visse também Jorge de maneira equivocada. Ao saber das aventuras do marido no Alentejo, é incapaz de perceber que ele foi para as pobres mulheres do interior de Portugal a mesma esperança alienante de saída que Basílio representava para ela. Eram, enfim, as duas faces de uma mesma moeda.

De outro modo, Luiza não é capaz de reconhecer o gesto verdadeiramente íntimo e humano que Jorge teve para com ela: a aceitação da traição, nem avalia o seu crescimento quando ao tomar consciência do adultério, ele engatinha seus primeiros passos em direção ao conhecimento. Porque é então que ele finalmente vê a imensa fragilidade que revestia a pretensa fortaleza que chamava de lar. A sua "casinha honesta" desaba e de seus escombros nasce um outro homem que, envelhecido, admite o perdão para a personagem adúltera de Ernestinho, aquela mesma que na abertura do romance poderia ter sido morta com uma lapiseira[13], mas que não o foi, simplesmente porque Jorge não tinha, ao contrário de Eça, a legitimidade de sua autoria.

---

[13] *PB.*, p. 47: Diz Jorge: "– Está enganada, D. Felicidade – disse Jorge, de pé, diante dela. – Falo sério e sou uma fera! Se enganou o marido, sou pela morte. No abismo, na sala, na rua, mas que a mate. Posso lá consentir que, num caso desses, um primo meu, uma pessoa da minha família, do meu sangue, se ponha a perdoar como um lamecha! Não! Mata-a! É um princípio de família. Mata-a quanto antes! – Aqui tem um lápis, sr. Ledesma – gritou Julião, estendendo-lhe uma lapiseira."

Porém, o maior aprendizado que Jorge consegue é em relação ao desejo de Luiza. De tanto perguntar como tonto "que lhe fiz eu pra isto?"[14], ele finalmente compreende que o corpo de Luiza não era um território seu, descobrindo, assustado, que a mulher também deseja: "Então começava a recordar os últimos meses desde a sua volta do Alentejo, e como ela se mostrara amante, e que ardor punha nas carícias"[15]. Como que por um encanto trágico, o "serzinho louro" transforma-se num *outro* que o sujeito finalmente é obrigado a reconhecer e a quem é obrigado a pedir perdão.

Luiza não foi capaz, não quando foi mais preciso, de ler seus homens de maneira lúcida, centrada como estava nas criaturas masculinas de papel, as únicas que o seu tempo histórico realmente permitia. Ao contrário da Bovary, ela não *bovarizou* seu Charles, porque não foi capaz de manipular Jorge, de modo a conseguir, antes do momento de sua morte, a aceitação de seu caráter desejante pelo marido. Nem tão pouco foi capaz de compreender que Basílio e Jorge eram ficções que ela mesma criara, mergulhada no vazio histórico a que as mulheres do século XIX estavam condenadas.

Em verdade, o que faltou a Luiza foi o discurso. A fala (*parole*) é sempre individual e nela o indivíduo se cria. Aprisionada na fala do *outro* masculino, Luiza não foi capaz de definir para si uma fala que a inscrevesse como indivíduo. A infantilização a que foi condenada pela educação que recebeu permaneceu como pena até a maturidade, fazendo parte da *pedagogia* que ensinava o que era ser mulher. Seria um trabalho exaustivo tentar reunir todos os termos neutralizantes que, ao nomearem Luiza, fazem nascer um sujeito absolutamente apartado de concretude, selando no diminutivo, para a "Luizinha" ou ainda para a "Lili", a condição de objeto fixo no discurso do *outro*.

Seguindo o exemplo de Flaubert, Eça utilizou sua narrativa para condenar a formação dada às mulheres burguesas, todas elas, como Luiza, "arrasadas de romance". Mas é preciso que se entenda que se os romances foram uma forma de alienação, o foram muito mais pelo que imputavam de fala pronta e, para sempre ilegítima, do que pelo que propiciavam enquanto caminhos de evasão. Chego a afirmar que se não fossem os romances – que precipitaram em Luiza o desejo de conhecimento do espaço além – ela jamais teria conseguido verbalizar a dolorosa pergunta que a conscientiza: "com que linguagem?". Luiza alimentou-se do discurso alheio: aquele que

---

[14] *PB.*, p. 418.
[15] *PB.*, p. 419.

lhe deu a educação burguesa e aquele que lhe chegava impresso nas páginas dos romances que devorava. A literatura, em verdade, preenchia o aterrador silêncio a que estava condenada. Foi do doloroso embate entre a realidade e a ficção que Luiza adquiriu o pouco, mas também o único conhecimento que conseguiu em vida. A partir do fim do romance que manteve com Basílio, percebeu que precisava de uma fala *outra* para enfrentar a realidade, uma fala que fosse *sua* de verdade, capaz de a afastar de vez do discurso pronto que ela repetia desde a infância.

Se por um lado, o seu desejo não precisava da aquiescência masculina – lembro que a *curiosidade* de Luiza nunca dependeu de seus homens e que seu desejo de saída também estava para além deles – por outro lado, a efetiva conquista do espaço sempre esteve ligada à concessão do masculino. Imobilizada economicamente e emparedada por sua condição histórica, a partir da chantagem de Juliana, Luiza apega-se a soluções impossíveis e espera por um milagre, que tanto pode vir personificado num bilhete de loteria, na interseção divina, na fuga para o convento, como na ilusória crença no apoio irrestrito do amante que jamais a abandonaria.

Mas, na narrativa, o limite da infelicidade feminina atende pelo nome de Juliana. De seu corpo ao seu caráter nada parece oferecer redenção. A seu favor, só mesmo a dolorosa escravidão anunciada desde o seu nascimento, quando, ainda menina, assistiu ao corpo da mãe ser trocado pela garantia de sobrevivência. Mesmo desejando um destino outro para si, Juliana não foi capaz de desejar para além do modelo social imposto por seu tempo histórico. Daí porque o seu desejo de mudança não tenha sido capaz de instaurar uma revolução. Ao contrário, apenas foi capaz de rebelar-se contra aquele que estava mais próximo e que, erroneamente, foi visto como inimigo.

A sexualidade, aprendida e vivenciada por Luiza, foi assim adivinhada pela maledicência invejosa de Juliana que, grosseiramente, conclui que à patroa "falta-lhe o homem!"[16]. O que faz, na verdade, é expor também uma carência própria, ela é quem sofre a amargura de nunca ter sido desejada, carregando a virgindade como um sinal de sua rejeição[17]. Infe-

[16] *PB.*, p. 72.

[17] Cacile Dauphin ensina que "as conotações pejorativas da mulher sozinha não têm fundamento real e circulam em toda a cultura ocidental. Mas a construção literária da personagem da solteirona e o uso banalizado do estereótipo pertencem exclusivamente ao século XIX. Nunca em qualquer outra época, nem para outro sexo, se inventaram tantos discursos sobre a sua fisionomia, a sua fisiologia, o seu caráter ou a sua vida social". In: *História das Mulheres – O Século XIX*, vol. 4. Porto, Afrontamento, p. 492.

liz destino prende todas as personagens femininas deste romance que inscrevem a história da solidão de corpos alijados ou proibidos do prazer.

Tencionando "completar-se", mesmo sendo ainda uma principiante no difícil exercício do desejo, Juliana acreditou que *ter* era mais importante do que *ser*, isolando-se no culto vazio daquilo que é do outro. Trocando lentamente de roupas, tomando os móveis de assalto, desrespeitando as fronteiras da casa, ela inscreve uma nova geografia para o espaço doméstico. Luiza e Juliana não foram capazes de perceber que a ruína da casa trazia consigo, inexoravelmente, a destruição do feminino que, desabrigado, não teria outro destino a não ser a morte.

Está-se mesmo diante de um tempo de mulheres infelizes. D. Felicidade é aquela que apodrece, dona de uma sexualidade que implode através de gazes grotescos que lhe aniquilam o corpo, impedindo-lhe a realização do desejo. Joana está condenada a pagar o exercício de sua sexualidade com um trabalho quase escravo, vivendo das esmolas que seus rapazes pagos são capazes de, eventualmente, lhe oferecer. Como se pode ver, a doença, seja ela de ordem emocional ou fisiológica, assombra cada um destes corpos femininos, todos eles adoecidos pela infelicidade[18].

Luiza, em sua busca do "Paraíso", traça uma *via-crucis* para seu próprio corpo. É pelo desejo de aprendizagem de sua sexualidade e pela aquisição do prazer que ela, voluntariamente, volta muitas vezes ao "Paraíso", espaço de libertação que sua imaginação construiu e que a realidade lhe devolveu de maneira grotesca. Depois da primeira vez, ela sabe exatamente para onde vai e quem vai encontrar. Diante da realidade incontornável do quarto, Luiza age de forma perfeitamente realista. Ao contrário do que se poderia esperar, ela habita, conscientemente, a concretude real, não negando aquilo que vê, mas antes, revestindo o espaço real de uma *outra* possibilidade. Femininamente, Luiza ensina a lição da adaptação, silenciosa forma de sobrevivência (mas também de resistência), exercida pelo feminino desde o início dos tempos. Dentro do "Paraíso", não há mais sedução romântica que a justifique, ao contrário, é ao apelo do real que ela atende.

Como tão bem ensinou minha epígrafe, Luiza "quis saber o que é o desejo, de onde ele vem, [foi] até ao centro da terra, e é mais além" e, ultrapassadas as primeiras lições recebidas do primo, começa a reivindicar

---

[18] Yvonne Knibiehler diz que "eterna enferma, a mulher da época [vitoriana] tem uma taxa de mortalidade superior à dos homens: a tísica, a tuberculose, a sífilis (transmitida pelo marido) e as próprias condições de vida que lhe são impostas desde o nascimento contribuem para isso". In: *História das Mulheres – O Século XIX*, vol. 4, p. 363.

a atenção que merece uma boa aprendiz, rejeitando o lugar de subalternidade a que Basílio a tinha condenado. Não é à toa que Basílio começa a sentir-se ameaçado ao perceber que Luiza alça vôo para além do seu cerco de sedutor. Sente-se impelido a recomeçar o jogo da sedução para evitar que a "escrava", antes tão dócil, se liberte. E, naturalmente, Basílio não mede esforços para reaver o *objeto* que supõe em risco. Numa cena memorável, que certamente terá causado grande escândalo junto aos leitores vitorianos, Eça celebra o erotismo, unindo sem pudor as duas formas de fome humana. No *lunch* organizado por Basílio[19], Luiza descobre uma nova lição, aprende a redimensionar a geografia de seu próprio corpo, deslocando órgãos de suas tradicionais funções: sua boca e seu sexo se misturam, acabando de vez com qualquer interdição.

O fim do romance com a partida de Basílio repete um trajeto de dilapidação ancestral, onde conquistadores deixavam nas mãos das mulheres o custo da manutenção da terra. Luiza tem que aprender a ficar. Metaforicamente, por conta desta nova ousadia do conhecimento, o *paraíso* ficava outra vez perdido. Suas tentativas de transformar a casa, ou melhor, o que dela restou depois da apropriação de Juliana, não eram possíveis naquele fim de século português. Luiza quis que o seu quarto de dormir fosse um "Paraíso" legal, repetindo com Jorge aquilo que com Basílio aprendeu, mas o conhecimento estava ainda interditado ao feminino, e ela morrerá porque já sabia demais. Jorge não conseguiu aprender, por ser incapaz de perceber que Luiza "era *ela mesma*", somente depois que a noite chegava, quando a sós no quarto, tentava improvisar um *lanche outro* para dividir com o marido. "Jorge estranhava-a", dizendo: "Tu de noite és outra"[20]. E ela era, nisto Jorge estava coberto de razão.

Luiza pagou bem caro por seu atrevimento. Por curiosidade quis saber além. Ao abrir as janelas da casa, ao ganhar a rua, iniciou um percurso que não tinha condições de realizar. Pela inconsciência de sua encruzilhada histórica, não ultrapassou a condição desejante, principiante que era na conjugação do verbo agir. Luiza desejou conhecer seu corpo,

---

[19] Peter Gay afirma que "essa conjunção das gratificações orais e genitais foi incorporada à fala comum vários séculos antes do XIX, e de maneiras reveladoras. Metáforas culinárias para a pessoa amada, como "*honey*", em inglês, e dúzias de outras, em muitas línguas, só fazem confirmar a sólida associação que existe entre comer e amar. A oferta que o amante faz de comer a pessoa amada sugere fortemente os elementos nostálgicos presentes no prazer sexual (...). In: *A Experiência Burguesa da Rainha Vitória a Freud. A Paixão Terna*, São Paulo, Companhia das Letras, 1990, p. 235.

[20] *PB.*, p. 316-317.

reclamando para si uma sexualidade que estava historicamente condenada à morte. Deixou-se morrer, ou foi morta por seu tempo, como a narrativa tão exemplarmente demonstrou ao tirar dela até os cabelos, memória última de sua capacidade de sedução.

Mesmo desabrigada de seu corpo, de sua casa, de sua cidade e de seu tempo, Luiza mereceu o abrigo do discurso. Se Eça não gostava dela parece que não se deu conta da inegável traição que o texto operava. Ouso acreditar que, antes mesmo de Ernestinho e de Jorge, o narrador foi aquele que primeiro perdoou Luiza, ao dedicar a ela um dos raros momentos da narrativa em que a corrosão e a ironia não estão presentes: "E o vento frio que varria as nuvens e agitava o gás dos candeeiros ia fazer ramalhar tristemente uma árvore sobre a sepultura de Luiza"[21]. Nada me parece mais amoroso. Se estivéssemos em outros tempos, o livro terminaria aí, com Eça sussurrando ao fundo: "te perdôo por te trair"[22].

---

[21] *PB.*, p. 488.

[22] Verso da música *Mil Perdões*, de Chico Buarque.

FRADIQUE MENDES E O IDEÁRIO DA "GERAÇÃO DE 70"

NATÁLIA GOMES THIMÓTEO
Universidade Estadual do Centro-Oeste do Paraná

A "Geração de 70" representa para Portugal, seja como e qual tenha sido a sua capacidade crítica e inventiva, uma profunda revolução cultural. Os moços que agitaram Coimbra, "adoráveis rapazes pela ingenuidade das suas santas manias", segundo Camilo Castelo Branco[1], passaram por uma escola de inconformismo, vivenciando experiências ou "revoluções", na opinião de Eça: a deposição do reitor Basílio, pela "Sociedade do Raio", a famosa "Rolinada", o êxodo para o Porto, a ruidosa *Questão Coimbrã*, em 1865-6 e em 1871, as *Conferências do Casino Lisbonense*.

Os integrantes dessa "geração" tinham o ideal comum de tirar o seu país do obscurantismo, do atraso intelectual e das amarras da religião. A reconstrução de Portugal deveria ser apoiada na Justiça e na Verdade, projeto difundido veementemente por Antero de Quental. Aqui se encaixa a sua originalidade – mesmo com as suas preocupações visionárias no nível social e suas preocupações metafísicas, bem como a de Eça de Queirós – com suas sucessivas experiências estéticas, às vezes contraditórias, que vão do realismo e naturalismo de Flaubert e de Zola ao decadentismo e simbolismo baudelairianos. Nesse momento, ambos estão preocupados em provocar uma revolução cultural no sentido de, primeiramente, repensar e pôr em questão toda a cultura portuguesa desde as suas origens até o período das descobertas e, em segundo lugar, preparar uma transformação na ideologia política e na estrutura social portuguesa.

A revolução cultural provocada, foi feita com múltiplas contribuições. Faziam parte do grupo, além de Antero e de Eça, Teófilo Braga,

---

[1] CARREIRO, José Bruno, *Antero de Quental – subsídios para sua biografia*, Vol. I, p. 257.

Jaime Batalha Reis, Gomes Leal, Guerra Junqueiro e outros ilustres nomes que participaram das Conferências Democráticas do Casino Lisbonense, um dos fatos mais marcantes da renovação que se instaurava na vida cultural portuguesa, nomes que assumirão diferentes papéis, formando uma elite de iniciadores de reformas, liderados por Antero. Este foi o guia espiritual, o mentor do grupo, com um carisma que encantou a todos os que o ouviam. Atestam esse fato os depoimentos de seus companheiros no *In Memoriam*, entre os quais destacamos o famoso artigo de Eça "Um gênio que era um Santo, onde o consagra "O Príncipe da Mocidade", de quem diz ser admirador e discípulo.

Os acontecimentos europeus e as leituras estrangeiras, chegadas "*pelos caminhos de ferro, descendo da França e da Alemanha, torrentes de coisas novas, idéias, sistemas, Michelet, Hegel e Vico e Proudhon e Hugo e Balzac e Goethe... Todas essas maravilhas caíam à maneira de achas numa fogueira, fazendo uma vasta crepitação e uma vasta fumarada!*"[2]. Tudo isso e mais o conhecimento de uma literatura relativa às origens históricas, psicológicas e sociais do cristianismo – Strauss, Fauerbach e Renan – vêm dar argumentos para que se desencadeasse a grande revolução em todos os níveis: cultural, social, político, filosófico, moral, religioso e literário. Durante mais de 25 anos, a "Geração de 70" irá escrever sobre a liberdade de expressão de pensamento que registra a história do país. Foi por ela delineada uma nova fisionomia no panorama intelectual português.

Os poetas e escritores da geração nova agora serão proclamadores de uma atitude filosófica e científica, atitude que a geração anterior não tomara. O que interessa agora aos moços de Coimbra são os grandes problemas vitais que afligem e agitam a humanidade. Eça de Queirós diz isso na sua Conferência no Casino:

> "*(...) é preciso procurar a humanidade na vida contemporânea, para ser-se do seu tempo; proceder-se pela experiência, pela fisiologia, pela ciência dos temperamentos e dos caracteres, e ter os ideais modernos que regem as sociedades: a justiça, a Verdade e a Liberdade*".[3]

O realismo surge como a arte nova, contrapondo-se à anterior, com um ideário fruto também do *Cenáculo*. Com a chegada de Antero de

---

[2] Fragmentos do texto da 4ª conferência proferida por Eça de Queirós nas Conferências do Casino – "O Realismo como nova expressão de Arte".

[3] *Idem*.

Quental de sua viagem a Paris e à América do Norte, o grupo toma-o como mentor, havendo uma revivescência do grupo boêmio. Desde os tempos de Coimbra, Eça considerava Antero, "*além de melhor idéia da Academia, o seu melhor verbo*". Com sua liderança, essas reuniões transformaram-se em estudo persistente. Dali nasceriam, além de Fradique Mendes – o "*ser ideal e enciclopédico*" – as *Conferências do Casino*. Eça embrenhou-se nas teorias socialistas de Proudhon quase que "obrigado" por Antero, ao mesmo tempo em que iam se juntando ao grupo Jaime Batalha Reis, Ramalho Ortigão e Guerra Junqueiro. Dessas discussões, os primeiros frutos que vingaram foram algumas das *Prosas Bárbaras,* de Eça e os *Poemas de Macadam*, de Carlos Fradique Mendes, poeta satânico inventado por Antero, Eça de Queirós e Jaime Batalha Reis, em 1869, quando, em 29 de Agosto, no jornal *A Revolução de Setembro,* tivera publicados quatro poemas e, em Dezembro desse ano, mais quatro textos da coletânea *Poemas de Macadam*. Este poeta tinha como principal intuito zombar da sociedade burguesa, assombrando-a. A partir da criação deste poeta "satânico", dessa "brincadeira", Portugal ganhará o mais inédito prosador da época realista. Como diz Jaime Batalha Reis, em *Anos de Lisboa*,

> *O nosso plano era considerável e terrível: tratava-se de criar uma filosofia cujos ideais fossem diametralmente opostos aos ideais geralmente aceites(...) Dessa filosofia saía naturalmente uma poesia, toda uma literatura especial que o Antero de Quental, o Eça de Queirós e eu, nos propúnhamos construir a frio, aplicando os processos revelados pelas análises da Crítica moderna, desmontando e armando a emoção e o sentimento, como se fossem máquinas materiais conhecidas e reproduzíveis."*[4]

O escritor Eça de Queirós é um produto, primeiramente, da grande mudança sofrida e exercida pela "Geração de 70", cujos valores e objetivos fundamentais foram esboçados por Antero. Apesar de Eça seguir caminhos diferentes dos seus companheiros, sempre manteve com eles o mesmo magma cultural. Porém, a sua experiência realmente "nova" dividiu-a com companheiro Antero e com Batalha Reis. Eça tinha imensa facilidade em se expressar em verso na época, porém, único poeta verdadeiro entre eles era Antero. Criado coletivamente, Fradique Mendes será o primeiro poeta satânico da língua portuguesa. Poeta inédito e epistológrafo postumamente revelado, "*encontra-se no limiar de um processo cul-*

---

[4] QUENTAL, Antero de, *In Memoriam,* Lisboa: Editorial Presença, 1993, p. 461.

tural que desemboca exactamente na plena e genial consumação da heteronímia pessoana".[5]

Fradique Mendes adquire personalidade própria e como muitos outros personagens queirosianos, como Acácio, Pacheco, Juliana, vive também fora de sua obra. Eça vive com os seus personagens a sua própria imortalidade. A sua obra é ele próprio e toda a sua formação, que se iniciou na *"fantástica e quase encantada Coimbra"*, fazendo parte da "Geração de 70".

O primeiro Fradique Mendes[6] é um poeta de influências baudelairianas, que apresenta já alguma autonomia e, sendo fruto de um recorte romântico, não investe nas mesmas linhas de força do seu criador. Fradique Mendes defende nos *Poemas de Macadam* que "*a poesia não pode ser o grito da agonia: é a voz mais pura e mais íntima do coração: é mesmo nas vascas da morte, é sobretudo nas horas de provação, um hino, carmen!*"[7]

Podemos facilmente constatar que Antero se distancia do plano estético-ideológico do poeta de sua criação, mas que lhe reconhece o direito a uma vida e poética próprias. Este poeta surgiu de uma brincadeira – assim como Alberto Caeiro surgiu em Fernando Pessoa para servir de partida a Sá-Carneiro – dos *Poetas Satânicos do Norte* e do seu cultor, um português de costela hebraica, residente em Paris, chamado Carlos Fradique Mendes. Em 1869, no jornal *A Revolução de Setembro,* publicava um folhetim com algumas poesias de Fradique. Para apresentar esse poeta desconhecido, Eça de Queirós, um dos participantes na sua criação, bem como Batalha Reis, assim o retrata:

> *Habitando Paris durante muitos anos, conheceu o Sr. Fradique Mendes pessoalmente a Carlos Baudelaire, Leconte de Lisle, Bainville e a outros poetas da nova geração francesa. O seu espírito, em parte cultivado por esta escola, é entre nós o representante dos satanistas do norte.*[8]

Fradique Mendes mostra ser um poeta que vem transgredir e subverter o cenário cultural lisboeta, sobretudo. Seu pendor para a mistificação é exatamente o recorte de acentuada tonalidade romântica, herdada

---

5 Reis, Carlos, "Fradique Mendes: origem e modernidade de um projecto heteronímico". *Cadernos de Literatura,* Coimbra: n. 18, 1984, p. 56.

6 Serrão, Joel, *O primeiro Fradique Mendes*, Lisboa: Livros Horizonte, 1985.

7 *Idem,* p. rr-56, in: *Versos,* de Fradique Mendes.

8 Cf. Serrão, Joel, *op.cit,* p. 201.

do seu criador, responsável direto pela poesia fradiquista, Antero de Quental. Este heterônimo terá participação especial no romance de Eça, *O mistério da estrada de Sintra* e também vai transformá-lo em grande epistológrafo, na *Correspondência de Fradique Mendes*. Antes, porém, deixa a sua 'marca' em vários poemas satânicos como *"Serenata de Satã às estrelas"*, de comprovada influência de Leconte de Lisle.

Antero, responsável maior pela sua produção poética, assim considera Fradique:

> *O Sr. Mendes pertence a uma grande escola, que por toda a Europa veio substituir em parte, e em parte opor-se à escola romântica.(...) Essa escola tem uma estética sua, uma poética, tudo enfim quanto caracteriza um verdadeiro 'movimento' no mundo do espírito, e conta à sua frente chefes do maior talento, dos mais variados recursos. Baudelaire é hoje um nome europeu: crítico e poeta, legislou e pôs em obras as doutrinas da nova plêiade. O 'satanismo' é hoje um fato literário europeu, um grande movimento.*[9]

Para Antero, o "satanismo" equivalia ao "realismo" no mundo da poesia. É a consciência moderna, onde o mais importante para o poeta é a própria baixeza do homem, extraindo da sua observação uma psicologia sinistra, contraditória, fria, desesperada. O poeta será então o cantor das ruínas da consciência moderna. Mas Antero interroga-se: será essa a verdadeira missão da Poesia? Segundo ele, não. A sua lei suprema é consolar, moralizar, elevar, apontar o belo espiritual, a esperança e a crença.

O processo heteronímico é quase involuntário em Antero. Desde as suas outras experiências semelhantes, como o "Bacharel José", sua função é o do 'apresentador'. Com Fradique, apresenta-o como um poeta satânico, que possui características próprias, muito diversas das suas. Por outro lado, procura distanciar-se da "criatura", defendendo outro ideário oposto. No contexto português, o satanismo era um fenômeno novo e parecia ser uma tentativa de libertação do "duplo despotismo civil e religioso". Porém, essa prática de comentar sobre a produção poética de seus "pseudônimos" e deles discordar, aconteceu com o "Bacharel José", quando este escreve a *"Carta de Henri Heine a Gérard de Nerval"*, onde Antero é Henri Heine e seu amigo Germano Meireles é Gérard De Nerval. Supostamente ressuscitados e transfigurados em terras portuguesas, cada um passa a ser o invólucro dessas personalidades. Nessas cartas, de estilo

[9] *Poemas de Macadam, op. cit.*

retórico, escandalizam e tratam de maneira humorística idéias panteístas e a doutrina da metempsicose, para satirizar, à Heine, a inércia e a passividade da época.

Essas cartas tratavam dos mais variados assuntos, fundindo o mesquinho, o sublime, o grandioso e o trivial. O projeto não foi avante por problemas editoriais, mas a semente foi lançada. Em 1871, com a colaboração de Ramalho Ortigão, vem à luz *As Farpas*, que reiniciam uma campanha tenaz contra as fraquezas e vícios da sociedade portuguesa. Sementes lançadas por Antero e o seu gosto pela mistificação.

Fradique Mendes, na sua "segunda fase", o epistólogo delineado por Eça de Queirós, é o retrato do homem ideal do século XIX. Leitor de Sófocles, discute com graça e erudição filosofias e religiões, artes e sistemas. Usa flor na lapela e fuma cigarros exóticos. É decantado pelas mulheres e demonstra horror aos políticos. *"Cético de finas letras, que cuidava dos males humanos envolto em cabaias de seda"*. Eça assim o define a Navarro de Andrade: "*Fradique não existe. É uma criatura feita de pedacitos dos meus amigos. A sua robustez física, por exemplo, tirei-a de Ramalho"*. Bem nascido de uma família rica dos Açores, de belos pais, aristocrata, apresenta características muito próximas da perfectibilidade. António Cabral analisa a sua gênese:

> *Nele foi consubstanciada a nobreza, a distinção e a elegância do Conde de Rezende, o harmonioso e o elevado da poesia filosófica de Antero, a profundeza do saber de Oliveira Martins, a fortaleza de caráter e o aprumo de Ramalho, a sutileza e a ironia de Eça.*[10].

Nesse conjunto de modelos que compõem Fradique, não escapou Antero de Quental. A hipótese que o romancista compôs em boa parte o retrato do seu personagem com alguns traços do seu companheiro Antero, não é de todo descabida. Vejamos as "coincidências": Nascido nos Açores, de família aristocrata, foi para Coimbra aos 16 anos, estatura elevada, a força física, a beleza, as mãos finas, o amor das viagens, a discreta destreza, a audácia, o amor das idéias e conversas puramente especulativas são caracteres nitidamente sugeridos pela figura de Antero. Assim, Eça concebeu Fradique como sendo a "*suprema liberdade junto à suprema audácia*", como a máxima expressão do homem civilizado. *"Um homem todo paixão, de ação e de tenaz labor"*.

---

10 JORGE MELLO, J. de, *Os tipos de Eça de Queirós,* São Paulo: Liv. Brasil, s/d.

Eça de Queirós irá modelar não só Fradique Mendes, mas também o Jacinto, de *A Cidade e as Serras*, com os ingredientes filosóficos e metafísicos de seu amigo. Há um sem número de afinidades entre esses personagens, que coincidem com o retrato de Antero tão bem delineado no testemunho *Um gênio que era um santo*. Ambos partilham semelhanças físicas, socio-econômicas, de questionamentos existenciais, de leituras e de aceitação do pessimismo após uma fase idealista. Os adjetivos "gênio" e "santo" são abundantes em *A Cidade e as Serras* e a relação entre o seu artigo em homenagem ao amigo morto e o personagem são indesmentíveis[11]. Ambos são considerados "Messias", líderes. Jacinto, o "*Príncipe da Grã-Ventura*", Fradique, o homem de "*esplêndida solidez, de sã e viril proporção de membros rijos*", "*de face com feitio aquilino e grave*", "*cesareano*", "*um varão magnífico*", *com* "*viço*" – parece-se com o quadro pintado no "*Gênio...*". Antero, cuja beleza e força física foi tão descrita, é o chefe, o "Príncipe" de uma mocidade, que veio ao *Cenáculo* como um "Rei Arthur". Ambos são chamados de "santos", comparados a "Aquiles". Suas leituras – de Antero e de Jacinto são Virgílio e Cervantes. Ambos são comparados a D. Quixote. Portanto, o perfil de Jacinto apresenta muitos traços de Fradique, e ambos os traços de Antero.

Eça divide com Antero e com Batalha Reis, a criação desse 'heterônimo', na sua primeira concepção. Ambos o criaram poeta satânico, com características e influências de poetas que os dois admiravam. Porém, o poeta e o líder da 'companhia' era Antero. Definitivamente, a principal característica e papel de Fradique era inovar, libertar e se desvencilhar do passado opressor, portanto, de desfraldar o ideário da "Geração de 70", que teve papel fundamental na obra de Eça. Nesse ambiente o escritor adquire as bases humanistas e progressivas de sua cultura, através do tom polêmico e mordaz de sua personalidade. Os seis anos de Coimbra marcaram-no definitivamente. A efervescência revolucionária desse grupo amadureceu o seu espírito de jovem escritor, que irá tomar corpo mais tarde, na sua obra. Ali se formou o crítico social, o reformista, o demolidor implacável do pobre mundo político do liberalismo português. Foi com os companheiros de Coimbra que quebrou a velha moldura em que se imobilizara Portugal. Introduziram a nova estética realista/naturalista no Romantismo já desgastado; abriram as fronteiras do país às novas idéias filosóficas e sociais. Através dos deterministas franceses, resumidos em

[11] Cf. SOUZA, Frank F., "Nem génio nem santo; de Antero de Quental de "Um génio que era um santo" ao Jacinto de *A Cidade e as Serras*". In: *Antero de Quental e o destino de uma geração*. Org. Isabel Pires de Lima, Porto: Ed. Asa, 1993, pp. 351-364.

Taine, Antero atingiu o helegianismo e também o pensamento de Kant, Schopenhauer e Hartmann.

É também o ideário da "Geração de 70", uma análise da sociedade portuguesa que está presente na obra de Eça de Queirós, sociedade decadente e devassa, carunchada, sem gritos românticos, sem passionalismos e também impregnada de preconceitos passionais. Essa geração anunciava já a decadência das classes dirigentes, nas suas tradições decrépitas. Representou uma reação contra a decadência em nome da Revolução e uma busca do sentido da evolução da Realidade, que nunca foi encontrado porque o idealismo utópico e mítico ficou sempre entre os seus membros.

Coimbra e a "Geração de 70" foram o gérmen da revolta cultural, de onde devia sair a obra de Eça e a de muitos outros escritores. Quem teve que lutar contra uma universidade "negra e dura como uma muralha", uma "madrasta amarga" como os jovens de Coimbra, naturalmente manter-se-iam em permanente rebelião de alma. E com permanente e fina ironia olharia o nosso Eça de Queirós para a sociedade que o cercava. Antero, certa vez, o aconselhou: "*...o riso é um dissolvente; amolece, relaxa e acaba por tornar imbecis os que o empregam contra a imbecilidade alheia... arma perigosa de dois gumes... arma má...*". Até que a maturidade, a paz interior da vida doméstica tornaram mais amáveis as imagens patrióticas de Eça, na sua última fase literária, o Eça de *A cidade e as serras* e de *A ilustre casa de Ramires*.

Fradique Mendes encarna a polifônica "Geração de 70", também no sentimento de exílio, no diletantismo que a caracterizava, no afã do contato com outras culturas. Pode ser considerado *"o símbolo dum século fantasma / tão sábio que é ateu..."*. Esse verso de Fradique/Antero, do poema *A Carlos Baudelaire*, pode ser o mesmo retrato dessa geração, pintado com as cores mais fortes do Antero-ele-mesmo em *O Convertido: "Entre os filhos dum século maldito/ Tomei também lugar na ímpia mesa"*. Fradique herda esse sentimento de exílio voluntário, que permeia a sua *Correspondência,* e também toda a obra de seus criadores. O "ennui" será o sentimento, o elo de ligação entre eles. Está presente na prosa e na poesia anteriana, bem como nos romances de Eça. O egocentrismo de Fradique é o mesmo do Jacinto da "cidade", o seu ataque ao que de "mau há na sociedade", bem como a sua irreverência. Os personagens da *Correspondência, "formidáveis empecilhos sociais"*, como Pacheco, Pinho e Pe. Salgueiro, são uma arma, mas também há a opção pelo "*manto diáfano da fantasia*", "*a grossa risada*" e o "*soluço lírico*", sendo os denominadores comuns de toda uma época, que se serviu "*do ferro em brasa, do chicote, postos a serviço da Revolução*", ao tédio que os ligará e definirá.

Fradique Mendes foi criado como uma consolação e esperança, que representa a ânsia do seu autor por um rejuvenescimento intelectual. Viajante, observador, devassador de mistérios, Fradique procurava *"o fundo real das coisas"*. Eça, através de Fradique, mostrava-se avesso aos preconceitos da tradição e às conclusões baseadas em *"impressões fluidas"*. É o personagem que condensa o estado de espírito dessa geração de líderes, principalmente a fase dos *Vencidos da Vida*. O distanciamento perante a realidade histórica e cultural, constatação que se pode fazer à "Geração de 70", pode ser comparado ao da "Geração de Orpheu", no que se refere ao sentimento de exílio, voluntário, provocado pelo "ennui", ligado a uma reflexão obsessiva sobre Portugal – tema e problema básico para as duas gerações.

Talvez Álvaro de Campos, o *dandy* da sua geração, tenha herdado um perfil "fradiquesco", no seu tédio, na fina ironia, nas viagens, na ânsia do novo. Porém, Álvaro de Campos será um *dandy manqué*, também de costela hebraica, que não consegue manter a distância necessária entre ele e o mundo, apesar de ser oposicionista, exibicionista, que quer assombrar, romper. Em sua solidão, já não pode ser *dandy*, num mundo que não o merece. Amadurece, a dor e a raiva fazem-no perder completamente o *humour*. Não mandará cartas para mais ninguém, pois "estar só equivale a não ser nada", como diz Camus. Em compensação sentirá *"tudo de todas as maneiras"*, sendo uma das máscaras multíparas do seu criador. Tudo isso é fruto do tão lírico e português gosto pela mistificação, aprofundado pela "Geração de 70", especialmente em Antero e em Eça e depois desenvolvido até as raias do absurdo por Fernando Pessoa.

BIBLIOGRAFIA

LIMA, Isabel Pires de (Org. e Coord), *Antero de Quental e o destino de uma geração,* Porto: Edições Asa, 1994.

QUEIRÓS, Eça de, *Obras de Eça de Queirós,* Porto: Lello e Irmão Editores, vol. I e II, s/d.

QUENTAL, Antero de, *In Memoriam,* Lisboa: Editorial Presença, 1993.

SERRÃO, Joel, *O primeiro Fradique Mendes,* Lisboa: Livros Horizonte, 1985.

OS TRÊS NEGROS PECADOS

Nelyse Aparecida Melro Salzedas
Programa de Pós-Graduação Comunicação
e Poéticas Visuais – FAAC – Unesp/Bauru

Este é o primeiro pecado, bem negro
Considera agora outro, mais negro.
Considera a derradeiro pecado, negríssimo.

Começo a minha fala citando a carta "A Bento de S.": *"Juízos ligeiros, vaidade e intolerância – eis três negros pecados sociais que moralmente matam uma sociedade."*

A que tempo pertence tal assertiva? ao século XX? ao século XXI? ao ontem? ao hoje? Acredito ser tão atual que Fradique poderia datá-la: Paris, Outubro, 2000, tal a atualidade das afirmações e argumentações contidas no texto da criatura de Eça de Queirós.

A Carta estruturada em onze parágrafos, poder-se-ia pensar em dez, traça os desvios éticos da imprensa num discurso retórico, cheio de hipérboles, alusões, anáforas, oxímoros e metáforas que aparecem com freqüência nos advérbios modais (em mente – 30), como nos segmentos rítmico-melódicos decorrentes da intensificação e de construções binárias. Grande parte desses recursos cria um processo irônico; inclui neles o uso de alguns verbos descontextualizados, que reforçam a atmosfera da Carta.

Não escapam à vergasta da Carta, nem a imprensa, nem o futuro proprietário do jornal: Bento (o que já é uma ironia da Carta, um santo cometer três pecados).

O primeiro enunciado resume e indicia o que virá dos outros: *A tua idéia de fundar um jornal é daninha e execrável.* O binarismo **adjetival**, além de intensificar o sentido – vai do **nocivo** ao **abominável** – cria uma cláusula rítmica que hiperboliza o ponto de vista do enunciador (Fradique), prenunciando o tecido irônico.

Os enunciados, por todo o parágrafo, vão, segmento por segmento, tramando fios de sentido condenatórios, através do binarismo de advérbios emocionais – **assustada** e **pudicamente** – da intensificação anafórica: "**mais** os juízos ligeiros, **mais** a vaidade, **mais** a intolerância"; das antíteses: "e tu **alegremente** te preparas para atiçar, **inconscientemente como uma peste**".

Além desses recursos expressivos, o campo semântico do julgamento reforça-se pelas seguintes alusões: **atiçar** (tu); **diabo atirando mais brasa**; pela zoomorfização: **ganirás**; pelo oxímoro, meu **Bento** e **réprobo**.

O segundo e o terceiro parágrafos tecem considerações sobre os **juízos ligeiros**. Nele Fradique arrazoa seu ponto de vista e acusa a imprensa e os repórteres pela falta de ética, superficialidade e irresponsabilidade. Censura as opiniões improvisadas, a leviandade em divulgar fatos, a falta de estudo dos repórteres e a inveracidade da notícia. As conseqüências são os juízos ligeiros enraizados na imprensa, decorrentes da **improvisação impudente**, do **desábito da verificação**, das **impressões fluidas**, da falta de escrúpulo, da parcialidade no exame dos fatos. Toda essa catilinária produz-se pela expressividade formal, tão característica da prosa eciana. Refiro-me às catilinárias, pelo tom polêmico e irônico dado por Fradique às suas cartas tão especulares àquelas do seu criador, Eça de Queirós, como a de Brunetière.

Os procedimentos retóricos, condensados no primeiro parágrafo, repetem-se e ampliam-se pelos demais, alterando as proporções da influência da imprensa, deformando-a, a fim de surgir dela a ironia por excesso ou por defeito, baseada na hipérbole do espírito por adotar um tom enfático.

O vigor da hipérbole e da anáfora aparece logo nas primeiras linhas do segundo parágrafo.

... "*a imprensa que, com sua maneira* **superficial**, **leviana** *e* **atabalhoada** *de* **tudo julgar** e **tudo afirmar**." (anáfora)

Igualmente, o desvio de sentido de algumas palavras em combinações estranhas produz a ironia como: improvisação **impudente**; impressões **fluidas**; **maciças** conclusões; devotos **roídos** pelos escrúpulos; massa **espumante**.

Nesse mesmo parágrafo, o emprego de advérbios metafóricos e o desvio do adjetivo acentuam o cômico contido no discurso: "que não estejamos a promulgar **rotundamente** uma opinião **bojuda**."

Em resumo, ironia e espanto, as duas faces da carta a Bento de S.
Espanto: produtor de juízos intemporais como:

– É com expressões fluidas que formamos nossas conclusões maciças.
– E a opinião tem sempre, e apenas, por base aquele do facto, do homem, da obra que perpassa num relance ante os nossos olhos escorregadios e fortuitos.
– Por um gesto julgamos um caráter, por um caráter avaliamos um povo.

Ironia: pelas caracterizações das ações, das atitudes, da postura:

olhos escorregadios e fortuitos;
o grego era inconsiderado e gárrulo;
devotos roídos pelo escrúpulo;
impressões fluidas;
com traços esparrinha e julga.

Bem, todas essas considerações foram feitas para arrazoar o primeiro pecado negro: **juízos ligeiros**.

Todavia, há outro mais negro, a **vaidade**. Em torno dele e por ele, o exercício retórico também se intensifica com alusões, caracterizações visuais, manipulando a capacidade das imagens verbais a fim de vivificarem cenas e seres:

"*Decerto importou saber se era* **adunco ou chato o nariz de Cleópatra**"... (caracterização visual)

"... *revelar sobre o Sr. Renan,* **e os seus móveis, e a sua roupa branca**"... (caracterização visual)

"... *detalhes a* **furadora** *bisbilhotice.*" (desvio semântico)

"*Já sobre ela* **gemeu o gemebundo Salomão**". (derivado por cognatos – ironia)

"*Nestes estados de civilização,* **ruidosos e ocos**, *tudo deriva da vaidade, tudo tende à vaidade*". (antíteses)

"... *e existe tal maganão...* **lambe os beiços**, *pensativo, e deseja ser morto*". (degradação por combinação imprópria)

Há outras construções semelhantes no texto, que serão citadas pela função irônica, construtora da atmosfera da carta "A Bento de S."

Além dos recursos retóricos anteriores, outros como a degradação de reis, concretização, diminutivos, metáforas são trabalhados.

"*Já, sobre ela gemeu o* **gemebundo Salomão**." (degradação de reis)
"*... vaidade...* **motor ofegante**" (concretização)
"*...fole incansável que assopra a* **vaidade humana, lhe irrita e lhe espalha a chama**." (concretização)
" *... sob duas asas que levam à* **gloríola**." (diminutivo)
"*... E é por essa* **gloríola** *que os homens...*" (diminutivo)

Metáforas como: **semanas de peixes**; duas folhas, **salpicadas de preto**, **duas asas**; muito **mel e muito incenso**; engrossam o tecido irônico.

As cláusulas métricas, deslocadas para o final dos períodos com funções rítmicas e semânticas, iluminam o ponto de vista do enunciador, Fradique que, como seu criador – Eça de Queirós – tem uma prosa irônica, crítica e uma linguagem impressionista, o que reforça a especularidade de idéias e estilo, o ideário da criatura e o espelho do ideário do criador.

Os desvios combinatórios sintagmáticos de adjetivos, advérbios e verbos continuam a produzir o efeito irônico e a graduá-los, progressivamente, num crescendo até atingir o pecado negríssimo: a **intolerância**.

À medida que a Carta caminha para seu final, o tecido irônico fica mais espesso e áspero pela incidência dos recursos anafóricos, hiperbólicos, metafóricos e estranhamentos nas combinações sintagmáticas.

"*Nestes estados da civilização ruidosos e ocos*, **tudo deriva da vaidade**, **tudo tende à vaidade**" (anáfora)
"*... a sua indiscriminada publicidade concorre pouco para documentação da história, e muito*, **prodigiosamente, escandalosamente**, *para a propagação das vaidades*." (hipérbole)
"*... corre mais* **gulosamente** *a Notre-Dame*." (hipérbole pelo advérbio metafórico)
"*... e não há classe que não ande* **devorada** *por esta fome mórbida*." (hipérbole)
"*... prantos* **oratórios**" (metáfora)
"*bigode* **hirsuto e pendente**" (combinações com estranhamento)
"**altoloquente** *e* **roncante**." (combinações com estranhamento)

Cito, igualmente como processo intensivo-rítmico-oratório as ligações feitas pelo polissíndeto conetivo **e**:

> "**E** *é por essa gloríola que os homens se perdem*, **e** *as mulheres se aviltam*, **e** *os políticos desmancham a ordem do Estado*, **e** *os artistas rebo-*

lam na extravagância estética, e *os sábios alardeiam teorias mirabolantes,* e *de todos os cantos, em todos os gêneros,* **surge a horda ululante dos charlatães.**"

Penso estar aquela última afirmação correlata à criação de Pacheco, personagem da Carta ao Sr. Molinet.

O último pecado-negríssimo: a **intolerância**. Para degradar o jornal, o retórico demonstrativo caminha desveladamente para demolir a proposta de fundar aquele novo diário a qual já chamara **daninha** e **execrável**.

Para tal, encontra dinamite nas anáforas, nos diminutivos degradativos, nos binarismos e ternarismos de substantivos e adjetivos, concretizações nos advérbios metafóricos e emocionais, gradações superlativas.

Cito alguns exemplos da expressividade, acima arrolada:

"*Em torno* **de ti, do teu** *partido*, **dos teus** *amigos*" (anáfora)

"... *dentro desse* **murozinho** *onde plantas a tua* **bandeirola**" (diminutivo degradativo)

"... *separação das* **virtudes e dos vícios**" (binarismo de substantivo)

"... *sandice, vileza, inércia, traficância*" (gradação superlativa, com adjetivos)

"*Tem de sustentar que são* **maléficos, desarrazoados, velhacos**" (superlativo com adjetivo)

"... **metralha silvante de adjetivos**" (concretização e hipérbole)

"... *e gritarias mais* **sanhudamente**" (advérbio metafórico)

O texto sem arestas de Fradique Mendes amarra as proposições semanticamente: começa com o atiçar dos pecados negros, o espalhar sobre as almas a morte, e com Bento julgado, recozido e ganindo nas brasas do diabo; termina, após argumentação perlocutiva, remetendo suas palavras finais à conseqüência da idéia de Bento.

> *O jornal matou na Terra a paz. E não só atiça as questões já dormentes como borralhos na lareira, até que delas salte novamente uma chama furiosa – mas inventa dissenções novas, como esse anti-semitismo nascente, que repetirá, antes que o século finde, as anacrônicas e brutas perseguições medievais.*

Retomo esse último pensamento, contido no parágrafo anterior, como premonitivo e atual da criatura Fradique Mendes, doublé de seu criador Eça de Queirós, a respeito da perseguição aos semitas, o holocausto; a manipulação pela mídia impressa do Estado (nazismo, comunismo, capitalismo, imperialismo), fomentadores da intolerância, presente no século XX e que dá sinais de continuidade no século XXI!

Os três parágrafos finais da **Carta** dedicados ao jornal evidenciam o poder da imprensa, tão grande como os do legislativo, executivo e judiciário, constituindo-se – ela – em um quarto poder: o poder de formar imagens, destilar intolerância, acirrar conflitos, avivar ódios de classe, inventar dissenções.

Embora reconheça que a reportagem é "*uma útil abastecedora da História*", lembra-nos ele que *hoje se exerce menos sobre os que influem nos negócios do mundo ou nas direções do pensamento, do que, como diz a Bíblia, sobre toda a sorte e condições de gente vã.* Nem ela, a notícia, se salva das censuras de Fradique.

Os três pecados negros, mais negros, negríssimos: os **juízos ligeiros**, a **vaidade** e a **intolerância**, atributos estruturais da imprensa, abrem uma discussão sobre a ética daqueles que, de uma forma implícita, mas perlocutiva, decidem o destino de uma sociedade.

Bento de S. – um interlocutor – poderia ser tomado como um coletivo, como uma entidade, como uma figura alegórica: duas folhas salpicadas de preto. A Carta "A Bento de S." é uma denúncia; uma análise da relação mídia/sociedade; um alerta aos leitores. Para construir tal texto, o procedimento formal-expressivo de Eça, através de Fradique, foi fundamental, pois além da linguagem dos gestos, visualiza a denúncia com os gestos da linguagem.

O texto tem um duplo tecido visual e um sonoro, as tintas negras e a gestualidade compõem o visual, e a sonoridade é criada pelo ritmo, através das anáforas e das cláusulas métricas. Todos esses procedimentos retóricos visuais estão presentes nos demais textos ecianos.

O que reforça a especularidade entre o criador (Eça) e a criatura (Fradique) é um ideário analógico existente entre ambos, o que pode ser visto na Carta ao Sr. De Chambray, na qual Fradique apresenta-lhe Eça substantivamente: "*Mr. Eça de Queirós Espirit e monócle*", um agente consular de "*primeira classe*". A partir de então, narra-lhe como conheceu Eça através de seus escritos publicados na *Gazeta de Portugal* e, pessoalmente, por Vidigal – o jornalista que entrevista Fradique. Todos os dados estão ancorados no real: idade, data de nascimento, livros publicados, os laivos românticos iniciais de Eça e a opção firme, pelo realismo. Tudo isso com elogios rasgados:

> *Creio que todos as coisas (e o mais você preencher, um dia, quando vier a conhecê-lo melhor e ao belo espírito que nele vibra) lhe hão de dar*

a superior razão daqueles dois inesperados substantivos que acrescentei ao nome do meu invulgar amigo cônsul.

A admiração final da criatura (Fradique) pelo criador, fecha aquela Carta;

> *... nesta altura, você Chambray, perguntará atônito, como é possível um varão destes, tão alto e insigne, acomodar-se em um consulado, mesmo sendo o de Paris, e concluirá com lógica, que lhe caberia, pelo menos o posto de Embaixador.*

Estão juntos, pois, pela amizade e ideário político-literário, criatura e criador, Eça e Fradique. Não há como negar a especularidade formal-política-ideológica que criador e criatura comungam entre si.

EÇA NA HUNGRIA: SOBRE UMA CURIOSA TRADUÇÃO OITOCENTISTA DE *O MISTÉRIO DA ESTRADA DE SINTRA*

PÁL FERENC
Universidade de Elte de Budapeste

"Habent sua fata libelli" podíamos dizer falando sobre a primeira publicação queirosiana na Hungria. O desaparecimento misterioso das personagens da obra a duas mãos, de Eça e de Ramalho, repetiu-se, de certa forma com a versão húngara. Pois a tradução húngara de *O Mistério da Estrada de Sintra*, que foi publicada em 1886, em folhetins, num jornal de Budapeste, existia quase esquecida durante mais de um século. Este esquecimento enigmático é dificilmente explicável. Por um lado, porque esta tradução, sendo a segunda obra portuguesa publicada na Hungria, depois de *Os Lusíadas*[1], nasceu numa época de rápida expansão cultural húngara quando tudo ficou esmeradamente documentado. Citamos só, como exemplo, a *Enciclopédia da Pallas* que saiu entre 1893 e 1900 em 18 volumes grossos, com participação dos melhores especialistas, que forneceu precisas e relativamente rápidas informações de tudo o que aquela sociedade húngara sabia e pretendia saber do mundo. O autor dos verbetes portugueses, um professor universitário de literaturas românicas novilatinas, informa muitas vezes sobre pormenores e actualidades surpreendentes. Por exemplo no volume V, ultimado em 1891 e saído em 1893 menciona que Eça é redactor da *Revista de Portugal*.[2] É estranho que a par

---

[1] *Os Lusíadas,* traduzido por Gyula Greguss foi publicado em 1865 e depois teve uma segunda edição em 1874.

[2] Um outro exemplo podia ser uma *História da Literatura Universal* em quatro volumes, publicada em 1905, (Budapest, Ed. Franklin-társulat) onde encontramos uma história da literatura portuguesa bem documentada até à obra de Antero de Quental, e com referência à geração de Eça de Queirós.

da publicação de obras tão precisas escapasse esta publicação queirosiana, realizada por um especialista e tradutor, como veremos, importante.[3]

No entanto, Eça de Queirós, latentemente, tem estado presente na consciência literária húngara do último meio século. Nos anos trinta houve uma peculiar tentativa de traduzir *O Crime do Padre Amaro*: uma senhora, Olga Ábel, levada pelos seus intuitos militantes de esquerda, pretendia, com este romance, atacar o clericalismo da sociedade húngara de então.[4] Naturalmente, o romance não podia sair. Já não se sabe se pelo seu carácter anticlerical ou pelas "qualidades" da tradutora. Contudo, é de notar que na edição de 1961 do romance, ao lado do nome desta senhora, como tradutora, aparece o nome de Ferenc Kordás, um especialista de renome no Português daquela época. Esta edição foi seguida por outras duas em 1977 e 1982[5], assim a tiragem total parece que ultrapassou os cem mil exemplares. Além destas três edições de *O Crime do Padre Amaro*, saiu, em 1989, *A Capital*, com uma tiragem de 5000 mil exemplares, que se esgotou em curto tempo e publicaram-se fragmentos de *A Relíquia*[6] e de *O Conde d'Abranhos*[7] em antologias que apresentavam a literatura mundial.

Estas publicações foram acompanhadas de posfácios[8], recensões críticas[9] e informações bibliográficas mas nem neles, nem nas enciclopédias publicadas na época de pós-guerra que teriam podido servir de fonte[10], não se encontra menção alguma desta tradução oitocentista.

---

[3] Isto é curioso porque há menores publicações que não se escapam à atenção dos especialistas. No verbete da mencionada enciclopédia sobre a literatura portuguesa menciona-se, por exemplo, que em 1871 na revista *Figyelõ* apareceu um artigo com o título *O passado e presente da poesia portuguesa* (A portugál költészet múltja és jelene) de Lengyel Géza Dezsõ.

[4] Desta iniciativa fala o marido desta senhora, um jornalista conhecido, Sándor Benamy, no seu livro intitulado: *Szent Izé és más történetek*.

[5] As duas primeiras edições destinadas à Hungria tiveram, cada uma, uma co-edição, em separado, destinada aos húngaros residentes fora das fronteiras do país, depois do Tratado de Paz de Trianon; e a terceira foi uma co-edição, com Roménia para aquém e além da fronteira.

[6] *Ereklye*, traduzido por Endre Gáspár, in: *Világirodalmi antológia*, Budapeste, 1956.

[7] *Abranhos grófja*, traduzido por György Hargitai, in: Benyhe János: *Dél-európai népek irodalma*, Budapeste, Tankönyvkiadó, 1969.

[8] Posfácio de János Benyhe, a acompanhar a primeira edição de *O Crime do Padre Amaro* em 1961.

[9] Uma recensão crítica de László András sobre *O Crime do Padre Amaro*, publicado com o título: Egy ismeretlen portugál klasszikus ('Um desconhecido clássico português'), na revista Nagyvilág, ano VII. nro 5 Maio de 1961).

[10] A maior e mais esmerada fonte é a *Enciclopédia da Literatura Universal* em 18 volumes. Budapeste, Akadémiai kiadó, 1970-1995.

Esta referência foi encontrada apenas depois de termos achado, fortuitamente, esta publicação nas folhas de jornal. No verbete sobre Eça de Queirós de uma enciclopédia do início do século XX, a *Enciclopédia da Révay* lê-se a informação sobre a publicação húngara de *O Mistério da Estrada de Sintra* no *Pesti Hírlap*.[11]

Todo este curioso desaparecimento explica-se por uma desatenção curiosa mas lógica: esta enciclopédia é considerada uma imitação mais ou menos superficial da anteriormente mencionada *Enciclopédia Pallas*, porque foi feita à pressa e muitas vezes abreviando os verbetes. Desta forma, tem-se preferido usar a enciclopédia anterior, se se tratava de informações anteriores ao século XX.[12]

A tradução do romance de Eça de Queirós e de Ramalho Ortigão saiu em folhetins nas folhas do jornal, intitulado *Pesti Hírlap* ('Diário de Notícias de Pest') que nas páginas 10 a 11 ou a 12 tinha uma secção permanente dedicada à literatura, com o nome: "Átrio de Romances". Estudando as obras publicadas nesta secção podemos constatar que o fim primordial foi oferecer alguma leitura deleitante, amena, apaixonante ou de suspense aos leitores, e garantir a compra dos próximos números do periódico.[13]

O período da publicação de *O Mistério de Estrada de Sintra* em Húngaro parece, de modo estranho, coincidir com o da publicação inicial, pois é feita nos meses de verão, a começar no dia 19 de Junho (também sábado, à semelhança do que aconteceu em Portugal a 23 de 1870 quando o *Diário de Notícias* começou a dar à luz as peças ou capítulos do romance original). A publicação termina a 29 de Julho, com a peça 40, que na realidade é a 41, dado que a primeira, a de 19 de Junho, apareceu sem número, e a numeração começa com a segunda, de 20 de Junho. Os fragmentos

---

[11] Révay Nagy Lexikona vol. VI. p. 104. "Magyar fordításban megjelent: A cintrai út titka (*Pesti Hírlap,* 1886. évfolyam)" (Foi publicado em tradução húngara *O Mistério da Estrada de Sintra* (*Pesti Hírlap,* ano 1886).

[12] Pode ser mencionada outra razão, muito subjectiva: os estudiosos húngaros estavam tão ocupados com a história da recepção de Camões e dos *Lusíadas* no ambiente cultural e literário húngaro decimonónico que nem sequer podia ocorrer-lhes a ideia da existência de uma outra tradução portuguesa neste século, tanto mais que este não apareceu em forma de livro.

[13] Entre as obras publicadas nesta secção do *Pesti Hírlap* em 1886 aparece: uma novela de Leigh Hunt, intitulada *Luta pelo pequeno almoço* (Küzdelem a reggeliért), em Janeiro; *A história de um facínora* (Egy gonosztevõ története) de Braddon E. (Mary Elizabeth Braddon), de Janeiro a Abril; *Mérindol,* de Fortuné de Boisgobey (em Maio e Junho).

publicados no *Pesti Hírlap* são maiores que os capítulos originais, e já a peça 2, a de 21 de Junho, excede o capítulo III da "Exposição do Doutor ***", acrescentando mais 5 parágrafos da parte IV.[14]

O título da obra em Húngaro (*A cintrai ut titka*) corresponde ao original, respeitando a ortografia de então de "Cintra". Sob o nome da secção do jornal e o título da obra aparece a indicação do género e depois o nome dos dois autores e o nome do tradutor, com a indicação de que a obra foi traduzida de português. Esta indicação (que, por exemplo, no caso de autores ingleses nem sempre aparece) serviu, além de anunciar a nacionalidade dos autores, para frisar que não se tratava de uma tradução de uma língua intermediária como acontecia muitas vezes naquele tempo em caso de línguas menos conhecidas, como era o português na época de então. No entanto, temos argumentos para demostrar que a obra foi traduzida realmente do Português. O tradutor, Ede Somogyi foi uma figura de renome da vida cultural da época, que além de outras actividades[15] redactou gramáticas francesa e italiana. Assim podemos supor que devia falar ou pelo menos entender Português. O facto de a obra ter sido traduzida do Português, revelam-no, aliás, vários pormenores do texto. No início do romance aparece a palavra "charneca" em português, com uma nota ao rodapé, explicando este termo. No final do capítulo IV da "Exposição do Doutor ***" figura em português o texto da quadra "Escrevi uma carta a Cupido", da mesma forma que no capítulo XV da "Narrativa do Mascarado Alto" transcreve-se em Português a balada do *Rei de Tule* de Goethe. Outro pormenor relevante é que enquanto o designativo de Carmen ("señorita") aparece transcrito segundo a ortografia húngara ("*szenyorita*") o designativo da condessa ("senhora") aparece escrito à portuguesa no texto húngaro.

O próprio texto da tradução tem, naturalmente, as características do uso da linguagem e da ortografia próprias do último quartel do século pas-

---

[14] Convém notar que a numeração da tradução húngara é confusa e inconsequente durante o romance: na sequência "Narrativa do Mascarado Alto", o capítulo VIII de repente torna-se VII, e passando por alto o X, depois IX segue o XI; em "A Confissão d'Ela" suprime-se uma grande parte do capítulo III e assim é o capítulo IV que aparece, resumido com um fragmento pequeno do III, como o capítulo III e assim esta sequência não ultrapassa o capítulo IX; na sequência "Concluem as Revelações de A.M.C." primeiro suprime-se a numeração e depois de repente aparece o número II.

[15] Organizou a edição da primeira maior enciclopédia húngara (Magyar Lexikon) em 1878, fundou o semanário literário Ország-Világ em 1880, escreveu um livro sobre o parentesco dos sumerianos e húngaros e traduziu várias obras, entre eles as do russo Tolstoi.

sado que agora não pretendemos analisar (como também não queremos estudar as características gerais da arte de traduzir do tradutor). O que nos interessa, são aquelas particularidades que aparecem na versão húngara de *O Mistério da Estrada de Sintra*.

Já de uma comparação, mesmo superficial, podemos notar que o texto húngaro apresenta grandes diferenças e desvios do texto português, que podem ser classificados da forma seguinte:

1. Simples lapsos (quando o tradutor omite, entende mal uma palavra ou expressão). Por exemplo, a meados do capítulo IV da "Exposição do Doutor ***" a frase "Pela fisionomia, pela construção, pelo corte e cor do cabelo, aquele homem parecia inglês" (p. 1286)[16] em húngaro acaba assim, em tradução portuguesa: "pela cabeça e cabelo aquele homem parecia um ancião" (p. 36), ou no capítulo III da "Narrativa do Mascarado Alto", D. Nicazio Puebla, o "comerciante de sedas" (p. 1336), resulta num "agente de cadeiras" (p. 102) e o tradutor no final deste capítulo, como em outros lugares erra na matéria de refeições, escrevendo em lugar de almoço pequeno almoço ou jantar.

2. Intercalações e traduções explicativas (aumentando o texto original). Por exemplo, no final do capítulo I da "Exposição do Doutor ***", a frase "Os estores, de mogno polido, tinham no alto quatro fendas estreitas e oblongas, dispostas em cruz." (p. 1278) em húngaro supreendentemente continua-se a acaba assim: "mas eu não vi nelas os monogramas acostumados nas pegas [sic!] (p. 23) e a penúltima frase "Continuarei." (p. 1278) transforma-se em "Mas vou mandar-lhe a continuação de [tudo] isso." (p. 23).

3. Simplificações e resumos, como, por exemplo, no capítulo III da "Narrativa do Mascarado Alto", quando se descrevem os cabelos de Carmen desta forma "anelados, abundantes, desses a que Baudelaire chamava *tenebrosos*" (p. 1336), em húngaro aparece só "os seus cabelos eram abundantes e negros" (p. 103). Ou noutro caso, no capítulo II da mesma sequência, o terceiro parágrafo (pp. 1331-1332) que descreve a beleza de Gibraltar em seis linhas, no texto húngaro fica reduzido a duas, dizendo "O mais belo passeio de Gibraltar é uma rua que serpenteia por um monte e é orlada por cottages, jardins e vinhedos" (p. 96), curiosamente conservando o ambiente do original.

4. Faltas e omissões de maiores trechos do texto, como

[16] Os números das páginas referem-se às *Obras de Eça de Queiroz*, vol. III e a Eça de Queiroz és Ramalho Ortigão [sic!]: *A Cintrai út titka*, Ibisz Könyvkiadó.

– Lembranças do A.M.C. sobre a sua mãe (no capítulo I das "Revelações de A.M.C.");

– Descrição do interior do palácio da condessa (no capítulo IV das "Revelações de A.M.C.");

– Descrição da condessa desmaiada e as associações literário-artísticas que esta cena evoca, idem;

– Revista militar no campo de Longchamps (no capítulo I de "A Confissão d'Ela");

– Reflexões da condessa (no capítulo III da mesma sequência);

– Apresentação dos participantes do sarau no palácio da viscondessa e a descrição de Fradique Mendes (no capítulo V da mesma sequência);

– Meditações da condessa sobre a mulher de amores ilegítimos e das honestas esposas e mães (no capítulo VII da mesma sequência);

– Reflexões líricas de A.M.C. sobre o enterro de Rytmel (no capítulo I da sequência "Concluem as Revelações de A.M.C.") aparecendo no texto húngaro apenas o simples acto do enterramento.

– A ida e entrada da condessa no convento (no capítulo II da mesma sequência).

Os próprios equívocos e erros de tradução podem ser explicados por razões subjectivas: pressa e um conhecimento impreciso da língua: traduzir o "comerciante de seda" para "agente de cadeiras", por exemplo, pode ter esta explicação (basta pensar na palavra "sede" ou "sedentário"). Contudo, de alguns lapsos supõe-se que os conhecimentos da língua portuguesa do tradutor tinham lacunas. Assim, no capítulo III da sequência "De F_ ao Médico" aparece no texto húngaro a palavra "Fulano" que o tradutor identificou como nome de família e não traduziu com o correspondente idiomatismo em húngaro.[17]

De outros descuidos da tradução podemos deduzir que a mesma foi feita à pressa. Disso resultou que o tradutor impulsionado pela sua própria lógica da história algumas vezes alterou o texto, como por exemplo no capítulo XIV da "Narrativa do Mascarado Alto", quando o narrador reflecte sobre o mundo dos mortos antes do enterramento marítimo de Carmen e a frase "Tinham-me esquecido os tubarões." (p. 1373) passa a ser em húngaro "Esta morta quase me seduziu ao além-mundo" (158), e assim também noutros lugares do texto.

As simplificações e faltas mencionadas acima, nos pontos 3 e 4, são sintomáticas no texto húngaro, tanto mais porque as faltas e omissões chegam a ultrapassar os 15 por cento do texto original. Desta forma não se

---

[17] Em húngaro seria "XY".

pode falar já de simples lapsos ou descuidos. Tanto menos que a omissão dos trechos apresenta certa lógica ou regularidade que nos leva a supor que o tradutor tinha uma pré-concepção – de romance detectivesco com elementos de amor – ao qual subordinou a tradução de *O Mistério da Estrada de Sintra*.

Sabemos dos estudos realizados por Katharina Reiss, dirigidos na perspectiva de estabelecer a tipologia dos textos do ponto de vista da tradução ("überzetzungsrelevante Texttypologie"), resumidos no seu livro *Möglichkeiten und Grenzen die Übersetzungkritik* (1971) e baseados no trabalho de Karl Bühler sobre a língua[18], que existem três tipos de textos: textos concentrados no conteúdo ("inhaltsbetonte Text"), textos concentrados na forma ("formbetonte Text") e textos concentrados no apelo ("appelbetonte Text"). O texto do romance de Eça de Queirós e de Ramalho Ortigão, sendo uma ficção, seria, em princípio, um texto concentrado na forma. No entanto, conhecemos, da história literária, a intenção dos autores em fazer um escândalo, em provocar alguma reacção por parte dos leitores, assim o seu texto, não já a nível da apresentação linguística dum texto, mas a nível da totalidade da obra pode ser também considerado como um texto concentrado no apelo.

O romance com a sequência "Exposição do Doutor***" cria no mesmo início um ambiente de suspense, que recebe um reforço com as cartas de Z e F_. Mas depois disso, mesmo um leitor comum observa que a tensão vai a diminuir, e o romance de tipo detectivesco passa para um romance sentimental. Ofélia Paiva Monteiro no seu verbete sobre este romance[19] dividiu-o em dois grandes blocos, traçando a linha divisória depois da "Segunda Carta de Z", após o qual, com as longas divagações líricas do A.M.C. e a condessa, a obra vai ser dominada cada vez mais por um romantismo piegas. Assim este romance que parecia, no início, capaz de conquistar a atenção do público, vai perdendo o interesse que apresentava no primeiro momento. O tradutor que tendo-se apercebido disso (ou recebendo instruções da redacção) "muda de estratégia" e procede a uma "tradução" cujo fim não é já a "trasladação" do *conteúdo* ou/e *forma* do texto original senão a "trasladação" da sua *função*, ou seja que o texto traduzido provoque os mesmos efeitos que o original (no início!). Para atingir um tal efeito, como expõe Katharina Reiss na obra citada, pode

---

[18] Karl Bühler na sua obra *Sprachteorie*, Jena, 1934, fala sobre três funções básicas da língua: representação ("Darstellung"), expressão ("Ausdruck") e Chamamento ("Appell") segundo o livro de Kinga Klaudy, mencionado na bibliografia.

[19] In: *Dicionário de Eça de Queirós*, Lisboa, Editorial Caminho, 1988, pp. 407-408.

alterar-se o conteúdo e a forma do texto original. Cientes de que este processo prevalece em primeiro lugar na tradução do texto dos anúncios, permitimo-nos a hipótese de que o tradutor húngaro de *O Mistério da Estrada de Sintra* se serviu do mesmo método.

O texto total em húngaro (trata-se já da edição do texto completo, pois foi esta a nossa opção, como explicaremos no final do trabalho) é de 224 páginas ou seja mais ou menos de umas 6700 linhas das quais faltavam na publicação de 1886 umas 33 páginas, ou seja aproximadamente 1000 linhas. Até ao final do primeiro bloco (que dá 70 páginas no texto húngaro, ou seja um terço do livro) faltam apenas 27 linhas, ou seja, menos do que uma página. Nas seguintes 70 páginas, ou seja, na sequência "Narrativa do Mascarado Alto" que segundo Ofélia Paiva Monteiro já pertence ao segundo bloco, mas que nós, por certas características do texto (a nível de formação linguística e diegética), preferimos considerar uma parte de transição, onde se observa um equilíbrio de elementos de suspense e melodramáticos de amor, faltam 80 linhas, ou seja duas páginas e meia.

Do ponto de vista do tradutor, o segundo bloco começa com "As Revelações de A.M.C." porque neste espaço de 80 páginas suprimiu mais ou menos 900 linhas, ou seja 30 páginas o que é quase o terço deste bloco.

Seguindo a lógica da sua estratégia de tradução, o tradutor omitiu em primeiro lugar as divagações líricas e amorosas do A.M.C. e da Condessa (curiosamente entre as partes omitidas encontram-se aquelas onde já se vislumbrava o estilo do maduro Eça de Queirós, como a descrição do sarau na casa da condessa), partes que a tradutor talvez considerava muito lentas e assim obstáculos para o desenvolvimento da acção que inicialmente era tensa e rápida. Assim mesmo faltam aquelas frases e parágrafos onde havia certas referências culturais e literárias. Já se viu que os cabelos de Carmen "anelados, abundantes, desses a que Baudelaire chamava *tenebrosos*" (p. 1336) na tradução húngara resultam "abundantes e negros" (p. 103), e saindo deste "princípio" também ficam abolidas aquelas partes dos capítulos III e V da sequência de "A Confissão d'Ela" onde se faz menção das figuras femininas (Traviata, Elvira etc.) das óperas românticas (p. 1406), se fala da figura de Baudelaire, da escola satanista, o Satã de Ary Scheffer e Rigolboche (p. 1412), e umas 10 páginas mais tarde sobre Swedenborg e dos amores de Paolo e Francesca de Rimini (p. 1421).

Havemos de mencionar mais duas partes suprimidas que, apesar de tudo, não se enquadram nesta teoria: e estas são as cenas da revista militar no campo de Longchamps (pp. 1400-1404), e a cena de despedida da condessa com Fradique Mendes onde ele acha "interessante ver matar prussianos" (p. 1418). A omissão destas duas partes, onde Eça de Queirós se exprimia instigado pela sua francofobia, pode ser explicada por motivos políticos. A Monarquia Austro-Húngara tinha uma orientação alemã, assim era preferível não aparecerem trechos tão vivamente anti-prussianos como estes, motivados pela viva (e um pouco exagerada) francofília de Eça.

Em conclusão podemos dizer que no caso da tradução de 1886 de *O Mistério da Estrada de Sintra* não podemos falar de uma tradução, no sentido exacto do termo, senão antes de uma interpretação, dado que o texto no processo de passar do texto de origem (*texte-départ*) para o texto final (*texte-arrivée*) sofreu graves transformações de conteúdo (de tamanho) e de forma (concepcionais). É curioso, neste caso, o papel do tradutor, que intervindo activamente na (trans)formação do texto, fez prevalecer na totalidade dele a concepção primitiva, inicial de Eça e Ramalho: a de romance detectivesco. A nosso ver, no processo da criação do romance Eça ia elaborando os seus métodos artísticos alterando os acentos e ambientes do romance, que o tradutor não quis, ou não podia, respeitar, desta forma, truncando o texto, re-redactou ou reelaborou-o, fazendo dele uma livre versão húngara, que aliás resultou ser, como hoje se diria, "politicamente correcta".

***

Tendo encontrado esta tradução húngara de *O Mistério da Estrada de Sintra,* parecia-nos natural a edição da mesma, como um documento da divulgação da literatura portuguesa na Hungria. O restabelecimento do texto não apresentava maiores problemas, nas Bibliotecas Nacional e da Academia existiam os números do jornal em bom estado de conservação, com exepção de um trecho breve da peça 17, de 6 de Julho e a maior parte da peça 22, de 11 de Julho. Como o nosso intuito era não publicar só o texto aparecido em 1886, senão também fazer conhecer esta obra de Eça, resolvemos traduzir estes fragmentos perdidos e enquadrá-los no texto. No decorrer da leitura do texto húngaro e encontrando as primeiras omissões (que eram apenas frases) pensámos colocá-las nas notas ao rodapé, com explicações, mas quando avançando no texto, encontrámos trechos omitidos cada vez maiores, resolvemos traduzi-los e intercalá-los, entre parênteses rectos, no texto decimonónico. Assim resultou um texto de certa forma híbrido: considerando, como dissemos, esta tradução um documento, conservámos as suas características e ortografia originais, mas não fazíamos grandes acrobacias linguísticas nem ortográficas no texto intercalado, para imitar uma traducão do século XIX. No entanto, esperamos que os interessados pela obra de Eça possam obter proveito desta edição.

BIBLIOGRAFIA:

A Pallasz Nagy Lexikona (A Grande Enciclopédia da Pallasz), vols. I-XVIII, Budapest, Pallasz Irodalmi és Nyomdai Részvénytársaság, 1893-1900.

Dicionário de Eça de Queirós (org. A. Campos Matos). Lisboa, Editorial Caminho, 1988.

Eça de Queirós: *O Mistério da Estrada de Sintra*. In *Obras de Eça de Queiroz*. Porto, Lello & Irmão Editores, 1979. Volume 3. pp. 1267-1440.

Eça de Queiroz és Ramalho Ortigao [sic!]: *A cintrai út titka*, Budapest, Íbisz Könyvkiadó, 1999.

Klaudy Kinga: *A fordítás elmélete és gyakorlata*. ('A teoria e prática da tradução'). Budapest, Scholastica, 1994.

Pesti Hírlap, Budapest, 1886-1944. Ano IX, 19 de Junho a 29 de Julho de 1886, pp. 10 a 11 ou a 12.

Reiss, Katharina: *Möglichkeiten und Grenzen die Übersetzungkritik*, München, Max Hueber Verlag, 1971.

Révai Nagy Lexikona (A Grande Enciclopédia da Révai), vols. I-XIX., Budapest, Révai Testvérek Irodalmi Intézet Részvénytársaság. 1911-1926.

Világirodalmi Lexikon, (Enciclopédia da Literatura Mundial), vols. I-XVIII, Budapest, Akadémiai Kiadó, 1970-1995.

A RECEPÇÃO CRÍTICA DE EÇA DE QUEIRÓS/ /FRADIQUE MENDES NO PRÉ-MODERNISMO BRASILEIRO: JORNAL PAULISTANO *O PIRRALHO* (1911-1917)

ROSANE GAZOLLA ALVES FEITOSA
Universidade do Estado de São – Assis[1]

(...) a literatura brasileira no século XX se divide em três etapas: a primeira vai de 1900 a 1922, a segunda de 1922 a 1945 e a terceira começa em 1945. (...) sob esse ponto de vista, o século literário começa para nós com o Modernismo. Para compreendê-lo, é necessário partir de antes, isto é da fase 1900-1922. (Cândido, 1975, p. 112). *(...) o Modernismo é, de todas as nossas correntes literárias, a que adquiriu tonalidades especificamente paulistanas* (p. 165). *Há uma história da literatura que se projeta na cidade de S. Paulo; e há uma história da cidade de S. Paulo que se projeta na literatura.* (p. 167*)*

Essa primeira etapa, o chamado Pré-Modernismo, teve conceituação mais precisa e delimitadora do termo, por parte de Alfredo Bosi (1970, p. 343): *Creio que se pode chamar pré-modernista (no sentido forte de premonição dos temas vivos em 22) tudo o que, nas primeiras décadas do século, problematiza a nossa realidade social e cultural.*

Tendo isso em vista, procuraremos contribuir para a história da literatura luso-brasileira, mais especificamente para a questão da recepção crítica de Eça de Queirós no Brasil, por meio da divulgação de alguns textos do jornal paulistano *O Pirralho (1911-1917),* pertencente à referida primeira etapa da literatura brasileira no século XX – 1900/1922.

Falar em admiração para exprimir o sentimento, no Brasil, com relação a Eça de Queirós, é pouco. Afirma o estudioso do Modernismo

---

[1] A participação neste Congresso foi possível graças ao auxílio-viagem concedido pela FUNDUNESP – Fundação para o Desenvolvimento da UNESP.

brasileiro, Brito Broca (1956, p. 122) que Eça de Queirós, *foi também moda literária, que se iniciou por volta de 1878, quando se divulgou aqui* O Primo Basílio – *implantando o que os cronistas da época chamavam de basilismo – até a guerra de 1914 mais ou menos.*

Essa admiração foi vivida pelo professor e crítico António Cândido, externada em depoimento (6º Congresso AIL – Associação Internacional de Lusitanistas - 09/08/1999), no qual afirmou a influência decisiva de autores e de livros portugueses na formação literária e política de toda uma geração de escritores e pensadores brasileiros, mais precisamente de sua geração, os nascidos entre 1910 e 1920: *Na nossa geração houve uma influência anacrônica da cultura portuguesa. (...) uma presença viva da geração de 1870_ aqueles que nossos pais liam, como Eça de Queiroz, Oliveira Martins, Antero de Quental, Guerra Junqueiro, Ramalho Ortigão. (...) Naquela época Eça era presença mais viva e avassaladora. Era uma mania; sabíamos de cor trechos de seus livros, fazíamos concursos como: em que livro de Eça um personagem usa um alfinete de gravata que é um macaco comendo uma pera?* (Zappa, 1999, p. 4).

Confirmando a presença queirosiana nessa geração, o escritor Ribeiro Couto (1945, p. 697) atesta a admiração que os textos de Eça exerciam nos leitores da época, a ponto de incorporarem ao seu cotidiano os ambientes, as paisagens, até mesmo as atitudes e os cacoetes de linguagens das personagens "do Eça": *Que é que nós, rapazes de São Paulo em 1915, admirávamos mais em Eça de Queiroz? Porque razão lhe dedicávamos tão ardente devoção?(...) Ainda que a vida me haja aberto outros caminhos, outras leituras (...) o que me veio de Eça de Queiroz ficou: está intacto.*

Num momento de modernização da cidade, mudavam-se os hábitos, preocupava-se com a elegância. Todo esse refinamento se refletia na moda literária e Eça de Queirós teve realçados os aspectos de dandismo de sua obra. Talvez por isso, Fradique Mendes, tenha-se tornado símbolo do surperfino, do ultraperfeito, dando-se destaque ao aspecto mundano da obra de Eça: *Atravessávamos precisamente uma época em que a vida dos autores se tornava mais interessante do que as obras* (Broca,1956, p. 209).

Portanto, nada mais natural dentro do contexto exposto, que a *enquête* – hábito comum, na época, de dirigir questões polêmicas a figuras de relevo na vida pública, para que expressassem opinião a respeito – feita pelo jornal *O Pirralho* a um grupo de intelectuais sobre Fradique Mendes, personagem de Eça de Queirós.

O Pirralho (12/08/1911 a 15/10/1917 – 245 números), tablóide semanário de normalmente dezesseis páginas, editado em São Paulo e dirigido por Oswald de Andrade e Dolor de Brito, com *carácter de revista leve, literária e humorística* (*O Pirralho*, nº 173). Possuía *seções de literatura, mundanismo, esportes, espetáculos. (...) Posteriormente, passou a ter uma atuação mais claramente literária, sem nunca perder, porém, o caráter político*. (Antunes, 1998, p. 20).

Sendo a revista mais típica e importante do '1900' paulistano, seria também a mais representativa do nosso pré-modernismo. (...) Como o 'Fon-Fon', a 'Careta' e outras revistas ilustradas do Rio, O Pirralho *possuía não somente o caráter humorístico como literário, social e até político. (...) a revista se ligava por um lado ao clima '1900' e por outro já prenunciava o Modernismo*. (Broca, 1956, p. 228). O referido jornal teve a sua importância reconhecida, devido à campanha sistemática feita contra o militarismo, na pessoa do então presidente da República, Marechal Hermes da Fonseca, observa Antunes (1998, p. 20). Entre seus colaboradores, podia-se encontrar pessoas de formação estética e política muito diferentes, como Cornélio Pena, Amadeu Amaral, Emílio de Menezes, Paulo Setúbal, Coelho Neto, Olavo Bilac. O referencial literário de *O Pirralho* era quase todo parnasiano ou neoparnasiano, mesmo tendo Oswald de Andrade como diretor, cujos contemporâneos, *eram predominantemente parnasianos. (...) Os autores prediletos (...) eram Anatole France e Eça de Queiroz (...)*. (Brito, 1964, p. 31).

O clima de irreverência que percorria toda a revista tinha como um dos responsáveis o próprio diretor, Oswald de Andrade que havia criado a crônica humorística na seção "Cartas d'Abaix'o Pigues", em português macarrônico (mistura do italiano e do português caipira) em Outubro de 1911, e continuada, com mais deboche e competente irreverência, em 1912, por Alexandre Ribeiro Marcondes Machado, mais conhecido por Juó Bananére. Conta Leite que esta coluna atingira uma popularidade bem maior que a de Oswald de Andrade (Annibale Scipione), *chegando mesmo a encarnar a alma do jornal*. (Carelli apud Leite, 1996, p. 148).

O Pirralho *realizou grandes programas de inquéritos literários, em que eram ouvidos tantos escritores do Rio como de São Paulo. (...) como perguntas bem à moda do '1900' sobre a elegância de Fradique Mendes (...)*. (Broca, 1956, p. 229).

Em 2 de Janeiro de 1915, ano IV, nº 168, *O Pirralho* começa a publicar uma seção com artigos-resposta à *enquête* sobre Fradique Mendes, sempre de página inteira, com três colunas e uma foto do jornalista que estava assinando a coluna naquele dia, com o título *A nossa enquête sobre Fradique Mendes* e sub-título *Fala-nos* _______(colocava-se o nome do jornalista que assinava a coluna naquele dia). Foram catorze artigos-resposta, publicados até o nº 185 em 1 de Maio de 1915.

Do que se tratava este inquérito? Leiamos o que diz a coluna *A nossa enquête* de 27 de Fevereiro: *Todo mundo sabe que* O Pirralho *abriu um inquérito meio literário e meio mundano para saber o que se pensava em São Paulo da questão da vida superior e elegante e que por marco de referência tomou a figura de Fradique Mendes. (...) uma iniciativa de moços no sentido de dar incremento ao nosso meio intelectual.*

A *enquête* constava de três perguntas: *1º Será Fradique Mendes um tipo representativo da vida superior? 2º Será Fradique um elegante perfeito? 3º Em caso de resposta negativa, qual o tipo ideal de homem?* (nº 179). (Atualizaremos a ortografia sempre que necessário).

A maioria desses jornalistas era formada em Direito, outros em Medicina e um deles era estudante de Engenharia Civil por ocasião da publicação das respostas. Estavam na faixa dos 23 a 40 anos, todos escreviam para um ou mais jornais e revistas e exerciam profissões variadas: jornalista, escritor, promotor, médico, homem público, delegado de polícia, poeta, caricaturista.

O impacto Eça de Queirós na "geração 1900" e, conseqüentemente, a recepção crítica positiva aos textos queirosianos no Brasil, pode ser comprovada e avaliada pelo fato de *O Pirralho* ter feito esse inquérito e pelas respostas dos intelectuais envolvidos. Caso contrário, o referido jornal não colocaria como assunto de página inteira, algo que não despertasse interesse ou não fosse de agrado do leitor.

Todos os que responderam ao inquérito feito pelo jornal *O Pirralho* conheciam Eça de Queirós e já haviam lido alguma obra sua, principalmente *O Primo Basílio*. Com exceção de um, Moacir de Toledo Pisa, todos conheciam *A Correspondência de Fradique Mendes*, publicada a partir de 1888 no jornal *A Gazeta de Notícias*, do Rio de Janeiro e em *O Repórter*, de Lisboa, e um ano depois na *Revista de Portugal;* só após a morte de Eça, em 16/08/1900, essa obra aparecerá em livro.

Percorrendo os catorze artigos-resposta de *O Pirralho*, teremos oportunidade de refletir sobre as opiniões dos vários intelectuais sobre Fradique e Eça e dar mais uma prova da influência e da recepção crítica positivas dos textos queirosianos no Brasil, principalmente no início do século XX.

Nossa abordagem para comentar os catorze artigos será feita mediante a divisão em dois grupos: os que são entusiastas da obra de Eça de Queirós, aproveitando o espaço de sua coluna do jornal para fazer elogios explícitos ao autor e aqueles que não demonstram muito interesse pelas obras queirosianas.

Um grupo desses intelectuais respondeu com pouco ou nenhum entusiasmo à pergunta sobre Fradique ser um tipo representativo da vida superior, pois não fizeram destaque ao nome de Eça de Queirós e nenhuma deferência à sua obra ou à sua importância no contexto brasileiro do início do século. Todos são contrários a considerar Fradique um tipo representativo de vida superior e não se mostraram muito interessados em justificar suas opiniões pouco entusiastas pela obra queirosiana

Vamos nos deter mais demoradamente no grupo de jornalistas que ocupam um espaço maior na sua seção do jornal, comentando explicitamente sobre Fradique/Eça de Queirós. A ordem de apresentação dos artigos obedece ao critério da gradação de entusiasmo e de admiração pelo autor e pela obra, aliado à quantidade de espaço ocupado pelas referências à Eça.

Esses jornalistas continuam com suas convicções de que Fradique não é um tipo representativo de vida superior, no entanto se apressam a apresentar uma série de justificativas por expressarem essa opinião. Diferem do primeiro grupo pela maneira mais moderada com que falam do tipo ideal encarnado por Fradique e entremeiam suas respostas com elogios às outras obras de Eça de Queirós. Verifica-se que nutrem admiração pelo autor, pois nem o questionam por ter projetado uma personagem tão inverossímel, tão fora da realidade. Afirma o crítico Álvaro Lins (1959, p. 111) que *a força e a fraqueza de Fradique estão na sua essência mesma de* ser coletivo *que, para existir, concentrou numerosos modelos: os amigos mais queridos de E.Q., inclusive o próprio Eça*. Como bem lembra Carlos Reis (1984, p. 57) (...) *a figura de Fradique encerra embrionariamente uma estratégia de feição heteronímica (...) Fradique consegue a autonomia biográfica e ideológico-cultural necessária não só para confundir Oliveira Martins e o público que lia as suas cartas (...); mas Fradique não parece distinguir-se do autor d'* Os Maias *no plano genericamente estilístico.*

Amadeu Amaral (nº 168, 2 Jan.), conhecido folclorista e autor do clássico estudo *O Dialeto Caipira* (1976), depois de duas colunas e meia em seu artigo-resposta discorrendo sobre a questão da vida superior, conclui que *a encantadora criatura de Eça de Queiroz é um tipo representativo de vida superior.* São apenas estas e mais nenhuma as palavras dirigidas diretamente a Fradique Mendes, fazendo-se supor que o inquérito interposto fosse pretexto apenas para se deter sobre o próprio conceito de vida superior.

O jornalista Cláudio de Souza (nº 172, 30 Jan.) questiona a utilidade da enquête realizada por *O Pirralho*, pois *para o grande público Fradique*

Mendes é um desconhecido e para os intelectuais a opinião alheia não vai fazê-los mudar, pois cada um vê Fradique a seu modo. O jornalista não hostiliza a personagem Fradique, mas não apóia o tipo de vida levada por ela; não deixa de ser *o vagabundo rico e curioso, inútil e prejudicial (...) um diletante menos banal.* No entanto, finaliza sua resposta, expressando toda sua admiração a Eça: *Como criação literária, Fradique é o Eça e ao Eça não se analisa. (...) Eça para mim é um só, e o Eça é admirável.*

Famoso poeta, tradutor e refinado metrificador, G. de Andrade e Almeida (mais tarde assinando Guilherme de Almeida (nº 173, 6 Fev.) na sua resposta-carta a Oswald de Andrade, vai minuciosa e gentilmente colocando seus argumentos contra Fradique como tipo de vida superior. Utiliza-se do próprio texto de Eça "Fradique Mendes (memórias e notas)" (1979, p. 983-1041) e vai entremeando-o com sua própria resposta: *O cérebro de Fradique Mendes está admiravelmente construído e mobiliado. Só lhe falta uma idéia que o alugue, para viver e governar lá dentro. Fradique é um génio com escritos!* (p. 1009).

Resume suas considerações e conclui: (...) *o elegantíssimo, viajado e lido, dele se pode dizer que foi uma edição vernácula do Baedecker* ["viajavam folheando os Guias Bedecker" (Queirós, 1979, v. 2, p. 999)]. *encadernado no Poole!* [(...) "amassou tudo nas suas mãos omnipotentes, modelou à pressa Fradique, e arrojando-o à Terra disse: Vai, e veste-se no Poole!"]. (Queirós, 1979, v. 2, p. 1009).

O articulista Jacomino Define (nº 170, 16 Jan.) entremeia observações contrárias à vida tida como superior de Fradique a elogios do começo ao fim da sua seção em *O Pirralho*. Enaltece as cartas de Fradique, *algumas das crônicas mais belas que há em português. (...) são deliciosas por que pela sua boca fala o autor, e a prosa de Eça é uma selva de encantos. (...) Ele* [Eça] *e Camões são os dois magos, os dois maiores artistas, os dois creadores da língua.* Suas observações a respeito de Fradique repetem as dos outros jornalistas, tais como: Fradique é um herói irreal; não é um tipo, é uma abstração romântica; nunca existiu, é apenas um porta-voz. Conclui seu artigo sem demonstrar muito interesse no assunto que está sendo tratado: *Quanto ao ideal de uma vida superior, talvez esteja nesses* [Fradique, Eça, Camões] *de que acima falei, talvez esteja em Jacinto, talvez na vida do próprio Eça de Queiroz. Digo talvez, porque o ideal depende do gosto... e depois é tão difícil responder a essas perguntas com este calor!*

A resposta dada por Juó Bananére (nº 185, 1 Mai.) em quase uma página e meia, que para o crítico Wilson Martins (1978, v. 6, p. 23) foi a melhor, é *bastante cômica a irreverente* (Leite, 1996, p. 178), e *no seu dialeto ítalo-brasileiro atingia em vivo o formalismo "raffiné" de Fradique.* (Broca, 1956, p. 126). Juó Bananére, personagem criada pelo então estudante de Engenharia Civil (Escola Politécnica-SP), Alexandre Ribeiro Marcondes Machado (Pindamonhangaba (SP) 1892-1933) responde à *enquête* de *O Pirralho,* em português macarrônico, uma imitação do falar de imigrantes italianos da cidade de São Paulo, misturado a um português caipira. Diz Otto Maria Carpeaux (apud Antunes, 1998, p. 32) que *de maneira muito modesta, sem conseqüências literárias, o paulista Juó Bananére também foi e é algo como uma voz na consciência nacional.*

Bananére associa logo o nome da personagem Fradique à obra e ainda faz menção ao nome do brasileiro muito amigo de Eça de Queirós, Eduardo Prado, demonstrando perfeito conhecimento do universo queirosiano: *Intó non si vê lógo che illo é um personagio da romanzo! É só a genti lê a "Currispundenza du Frederico Mendeso" p'ra vê che non pode sê reale un funzionario como illo. Illo non é né o Duardo Prado, né o Eça ne nada, come quere dizé arguns troxa. Andove giá si vi um uomo chi cunhece profundamente tuttas riligió do l'Universimo?* Bananére também tem a mesma opinião dos outros que responderam ao inquérito, dizendo que Fradique não era um tipo representativo de vida superior, porque, para ele, este era uma personagem ideal, irreal, literária, muito perfeita para existir: *O Frederico non passa di un tipo indiale, una criaçó literarima, sê pé né gabeza (...) pur causa che um uómo acussi non podi inzesti: – é una frikçó.* Ainda respondendo à pergunta sobre o tipo ideal diz: *Na migna pinió um nómo p'ra sê perfetto pricisa tê cinco qualidadi: 1) Non sê molhere; 2) sê xique e inleganti; 3) tê talentimo; 4) sabê p'ra burro; 5) afazê a barba nu migno saló.*

O último artigo-resposta a ser publicado em *O Pirralho* é o de Monteiro Lobato (nº 182, 3 Abril), famoso escritor e divisor de águas na Literatura Infantil, notabilizado principalmente, por suas histórias infantis como *O Sítio do Picapau Amarelo, Aventuras de Pedrinho* e muitas outras. *(...) foi antes de tudo, um intelectual participante que empunhou a bandeira do progresso social e mental de nossa gente. (...) A obra de narrador entronca-se na tradição pós-romântica (...) é uma prosa que não rompe, no fundo, nenhum molde convencional. O modêlo não atingido é Eça de Queirós, pela carga irônica e o gôsto da palavra pitoresca. (...) A indicação dos limites da arte lobatiana parece colidir com a relevância da figura humana que vive na história brasileira onde já assumiu um papel simbólico. (...) Compreendê-la em sua natureza específica, sem confundir os planos, é sempre a mais honesta das formas de lembrá-la.* (Bosi, 1970, 242-3)

Ocupando uma página e meia de rasgados elogios a Eça de Queirós, Lobato é o único dentre os jornalistas que respondeu favoravelmente a todas as questões relacionadas a Fradique. Inicia sua resposta pelo tipo ideal de homem. Para ele, este deveria ser como a árvore da floresta, como o cedro que cresce livre, alcança as alturas sem ser tolhido, tem força e beleza. *Fradique desenvolveu-se na vida como o cedro? Sim. Eça, que o biografou, demonstra, não omitindo sequer um pormenor elucidativo, que foi harmônico, que foi integral, que foi lógica a sua eclosão na vida. Logo, Fradique é um homem superior.* Podemos resumir o que pensa de Fradique com a seguinte afirmação: *Rico, belo, inteligente, criador, homem d'ação, bondoso, forte, fino, elegante, amável, saúde d'aço, tipo 2 de boa torração... Ora, tudo isso ainda é ser menos que Fradique (...). Logo Fradique é um homem superior.*

Critica os outros jornalistas que responderam contrariamente ser Fradique o tipo de homem superior, argumentando que aqueles, provavelmente, possuíam uma concepção mais apurada do que Eça, ou o modelo de tipo superior pretendido por aqueles intelectuais estivesse no nível do conselheiro Acácio.

Conclui, deixando explícita sua admiração por Eça de Queirós e sua obra: *Eu de mim continuo a admirar Fradique com a mesma parva admiração de seu biógrafo, e, até, não me pejo confessá-lo: invejo-o! (...)*

– Seja. Aqui na terra, cevando porcos, tendo como único enlevo estético o cedro. (...) responderia à Fada que se me brotasse do solo propondo uma metamorfose à Fausto: quero ser Carlos Fradique Mendes, e já!

Como todo bom jornal que se preza, *O Pirralho* também tinha sua seção de cartas de leitores e estes resolveram também dar sua opinião em relação a Fradique. Sr. Stiunirio Gama (nº 178, 15 Mar.) considerou a *enquête interessante, útil e instrutiva.* Para as próximas enquêtes, sugere a escolha de alguém menos complicado: *Teria sido outro o sucesso se* O Pirralho, *em vez de desencavar um tipo complicado, tivesse escolhido outro mais acessível ao nosso talento e à nossa cultura. (...) a individualidade de Fradique é por demais completa para o nosso meio literário ainda em embrião.*

Outra leitora, Antonieta Alves de Vasconcelos (nº 187, 15 Mai.), mesmo depois de o inquérito haver terminado, escreveu ao jornal que, motivada pelos artigos-resposta, comprara o *famoso panegírico do frívolo Fradique traçado carinhosamente por mestre Eça.* Para ela, Fradique não é um homem superior. *Sê-lo-ia, se tivesse sabido expandir seus apreciáveis dons de inteligência, coração e virilidade num meio razoável, que não a atmosfera lunática em que viveu.*

Eça de Queirós, mania nacional? Sendo contra ou a favor de qualquer de suas obras, Eça estava presente na lista dos mais lidos nos fins do século XIX e começo do XX no Brasil. Em pleno vigor do Pré-Modernismo brasileiro, Eça/Fradique ocupa as páginas do jornal da cidade e dos intelectuais de São Paulo, dando provas da grande influência de seus textos e de sua pessoa.

Sendo assim, podemos dizer que universo queirosiano gerou uma *participação na vida social e espiritual da cidade de São Paulo* (Cândido 1975, p. 139), contribuindo para as *formas de sociabilidade intelectual e da sua relação com a sociedade, na caracterização das diferentes etapas da literatura brasileira em São Paulo.* (p. 142)

BIBLIOGRAFIA

AMARAL, Amadeu, *O dialeto caipira: gramática e vocabulário*. Pref. Paulo Duarte, 3.ª ed., São Paulo: Hucitec, Secretaria da Ciência e Tecnologia, 1976.

ANTUNES, Benedito (org. e estudo), *Juó Bananére: as Cartas d'Abaix'o Pigues*, São Paulo: Fundação Editora da UNESP, 1998. (Prismas).

BOSI, Alfredo, *História concisa da literatura brasileira*, São Paulo: Cultrix, 1970.

BRITO, Mário da Silva, *História do modernismo brasileiro: antecedentes da Semana de Arte Moderna*, 2.ª ed. rev., Rio de Janeiro: Civilização Brasileira, 1964.

BROCA, Brito, *A vida literária no Brasil-1900*, Rio de Janeiro: Ministério da Educação e Cultura, 1956.

CÂNDIDO, António, "A literatura na evolução de uma comunidade". In: *Literatura e sociedade: estudos de teoria e história literária*, 4.ª ed., São Paulo: Companhia Editora Nacional, 1975, p. 139-167.

COUTO, Ribeiro, "Lugares-comuns de um admirador brasileiro de Eça de Queiroz". In: PEREIRA, Lúcia M.; REYS, J. Câmara, (org.), *Livro do Centenário de Eça de Queirós*, Lisboa: Dois Mundos, 1945, p. 689-701.

LEITE, Silvia Helena Telarolli de Almeida, *Chapéus de palha, panamás, plumas, cartolas: a caricatura na literatura paulista (1900-1920)*, São Paulo: Fundação Editora da UNESP, 1996. (Prismas).

LINS, Álvaro, *História Literária de E. Q.*, Lisboa: Bertrand, 1959.

O Pirralho (periódico), São Paulo, 1915.

QUEIRÓS, Eça de, *A Correspondência de Fradique Mendes*. In: *Obras completas de Eça de Queirós*, Porto: Lello & Irmão, 1979, v. 2, p. 983-1109.

— *Cartas Inéditas de Fradique Mendes*. In: *Obras completas de Eça de Queirós*, Porto: Lello & Irmão, 1979. v. 3, p. 823-64.

REIS, Carlos, "Fradique Mendes: origem e modernidade de um projecto heteronímico", *Cadernos de Literatura*, Coimbra, n.18, p. 45-60.

ZAPPA, Regina, "A semente portuguesa", *Jornal do Brasil*, 15 Ago. 1999, Caderno B, p. 4.

CARTA DE EÇA AO SR. BRUNETIÈRE: A ESPECULARIDADE DO CRIADOR/CRIATURA

SÓNIA DE BRITO
Universidade Estadual de São Paulo – Bauru

A Carta de Eça sobre o **Sr. Brunetière** expõe idéias contidas na carta de sua personagem, criatura, Fradique Mendes a **Bento de S**.[1] Uma leitura dessa carta permite vislumbrar as relações de identidade entre criador e criatura e revelar o processo de alteridade Eça/Fradique e o ponto de vista de ambos sobre a imprensa da época.

Na carta **Outra Bomba Anarquista – O Sr. Brunetière e a Imprensa**, publicada, em *Ecos de Paris*[2], logo no primeiro enunciado, Eça afirma que as bombas anarquistas vão entrando lentamente na classe dos acidentes naturais, onde tomam um modesto lugar, logo depois das inundações e dos incêndios. A partir dessa pressuposição, Eça demonstra o seu ponto de vista através dos parágrafos que se seguem, para debater as idéias de Ferdinand Brunetière (1849-1906) contidas em artigos publicados na *Revue des Deux Mondes*.

O crítico literário francês do século XIX, criticou duramente os romances naturalistas chegando a afirmar que as obras de arte valem pelas idéias que traduzem, pela força moral que contêm. Politicamente Brunetière foi um doutrinário contrário às greves sindicalistas e acreditava que os atentados anarquistas poriam em perigo a ordem social. Defendia que somente a Igreja Católica seria capaz de manter a salvo as instituições sociais. Talvez fossem essas idéias do crítico francês que levaram Eça de Queirós a escrever: **Outra Bomba Anarquista – O Sr. Brunetière e a Imprensa**.

---

[1] Eça de Queirós, *A Correspondência de Fradique Mendes* in *Obras de Eça de Queirós*, Porto, Lello & Irmãos, s/d.

[2] Eça de Queirós, *Ecos de Paris, op. cit.*

O texto eciano, em sua composição intercala-se entre parágrafos longos, com curtos e parágrafos longos que se seguem. As idéias mais contundentes estão nos parágrafos longos, pois neles o escritor pode argumentar, demonstrar suas idéias, bem como refutar as de Brunetière. Se no parágrafo inicial disserta sobre o anarquismo, elogia a atitude da autoridade civil em relação a tal conduta e inicia uma crítica irônica dirigida à casta sacerdotal. A partir daí constrói o seu discurso mesclando autoridade civil com a sacerdotal, criticando ambos os poderes. Cito: **"Com efeito há já alguns milhares de anos que os rios devastam searas e o lume devora prédios, sem que, por isso, a Igreja ou o Estado se comovam ou tremam pela sua estabilidade".**

Em seguida, afirma que isso está acontecendo com os anarquistas, às primeiras bombas, houve tumulto, mas depois de algumas semanas, sem destruir propriedades ou vidas; passado o medo, o hábito embota a emoção, ou seja, a emoção enfraquece. Logo, o enfraquecimento da emoção leva à insensibilidade, o que já é uma conclusão.

Nesse sentido, pensando nos preceitos jornalísticos de Eça, na **carta As Catástrofes e as Leis da Emoção**, in *Bilhetes de Paris*[3], diz que a distância atua sobre a emoção, como atua sobre o som. É a lei física que rege a acústica e a sensibilidade. Pressupõe-se que o som seja forte porque está perto da desgraça. Por outro lado, se o telégrafo bisbilhoteiro trouxer o som, através das ondas, a emoção irá diminuindo proporcionalmente à distância de origem, até que o ouvido ouve um som bem distante e no coração, a piedade não terá lugar. Logo, **"... a distância e o tempo fazem das mais grossas tragédias ligeiras notícias"**[4].

Paradoxalmente, o homem chora **"... assistindo à morte da Dama das Camélias, morta pela milésima vez na sua alcova de lona e papelão..."**[5], mas ao voltar para casa e abrir os jornais, lerá com indiferença as desgraças alheias. É o jornal, com suas **notícias ligeiras**, linguagem objetiva e fria, que cria estados de indiferença e aí o leitor vira a página do jornal à procura de outra coluna.

Mas, quando, de repente, a desgraça mora ao lado, a emoção é outra, muito mais forte, porque a distância é curta e o envolvimento e a dor são maiores. Todas as desgraças do mundo tornam-se sombras ligeiras e remotas, quando se lê no jornal **"... que a Luisinha Carneiro! Desmanchara**

[3] Eça de Queirós, *Bilhetes de Paris* in *Obras de Eça de Queirós,* Porto, Lello & Irmãos, s/d.

[4] *Idem,* p. 1357.

[5] *Idem,* p. 1358.

um pé!"[6] Todos a conheciam, morava adiante, no começo da Bela Vista.

O quinto parágrafo refere-se aos periódicos: **"– os jornais apenas publicam, sem comentários..."**, a lista dos nomes dos anarquistas presos, sem atentar para o fato de que muitos têm famílias, o pão vai faltar, mas esses são apenas detalhes, o que revela um posicionamento social de Eça.

Nos parágrafos seguintes (sexto, sétimo, oitavo), Eça continua sua crítica sobre os anarquistas e sobre como esse problema estava sendo tratado de forma desumana, pelos jornais e pelos governantes.

Depois dessa reflexão sobre as bombas anarquistas, equipara o discurso do Sr. Brunetière, ao mesmo efeito que uma bomba anarquista pode causar. A ironia presente em toda obra de Eça de Queirós reflete nessa carta pela comparação feita: Brunetière tem o efeito de uma bomba anarquista.

Começa no nono parágrafo criticando a *Revista des Deux Mondes* e referenciando o Sr. Brunetière, nomeado para o cargo de diretor após a exoneração do seu antecessor.

No décimo parágrafo cita um provérbio: **"Só a grande nau, a grande tormenta"** e complementa: **"Só a grande professor, grande berreiro"**. No seguinte, (décimo primeiro), justifica esse último provérbio, dizendo que vindas de um homem tão importante, todas as palavras são importantes e que

> por isso, a feroz verrina, que ele, no seu discurso de recepção na Academia Francesa, lançou contra os jornais e os jornalistas, mereceu mais atenção do que geralmente merecem estas grandes e usuais imprecações contra a Imprensa, as mulheres, o vinho e outros males.

Tem-se, então, que o discurso do Sr. Brunetière está no mesmo nível semântico, sai da abstração para o nível concreto: o discurso do Sr. Brunetière transformou-se em uma bomba.

Através da **carta a Bento de S.**, de Fradique e da **carta Outra Bomba Anarquista – O Sr. Brunetière e a Imprensa**, de Eça, há momentos em que Fradique e Eça perdem até a relação de alteridade para serem uma **entidade**.

No primeiro enunciado do parágrafo décimo segundo, relata que conhece **imperfeitamente** o Sr. Brunetière, um crítico de profissão. No

[6] *Idem*, p. 1359.

parágrafo seguinte, (décimo terceiro), reforça esse conhecimento superficial do Sr. Brunetière: **"Pelo que tenho ouvido..."**. Assim, Eça está cometendo o **"ouvir dizer"**, tão criticado por Fradique, na **carta a Bento de S.** Nesse mesmo parágrafo, Eça elogia o crítico literário e compara-o ao botânico entre as flores, pois Brunetière classifica, rotula, mostra o gênero de um poeta, influências, momento histórico.

No parágrafo décimo quarto, **"o ouvir dizer"**, **"segundo ouço"**, aumenta a antipatia de Eça pelo crítico, mas aprova o discurso contra os jornais, contra os jornalistas e, **"... portanto, contra mim, que sou, a meu modo, e dum modo bem imperfeito, uma espécie de jornalista"**.

Continua a dizer que o Sr. Brunetière censura à Imprensa, a sua superficialidade, bisbilhotice, escandaloso abuso de reportagem e sectarismo. Ironicamente, Eça classifica isso tudo de uma respeitável soma de defeitos.

Nas idéias subseqüentes defende ser a Imprensa de hoje (dêitico de presentificação daquele processo temporal) a governadora do mundo, não é Deus, nem indecente, nem monstruosa. E, no jogo entre afirmar e negar, diz que é certo que ela pratica esses vícios, em proporções diversas, segundo o seu temperamento de raça e as suas condições funcionais, ou seja, de acordo com interesses lucrativos, pois a notícia é o produto do jornal.

Dentro do processo de generalização dos pecados negros ou dos **vícios da Imprensa**, defende a Alemanha, Portugal e Espanha, que herdaram o respeito da vida íntima e afirma que lá os jornais não são bisbilhoteiros, nem abusam indiscretamente da reportagem miúda. Mas, no parágrafo seguinte, (décimo oitavo), diz que **"... na Europa e na América, a Imprensa é superficial, linguareira e sectária"**. Assim, em lugar de educar, a imprensa torna-se uma viciadora do espírito e dos costumes.

Mas, até o *Times* foi inserido nesse rol de generalizações, pois tanto para Fradique, quanto para Eça, os jornais cometem pecados ou vícios. Segundo Eça, na **carta Uma Partida Feita ao *Times***, in *Cartas de Inglaterra*[7], o *Times* tem o valor duma reprodução fotográfica, mas foi justamente o *Times* o primeiro jornal a publicar doze linhas de obscenidade, **"ele que é o mais pesado, mais moroso, mais solene, mais pedagógico, mais reverente de todos os jornais que têm existido desde a invenção da imprensa..."**.

Eça critica o *Times* por não fazer menção aos livros de Zola, mas a Providência se encarregou e este jornal que é a ata oficial do verbo pú-

---

[7] Eça de Queirós, *Cartas de Inglaterra* in *Obras de Eça de Queirós*, Porto, Lello & Irmãos, s/d.

blico da Inglaterra, sofreu um **negro atentado**, alguém recortou dez ou doze linhas do discurso muito anunciado do Sr. William Harcourt, ministro do interior, e substituiu-as por outras, compostas de antemão, e obscenas. Ironicamente, Eça termina a carta pedindo às almas caritativas e justas uma boa risada à custa do *Times*. Desse modo, Eça desmistifica o *Times*.

Continuando a estratégia discursiva, argumentando e demonstrando, Eça afirma que:

> **Incontestavelmente foi a Imprensa, com sua maneira superficial e leviana de tudo julgar e decidir, que mais concorreu para dar ao nosso tempo o funesto e já radicado hábito dos juízos ligeiros** (décimo nono). [Comenta, ainda, que] **estouvadamente**, [improvisam opiniões][8].

As improvisações existiram sempre, mas no século deles estava se tornando uma operação corrente e natural. Implicitamente, tem-se que o **juízo ligeiro** não comporta reflexão e é, através de impressões, que se formam conclusões: algo que necessite de análise, logo será trocado pelo boato escutado na esquina, para apreciar uma literatura mais profunda basta folhear uma página ou outra, **"... através do fumo ondeante do charuto"**[9]. Aqui Eça equipara **fumar e produzir idéias**, além de ligar campos semânticos diferentes, pois um está no nível da literatura, da concentração e o outro está no nível físico, do vício.

Nos enunciados seguintes, repete Brunetière **"... principalmente para condenar – a nossa ligeireza é fulminante"**[10]. Se a imprensa comete o **pecado do juízo ligeiro**, por outro lado para condenar e rotular basta uma palavra: **"É uma besta! É um maroto! ou É um gênio! Ou É um santo..."**[11], não importando a classe social.

Também reforça a idéia do primeiro pecado anunciado por Fradique a **Bento de S.: Juízo Ligeiro – "Nestes tempos de borbulhante publicidade... formula-se uma opinião catedrática"**. Subentende-se que com uma opinião catedrática Eça inclui o próprio Sr. Brunetière no hábito dos **juízos ligeiros**.

No parágrafo subsequente, (vigésimo primeiro), Eça continua demonstrando que

---

[8] Eça de Queirós, *Ecos de Paris, op. cit.*, p. 1203.
[9] *Idem*, p. 1203.
[10] *Ibidem*.
[11] *Ibidem*.

> ... a opinião tem sempre e apenas por base aquele pequenino lado do facto, da acção, do homem, da obra, que aparece, num relance, ante os nossos olhos fugidios e apressados. Por um gesto julgamos um caráter, por um caráter avaliamos um povo.

Recordando, Pacheco foi avaliado e consagrado pelos gestos tão dele e pelo pouco que ele abria a boca.

Para comprovar o que acabou de dizer, Eça usa um exemplo diferente do exemplo citado por Fradique: conta que um **inglês funambulesco**, desembarcou em Calais e avistou um homem coxo e anotou em seu livro de notas que a França é habitada por homens coxos. Eça, neste instante, instaura o problema das generalizações e no outro parágrafo, de forma interrogativa e irônica afirma que o jornal tem enraizado em seus leitores estes **hábitos levianos**. Esses **juízos ligeiros** são improvisados na véspera por excelentes rapazes apressados, que **"decidem com dois rabiscos da pena, indiferentemente, sobre uma crise do Estado, ou sobre o mérito de um *vaudeville*"**[12]. Ironicamente, mistura campos semânticos entre decidir e citar um exemplo picante, como o modo que a imprensa parisiense estava comentando a revolta do Brasil e julgando o povo do Brasil, através de **"... vagos bocados de telegramas truncados"**[13].

Continua, a demonstrar que a imprensa tem o hábito do juízo ligeiro e da fidalguia portuguesa, empregada na alfândega, mas conservando seus lacaios para receber-lhes o salário no final do mês. Esse mesmo exemplo (já comentado) Fradique usou em sua correspondência a **Bento de S**.

Já, no parágrafo seguinte (vigésimo quarto), Eça critica o fato do jornal comentar sem comprovação, pois os leitores iriam acreditar e adquirir o hábito de **"... ir espalhando estouvadamente..."**, sobre homens ou fatos, os **juízos efêmeros e ocos**. Para falar sobre a vaidade, Fradique diz estados de civilização ruidosos e ocos. Eça coloca dois adjetivos no mesmo nível semântico, ou seja, de pouca duração, passageiro, vazio. Implicitamente, espalham-se juízos passageiros, vazios, sem importância.

Nos últimos enunciados desse parágrafo, Eça por humildade, e por cometer, também, pecados comuns, assume, o pecado do **juízo ligeiro**, nascido de **impressões fugidias** sobre o Sr. Brunetière, já que ele o conhece **imperfeitamente**.

Em seguida, (parágrafo vigésimo quinto), Eça evidencia a outra acusação feita à imprensa pelo Sr. Brunetière, **"... é a bisbilhotice, de indiscreta e desordenada reportagem"**.

---

[12] *Idem*, p. 1204.

[13] *Ibidem*.

Ironicamente (parágrafo vigésimo sexto), Eça defende a imprensa e diz que há ingratidão da parte do Sr. Brunetière, que é um crítico, e afirma que a reportagem é a grande abastecedora de documentos. É como se Eça dissesse que é graças à bisbilhotice que o Sr. Brunetière pode criticar. No enunciado seguinte, ele demonstra que a sua afirmação está correta:

> **Quanto mais detalhes a indiscrição dos repórteres revelar sobre a pessoa do Sr. Zola, e os hábitos, e o seu regímen culinário, e a sua roupa branca, tantos mais elementos positivos terão os Brunetière do futuro para reconstruir com segurança a personalidade do autor de Germinal e, através dela, explicar a obra**. [Assim como, do nariz de Cleópatra dependeram os destinos do Universo. Eis aí, também, as mesmas idéias e palavras de Fradique].

Continuando o jogo entre afirmar e negar, **mas** é o elemento coesivo que determina a negação, a reportagem influencia nos negócios e **"... sobre toda a "sorte e condições de gente", desde as cocotes até aos jóqueis, e desde os dândis até aos assassinos..."**, é só uma questão de indiscriminada publicidade, sem contribuir para a documentação da história, mas contribui para o desenvolvimento da vaidade.

O término deste parágrafo **anuncia** o próximo defeito da imprensa, Fradique – **Carta a Bento de S.** fala em pecado: a vaidade. **"O jornal é hoje, com efeito, o grande assoprador da vaidade humana"** (parágrafo vigésimo sétimo). Fradique usa a palavra fole, como instrumento assoprador da vaidade. Para demonstrar, exemplificando, o seu ponto de vista, comenta que Alcibíades cortou o rabo do seu cão para que se falasse dele nas praças de Atenas. Nessa mesma carta, Fradique não cita Alcibíades, como general que marcou presença na história universal, mas, ironicamente, cita um fato grotesco, que leva à comunicação do grotesco. Logo, um complementa o que o outro disse. Afirma ainda que a vaidade é anterior à Alcibíades, aparece na Bíblia, mas Salomão incontestavelmente, a vaidade foi no tempo deles, o motor das ações e da conduta: **Nesses estados de alta civilização, que produzem cidades do tipo de Paris e de Londres, tudo se faz por vaidade, e com um fim de vaidade"**.

Nos parágrafos finais Eça atualiza a vaidade, enquanto forma nova e especial: a notoriedade que se obtém através do jornal.

E diz que a forma nova de vaidade é o vir no jornal, ter o nome impresso como aspiração e recompensa suprema.

No parágrafo trinta, Eça e Fradique justificam que nos regimes aristocráticos, o esforço era receber o **sorriso do príncipe**, nas democracias é receber o **louvor do jornal**. Continuando, criador e criatura dizem que para conseguir dez ou doze linhas, não é necessário que elas contenham um **panegírico**, ou seja, um discurso em louvor de alguém, basta ter o desejado nimbo de ouro. Dizem, ainda, que não há classe que não esteja devorada por esse apetite do reclamo. Até os frades dominicanos de Paris querem **vir no jornal** com seus sermões teatrais e escandalosos de Quaresma. Eça compara esses sermões ao gênero *Coquelin*, e *interviews* nos jornais de literatura e o retrato de S. Domingos exposto entre jóqueis e cancanistas do *Moulin – Rouge*.

Por outro lado, a esperança do artigo do jornal é:

> **Para vir no jornal, é que os homens se arruinam, e as mulheres se desonram, e os políticos desmancham a boa ordem do Estado, e os artistas se lançam na extravagância estética, e os sábios alardeiam teorias mirabolantes, e de todos os cantos, em todos os gêneros, surge a horda sôfrega dos charlatães.**

Essas idéias são as mesmas de Fradique vir no jornal é motivo para se murmurar boquiaberta: – Ah!

Quase que finalizando, Eça confessa-se um **moralista amargo** ao compor estas páginas, Fradique também. Ironicamente, diz imediatamente se calar, mas concorda que o jornal incita à virtude... e exemplifica que **"... um banqueiro judeu dá, pelo Natal, cem mil francos aos pobres, para que a sua caridade venha no jornal! Bendito seja o jornal!**

Sem o tom de um censor dos costumes, insiste na outra acusação pelo Sr. Brunetière contra a Imprensa – a de partidarismo e de sectarismo. Termina o parágrafo com humildade cristã, inserindo-se como colaborador destes pecados. Este finalzinho, regado a Cristianismo, prenuncia o parágrafo seguinte.

Ironicamente, ele termina sua carta dizendo que a Semana Santa é um bom exemplo para que cada um **"... rosne o seu *mea* culpa e cubra a cabeça com uma pouca de cinza"**. Além disso, esta carta é endereçada **"... aos queridos amigos e confrades no pecado..."**, em que **contritamente**, ou seja, já arrependido, ele apontou alguns dos vícios mais dissolventes dos jornais: superficialidade, bisbilhotice, partidarismo. Se esses vícios são dissolventes, subentende-se que tenha outros, não dissolventes, enraizados. Continua: **"... vícios que os tornam tão pouco próprios para serem lidos pelo homem justo, já vai copiosamente larga – e eu tenho pressa de a findar, para ir ler os meus jornais com delícia"**. Leitura essa feita com a mesma delícia por Fradique, em **carta a Bento de S.**

AS FONTES DO CONTO "ADÃO E EVA NO PARAÍSO"

UGO SERANI
Universidade de Roma "La Sapienza"

Sobre a nudez forte da Verdade
o manto diáfano da Fantasia
(Eça de Queirós, *A Relíquia*)

O conto "Adão e Eva no Paraíso" apareceu pela primeira vez como prefácio ao *Almanaque Enciclopédico* para 1897 e depois no volume dos *Contos* publicado em 1902 ao cuidado de Luís de Magalhães.

Enfrentando este texto, o leitor pode pensar que vai encontrar uma glosa "apócrifa" do primeiro livro do *Pentateuco* de Moisés. E, em particular, dos capítulos segundo e terceiro do *Génesis*, ou seja aqueles que contam a criação do homem, a instalação de Adão e Eva no Paraíso terrestre e o assim chamado pecado original.

Além do título, o *incipit* também leva o leitor ao meio cultural bíblico, com a referência ao ilustre Usserius, bispo de Meath e arcebispo de Armagh que, como nos informa Eça, foi o autor duma incomparável obra enciclopédica: os *Annales Veteris et Novi Testamenti*. Trata-se da cronologia do mundo desde a criação, publicada pela primeira vez em Londres em 1650. O nobre Usserius, este é o nome latinizado do irlandês James Ussher, indica como dia da criação o 23 de Outubro e determina também o ano deste início do mundo: o 4004 antes de Cristo. Consequentemente a aparição na Terra do primeiro homem seria do dia 28 de Outubro (sexto dia da criação). E Eça, depois de ter atribuído esta datação a Ussher, acrescenta que tudo isto aconteceu às duas da tarde:

> Adão, Pai dos Homens, foi criado no dia 28 de Outubro, às duas horas da tarde...[1]

---

[1] Cito da edição do conto publicado em *Dicionário de Milagres*, "Obras de Eça de Queirós", Lisboa: Edição «Livros do Brasil», s. d., p. 195.

Esta primeira referência a Ussher como uma das possíveis fontes do conto é, porém, enganadora. O título e este *incipit* parecem pensados para desviar o leitor. Primeiro fui eu, naturalmente, a ficar enganado, assim não perdi a ocasião de descobrir quem era na realidade o Usserius e qual o teor da sua obra.

E aqui a primeira surpresa. O James Ussher era bispo, sim, mas da Igreja anglicana de Irlanda. E um dos clérigos mais importantes, pois em 1615 ele foi incumbido de elaborar os "artigos de religião" para a primeira convocação dos padres anglicanos de Irlanda em Dublim. Nesses artigos ele refere-se ao papa como ao "homem do pecado", afirma que as regras alimentares (como comer peixe e a proibição de consumir carne) são normas económicas e não religiosas, etc[2]. Afinal, ele revela-se como um grande adversário da Santa Romana Igreja.

Uma escolha, esta de um bispo não católico, com certeza singular para um público português. E singular também é a escolha de tal *auctoritas* para dar credibilidade ao conto. Mas, no fundo, este era o estilo irónico do autor da *Relíquia*.

E sempre fiel ao seu gosto irónico e leve, neste "Adão e Eva no Paraíso" (note-se que o autor não fala de paraíso terrestre, mas só de paraíso, como também a bíblia, que só no fim do capítulo terceiro fala de "paraíso de delícias") parece que Eça, desde o início, diz ao leitor: "enganas-te se aqui pretendes encontrar a narração do pecado original. Esta é uma outra história".

Eça aqui focaliza a sua atenção sobre o homem e não sobre Adão. O pai venerável, assim ele o chama, do nosso conto é, mais do que um homem, um verdadeiro antropóide. Naquele corpo não há a consciência do ser. Ele ainda está no paraíso, porque não comeu da árvore do conhecimento do bem e do mal. O Adão das primeiras páginas deste conto ainda não conseguiu abrir completamente os olhos; e não é homem à imagem e semelhança de Deus porque lhe falta mesmo a consciência do ser, uma consciência que se forma nele à medida que o animal homem abandona o seu estágio bestial para se tornar humano, num caminho que se faz, como dizia Rousseau no *Émile*, graças à intervenção daquele

> Juge infaillible du bien et du mal, qui rend l'homme semblable à Dieu!... sans toi je ne sens rien en moi qui m'élève au-dessus des bêtes.

---

[2] Vide *The Dictionary of National Biography*, London: Oxford University Press, 1950; vol. xx, s.v. Ussher.

É este o ponto de partida da análise queirosiana. Adão, o pai venerável, tem de conquistar o seu mundo para se tornar verdadeiro *homo sapiens*. Ele é ainda um animal dentro de um mundo ferino, populado por horrorosos monstros, hoje por nós conhecidos graças ao trabalho dos paleontólogos. A Terra queirosiana do Adão (e da Eva) é o mundo do jurássico, um verdadeiro Jurassic Park como o entendemos hoje, depois dos filmes de Steven Spielberg. Mas na época de Eça o que se sabia daquele mundo?

Na segunda metade do século XIX o debate sobre a evolução está na sua primeira fase. Charles Darwin em 1859 publica o capital *On the origin of species by means of natural selection*. Mas só em 1871 publicará o mais radical *The descent of man, and selection in relation to sex* e depois, no ano seguinte, *The expressions of the emotions in man and animals*. Apesar de tudo, como se vê, a teoria evolucionista era ainda quase uma novidade quando Eça, em 1896, escreveu o seu conto para o *Almanaque Enciclopédico*.

Ao lado do pensamento darwiniano, que por sua parte não surgiu do nada, antes o contrário, espalha-se na Europa toda a "nova" ciência e multiplicam-se os estudos sobre a evolução das raças. Vemos então sair ensaios em França, Alemanha, Itália e, claramente, Inglaterra e, assim, a teoria darwiniana é conduzida até aos seus extremos limites.

Em poucos anos a revolução contra o antropocentrismo e a supremacia do ser humano é acabada e o resultado é uma uniforme difusão da nova "religião" que sacode, a partir dos fundamentos, o pensamento judaico-cristão da criação do homem. Para dizer melhor, o problema fica em aberto, mas o que é certo é que, desde agora, a reflexão teológica não será mais a mesma da existente no passado. E não é por acaso que a tese de Sclater (entre 1850 e 1860) acerca de um supercontinente chamado Lemúria, o qual compreendia uma vasta zona geográfica de terras hoje divididas pelos oceanos (o nome Lemúria descende do símio lémures, um dos primates presente em toda esta vasta área), evoliu rapidamente e, no pensamento de cientistas como o alemão Ernest Haeckel, a Lemúria acabou por ser identificada como o berço dos primeiros homens.

A julgar pelo número assustador de obras sobre o assunto publicadas naqueles anos em Paris, a França foi com certeza um dos pólos da pesquisa científica e do debate sobre o nascimento do *homo sapiens*, ainda que, para dizer a verdade, naqueles anos ainda não se conhecia com exactidão todo o processo evolutivo da raça humana e era ainda muito controversa a existência de formas "primitivas". Só para dar uma ideia, o antievolucionista Rudolph Virchow, um dos grandes patologista do século XIX, ainda em

1872 em frente ao exemplar fóssil encontrado em Neanderthal no ano de 1856 declarava tratar-se do crânio dum homem afligido pelo raquitismo.

Mas foi em 1894, quando o holandês Eugène Dubois publicou o relatório do descobrimento, em 1891, dos fósseis do homem de Java (o nome deriva do lugar do achamento), isto é o *Pithecanthropus erectus*, que o mundo científico afirmou ter encontrado o anel que faltava na cadeia macaco-*homo sapiens*.

Este é o meio cultural em que Eça vivia, quando em 1896 escreveu o seu conto da criação, ou mais exactamente, da evolução da besta em homem. E que o nosso Adão não seja verdadeiramente homem como nós, fica claro desde o início do conto:

> Então (...) certo Ser, desprendendo lentamente a garra do galho de árvore onde se empoleirara toda essa manhã de longos séculos, escorregou pelo tronco corrido de hera, pousou as duas patas no solo que o musgo afofava, sobre as duas patas se firmou com esforçada energia, e ficou erecto, e alargou os braços livres, e lançou um passo forte, sentiu a sua dissemelhança da Animalidade, e concebeu o deslumbrado pensamento de que *era*, e verdadeiramente *foi*! Deus, que o amparara, nesse instante o criou. E vivo, da vida superior, descido da inconsciência da árvore, Adão caminhou para o Paraíso.
>
> Era medonho. Um pêlo crespo e luzidio cobria todo o seu grosso maciço corpo, rareando apenas em torno dos cotovelos, dos joelhos rudes (...) Do achatado, fugidio crânio, vincado de rugas, rompia uma guedelha rala e ruiva, tufando, sobre as orelhas agudas. Entre as rombas queixadas, na fenda enorme dos beiços trombudos, estirados em focinho, as prezas reluziam, afiadas rijamente para rasgar a febra e esmigalhar o osso.

E basta ler, agora, a obra de Darwin *A origem do homem e a selecção sexual* para encontrar, pelo menos a nível físico, uma descrição parecida dos primeiros homens:

> Os antigos antepassados do homem deviam estar antigamente cobertos de pelos, sendo que ambos os sexos tinham barba; as suas orelhas provavelmente tinham pontas e eram capazes de movimento; (...) os nossos antepassados tinham sem dúvida de trepar em árvores e viviam em regiões quentes, cobertas de florestas. Os machos possuíam grandes dentes caninos que lhes serviam de armas formidáveis.[3]

[3] Ch. Darwin, *A origem do homem e a seleção sexual*, trad de Attílio Cancian e Eduardo Nunes Fonseca, São Paulo, Hemus, 1974, p. 192.

Armas, evidentemente, para rasgar a febra e esmigalhar o osso como diz Eça. A hipótese de Darwin parece encontrar a sua aplicação/explicação literária nas palavras de Eça. De resto, a sua atenção no que diz respeito a Darwin revela-se, ao lado das discussões entre Ega e Alencar n'*Os Maias*, também no espólio da biblioteca do escritor, ou melhor do muito pouco que hoje fica. Aqui encontramos uma outra obra-prima de Darwin, *The formation of vegetables world through the action of worms* e *La vie et la correspondance de Charles Darwin* redigida por Henry C. Varigny; mas encontramos também os livros de Matthew Arnold sobre a maneira de interpretar as escrituras sagradas, livros como *Literature and dogma. An essay towards a better apprehension of the Bible* e *God and the Bible. A sequel to «Literature and dogma»*, todas essas obras anteriores a 1891.

E de facto Eça vai mais longe do que Darwin e acaba para reinterpretar todos os primeiros versículos do *Génesis* na óptica da evolução das espécies e da estética própria do autor português, o qual sugere que a verdade tem de ser revelada

> levemente esbatida na névoa dourada e trémula da Fantasia, satisfazendo a necessidade de Idealismo que todos temos nativamente, e ao mesmo tempo a seca curiosidade do Real, que nos deram as nossas educações positivas[4].

Para Eça, portanto, nem se põe a questão do pecado original e o primeiro livro da *Bíblia* transforma-se numa alegoria da tese darwiniana da evolução e da verdadeira história do homem. Assim o episódio da maçã torna-se uma etapa no caminho da animalidade à humanidade e Eça escreve que o episódio:

> com esplêndida subtileza nos revela a imensa obra de Eva nos anos dolorosos do Paraíso. Por ela Deus continua a Criação superior, a do Reino espiritual, a que desenrola sobre a terra o lar, a família, a tribo, a cidade[5].

Esta é uma maneira de enfrentar o problema da harmonização do evolucionismo e da visão religiosa da criação. Ernest Haeckel, por exemplo, no mesmo período lê os versículos do *Génesis* sobre a criação do mundo comparando a progressão criadora divina (a separação entre luz e

---

[4] *Correspondência*, Porto, Lello & Irmão, 1925, p. 234.

[5] *Adão*, p. 226.

escuridão, entre águas e terras, entre animais de água, de ar e de terra, até chegar ao homem) à evolução das espécies:

> Dans cette hypothèse mosaïque de la création, deux des plus importantes propositions fondamentales de la théorie évolutive se montrent à nous avec une clarté et une simplicité surprenantes: ce sont l'idée de division du travail ou de la différenciation et l'idée du développement progressif, du perfectionnement[6].

Em Eça é patente o conceito darwiniano de *struggle for life* (da luta pela vida), como demonstram também as páginas de "A sociedade e os climas" das *Cartas familiares de Paris*. Adão e Eva lutam com o mundo ao seu redor, em primeiro lugar com os animais do mato que os escutam e observam seus movimentos. E os dois (estamos tentados a tratá-los por casal) desenvolvem-se, de cada vez, por acidentes, quando têm de enfrentar uma nova situação onde predomina sempre a luta pela sobrevivência. Todas as descobertas são espantosas e casuais: a carne, o fogo, o grão, os afectos, a maternidade e a paternidade, o abrigo da caverna. São todas etapas dolorosas na direcção da evolução.

Outro aspecto interessante para descobrir o substrato em que se baseia Eça para escrever o seu "Adão e Eva no Paraíso" são as referências aos animais pré-históricos. No conto, um momento decisivo na aprendizagem humana de Adão é o encontro com dois monstros marinhos. Dois monstros que lutam entre si e que avermelham o mar navegado pela frota de soberbas amonites. Dois monstros que aparecem no conto para que Adão se torne carnívoro e tenha conhecimento da grande sorte de começar a viver no momento em que estes terríveis animais vão desaparecendo da terra. Dois monstros que na época de Eça tinham uma grande difusão e sucesso no meio científico e literário. Talvez o mesmo êxito que hoje tem o celebre *tirannosaurus rex*. Mas no tempo de Eça os campeões eram sem dúvida o ictiosauro e o plesiosauro. E eram tão conhecidos que saíam das páginas dos cientistas para encontrar abrigo naquelas do Jules Verne de *Voyage au centre de la terre*, onde encontramos os dois dinossauros a batalhar como no conto de Eça[7], ou de um outro romancista muito amado

---

[6] Cito de *Histoire de la Création des êtres organisés d'après les lois naturelles*, Paris: Librairie Schleicher, s. d. [post 1879], p. 29; trad. francesa de *Natürliche Schopfungsgeschichte* (1868).

[7] Jules Verne, *Voyage au centre de la terre*, cap. XXX, em particular as páginas do dia 18 de Agosto.

por Eça: Honoré de Balzac. O autor da *Comédie humaine* num romance deste ciclo, *La recherche de l'absolu*, escreve:

> A arqueologia é para a natureza social o que a anatomia comparada é para a natureza orgânica. Um mosaico revela inteiramente uma sociedade, do mesmo modo que um esqueleto de ictiosauro subentende completamente uma criação. Em ambos os campos, tudo se deduz, tudo se liga. Faz a causa adivinhar um efeito, como todo o efeito permite chegar a uma causa. Assim o sábio ressuscita tudo até ao âmago de remotas eras[8].

Contudo, quando Eça escreve sobre ictiosauros e plesiosauros trata a matéria ao abrigo de tão ilustres antecedentes, mas também com uma grande cognição científica. De facto é perfeitamente acreditável um combate entre estes dois animais marinhos que, como nos confirma o já antes citado Ernest Haeckel, viviam no período jurássico e cretáceo, desaparecendo neste último período, pouco antes do aparecimento do *homo erectus*, o homem que desce da árvore e se ergue sobre as duas pernas. Então a liberdade da criação literária permite a Eça estabelecer uma forma de causa-efeito entre o desaparecimento daqueles terríveis monstros marinhos e a aparição do primeiro homem que vai além da realidade científica do seu tempo, como do nosso, como se o *homo erectus* pudesse ter ocupado em parte o espaço biológico deixado livre pelos ictiosauros e plesiosauros. Mais uma vez "sobre a nudez forte da Verdade, o manto diáfano da Fantasia".

Muito mais real é a comprovada presença de uma forma de vida humana, assim como a podemos entender hoje, ao lado de animais como o *Ursus spelaeus*, o urso das cavernas, o pai dos ursos do nosso conto, ou da *Hyaena spelaea*, a terrível fera de que nos fala Eça. Ou dos mammouth, ou ainda dos veados gigantes, que também aparecem neste conto. São todos animais que encontramos nas obras dos naturalistas do fim do século XIX como Haeckel[9], Charles Lyell ou John Lubbock.

Em conclusão, parece-me bem evidente como esta obra "menor" de Eça seja consequencial a toda a polémica científica a respeito do evolucionismo e da tese de Charles Darwin. Assim como, claramente não

---

[8] Honoré de Balzac, *À procura do absoluto*, trad. de Telmo Moreno, Porto, Livraria Educação Nacional, 1937, p. 6.

[9] Vide o já citado *Histoire de la Création des êtres organisés d'après les lois naturelles*; Ch. Lyell, *The geological evidence of the antiquity of man, with an outline of glacial and post-tertiary geology and remarks on the origin of species*, de que há uma tradução francesa de 1870; John Lubbock, *Prehistoric times*, London 1867.

podemos não lembrar a profunda influência de Oliveira Martins (o tio filósofo como o chamava Eça) de *Elementos de Antropologia*.

Essa visão terrível e horrorosa do paraíso, ou seja do mundo pre--civilização, não surge do nada, pelo contrário é filha do seu tempo. E Eça tem o cuidado de não criar escalas de valores, quando termina o seu conto pondo em dúvida a bondade da evolução, frente ao orango que com desdém rejeita a vida civil, assim como fazia Darwin para quem na evolução da terra o homem era simplesmente um elemento, talvez importante, mas só um elemento. Assim como é filha do seu tempo a atenção e o interesse de Eça pela paleontologia. Portanto, podemos afirmar que as fontes deste conto não devem ser buscadas nesta ou naquela obra em particular, mas no conjunto das ideias do período, porque "Adão e Eva no Paraíso" faz parte do imaginário do seu tempo.

A PRESENÇA DE EÇA DE QUEIRÓS NO SISTEMA LITERÁRIO GALEGO

XOSÉ MANUEL DASILVA
Universidade de Vigo

O dilatado processo de recepção da obra queirosiana em Espanha tem sido, em mais de uma ocasião, objecto de circunstanciada análise. Ficam longe de ser poucas as referências bibliográficas sobre o assunto, dedicadas sobretudo a pesquisar as conexões entre o romancista português e alguns escritores espanhóis[1], bem como a descrever inclusivamente, em direcção contrária, o olhar do autor d'*Os Maias* sobre a realidade do país vizinho[2]. Apesar de tudo a questão que tem sido motivo de exame mais pormenorizado é, sem dúvida, a vasta quantidade de traduções que sem cessar se deram a lume de todos os títulos queirosianos desde os primeiros momentos até ao presente, não em vão o castelhano é a língua em que mais

---

1 Deve-se pôr em destaque o amplo estudo de Elena Losada Soler sob o título *La recepción crítica de la obra de Eça de Queirós en España*, que se apresentou como tese de doutoramento na Universitat de Barcelona no ano 1986. Da mesma autora há que mencionar também o artigo "Eça de Queirós nos escritos de dona Emilia Pardo Bazán", *Boletín Galego de Literatura*, 7, Maio 1992, pp. 17-21. Mais contributos de outros autores sobre Eça de Queirós e a Espanha são os seguintes: Álvaro Giráldez, "Eça de Queiroz y España", em Eloy do Amaral e M. Cardoso Martha, eds., *Eça de Queiroz. In Memoriam*, 2ª ed., Coimbra, Atlântida, 1947, pp. 216-217; Ribera i Rovira, "Eça de Queiroz em Espanha", em Eloy do Amaral e M. Cardoso Martha, eds., *Eça de Queiroz. In Memoriam*, 2ª ed., Coimbra, Atlântida, 1947, pp. 340-344.

2 É fundamental o artigo de Pilar Vázquez Cuesta intitulado "Eça de Queirós e a Espanha", em *Eça de Queirós et la Culture de son Temps (Actes du Colloque. Paris, 22--23 Avril 1988)*, Paris, Fondation Calouste Gulbenkian – Centre Culturel Portugais, 1988, pp. 69-101. Ao longo de numerosas páginas a autora encara diferentes aspectos de tudo que é espanhol, examinados em epígrafes individuais, que é possível registar na biografia e na obra queirosianas: "Espanha na vida de Eça de Queirós", "Referências a Espanha na obra jornalística de Eça de Queirós", "Personagens e motivos espanhóis na obra narrativa de Eça de Queirós" e "A opinião de Eça sobre a Espanha através dos seus romances".

vezes se verteu a produção narrativa de Eça de Queirós[3]. Na convergência quase unânime dos estudiosos neste capítulo da fortuna do romancista em Espanha influiu, em boa medida, a instigante questão referida às problemáticas inter-relacionadas que cumpriria estabelecer entre Eça de Queirós e Valle-Inclán, designadamente no que atinge aos ecos hipotéticos daquele na obra do segundo[4], controverso tradutor seu[5] e, decerto, ao mesmo tempo admirador.

---

[3] Efectivamente Guerra da Cal indicou, no que diz respeito a esta projecção exterior, que nas versões queirosianas forâneas "esmagadoramente predominam as castelhanas do mundo hispânico de aquém e além-mar, onde *Eza de Quéiroz* se converteu, desde muito cedo, num dos escritores estrangeiros de consumo público mais perene e profícuo, até hoje" ("Apontamentos sobre as traduções dos principais romances de Eça de Queiroz", *Cadernos do Povo*, 5-14, 1988-1989, pp. 66-67). Vid. também Eduardo Mayone Dias, "De como Eça foi assassinado em Espanha. As primeiras traduções queirosianas", *Colóquio--Letras*, 121-122, 1991, pp. 131-141. Cfr. ainda os seguintes testemunhos de que são responsáveis dois dos muitos tradutores de Eça de Queirós para castelhano: Andrés González Blanco, "Eça de Queirós y sus obras dispersas y póstumas traducidas en castellano", em Eça de Queirós, *Prosas bárbaras*, Madrid, Biblioteca Nueva, 1924, pp. 5-16; Wenceslao Fernández Flórez, "Eça de Queirós traducido", em *Eça de Queirós no Centenário do seu Nascimento*, Lisboa, Edições S.N.I., 1950, pp. 243-248.

[4] As semelhanças tanto estilísticas como temáticas entre os dois escritores têm sido campo de perscrutação em diversas oportunidades desde o trabalho inaugural de Julio Casares intitulado "Valle-Inclán. La imitación de la forma", que foi inserido no ano 1916 no volume *Crítica profana*. É forçoso notar que por enquanto se não alcançaram, porém, conclusões definitivas, já que não deixa de haver autores que negam a influência de Eça de Queirós, manifestada expressamente sobretudo por Guerra da Cal, no autor das *Comedias bárbaras*. Vid. Ernesto Guerra da Cal, *Linguagem e Estilo de Eça de Queiroz*, Lisboa, Editorial Aster, 1967, pp. 18, 43, 69, 125 e 126; Amado Alonso, "Estructura de las Sonatas de Valle-Inclán", *Verbum*, XXI, 1928, pp. 31-34; Guillermo Díaz Plaja, *Las estéticas de Valle-Inclán*, Madrid, Editorial Gredos, 1965, pp. 39-40; José Rubia Barcia, *Mascarón de proa (Aportaciones al estudio de la vida y de la obra de don Ramón María del Valle-Inclán y Montenegro)*, Sada-A Coruña, Ediciós do Castro, 1983, pp. 184-185; José I. Suárez, "El impacto queirosiano en Valle-Inclán", *Discurso Literario*, VII, 1, 1989, pp. 241-252.

[5] Mesmo hoje é difícil avaliar de comum acordo as curiosas versões em castelhano que Valle-Inclán realizou de *A Relíquia*, *O Crime do Padre Amaro* e *O Primo Basílio*, mormente no que tem a ver com o grau de participação real do escritor nas deficiências de vária índole que aparecem a fio nas suas páginas. Vid. Julio Gómez de la Serna, "Bibliografía española sobre el autor y traducciones al castellano", em José Maria Eça de Queiroz, *Obras completas*, t. I, Madrid, Aguilar, 1964, p. CCII; Alice R. Clemente, "Valle--Inclán, translator", em Anthony N. Zahareas, ed., *Ramón del Valle-Inclán. An Appraisal of His Life and Works*, New York, Las Américas, 1968, pp. 241-247; Shirley Clarke, "A Study of Valle-Inclán's Translation of Three Novels by Eça de Queiroz", em Dorothy M. Atkinson *et alia*, eds., *Hispanic Studies in Honour of Joseph Manson*, Oxford,

Como se pode verificar sem muito esforço, portanto, a presença de Eça de Queirós, na qualidade de figura literária estrangeira merecedora de estima, é visível em Espanha de forma principal por meio de afinidades e dívidas e, além disso, de incontáveis traduções que certificam a sua fluída propagação. Ora bem, embora este balanço possa ser aplicável em todos os seus termos ao sistema literário espanhol de expressão castelhana, cumpre advertir que não cabe dizer por isso que a recepção de Eça de Queirós tenha sido uniforme neste país. Tal particularidade deve-se ao facto inegável de existir no mesmo território um sistema literário periférico como o galego, para lá do sistema literário central que há que identificar com a literatura espanhola que utiliza o castelhano como veículo, onde a difusão das obras queirosianas, levada a efeito especialmente no primeiro terço do século XX, se submeteu a outros critérios que se relacionam com a influente posição que as letras portuguesas ocuparam durante esse período na Galiza.

Não é difícil identificar, na verdade, a significação que se deu por via de regra às amostras do sistema literário português introduzidas além-Minho com aberta disposição naquela altura. Quando as letras galegas se achavam numa fase emergente nas primeiras décadas do século, o propósito mais importante era compensar a debilidade do seu sistema literário mediante a incorporação de elementos aparentemente estrangeiros como os portugueses, ainda que em certos sentidos tão próximos no fundo, com o alvo primordial de se defender contra a ameaçadora assimilação propiciada pelo sistema literário espanhol. É bem evidente essa vontade de sobrevivência no seguinte trecho de uma carta enviada a Teixeira de Pascoaes no ano 1920 por Vicente Risco, um dos máximos teorizadores do nacionalismo galego:

> O noso movimento nacionalista, secuencia histórica do primitivo rexionalismo de Vicetto, Murguía, Brañas, Pondal e demais *Precursores* e devanceiros nosos, non pode deixar de ser un movimento de rebeldía contra do imperialismo castelan, que persigue de morte todal-as nosas características nacionaes, especialmente a lingoa; que sosten o caciquismo conculcadore dos direitos da cibdadanía dos galegos; que nos apoupa coa nota mala de *separatistas* polo delito de defendel-o noso...[6]

The Dolphin Book, 1972, pp. 65-83; Luis Cañizal de la Fuente, "A vueltas con Valle--Inclán traductor de Eça. Una experiencia didáctica", *Acción Educativa*, 23, 1983, pp. 25--28; Pablo Corbalán, "Valle-Inclán, traductor de Eça de Queiroz", *El País*, 2 Outubro 1983; Elena Losada Soler, "Eça de Queirós a través de Valle-Inclán: el problema de las traducciones", *Queirosiana*, 2, 1992, pp. 61-76.

[6] Eloísa Álvarez; Isaac Alonso Estraviz, eds., *Os intelectuais galegos e Teixeira de Pascoaes. Epistolário*, Sada-A Coruña, Ediciós do Castro, 1999, p. 39.

Realmente não faltam testemunhos no sistema literário galego em que transparece o relevo que se atribui então à literatura portuguesa, cujos autores mais salientes são considerados como clássicos próprios, conforme se diz nesta citação do lusófilo galego Johan Vicente Viqueira, membro das *Irmandades da Fala*, organização destacável na luta em prol das ideias nacionalistas:

> Primeiramente fai falla afirmar o noso linguaxe literario. Por isto debemos imitar ós países que se encontraron na nosa situación (a Grecia, a Flandes, a Cataluña), debemos estudar os clásicos galegos y os *cuasi nosos* clásicos portugueses así como a nosa literatura portuguesa, e non como algunhos fan trascribir a fala de aldeias xa corrompida e que corresponde ao castelán de López Silva![7]

O polígrafo e político Antón Villar Ponte, precisamente fundador das *Irmandades da Fala* no ano 1916 e director da publicação periódica *A Nosa Terra*, órgão de expressão daquelas, também expunha nos mesmos anos a necessidade de não ver os escritores portugueses como alheios. A razão que se aduz é o seu carácter modelar para exibir a potencialidade virtual da literatura galega neste momento em que se tornava imprescindível, após vários séculos de deplorável silêncio, reaver o uso da língua como instrumento de criação artística:

> Galicia considera o portugués como o galego nazonalizado e modernizado, e asín pensa de fondo e trascendente interés familiarizar entre os galegos a groriosa literatura portuguesa, prova suprema e fecunda de que no noso idioma pode e debe facerse nosa cultura coase inexistente, efeuto de cinco séculos de centralismo desgaleguizador que non foron capaces de matar a fala de Rosalía, inda hoxe empregada pol-as cinco sextas partes do povo, e comprendida por todos os galegos.
>
> Corolario: Como o galego foi sempre e inda é hoxe o idioma do noso traballo propio, tendo sido antano o idioma internacional do arte e instrumento lírico da aristocracia ibérica, inteleutualizándoo de novo, como se ven facendo, e voltando a donarlle senso cidadán e aristocrático, surdirá a unidade espiritoal e material da Nosa Terra, cegándose o fondo divorcio entre as vilas e o campo e trocando o traballo colonizado en traballo propio. D'eiquí nasce a necesidade da urgente coficialidá do idioma galego.[8]

---

[7] Johan Vicente Viqueira, "D'un novo irmán. Duas ideias", *A Nosa Terra*, 22, 20 Junho 1917, p. 1.

[8] Antón Villar Ponte, "Pangaleguismo. O camiño direito", *A Nosa Terra*, 77, 15 Janeiro 1919, p. 5.

Um pensamento semelhante fica explícito em mais uma declaração de Antón Villar Ponte que se inclui na recensão do volume poético *O Bailado*, de Teixeira de Pascoaes, preparada para as páginas d'*A Nosa Terra*. Aqui até se assinala como advertência o apoio dos galegos a Portugal, mormente a fim de preservar dessa forma a personalidade cultural própria, se o poder castelhano tentar impor o seu predomínio nas terras lusitanas:

> Defundindo as suas obras imorrentes [Teixeira de Pascoaes] pol-a Galiza, conquerimos prestixos para a nosa lingoa, pola espléndida da arbre admirabel onde o idioma portugués amostra froitos eternaes. Canto mais se universalice a lingua lusitana pol-a imposición dos seus genios, maor razón para o cultivo do galego terémol-os nazionalistas da Irlanda peninsular. Asín a independenza de Portugal ha ser tida por nós como a propia independenza. Ja o dixemos moitas veces: si algún día os soños imperialistas ridícolos de Castela quixer perturbaren a vida propia da irmá lusitana, cousa non doada, os nazionalistas galegos como un só home teríamos a sagra obriga de pornos, por instinto de conservación, do lado de Portugal en corpo e alma. Que Portugal é como a pedra de toque onde os nosos valores esvaídos já renascentes, han de se poderen aquilatar sempre.[9]

Corresponde dizer à vista destes testemunhos, por conseguinte, que a literatura portuguesa tinha nesta fase da evolução do sistema literário galego o papel preponderante de ser o espelho em que contemplar as suas próprias possibilidades. Por isso na Galiza o movimento nacionalista divulga com especial interesse vultos portugueses significativamente úteis, que são escolhidos com peculiar critério canonizador, mesmo à margem por vezes da posição original que ocupam no sistema literário de partida, com o objecto de desempenharem uma dupla função[10]. Primeira-

[9] Antón Villar Ponte, "*O Bailado* de Teixeira de Pascoaes", *A Nosa Terra*, 154, 31 Dezembro 1921, p. 7.

[10] Sobre os aspectos teóricos que se referem às ligações entre sistemas literários de fortaleza dissímil, vid. em especial Yves Chevrel, "Le discours de la critique sur les oeuvres étrangères: littérature comparée, esthétique de la réception et histoire littéraire nationale", *Romanistische Zeitschrift für Literaturgeschichte*, I, 3, 1977, pp. 336-352; Itamar Even-Zohar, "The Making of Culture Repertoire and the Role of Transfer", *Target*, 9, 2, 1997, pp. 373-381; José Lambert, "Les relations littéraires internationales comme problème de réception", *Oeuvres et Critiques*, XI, 2, 1986, pp. 173-189; "Un modèle descriptif pour l'étude de la littérature. La littérature comme polysystème", *Contextus*, V, 9, 1987, pp. 47-67; "Translation, Systems and Research: The Contribution of Polysystem Studies to Translation Studies", *TTR: Traduction, Terminologie, Rédaction*, 7, 1, 1995, pp. 105-152; Rakefet Sheffy, "The Concept of Canonicity in Polysystem Theory", *Poetics Today*, 11, 3, 1990, pp. 511-522.

mente, há que apontar que certos escritores portugueses podiam ser seleccionados para validar algumas formas já existentes, embora numa situação de precariedade, no sistema literário galego. Deve-se significar que a importação de outros escritores, em segundo lugar, respondia ao propósito de colmatar algumas lacunas perceptíveis no repertório genérico da literatura galega nesse ciclo renascente do seu percurso histórico.

Da primeira função descrita é bom exemplo o notável acolhimento que se concedeu no espaço galego a Teixeira de Pascoaes, antes já mencionado, a fim de legitimar uma parte importante da poesia cultivada no sistema literário receptor. Efectivamente, com a sua obra de inspiração saudosista, este conspícuo representante da *Renascença Portuguesa*, ainda não muito reconhecido naqueles anos em Portugal[11], converteu-se nos meios nacionalistas da Galiza em modelo supremo de muitos escritores nativos, além de ídolo venerado quase até a extremos religiosos[12]. Veja-se, a respeito desse fascínio, o seguinte testemunho proveniente de um número d'*A Nosa Terra*:

> É o máis alto representante do nazionalismo espiritualista na Iberia; e tamén un dos mais geniaes poetas contemporáneos. Y-é ainda o mestre de todol-os intelectuaes galegos mozos e de toda a mocidade portuguesa d'agora.
>
> Teixeira de Pascoaes co'as suas teorías poéticas, de geito filosófico, acerca da saudade, creou un novo valor patriótico común ás terras d'alén e d'aquèn o Miño. Levou âs letras portuguesas un espiritualismo nobre e fecundo, mais aveciñado c'o sentimento que co'a inteligencia, capaz de pôr en estado nacente futurista a i-alma da Lusitania.[13]

Sem custo é factível achar muitas provas que garantem, inclusivamente, a desembaraçada apropriação que se levou a efeito de Teixeira de

[11] O autor assim o declara neste documento epistolar do ano 1923 escrito ao artista galego Álvaro Cebreiro: "Os críticos pouco se têm ocupado em Portugal da minha obra" (Álvarez; Alonso Estraviz, eds., *Os intelectuais galegos...*, p. 132).

[12] Vid. Xosé Manuel Dasilva, "Regreso a Teixeira de Pascoaes", *Grial*, 118, 1993, pp. 277-281. O intelectual galego Euxenio Montes estimou desta maneira tão eloquente o peso do autor de *Marânus* na Galiza durante esse período: "Con la palabra saudade se han enjuagado la boca todos los intelectuales gallegos en los últimos años. Saudade ha sido la pasta dental de dos generaciones, su refrescante de infinitos. Una y otra vez el vocablo saudade ha concebido citas con la pluma de todos los escritores, sin que ninguno le hubiese dado calabazas" (Eugenio Montes, "La saudade difunta", *El Pueblo Gallego*, 18 Dezembro 1929).

[13] Sem Assinatura, "Os nosos grandes Mestres. Teixeira de Pascoaes", *A Nosa Terra*, 141, 31 Maio 1921, p. 6.

Pascoaes no sistema literário galego. Repare-se neste depoimento que aparece no primeiro número de *Nós*, revista fulcral na promoção da cultura galega, que se abre simbolicamente com uma peça poética dele, "Fala do sol", dedicada "aos jovens poetas galegos":

> *Nós* quixo que o seu pirmeiro númaro fora honrado c'unha páxina inédita do grande e amado Mestre.
>
> Temos a Teixeira de Pascoaes coma cousa nosa, e n-as nosas internas devociós témol-o moi perto da santa Rosalía e de Pondal, o verbo da lembranza. (...)
>
> Teixeira de Pascoaes é noso, noso pol-o sentimento, se non-o fora coma íl dí *no sangue e na alma*. E Teixeira de Pascoaes é o meirande poeta da Iberia. Ben nos podemos gabar ó procramalo irman galego, ó invocal-o seu nome, xa tan cheo de groria aquén e alén das fronteiras da Lusitania, e tan cheo de sinificación pra nos pol-a calidá do seu pensamento e mais pol-a índole vaga e saudosa do seu estro subrime.[14]

Conforme ficou explicado nas linhas anteriores, a causa principal que justificaria esta apropriação tão patente de Teixeira de Pascoaes é, com independência da sua categoria como poeta, o facto de consolidar o pendor maioritário do lirismo galego a partir de um sistema literário possante como o português. Assim se pode comprovar nestas palavras de Vicente Risco:

> O saudosismo foi mas qu'unha escola literaria – Correia d'Oliveira, Teixeira de Pascoaes, Afonso Lopes Vieira, na poesía; Leonardo Coimbra na flosofía; Veiga Simões na críteca; cecais Manuel da Silva Gaio – a tónica das letras portuguesas, enantes do integralismo e do cubo-futurismo da *Contemporánea* e ata certo punto da *Seara Nova*. Mais non é que nós o tomáramos dos portugueses, nin moito menos: na Renacencia galega do século XIX andaba xa a verba e a cousa: *suidades*, en Rosalía; *Saudades gallegas*, titulábase un libro de Lamas Carvaxal (Ourense, 1889); *suidades*, en Pondal (nos *Queixumes*). Trátase d'un sentimento común a galegos e portugueses, tidos por todos coma caraiterísteca da raza oucidental.[15]

---

[14] Sem Assinatura, "Teixeira de Pascoaes e *Nós*", *Nós*, 1, 30 Outubro 1920, p. 18. Pode-se lembrar ainda em idêntico sentido esta asseveração: "N'iste senso Teixeira de Pascoaes é sen deixar de ser portugués, profundamente galego, e isto dános a nós o direito a falarmos a cotío da sua obra maravillosa, já que como il mesmo di, é noso *na sangue e na alma* como o é agora tamén no sentimento" (Luís Cortón de Arroyo, "Teixeira de Pascoaes en Madrid. Don Quixote e a saudade", *Nós*, 18, 1 Julho 1923, pp. 10-11).

[15] Vicente Risco, "Da renacencia galega. A saudade", *Céltiga*, 61, 10 Julho 1927. É interessante ter em conta mais uma declaração de Vicente Risco, neste caso uma carta

No que diz respeito ao valor conferido à literatura portuguesa no sistema literário galego, da segunda função acima descrita, quer dizer-se, o auxílio para vigorizar géneros até então quase sem existência, um dos exemplos com segurança mais sobressalentes, como depois se irá ver, é o de Eça de Queirós. Primeiro que tudo, cumpre trazer à memória que a literatura galega vive nas primeiras décadas do século XX um momento de acusada efervescência criadora, em que se almeja a ampliação a outros géneros do sucesso atingido no campo da poesia, durante a segunda metade do século XIX, graças às contribuições basilares de Rosalía de Castro, Eduardo Pondal e Manuel Curros Enríquez. Como está bem de ver, o objectivo inicial nesse processo foi o género narrativo, de suficiente prestígio em qualquer sistema literário forte e, pelo contrário, infelizmente deficitário no sistema literário galego ao longo da centúria anterior, salvo algumas tentativas de nula qualidade estética[16]. Não deve surpreender que Eça de Queirós, em tal conjuntura, se difundisse na Galiza como narrador sumamente respeitado e admirado, além de prestimoso modelo na tarefa de forjar uma prosa em galego de estimação contrastável. Desta maneira se indica no seguinte trecho que faz parte de uma recensão d'*A Correspondência de Fradique Mendes*:

---

endereçada a Teixeira de Pascoaes no ano 1920, em que se evidencia o relevo do saudosismo na mesma tradição galega, e não apenas como corrente literária mas também como sentimento genuíno: "É que, como lle dicía fai pouco ô xa noso común amigo Philéas Lebesgue, Vª Exª descobriu na Saudade o sentido da espiritualidade galega, a tonalidade da nosa i-alma, mais irmá, mais *a mesma* coa i-alma lusiada, canto mais s'afonda na sua comprensión. Os seus escritos veñen deitar luz no noso mundo interior, á nos presentar craro e nítido en todo o seu alcance infinido, o sentimento que latexaba vaga, mais fortemente nas naturezas galegas de mais pura sensibilidade, como a nosa chorada e santa Rosalía" (Álvarez; Alonso Estraviz, eds., *Os intelectuais galegos...*, pp. 38-39). Por essa razão Vicente Risco diz taxativamente o seguinte numa outra carta escrita em Março de 1921: "Lendo os seus libros – dígollo coa meirande sinxeleza e de corazón, e de verdade – síntome ainda mais galego, ô percibil-a unidade trascendente da y-alma dos dous pobos do Miño..." (Álvarez; Alonso Estraviz, eds., *Os intelectuais galegos...*, p. 54). Não se pode relegar a segundo plano que o poeta galego Ramón Cabanillas aplicasse ao sistema literário galego, sob uma perspectiva crítica, a concepção saudosista de Teixeira de Pascoaes no caso da literatura portuguesa, tal e como se indica nesta nova carta de Vicente Risco assinada em Novembro de 1920: "En Mondariz, celebrouse solenemente a recepción do noso gran poeta Ramón Cabanillas na Real Academia Galega. Cabanillas, que viña de leer *Os Poetas Lusíadas*, fixo un fermoso discurso sobre *A Saudade nos Poetas Galegos*" (Álvarez; Alonso Estraviz, eds., *Os intelectuais galegos...*, p. 45).

[16] Cfr. Xesús Alonso Montero, "Situación cultural do galego do 1900 ó 1936", em *Actas do Congreso Internacional da Cultura Galega*, Santiago de Compostela, Xunta de Galicia, 1992, pp. 347-349.

Por tratarse del gran Eça, cuya obra literaria debe de ser conocida por todos y principalmente por todo gallego, nos creemos dispensados de trazar minuciosamente la personalidad originalísima de Fadrique Mendes, toda vez que la curiosidad puede verse facilmente y mejor satisfecha bebiendo en las originales fuentes. Eça de Queiroz es conocido y leído e imitado, en lo primero hasta la saciedad; en lo segundo hasta el exceso.[17]

Certamente não cabe afirmar, à partida, que a atenção outorgada por Eça de Queirós ao povo galego tivesse sido generosa através das muitas páginas da sua produção literária[18]. N'*O Primo Basílio* fala-se, por exemplo, nos "pesados galegos cor de greda, de passadas retumbantes e formas lorpas", enquanto nas *Notas Contemporâneas* surge um humilde personagem anónimo de origem galega que é escarnecido sem comiseração pelos amigos do estudante Jaime Batalha Reis. Eça de Queirós, mesmo assim, ainda reproduzirá no romance *A Capital* uns versos de Rosalía de Castro pertencentes ao poema "Airiños, airiños, aires", do livro emblemático *Cantares Gallegos* (1863), quando o seu protagonista Artur Corvelo escuta no Hotel Espanhol, onde se hospeda, como "uma voz forte de homem elevou-se então: fazia estalar os dedos, e num ritmo de gaita-de--foles cantarolava *doces galleguiños aires, / quitadoriños de penas...*"[19]. Em proporção inversa, todavia, não é supérfluo dizer que não parecem escassas as provas do grande apreço com que o autor d'*O Crime do Padre Amaro* foi retribuído na Galiza.

Dentre essas provas que se podem rastrear, há que referir inicialmente os dados, mais do que acidentais, de serem galegos alguns dos mais conhecidos tradutores de Eça de Queirós – Valle-Inclán, Camilo Bargiela, Wenceslao Fernández Flórez ou Enrique Amado[20] – e também os escritores espanhóis de expressão castelhana que se calhar menos dissimularam a influência do romancista – além dos mesmos Valle-Inclán e Wenceslao Fernández Flórez, Julio Camba e Alejandro Pérez Lugín[21].

[17] S. J. Arias Campoamor, "El epistolario de Fadrique Mendes", *Vida Gallega*, 104, Maio 1918.

[18] Vid. Pilar Vázquez Cuesta, "Relacións entre as literaturas galega e portuguesa", em *Actas do Congreso Internacional da Cultura Galega*, Santiago de Compostela, Xunta de Galicia, 1992, pp. 419-435.

[19] Vid. António Manuel Couto Viana, "Um cantar de Rosalía de Castro num romance de Eça de Queirós", *Colóquio-Letras*, 89, 1986, pp. 21-26.

[20] Vid. Borobó, "Los traductores de Eça de Queiroz", *La Noche*, 18 Março 1946.

[21] Vid. Rafael Cansinos-Assens, "Poetas y prosistas galaicos", em *La Nueva Literatura (1891-1900-1908)*, vol. II, Madrid, Editorial Páez, 1925, pp. 245-265; artigo reproduzido em *Obra crítica*, t. I, Sevilla, Diputación de Sevilla, 1998, pp. 323-334. Veja-se,

Não se deve esquecer, aliás, o facto de ser igualmente de nascença galaica o maior pesquisador queirosiano até hoje, Ernesto Guerra da Cal, responsável pelos títulos já clássicos *Lengua y estilo de Eça de Queiroz* (1954), *A Relíquia, romance picaresco* (1971) e *Bibliografía queirociana sistemática y anotada e Iconografía artística del hombre y de la obra* (1975--1984)[22]. Para além destas circunstâncias aludidas é factível, no entanto, extender ainda largamente o catálogo de referências que afiançariam a presença de Eça de Queirós na Galiza, seja mediante contactos isolados, seja graças à posição singular que se reservou para a sua obra no sistema literário galego[23].

Cumpre citar, quanto ao primeiro, o testemunho indiscutível que aflora no ensaio "Nós, os inadaptados", da autoria de Vicente Risco, nítida caracterização ideológica da geração galeguista mais proeminente nos primeiros anos do século XX, em que se traz à baila o nome de Eça de Queirós como uma das leituras preferenciais dos seus membros[24]. Eduardo Blanco Amor, poeta e narrador bilingue da geração imediatamente posterior, irá fazer mais de uma confissão semelhante[25], mesmo

---

por exemplo, a intensidade da opinião que se transcreve a seguir sobre o caso de Wenceslao Fernández Flórez: "Por la amplitud de este humorismo, entronca Fernández Flórez con los escritores portugueses, especialmente con Eça de Queiroz; y este momento en que el autor de *Volvoreta* rebasa la frontera del arte galaico para penetrar en la literatura portuguesa, es enormemente lírico y pavoroso, pues nos hace pensar que el porvenir de una literatura regional gallega, aun no expresada en dialecto y aun emancipada de los *irmaos da fala*, por la tendencia invencible de sus peculiaridades étnicas y geniales, es ser absorbida por la literatura portuguesa" (p. 332).

[22] Cfr. Leodegário A. de Azevedo Filho, "Guerra da Cal e a estilística queirosiana", em *Homenagem a Ernesto Guerra da Cal*, Coimbra, Acta Universitatis Conimbrigensis, 1997, pp. 253-261.

[23] Quanto às dimensões do conceito teórico de *presença*, vid. singularmente Daniel--Henri Pageaux, *La littérature générale et comparée*, Paris, Armand Colin Éditeur, 1994, pp. 52 e *ss*.

[24] "Dos exóticos, Omar Khayyan de Nischapur, e mais tarde Rabindranath Tagore. Hespañol, moi pouco: Ganivet, por riba de todo, e os primeiros modernistas; dos portugueses, Eça de Queiroz, Lopes Vieira, e principalmente Eugenio de Castro; algús catalás: Maragall, o Xenius da primeira época, o esquecido Diego Ruiz. D'América, Rubén Darío e algús argentinos raros que non lembra ninguén" (Vicente Risco, "Nós, os inadaptados", *Nós*, 115, 25 Julho 1933, p. 115). Duas recensões em jornais galegos – *El Regional*, durante o mês de Maio de 1957, e *La Noche*, em 16 de Agosto de 1960 – do livro de Guerra da Cal *Lengua y estilo de Eça de Queiroz*, assinadas respectivamente por Ramón Otero Pedrayo e Francisco Fernández del Riego, insistem na mesma informação.

[25] Observe-se o seguinte depoimento do escritor galego: "En filosofía éramos bergsonianos; en poesía, simbolistas; nos arrebataba la prosa de Valle-Inclán y de Eça de

alguma vez referindo-se ilustrativamente ao romancista como "el miñoto genial al que sólo le faltó nacer en París (se llevaba un año con Anatole France) para ser un novelista universal"[26]. Em artigo publicado no jornal argentino *La Nación* após o fim da Guerra Civil espanhola, intitulado "Mi pueblo y Eça de Queiroz", Blanco Amor evocará ainda uma suposta viagem de Eça de Queirós a Ourense, a sua cidade natal, que é ponto de arranque para revelar de novo a sua inclinação pelo grande escritor:

> Efectivamente, allá por el año 1897 pasó por mi pueblo Eça de Queiroz. Menos *A Ilustre Casa de Ramires* y *A Cidade e as Serras*, había publicado todas sus obras mayores y ya era conocido en muchas partes del mundo descubierto y odiado en casi todas las de Portugal.[27]

Porém Eça de Queirós não era na Galiza apenas um autor lido por determinados autores e, portanto, fonte de influências nas suas criações, já que também é possível apresentar outros testemunhos que acenam até para um conhecimento crítico muito completo da sua obra. É o caso, em primeiro lugar, da recensão d'*A Ilustre Casa de Ramires* publicada no ano 1906 na *Revista Gallega*, onde se incluía este comentário sobre a ousadia moral de outros títulos do escritor português:

> *La ilustre casa de Ramires* puede leerla todo el mundo, pues en ella no cae Eça de Queiroz ni un solo momento en las escabrosidades que con su magistral ingenio tan admirablemente pintó en anteriores novelas.[28]

Queiroz, cuyo ambiente novelístico vivíamos en aquella provincia" (Alfonso Rey, "Eduardo Blanco Amor, gran escritor español, descubierto por García Velloso y admirado por Leopoldo Lugones, se formó en la Argentina", *Noticias Gráficas*, 15, 16 e 17 Julho 1954). Ou veja-se também esta declaração: "¿Qué escritores han influido en tu obra? – Eso nunca se sabe, o mejor sería decir que nunca quiere saberse. Ahora, si me preguntas a quién quise parecerme, te diré que, en los versos, a Rosalía y a Verlaine; y en la prosa, a Eça de Queiroz, a Chesterton y a Valle-Inclán. ¡Ya ves qué cosas tan trasnochadas! Y qué resultados tan contradictorios..." (Eliseo Alonso, "Ser escritor gallego en América es un lujo caro", *La Voz de Galicia*, 3 Junho 1956).

[26] Eduardo Blanco Amor, "Los portugueses", *La Voz de Galicia*, 2 Novembro 1974.

[27] Eduardo Blanco Amor, "Mi pueblo y Eça de Queiroz", *La Nación* , 16 Março 1941. Agradeço a Andrés Alonso Álvarez uma cópia deste artigo, esmeradamente conservado com o espólio de Eduardo Blanco Amor na Biblioteca da Deputación Provincial de Ourense.

[28] Sem Assinatura, "Bibliografía. *La ilustre casa de Ramires*. Novela por Eça de Queirós. Versión castellana de Pedro González Blanco", *Revista Gallega*, 571, Março 1906, p. 3.

De maior profundidade é a extensa nota dada à luz no ano 1925, nas páginas d'*A Nosa Terra*, relativamente ao aparecimento de uma obra de Cláudio Basto concebida em resposta às duras acusações de plágio que tinham sido lançadas a Eça de Queirós. É necessário atender nesta nota à viva defesa que se faz da originalidade do ilustre narrador:

> Chega á nós este interesantísimo libro onde o ilustre presidente do Instituto Histórico do Minho, de Viana do Castelo, Sr. Cláudio Basto, fai un acabado estudo dos supostos plaxios achacados ao inmortal novelista lusitano Eça de Queirós, botando por terra canto se ten dito, con mais mala fé, con mais envexa do grorioso escritor, do que razón ou xusticia houbo nunca n-eses ataques raivosos contra a ademirabel figura que enche por si soyo toda unha época da novela portuguesa, traspasando as fronteiras e dando á conocer pol-o mundo fora o valer da Literatura lusitana.
>
> As comparanzas que presenta o Sr. Basto entre os trechos das obras aludidas pol-os que teñen acusado a Eça de plaxiador, e os trechos que se din plaxios, demostran que o tal plaxio non eisiste.
>
> O Primo Basílio e Eugenie Grandet; O crime do Padre Amaro e La Faute de l'Abbe Mouret; O Mistério da Estrada de Cintra e Progreso e Orden; A Ilustre Casa de Ramires e Castelo de Faria; O Mandarim e o Mandarin de Vitu e mail-as Les tribulations d'un Chinois en Chine; A Relíquia e as Mémoires de Judas; A morte de Jesús e a Vie de Jesús, todo, n-unha verba, está visto, estudado, comparado. Toda a obra de Eça e canto pode ter a mais ínfima somellanza ou concidencia co'ela é analizada pol-o Sr. Claudio Basto no seu libro que ten un grande valor, se ben a maoría dos letores das obras do inmortal Eça de Queirós conocedores das outras, nas que se supoñía ter espigado o ilustre prosador lusitano, non acreditábamos xa n-eses aproveitamentos de obras alleas que de cote consideramos innecesarios no autor de O crime do Padre Amaro.[29]

Igualmente perspicaz é um comprido comentário sobre a recente publicação d'*O Conde de Abranhos* inserido tão-só um ano mais tarde na revista *Nós*, em que se delineia com meritória familiaridade a problemática que levanta a produção inédita de Eça de Queirós dada a conhecer pelo seu filho:

> Esta novela amóstranos a espontaneidade, a limpidez con que escribía o primeiro novelista peninsular do século XIX, posto que tratándose sômente de un borrador escrito a lapis de primeira intención, un simple

29 Sem Assinatura, "¿Foi Eça de Queirós un plagiador?", *A Nosa Terra*, 210, 1 Março 1925, p. 5.

esbozo como advirte seu fillo Xosé María, ten mesmo así un grande interés e belideza, ten sober todo vigorosos trazos do xenial humorismo que resuman as humanisimas e reales páxinas de todal-as suas obras. (...)

Despois d'esta obra e de *A Capital*, tamén xa pubricada, anúncianse cinco volumes mais: *Alves e C.ia*, *A traxedia da rua das Flores*, *Páginas esquecidas*, *Notas de viagem* e *Correspondência*. Todas elas, embora non sexan obras perfeitas, acabadas, pois que fáltalles o cuidadoso e detido ensamen do seu autor para retocalas, correxilas, enmendalas, con toda aquela pulcritude con que o inesquecido Eça de Queiroz aperfeizoaba os seus traballos denantes de os dar ao prelo para serem lanzados ao púbrico, son dunha grandísima importancia para as letras lusitanas. (...)

Alguén temeu que a pubricación d'estas obras inéditas do namorado da perfeición, poideran embazar, mais ben que lle dar un novo esprendor, o nome grorioso de Eça de Queiroz. Dende logo que elas non han de engadir mais loureiros â sona do autor d'aquel maravilloso *Crime do Padre Amaro*, mais para os que ademiramos o romancista estraordinario, e os que sentimos tamén aficiós literarias, esas obras descoñecidas que agora foron descubertas teñen un grande valer: o valer que todal-as obras de Eça de Queiroz empechan pol-a sinxelza, pol-a grande naturalidade con que foron escritas por aquel grande creador que trazóu páxinas de vida verdadeira, ateigadas de poesía e de humanismo; e teñen tamén o mérito de nos amostrar a forma inicial como o grande artista esbozaba as suas novelas para despois, nun traballo quizaves mais intenso, adoalas, modificalas, ata chegar à perfeición con que as amostraba por romate nas librerías.[30]

Mas para além de todas as referências expostas até aqui, indubitavelmente o episódio mais relevante da presença de Eça de Queirós no sistema literário galego é a série de catorze escritos seus reproduzidos desde 1918 até ao ano 1924 n'*A Nosa Terra*, tribuna jornalística, como antes se deixou dito, das *Irmandades da Fala*. Eis as referências bibliográficas concretas:

(1) "Letras irmáns. Un fermoso conto de Eça de Queiroz", 65, 30 Agosto 1918, pp. 4-5.
(2) "Contos portugueses de Eça de Queiroz. Frai Genebro", 66, 10 Setembro 1918, pp. 4-5.
(3) "Contos de Eça de Queiroz. O suave milagre", 67-68, 30 Setembro 1918, p. 4.
(4) "Os mortos", 70, 25 Outubro 1918, p. 4.

---

30 Leandro Carré, "As obras póstumas de Eça de Queirós", *Nós*, 33, 15 Setembro 1926, p. 21.

(5) "O miñato. Conto de Eça de Queiroz", 83, 15 Março 1919, pp. 2-4.
(6) "No moiño. Conto de Eça de Queiroz", 84, 25 Março 1919, pp. 5-6.
(7) "No moiño. Conto de Eça de Queiroz (Concrusión)", 85-86, 15 Abril 1919, pp. 4-5.
(8) "Páxina escolleita. Epístola axeitada. A madame S. A.", 87, 25 Abril 1919, p. 5.
(9) "Letras irmáns. Notas marxinaes", 89, 15 Maio 1919, p. 5.
(10) "Letras irmáns. Notas marxinaes", 91, 5 Junho 1919, p. 6.
(11) "Prosas marginaes", 100, 15 Setembro 1919, p. 3.
(12) "Letras irmáns. Misticismo humorístico", 101, 25 Setembro 1919, p. 4.
(13) "Letras irmáns. Irlanda por Eça de Queirós. Visión profética", 136, 15 Março 1921, pp. 2-3.
(14) "De Eça de Queirós", 196, 1 Janeiro 1924, p. 10.

Uma análise superficial destas referências mostra que a maior parte delas não pertencem a excertos de obras com entidade superior, mas correspondem a textos autónomos de extensão reduzida como caberia esperar do espaço limitado que é característico de uma publicação periódica como *A Nosa Terra*, o seu canal de difusão na Galiza. Na listagem é possível localizar, assim, quatro breves relatos – (1) "A Aia" (1893); (2) "Frei Genebro" (1894); (3) "O suave milagre!" (1898); (6) e (7) "No moinho" (1880) – do volume *Contos*, organizado após o falecimento do romancista por Luís de Magalhães e dado à luz no ano 1902, bem como diversos folhetins – (4) "Os mortos"; (5) "O milhafre"; (9), (10) e (11) "Notas Marginais" (1866) – publicados na colectânea, também póstuma, *Prosas Bárbaras* (1903). No que diz respeito a esta unidade individual dos fragmentos convém salientar a excepção determinada por um extracto d'*A Correspondência de Fradique Mendes*, transcrito n'*A Nosa Terra* duas vezes – (8) e (14). Não é complicado esclarecer, no entanto, que a selecção repetida de tal texto obedece ao interesse ideológico que suscitava nos ambientes galeguistas, certamente, a ardorosa alegação que se realiza nele a favor do domínio exclusivo da língua nativa – *mutatis mutandis*, o galego – em lugar do idioma de fora – isto é, o castelhano. Repare-se nas linhas seguintes:

> Un home soio debe falar, con impecavel seguranza e pureza, a língua da sua terra: todal-as outras as debe falare mal, orgulosamente mal, con aquele acento chato e falso que denuncia logo ô estranxeiro. Na língua ver-

dadeiramente reside a nazonalidade, e quen vai poseendo con crescente perfeizón os idiomas da Europa, vai gradualmente sofrindo unha desnazonalizón. Non hai xa pra ele o especial e escrusivo encanto da *fala materna* coas suas infruenzas afectivas, que o envolven, o illan das outras razas; e o cosmopolitismo do Verbo irremediavelmente lle da o cosmopolitismo do caracter. Por iso o políglota endexamais é patriota. Con cada idioma alleo que asimila, introdúcenselle no orgaísmo moral modos alleos de pensar, modos alleos de sentir. O seu patriotismo desaparece esvaído en estranxeirismo. *Rue de Rivoli*, *calle de Alcalá*, *Regent Street*, *Wilhem Strasse*, qué lle importa? Todas son rúas de pedra ou de asfalto. En todas a fala ambente lle oferece un elemento natural e conxénere onde o seu esprito se move libremente, espontaneamente, sen titubeos, sen rozamentos. E como pol o Verbo, qu'é o instrumento esencial da fusión humana, se pode fundire con todas, en todas sinte e aceita unha Patria.

Por outro lado, o esforzo continuo de un home pra espresárese, con xenuína i-esacta propiedade de construzón e de acento, en idiomas estranos – isto é, o esforço pra confundírese con xentes estranas no qu'elas teñen d'esenzalmente característico, o Verbo – apaga n-ele toda a individualidade nativa. Ao fin dos anos ise habilidoso, que chegóu a falar ausolutamente ben outras linguas ademais da sua, perdeu toda a orixinalidade d'esprito. (...)

Falemos nobremente mal, patrióticamente mal, as línguas dos outros![31]

Qual a causa fundamental que cimentaria a escolha de Eça de Queirós, no rico mosaico que é o sistema literário português, para dispor deste tratamento privilegiado através de várias entregas d'*A Nosa Terra*? A pergunta não é, inicialmente, de resposta simples, porquanto existem documentos que sublinham a pouca adequação do autor d'*O Mandarim* à ideologia nacionalista do galeguismo. Na seguinte citação de Vicente Risco nota-se, por exemplo, uma avaliação favorável dos máximos repre-

[31] Eça de Queirós, "Páxina escolleita...", p. 5. Embora em menor grau, mais dois textos queirosianos divulgados n'*A Nosa Terra* desvendam uma utilização de tom semelhante conforme a alguns princípios do ideário galeguista. O primeiro exemplo pode-se ver nesta nota, contrária às touradas, que aparece no fim do conto *Frei Genebro*: "Nota do copiador: Se isto lle pasóu ao Santo Genebro, ¿que lles non pasará aos cristianos e cristianas gallegos que van as bárbaras festas de touros?" (Eça de Queirós, "Contos portugueses...", p. 5). O segundo exemplo percebe-se no comentário que segue ao escrito "Irlanda" com o alvo de frisar a irmandade celta dos povos irlandês e galego nas mesmas aspirações nacionalistas: "Nota da Redación. – Eça de Queiroz finou xa vai para anos. As suas profecías téñense comprido. Irlanda, nosa irmá de Raza, ergéuse. ¡Meditai, galegos!... O sentimento céltigo anda a espertare.. ¡Galiza, pode seguir dormindo!..." (Eça de Queirós, "Letras irmáns. Irlanda por...", p. 3).

sentantes da *Renascença Portuguesa*, o que não deve surpreender tendo em vista o que se disse em páginas antecedentes sobre o papel de Teixeira de Pascoaes no sistema literário galego, enquanto Eça de Queirós é considerado, junto com Guerra Junqueiro, um autor que faz parte de uma época ultrapassada:

> A morriña, a saudade, é unha aspiración infinda, é a sede das augas sen veira do oceano d'estrelas, é a sede de Deus... D'unha maneira eisí interpretana en Portugal Teixeira de Pascoaes, Leonardo Coimbra, Veiga Simoes. Non pedía eu unha estética pro noso arte? Leede a *Atlántida* de Lisboa. O saudosismo foi descuberto á Francia por Phileas Lebesgue no *Mercure* y en Cataluña coñóceo ben Rivera i Rovira. E nós andamos aínda en Eça de Queiroz e Guerra Junqueiro. Parecemos iñorar qu'entr'eses y-os d'agora houbo *os nephelibates*, y Eugenio de Castro ó frente d'eles. A maioría de nós sigue pegado ó oitocentismo.
>
> Y-eu dígovos que se non somos d'hoxe non somos nada. Se a saudade nonos leva a crear tempos novos deixando atrás todo o feito, pra qué traballamos? A saudade é tamén a sede do mañán; a sede d'ese mañan de libre irmandade, irmandade de creazón...[32]

Mais veemente é ainda um novo juízo deitado outra vez por Vicente Risco na mesma altura, já que Eça de Queirós é censurado duramente aqui pelo seu nulo lusitanismo. Este afastamento do escritor a respeito do seu

---

[32] Vicente Risco, "Prosas galeguistas", *A Nosa Terra*, 75, 15 Dezembro 1918, p. 6. Alguns anos depois, um outro intelectual galeguista, Ramón Piñeiro, apontará a diferente apreciação de Eça de Queirós e de Teixeira de Pascoaes que se fez no interior do sistema literário galego, mesmo que sem deixar de aceitar por isso a pujante influência do romancista: "O vivo alento destas afinidades chegóunos a nós unido a dous nomes portugueses: Eça de Queiroz e Teixeira de Pascoaes. Ambos chegaron a ser íntimamente familiares como ningún outro portugués o fora nunca. Repara, querida Ana, en que cada un deles representa unha das cualidades esenciás da peculiaridade espiritoal galego-portuguesa: un, o humorismo; outro, o lirismo. Eça, con un dominio singular da perfección literaria, tiña expresado un fondo e fino humorismo que mesmo nos semellaba da máis limpa *enxebreza*; a sua obra difundíuse amplamente entre nós e chegou a influír nos dous escritores galegos en língua castelán máis importantes diste século: Valle-Inclán e Julio Camba. Teixeira de Pascoaes penetróu aínda máis fondo. Chegóu ás raíces íntimas do noso sentimento lírico; chegóu á nosa intimidade sentimental. (...). El foi para nós a personificación do lirismo portugués, que ao cabo de moitos séculos de arredamento regresa gozoso á fraterna comunidade orixinal. Teixeira foi o primeiro portugués que comprendeu xenerosa e profundamente a Galicia *como algo propio*. Por eso en Galicia, ao morrer Teixeira, sentíuse mágoa da súa perda *como algo propio*" ("Carta a Ana Campos sobre Teixeira de Pascoaes e Galicia", en *Olladas no futuro*, Vigo, Editorial Galaxia, 1974, pp. 46-50).

próprio país faz que seja qualificado como um estrangeirado de mentalidade vaziamente frívola e de pena impiedosamente sarcástica, muito oposto, por conseguinte, às simpatias literárias do nacionalismo galego:

> Literariamente, a mocedade galega vive fora da época. É unha mocedade de retrasados. O descoñecemento das língoas cultas, fai que teñan que ler as chafalladas a catorce reás volume que lles dan as casas editoriaes de Madrid e Barcelona, que seica teñen a contrata do refugallo da literatura universal...
>
> Indo ô asunto direi que non teño por alleos a Eça de Queiroz e Guerra Junqueiro porque sexan portugueses, senón pol-o contrario, polo seu escaso lusitanismo. O noso coñecemento da literatura portuguesa, na maoría dos casos, non vai máis lonxe de Eça de Queiroz e de Guerra Junqueiro, e pra eso, o pirmeiro lido ô mellor nas traduciós castelás.
>
> A sona do Eça antre nós ven de duas bandas. Pirmeiramente, da banda dos pícaros, que escarramelan os ollos ô leren certa escea churrusqueira de *O primo Basílio*, tomando ô gran novelista miñoto pol-o que non é; e segundamente, da banda dos volterianos que ainda pensan que compre moita valentía n'istes tempos pra se meter con Dios no ceo...
>
> Por ises dous pecadiños pequenos non merece a pena de lle botar ô Eça unha pauliña. O mozo tenos de moita mais gravedade.
>
> O Eça é un esprito desnacionalizado, un *outcast* d'especie superior.Ten unha visión da patria pesimista e desespranzada. O seu Portugal é o Portugal de *As Farpas*, tráxico e risíbel: *todo o pais não é mais do que uma aggregação heterogénea de inactividades que se enfastiam...* (...)
>
> E nacen ises *tipos d'alta civilización*, que pasean a sua elegante inutilidade por todol-os coñecementos humanos: Fradique Mendes, Jacinto Galião, eixempraridades imaxinarias pr'o delirio de grandezas de tantos probes rapaciños qu'inda non aprobaron se cadra o primeiro de Civil en Compostela...
>
> O Eça é o espectador desinteresado do espectáculo. Hai que vel-a condescendencia bulreira da sua máscara fidalga, que mostra por baixo dos bigotes o sarcasmo dos dentes brancos. (...). Non pode haber cousa pior no mundo do que o escepticismo do dilettante. (...)
>
> Il mesmo arrepentiuse ô fin. A segunda parte de *A Cidade e as Serras* é o *mea culpa* do grandilettante, é a reitificazón de toda a sua obra. (...)
>
> Eça de Queiroz foi dilettante; Guerra Junqueiro é a contraparte de Eça de Queiroz. Guerra Junqueiro é un sectario. (...)
>
> Millor quero o sectarismo mais cego, mais cabezudo, que non o dilettantismo coa sua friaxe aniquiladora. Millor é que a mocedade galega s'antusiasme con Guerra Junqueiro, que non con Eça de Queiroz.[33]

[33] Vicente Risco, "Eça de Queirós e Guerra Junqueiro", *A Nosa Terra*, 114. 20 Março 1920, pp. 7-8. A despeito de tudo, é conveniente acrescentar que Risco mudou com

Em última instância não é complexo, conquanto isso, decifrar as verdadeiras motivações em que se baseou a escolha de Eça de Queirós. A intenção modelar que preside à difusão de trechos seus n'*A Nosa Terra* fica já explícita nesta notícia concisa que comunica a venda numa livraria da Corunha de obras portuguesas:

> A libreiría de Cué, na Cruña, por indicación dos galeguistas, trouxo libros portugueses, en portugués, para a venda.
>
> As obras millores de Eça de Queiroz e de Guerra Junqueiro.
>
> Léndoas, galeguizaránse os que coidan cousa ordinaria o noso idioma e dín que non serve pra traballos serios.[34]

No número sucessivo do órgão nacionalista irá aparecer uma anotação mais extensa, a apresentar o primeiro texto queirosiano publicado nas suas páginas, em que se evidencia a vontade de demonstrar, a partir do exemplo marcado pelo ilustre escritor português, as possibilidades da língua galega como precioso instrumento para a criação literária em prosa. Desta maneira, o idioma nativo não era apenas delicado veículo de expressão no género poético, segundo muitas mentes cuidavam na Galiza devido a uma concepção preconceituosa de natureza diglóssica. Lamenta-se nesta anotação, em tal sentido, que um escritor galego de tanto valimento como Valle-Inclán utilizasse como ferramenta o castelhano, uma circunstância que em certa forma se tenta contrabalançar, em termos de prestígio, mediante os textos de Eça de Queirós que se reproduzem n'*A Nosa Terra*, de quem não por acaso se diz com pincelada subtil que é nortenho a fim de reforçar assim os vínculos galego-portugueses:

---

a passagem do tempo, abandonada já a fé nacionalista, a sua opinião sobre Eça de Queirós. Há que ter em conta apenas este depoimento para corroborá-lo: "Yo llegué tarde a Portugal, como a todas las cosas. Pero no a destiempo. Antes de conocerlo con los ojos del cuerpo, había comenzado a familiarizarme con su espíritu, cuya influencia me había llegado muy hondo. Al principio, como todos, había devorado a Eça de Queiroz. A Camilo y Antero los conocí más tarde. Eça de Queiroz nos enseñaba a ver el mundo con una altura de la que hoy no encuentro a nadie capaz. Se llega a dudar de la posibilidad de un Fradique Mendes y de un Jacinto Galião. En *A Cidade e as Serras* aprendimos el empacho del progreso; en el regreso de Jacinto se explica la sabiduría congénita con que en Portugal se adapta incluso la técnica. Jacinto es el portugués que sabe que a la civilización hay que *civilizarla*, para hacerla tolerable; esto es, hay que humanizarla" ("Experiencias de Portugal", *Vida Gallega*, 56-57, Novembro-Dezembro 1959).

[34] Sem Assinatura, "Novas da causa. A cruzada d'outono", *A Nosa Terra*, 64, 20 Agosto 1918, p. 6.

Oferecemos hoxe cumprindo o que tiñamos falado, un conto do grande e inmortal escritor do Norte de Portugal, Eça de Queiroz. O conto fica en portugués. Somente poñemos a ortografía gallega. Sô unhas catro ou cinco palavras do noso idioma sustituiron palavras da lingua irmá. Para que se veja se serve ou non o gallego para facer prosa tan cheia de matices e finezas coma a castelá.

Pensade por un instante que Valle-Inclán, verbigracia, tivese escrito as súas fermosas *Sonatas* en galego, e dicídenos se o noso idioma non estaría ja imposto. Pensade, tambén, se non é cousa de doerse de que, por seguir vivindo de costas ôs nosos valores propios, poidera chegar a morte da literatura enxebre. E pensade pol-o derradeiro, se non se lle oferce amplo campo ôs nosos escritores de genio, non somente na Galicia, senon en Portugal e en todas as terras de fala portuguesa. ¿É cursi, é ridículo empregar o mesmo idioma no que universalizóu seu arte Eça de Queiroz? Agora lêde o conto fermosísimo.[35]

É interessante compreender, além disso, como se elucidam as normas[36] que orientam nestas translações queirosianas a relação entre o texto de partida e o texto de chegada com a finalidade de que o produto seja aceitável no sistema literário galego. Conforme se declara, este conto do romancista submete-se, efectivamente, a um trabalho de adaptação linguística, em especial de ordem ortográfica e léxica, que o torna mais acessível para os seus novos receptores. Talvez a publicação do conto com roupagem lusitana provocasse uma disposição restritamente favorável dos leitores da Galiza, como se pode deduzir, ao fim e ao cabo, do seguinte testemunho contemporâneo em que se diverge, nas mesmas páginas d'*A Nosa Terra*, da ortografia lusófila que o escritor galego Correa Calderón oferecia no seu livro *Conceición sinxela do ceo*:

Conceición sinxela do ceo é unha novela sinxela, amena, d'un corte fino â par que moderno cuia leitura é sumamente agradabre. Correa Calderón conquire un novo e grande éxito n-esta obra e afírmase na sua

[35] Sem Assinatura, "Letras irmáns. Un fermoso conto de Eça de Queiroz", *A Nosa Terra*, 65, 30 Agosto 1918, p. 4.

[36] Sobre a noção de *norma* no âmbito dos estudos tradutológicos, vid. sobretudo Gideon Toury, *In Search of a Theory of Translation*, Tel Aviv, Porter Chair for Poetics and Semiotics, 1980; José Lambert, "La traduction, les langues et la communication de masse. Les ambiguités du discourse international", *Target*, 1, 2, 1989, pp. 215-237; Theo Hermans, "Traditional Norms and Correct Translations", em K. Van Leuven e T. Naajkens, *Translation Studies: The State of the Art*, Amsterdam, Rodopi,1991, pp. 155--169.

condición de escritor de gran porvir. Sômentes discrepamos na ortografía que emprega que nos parece arbitraria e caprichosa ao mesmo tempo que perxudicial para él e para a unificación do noso idioma.

Decimos para él porque aos leitores en galego débeselles dar facilidade na comprensión do escrito xa que desgraciadamente a tarea de conquerir leitores de obras galegas é labor que vai paseniñamente e réstalle esta forma de escribir facilidade e atraición, pois non todos están debidamente preparados para comprender certas formas e xiros que Correa Calderón emprega.

No tocantes ao idioma por que coidamos que debese tender â sua unificación agora que xa temos conquerido unha gran producción e xa é hora de ir pensando seriamente no asunto deixando aparte caprichos e merecióś puramente personás. O noso idioma ganará con elo.[37]

Nem por isso o anónimo responsável daquela nota acima transcrita deixa de se referir, contudo, ao orgulho de poder ler Eça de Queirós quase em versão original, um sentimento que deve entender-se plenamente sem esquecer o desejo manifestado na altura por um autor como Miguel de Unamuno no seio do sistema literário espanhol:

He de empezar por lamentarme una vez más de que se traduzca al español libros portugueses. Las obras portuguesas deberían ser leídas en España en su original como las españolas en Portugal.[38]

Caberia interpretar tal orgulho, aliás, a partir de um outro depoimento em que se explicita uma sensação similar de aprazimento por ser

---

[37] Sem Assinatura, "Libredon. *Conceición sinxela do ceo*. Correa Calderón", *A Nosa Terra*, 210, 1 Março 1925, p. 11.

[38] Miguel de Unamuno, "El sarcasmo ibérico de Eça de Queiroz", em Eloy do Amaral e M. Cardoso Martha, eds., *Eça de Queiroz. In Memoriam*, 2ª ed., Coimbra, Atlântida, 1947, p. 389. O lusitanista catalão Ribera i Rovira exprimia nos mesmos anos um desígnio parecido: "É deplorável, realmente, esse pertinaz afastamento dos três grandes espíritos ibéricos: o português, o castelhano e o catalão. Representa, com efeito, uma sensível mostra de incultura e defeituoso patriotismo, o facto de portugueses, espanhóis e catalães não poderem assimilar espontaneamente, na genuína expressão do idioma originário, as grandes manifestações da literatura respectiva. Um homem culto peninsular deveria conhecer familiarmente os três grandes idiomas ibéricos: o português, o castelhano e o catalão" ("Eça de Queirós...", p. 341). Outro testemunho revelador é a opinião do director da revista galega *Suevia*, Ortiz Novo, ao publicar um texto do escritor português Augusto de Castro sem traduzi-lo para castelhano: "Facilísimo nos seria traducir esa vibrante y harmoniosa plegaria que a continuación ofrecemos a nuestros lectores: *A Catedral*. No lo hacemos. Preferimos dársela en la lengua musical y dúctil de Guerra Junqueiro en que ha sido inspirada, que así la saborearán mejor" (Sem Assinatura, "Augusto de Castro. Impressões da Guerra", *Suevia*, 10, 1 Fevereiro 1918).

exequível aos leitores galegos prescindir, de algum modo, de uma versão em castelhano dos versos de Teixeira de Pascoaes que se acabava de publicar. Cumpre ter em conta que esta vantagem era, no fim de contas, um elemento de afirmação do sistema literário galego frente à posição central do sistema literário espanhol:

> Ofércenos iste libro, traducida ó castelán, unha escolma de poemas do noso ademirado mestre e colaborador Teixeira de Pascoaes, o lumioso poeta que fixo metafíseca a saudade en forza de sentila fondamente no peito, e que ó deseñar en néboas de misterio e poesía, a y-alma doída y-heróica de Portugal, sacou n-ela a semblanza da y-alma de Galiza. A nobre intención do ilustre poeta Fernando Maristany de dar a coñecer do púbrico castelán ó gran poeta luso, é merecente de xusta gabanza. Ademais, íl faino co'a devoción enternecida de quen sinte e comprende ó poeta traduzido, y-estuda con amore a sua obra ademirada. Por iso, o siñor Maristany é un tradutor escrupuloso e fidelísemo, y-a sua obra ha ser d'unha imensa utilidade nos países de fala castelán. Nós, por fertuna, non precisamos pra coñecer y-amar ó noso mestre, de vertel.as suas obras a un idioma difrente do seu, qu'en resumidas contas é o noso.[39]

No que concerne às motivações que nortearam a resolução de dar a conhecer versões de textos queirosianos n'*A Nosa Terra* é possível trazer à colação mais um documento. Trata-se das palavras, assinadas pela redacção, que figuram ao pé de um outro conto do escritor português, "O milhafre", publicado no jornal nacionalista sob o título galego "O miñato". Nesta nota explicativa é visível até com mais clareza o alvo de dignificar, acima de tudo, o idioma próprio, durante muitos séculos refugiado sacrificadamente apenas nos usos orais e sem oportunidades

[39] Sem Assinatura, "Pascoaes, *Las mejores poesías de los mejores poetas*, Editorial Cervantes, Barcelona. Traductor: Fernando Maristany", *Nós*, 4, 31 Janeiro 1921, p. 18. Da mesma forma é recomendável interpretar como um outro reforço para o sistema literário galego a difusão n'*A Nosa Terra* de traduções feitas, por um lado, de autores galegos de expressão castelhana – Alejandro Pérez Lugín, por exemplo – e, além disso, de autores salientes do sistema literário espanhol – Leopoldo Alas *Clarín*, Jacinto Benavente, Rafael Cansinos Assens ou o próprio Cervantes. Vid. Alejandro Pérez Lugín, "En gallego, cadra millor. Peisaxe mariñan", *A Nosa Terra*, 2, 24 Novembro 1916, p. 3; Leopoldo Alas, "Contos de fama. *O galo de Sócrates*", *A Nosa Terra*, 69, 15 Outubro 1918, pp. 4-5; Jacinto Benavente, "*A brancura de Pierrot*. Traducion de L. Carre", *A Nosa Terra*, 7, 15 Janeiro 1917, p. 3; Rafael Cansinos Assens, "Letras estranxeiras. Canto a Galizia", *A Nosa Terra*, 134, 15 Fevereiro 1921, p. 6; Miguel de Cervantes, "Traducción dos clásicos castelans. *O sigalo d'ouro* do *Don Quixote* de Cervantes", *A Nosa Terra*, 6, 5 Janeiro 1917, p. 6.

para aceder a outros níveis mais prestigiados. Em oposição às pessoas que pensavam, com impúdica teimosia, que a língua galega tão-só era idónea para a poesia, por uma parte, ou para narrações em prosa exageradamente costumistas e mesmo de ingredientes demasiado grossos, por outra, os responsáveis da mencionada nota exaltam a sua legitimidade como valioso instrumento para abordar assuntos de interesse universal, tal como se verifica no novo conto de Eça de Queirós que se traslada nas páginas d'*A Nosa Terra*. E é que, segundo se diz aqui em ilação tão eloquente quanto corajosa, seria inclusive mais aconselhável deixar de escrever em galego do que fazê-lo para tratar de imundícies, o que não poucos narradores estavam a levar a cabo naqueles anos na Galiza com obras muito prejudiciais para a boa reputação da língua. Repare-se na citação que segue:

> N. da R. – Cando unha lingua que se tivo en calidá de dialeuto ó longo dos anos querse volver a trocar en idioma nazonal d'un povo – e isto socede agora na Galicia c'o galego – é perciso dignifical-a empregándoa en temas universás e esquisitos. Pero hai moitos que non chegan a decatárense de tan cristaiña verdade. Chamándose bos fillos da sua terra, siguen dándolle ó galego as caraiterísticas de dialeuto; siguen escrivindo cousas de labregos en linguaxe de labregos, inda que se teñen por literatos e homes do seu tempo; siguen falando dos curandeiros, dos meigallos, facendo chistes doados e groseiros a conta dos probes compatriotas que non queren falar o galego e din moitas borricadas en xeito castelán.
>
> A eses escritores do século pasado – pasados coma o seu século – recomendámoslles unha das duas cousas: que deixen d'escriviren ou que escrivan como deben.
>
> É pior escrivir porcadas e groseirías en galego que deixar d'escrivir en galego. Namentras nós loitamos por dinificar o idioma empeñanse en afundirnos de novo na bastedade dialeutal.
>
> Onde non haxa orixinal comenente para encher folletos galegos reprodúzanse cousas dos grandes escritores portugueses. Esta é, de certo, a única maneira d'abrirlles os ollos ós trabucados e de levar por bó camiño a xuventude.[40]

A partir deste excerto não parece melindroso, de resto, enquadrar a justificação última que teria conduzido à selecção do autor d'*A Cidade e as Serras*, dentre outros romancistas portugueses de qualidade acreditada, com o intuito de reproduzir textos seus n'*A Nosa Terra* que contribuíssem

[40] Eça de Queirós, "O miñato. Conto de Eça de Queiroz", *A Nosa Terra*, 83, 15 Março 1919, p. 4.

para impulsar a criação de um género narrativo autóctone no sistema literário galego. Eça de Queirós era um escritor, com efeito, muito lido, influente e, enfim, de crescente projecção popular, todas elas qualidades positivas que se viam ainda completadas com a universalidade da sua inspiração. A despeito dos reproches sobre o seu frágil portuguesismo de que foi vítima por parte de Vicente Risco, como acima se constou, este último era um aspecto do romancista particularmente apreciado pelo nacionalismo galego, por estranho que pareça, para demonstrar a adequação da língua galega a quaisquer registos, mesmo os mais nobres. Talvez essa universalidade pudesse ser, no final, o factor que mais influiu na escolha de Eça de Queirós e não, por exemplo, de Camilo Castelo Branco, autor naqueles anos muito conhecido também na Galiza mas provavelmente menos conveniente para os interesses d'*A Nosa Terra*. Isso seria devido, apesar do sucesso que alcançou, ao espírito português justamente tão intenso dos seus romances, segundo se infere deste comentário publicado no jornal galeguista com motivo do primeiro centenário do escritor:

> Camilo, como se lle chama en Portugal, é o novelista portugués que mais temos lido; a sua obra, que é un enorme e profundo estudo de almas, de almas femeninas sobre todo, cuias dôres e agunías de amor trazóu maxistralmente, ten tanta emoción, tal intensidade, que deixa en nós unha profunda e saudosa lembranza.
>
> Aparte a grande importancia dos seus estudos históricos, a popularidade do insine literato foi nobre e xustamente gañada coas moitísimas novelas que o seu espírito delicado legóu â sua terra; novelas onde as costumes do pobo quedaron recollidas con arte; onde os sentimentos das sinxelas raparigas, das xentes do campo e das vilas son estudados e presentados maravillosamente; onde, en fin, latexa a vida do pobo português.
>
> Camilo foi, pois, un escritor eminentemente portugués, e Portugal honra agora a groriosa memoria do mestre adicándolle un culto fervoroso de ademiración e cariño.[41]

Por força do exposto até aqui, não é difícil concluir que Eça de Queirós, junto com Teixeira de Pascoaes, é um autor de que o sistema literário galego se apropriou de modo palpável nas décadas iniciais do século XX, uma fase que foi decisiva na trajectória histórica da sua cultura graças à esforçada actividade das *Irmandades da Fala*. Se Teixeira de Pascoaes serviu nomeadamente como aval exterior para afiançar uma

---

[41] Sem Assinatura, "Homes de letras. O centenario de Camilo", *A Nosa Terra*, 211, 1 Abril 1925, p. 10.

tendência poética já existente na literatura galega, segundo se explicou com anterioridade, a incorporação de Eça de Queirós foi muito importante no mesmo período, por seu turno, com o objectivo de ampliar o repertório textual próprio mediante a edificação de um género narrativo de dignidade incontestável.

Para terminar já, é interessante lembrar uma cena curiosa do famoso romance *La Casa de la Troya*, escrito pelo autor galego Alejandro Pérez Lugín em castelhano e publicado pela primeira vez no ano 1925. Nessa cena um dos personagens, Barcala, retrato na ficção, ao parecer, do escritor galego Camilo Bargiela, um dos muitos tradutores precisamente de Eça de Queirós para castelhano, depois de se referir a ele como "el más grande novelista del siglo, el enorme Eça de Queiroz – y descubríase al nombrarlo", resolutamente vindica a condição de escritor galego para o romancista português, à beira da insuperável Rosalía de Castro e do poeta civil Curros Enríquez:

> ¡Gallego, y bien gallego! Gallego por su virilidad, gallego por su ternura, gallegos sus personajes, gallega su ironía, gallego su amor a la tierra. Es nuestro gran novelista la tercera persona de la trinidad galaica: ¡Rosalía, Curros, Eça de Queiroz! Yo bebo a su salud, a su gloria, que es nuestra.[42]

Nem tanto, seguramente, mas sim será necessário aceitar, pelo menos, que o elenco de referências sem conto expostas ao longo do presente trabalho levam a ter em conta a posição distinta de Eça de Queirós no sistema literário galego. Como se pôde entrever com alguma clareza, é uma presença, em suma, com perfil privativo no processo de recepção, muito diversificado, do romancista português em Espanha.

---

42 Alejandro Pérez Lugín, *La casa de la Troya*, 99ª ed., Santiago de Compostela, Librería *Galí*, 1985, p. 83.

Eça de Queirós

Os passos de um trajecto

1845-1900

A arte é tudo – tudo o resto é nada.
Só um livro é capaz de fazer a eternidade de um povo.

Eça de Queirós

Comissário Científico
Carlos Reis
Comissariado Científico
António Braz de Oliveira
Irene Fialho
José Baptista de Sousa
Luís Augusto Costa Dias

Design
Atelier B2: José Brandão | Paulo Falardo

Durante os três dias do Congresso Queirosiano, esteve patente, no Auditório da Reitoria da Universidade de Coimbra, a exposição "Eça de Queirós: os Passos de um Trajecto", da responsabilidade da Comissão Nacional do Centenário da Morte de Eça de Queirós.

ÍNDICE

MESAS REDONDAS TEMÁTICAS

A OBRA DE EÇA DE QUEIRÓS E O DESTINO DA SUA GERAÇÃO

A OBRA DE EÇA DE QUEIRÓS E O FIM DE SÉCULO

A FORTUNA CULTURAL DE EÇA DE QUEIRÓS

O CÂNONE DOS TEXTOS QUEIROSIANOS

COMUNICAÇÕES LIVRES